P9-CCE-238

Para salvar el mundo

Alfaguara es un sello editorial del Grupo Santillana

www.alfaguara.com

Argentina
Av. Leandro N. Alem, 720
C 1001 AAP Buenos Aires
Tel. (54 114) 119 50 00
Fax (54 114) 912 74 40

Bolivia
Avda. Arce, 2333
La Paz
Tel. (591 2) 44 11 22
Fax (591 2) 44 22 08

Chile
Dr. Aníbal Ariztía, 1444
Providencia
Santiago de Chile
Telf (56 2) 384 30 00
Fax (56 2) 384 30 60

Colombia
Calle 80, 10-23
Bogotá
Tel. (57 1) 635 12 00
Fax (57 1) 236 93 82

Costa Rica
La Uruca
Del Edificio de Aviación Civil 200 m al Oeste
San José de Costa Rica
Tel. (506) 220 42 42 y 220 47 70
Fax (506) 220 13 20

Ecuador
Avda. Eloy Alfaro, 33-3470
y Avda. 6 de Diciembre
Quito
Tel. (593 2) 244 66 56 y 244 21 54
Fax (593 2) 244 87 91

El Salvador
Siemens, 51
Zona Industrial Santa Elena
Antiguo Cuscatlan - La Libertad
Tel. (503) 2 505 89 y 2 289 89 20
Fax (503) 2 278 60 66

España
Torrelaguna, 60
28043 Madrid
Tel. (34 91) 744 90 60
Fax (34 91) 744 92 24

Estados Unidos
2105 NW 86th Avenue
Doral, FL 33122
Tel. (1 305) 591 95 22 y 591 22 32
Fax (1 305) 591 91 45

Guatemala
7ª avenida, 11-11
Zona nº 9
Guatemala C.A.
Tel. (502) 24 29 43 00
Fax (502) 24 29 43 43

Honduras
Colonia Tepeyac Contigua a Banco Cuscatlán
Boulevard Juan Pablo, frente al Templo
Adventista 7º Día, Casa 1626
Tegucigalpa
Tel. (504) 239 98 84

México
Avda. Universidad, 767
Colonia del Valle
03100 México D.F.
Tel. (52 5) 554 20 75 30
Fax (52 5) 556 01 10 67

Panamá
Avda. Juan Pablo II, nº 15. Apartado Postal
863199, zona 7 Urbanización Industrial
La Locería - Ciudad de Panamá
Tel. (507) 260 09 45

Paraguay
Avda. Venezuela, 276
Entre Mariscal López y España
Asunción
Tel. y fax (595 21) 213 294 y 214 983

Perú
Avda. Primavera, 2160
Surco
Lima 33
Tel. (51 1) 313 40 00
Fax. (51 1) 313 40 01

Puerto Rico
Avenida Roosevelt, 1506
Guaynabo 00968
Puerto Rico
Tel. (1 787) 781 98 00
Fax (1 787) 782 61 49

República Dominicana
Juan Sánchez Ramírez, nº 9
Gazcue
Santo Domingo R.D.
Tel. (1809) 682 13 82 y 221 08 70
Fax (1809) 689 10 22

Uruguay
Constitución, 1889
11800 Montevideo
Uruguay
Tel. (598 2) 402 73 42
y 402 72 71
Fax (598 2) 401 51 86

Venezuela
Avda. Rómulo Gallegos
Edificio Zulia, 1º-Sector Monte Cristo
Boleita Norte
Caracas
Tel. (58 212) 235 30 33
Fax (58 212) 239 10 51

Julia Álvarez

Para salvar el mundo

Traducción de Jesús Vega

ALFAGUARA

Titulo original: *Saving the World*

© De esta edición:
2006, Santillana USA Publishing Company, Inc.
2105 NW 86th Avenue
Miami, FL 33122
Teléfono: (305) 591-9522
www.alfaguara.net

ISBN: 1-59820-502-1

Traducción:
Jesús Vega

Diseño:
Proyecto de Enric Satué

Diseño de interiores:
José Luis Trueba Lara

© Ilustración de cubierta:
Honi Werner

Adaptación de cubierta:
Antonio Ruano Gómez

PRIMERA EDICIÓN: noviembre de 2006

Impreso en el mes de noviembre de 2006
en los talleres de HCI Printing, Estados Unidos de América

Printed in the United States by HCI Printing
in november 2006

PARA BILL

Creyente

Tras de tal conocimiento, ¿qué perdón? Piensa ahora,
la historia tiene muchos pasadizos astutos, pasillos
arreglados,
y salidas; engaña con ambiciones susurrantes,
*nos guía por vanidades.**

Después de tal sapiencia ¿qué perdón? Piensa ahora,
la Historia es pródiga en astutos pasadizos,
simulados corredores
y salidas; miente con susurrantes ambiciones,
*nos guía por vanidades...***

Piensa:
ni miedo ni valentía nos salvan. Vicios antinaturales
son engendrados por nuestro heroísmo. Virtudes
se nos imponen a la fuerza por nuestros vicios
desvergonzados.
*Esas lágrimas son sacudidas del árbol cargado de ira.**

Piensa
que no nos salvan ni el miedo ni el valor. Vicio
aberrante
engendra el heroísmo. Virtudes
nos imponen por crímenes impúdicos.
*Lágrimas llueven del árbol de la ira.***

T. S. ELIOT
Gerontion

---

* T. S. Eliot, *Poesías reunidas (1909-1962),* Madrid, Alianza Editorial, 1999, introducción y traducción de José María Valverde.
** Traducción libre de Jesús Vega.

Dice la Historia:
No hay esperanza
a este lado de la tumba.
Mas, de repente, una vez en la vida
se alza la tan esperada
ola gigante de la justicia,
y riman esperanza e Historia.

SEAMUS HEANEY
La cura en Troya

Aunque muy pocos recuerdan a los niños portadores, sus esfuerzos humildes y sin retribución merecen un sitio en la memoria de la humanidad.

SHERBOURNE F. COOK,
«Francisco Xavier Balmis and the Introduction of Vaccination to Latin America»

1.

En el otoño previo a sus cincuenta años, Alma se ve sumida de repente en un sombrío estado de ánimo del que no puede escapar. Corren los últimos días de septiembre, y, aunque no ha llegado aún a la cincuentena, ya la asume como su edad real, esperando salir cuanto antes de la fanfarria y de las bromas en torno a la menopausia que la misma traerá consigo. Pero no es la posible cercanía de la muerte lo que la acongoja. En realidad, le entristece leer que mujeres como ella (activas, esbeltas, vegetarianas y casadas) tienen la posibilidad de llegar —si se cuidan como corresponde— hasta más allá de los noventa.

Probablemente el arribo a la mitad de su vida debería ser motivo de regocijo. Pero, por el contrario, se pregunta: «¿Quedará alguien en mi ancianidad con quien me complazca compartir?». No lo parece. Richard, su esposo, extenuado y lleno de proyectos, no viviría tantos años. Tera, su mejor amiga, pasada de peso y poseída por un febril activismo político, morirá antes que ella, seguramente. Y Helen, su piadosa vecina septuagenaria, no tendrá muchas posibilidades de estar viva para entonces. Día tras día, Alma comienza a experimentar el sentimiento cáustico e inquietante de haber perdido el rumbo.

A principios de ese año decidió ver al psiquiatra del pueblo, un hombre diminuto con un rostro enorme que le recordó a Beethoven después de haber quedado sordo. Le explicó que se sentía como si estuviese descendiendo sobre ella una vertiginosa oscuridad, como aguas negras desbordándose por un desaguadero, o como la siniestra bandada de pájaros en la conocida película de Hitchcock.

El médico dejó de anotar cuidadosamente y la miró. Era demasiado joven. Tanto, que probablemente no había visto el film. «¿Qué clase de pájaros?», le preguntó.

Al menos era meticuloso en su trabajo, pensó Alma.

El psiquiatra la acosó a preguntas, tomando como pauta lo que parecía una extensa lista en una tablilla que llevaba consigo: ¿padecía de fantasías suicidas?; ¿tenía un arma de fuego en casa? (esto le hizo recordar que Richard guardaba una vieja escopeta en el sótano, la cual usaba ocasionalmente cuando los mapaches y marmotas invadían el patio); ¿había ocurrido algún incidente traumático en su familia?

Alma trató de ser precisa y de proporcionarle toda la información que le pedía. Aunque la anonadaba aquel sombrío estado de ánimo, confiaba aún en que la ciencia médica, encarnada en la persona del Dr. Pena (increíblemente, ése era su apellido), podría hacerla volver a la normalidad.

Sin embargo, pasan los meses, y pasa también sin pena ni gloria la sucesión de antidepresivos prescritos por el Dr. Pena, sin que Alma pueda recuperarse totalmente. Se siente «mejor», pero atontada todo el tiempo. Duerme bien, pero ha dejado de percibir el olor de los narcisos que Richard le trae. Nada la perturba realmente, ni siquiera la carta de Lavinia, su agente literaria, donde le da un ultimátum con respecto a la entrega de la novela, prometida y postergada por tercer año consecutivo.

Una tarde, mientras pugna por acicalarse un poco para adoptar la apariencia de una esposa atractiva antes de que llegue Richard, un extraño y repentino propósito la hace entrar al baño, abrir el botiquín y recoger los frascos de medicinas acumulados durante el tratamiento de los últimos meses. Pero, por alguna razón, en vez de tirar su contenido a la vertiginosa corriente del inodoro, guarda toda aquella parafernalia en los bolsillos de su abrigo y se encamina a la parte trasera de la finca, cerca de la arboleda. Allí cava un pequeño agujero con una de sus botas y vacía dentro del mismo el contenido de los frascos —equivalente sin duda a cientos de dólares—, pateando luego la tierra hasta cubrirlo totalmente. Pero le preocupa que los ciervos, los mapaches o las marmotas encuentren tal tesoro, lo devoren y se sumerjan en un estupor que los convierta en presa fácil de cualquier ser humano portador de un arma, incluso del propio Richard (al menos, en esas disquisiciones casi insignificantes, Alma adivina algún resquicio de confianza en sí misma). Para evitarlo, hace rodar un pedrusco sobre el improvisado escondite, enterrando alrededor del mismo varias botellas vacías colocadas boca abajo (el terreno no se ha congelado aún). Luego espera unos instantes, porque infiere que el episodio debe cerrarse con algún tipo de ceremonia. Como no puede pensar en algo apropiado, se limita a permanecer allí por unos minutos más, antes de que el ocaso y el frío que trae consigo la obliguen a buscar refugio.

No le dice nada a nadie de lo ocurrido. Ni a Richard, ni a Tera, cuya impaciencia ante la tristeza persistente de Alma se evidencia en su voz. Como siempre, Tera se encuentra inmersa en otra de sus causas —antiguerra, antiminas, antialgo— y cualquier confesión por parte de Alma implicaría una invitación a unírsele en la vanguardia de sus luchas. Sin embargo, Alma sabe que la solución de sus males no está en las marchas por la paz ni en la labor política. Por tanto, ni se molesta en decírselo (otra señal de que sus instintos siguen siendo confiables: sabe con quién debe hablar, y, sobre todo, con quién no). Además, Tera no aprobaría su proceder. *Somos tan jodidamente afortunados*. La voz de Tera es una de tantas que habitan en la mente de Alma. *La depresión no es otra cosa que una enfermedad del primer-mundo...* (así, «primer-mundo», con pausa intermedia). Tera ha sido su mejor amiga desde que vino a parar a este estado rural hace dos décadas, lo suficientemente joven como para que la consideraran una desamparada, no un alma perdida. Pero ahora Alma tiene más edad, y observa, desde la distancia que le impone su creciente desapego, las actividades de Tera: campañas, marchas, viajes a Washington con Paul, su compañero, para protestar contra cualquier cantidad de atrocidades de cuya existencia se entera siempre, increíblemente; el correo electrónico ha multiplicado sus fuentes de horror. Alma observa a Tera como lo haría con una película. Una buena película, pero vista tantas veces que la deja con un ligero aburrimiento.

Alma hace creer a Richard que no ha dejado de tomar los antidepresivos, pero sigue el ritmo cotidiano, a su manera. Le responde a Lavinia, mintiendo categóricamente: la novela está terminada, pero quiere revisarla por última vez. Sigue haciendo un esfuerzo por mantener su antigua vida. Como protección, crea espejismos de sí misma, de habitación en habitación: Alma cocinando, Alma yéndose a la cama, Alma escribiendo una carta —imágenes que la gente pueda ver a través de una ventana iluminada—, aunque, en realidad, ha escapado por la puerta trasera, sin tener la más mínima idea de adónde va, como no sea bien lejos de este sitio.

Tiene todas las intenciones de volver. Ésa es, en parte, la razón de su reserva. Pero aún no cuenta con ningún recurso que la saque de ese sombrío estado de ánimo y la devuelva a la vida que —y en esto debe darle la razón a Tera— tiene la endemoniada suerte de vivir.

Un par de semanas más tarde, Alma está parada junto a la ventana del rellano, mirando al sitio donde enterró las píldoras. Jamás ha vuelto allí. Un par de «chubascos de nieve», como les llama el meteorólogo, han desempolvado y disfrazado el terreno, de manera que ni siquiera está segura de que el montículo que observa es *su* roca.

Ha llegado nuevamente esa hora de la tarde cuando, en etapas más felices de su vida, sentía con frecuencia cierta pesadumbre en el corazón. En cierta ocasión leyó en una revista femenina un artículo donde se hacía referencia a cómo esta hora del día —el atardecer— se considera como el nadir o punto de declive en los cambios de estado de ánimo. Allí sigue, junto a la ventana, sin haber almorzado o, para ser más exactos, sin acordarse de haberlo hecho, cuando ve a un hombre que se acerca, proveniente de la arboleda. Lo primero que advierte es que no tiene abrigo, sólo una capa de ropa, como acostumbra a decir la gente del lugar. Luego añadirá lo que la cercanía del desconocido le revela: la larga cabellera, la raída camisa a cuadros; el atractivo ligeramente perturbador. El hombre ha emergido de la arboleda que sirve de límite entre su finca y la de Helen. «Robles de pantano, los últimos en deshojarse», según Richard, y que aún conservan su follaje pardo y marchito, lo cual impidió que Alma divisara al hombre desde el principio.

Siente la necesidad repentina de llamar a Helen, pero desiste, pensando lo inapropiado que sería preocupar a una mujer casi ciega, sola en una finca ruinosa, que depende de un andador para poder moverse. Además, el hombre no está haciendo nada malo, ni trae consigo una pistola, ni una sierra de cadena. Pero el hecho de que no lleve abrigo le despierta cierta sospecha. El desconocido camina con pasos largos y desenvueltos, como de persona en perfecta forma física, deteniéndose de cuando en cuando, mirando a su alrededor, hasta que ve finalmente la casa. Alma se hace a un lado de la ventana para que el hombre, que ya asciende por la ligera pendiente que lleva a su hogar, no pueda verla. Aún está algo distante: la propiedad tiene unas cuatro hectáreas de superficie, «más o menos», una sorprendente frase leguleyesca que obra en los archivos locales. Se le ocurre la idea de comprobar si todas las puertas están cerradas, pero el hombre se detiene de improviso —curiosamente— ante el montículo. Alma no puede asegurar que ése sea exactamente *el sitio,* pero intenta creer que lo es. El desconocido ha adoptado una pose similar a la de las estatuas de descubridores o exploradores, con un pie sobre la roca, mientras contempla lo que le rodea: la casa, los pastos circundantes, el jardín de Richard, el lago con la balsa en tierra, descansando sobre cuatro bloques de madera. De pronto se vuelve, mirando hacia la arboleda, como evaluando, evaluando algo que Alma desconoce.

Allí se queda ella esperando, cuando la sorprende el timbre del teléfono. Por alguna razón no ha funcionado la contestadora con la lacónica bienvenida y las instrucciones de Richard. Finalmente, como los timbrazos parecen interminables y el desconocido permanece petrificado en su sitio, Alma corre hacia el descansillo de las escaleras.

Su intención es tomar el teléfono portátil y volver rápidamente a su puesto de observación en el rellano.

—¿Es la señora Huebner? —pregunta una voz de mujer al otro lado de la línea.

Alma ha estado a punto de advertirle que su apellido es Rodríguez, como acostumbra, pero la mujer ha dicho correctamente el apellido de Richard, por lo cual asume que se trata de una persona conocida, quizá alguna amiga de la niñez en Indiana.

—Soy la esposa de Richard Huebner. ¿En qué puedo ayudarla?

—Está bien... —dice la mujer, como si ya hubiera cumplido con la misión de su llamada.

—¿Puedo ayudarla en algo? —vuelve a decir Alma.

¿Por qué no se limita a colgar? Obviamente, no conoce a esa mujer. Pero no puede ir más allá. Hace algunos años, sostuvo una relación amorosa con un hombre que la acusó de tener «personalidad de víctima». «Tienes demasiado contacto visual con la gente en el tren subterráneo», le explicaba. «Y hasta te detienes cuando una persona desaliñada te dice: "¿Puede escucharme un minuto?"». «Para mí es algo bueno», pensaba Alma. Pero el hombre, lejos de elogiarla, se lo decía a manera de crítica. Como una excusa para terminar la relación.

—¿Está sola en casa? —indaga la mujer al otro lado de la línea.

En ese momento, Alma ha vuelto al rellano. El desconocido ya no está.

—¿Quién habla? —pregunta.

La mujer ha captado totalmente su atención. Por supuesto que Alma está sola en casa. Richard se ha ido a la oficina y, como es día de reunión, transcurrirán al menos dos horas antes de que escuche cómo se abre la puerta del garaje, bajo el cuarto que usa como estudio.

—¿Qué ocurre? —insiste Alma.

—Se lo diré, se lo diré —responde rápidamente la mujer—. Pero ¿sabe? Para mí tampoco es fácil hacerlo.

¿Qué podrá ser? La mente de Alma comienza a girar vertiginosamente, imaginando las formas posibles en que su vida podría ser destruida en cuestión de segundos. Supone que hasta la fugitiva más empeñada en desaparecer volvería atrás si, al mirar por encima del hombro, viera su casa envuelta en llamas. A menos que hubiese provocado el incendio, por supuesto. Alma se siente invadida por un sentimiento de culpa, como si fuese la responsable de las desventuras que se ciernen sobre ella, aunque jamás hubiera hecho el intento de cambiar nada. Su estado mental actual es secreto y abrumador, y no quiere perder a Richard por su causa.

—Soy una vieja amiga de Dick.

«Richard», piensa, pero no interrumpe el discurso de la mujer. Antes de que Alma llegara a su vida, a Richard lo conocían en su círculo familiar y de amistades por el sobrenombre de «Dick». Pero, desde el inicio de su romance, Alma se negó a llamarle así, pues asociaba el sobrenombre con las bromas estúpidas y de doble sentido que suelen hacerse en las fiestas. El propio Richard admitía su disgusto, pero jamás pretendió cambiarlo. Alma comenzó a referirse a él como «Richard» en sus conversaciones con familiares y amigos, por lo que, lenta y tácitamente, todos siguieron la costumbre. Es uno de los pocos cambios que ha operado en la vida de su esposo y le inspira orgullo. Obviamente la mujer conoció a «Dick» antes de que su vida con Alma lo transformara en «Richard».

—Por supuesto, él va a decirle que no me conoce —argumenta la mujer, emitiendo un sonido que pudiera ser una risa contenida, o un intento por aclararse la voz—. Una vez que logran lo que quieren, si te he visto no me acuerdo, ¿no es cierto?

Alma deja escapar un suspiro de impaciencia. Desea que la guillotina esté bien afilada y que el tajo sea rápido. En realidad, Alma espera sobrevivir. En parte, no quiere que la alejen de su situación actual, de la posibilidad de salir al otro extremo de su sombrío estado de ánimo. *Que no hayas cometido ninguna estupidez, por favor,* le pide retrospectivamente a Richard. ¿Una cita clandestina durante el último retiro de la compañía, donde pasó la noche fuera de casa? ¿Una reunión con una antigua novia cuando voló a Indiana para asistir al funeral de su tío predilecto? Recientemente se apareció con un teléfono celular. Richard, a quien le disgusta la idea de ese tipo de teléfonos («No quiero estar localizable a cada momento de mi día»), tiene ahora su propio número telefónico portátil y privado, cortesía de Help International, en caso de que alguno de los empleados destacados en diversos países quiera contactarlo. Sin embargo, en la mayoría de los casos Richard lo usa para llamar a casa y pedirle a Alma que le lea la lista del mercado, porque la dejó olvidada sobre el mostrador de la cocina; para decirle que está atrapado en un embotellamiento de tránsito en Storrow Drive mientras regresa a casa; o preguntarle cómo se siente, si ha avanzado algo en la novela que, él también, piensa que está a punto de concluir.

Tal vez Richard está utilizando también su línea privada para comunicarse con otras mujeres.

—Tengo malas noticias —asegura la mujer—. Estoy llamando a todo el mundo.

A Alma no le queda ninguna duda. La mujer padece alguna enfermedad contagiosa. Pero no puede imaginarse qué relación tiene Richard con eso. A pesar de su estado de ánimo actual, han estado básica, monogámica y felizmente casados durante una cantidad de años superior a la que se necesita para ser portador de tales infecciones. De repente, todos esos adverbios («básicamente», «felizmente», «monogámicamente») le parecen demasiado afirmativos para defenderse de los embates de la interrogante: *¿Estás segura?*

—¿De dónde está llamando? —si Alma pudiera ubicar a la mujer, sería más fácil ignorarla.

—He estado muy enferma —la mujer prosigue, haciendo caso omiso de la pregunta, como si tuviera urgencia por acabar de enumerar la razón que la motiva—. Acabo de enterarme, y estoy llamando a todos los números de mi libreta de teléfonos para alertarles.

¿Llamar a todos los números de *su libreta de teléfonos*? Pero ¿qué es lo que representa, un servicio telefónico de citas? ¿Cuántas llamadas habrá hecho ya? ¿Será Richard el primero?

—¿Qué es lo que tiene exactamente? —le pregunta Alma a la mujer, tratando de darle cierto tono de preocupación a su voz. Es una estrategia proveniente de sus años de autoestopista, la cual utilizaba cuando algún conductor se tornaba súbitamente raro o agresivo. Comenzaba a hablar locuazmente, haciendo preguntas, fingiendo un enorme interés, como si una persona amable pudiera impedir la violación o el asesinato.

—Tengo sida —dice la mujer, poniendo énfasis en la palabra, como si fuese un trofeo.

«Por supuesto», piensa Alma. ¿Qué otra epidemia causaría preocupación a la gente en esta parte del mundo?

En otras regiones, conjuntamente con el sida, imperan otras plagas. En búnkeres terroristas; en clínicas con puertas abiertas y pisos de tierra, donde las moscas sobrevuelan los rostros consumidos. Enfermedades que desde hace tiempo han desaparecido de las barriadas de un mundo más rico. Tera las conoce. Alma ha estado investigando al respecto, especialmente acerca de la epidemia de viruela, de Francisco Xavier Balmis y su expedición salvadora para llevar la vacuna por todo el mundo, con un grupo de niños pequeños. No sabe por qué, pero en ese estado de ánimo que la invade es la única historia que parece atraerla, como si por medio de la misma pudiera saber adónde va.

—Estoy llamando a todas las esposas —explica la mujer—. Conozco bien a los hombres. No van a decir nada del asunto.

A Alma se le ha agotado la paciencia.

—Mire, señora —le dice a la portadora de la mala nueva—. No sé quién es usted, pero sí conozco a mi esposo, y él me lo dice todo, ¿sabe? Todo. Además, sus relaciones pasadas no me preocupan. Si quiere hablar con él, ya tiene nuestro número. Lo puede llamar esta noche.

Está a punto de cortar, satisfecha de haber vencido la trivialidad y la desconfianza. Pero, de repente, ve claramente la imagen de Bill Clinton y Mónica Lewinsky, el presidente disfrutando el sexo oral en la Oficina Oval, mientras los jefes de Estado esperan en la antesala. Luego, la de sus primas en República Dominicana, bellezas marchitas que se tiñen el pelo, se someten a cirugía plástica y participan en grupos de estudios bíblicos dirigidos por atractivos jesuitas españoles, mientras que sus maridos, confiados y olorosos a colonia, visitan a sus queridas, ataviados con guayaberas de diseñador. Alma vacila, debatiéndose entre querer y no querer saber más al respecto.

—Sé lo que debe haber pensando —la voz de la mujer se quiebra—. No soy puta. Estoy llamando a todo el mundo para estar segura.

¿Puta? Qué anticuada le suena esa palabra. Alma siente el deseo de decirle que ya no hay putas en los Estados Unidos. Ahora todas tienen nombres nuevos: aeromoza, ingeniera de procesamiento de basura, trabajadora sexual. ¿Y qué quiere decir con que *está llamando a todo el mundo para estar segura*? Para estar segura ¿de qué?

—El sida es la última etapa —sigue diciendo la mujer. El tono de su voz denota cansancio, desgaste, al tratar de repetir todo lo que le ha explicado algún profesional de la salud—. Puede ser que he tenido el VIH por algún tiempo ya. Pero no tengo seguro, así no sabía hasta que he estado tan enferma.

Es sólo después de esta última afirmación que Alma advierte las deficiencias en el habla de la mujer, algo que, extrañamente, le infunde cierta seguridad. Richard no pondría en peligro su felicidad por alguien que no habla con corrección, ¿no es cierto? Richard, al igual que tantos otros jóvenes que se criaron en el campo, manifiesta cierto esnobismo con respecto a algunas cosas. Además, es probable que la mujer no sea lo bastante inteligente como para entender determinados detalles. Tal vez se acostó con Richard hace años. Y el sida no permanece inactivo tanto tiempo. ¿O sí? Aparte de un folleto que leyó en el hospital, mientras esperaba para vacunarse contra la influenza, Alma no conoce mucho del tema. En realidad está más informada acerca de Balmis y la viruela que en lo tocante a la epidemia del milenio en que vive. Pero lo que le dice la mujer es irrelevante: Richard le ha enumerado todas las personas con las que se acostó, y en la escasa y modesta relación de personajes no figuran relaciones momentáneas, ni damas que pudieran llamar al cabo del tiempo, portadoras de malas nuevas. Alma recuerda sus primeros días de amantes (ella tenía treinta y nueve, y Richard cuarenta y siete), la emocionante sensación de que dos personas maduras pudieran protagonizar una historia de amor: los largos fines de semana sin salir a ninguna parte: los hijos en casa de su madre, las sábanas arrugadas, las anécdotas compartidas, las luces del pequeño pueblo más allá de la ventana, la nieve comenzando a caer.

—Está bien —dice Alma finalmente, como dándole algo de razón a la mujer—. Pero, dígame, ¿cuándo estuvieron juntos usted y Richard?

—Por favor, no se enoje conmigo, señora Huebner.

—No me llamo señora Huebner —responde Alma, alzando nuevamente la voz—. Soy Fulana de Tal.

Es su seudónimo literario, el camuflaje necesario que ha tenido que utilizar, a solicitud de la familia. «Parece un título nobiliario», se quejó Lavinia en cierta ocasión, para acceder finalmente cuando Alma le explicó que *fulana de tal* equivalía a un «don nadie», a un «tal y más cual».

—¿Cómo?

—Fulana de Tal —repite Alma, sin tratar de americanizar la pronunciación. Probablemente la mujer asumirá que Richard la conoció durante uno de sus viajes de consultoría por el Tercer Mundo y la trajo a los Estados Unidos para que fuera la buena esposa tan difícil de hallar en este país.

—Le importa un carajo, ¿verdad? Siempre y cuando esté segura —la voz de la mujer se hace repugnante—: ¡Espero que tenga exactamente lo que se merece! ¡Váyase al diablo!

—¡Espere, por favor! —le ruega Alma. Quiere que la mujer revierta la maldición. Pero es demasiado tarde. Al otro lado de la línea sólo hay silencio.

Alma se queda quieta, apostada tras la ventana, como si viera a la mujer alejándose a toda carrera por el patio trasero, en dirección a la casa de Helen. De repente, le viene a la mente la presencia del desconocido. Es como si en medio de su lobreguez hubiera entrado por equivocación en una especie de zona muerta, habitada por seres lesionados y maltrechos, y fuera incapaz de defenderse de la intrusión o la mala voluntad de los mismos. La maldición de la mujer es una infección de la que le resultará difícil librarse.

Sólo Richard —amándolo, siendo amada por él, si no la hubiese traicionado— podría salvarla.

Quiere llamar a Richard para oír cómo lo niega todo. Pero es jueves por la tarde, día de reunión semanal de la compañía en HI, para exponer los informes de los diferentes administradores de proyectos: ¿Cómo va el proyecto de sistemas hidráulicos en la Ribera Oeste? ¿Se terminó de redactar la solicitud de financiamiento para la propuesta de reforestación de una montaña en Haití? ¿Tenemos ya los estimados y los estudios de factibilidad de la cooperativa cafetalera de micropréstamo en Bolivia?

Cada vez que Richard le habla acerca de esas reuniones, Alma se imagina a todos los hombres de la compañía, de pie ante un enorme mapa de mesa, enfrascados en la tarea de dividir el mundo en secciones. Siempre se imagina hombres, a pesar de que hay algunas coordinadoras y administradoras de proyectos. Y aunque Alma sabe que Help International representa a los buenos —pues gran parte de sus integrantes fueron voluntarios de los Cuerpos de Paz, Robin Hoods corporativos canalizando fondos de los ricos y poderosos del Primer Mundo para mejorar las vidas de los más pobres entre los pobres—, sus conversaciones en esas reuniones, al menos como le cuenta Richard, le parecen diálogos de generales de cuatro estrellas conspirando en las trastiendas del Pentágono. En ocasiones, Alma se pregunta cuánta diferencia —además de contenido— existirá entre ambas clases de hombres.

«Un mundo de diferencia», le respondería Tera. La mejor amiga de Alma, mandona y de buen corazón, es una fuerza de la Naturaleza. Precisamente la persona con la que Alma necesita hablar en este momento. En un sinnúmero de ocasiones pasadas, Tera ha sido el equivalente emocional de Dios tratando de tocar el dedo índice levantado de Adán en el techo de la Capilla Sixtina. Tera siempre le ha infundido valor.

El timbre del teléfono suena y suena al otro lado de la línea. A diferencia de las demás personas que Alma conoce, Tera se niega a instalar una contestadora y caer en la impersonalidad del Primer Mundo. *Mi querida Tera, para ti todo es una contienda política.* Pero Alma ha aprendido a trascender esta primera línea de defensa de su amiga y se ha dado cuenta de que es la forma en que ella «se aprieta el cinturón», para decirlo de alguna manera, y hacer que su pobreza tenga algún significado. En realidad, Tera sobrevive con menos de veinte mil dólares al año y sin seguro médico, como profesora adjunta en el *college* estatal local. También dirige talleres de redacción de diarios los fines de semana, en los cuales media docena de mujeres revelan sus pasados horrendos y exhuman sus terrores. Una vez, en calidad de escritora invitada,

Alma tuvo que padecer tres horas de lecturas compartidas. Fue algo terrible.

—¡Hey! —Tera contesta finalmente, casi sin aliento. Necesita perder parte de ese peso adicional. Pero, cómo volver a tratar ese tema sin desatar las fuerzas malignas de la anorexia, atacando la forma orgánica y expansiva del cuerpo femenino—. Estaba allá afuera —le explica.

Tera es una jardinera increíble, pasión que comparte con Richard, aunque usualmente se manifiesta en forma de una competencia: quién cosecha aún coliflores en noviembre, o quién logra los primeros tomates.

—Han pronosticado una enorme helada esta noche. ¡Paul, no traigas eso para acá dentro! —Paul Vendler, el compañero de Tera, es un cuáquero alto y dócil, con quien ha vivido por mucho más tiempo que el resto de las demás parejas casadas que conocen. Sobra decirlo: Tera no cree en el matrimonio—. Déjalo por ahora en el salón donde ponemos los abrigos y las botas.

Otra de esas incómodas conversaciones en estéreo que tanto molestan a Alma. Especialmente hoy, que necesita de la atención indivisa de su amiga.

—Tera, acabo de recibir una llamada muy perturbadora —le dice Alma abruptamente.

—¿Qué ocurrió? Espera un momento... —le responde Tera, sin dar tiempo a comenzar el relato—. Cierra la puerta, Paul. Ese ruido no me deja oír.

Culpa de Tera, quien se niega a actualizar el viejo teléfono de disco atornillado a la pared de la cocina, con un cordón tan corto que resulta imposible escapar al ruido exterior. En cierta ocasión, Alma intentó ofrecerle su antiguo teléfono portátil (el matrimonio con Richard duplicó, y triplicó a veces, las existencias de ciertos artículos: cuatro despertadores, cinco abridores de botellas de formas diversas, seis teléfonos, incluyendo dos portátiles). Pero Tera rechazó el obsequio:

—El nuestro funciona bien. Pero dámelo de todas formas. Lo donaré al refugio de mujeres maltratadas.

Alma ni siquiera le contó a Tera que Richard tenía un teléfono celular, temerosa de que tanto él como Alma fueran confinados por su amiga a ese círculo corrupto de consumidores, reservado para quienes reemplazan las cosas que no se han roto aún.

—Tera? ¿Estás ahí? —silencio al otro lado. Probablemente Tera debe haberse cansado de esperar por Paul y ha decidido ir ella misma a cerrar la puerta.

—Lo siento —dice Tera, reanudando la conversación—. Sigue.

Alma ya ha decidido no hablar más de su sombrío estado de ánimo. No desea otro recordatorio de lo afortunados que son. En este momento, lo que quiere es una curita Band-Aid de consuelo, alguien que le recuerde lo infundado de sus temores y sus dudas.

—¿Hablaste con Richard? —pregunta Tera en cuanto Alma termina su relato.

—Está en una reunión. Y no me puedo concentrar en nada. Tengo que hablar con alguien —Alma se da cuenta de que *alguien* no es la categoría idónea para clasificar a su mejor amiga, y rectifica—: quería hablar contigo.

—Ojalá no estuviéramos tan lejos —suspira Tera.

Cuando vivían en el mismo pueblo, se reunían casi todos los días para caminar y hablar un poco. Para Tera, la presencia es muy importante. Es uno de sus artículos de fe: estar presente. Tal vez ésa es la razón por la cual ha engordado tanto. Una humanidad más voluminosa para dar testimonio, para caminar en una manifestación, para hacerse presente.

—Mira, yo haría lo siguiente... —dice Tera con una voz tan firme y segura, que Alma siente como si los amplios brazos de su amiga emergieran por el auricular para envolverla en un reconfortante abrazo. Aunque tienen la misma edad, considera a Tera una persona mayor, más sabia—. En primer lugar, es absolutamente necesario hablar con Richard antes de que te dejes llevar por tus emociones. Me parece que a esa pobre mujer solitaria le diagnosticaron esa horrible enfermedad, fue víctima de una información y consejería médica totalmente insuficiente, y le dio por echar mano de su vieja libreta telefónica y comenzar a llamar a todo aquel a quien le estrechó la mano o le gustó en los años de bachillerato. Te lo digo en serio, la atención médica en este país es de lo peor.

—Tienes razón, probablemente sea algo sin importancia —agrega Alma con rapidez, para evitar que Tera comience con sus protestas usuales. Porque si comienza a despotricar acerca de «Los grandes problemas del mundo», las preocupaciones intrascendentes de Alma quedarán en el olvido—. Es sólo que... tú sabes bien lo deprimida que he estado, Tera. Y esa llamada me recordó que todo puede desplomarse de repente.

—Tú lo has dicho —accede Tera. Pero en vez de mencionar cualquier cantidad de horrores que confirmen tales preocupaciones, opta por concentrarse en Alma. Tal vez ha advertido la desesperación en su voz—. Sé fuerte y resiste. Se te pasará, sin duda. Y cuando me necesites, «cuenta conmigo en las buenas y malas», como dice la canción. A propósito, ¿estás tomando tu hierba de San Juan?

Basta la mención del nombre para que Alma se crispe de asco. A diferencia de Tera, no cree en esos frascos y envases alternativos y costosos de la tienda cooperativa.

Pero, más que todo eso, no quiere tomar para nada esa hierba de San Juan. Tampoco desea someterse al tratamiento de antidepresivos. Ha dejado de ir a la consulta del Dr. Pena. En la vida moderna tiene que haber un sitio para una crisis del alma, para una noche oscura que no tiene solución en el campo de la química.

—Mira —le sugiere Tera—. Salgo ahora mismo para quedarme contigo hasta que regrese Richard. Voy a darte un masaje en la espalda, a hacerte un té de caña santa, o lo que me pidas. Sólo quiero que no estés sola.

—Oh, Tera —Alma siente una oleada de amor culpable hacia su amiga querida y generosa, a quien suele caricaturizar en su mente con tanta facilidad—. Estoy bien. Te lo aseguro. Richard regresará en breve.

Probablemente será mejor que Tera no esté allí. Richard y Tera..., debe confesarlo..., tienen que hacer un gran esfuerzo para mejorar su amistad. La febril oposición de Tera al sistema, al *establishment,* que brota incesantemente con cualquier pretexto, ofende en cierta medida la fe sincera y profunda de Richard en los Estados Unidos de América, en la Regla de Oro, en no morder la mano que nos alimenta. Pero Alma sospecha que la antipatía entre ellos se debe menos a ideologías encontradas, que al hecho de que ambos quieren controlarla, algo que ninguno logra en los últimos tiempos.

—Richard no tiene que enterarse. Dejaré el coche en la callecita al otro lado de la casa. Cuando oigamos su camioneta, salgo por la parte de atrás y cruzo la pradera.

La visión de su amiga escapando por la pradera de atrás de la casa, enfundada en sus pantalones anchos, para luego saltar a su inmenso vehículo, provoca la risa de Alma.

—Ay, Tera, ¿qué haría sin ti? Estoy bien, de verdad. Sólo prométeme que si Richard y yo nos separamos... —vacila, pues no sabe qué pedirle a Tera en tal eventualidad—, te casas conmigo, ¿de acuerdo?

Durante años, ambas han practicado ese juego con asiduidad, caminando tomadas de la mano por las calles, abrazándose larga y apasionadamente al encontrarse o despedirse. «Lesbianas en potencia», las llaman Marion y Brier, dos amigas *gays* que viven juntas. Hasta el propio Richard, cuando conoció a Tera al comienzo de su relación con Alma, llegó a pensar que ambas habían sido amantes.

—Recuerda que no creo en el matrimonio —le aclara Tera—. Y no digas tonterías. Tú y Richard no se van a separar.

—Pero, si nos separamos...

—Si se separan, te vienes a vivir con nosotros. Y arreglamos el cobertizo para convertirlo en tu estudio. Nos turnaremos para cocinar los vegetales del huerto. Y viajaremos en el mismo coche, para ahorrar gasolina. Vamos a vivir de maravilla.

Le atemoriza lo factible de esa posibilidad. Ése no es el consuelo que necesita.

—Bueno, tal vez sea como dices —admite Alma, como un recordatorio para ambas—. Probablemente esa mujer estaba llamando a todos los números de su libreta de teléfonos. Oh, Tera..., no sé por qué dejo que me pasen estas cosas. Sé positivamente que Richard me ama. Vivimos bien. Soy una persona afortunada.

Se produce una pausa angustiosa.

—Por supuesto, Richard te ama —asegura Tera—. Yo también. Mucha gente te ama —parece como si Tera estuviese conjugando ese verbo que Alma considera problemático, tanto en inglés como en español.

Después de concluir la conversación con Tera, Alma se dirige a su estudio. Intentará sacarle algunas horas de trabajo a un día perdido. En otras ocasiones, la voluntad y la disciplina la han liberado de anticuados estilos de vida y malos hábitos. Tratará de que eso vuelva a ocurrir. Si persiste, mirará hacia fuera, y el boscaje oscuro se transformará en un huerto floreciente, con coliflores en noviembre y tomates a mediados de enero.

Toda la mañana ha estado tomando notas, respondiendo los mensajes del correo electrónico, llamando a una compañía de ventas por catálogo haciéndose pasar por su madre, a quien le enviaron unas prendas íntimas de algodón con la talla errónea, y recurrió a Alma para enmendar el equívoco. La pobre Mamacita ya no puede transitar por los laberintos automatizados del servicio al cliente, y mucho menos rectificar algún error cuando por fin, al otro lado de la línea, responde una voz juvenil e impertinente. En eso se le fue la mañana. Después, la aparición del desconocido en el patio trasero, seguida por la extraña llamada de la mujer, acabó por desconcentrarla. Seguramente se sentiría mucho mejor si lograra recuperar el camino perdido. Una señal de que, en esta etapa de madurez, Alma puede contar con sus recursos internos. ¿No deberían ser más plenos y profundos ahora, que está al borde de los cincuenta? ¿Como enormes yacimientos petroleros de recursos internos que explotar?

La carpeta con el rótulo BALMIS sigue sobre el escritorio. Páginas tras páginas de notas tomadas del volumen polvoriento y monótono que pidió en préstamo a la biblioteca, usando la tarjeta de Tera. Francisco Xavier Balmis era un hombre maduro cuando se embarcó en su expedición contra la viruela desde el puerto gallego de La Coruña, en 1803. Tenía exactamente la edad de Alma. Y ya había visitado el Nuevo Mundo en cuatro ocasiones, trabajando cuando joven en un hospital militar de la Ciudad de Méjico. Pero esta vez proyectaba continuar el viaje por todo el mundo con su carga de huérfanos, desde Méjico a las Filipinas, y luego a la China, para después circunnavegar el Cabo de Buena Esperanza en dirección a Santa Helena, y regresar finalmente a España, en un recorrido que por lo menos tardaría tres años en realizarse. ¡Y su pobre esposa! *Josefa Mataseco, sin fecha de nacimiento ni muerte disponibles. Casada, sin hijos.* Detalles que Alma conoció gracias a su correspondencia electrónica con el historiador a cargo del sitio web en España. ¡Un sitio web dedicado a Balmis! Todo el mundo tiene un sitio web.

Alma no puede evitar que su mente divague. ¿Cómo sería la vida sin Richard? Realmente no es una interrogante que se acaba de hacer, pues se la ha planteado continuamente, desde que perdieron a los padres de Richard con sólo meses de diferencia, hace casi dos años. Los suyos se mudaron a Miami, lo más cerca posible de «casa», para que los envíen por avión a la isla a pasar sus últimos días, según sus instrucciones precisas. Mamacita y Papote —nombres dulces, ligeramente bufonescos, cortesía de los nietos— tambaleándose al borde de la tumba, intentando alcanzar la mano de su hija. «Ya no veo del ojo izquierdo. No. No son cataratas. El médico dice que no hay nada que hacer. Que coma espinacas. ¿Te imaginas? Estoy pagándole una *fortuna* a ese médico, ¡y me aconseja que coma espinacas! ¿Papote? Tú sabes cómo está ya: hoy me preguntó si habíamos tenido hijos. Y ayer estaba recitando a Dante sin parar. Tiene la presión alta. Por supuesto, me preocupa su diabetes. Y lleva varios días con estreñimiento. Pero bueno, ¿y tú cómo estás?»

Las pérdidas que nos aguardan... Alma no tiene ningún entusiasmo por llegar a esa etapa de la vida. «No pienses en lo inevitable», le aconseja con frecuencia Helen, mientras se abre paso lentamente por su cocina invadida por corrientes de aire, haciendo su té. Pero, al igual que la niña proverbial a quien se le advierte que no derrame el vaso de leche, Alma no puede dejar de pensar en eso. Tal vez si hubiesen tenido hijos podría mirar por encima del hombro y sentirse alentada con la generación futura. Tener hijastros no ayuda, aunque trate de fingir lo contrario. Ni David, ni Ben, ni Sam son hijos suyos. Jamás se inclinó sobre sus cuerpecitos para acariciarlos o asearlos. Y precisamente lo que necesita es esa comodidad primigenia y animal de criatura rodeada por sus cachorros. No puede negar que está orgullosa de sus hermosos y nobles hijastros, pero no se acostumbra a sus estaturas, a sus enormes mandíbulas, ni a la forma en que se ruborizan cuando los mima demasiado delante de sus sofisticadas novias neoyorquinas.

«No hay nada en el mundo comparable a tener hijos», le sermoneaba por teléfono Mamacita —a quien aparentemente nunca le complació tener los suyos— durante los primeros años de su matrimonio. Pero nunca logró convencerla. Aparte, los consejos de su madre no tenían demasiada efectividad en los Estados Unidos. Y un esposo y tres hijastros jóvenes ya eran un desafío considerable. En ese tiempo ya le habían publicado su primera novela y estaba envuelta en una explosión familiar. La idea de generar más parentela le resultaba aterradora.

Cosas de la vida, cosas de la vida... De repente nos levantamos un día y los adultos de nuestra niñez ya no están, y las grandes preguntas sin respuesta nos vienen a la memoria a las tres de la mañana. ¿A quién recurrir para que las responda?, se cuestiona Alma, recordando las estrofas de un poema que leyó recientemente, el cual copió luego en su diario:

> ¿Cómo vivir?, me preguntó alguien en una carta,
> alguien a quien habría querido
> formularle la misma interrogante.

Sus aflicciones literarias, aunque absorbentes, son casi nada en comparación con el azote de los aires del tiempo en pleno rostro, cuando va desapareciendo toda la familia.

Pero su mayor motivo de aflicción es la posibilidad de perder a Richard. Un infarto fatal. Un accidente vehicular, con el cuerpo amado tirado sobre el pavimento, como ocurre en tantas colisiones de carretera. Durante un tiempo, luego de la muerte de sus suegros, Alma comenzó a hacer los preparativos pertinentes. Para ello, compró un pequeño cuaderno con espiral y siguió a su esposo día tras día, anotando instrucciones para poder realizar las labores hogareñas de las que se encargaba Richard, verdaderos misterios para ella: conectar el generador si se interrumpe el fluido eléctrico, rellenar el suavizador de agua, programar los termostatos. Cuando le pidió que la enseñara a palear la nieve de la vía de acceso de los vehículos, Richard le preguntó:

—¿Para qué demonios quieres saber todo esto?

—Para poder vivir sin ti —admitió Alma, con aire sombrío.

A Richard se le aguaron los ojos.

—Alma, ten un poco de fe —le dijo, pero procedió a enseñarle cómo hacerlo, aunque el terror que le inspiraba a ella conducir sobre la nieve a la deriva la convenció de que probablemente moriría de un infarto si trataba de intentarlo por su cuenta.

Luego de aquella llamada telefónica en la tarde, la idea de perder a Richard, que Alma imaginó siempre como trágica y terminal, se transformó en algo de mal gusto: traición y divorcio. «¡Lo mato!», piensa, sonriendo a pesar de sí misma, ante la ironía de provocar esa pérdida a la que tanto teme. Ya habían tocado anteriormente el tema de la infidelidad.

—No soy Hillary Clinton —le dijo Alma—. Soy demasiado insegura. No estaría contenta con la persona en la cual me convertiría si me casara con un hombre en quien no pudiera confiar.

Richard dejó escapar un suspiro profundo y convincente.

—¿Cuándo vas a meterte en la cabeza que te adoro?

Tal vez eso mismo es lo que le dijo Francisco Balmis a Josefa la víspera de su partida. ¿Se lo creyó ella? ¿Leería la relación final de los miembros de la expedición —que le enviara el historiador español a Alma por correo electrónico— para luego preguntarle «¿Y qué hay con esta Isabel?», con evidente desconfianza. Alma sintió un interés repentino con este detalle aparentemente insignificante. La expedición de Balmis estaba compuesta por seis asistentes, veintidós niños, la tripulación de la nave y —algo raro en una expedición de esta índole— una mujer, Isabel Sendales y Gómez —o López Gandalla, o Sendalla y López («No estamos seguros de cuál era su apellido», aclaró el historiador del sitio web)—. La rectora del orfanato no sólo le había concedido a don Francisco los niños que le había solicitado, sino que también ¡se había incorporado ella misma a la misión! En los días más oscuros, cuando aparentemente no le interesa nada más, Alma comienza a pensar en este hombre enloquecido y visionario, que cruzó el océano con veintidós niños menores de nueve años, y en la rectora misteriosa de la cual sólo se conoce su nombre.

La atracción por estos personajes históricos sorprende a Alma. Realmente, nunca le fue muy bien que digamos en las clases de Historia. En su niñez, la lectura de cualquier episodio o batalla crucial, o de un descubrimiento importante, le provocaban ansiedad: como si estuviese contemplando la escena de un desastre inminente sin poder hacer nada para evitarlo. Aquel capitán portugués que se disponía a comprar la primera carga de esclavos e iniciar el comercio vergonzoso que daría lugar a sublevaciones, familias divididas, vidas trágicas, guerra civil; los disturbios de Watts; el asesinato de Malcolm X; de Martin Luther King, y así sucesivamente. Un tropel de incontrolables resultados con los que habría que enfrentarse en capítulos posteriores. Alma deseaba volver atrás y gritar: «¡Paren! No saben ni la mitad del conflicto en el que nos están metiendo, un hemisferio anegado en sangre de inocentes!».

Tal vez lo que más la desconcierta acerca del histórico Balmis es que desconoce si habría tratado de detener su misión. No hay duda de que se utilizaron a los pobres huérfanos como conejillos de Indias del visionario proyecto, pero se salvó el mundo, en cierta medida, pues se evitaron epidemias masivas, y además se les dio a los niños una oportunidad de ir a un sitio donde pudieran reinventar sus vidas y dejar de ser niños bastardos de la

Casa de Expósitos. Por todo esto, en vez de experimentar ansiedad o alentar sueños de intervención, Alma desea partir con Isabel en la expedición de Balmis.

Se tropezó con la historia mientras escribía la secuela de su segunda novela, la saga multigeneracional de una familia hispana, algo lo suficientemente sustancial como para compensar los seis o casi siete años desde que le publicaron su última obra. A medio camino de la primera parte (correspondiente al siglo XVIII), Alma se dio cuenta de que aquellos personajes habían dejado de interesarle; estaba harta de la autoconciencia de su etnicidad, de sus predecibles conflictos. Pero ¿qué hacer entonces? ¡Ya había vendido los derechos de la novela! Y, peor aún, había gastado el anticipo que cobró al firmar el contrato. A la dulce Dorie, su editora original, la habían jubilado a una colección dedicada a las memorias de personas que habían trabajado o tenían vínculos con los famosos: la mucama de Lady Di, el agente de Elvis, el primo segundo de William Faulkner. La sustituyó Vanessa von Leyden («Veevee», como la conocían en el mundo editorial), una editora joven y de gran popularidad. Alma no la conocía personalmente, pero habían hablado en dos ocasiones: la primera, cuando Veevee la llamó para presentarse; y luego cuando Veevee repitió la llamada de presentación, debido a que, obviamente, olvidó borrar el nombre de Alma de su lista de asuntos pendientes. Con frecuencia, al leer las revistas satinadas mientras aguarda en la fila del cajero en el mercado, o en las salas de espera de las consultas médicas, Alma ve fotos de Veevee asistiendo a eventos literarios, entregando premios, con el *look* de una modelo y no de alguien que lee, mucho menos de una editora. Posiblemente los editores se ven obligados a cultivar hasta cierto punto las relaciones públicas, en estos tiempos donde hay cada vez menos lectores, donde los títulos que ayer ocupaban posiciones intermedias en los listados de ventas se desploman a los últimos lugares, donde los propietarios corporativos consideran los libros como meras mercancías, que se comercializan como si se tratara de barriles de petróleo crudo o cajas de botellas de vino. Y, por supuesto, la presión recae sobre la pobre Veevee, sobre Lavinia.

Veevee llamó, le dice en ocasiones Lavinia. Quiere un calcuestimado.

¿Calcuestimado? ¿Qué demonios está ocurriéndole al idioma en Nueva York? ¿Cómo confiar en una editora que habla de esa manera? «No puedo hablar de eso», le dice Alma a Lavinia, como si se tratara de alguna superstición hispana que debiera respetar, como un círculo místico de silencio en torno a lo que escribe. Finalmente, Lavinia se ha distanciado. Con cierta periodicidad le envía un laudatorio mensaje electrónico proveniente de un joven admirador, o la nota de un editor elogiando el trabajo de Alma, añadiendo: «¿Ves?, tienes numerosos lectores dedicados que te aman y esperan el próximo libro», como si ella también sospechara la verdad: Alma ha perdido el impulso, ahondando en esa antigua duda propia que va a atraparla al final, a menos que explote los pozos petroleros de su fe.

El desencanto de Alma con el mundo comercial del libro ha ido creciendo con los años: las estrategias de mercadeo, las fotografías glamorosas, la creación de rumores favorables «pre-lanzamiento», como se dice en el argot de los departamentos de publicidad; la exclusividad de la promoción; y, luego, los paneles, en los cuales se le pide a uno de los escritores procedentes de cualquier minoría étnica posible que dé respuesta a algún tema cuestionable: «Darle multiplicidad a lo convencional»; «El futuro de la novela estadounidense»; «La política y el escritor post-colonial». Y aunque Alma siente que la realidad de ser escritor es muy diferente a lo que siempre pensó, ha participado en esos paneles, convencida de que —como Lavinia le recuerda constantemente— es jodidamente afortunada de que la inviten.

Lo que finalmente selló su silencio fue aquel artículo de mala fe publicado en una pequeña revista alternativa y destinado al olvido que, sin embargo, llamó la atención de los medios principales para tratar el tema de la difamación entre las minorías étnicas. Y fue objeto de atención a causa de su nombre, ese seudónimo ridículo que Alma adoptara hace años a causa de la frustración y el dolor por la censura familiar. Mario González-Echavarriga, el *patrón* de los críticos hispanos, se dedicó, como le gusta decir a Tera, a deconstruir a Alma. «Fulana de Tal no es otra cosa que una usuaria maquiavélica de la identidad. Su seudónimo ridículo es un intento irresponsable de socavar la escritura política seria, a cargo de voces silenciadas desde hace tiempo. ¿Acaso esta escritora considera su origen étnico como un chiste?»

Y otras cosas por el estilo, a lo largo de tres páginas a dos columnas cada una, citando, o algo peor, refiriéndose erróneamente a sus comentarios en artículos de fondo que siempre —como suele ocurrir en el periodismo— confunden algún detalle: su padre encabezó una revolución (cuando en realidad Papote salió huyendo de la dictadura); su abuela era haitiana (la tatarabuela de Alma era francesa, cuando la isla entera pertenecía a Francia). Pero donde el crítico insistía tenazmente era en el hecho de que Fulana de Tal no permitía que la fotografiaran abiertamente, que la foto en la sobrecubierta mostraba su rostro perdido en un juego de luces y sombras, el cual, por supuesto, daba a su piel una tonalidad oscura. Algo que, insistía el crítico, era el objetivo de la escritora: pasar por una persona «de color».

¿Cómo era posible que alguien pudiera malinterpretarla de manera tan convincente? Sin dudas, la foto de sobrecubierta era algo complicado, en el caso de una escritora que intentaba preservar cierto anonimato. Alma rogó que no le tomaran fotografías, pero la editora insistió en que era necesario. En el complejo mundo editorial, era demasiado difícil vender la primera novela de una escritora que pedía el anonimato total. Había que tener una historia que complementara las historias que escribía.

Además, ¿qué había de malo en ello? ¿Quién tiene que saberlo?, argüía Lavinia. Alma podía publicar y hacer giras de presentación del libro como Fulana de Tal. «En este país tan enorme no es fácil que alguien vaya a reconocerte», le aseguraba su agente literaria. Los lectores de habla hispana comprenderían que Fulana de Tal no era un nombre verdadero. ¿Y qué? En una población compuesta por una cantidad considerable de indocumentados, la utilización de un nombre falso sería, en definitiva, un símbolo de la condición de hispano en los Estados Unidos de América, un gesto de solidaridad. Y así se consideraba, hasta que apareció Mario González- Echavarriga.

Alma profundizó en esos argumentos, demasiado temerosa de perder la gran oportunidad que tanto había deseado y el sustento que necesitaba. Al inicio, era como una especie de juego que había funcionado a su favor. La confidencialidad que rodeaba a quien era en realidad creaba rumores en torno a sus novelas, lo cual ayudaba a su venta. Al término de la temporada de publicación, los comentarios se apagaron, su segunda novela se agotó, la primera sobrevivió gracias a su adopción en varios cursos de Literatura, como una lectura más ligera, popular y multicultural ante los clásicos *Huckleberry Finn, El gran Gatsby* o *Grandes esperanzas,* y su importancia literaria nunca llegó a ser lo suficientemente notoria como para garantizar que un periódico le asignara a un reportero investigador la búsqueda de la identidad verdadera de una *autora* que no era sino una tormenta en un vaso de agua.

Por supuesto, durante los conversatorios que seguían a las lecturas, siempre surgía la pregunta. ¿Por qué Alma no podía usar su nombre real? Y ella respondía, francamente, que su familia le había pedido que no usara su apellido; y cómo ella sentía resentimiento por las razones sin importancia que les servían de pretexto: temor a la vergüenza ante la sociedad (las jóvenes hispanas tienen relaciones sexuales antes del matrimonio; menstrúan, pasan por crisis nerviosas, se divorcian, de forma similar a las muchachas gringas malcriadas). Pero también comprendía su terror, las profundas cicatrices dejadas por largos años de dictadura, la posibilidad de repercusiones políticas negativas para los demás miembros de la familia que quedaron en la isla. Alma consideró en algún momento un nombre americanizado, pero la editora vetó tal idea. En esos tiempos un nombre hispano ejercía demasiado atractivo. Además, si una autora «anglo» escribía una novela acerca de una familia hispana en el clima multicultural tan cargado de la actualidad, sería arrastrada a la hoguera donde se quema lo «políticamente incorrecto», acusada de apropiación indebida y de colonizar nuestra historia.

«¿Por qué escribir?», preguntaba en ocasiones un lector desalentado luego de escuchar la historia de Alma.

«No se hace por capricho», respondía Alma. Aunque, con el paso de los años, comenzó a cuestionarse al respecto. Arriesgaba demasiado en una pasión. Las «monoculturas» siempre se metían en problemas. Eso es lo que había aprendido de Richard.

—Bien, ¡creo que es magnífico que tengamos finalmente escritores hispanos que lleguen al público en general! —decía alguno de sus defensores, provocando el aplauso de los presentes.

Por supuesto. Alma lo sabía de sobra.

—Echar raíces en el campo de la literatura implica también saber si hay lombrices en la tierra —le recordaba siempre a la audiencia. Se había apropiado de aquel comentario hecho por Helen, refiriéndose a la vida en general, encontrándole, por supuesto, el lado positivo: las lombrices enriquecen la tierra y los problemas forjan el carácter. Cuando Alma era más joven, creía que los optimistas no eran tan inteligentes como los pesimistas. Pero ahora está de acuerdo en la bendición y la inteligencia que subyacen en ese punto de vista flexible y alegre de Helen.

—¡Qué bien te quedó! ¿Es así en todas partes? —le preguntó a Alma la gerente de eventos de una pequeña librería de Chicago, en su última gira de presentación. Y fue entonces que Alma cayó en cuenta de que, si bien cada comparecencia se caracterizaba por la sinceridad, cualquier repetición de tales momentos los condenaba a la teatralidad y la falta de autenticidad. Comenzó desde entonces a disgustarle su personaje, y hasta llegó a creer que escribir con su seudónimo era de mala suerte. «Fulana de Tal murió», era el título del mensaje que envió a Lavinia con copia a Vanessa, para recibir al instante la consabida respuesta de *No estoy en la oficina. Por favor, póngase en con-*

tacto con mi asistente. (¿Estaría alguna vez Veevee en su oficina? ¿Sería ella quien editaba los manuscritos, o era su asistente la que se encargaba de todo el trabajo oficinesco?), Ahora que Papote estaba perdiendo la memoria y Mamacita no podía leer por sus problemas de la vista y su agitación perpetua, Alma podría escribir con su propio nombre sin problemas. Pero ¿cuál sería la historia que contaría abiertamente con su verdadera personalidad? ¿Qué libertad alcanzaría con la desaparición de Fulana de Tal? Sin embargo, antes de que Alma pudiera comenzar a responder tales interrogantes, y reavivar un nuevo destello de fe en sí misma, apareció el artículo de Mario González-Echavarriga, martillando los últimos clavos del ataúd donde yacía Fulana de Tal.

—¿Eso era lo que querías, no es cierto? —le argumentó Lavinia—. ¡Y esa publicidad negativa te ayudará a vender! ¡Cuando salga el próximo libro, vas a vender más que nunca, créeme! Colocaremos la fotografía antigua y velada en la portada, y otra en primer plano con tu nuevo rostro en la contraportada. A lo mejor hasta logramos que Annie Leibovitz sea quien se encargue de la nueva fotografía.

Ésa fue la primera vez que Alma le colgó abruptamente a alguien en su vida. Incluso hoy, cuando recibió aquella llamada perturbadora, sus modales se sobrepusieron a su temperamento. Pero el hecho de que Lavinia transformara ese ataque en una oportunidad mercadotécnica, hizo que Alma sintiera súbitamente que se merecía un castigo, por haber dejado que la convirtieran en mona de circo étnico. Y le dolió la idea de que lo que escribía no era más que un juego a las escondidas con sus lectores. ¡Y eso era lo que Lavinia pensaba de su obra!

Tal vez por esa razón Alma se escapa al siglo XIX y el proyecto de Balmis le llama tanto la atención. El hombre quería hacer algo realmente bueno: salvar el mundo de una enfermedad letal, de una epidemia en franca propagación. Pero sus medios resultaban cuestionables, ¡usar huérfanos como portadores de su vacuna! ¿Sintió alguna vez Balmis algún cargo de conciencia al respecto? ¿Cómo pudo convencer a la rectora, cuya labor era proteger a aquellos niños, para que lo siguiera en su misión? Sin duda, a ella también le llamó la atención. Alma estudia con detenimiento la única imagen de aquel hombre que se ha podido conservar, la foto de un busto, en el sitio web que le han dedicado: un rostro severo (hay algo en los bustos —después de todo, son cabezas cortadas— que les otorga a los rostros una apariencia sombría), la mandíbula demasiado sólida, los ojos tallados sin pupilas, como si pertenecieran a un ciego, o estuvieran clavados en un punto lejano. Sin embargo, hay cierta suavidad alrededor de la boca que compensa todo lo demás, que lo humaniza y provoca que Alma sienta, también, la tentación de averiguar más detalles acerca de este hombre.

I
Septiembre de 1803

Era el día de la festividad de los gemelos Cosme y Damián, santos patronos de los médicos, y el de la cura de parásitos a los niños.

Una vez al año, por recomendación de los doctores del vecino hospital de beneficencia, cocíamos nuestra acostumbrada poción de ruibarbo y calomelanos, combinados con generosas cantidades de melaza; que luego dábamos a beber a los niños en cuanto despertaban. A mediodía, ya la mayoría de ellos habría pasado por los orinales que colocábamos en el patio, para mantener la pestilencia fuera de casa.

Y allí estaban, acuclillados en sus orinales respectivos, recostados contra el muro trasero del patio. Todos se habían despojado de sus túnicas sucias, y, junto a la puerta de la cocina, ya hervía a fuego lento una enorme tina llena de ropas empapadas que Nati —quien, con su pañuelo blanco atado alrededor de la cabeza, parecía una paciente vendada salida del hospital vecino— revolvía incesantemente. De vez en cuando reparaba en ella y trataba de adivinar lo que estaría pensando. ¿Adónde estaban las gentiles damas voluntarias que venían a ganar indulgencias y a hacer gala de sus buenas acciones, cuando más las necesitábamos?

El pequeño Pascual se agarró a mis faldas, recordándome constantemente que tenía hambre.

—¡No! ¡No puedes comer nada hasta la hora de la cena! —le respondí, con evidente enojo. ¿Adónde había ido a parar mi paciencia? ¿Por qué razón Dios había traído tantas criaturas al mundo, para dejarlas luego a mi cuidado?

Al otro lado del patio, los niños me llamaban a gritos para que fuera a ver una enorme lombriz.

Pero, haciendo caso omiso de sus reclamos, les volví la espalda y me dirigí a la casa, dejando a Nati que se encargara de la desagradable labor.

Ya en mi habitación, me acosté en la cama y cerré los ojos. «Imagínate —me dije—, otro lugar, otro tiempo...».

Pero hoy, como en tantas otras ocasiones últimamente, mi viejo invento no surtió efecto. No podía imaginarme otra vida que no fuera la presente. Llevaba doce años enclaustrada en este orfanato, o trabajando en el hospital de al lado. Y antes de eso, seis años atendiendo enfermos a domicilio. Toda una vida entre pacientes y dolientes.

Cada uno de los sesenta y dos niños a quienes albergábamos bajo nuestro techo, era como una piedra en el camino. ¿Por qué habíamos aceptado tantos? ¡Si apenas teníamos espacio para cincuenta! Pero, a causa de las malas cosechas de los últimos años, cada vez menos familias querían tener otra boca más que alimentar. Y, por si fuese poco, esas mismas cosechas míseras contribuían a aumentar la cantidad de niños bastardos abandonados ante las puertas del hospital, o las nuestras.

Nuestra benefactora advirtió el cambio que se operaba en mí.

—La veo muy fatigada, Isabel —me dijo doña Teresa—. Necesita descansar de sus labores un par de semanas. Hasta Nuestro Señor...

«... descansó el séptimo día», respondí mentalmente, pues para entonces ya me sabía de memoria sus homilías.

Mientras trataba de descansar, dejaba vagar mi mano por el rostro, como de costumbre, explorando la piel áspera, las fosas nasales deformadas. Me invadía una especie de deseo perverso al tocar las cicatrices; y en cada ocasión, como la primera vez, me estremecía al no hallar el rostro que tuve antes de contraer la viruela. Fui una de las afortunadas en sobrevivir. Al menos, así me habían dicho aquellos que no lo habían perdido todo: madre, padre y hermana, víctimas de la enfermedad. ¡Y no sólo amores pasados, sino también futuros! ¿Me iría al sepulcro, cuando me llegase la hora, sin haber conocido amor de hombre, sin tener un hijo de mis entrañas?

—Un hombre no va a darte el consuelo con que sueñas, créeme —me dijo Nati en cierta ocasión. Teníamos la misma edad, aunque Nati contaba con dos hijos robustos que mostrar en sus años de madurez. Su esposo, «el padre de los muchachos», como solía llamarle para distanciarse lo más posible de él, había desaparecido cuando los niños eran pequeños, lo cual le resultó conveniente en última instancia, pues cada vez que me lamentaba de mi soltería, Nati intentaba proporcionarme alivio relatando desalentadoras anécdotas de sus años de matrimonio.

Sentí cómo las lágrimas se escurrían a través de mis ojos cerrados. ¿Para qué vivía una entonces?

«¡Imagínate!», me dije con mayor desesperación, «otro tiempo, otro lugar». Una vez despojada del vestido negro y el velo, no importaba que mi piel estuviese lacerada o no. Era el futuro, el mundo sin mí. Alguien descubriría mi historia. Todo lo que quedaría de mí. Una historia. Isabel, una buena mujer, rectora de un orfanato. ¿Quién adivinaría mi desesperación, mi deseo de escapar de la existencia que estaba viviendo?

En el patio, los niños gritaban, entregados seguramente a algún juego salvaje al cual, por suerte, no tendría que poner fin. Pero había dejado a la pobre Nati abandonada a su suerte. Ella era mi mano derecha y la única, aparte de mí, que sabía leer y escribir.

—¡Ya basta, niños! —gritaba Nati, en cuyo tono de voz pude advertir que también estaba harta. Me levanté de la cama para ir al patio a remediar lo que pudiese, intercediendo en una pelea, acariciándole la frente a un chico enfermo, o haciendo una promesa que pudiese cumplir.

Esa noche estaba en la capilla preparándome para las vísperas. Finalmente había concluido el día. Los niños ya estaban totalmente limpios y, después de las oraciones, les esperaba la única comida de ese día. Los pasillos y dormitorios también habían sido objeto de una cuidadosa limpieza. Y hasta le tomamos prestado al padre Ignacio el incensario de la capilla, para llenar de humo aromático cada habitación. Toda la casa olía a misa solemne, aunque con sólo un leve trasunto de lo que enmascaraba: el hedor de los desechos humanos.

—¡Doña Isabel! ¡Doña Isabel! —comenzaron a gritar los niños.

Escuché el sonido de sus carreras en el corredor. Suspiré hondo, haciendo acopio de paciencia para el regaño que tendría que darles.

Dada la hora, aposté a que probablemente los niños habían visto por las ventanas el coche de doña Teresa y competían entre sí para ver quién sería el primero en darme la noticia. A menudo, nuestra benefactora nos visitaba en camino a su casa luego de alguna salida u otro menester.

—Detesto volver a esa casa vacía —declaraba con frecuencia.

Doña Teresa había sufrido también su cuota de pérdidas: su esposo, don Manuel, había sido corneado por un toro cuando, en medio de una borrachera, cometió la temeridad de entrar al ruedo durante una corrida.

—¡Cuántas veces le dije que era un deporte salvaje! —repetía incesantemente doña Teresa. Y al poco tiempo, su único hijo pereció víctima de las viruelas en esta misma casa. No había cumplido aún los nueve años—. Es por eso que me atraen tanto nuestros queridos niños —me explicaba doña Teresa.

Paradójicamente, su tragedia había sido la salvación de los más de mil huerfanitos acogidos por la Casa de Expósitos, desde su apertura hacía casi doce años. Nuestros primeros residentes, hombres ya, regresaban en ocasiones, trayendo consigo para que los viéramos a una joven esposa o un hijo recién nacido. Y con demasiada frecuencia nos enterábamos de que los habían enrolado a la fuerza en la Marina, habían muerto y los habían sepultado en el fondo del mar. Los pobres y los desvalidos eran, con demasiada frecuencia, la carne de cañón en las guerras de nuestra estirpe. Pero eso era parte del argumento de las homilías que pronunciaba doña Teresa.

Me dejé caer en un banco, esperando a que llegaran los niños con la noticia del arribo de doña Teresa. Y como respondiendo a una secreta señal, descendió el manto de oscuridad contra el que había luchado todo el día, con sus alas batiendo en mis oídos y su tersura de plumas negras extinguiendo la llama de mi voluntad. Todo era inútil. Inútil. Hurgué distraídamente en mi bolsillo y palpé el rosario que llevaba conmigo como único consuelo. *Dios te salve, María, llena eres de gracia...* Pero ¿qué gracia podría favorecer a alguien como yo? Toqué las cuentas como si fuesen mágicas, y luego halé la cuerda que las ensartaba hasta que se rompió, llenándome el regazo de pequeñas esferas negras.

Y los niños ya estaban al final del pasillo, llamándome.

Suspiré y recogí las cuentas, colocándolas en el bolsillo del vestido. Esa noche, después que se durmieran los niños, las volvería a ensartar a la luz de la vela, para luego usarlas para orar pidiendo paz y perdón.

Cuando llegué a la puerta, el grupo compuesto por una decena de niños me vio, y el agitado tropel se detuvo como por encanto. Sabían de sobra cuáles eran las reglas de la casa.

—¡Hay un visitante en el recibidor! —anunciaron, como si la noticia fuera el pretexto de su vocerío y de sus carreras a toda velocidad puertas adentro. Estuve a punto de reprenderlos, pero la mirada en sus rostros me impidió hacerlo. Una mirada que conocía bien, de entusiasmo y aprensión a la vez. Los más pequeños eran los más entusiasmados, inocentes aún de lo que el mundo exterior podría traerles. Un visitante era sinónimo de buenas nuevas: alguien en busca de un expósito a quien criar, una pareja sin hijos, o un hombre solitario y más cuestionable en busca de un chico que se encargara de sus faenas. Tal vez al caer la noche uno de ellos ya tendría nueva familia. Con toda seguridad ése era el pensamiento que rondaba en sus cabecitas.

—Un hombre con uniforme —comentó Cándido, con los ojos muy abiertos por la impresión. Y un hombre era una novedad mayor en este mundo de niños al cuidado de mujeres. En cuanto al uniforme, era cosa usual en esta ciudad fortificada con su puerto tan concurrido. Aunque la presencia de un hombre uniformado en un orfanato era, sin dudas, un acontecimiento raro.

—¿Dijo qué se le ofrecía? —pregunté, mirando a cada uno de los niños. A pesar de su entusiasmo, advertí en sus rostros cierta palidez y desconfianza. Pero, realmente, para ellos el día había sido demasiado largo.

—No lo dijo —respondió Cándido, convertido en el portavoz del grupo—. ¡Sólo preguntó si queríamos servir a nuestro Rey!

El corazón se me encogió dentro del pecho. ¿Estaría el ejército reclutando niños? Era la primera vez en muchos años que no estábamos en guerra con Inglaterra o Francia. Pero, desde abril, había estallado un enfrentamiento entre ambas potencias, las cuales dudaban de nuestra neutralidad. «¡Y ahora estamos armándonos para ir a la guerra para demostrar nuestra neutralidad!», protestaba doña Teresa, moviendo la cabeza como si el mismísimo Rey estuviese ante ella, listo para ser regañado.

—¿Estás seguro de que el visitante no dijo qué le traía por acá? —pregunté nuevamente, intentando controlar la preocupación en mi voz. Pero los niños hicieron caso omiso, sumidos en un mutismo absoluto—. ¿Les dijo su nombre?

Los niños advirtieron mi preocupación. Y esta vez, la aprensión afloró a sus rostros.

—Se llama... se llama... F-F-Federico —Andrés, el mayor de los hermanos Naya, era terriblemente tartamudo. Les dirigí a los demás una mirada de advertencia, para evitar que las cosas empeoraran si alguien se burlaba de él.

—¡No se llama F-F-Federico! —lo remedó Francisco, quien se acababa de incorporar al grupo. Seguramente se había quedado rezagado, hablando con nuestro visitante, en espera de alguna ventaja que sólo podía otorgársele a uno de ellos. Era un niño grande y bravucón. Uno de los que más trabajo me costaba querer—. Se llama Francisco —alardeó. Un nombre que, por supuesto, no se le olvidaría.

—*Don* Francisco —le rectifiqué, para que no olvidase esa muestra de cortesía que se le debía mostrar a cualquier hombre, mucho más a alguien enviado por el Rey—. Por favor, pídele a Nati que atienda al visitante. Pero sin algarabía —añadí, previendo una ruidosa estampida hacia la cocina.

Pero Francisco movió la cabeza.

—El caballero dice que tiene órdenes de hablar con la rectora, doña Isabel Sendales de Gómez —dijo, pronunciando mi nombre a la velocidad de un trueno.

—Sendales *y* Gómez —volví a corregirle. ¿Estaría burlándose de mí el atrevido? El «de» me correspondería únicamente por matrimonio. Así les había enseñado en las lecciones. Pero ¿por qué tenían que recordarlo? Precisamente ellos, quienes a menudo llegaban al orfanato sin nombre.

Volví a sentirme presa de mi vieja incomodidad, de aquella urticante sensación nerviosa que conocía demasiado bien. No acostumbraba a tener contacto con visitantes foráneos. Ocasionalmente, había que saludar a un dignatario u obispo, o a un funcionario que pedía un informe de la rectora. Y casi siempre tales visitantes llegaban acompañados por doña Teresa, quien les advertía previamente con respecto al extraño hábito de la rectora.

—¿El visitante viene con Doña Teresa? —pregunté a los niños.

—¡No! —dijeron todos a coro—. Lo manda el Rey —repitieron.

—Dijo que quería una audiencia pr… pri… privada con nuestra rectora —explicó Andrés, parpadeando como si el tartamudeo también le afectara a los ojos. Miré a Francisco, como si adivinara lo que pretendía hacer. *Ni te atrevas.*

No me quedaba más remedio que ir al recibidor y atender al visitante.

—Niños —les ordené—, quiero que cada uno de vosotros se prepare para las oraciones —gemidos inconformes por respuesta—. Y después cenaremos —los pastoreé por el corredor y me detuve en la puerta de mi recámara—. Vamos. Yo regresaré enseguida —les dije.

—¿Se va a poner el velo? —me preguntó Francisco, llamando la atención hacia mi vanidad. Ya lo había sorprendido en varias ocasiones haciéndome muecas a mi espalda, algo raro en mis niños. Para muchos de ellos, yo era el primer rostro que asomaba a sus cunas y los conducía con amor a la adolescencia. Pero Francisco no era uno de ellos. Nos lo entregaron tarde, luego que un tío borracho lo usó y abusó, golpeándolo hasta dejarlo por muerto. Alguien lo llevó al hospital vecino, donde se recuperó milagrosamente, quedando después bajo nuestra tutela. O sea, que venía endurecido por las crueldades del mundo.

—Tu deber es ayudar a los más pequeños a prepararse —le recordé, ignorando su pregunta.

Me quedé observando a los niños por unos

segundos y luego entré a mi habitación. Rápidamente —pues ya había hecho esperar demasiado al visitante— me quité el delantal y enderecé los pliegues de la falda. De repente, sentí algo pesado en uno de los bolsillos, ¡las cuentas! Las recogí y las coloqué sobre la cama, para volver a ensartarlas después. Mientras lo hacía, escuché un ruido, demasiado intencionado para proceder de Misha, nuestra gata, o de la cena que estaría buscando a esta hora. Levanté el cobertor y miré bajo la cama.

Allí estaba, mi pequeño Benito, nuestra adquisición más reciente. Su nombre venía cuidadosamente escrito en un trozo de pergamino sujeto con alfileres a su minúscula chaqueta. Pensé que tenía tres años al abrir la puerta principal y encontrarlo atado al madero donde los visitantes amarraban sus mulas y sus caballos. Esa mañana, el niño se agarró al madero, gritando como si lo estuviesen torturando, cuando tratamos de separarlo halándole sus deditos. Finalmente pude llevarlo a casa, y desde entonces vivía colgado de mis faldas. Pero poco a poco iba apartándolo, porque no podía hacer nada con un niño a los pies, o cargado. Benito había mejorado, pues ya no lloraba cuando lo dejaba con los demás en sus actividades, pero, a la primera oportunidad, se escapaba a mi habitación para esconderse bajo la cama. Y no tenía valor para castigarlo, pues estaba claro que el niño ya tenía suficiente sufrimiento con alguna pesadilla de horror que llevaba impresa en la mente.

—¡Benito! —le dije, tratando de darle severidad a mi voz—. ¿Desde cuándo estás ahí? ¡Sal ahora mismo! —le ordené. Pero el niño me miró con los ojos muy abiertos y se escurrió a donde no podía alcanzarlo.

En ese momento no podía ocuparme de tal asunto. Mi demora estaba derivando hacia la descortesía. Dejé que el borde del cobertor cayera en su sitio y cubrí mi cabeza apresuradamente con la mantilla. En la habitación no había espejo alguno para comprobar mi apariencia. En honor a la verdad, evitaba cualquier superficie brillante que pudiera reflejar mis facciones. Tal vez era cuestión de vanidad, como nuestro Francisco había insinuado, y no una cortesía para los pusilánimes, como me decía a mí misma; pero siempre ocultaba el rostro antes de salir al mundo de los hombres.

El salón había sido en otro tiempo el recibidor de doña Teresa, y conservaba aún cierto aire de su elegancia pretérita. La dama había dejado allí algunos componentes del lujoso mobiliario original: una gruesa alfombra con patrones de vivos colores, que su esposo le había comprado a un comerciante de ultramarinos; una enorme mesa sobre la cual los visitantes podían colocar lo que traían; algunas sillas de sombría apariencia, incómodas a la hora de sentarse, las cuales, según confesaba entre risas doña Teresa, estaban allí a propósito. A su esposo le disgustaban los interminables desfiles de visitantes y peticionarios en su casa. Por tal razón, para evitar que se acomodaran a sus anchas, don Manuel había encargado a su maestro carpintero que hiciera media docena de sillas de respaldar recto con asientos duros y con protuberancias, gracias a lo cual resultaba imposible asentar las posaderas en ellos por más de unos minutos. Doña Teresa reía de buena gana cada vez que narraba la historia. En ocasiones, se deleitaba con el recuerdo de las picardías de su difunto esposo.

Y como si hubiera descubierto la estratagema de don Manuel, encontré a nuestro visitante de pie, de espaldas, contemplando el enorme tapiz que doña Teresa había dejado en la pared, decorado con una imagen de la Virgen arrodillada, con la cabeza inclinada, mientras el ángel Gabriel le comunica la misteriosa nueva. La Anunciación se conoce como uno de los misterios gozosos, pero, como rectora de una casa de expósitos, no podía imaginarme que una noticia tan inoportuna pudiera provocar alegría en una joven virgen. «Hágase en mí según tu palabra», dicen que dijo. Una de esas partes de las Sagradas Escrituras que, mientras más años vivía, más difícil me resultaba creer. Estaba descubriendo que, como yo tenía tantas dudas de ese tipo en estos tiempos, lo mejor era ser reservada al respecto.

Entré a la habitación sin que me detectara el visitante —algo que había perfeccionado con los años— para poder disfrutar el ver sin ser vista. Y aproveché la oportunidad para estudiar al desconocido. No era mucho más alto que yo, en cierta medida demasiado bajo para ser hombre, aunque el uniforme le otorgaba la impresión de una mayor estatura que la real. *¡Lo manda el Rey!* Cándido seguiría repitiendo lo mismo por días sin término. La memoria de nuestros pobres niños era parca en otros recuerdos que no fueran sombríos, por lo que tendría que pasar algún tiempo para borrar de sus mentes este incidente más feliz.

—Oh —al volverse, el hombre no pudo ocultar su sorpresa al encontrar ante sí a una dama con el rostro cubierto por un velo. Entre nosotros, sobre la enorme mesa, descansaba un pergamino enrollado y un libro cuyo título no alcancé a distinguir. Y entre éstos, su tricornio, al cual miró el visitante, como si estuviera pensando en volvérselo a poner para luego quitárselo en un saludo ceremonioso. Pero, por el contrario, me otorgó una leve inclinación de cabeza—. ¿Doña Isabel Sendales de Gómez? —preguntó.

«*Y* Gómez», pensé, pero no quise rectificar el nombre. Entonces, nuestro Francisco se había limitado a repetir el error del visitante.

—¿En qué puedo servirle, don...? —dije, prefiriendo no arriesgarme a decir un nombre incorrecto. Mis niños podían ser tremendamente inexactos en sus informes.

—Francisco Xavier Balmis, Médico Honorario de las Cámaras Reales, Cirujano Consultor de los Ejércitos —de ahí el uniforme—, Director de la Real Expedición Filantrópica de la Vacuna... —se detuvo de repente, como si le fatigara su propia importancia.

O quizá había oído mi suspiro. No debía ser tan descuidada. El hecho de llevar la mantilla permitía que mi rostro reflejara abiertamente mis sentimientos, sin temor a que fueran descubiertos. Pero los suspiros eran perfectamente audibles.

—Vengo en mi capacidad de director de esa expedición, doña Isabel. Es una misión extraordinaria, por decreto de nuestro buen rey Carlos IV —dijo, inclinando ligeramente la cabeza a la mención de Su Alteza Real.

¿Nuestro? ¿Buen? ¿Rey? Pude escuchar en mi imaginación cómo doña Teresa punteaba cada palabra como las cuerdas de un laúd desafinado. Le encantaría oponerse a esa descripción, pensé, recordando las «homilías» de doña Teresa. Quizá la asociación de nuestro visitante a «nuestro buen Rey» era la razón por la cual no lo había acompañado a casa.

—Esta expedición llevará la salvación a millones de personas que de otra forma perecerían víctimas de las viruelas...

¡Viruelas! La sola mención de tal palabra era como una infección. Comencé a sentir escozor en la piel. Mis

viejas cicatrices palpitaban como si fuesen a abrirse nuevamente, como bocas repitiendo: *Viruelas, viruelas.* Mi cabeza comenzó a dar vueltas, pero pude evitar una caída a tiempo, colocando ambas manos sobre la mesa. De momento me di cuenta que había olvidado los guantes, dejando visibles las marcas en el dorso de mis manos.

—Hace algo de calor esta noche —comentó el desconocido.

Posiblemente había observado mi vértigo y estaba sugiriendo sutilmente que me despojara de la mantilla. Pero ya había visto cómo sus ojos recorrían mi figura, que las viruelas no habían logrado arruinar. Sin dudas estaba imaginándose un rostro más adorable. Y no estaba lista aún para desilusionarle.

—Mi más sentido pésame —dijo, cometiendo el error común de confundir mi mantilla negra con ropas de luto.

Ciertamente, yo tenía pérdidas, muchas pérdidas que lamentar, pero hacía tanto tiempo que no podía hacerme a la idea de recibir condolencias recientes. «El corazón no está en el horario de la mente», me aconsejaba en ocasiones doña Teresa, quien llevaba tanto tiempo de luto como yo, en realidad desde antes, porque su hijo había sido víctima de la misma epidemia de viruelas que nos había atacado a mi familia y a mí, y para entonces don Manuel había fallecido hacía un año.

—Es difícil perder a quienes amamos —añadió sosegadamente el visitante, como si él mismo tuviese pérdidas que lamentar.

Esta vez tampoco quise rectificar su error. Quería que me imaginara como una viuda, como una mujer querida en otro tiempo. Él era más viejo, seguramente me llevaba algunos años, muy elegante en su uniforme real, con su cabellera oscura veteada de gris, ¿o de polvo? ¿Qué relación tendría tal persona con nuestra casa de expósitos? Tal vez tenía que ver conmigo, sobreviviente de una epidemia. ¿En qué podía servirlo entonces?

—¿Le han hablado de la nueva vacuna?

Cuando se tiene un hospital al lado, siempre se escuchan rumores. Años atrás, alguien habló de un medico, un inglés enloquecido («Todos están locos», aseguraba doña Teresa al referirse a los ingleses) que había inoculado a propósito a unos niños con lo que decía eran una viruelas benignas que los protegerían de la real. Tal afirmación sonó tan ridícula como el cuento de los peregrinos que, al tocar los huesos del apóstol en Santiago de Compostela, se curaban al momento de su cojera, de sus labios leporinos, de sus excesos de humores.

—Esta vacuna no es nada más que una forma benigna de las viruelas que afligen a las vacas —prosiguió nuestro visitante—. ¡Vacas, doña Isabel! —repitió, como si le deleitase que la salvación física del ser humano también saliera de un establo—. ¿No ha oído hablar, sin dudas, de la adorable complexión de las ordeñadoras? —añadió, tocándose la mejilla con el reverso de la mano. Y yo me estremecí, como si hubiese tocado la mía—. Un tal Dr. Jenner, en Inglaterra, se preguntó: «¿Por qué? ¿Por qué las ordeñadoras se salvaban de las viruelas, cuando tanto príncipes como campesinos sucumbían?» —nuestro visitante se detuvo, como para dejarme pensar también en tal acertijo.

«Dios obra de formas misteriosas», habría respondido el padre Ignacio, mi confesor, como hacía ante mis propias aprensiones y dudas. Una respuesta que yo consideraba cada vez más insatisfactoria. A lo mejor el Dr. Jenner había pensado lo mismo.

—Lo que descubrió el Dr. Jenner fue que al ordeñar vacas afectadas por las viruelas, las lecheras contraían la infección, que se manifestaba en la erupción de pequeñas pústulas en sus manos, las cuales desaparecían a los pocos días. Nada más. Sin embargo, cuando la próxima epidemia de viruelas asolaba sus aldeas, se salvaban, como si ya la hubiesen padecido.

Nuestro visitante tamborileó con sus dedos sobre la mesa, mientras hacía la curiosa observación. Sus ojos brillaron con febril intensidad. Jamás había escuchado a nadie describir una cuestión científica con tanta pasión y de forma tan sencilla. Los médicos del hospital raramente se dignaban a dar explicaciones. Y cuando lo hacían, parecía que hablaban inglés, por lo poco que podía entender.

—Habiendo observado este interesante fenómeno, el Dr. Jenner decidió experimentar —siguió diciendo nuestro visitante—. E infectó a un chico, quien no había padecido la enfermedad, con el virus de la viruela extraído de la pústula de una lechera, practicando un pequeño arañazo en uno de sus brazos. El chico no manifestó efectos adversos, sólo una simple vesícula en el sitio donde se le había arañado. Semanas más tarde, el Dr. Jenner expuso al niño al virus real de las viruelas... —don Francisco detuvo el discurso, como para dejarme sentir lo dramático del momento. De repente, me di cuenta de que estaba conteniendo la respiración—. Y el resultado fue: que no ocurrió nada. Nuevamente, ¡era como si el niño ya hubiera padecido la enfermedad! —don Francisco volvió a tamborilear con los dedos en la mesa—. Imagínese, doña Isabel. ¡Una cura de las viruelas! ¡Una gracia salvadora para la humanidad! Por cierto, Su Santidad el Papa ha dado su bendición a esta vacuna, pero España se ha quedado a la zaga. Ya han transcurrido cinco años del descubrimiento de Jenner, ¡y muchas de nuestras autoridades no han reconocido aún este milagroso procedimiento! —don Francisco suspiró—. Perdóneme —dijo—. Tiendo a dejarme llevar por la emoción.

Se acercaba la hora de las vísperas, a las cuales seguiría la cena de los niños, con un dulce regalo del mercado en cada plato. Estábamos en la temporada de los higos. Tal vez tendríamos higos o uvas. Sería maravilloso que cada niño recibiera al menos un puñado. Benito tendría que salir finalmente de su escondite bajo la cama. Pero no sentí impaciencia. Estaba fascinada con la historia del visitante, pues tenía que ver con mi pasado, y sentía que también, y en breve, con mi futuro.

—Prosiga, por favor —le pedí.

—Como acabo de explicarle, el procedimiento de la vacuna es bien simple: un arañazo, una gota del límpido líquido y se forma una vesícula, la cual madura y al décimo día está lista para la cosecha, y para vacunar a cualquier cantidad de víctimas potenciales.

¡Tantos sufrimientos y la solución era tan simple! Dios obra de formas misteriosas, y aquel doctor Jenner las había adivinado. ¿Qué diría el padre Ignacio al respecto? Ya me había advertido del error de mi cuestionamiento continuo. Pero Dios nos había dado también los poderes de la observación y el razonamiento. Entonces, ¿por qué era incorrecto hacer uso de los mismos?

—En todas partes los súbditos de Su Majestad están muriendo por falta de esta cura simple. Pero muy especialmente en las colonias: criollos, hombres, mujeres y niños piden ayuda allende los mares.

Nuestro visitante quedó en silencio por un momento, e hizo un gesto en dirección a la ventana, como si pudiera escuchar aquellas voces lastimeras, creciendo hasta convertirse en un rugido colérico de los propios hijos de Dios. Nuestra ciudad estaba ubicada al final de la península ibérica, el último punto de la tierra española antes que las aguas se extendieran a medio mundo de distancia, hacia donde comenzaba Nueva España. Cuando hacía buen tiempo, me gustaba llevar a los niños al faro, esperando abajo, mientras ellos ascendían las escaleras de la Torre de Hércules. Sola y en calma, podía escuchar el sonido de las olas estrellándose contra la costa rocosa. Y desde las aguas, me parecía escuchar voces. Me quedaba quieta, aguzando el oído como un niño en plena noche, cuando escucha murmullos en la habitación vecina. Pero no podía descifrar lo que decían aquellas voces. Ahora, finalmente, lo había logrado.

—Debemos ayudarlos, doña Isabel. Debemos poner este remedio tan simple a disposición de todos los hijos de Dios. ¡Nosotros no debemos descansar hasta que hayamos concluido esta obra poderosa!

Mi corazón comenzó a latir violentamente. *¿Nosotros?*

—Nuestra gran España puede marchar a la vanguardia. Podemos salvar a la humanidad de este flagelo.

¿Nosotros? El hombre hablaba en voz baja, como si hubiera un secreto entre nosotros, una tarea que sólo nosotros podíamos realizar. Y aquella intensidad comenzó a despertar un ímpetu similar en mí. La nube negra comenzó a disiparse y se abrió un camino ante mí, un camino que hace doce años me condujo a este lugar. Después de todo, no había llegado a esta casa de expósitos a

esconder mi rostro, sino a salvar el mundo, amando a los más olvidados entre los hijos de Dios.

—Pero tenemos un problema, doña Isabel. Voy a ser franco con usted. Sólo hay una manera de mantener viva la vacuna. ¡Oh, ya se han probado otros métodos! —dijo, haciendo un gesto reprobatorio con la mano—. Como la inmersión de hilos en pus, sellándolos entre dos placas de cristal, o colocando una gota del propio líquido en el cristal. Ninguno de éstos ha sobrevivido a la transportación. Las propiedades de la vacuna se deterioran fácilmente en climas más cálidos. Sólo nos queda un recurso: portadores vivos vacunados secuencialmente.

—¿Nos? —pregunté, esta vez en voz alta.

—Sí. Su Alteza Real ha pedido que la Casa de Expósitos de La Coruña me proporcione dos docenas de niños aproximadamente, para que sean nuestros portadores vivos.

¡Qué desvergüenza! Usar los seres más infortunados e indefensos —los huérfanos— como sujetos de la empresa más cuestionable. Aquel hombre no estaba en sus cabales. Yo no lo permitiría, ¡ni aunque el Rey lo ordenara! Y pensar que estuve a punto de caer en la trampa por la intensidad de este desconocido. Satanás era también un maestro de la persuasión, como se había encargado de recordármelo el padre Ignacio. Miré hacia arriba, espiando el descendimiento del ángel Gabriel desde las cortes celestiales con su cruel Anunciación. ¿Es que no había piedad en el mundo?

Nuestro visitante alzó una ceja, a manera de interrogante, como si hubiese captado mi desaprobación.

—Puedo asegurarle que los portadores no sufrirán daño alguno. No dude que infectaría a mi propio hijo, si hubiera sido lo suficientemente afortunado como para tener uno.

Aunque casi había logrado hacer caso omiso de sus argumentos, aquel comentario fue como un llamado al corazón. Tampoco él tenía a nadie. ¿Quizá él también estaba solo en el mundo? «Es difícil perder a quienes amamos», había dicho anteriormente. Él también se había dedicado al servicio del prójimo para olvidar una enorme pérdida.

—Es necesario que hable con nuestra benefactora, doña Teresa Gallego de Marcos —le dije, con cierta prisa, porque ya me sentía en desventaja para juzgar los argumentos de aquel hombre intenso. Como doña Teresa detestaba a nuestro Rey, no cedería fácilmente a esa solicitud cuestionable.

—Claro, hablaré con su benefactora por cortesía. Pero son órdenes del Rey —me recordó, y procedió a tomar el rollo de pergamino que había colocado anteriormente junto a su tricornio, tratando de alcanzármelo.

Me negué a tocarlo, como si se tratara de las viruelas mismas.

—Confío en su palabra —dije, rechazando el susodicho documento. Era mejor ser considerada analfabeta que desafiar a un mensajero real—. No puedo hacer nada por usted, don Francisco. Sólo soy la rectora. Sirvo y cumplo órdenes —cada excusa adicional era como admitir mis dificultades de negarme a su solicitud.

—Yo también sirvo —respondió pausadamente—. Ése es nuestro propósito —añadió.

Su voz había adoptado nuevamente el tono mesurado del principio, como si compartiéramos un secreto, como si comprendiéramos que estábamos en esta tierra con un propósito más noble que ser pequeños terrones llenos de males y quejas. En realidad, nuestra verdadera alegría consiste en permitir que nos usen para un objetivo poderoso. Y sus palabras me recordaron lo que había olvidado, entorpecida por la rutina, preocupada por el tropel sombrío de mis propias tristezas.

—¿Cuál parte es la que encuentra más cuestionable, doña Isabel? —me preguntó. ¿Qué importancia tenían mis objeciones? Pensé preguntárselo. Probablemente había sentido mi timidez, por lo que continuó—: Usar a esos infelices niños. ¿Eso es lo que piensa de todo esto?

—Si no los protejo, ¿quién lo hará entonces? —riposté. Había tratado de no imprimir pasión a mi voz, pero no pude.

Nuestro visitante negó enérgicamente.

—¡El propio Rey los protegerá, doña Isabel! Esos niños estarán especialmente a su cargo —aseguró don Francisco, mientras rompía el sello y desenrollaba el pergamino, buscando el pasaje apropiado—. A estos niños se les proporcionará alimento, vestido y educación.

—Servicios que ya les estamos proporcionando —le recordé.

—Pero precariamente, al corriente, preocupándose de dónde vendrán los próximos fondos. Conozco de sobra cómo se administran nuestras instituciones de beneficencia. He dirigido varios hospitales acá y en Nueva España. El Rey está encargándose especialmente de estos niños, ¡como si fueran hijos propios!

—¿A qué precio? —dije abruptamente—. Si sobreviven a la infección.

Nuestro visitante movió la cabeza y no pudo menos que sonreír ante mi ignorancia.

—Usted no entiende.

—Oh, ¡sí lo entiendo! —dije, y, en un gesto súbito, levanté la mantilla y la dejé caer sobre los hombros. Pensaba impresionarlo, pero, por el contrario, sólo logré que mis ojos se llenaran de lágrimas. Seguramente se había imaginado un rostro diferente a la máscara grotesca que lo miraba.

Pero su propio rostro no dejó traslucir disgusto ni aversión. Después de todo, era un científico, interesado en los especímenes.

—Ahora entiendo su temor por lo que pudiera ocurrirle a sus protegidos —dijo, lentamente, enrollando el pergamino como si reconociera su derrota.

La ternura de su voz me emocionó. Él comprendía. Bajé la cabeza, pugnando por detener las lágrimas.

El hombre guardó silencio por unos instantes. Luego comenzó a hablar nuevamente, con una voz menos insistente, como si supiera transitar con cuidado por un terreno que servía de sepultura a tantas pérdidas.

—Precisamente su destino es el que no queremos que sufra tanta gente. He viajado cuatro veces a Nueva España y en cada ocasión he sido testigo de sufrimientos indescriptibles —inclinó la cabeza, como si también estuviera tratando de mantener el control de sus sentimientos—. Pueblos enteros. Poblaciones enteras diezmadas. Los afligidos derribándose sus casas encima, convirtiendo sus viviendas en sepulcros —sus ojos se perdieron en un punto lejano—. Usted no puede imaginarse la impotencia que se siente. Después de todo, soy médico, y mi propósito es curar.

Mis propias pérdidas me parecieron insignificantes ante aquel desconsolador retrato de la miseria universal.

—Los nativos en América han sido especialmente susceptibles, y los aqueja una forma de la enfermedad más virulenta, en comparación con la que sufrimos nosotros los europeos.

Mamá, papá y mi hermana murieron a consecuencia de la enfermedad. ¿Acaso no era aquella virulencia suficiente?

—Y los afortunados que logran sobrevivir quedan tan desfigurados por las marcas profundas de la erupción, que horripilan a todo el que los ve.

Yo también había visto esa mirada horrorizada. Yo también era una de aquellos afortunados sobrevivientes.

—El infierno no tendrá sorpresas para mí —dijo con voz casi inaudible.

¡Pero difícilmente iría al infierno! Menos un hombre tan conmovido por el infortunio del prójimo. Inconscientemente, comenzaba a defenderlo.

Me había estado mirando con ojos ausentes, pero poco a poco lo vi regresar del infierno que describía.

—Las suyas, doña Isabel, si me permite decírselo, fueron viruelas bastante benignas.

¿Viruelas benignas? Seguramente mi rostro le reflejó mi incredulidad.

Sin decir palabra, comenzó a examinarme. Busqué la mantilla para cubrirme, pero, cuando levantó una mano como para evitarlo, dejé que volviera a caer sobre mis hombros.

—Su rostro está marcado, pero no arruinado, doña Isabel. Por supuesto, cualquier mancha en un rostro hermoso nos entristece. Pero considere lo que voy a decirle: el tiempo lograría con el curso de los años lo que las viruelas consiguieron en quince días. Usted se ahorró la lenta pérdida de su belleza.

—¡Veo que no sólo es cirujano, sino también filósofo! —tuve que sonreír, a mi pesar. Pero su expresión seria me indicó que no pretendía hacer comentario humorístico alguno.

—Los consuelos de la filosofía son numerosos —admitió, suspirando—. Pero nuestras pérdidas deben sentirse primero en carne propia. Y veo que estoy sumiéndola forzosamente en la tristeza —dijo, y señaló mi vestido oscuro—. ¿Debo tal vez regresar en la mañana? —preguntó.

Si ya había mostrado mi rostro, ¿por qué ocultar mi verdadera condición?

—Usted no está forzándome a nada, don Francisco —aseguré—. Perdí a mis padres y a mi hermana hace veinte años, en la gran epidemia. Aquí en Galicia perecieron miles y miles —don Francisco asintió. Por supuesto, conocía los efectos de aquella epidemia—. Éstas... —dije, señalando a mi vestido, levantando ligeramente la mantilla para reacomodarla sobre mis hombros—. Bien, aquí tenemos un chico que también lleva por nombre Francisco, quien me ha ayudado a ver que *éstas* son marcas de mi vanidad, disfrazadas de cortesía hacia los demás.

—Sin dudas usted se juzga con demasiada severidad —dijo con sonrisa amable don Francisco, quien supo adivinar mejores facetas de mi naturaleza detrás de aquella máscara desapacible que le mostraba.

—¿Doña Isabel? —llamó Nati desde el umbral, mirándonos sucesivamente a ambos, sorprendida indudablemente de encontrarme sin velo ante un desconocido—. ¿Comenzamos sin usted?

—Por favor, Nati —le dije.

Hizo una pausa momentánea, tratando sin dudas de atar los cabos de esa historia. Un visitante uniformado.

Un hombre mayor. Lo suficientemente mayor como para estar mariposeando en nuestra ciudad portuaria, metiendo en problemas a una joven dama. ¡Debía darle vergüenza! Seguramente había caído en la ratonera, o tal vez la atrapada era la joven dama, y se había presentado para concertar la cita. Su rostro se endureció con una sombra reprobatoria. Al marcharse, me dirigió una mirada de desaprobación, su mirada me decía lo habitual: «¡Lo que siempre te he dicho de los hombres! ¡Son todos unos sinvergüenzas!»

A solas nuevamente, don Francisco procedió a explicarme cómo se llevaba a cabo la vacunación. Los portadores no sufrirían ningún efecto adverso. Una simple vesícula, tal vez un ligero malestar o sensación febril.

—Un precio ínfimo cuando se piensa en la salvación que llevarán al mundo entero. ¡Sí, al mundo entero!

Aparentemente, la expedición no culminaría en las Américas, sino que proseguiría a través de Méjico por tierra, desde Veracruz a Acapulco, luego a las Filipinas y China, circunnavegando el Cabo de África para regresar finalmente a España. Aquellos nombres: Nueva España, las Filipinas, China, África, no me resultaron desconocidos, pues se los había enseñado a los niños mientras le daba vueltas al globo terráqueo señalando los sitios que jamás visitaríamos.

—Y por supuesto, al ser portadores, los niños se salvarán de las viruelas. Inmunidad —la llamó don Francisco—. Llevarán una salvación corpórea, la cual, sin duda alguna, abrirá el camino a una salvación mayor y a la conversión a la fe verdadera.

Mientras hablaba, los ojos de don Francisco, y los míos tras ellos, se elevaban al tapiz que colgaba como una misteriosa presencia en el salón. En la creciente oscuridad sólo podíamos vislumbrar los toques dorados: el halo del ángel, la Virgen iluminada, y, cabalgando por un haz de luz, un pequeño ser brillante, que se transformó ante mi vista en la vacuna contra las viruelas, descendiendo de lo alto para salvar a la humanidad. Habíamos estado mirando a Dios, pero la salvación provenía de nuestras mentes pensantes.

¡Qué sacrilegio! Me estremecí de sólo pensarlo. ¿Sería este don Francisco el servidor de un propósito más alto, como decía, o un acólito del Maligno? Si hubiese tenido el rosario en el bolsillo, me habría tentado repasar sus cuentas frente al desconocido. El padre Ignacio me había aconsejado hacerlo cada vez que sintiera las incitaciones del Maligno.

—Me parece muy conmovida, Doña Isabel —dijo don Francisco, con cierto tono de diversión en su voz.

—Es demasiado que aprender en una sola tarde —admití.

—Ojalá todos mis alumnos y audiencias fueran tan receptivos e inteligentes como usted.

Nuestro Francisco me había otorgado el nombre apropiado. La vanidad habitaba ciertamente en el alma de la rectora. De repente, sentí avidez por seguir escuchando los elogios del visitante.

—Doña Teresa no es una persona fácil de convencer —le advertí.

—Es una orden de Su Majestad —repitió don Francisco.

—Ese argumento no hará mucha mella en nuestra benefactora —le aseguré.

Doña Teresa contaba con aliados poderosos, quienes compartían sus opiniones. Y el Rey los complacía, temeroso de alienar a la nobleza y quedar a merced de las sublevaciones del populacho, como le había ocurrido a su primo en Francia, quien perdió su real cabeza en el proceso. Ya me imaginaba las objeciones que pondría doña Teresa. Nuestra benefactora no expondría a sus huerfanitos al experimento que un rey cornudo y tonto trataba de impulsar, convencido sin dudas por su casquivana mujer y su amante, el primer ministro bribón y desvergonzado.

—Le aconsejo, don Francisco, que no mencione siquiera que se trata de un decreto *real*—otro secreto mutuo que compartir.

Nuestro visitante levantó la cabeza, como estudiándome. Y esbozó una leve sonrisa.

—Ya veo —dijo finalmente—. Pero, entonces, ¿quién me ha enviado?

—¿No acaba de decir usted que Su Santidad ha dado su bendición al procedimiento? —¡Increíble! ¡La rectora elaborando una estratagema para engañar a su benefactora, y nada menos que con un desconocido! Sin embargo, debo confesar que me invadió una sensación de agradable sometimiento ante aquello a lo que me conducía el ángel bueno, o maligno.

Nuestro visitante asintió.

—Tal vez, doña Isabel, sería mejor que usted hablase con su benefactora... como preparación —dijo, y luego vaciló, como si reconociera que estaba enviándome a la cueva del león.

El silencio que siguió me permitió escuchar a los niños cantando el *Ave María.* Y un poco más distante, cómo el cocinero y el portero ponían las mesas: el estrépito de los tazones, el ruido metálico de las cucharas. Las comidas, las oraciones, las lecciones, el globo terráqueo girando bajo mis dedos: África, China, Méjico. Cada día lo mismo. El breve giro de mi vida cotidiana se apretaba como un nudo en mi cuello. Nuevamente, sentí que me faltaba la respiración.

Don Francisco seguía esperando.

—Hablaré con ella —dije con voz firme, pero mi corazón era como un ave salvaje atrapada en la habitación pequeña y vacía de mi vida—. Le explicaré todo y la prepararé para su entrevista con usted.

A pesar de la luz mortecina que se filtraba a esta hora por las altas ventanas, pude ver cómo desaparecían de su frente las arrugas de preocupación.

—No sabe cuánto se lo agradezco —comenzó a decir.

—Pero quiero un favor a cambio... —nuevamente levantó la cabeza, confuso, esperando.

La idea había surgido dentro de mí mientras hablábamos. Posteriormente le diría a doña Teresa que fue a petición de don Francisco. Sin embargo, era yo la que le solicitaba este favor de don Francisco.

—Tiene que llevarme con usted —le dije.

No me respondió inmediatamente. Y se me hizo difícil descifrar la expresión de su rostro en el salón oscuro. Esperé, sintiendo la transpiración en mi rostro, bajo los brazos, entre mis senos. Parecía como si todo mi cuerpo estuviese llorando, y no podía determinar si de alegría o tristeza. Había elegido cambiar mi vida. ¿Sería posible aún? Quizás sólo Dios, con su sabiduría, tenía el poder de hacerlo, enviando a este mensajero con una invitación divina.

—No es costumbre llevar a una mujer en estas expediciones —respondió finalmente.

—Alguien tiene que cuidar de los niños —ahora era yo la persuasiva.

—Se me han asignado tres asistentes, tres practicantes, hombres todos.

—Pero esos niños necesitan un toque femenino —terminé la oración. Realmente, mi temeridad había aumentado en el curso de la entrevista—. Será más fácil convencer a doña Teresa si le dice que la rectora viajará con los niños.

—Ya veo —dijo nuevamente—. Los niños necesitan un toque femenino —repitió, como si estuviera analizando la idea. Había cierto tono de alegría en su voz. Ya estábamos colaborando para salvar el mundo, eliminando cualquier impedimento que doña Teresa pudiera poner en nuestro camino.

Antes de marcharse, don Francisco me pidió que comenzara la selección de los niños. Los que habían padecido o estado expuestos a las viruelas, debían ser eliminados. Si tenía la más mínima duda, había que excluir al niño; bastaban uno o dos errores de selección para poner en peligro la expedición. Don Francisco había calculado que se necesitarían exactamente veintidós portadores para cruzar el océano y proporcionar la primera ronda de vacunas una vez que hubiésemos desembarcado. Había que vacunar a dos a la vez, para evitar que la misma no prendiera y se perdiera la preciosa cura. En las colonias, se escogerían nuevos huérfanos para llevar la misión a su término. En mi entusiasmo, ni siquiera pensé en preguntar cómo regresarían los niños a España, para que Su Alteza Real cumpliera la promesa de criarlos como sus propios hijos.

—Conozco a muchos de estos niños desde que nacieron —le aseguré—. Y puedo responder por todas las enfermedades que han padecido.

—¡Excelente! —pude escuchar en su voz mi propio entusiasmo.

Ya don Francisco había comenzado sus preparativos, pidiendo suministros y equipos. Ya estaban imprimiéndose quinientos ejemplares de su traducción del tratado de Moreau acerca de la vacuna, para distribuirlos por todo el mundo. Fue a través de Moreau que don Francisco se enteró de los experimentos del Dr. Jenner. Y me mostró el volumen que me había traído.

Al tomar el libro, recordé que jamás había tenido ninguno.

—Me siento muy honrada —le agradecí, complacida por la oportunidad de demostrarle que sabía leer. Y por el rubor de su rostro pude adivinar que había dicho lo correcto.

Según siguió diciendo don Francisco, ahora el problema estaba en conseguir el barco, para lo cual estaba confrontando dificultades. Le habían ofrecido una fragata, pero necesitaba reparación. Y con cada detalle el viaje parecía cada vez más inminente. Zarparíamos dentro de un mes, cruzando los mares para responder a las voces que clamaban al otro lado.

—Las futuras generaciones recordarán nuestra misión —concluyó.

Nuestra misión.

—Salvaremos el mundo, doña Isabel —su voz adoptó un aire de vacilación. Tal vez lo asaltaba una duda—. Al menos lo intentaremos —añadió.

—Así será —le aseguré, mientras llegábamos a la puerta.

—No sabe cuánto le agradezco —dijo, tomando mi mano y presionándola con cordialidad. Lamenté nuevamente no tener los guantes puestos—. Mañana le enviaré una lista de lo que necesitan los niños. En este momento me hospedo en el Hospital de la Caridad, al lado suyo, en caso de que me necesite —agregó, poniéndose el tricornio, que le quedaba muy bien, por cierto. Su rostro quedó en la sombra.

Levanté mi mantilla para cubrir el mío, como acostumbraba a hacer cuando acompañaba a un visitante hasta la puerta, como cortesía para con los transeúntes de la calle, o por vanidad, como diría mi otro Francisco. En breve estaría libre del niño, de sus juicios y bravuconadas, pensé, para avergonzarme luego, que si yo lo no amaba, ¿quién lo haría entonces? Pero de todas formas no vendría, pues hacía sólo un año que estaba entre nosotros. No podía garantizar que no había estado expuesto a las viruelas.

Pero ¿y en el caso de Benito? Tampoco podía asegurarlo. Pero no importaba. Lo llevaría conmigo. Ése sería mi secreto.

—Usted debe acostumbrarse a andar descubierta, doña Isabel —dijo don Francisco—. Esas cicatrices se harán aún menos visibles con la exposición al sol y al aire marino. Aunque un rostro picado de viruelas serviría mejor a nuestra misión. Una advertencia convincente para aquellos que se nos opongan.

Sus palabras obraron como dardos en mi corazón. Entonces, ¿los elogios anteriores habrían sido un recurso para ganar mi aceptación? *Un rostro marcado, pero no arruinado*. Eso había dicho. Salvaríamos el mundo, ¡pero mi papel sería servir de figura admonitoria!

Por suerte me había puesto la mantilla. Así don Francisco no podría ver cómo los ojos volvían a llenárseme de lágrimas. Me habían dado mi merecido, ¡el recordatorio de que mi labor era servir a un noble propósito, no de alimento a mi vanidad y autoconmiseración! Tenía un futuro bendito ante mí. Debía dedicarme enteramente a nuestra misión. Me haría digna de la expedición de don Francisco.

Tarde en la noche, después que los niños estaban dormidos, me arrodillé junto a la cama, tratando de rezar. «Hágase en mí según tu palabra», imploré. Pero no me dirigí al Señor, ni al ángel Gabriel, ni siquiera a la Virgen, sino al propio don Francisco. Se lo había prometido. Hablaría con doña Teresa. Y la convencería. Tendría los niños a mi cargo. Y Nati sería más que capaz de dirigir la Casa hasta mi regreso..., si es que regresaba.

Antes de apagar la vela, me di a la tarea asignada para la noche. Busqué un pedazo de cuerda y ensarté las cuentas del rosario que había dejado sobre la cama. Sin embargo, al llegar a la última, en vez de colocar el crucifijo, até las cuentas ensartadas a mi cuello. Por primera vez desde mi enfermedad, deseé tener un espejo para poder ver cómo luciría la rectora de una casa de expósitos ante un cirujano de la corte, director de una noble expedición. Ya a oscuras, rememoré una y otra vez la entrevista, tocando las cuentas como si fuesen auxilio para la memoria, recordando lo que don Francisco había dicho, mis respuestas, aquella fiebre en sus ojos y la suavidad alrededor de sus labios. Me pasé toda la noche revolviéndome en la cama, como si ya estuviese a bordo de aquella nave, en pos de una nueva vida.

2.

Alma se sorprende al escuchar el sonido de la camioneta en la entrada. Mira el reloj. Ha estado en su estudio unas dos horas, leyendo y escribiendo notas en su diario. Notas que concluyen en escenas y conversaciones que la introducen más en la historia de Balmis.

La puerta del garaje se abre con un ruido sordo y el suelo tiembla bajo sus pies. ¡Richard está en casa! «Vaya metáfora», piensa. Rápidamente, echa a un lado el diario, mirando a su alrededor como para recordar este momento, en caso de que llegue a ser memorable: el instante previo a que todo cambie para que ocurra lo peor. *Por favor,* le ruega a todo lo existente en el estudio: a los carteles con algunas de las portadas de sus libros; a los mapas de la isla; a la bandera de su tierra natal encima de la computadora; a su colección de virgencitas. Como si esos objetos lograran garantizar su seguridad en el mundo. Cierra la puerta del estudio y se apresura a bajar las escaleras.

—¡Guau! —el rostro de Richard se ilumina cuando entra por la puerta del garaje y la encuentra esperando al otro lado—. ¡Un recibimiento personal! —dice.

Alma siente un estremecimiento interior. ¿Tanto se ha demorado? Usualmente, ella le grita desde arriba: «¡Enseguida voy!». Pero en lo que apagó la computadora, colocó en su lugar las notas y bajó las escaleras, transcurrieron quince minutos, suficientes como para restarle vitalidad al saludo.

—Hey —le dice ella, apretándose contra él, sin querer (al menos por el momento) ser un ente separado, una persona a la que Richard pudiera traicionar o echar de su lado.

Él la rodea con sus brazos, riendo. Pero cuando Alma no se despega del abrazo, se pone tenso.

—¿Qué pasa? —pregunta finalmente.

En ocasiones la sorprende. A veces, piensa que Richard está inmerso en esa tierra de fantasía adonde van —si los programas de conversación en vivo y las viejas tiras cómicas del misógino Thurber están en lo cierto— los maridos que llevan muchos años de matrimonio. Pero sólo basta que Alma obre un cambio insignificante en las rutinas de Richard: poner los zapatos de correr en otro sitio, usar una taza diferente para tomar café, para que él se dé cuenta.

—¿Ocurrió algo hoy?

Alma quería decírselo todo de una vez, pero comienza a postergar el momento. Primeramente, hay que recordarle lo buena que es la vida en común: un trago antes de cenar, salir quizás a un restaurante, tal vez hacer el amor. Es como si hubiese surgido en ella un ser nuevo y conocedor, la esposa lista que sabe cómo hacer las cosas adecuadamente, que usa tácticas provenientes de las revistas femeninas para hacer feliz a su hombre. *(Póngase un vestido sensual; atráigalo a la cama).*

—Estoy bien —murmura Alma contra el pecho de Richard—. ¿Qué puede ocurrirme si tengo un marido maravilloso? —se separa de él para mirarlo a los ojos. Tal vez decir esto equivale a mostrarle un crucifijo al Drácula de las viejas películas de misterio. Si Richard no es en realidad un marido maravilloso, se convertirá en humo—. ¿No es cierto?

Richard la mira con sorpresa, sin convencerse totalmente ante esta nueva versión «ligera» de su temperamental mujer, y luego asiente. ¡Qué duros han sido para él estos últimos años! Perdió a sus padres, se sumió en la depresión (aunque se negaba a llamarla por su nombre); y finalmente, cuando comenzaba a recuperarse, es su esposa quien experimenta un estado melancólico, como sombrío recordatorio. Alma lo toma de la mano y lo conduce escaleras arriba hacia la sala de estar, lo invita a sentarse, mientras le prepara su trago —tratando de no olvidarse, como siempre, de lo que lleva un martini—, para luego servirse a sí misma un vaso pedestre del contenido de la primera botella de vino ya abierta que se encuentra en su camino.

—Brindemos —dice Richard, mientras Alma toma asiento—. Por las nuevas aventuras —añade, guiñando un ojo antes de beber.

De repente, Alma se da cuenta de que no es la única que guarda un secreto. La última vez que Richard llegó a casa con una tímida sonrisa y un brindis por las nuevas aventuras, acababa de comprar una lancha. Se la había vendido a precio irrisorio un colega que se marchaba a Etiopía.

—Pero si tú ni sabes nadar —le recordó Alma. En su primera cita, Richard le había confesado que siempre le horrorizó la posibilidad de morir ahogado. Incluso detestaba las películas de piratas. Entonces, ¿cómo se proponía ahora salir a navegar por los mares?

—Por los mares no. Sólo en el lago —dijo sonriendo, satisfecho de sí mismo—. Además, es un bote de motor, no un barco de gran calado.

Alma no tuvo más remedio que aceptar. Que disfrutara de su lancha. «Mejor que haga eso y no disfrute con otra mujer», pensó. La idea le volvió a la mente, como un microbio letal y evasivo sobre una placa de microscopio.

—¿Qué pasa? —Alma estudia su rostro, cuyas mejillas comienzan a enrojecer. Siempre le ha encantado la forma en que el rubor lo traiciona. A diferencia de tantos estadounidenses con rostros totalmente inexpresivos si se comparan con los de los hispanos, el de Richard... no es exactamente expresivo, sino transparente. Tanto que Alma siempre ha creído ver a través del mismo.

—Está bien. Ésta es la cuestión. Si estás de acuerdo, sólo si estás de acuerdo —y ya le dije a Emerson que debía contar contigo—, ¡podemos vivir por un tiempo en la República Dominicana! Espera, espera... Quedan cosas por decir. Déjame terminar. HI acaba de obtener un contrato excelente para crear un centro verde en las montañas. Y Emerson me pidió que fuera a supervisar el comienzo. Cinco meses como máximo. O sea, buena parte de lo peor del invierno. Así no tendrás que palear la nieve en la entrada del garaje —bromea. En definitiva, está ofreciéndole un regalo, la posibilidad de regresar a su tierra natal, de escapar de todo lo que le causa molestia en este país.

—Tú misma me has dicho que tienes deseos de regresar y recargar las baterías. Que necesitas un tiempo de reposo para recuperar tu identidad.

Parece como si fuese ella la que hablara. Richard no podría haber inventado esos argumentos. Alma suspira y se queda sin palabras ante esta prueba fehaciente de sus propias lamentaciones.

—Creí que ibas a entusiasmarte —el rostro de Richard va perdiendo el color.

—Lo estoy, lo estoy. El único problema es que sigo trabajando en la novela —el desplazamiento implica distracción, conocer gente nueva, reinventarse a sí misma de nuevo.

—¿Qué problema hay con eso? Puedes escribir en cualquier parte —dice Richard.

¿Por qué la gente siempre asume lo mismo? ¿Por qué lo asume Richard? Debía saberlo mejor que nadie. El verano pasado, en un esfuerzo por resucitar la saga que había comenzado a escribir, pintó el estudio de un color salmón brillante para traer el trópico a Vermont. Pero, a la semana, volvió a pintar las paredes de blanco intenso, porque el nuevo color ahogaba a sus personajes.

—Oh, Alma, ¿no te das cuenta? Es el cambio que necesitas —cuando Richard habla con tal seguridad, es un marido equivalente a las paredes color salmón, ahogando su aprensión—. Así puedes escapar de todo esto —dice, agitando los brazos, lo cual equivale (ella lo sabe muy bien) al mundo del negocio editorial, a los faxes y las llamadas telefónicas, los innumerables mensajes electrónicos y los recordatorios de Lavinia (amables, pero firmes) de que hay que terminar la novela—. Podemos viajar en avión sin problemas para ver a tus padres. Estaremos más cerca de Miami que desde aquí —la voz de Richard se hace lastimera. Están agotándose sus argumentos y aún no la ha convencido—. Y a David y a Sam y a Ben les encantará visitarnos. ¿Te das cuenta de que *nunca* han estado en el país natal de su madrastra? —Alma duda que eso les importe tanto a sus hijastros como al propio Richard—. Oh, Alma, piénsalo, por favor.

Si se atreviera a pensarlo en este preciso momento, la idea se perdería en los melancólicos laberintos de su mente, como le ocurre a Mamacita en los recovecos del servicio al cliente. Ya tiene ante ella demasiados «síes», «ademases», «peros», e imágenes de situaciones adversas. Y Richard no desea que Alma lo piense. Quiere que acepte.

Richard se inclina hacia delante, le quita el vaso de vino, lo coloca sobre la mesa y le toma la cara entre las manos. Esos raros ojos azules que nunca llegan a ser totalmente reales la miran con cariño. Siempre la conmueve hallar esa especie de mirada maternal en el rostro de Richard. Algo que nunca conoció en el de su propia madre y que nunca pensó descubrir en el de un hombre. Richard besa sus ojos cerrados, y luego la besa tiernamente en la boca. Tal vez él también ha estado leyendo esas revistas satinadas en la consulta del dentista, con artículos acerca de «Cómo hacer feliz a su esposa», «Cómo hacer que ella acceda a sus fantasías», y cosas por el estilo.

Richard le explica en detalle.

—A HI lo ha seleccionado esa compañía, de nombre Swan, para que la ayude en un proyecto sostenible en las montañas del centro de la República Dominicana. Es algo totalmente fuera de lo común. No hay electricidad. Sólo paneles solares y energía eólica —le dice con entusiasmo, como si no utilizar una secadora de pelo o tostar un *bagel* fueran aspectos atractivos de la asignación. Y, anticipándose a sus objeciones, añade—: Suficiente para operar una turbina, la iluminación y otros equipos necesarios. Créeme, nadie, ni Lavinia, ni Mario Comoquieraquesellame, podrán dar contigo allá.

Alma hubiera deseado que Richard no mencionara a sus némesis. Sin embargo, piensa que podría ser la oportunidad de demostrar lo auténticamente hispana que puede ser: entre montañas, trabajando con campesinos pobres. ¿Cómo se puede vivir tu vida con base en las proyecciones de los demás sobre ti? Alma no puede evitar que un temblor la agite. Le parece que está regresando a la niñez.

—Es una posibilidad de salvar a esas montañas y comunidades —prosigue Richard. HI trabajará con una cooperativa de campesinos en la creación del primer centro eco-agrícola del país—. Ya Swan abrió una clínica allá, que está funcionando a plena capacidad. Es un sitio ideal. Una verdadera oportunidad de marcar la diferencia —aparte de la presencia continua de un equipo de consultores, HI correrá con la administración en las instalaciones del centro verde durante la primera fase—. Ahí es donde entro yo —añade Richard.

Estos proyectos le parecen siempre demasiado buenos para ser ciertos. Como las descripciones de apartamentos en los anuncios de propiedades para alquilar: *puertas francesas,* que acaban siendo destartalados paneles corredizos sin protección contra el viento invernal; *pintoresca alcoba fuera de la cocina,* lo cual equivale a un closet convertido en habitación adicional por la que le cobrarán al inquilino.

—¿Por qué HI no contrata a un administrador dominicano? ¿Por qué no usa el talento local?

Richard está asintiendo con tanta energía que, a pesar de no haber dicho palabra, Alma siente que está interrumpiéndola. ¡Por supuesto, está de acuerdo con ella! Él fue quien la introdujo en este movimiento «verde» eco-agri-social-justicierosostenible, la *raison d'être* de HI. Antes de eso, Alma siempre consideró a los conservacionistas como un grupo marginal que jamás había logrado recuperarse totalmente de los campamentos de verano de la niñez.

—¡Tienes toda la razón! —concluye Richard cuando Alma queda en silencio—. Eso es exactamente lo que sugirió HI. Pero, recuerda, este tipo de eco-administración es un concepto nuevo. Necesita modelarse. Por esa razón habrá un interno local... y el que te habla.

En efecto, ya Richard ha elegido su misión. Para Alma, tratar de disuadirlo es como darle un pinchazo a su globo. Echar a pique su expedición. Tiene que irse y convertir su sueño en realidad. ¿En qué se transformaría si le cortara las alas? ¿Quién es ella para hacer tal cosa?

—Cuando dices: «fuera de lo común», ¿a cuán fuera de lo común te refieres? ¿A una cabaña con piso de tierra? —Alma conoció la pobreza en su tierra y no es algo muy agradable que digamos—. ¿De qué atención médica dispones? ¿Y si te contagian con el sida?

La mirada de incredulidad proveniente del rostro de Richard la hace reír con alivio. No es tan buen actor como para fingirla.

—¿Por qué tendría que contraer el sida? ¿Por estar en un país del «Tercer Mundo»? —pregunta Richard, materializando el entrecomillado con sus dedos. Es un término que le disgustaba desde antes de conocer a Alma. Uno de los atractivos que ella encontró en él en su primera cita.

—Vamos, no soy tan estúpida. Es mi país, ¿recuerdas?

Alma siente la necesidad competitiva de recordarle su conocimiento de todo lo que sea dominicano. En realidad, él maneja más datos de su tierra natal, y en las cenas puede responder preguntas con respecto a la cifra de población, el producto nacional bruto, el flujo de ayuda que llega al país. Pero ella domina el idioma y tiene el sentimiento intuitivo de cómo funciona ese mundo. Si Richard va a parar a una desolada hacienda montañosa, rodeado de campesinos, seguramente necesitará de su ayuda.

—Pero ¿por qué voy a contraer el sida?

Alma siente sobre su rostro la mirada inquisitiva en busca de una respuesta.

—Hoy recibí una llamada muy rara —comienza a decir, para luego narrarlo todo de un tirón: la acusación de la mujer y su maldición final.

—¿Cuándo ocurrió eso? ¿Te dio su nombre? ¿De dónde dijo que me conocía? —Richard lanza una pregunta tras otra, como si estuviera conduciendo el interrogatorio de un juicio donde Alma fuera la acusada.

Súbitamente, Alma se da cuenta de lo infundadas que parecen sus sospechas con tan poca evidencia para sustentarlas. Y se acuerda del artículo acerca del realismo mágico que leyó en cierta ocasión, donde el autor afirmaba que la única manera de convencer al lector de que había elefantes volando era utilizando detalles, diciendo que eran diecisiete elefantes con guirnaldas de flores amarillas surcando el cielo. ¿Por qué ni siquiera le preguntó a la mujer cómo se llamaba, especialmente cuando había salido a relucir el tema de los nombres?

—Me llamó «señora Huebner», y pronunció el apellido correctamente.

Richard comenzó a dirigirse hacia el teléfono, como para confrontar a la responsable de la llamada, pero finalmente es Alma el objeto de confrontación.

—No me vas a decir que le creíste, ¿verdad?

Al cabo de una breve pausa, Alma mueve la cabeza, negando.

—Bueno —Richard tiene que haber notado su vacilación, pero la ignora. No quiere arriesgar su participación en el proyecto de la República Dominicana. Conociendo a Emerson, propietario y director de una compañía de consultoría ecológica altamente exitosa, enmendadora internacional de problemas *par excellence,* enemigo de la vacilación y la demora, Richard tendrá probablemente hasta la mañana del siguiente día para tomar una decisión. Y una pelea hogareña lo arruinaría todo—. ¿Llamaste a alguien más? —pregunta Richard, mientras toma el auricular del teléfono y presiona algunos números.

—¿Por qué? —Alma recuerda de pronto lo que le había dicho Helen acerca de la forma de averiguar la procedencia de una llamada perdida, un recurso muy utilizado por la anciana cuando no puede llegar a tiempo con su andador para atender el teléfono. Con toda seguridad Richard se molestaría si sabe que llamó a Tera. No le gusta que Alma comparta sus problemas personales con una buena amiga que podría influir en su modo de pensar. Alma dice que no con la cabeza, para asentir finalmente.

Pero ya Richard está gritando por el auricular.

—¿Hola? ¿Quién habla? ¿Paul? ¿Paul Vendler? Oh, Paul, lo siento. Estaba comprobando algo en el teléfono —Richard se vuelve para lanzarle a Alma una mirada desdeñosa, más desagradable aún por la discrepancia con el tono agradable de su voz—. Estamos bien, bien. Disculpa la molestia. ¿Todos bien por allá? Bueno, bueno. Por supuesto que se lo diré. Saludos a Tera.

Richard coloca el auricular en su sitio y se queda de pie con la cabeza baja, como si rezara. No es una persona asidua a perder los estribos a la manera de las telenovelas hispanas que Alma conoce tan bien. Pero, al cabo de una década juntos, puede adivinar la ira en la mandíbula apretada, en las grandes orejas que parecen oscurecerse y estirarse, en la fina línea de sus labios haciéndose más imperceptible cuando finalmente levanta la cabeza. Quizá esté arriesgándose después de todo a una pelea esta noche. Y luego irse a disipar el mal humor durante cinco meses en las montañas dominicanas.

—Traté de decirte que había hecho una llamada —dice Alma débilmente, sin saber cuál de sus pecados es más imperdonable ante Richard: si su llamada a Tera, su equivocación, su falta de confianza hacia la fidelidad del esposo, su ausencia de regocijo ante la aceptación virtual de una asignación que la pone en una situación difícil: o abandona su trabajo, o se separan por casi seis meses.

—¿Cuándo vas a meterte en la cabeza que te adoro? —dice Richard, finalmente.

Alma siente súbitamente que va a echarse a llorar de gratitud. ¡Su maravilloso, fiel y digno compañero! Por supuesto, tiene que ir a donde están su alegría y su pasión, y Alma no debe interferir.

Richard se le acerca, le pone las manos sobre los hombros. Y una vez más, la mirada cariñosa.

—Nunca, nunca te he sido infiel, ni siquiera por un instante.

La repetición le recuerda a Alma su ceremonia nupcial. Dwight, el tío favorito de Richard, una versión de su esposo, pero en forma de ministro luterano anciano y calvo, había volado desde Indiana para casarlos. El tío Dwight le había preguntado si ella, Alma de Jesús Rodríguez (nombre difícil para la pronunciación del Medio Oeste), aceptaba por esposo legítimo y en matrimonio a Richard Huebner, detallando cada voto en voz alta y lenta, como si Alma no entendiera totalmente el inglés.

—Lo acepto —respondió Alma pausadamente.

Al cabo de dos décadas de desarraigo, y de numerosos amores verdaderos, no tenía ni idea de lo que significaba aceptar para siempre a alguien. Y cualquier exuberancia se habría atemperado ante la imagen de sus hijastros, muchachos valerosos apoyando a su padre en el trascendental momento, sus tres padrinos, limpios y pulcros, con las cabelleras rubias aún húmedas mostrando las marcas de los cepillos. ¿Cómo podían sentir felicidad en una ceremonia que marcaba el fin de su familia original?

—Vamos a hacer las cosas sin mucha algarabía —le había dicho a Richard mientras planificaban la boda, lo cual, por supuesto, se correspondía perfectamente al estilo de los Huebner, como ya iba descubriendo.

A quien había que controlar era a su familia: a sus hermanas y primas, dramáticas y emotivas; a las ostentosas demostraciones de nuestra cultura; a los merengues y boleros en la reproductora portátil; al abundante despliegue de comida sabrosa y picante traída a Vermont desde sitios distantes; al hablar en voz demasiado alta; a los excesivos besos y abrazos; al constante recordatorio a los niños de que ahora eran parte de la familia y debían aprender español. Pobres muchachos. Por algo no habían insistido en conocer el país natal de su madrastra.

—En cuanto a la oferta de Emerson... —le recuerda Richard. Alma siempre ha admirado la capacidad de Richard para mantener la concentración en sus objetivos. En cómo puede trazar un plan quinquenal y decenal para sus vidas, con todo priorizado—, ahora te toca a ti tomar la decisión.

Alma se sienta a la mesa, sin saber por dónde empezar, sintiendo la misma presión que experimenta el día de Año Nuevo al tratar de formularse resoluciones. Finalmente, es más fatalista ante la vida que Richard. Lo que ocurra será ajeno a su control. Por qué tentar entonces a los hados, revelando lo que más le dolería que le negasen.

Cuando suena el teléfono, ambos saltan, sobresaltados por su intromisión.

—Deja que conteste la máquina —sugiere Richard.

Alma asiente, pero cuando los timbrazos no cesan, recuerda que la contestadora no funcionó en la tarde.

—Algo le ocurre a la contestadora —le dice a Richard. Probablemente el apagón de anoche desactivó el mecanismo, por lo que hay que reajustarlo.

—Está bien —dice Richard, encogiéndose de hombros—. Llamarán más tarde —pero él también va sintiéndose tenso cada vez que suena el timbre. Quince timbrazos, ¡vaya persistencia!

—Debe ser tu madre —infiere Richard.

Es cierto que la madre de Alma deja que el timbre suene y suene, como si su llamada, cual llanto de un niño, se tomase en serio y se atendiera en función de su persistencia. Pero Alma había hablado con ella previamente, por el asunto de la ropa interior. Debe ser la mujer con sida llamando de nuevo. Desearía que Richard contestara el teléfono. La transparencia de su rostro se lo diría todo. De momento la hace sentir mal la facilidad con que pierde la fe. Trata de hundir la cabeza en el pecho de Richard, como si tratara de escapar nuevamente de sí misma.

—Hey —Richard tira de ella con suavidad—. ¿Qué te parece?

«Hazme creer que no estoy aquí», piensa Alma. «Llévame sujeta a tu pecho dondequiera que vayas.» Alma escucha el latido de su corazón, firme y estable, como el martillo del herrero golpeando con decisión el yunque.

—¿Estás bien?

Alma asiente, sin despegarse de su pecho. ¿Cuándo ocurrió? ¿Cuándo dejó de ser aquella guerrera independiente de sus veinte y sus treinta, la escritora amante de la soledad? Se había convertido en un ser casero, en una señora Huebner, como dijo la mujer de la llamada. «El amor de Richard», tenía que confesarlo también.

—¿Has deseado alguna vez abandonarlo todo, despojarte de todo, y ver lo que queda?

Él la contempla, alzando una ceja, pensando sin dudas a qué problemático laberinto lo llevará esta seguidilla.

—Por supuesto —dice—. ¿Por qué piensas que este proyecto me atrae tanto? Me paso la vida escribiendo y hablando, y asesorando. Ésta es una oportunidad práctica. Tengo que hacerlo por mi cuenta alguna vez, ¿sabes?

Alma asiente, experimentando una súbita tristeza ante su noble respuesta. También es la única vida de que dispone Richard. ¿Por qué debería ser entonces un personaje insignificante en la suya?

—Vamos arriba —sugiere Alma, deseando que fuera el sexo lo que la impulsara, y no una forma legítima de desaparecer.

—Guau —le dice Richard por segunda vez en la noche, con esa palabra proveniente de su adolescencia en Indiana, a la cual recurre cada vez que se siente ligeramente avergonzado por alguna indulgencia que no cree merecer.

Parece inseguro. Al regresar a casa, ha encontrado una mujer diferente. Alma también se siente perpleja.

Su ser experimenta una división, para dejar de ser la esposa lista de una revista satinada, haciendo siempre lo adecuado; y transformarse en una mujer de otra historia diferente a la que ella y Richard comparten.

—¿No quieres hablar primero de tus planes? —le pregunta Richard.

Alma niega con la cabeza, mirando cómo Richard termina de beber su trago.

—Ya tomé la decisión.

Richard levanta la cabeza, sorprendido.

—¿Oh? —vacila—. ¿Y qué... qué decidiste?

—Creo que debes ir tú. Y creo que debo quedarme.

—De ninguna manera. ¡No me voy sin ti! —responde Richard, moviendo la cabeza con obstinación. Pero hay algo en su voz, en el brillo de su rostro luego que Alma le ha dicho que vaya, que le revela la posibilidad de convencerlo. Le entristece saber con qué facilidad ella puede persuadirlo a que la abandone. Alma le argumenta sus razones: podrá concentrarse totalmente y terminar la novela. Y él podrá concentrarse en su proyecto sin preocuparse por ella. Será una prueba para su amor. Al cabo de diez años, deberían sobrevivir a la inmersión profunda e independiente en sus pasiones individuales.

—¿Recuerdas la frase que tuvimos un tiempo en el refrigerador? —dice Alma—. La cita de Rilke: *El amor consiste en dos soledades que se encuentran, no sé qué cosa no sé qué cosa, y se saludan entre sí...* —nunca recuerda el verbo intermedio.

Richard hace un mohín de disgusto.

—Nunca me gustó esa cita. Me parece dolorosa. Además, sé que puedo sobrevivir a una separación, lo único que no sería algo divertido. Entonces, ¿qué sentido tiene separarse?

Alma no quiere parecer la puritana de la familia, aunque durante mucho tiempo ha sospechado que ella, que proviene de la cultura de la extravagancia y el exceso, está más dispuesta que Richard a vestirse con ropas de arpillera y cubrirse de cenizas.

—En ocasiones tenemos que hacer cosas difíciles.

Richard suspira, como si supiera por dónde viene: cómo la literatura es un trabajo duro, la fascinación por lo difícil, y así sucesivamente. Pero no se trata de eso, aunque esa sea la razón que ella esgrime ante él para quedarse. Quiere saber quién es verdaderamente sin él, seguir los pasos de la mujer vaga y sombría a la que ha estado eludiendo y ver hacia dónde se dirige. Por supuesto, si le dice algo de esto a Richard, pensaría que está desmoronándose por dentro y pretendería cancelar el viaje y quedarse a cuidarla.

—Bien —dice Richard, titubeando—. Creo que podría funcionar. Nos veríamos un par de veces por lo menos. Voy a tener que venir para reunirme con la oficina principal y echar un vistazo a mis otros proyectos. Y tú, ¿vendrás a verme a los tres meses o algo así? También podríamos encontrarnos en Miami para celebrar la Navidad con tus padres.

Alma siente lo mismo que cuando Tera le resumió su vida en común post-Richard: sorprendida y deprimida por lo factible que parecía sobrevivir a cualquier pérdida y transformarse en otra persona.

—Te voy a echar mucho de menos —añade Richard, pero su rostro se ruboriza con el entusiasmo, y sus ojos comienzan a soñar con las laderas deforestadas de la República Dominicana a las que devolverá su vegetación.

Alma es la que lucha consigo misma, como preparándose para una cirugía mayor, para sacarse a Richard del corazón; una extirpación delicada, a la cual no sabe si sobrevivirá.

—Me parece que teníamos algo pendiente antes de hablar tanto —le recuerda Richard, sonriendo—. Me gusta tu plan inicial de irnos arriba.

Alma se deja llevar de la mano, como si la estuviesen transportando al salón de operaciones. Como si partiéramos mañana, para no volver. Después de todo, la llamada de la mujer era la señal de un gran cambio. Su maldición ya comienza a cumplirse.

Mientras van hacia la habitación, Alma mira la contestadora, en cuyo panel estrecho parpadea intermitente la señal. Sólo Richard sabe cómo borrar y regrabar el mensaje de identificación. Otro conjunto de instrucciones que deberá anotar en su cuaderno espiral.

—¿La reajustamos? —pregunta Alma. Pero Richard mueve la cabeza.

—Luego —responde. Ahora es un hombre en pos de su objetivo. Alma lo sigue, subiendo lentamente las escaleras, como si hacer el amor fuera el apretón de manos conclusivo que sella el nuevo plan. Lo raro es que hasta el último minuto pensó que iba a acompañarlo. Pero de repente apareció *ella,* haciéndole señas desde el otro lado. *Una mujer en busca de una versión más grande de sí misma,* es como la describiría Alma, si la mujer fuese uno de sus personajes.

Mientras hacen el amor vuelve a sonar el timbre del teléfono.

—¡Maldita sea! Debí haber descolgado el teléfono —dice Richard, suspirando al ver que los timbrazos no cesan.

Ambos esperan a que dejen de sonar, como hicieron la primera vez, pero la interrupción les quita la inspiración.

—No te preocupes —dice Richard—. El mero hecho de estar contigo en la cama es divertido.

Por un momento Alma no le cree, pero ha llegado a apreciar esos pequeños gestos corteses, que en sus años de juventud, de mujer-guerrera, hubiera desestimado como pura mierda. Pero ahora reconoce que los mismos, y no la pasión, mantienen la buena marcha del matrimonio.

Más tarde, antes de sentarse a cenar, Alma reajusta la máquina, bajo la dirección de Richard. Por primera vez desde que la compraron, es su voz la que se escuchará en el mensaje de bienvenida. «Hola, éste es el número telefónico de Alma Rodríguez y Richard Huebner. Lamentamos no poder atender su llamada en este momento...», y así prosigue locuazmente el mensaje, totalmente diferente al laconismo de Richard: «Ha llamado al 388-4343. Déjenos su mensaje».

—Es más cordial —protesta Alma cuando Richard lo escucha con los ojos en blanco.

Apenas comienzan a cenar cuando vuelve a sonar el timbre del teléfono. Esperan, suspirando con alivio cuando se escucha el mensaje de Alma.

—¿Quién será ahora? —Richard baja la voz, como si la persona que llama estuviese en la habitación contigua, lista para hacer su entrada—. Apuesto a que...

—¡Hey! —se oye la voz luego de una breve pausa—. Esperé escuchar el mensaje de Richard. ¿Lo echaste de casa o qué? ¡Es una broma! —es la voz de Tera, matizada con el crujido de la estática, llamando desde su viejo teléfono—. Bueno, estaba escuchando las noticias locales. Y no vas a creerlo: un reportero habló acerca de una mujer que ha estado llamando a la gente en todo el condado. Hannah... algo. ¿Cómo se llamaba? Paul, ¿cómo se llamaba la mujer esa? McAlgo. La cuestión es que la mujer pregunta siempre por las esposas y les dice que tiene sida y que se ha acostado con sus maridos. Y ha dicho que forma parte de un grupo terrorista ético raro que intenta salvar al mundo. En realidad la pobre tiene problemas mentales y ha estado bajo tratamiento, pero le cancelaron las consultas por los recortes de presupuesto en su centro de atención. Si yo te digo... Podemos bombardear otros países, y podemos dejar desamparada a la gente y... —la voz de Tera se interrumpe abruptamente. El tiempo máximo de duración de un mensaje son tres minutos.

Alma siente la mirada reprobatoria de Richard sobre ella. Y hasta puede adivinar la expresión de su rostro: una combinación de «Te lo dije» y algo más, una nueva forma de mirarla que ha puesto en práctica en estos días de su profunda tristeza. Una mirada de impotencia, como si hubiese perdido la seguridad de poder salvarla de esa parte de sí misma que esperaba desapareciera con base en el amor.

—¿Ves? —dice Richard suavemente, sin severidad en su voz—. No tienes de qué preocuparte.

—Lo sé —responde Alma con una sonrisa breve, como de persona a quien se le ha dado una reprimenda.

Por supuesto, Richard tiene razón. ¿Cuál era aquella cita que acostumbraba a decirle? *No nos salvamos porque lo merecemos; nos salvamos porque nos aman.* Ella es una persona afortunada al tener su amor. Aquella demente es una advertencia de lo que puede suceder cuando se va más allá de las barricadas seguras y custodiadas del corazón humano, llegando a sitios donde soplan agitados vientos de mortandad.

—¿Por qué se volvería loca? —pregunta Alma en alta voz.

Richard se encoge de hombros y dice:

—Por la vida. Hay quien no puede soportarla.

Durante la cena, y mientras Alma friega los platos, analiza las palabras de Richard mientras él está sentado a la mesa, haciendo notas en los márgenes del informe del proyecto que ha traído consigo. ¿Por qué no puede conformarse con ser su esposa amada y afortunada, autora de un par de novelas decentes, una persona amable con la gente que puebla su vida? ¿Por qué esa necesidad periódica de reinventar el mundo, y a ella de paso? Indudablemente, eso alimenta su vena literaria, pero tomarlo al pie de la letra conduce a la locura. Alma recuerda a una mujer que le escribió hace unos años, inspirada por el personaje revolucionario de una de sus novelas. La mujer había decidido irse a la Nicaragua sandinista y convertirse en agente de pacificación en la frontera norte. «¡Dios mío, qué he hecho!» Alma se alarmó, y le respondió a la apasionada lectora: *¡Es un personaje de ficción!* Durante varios meses, aunque nunca volvió a tener noticias de la mujer, Alma no dejó de preocuparse por cada palabra que había escrito. Jamás había considerado que su novela podría provocar contingencias y consecuencias fatales.

Quizá ella misma se convertiría en una víctima de la novela que debía escribir. Cuando la terminara, Richard hallaría el manuscrito colocado en una pila uniforme sobre el escritorio, y, en el suelo, un montón de virutas de madera de lápices dejado por el sacapuntas. Como en la caricatura que había visto en la última página de *The New Yorker,* junto a los anuncios de corbatas de pajarita y costosos prendedores de diamantes con formas de animales.

Pero Alma aún estaba a tiempo de acompañar a Richard en su misión de ayudar a esa parte del mundo a la que ella pertenece. Como Isabel, deseosa de seguir a Balmis por todo el planeta. ¡Qué valor habrá necesitado esa rectora de orfanato para cortar sus vínculos y arriesgar su vida y la de aquellos veintitantos niños en el intento! Probablemente sintió un aguijonazo de dolor cada vez que uno de sus pequeños subía a aquel barco.

Pero Alma experimenta un extraño tirón interno, impidiendo que Isabel la haga cambiar de opinión en ese borrascoso día de noviembre. Una determinación que evade la constante evaluación de los pros y los contras en la mente de Alma, una y otra vez, sin cesar, durante las semanas previas a que Richard aborde el vuelo a Newark, y luego la conexión a la República Dominicana. Sí, no; sí, no. Como un latido del corazón, que es, esta vez, el suyo.

II
Octubre-noviembre de 1803

Mi corazón latía intensamente mientras mis niños abordaban el barco en ese borrascoso día de noviembre. ¿Qué había hecho? ¡Cada uno de esos inocentes pesaba en mi conciencia! Y cada uno de ellos me parecía el más frágil y precioso: Juan Antonio tosía y su naricita destilaba mocos; Pascual lloraba de hambre —y quién sabía cuándo comeríamos— y hasta Francisco, mi pequeño bravucón, estaba pálido y temeroso.

El heraldo leyó cada uno de sus nombres como si fuesen títulos nobiliarios, luego sonó la trompeta y el obispo levantó su mano para bendecirnos.

No me atreví a mirar a los cielos en busca de consuelo, pues tenía que mirar al barco ante mí, a los hombres en cubierta observándome, al mar abierto y gris más allá de la bahía, preparándose para zarandearnos con sus olas.

Entonces fue que reparé en ella, la mujer del mascarón de proa que daba su nombre al buque, *María Pita*. Siglos atrás había defendido a La Coruña de los invasores británicos que asesinaron a su esposo. En las viejas historias la gente parece más valiente de lo que yo jamás sería. Y de repente se me ocurrió que todos los que me observaban desde muelle me consideraban una mujer valerosa, de pie junto a mis pequeños, dejándolos ir, uno a uno, portalón arriba, como ovejas al matadero, o almas ascendiendo la escalera de Jacob en busca de una gran recompensa.

Dicen que cuando uno está a punto de comparecer ante el juicio del Altísimo, los acontecimientos de nuestra vida pasan ante nosotros en apresurado desfile. Y pensé en cuánto había trabajado en los últimos meses, admitiendo que me preocupé más por lo que don Francisco pudiera pensar que en el juicio de Dios o de la Historia. Quizás nuestras nobles obras se inician como el grano de mostaza de la parábola, que lleva dentro la promesa de un árbol poderoso.

Y, realmente, mi semilla era bien insignificante: subterfugios y egoísmo; mis pequeños, Dios los proteja, usados para comprar mi libertad. ¿Qué bien podría resultar de unos comienzos tan ruines?

Mi papel en este momento grandioso comenzó hace unos dos meses, el día después de la visita de don Francisco. Doña Teresa acababa de llegar, como la mosca que cae en la telaraña.

Como se trataba de una lluviosa mañana de sábado, no estaba esperándola. Pero nuestra benefactora acababa de visitar a una amiga enferma, y, en camino a su casa, había hecho un alto para ver a los niños y dejarles unas uvas que les había comprado.

Y, como ocurría siempre, los niños le dieron el informe antes de que doña Teresa estuviera ante la puerta.

—¡El Rey mandó un visitante a vernos!

De nada sirvió la astucia que había puesto en práctica para idear una forma de hablarle a nuestra benefactora de la expedición sin aludir a sus orígenes de realeza. Por el contrario, debía haber recordado que los niños no saben guardar secretos.

Doña Teresa ya traía el ceño fruncido, cuando fui a su encuentro a saludarla.

—¿Qué fue lo que escuché acerca de un enviado del Rey, Isabel? —preguntó, en vez de corresponder a mi saludo.

—Déjeme ayudarla con su capa —le dije, propiciando cierta demora para idear lo que iba a responderle.

Doña Teresa se sacudía el barro de los zapatos en la alfombra que nos había obsequiado, ensuciándola libremente, sin temer que la regañase como solía reprender a mis niños.

—¡Ese rey cornudo no ha hecho nada por los niños desamparados en todo su reinado! —«¿Qué es un cornudo?», me habían preguntado los niños la primera vez que presenciaron una de las diatribas de doña Teresa en contra del Rey)—. Gracias, Isabel —dijo, permitiéndome finalmente que le quitara la capa—. Ahora, cuéntamelo todo.

—Sí, señora. Ayer recibimos a un visitante importante —le informé, mientras colgaba la capa en la percha junto a la puerta—. Vino con una solicitud especial para una misión aprobada por Su Santidad.

—¿Oh? —súbitamente la expresión de doña Teresa se suaviza. Es una mujer muy religiosa que ha encontrado en la iglesia romana el sustituto de la corte en Madrid. Las innumerables batallas que ha emprendido en su defensa (no debe obligarse a la Iglesia a vender sus propiedades para saldar sus deudas con el Tesoro Real; Roma, y no España, debe decidir en los casos de matrimonio; los monasterios y conventos no deben pagar impuestos adicionales) son un escape a la persistencia en formularse preguntas que no tienen respuesta, a esas preguntas que la acosan después de la muerte de su hijo—. ¿Qué nos pide el Santo Padre?

Sentí una oleada de confianza. Después de todo, a lo mejor no habría batalla.

—En unas semanas, zarpará una expedición desde La Coruña —comencé, mencionando el nombre del director—. Fue don Francisco, la persona que estuvo aquí ayer.

—Entonces, lo que necesita es dinero, ¿no es cierto? —preguntó doña Teresa, volviendo a fruncir el ceño. Su rostro era abierto y expresivo, y aunque resultaba raro no descifrarlo con una simple mirada, nuestra benefactora también se encargaba de comunicar exactamente sus sentimientos. Siempre la rodeaba una aureola de redundancia, como Nati calificaba esos intentos—. Sabes muy bien, Isabel, que no acostumbro a dar dinero a personas en particular.

—No, doña Teresa, le aseguro que don Francisco no vino a pedir dinero —respiré profundo para poder continuar—. Vino... en busca de miembros que participen en una expedición para la cura de las viruelas.

Bastó la sola mención de la epidemia para que doña Teresa palideciera y se dejara caer pesadamente en una de las incómodas sillas de su difunto esposo. Aparentemente no se dio cuenta de la selección del asiento, ni cuestionó la rareza de buscar miembros de una expedición en un orfanato. Abrió la boca desmesuradamente.

—¿Liberar el mundo de las viruelas? ¿Es eso posible?

Claramente, desconocía los rumores que circulaban acerca del médico inglés en el hospital. Algo raro, teniendo en cuenta que doña Teresa estaba al corriente de casi todo chismorreo. *La Gaceta,* especialmente, había hecho proliferar sus fuentes de información acerca de escándalos, cuentos extraños e historias memorables.

—¿Estás segura, Isabel, de que no es otra de *sus*

curas? —preguntó, con el ceño fruncido. El rey Carlos era conocido por su interés superficial en las ciencias, y les ofrecía con frecuencia purgantes y paliativos a la nobleza y a los visitantes extranjeros. Al menos, así decía *La Gaceta*.

—No, no, doña Teresa. Es una cura que ya se ha puesto en práctica en Roma, en Francia, en Rusia —le dije, procediendo a relatar lo que me había contado don Francisco, apelando a su confianza en puntos cruciales donde mi propia fe había fallado, que la ciencia era sierva de la religión. Le describí el experimento del Dr. Jenner, omitiendo, por supuesto, su nacionalidad, explicándole lo referente a las ordeñadoras, la viruela de las vacas y la epidemia que asolaba las colonias. Pero para transportar la vacuna al otro lado del océano, era necesaria la utilización de portadores vivos, razón por la cual don Francisco había acudido a la Casa de Expósitos, a solicitar veintidós de sus niños para llevar el fluido de la viruela vacuna allende los mares.

—Ya veo —dijo doña Teresa, asintiendo profundamente. Permaneció quieta un instante, mirando con cariño a los niños que habían estado escuchando atentamente la historia. Acababan de enterarse de la solicitud de nuestro visitante, ya que el hecho de venir enviado por el Rey había eclipsado cualquier otra pregunta referente a su visita—. Entonces, mis marineritos —les preguntó doña Teresa—: ¿Quién de ustedes quiere irse en un barco grande a cruzar el océano?

—¡Yooooo! —respondieron todos al unísono, abalanzándose encima de doña Teresa, quien estuvo a punto de caerse con silla y todo, como si fuese el barco grande que todos estaban listos a abordar.

—¡Niños! —dije, a modo de reprimenda. Pero no podía negar que nuestra benefactora se divertía con todo aquello. Había venido precisamente a sentir el calor pegajoso y necesitado del afecto de los niños.

—¿Y van a dejar a su doña Teresa sola aquí en La Coruña? —les preguntó, haciendo pucheros.

—Yo me quedo —aseguró Clemente, incitando a la retractación total. Así dictaba la regla iluminada de la multitud, pensé, recordando cómo el populacho en la vecina Francia había conseguido que decapitaran a su rey. O al menos, eso era lo que había leído en algunos números de *La Gaceta* que doña Teresa me traía después de leerlos.

Sólo Francisco persistía en sus trece. Desde el principio estaba resuelto a partir.

—Por favor, doña Teresa, déjeme ir —*¿Por favor?* Había cambiado entonces. Aún estaba a tiempo de rectificar.

—Basta, niños —traté de apaciguarlos. No debía haber iniciado esa explicación delante de ellos. Pero doña Teresa me había acosado con sus preguntas desde que la recibí en la puerta, obligándome a iniciar una conversación para la cual me había preparado astuta (¡e inútilmente!).

Doña Teresa comenzó a agitar la cabeza.

—Mis niños, deben recordar que si Su Santidad nos pide algo, debemos obedecer. De esa forma, podremos volver a reunirnos de nuevo en el Cielo. Porque nos reuniremos allá, ¿no es cierto? —los niños asintieron solemnemente.

«Con la excepción de su insidiosa rectora», pensé.

Doña Teresa se volvió hacia mí y habló en voz muy baja, como si los niños fueran incapaces de escuchar cualquier cosa que dijera ante ellos en tono confidencial.

—Sólo me preocupan estos pobres inocentes. Nunca han ido más allá de la Torre de Hércules. ¿Quién puede asegurarme que sobrevivirán a un viaje como ése? ¿Y cuándo los enviarán de regreso? ¿Y si se contagian con otra horrible enfermedad? *La Gaceta* dice que los americanos están llenos de enfermedades.

Todas las interrogantes y aprensiones que había obviado con mi entusiasmo, volvieron a acosarme. Había probado la miel de la colmena, disfrutando su dulzura, pero ahora las abejas de la angustia venían en pos de mí. De momento, me sentí presa de la inquietud.

Quizá mi rostro era tan fácil de descifrar como el de ella, pues doña Teresa se detuvo abruptamente.

—Oh, querida Isabel, ahora he sembrado la duda en ti. Siempre el Maligno trata de desvirtuar una acción noble con dudas innobles. Te conozco hace doce años y sé que no pondrías en peligro el bienestar de esos niños a quienes amas tanto.

El rostro comenzó a quemarme con la vergüenza de una confianza inmerecida.

—Yo misma los acompañaré —dije, sabiendo que mi interés sería malinterpretado como sacrificio—. Don Francisco me lo pidió —añadí, sin atreverme a mirar a doña Teresa, para que no viese la mentira reflejada en mis ojos—. Natividad se encargará de todo hasta mi regreso —le propuse, anticipándome a cualquier posible objeción.

—¡Mi valiente Isabel! —dijo doña Teresa, sonriendo y mirándome con afecto.

Sus elogios eran demasiado para mí. En cualquier momento se me escaparía la verdad.

—Niños —desvié hacia ellos mi atención—. Vayan a decirle a Nati que doña Teresa está aquí, para que ponga a calentar la tetera. ¡Vamos, no tarden! ¿Le apetece un té caliente, doña Teresa? —le ofrecí—. Seguramente se ha empapado con esta lluvia. Y no debe resfriarse.

—Espera un poco, espera un poco —respondió, declinando mi oferta. Aún estaba impresionada (como yo en su momento) con todo lo que había escuchado—. Y pensar, Isabel, que pudiera haber una cura para las viruelas —sus ojos claros se llenaron de lágrimas—. ¡Si la hubiesen descubierto antes! Considera lo diferentes que habrían sido nuestras vidas.

Pensé en mis padres, en mi querida hermana, y volví a sentir pesar en el corazón. Tal vez no habría escapatoria, sin importar cuán lejos viajara.

—Ya te he entristecido, mi pobre Isabel —doña Teresa se sonó la nariz con un pañuelo que había sacado de un bolsillo del vestido, dejando escapar un sonido de trompeta que provocó risitas burlonas en los niños que esperaban junto a la puerta, reveladoras de su mala conducta.

—¡Niños! —les grité—. ¿Qué les he dicho? ¡Vayan a lavarse las manos para merendar! —y allá fueron, presurosos, pensando en las uvas para la merienda que el cochero de doña Teresa había descargado en la cocina hacía un rato—. Tú también, Francisco.

El niño comenzó a alejarse, a regañadientes. Pero antes de desaparecer por el corredor, sonó su trompetita una vez más:

—¡Lo mandó el Rey!

—¡Francisco! —aunque traté de impedirlo, doña Teresa captó al vuelo la chispa que podría encender el fuego de su mal talante.

—¿Qué tiene que ver el cornudo ridículo con esta noble misión? —espetó, como si no se dirigiese a mí solamente, sino al salón en pleno, testigo de la entrevista con nuestro visitante. Y ella misma dio la respuesta, evitándome otra mentira—. ¡Que se atreva a encargarse de esta misión! ¡Que se atreva! Éstos son mis críos y yo correré con todos sus gastos.

De repente me hallé atrapada entre una sensación de culpa por los medios a los que había recurrido y un gran placer ante los resultados. Aunque don Francisco no lo había pedido, indudablemente recibiría de buena gana fondos adicionales para su expedición. «¡Excelente! —diría seguramente—. Usted es un portento, doña Isabel. ¡Ha logrado emolumento, y también consentimiento!».

Doña Teresa se puso en pie lentamente, con una expresión de dolor en el rostro, que se trocó en una risotada cariñosa al darse cuenta del asiento que había escogido.

—Este don Manuel —dijo, meneando la cabeza—. ¡Debíamos haberle regalado estas sillas al Consejo Real! —el cual había votado recientemente a favor de imponer gravámenes adicionales a todas las propiedades de la Iglesia. Luego, componiéndose, se colgó de mi brazo—. Vayamos a por las uvas de nuestros niños —a doña Teresa le complacía distribuir sus regalos personalmente—. Por cierto, Isabel —dijo al separarnos en el estrecho corredor, el cual impedía ir acompañado a alguien de su voluminosa humanidad—. Estás muy bella hoy. ¡Ese collar te sienta a las mil maravillas!

Mi mano voló inconsciente hacia mi cuello. ¡Había olvidado quitarme las cuentas! Volví a sentir el rubor en el rostro, mientras iba tras doña Teresa, pensando en la facilidad con la que podemos cambiar nuestras vidas si deseamos hacerlo por sobre todo lo demás.

Con el beneplácito de doña Teresa, me di a la tarea de seleccionar a los veintidós niños que formarían parte de la expedición.

Cada uno debía ser examinado con el mayor cuidado, para asegurarnos de que no había estado expuesto a las viruelas. De súbito, comenzaron a aparecer parientes, padres, madres y hermanos que jamás se habían portado por allí, y hasta nodrizas que habían amamantado a tal o cual chico. Se habían enterado de que el Rey en persona se encargaría especialmente de los niños elegidos, y venían a pedir la compensación adecuada por dejar que Su Majestad asumiera la custodia de *sus* niños.

Una vez seleccionados los portadores, comencé a recopilar todo lo que necesitaban, según la lista proporcionada por don Francisco. Cada niño debía llevar seis camisas, un sombrero, tres pantalones y chaquetas de lino, un pantalón y una chaqueta de lana, tres pañuelos de cuello, tres para la nariz, tres pares de zapatos y un peine. ¡Cuántas cosas que comprar, que coser, que atender!

Las horas volaban y los días pasaban con pasmosa rapidez. Septiembre se convirtió en octubre sin apenas notarlo, y cuando llegó noviembre, aún no estábamos listos. No había barco disponible. Faltaban algunos instrumentos que don Francisco había encargado. Francia e Inglaterra estaban en guerra, por lo que era preciso buscar un salvoconducto de ambas naciones para la expedición. Había que presentar pruebas de que llevábamos niños, no municiones.

Me sentí satisfecha con las demoras, porque tenía veintidós guardarropas que equipar, sin contar mi propio «ajuar de bodas», como daba en llamarlo Nati.

—Porque tú te vas a casar en Nueva España —decía, segura de ello. Aunque no le prestaba atención, admito que me complacía pensar que tal vez en América, entre tantos sobrevivientes de las viruelas, mi rostro picado pasaría inadvertido. ¡Una nueva Isabel emergería en aquel nuevo mundo!

—¿Qué hombre me propondría matrimonio con veintidós niños al retortero? —le contestaba. A fuerza de costumbre, no podía permitirme ningún asomo de esperanza.

Nati cruzaba los brazos y se quedaba mirándome.

—No sabes nada de los hombres, ¿te acuerdas?

—He estado doce años criándolos —le recordaba.

Hoy, finalmente, ha llegado la hora de partir. Nos congregamos en el recibidor, cada niño ataviado como un principito. Teníamos que desfilar por las calles llenas de admiradores hasta el muelle. Idea de don Francisco. Nuestra partida iría acompañada de fanfarria plena. Toda La Coruña debía enterarse de la existencia de nuestra noble empresa. Los miembros de la expedición se animarían al ver las multitudes y escuchar sus vítores.

Lo cual era probablemente cierto en el caso de sus asistentes y enfermeros, quienes marchaban a la vanguardia, acompañados por nuestro obispo y varios funcionarios del consejo de la ciudad. Sin embargo, los niños estaban demasiado atemorizados como para disfrutar aquella conmoción. Hasta los mayores, que fingían confianza. Incluso mi oveja negra, Francisco, quien se las había ingeniado para hablar con su tocayo a fin de que lo dejara participar en la expedición, jurando ante varias reliquias «que jamás había padecido viruelas, ni estado cerca de alguien que la tuviera». A todos les afectaban los adioses en el orfanato, los besos y abrazos prodigados por doquier, las advertencias de que tuvieran valor, de que no le temieran al océano con su gran Leviatán, ni a los salvajes que se comían a su propia gente. Mis pobres niños, presa del terror, agarrándose a Nati, a doña Teresa, a los pilares de la cama y las paredes, a los que se quedaban. Sólo Benito parecía invadido por una extraña calma. Pero, por supuesto, estaba colgado de mí.

En las últimas semanas, cuando hacía buen tiempo, llevaba a los elegidos al muelle, para que se acostumbraran a la idea de navegar en un barco, cruzando el océano, al cual sólo conocían como una extensión de globo azul que podían abarcar con las manos. Un tránsito apacible hacia el muelle, y una subida al barco sin ceremonia alguna, habrían sido una mejor solución. Pero, claro, nuestro director tenía en más alta consideración la mayor gloria de nuestra empresa, no los temores tontos de los chiquillos, alimentados por la envidia de los que quedaban detrás.

¡Qué espectáculo habrá sido el de la rectora y sus veintiún niños, ataviados con los colores de España! (a última hora, Carlitos cayó enfermo y hubo que dejarlo. Cuando estuviéramos a bordo del barco, se nos uniría otro niño a quien no conocía). Los uniformes habían sido también idea de don Francisco.

—Marcharemos por villas y asentamientos en plena selva, y nuestro atuendo deberá crear una sensación de maravilla. Los impresionaremos, créame.

Por supuesto que lo creía. Había visto tantas cosas del mundo, conocido los corazones y mentes de los hombres y se había consagrado a la curación de sus cuerpos. ¿Y qué conocimiento del mundo podría tener yo, más allá de mis insignificantes rondas de deberes, enclaustrada en un orfanato durante doce años?

—Usted también debe llevar nuestros colores, doña Isabel, ahora que es miembro oficial de la expedición. El Rey ha aprobado su nombramiento.

Yo, que había vestido de negro a lo largo de tantos años, ¡ahora iba de oro y carmesí! Nati se quedó sin habla.

—Parezco una bandera —dije, riendo con nerviosismo.

—Pareces una dama. Y con esto tendrás que hacer frente a los hombres —aseguró Nati, entregándome un regalo de despedida que había comprado en el bazar de ultramarinos: una horquilla con una perla en uno de sus extremos, para mantener el velo en su lugar. Al verla, me faltó el valor para decirle que don Francisco se había opuesto a que llevara el rostro cubierto.

Finalmente, los niños se calmaron, e hicieron fila, cada niño mayor llevando a uno pequeño de la mano. Y salimos a la calle, pasando junto al poste donde habían atado a Benito, junto al hospital donde habían dejado abandonada a la mayoría de ellos, junto al convento de las Carmelitas, con sus ventanas enrejadas, en las que creí ver las vagas sombras de las hermanas contemplando tanto alboroto. No me atreví a mirar atrás, donde quedaban Nati y doña Teresa, llorosas ante la puerta, gritándonos a los niños y a mí todo tipo de recordatorios. Temía que con sólo una mirada a lo que dejaba, mis extremidades, o por lo menos mi corazón, se transformarían en piedra.

¿En qué demonios había estado pensando? ¡Mis pobres niños, con los ojos desorbitados, tratando de fingir valor, estaban a punto de embarcarse en un viaje peligroso! Ocho de ellos, incluyendo a mi Benito, tenían menos de tres años, pues, mientras más pequeños, menos posibilidades de haber estado expuestos a las viruelas. Aún se tambaleaban al caminar, aún se orinaban en la cama (aunque, en honor a la verdad, hasta algunos de los mayores también se habían orinado, a causa del entusiasmo de aquellos últimos días).

Supongo que yo también padecía esos mismos temores. Desde que, cuando niña, había caído enferma, jamás había vuelto a mostrar mi rostro en público. Para mi sorpresa, nadie había vuelto la cara ni esbozado una mueca de disgusto. La veneración había borrado todos los defectos. ¡La muchedumbre aplaudía y vitoreaba a los niños! ¡También a la rectora!

—¿Ves? —les decía, tratando de sacar fuerzas de flaqueza—. Todos están orgullosos de ti.

Los niños miraban con desconfianza en derredor, como si no estuvieran seguros de no ser en breve devorados por los caníbales o por el Leviatán.

La *María Pita* se alzaba amenazadoramente ante nosotros. Don Francisco lo consideraba «una modesta nao», un recurso de última hora al ver que las reparaciones de la fragata de mayor tamaño que había contratado no concluían. Un beneficio de esta nave mucho menor era que había podido entrar sin problemas a la bahía, y podríamos subir a ella desde el muelle. No me imaginaba los problemas adicionales que implicaría un doble embarque: primero, en un bote que nos llevara a aguas profundas; luego, la subida por una escala de cuerdas hasta la cubierta de la *María Pita* en movimiento, con las velas desplegadas, almacenando viento. De repente, ¡varias manitas se aferraron a las mías! Los niños se volvían a agarrar a mí, mirando aquella casa flotante que chirriaba y se inclinaba, dando la impresión de que se quebraría con el primer pie que se plantara en ella. Una cosa era ver la nave desde la costa y otra subirse a ella y salir a navegar hasta que la tierra se hiciese un punto en la distancia.

—¡Qué aventura vamos a tener! —apresuré el paso para infundirles confianza. Por supuesto, ellos trataron de no quedarse detrás. Yo era el único fragmento de tierra firme en aquel mar de desconocidos. ¡Y no se atrevían a perderme de vista!

Al acercarnos, sonó una trompeta. Los dignatarios y los demás miembros de la expedición se separaron. Don Francisco ya había explicado el protocolo: nosotros, los niños y yo, subiríamos al portalón, en la medida que fueran mencionando nuestros nombres, en medio de los aplausos y los vítores de los presentes. Pero, primeramente, un heraldo dio lectura al decreto real:

> Deseando el Rey don Carlos IV ocurrir a los estragos que causan en sus dominios de Indias las epidemias freqüentes de viruelas, y proporcionar a esos sus amados vasallos los auxilios que dictan la humanidad...

Un fuerte viento comenzó a azotarnos, razón por la cual éste era el día elegido para zarpar, después de haber esperado toda la semana por el giro en las veletas de los techos de las casas, indicadores de un soplo favorable. Los niños comenzaron a sentir frío. Pascual tenía hambre... Como siempre, ¡el pequeño bribón estaba hambriento! Juan Antonio empezó a estornudar, seguramente se había resfriado. Tintín y Bello, envueltos en sábanas, gemían en los brazos de sus enfermeros. No sospechó el Rey, mientras dictaba a los escribanos en un cálido salón, que la extensión de su decreto podría poner en peligro la misma misión que validaba. Si nuestros primeros portadores se enfermaban, ¿perdería la vacuna su eficacia?

—Falta poco, muy poco —les prometí a los niños, esperando que ninguno de ellos me preguntara:

—Pero ¿cuán poco?

¡Martín!, gritó finalmente el heraldo.

—Tintín —susurré el apodo del chico, dándole al pequeño envuelto en lágrimas una sonrisa de aliento.

¡Vicente María Sale y Bellido!

Bello. Un chico poco agraciado, a pesar de su sobrenombre.

Sin dudas, Tintín y Bello eran los primeros en embarcarse, para ponerlos inmediatamente fuera de peligro. Tres días antes, don Francisco había inoculado a los dos niños con el fluido de viruela de las vacas extraído de un portador procedente de Madrid. La vacuna había prendido, pero ¡la tarea fue como una hazaña de Hércules! Hubo que vigilar día y noche a los dos parvulitos para impedir que se rascasen los brazos, destruyendo las vesículas que comenzaban a formarse, y para que no se mezclaran con los demás portadores y contagiaran accidentalmente a alguno de ellos, con lo cual romperían la cadena de transmisión en medio del océano. Claro, como eran parvulitos, Tintín y Bello no podían comprender la precaución con la que los rodeábamos. Su tierna edad, considerada un beneficio por unos, era un verdadero reto para otros. ¿Cómo iba a arreglármelas a bordo sin la ayuda de Nati? Ya esto se lo había comentado a don Francisco, quien me aseguró que desde el momento de la inoculación, el cuidado de los dos portadores sería tarea de los tres enfermeros de la expedición. Luego que se transmitiera exitosamente el fluido al próximo par, los portadores inmunes volverían a mi abrigo. Don Francisco habló como si estuviera tratando con barriles de melaza o barricas de ron, no con pequeños niños vivos con problemas propios en sus mentes.

Tintín y Bello subieron por el portalón en brazos de sus dos enfermeros, pateando, gritando y extendiendo sus manecitas hacia mí.

—¡Basta, o te tiro al mar! —le vociferó al pequeño Tintín don Basilio Bolaños, el áspero y rechoncho enfermero. Pero los gritos de Tintín cobraron un tono febril, incitando a una nueva ronda de lloros entre los niños restantes que me rodeaban. De repente, me di cuenta de que el cuidado de los portadores jamás quedaría totalmente fuera de mi control.

—Ahora, ahora, niños —les susurré—. ¿Ven? Tintín está bien. Digámosle adiós —desde la cubierta del *María Pita,* don Basilio agarró la mano aterrorizada del pequeño y lo obligó a agitarla, provocando aún más gritos, llegando al punto de destruir la calma que yo había logrado infundir.

¡Pascual Aniceto!, llamó el heraldo al próximo chico. Me había encargado personalmente de escoger a cada uno para someterlo al examen y la aprobación de don Francisco, pero nuestro director hizo la selección final, escribiendo cada nombre —o lo más que conocíamos del nombre— en una lista que proclamaba el heraldo a voz de cuello.

¡Cándido! ¡Clemente! ¡José Jorge Nicolás de los Dolores! ¡Vicente Ferrer!

En la medida que el heraldo seguía llamando, los niños fueron envalentonándose en su ascenso por el portalón hacia la *María Pita.*

¡Francisco Antonio! ¡Juan Francisco! ¡Francisco Florencio! ¡Juan Antonio! Le abotoné la chaqueta a Juan Antonio, que la llevaba desabrochada, y le limpié la nariz mocosa. Tal vez el enfermizo Juan Antonio había resultado una mala selección. Pero estábamos quedándonos cortos en la cantidad de niños de cuyos pasados pudiese yo dar fe. Y Juan Antonio nos llegó procedente del hospital de al lado, con la sangre de su madre pegada aún al cuero cabelludo. Tendría que ocuparme de él muy especialmente, para evitar que se resfriara y pusiera en peligro su vacunación.

¡Jacinto! ¡José!

José era el que más se orinaba en la cama. En la casa, se le había prohibido terminantemente beber líquido alguno después de la cena, y aun así no había remedio.

—¿Qué pasa contigo? —le reñía Nati, al recoger casi todas las mañanas su ropa de cama húmeda de orines—. ¿Sueñas cada noche que estás orinando en una maceta?

Tendría que despertarlo para que evacuara líquidos. Lo mejor sería despertar a todos los niños a medianoche para que orinasen. Por algo don Francisco había encargado orinales adicionales. Una vez más me maravilló que pensara en todo.

¡Gerónimo María! ¡José Manuel María! ¡Manuel María!

Los tres hermanos subieron juntos. Todo lo hacían como en una trinidad. Seguramente nos iba a ser difícil vacunar a sólo dos de ellos a la vez.

¡Tomás Melitón!

Tomás era un pequeño de tez oscura. Su padre o su madre debieron haber sido moros. Por eso era objeto de burlas constantes por parte de los demás niños. Doña Teresa pensaba que lo adoptaría alguna familia de la nobleza, pues se había puesto en boga —con la adopción de María de la Luz por parte de la duquesa de Alba— tener *negritos* como parte del séquito, conjuntamente con los perrillos y los monos. Sin embargo, en Galicia no siempre enraizaban las modas de la corte.

¡Andrés Naya! ¡Domingo Naya!

Demasiado tarde me di cuenta de la mancha húmeda en la parte trasera de los calzones de Andrés. A diferencia de los que habían llorado a lágrima viva al marcharse del orfanato, Andrés se había agarrado a la pata de una mesa, enmudecido de terror. En cierta medida, aquel silencio había sido más perturbador que los berridos que lo rodeaban.

¡Benito Vélez!

Nuestro director había descendido de la cubierta para ir llevando a los más pequeños a bordo en la medida que iban siendo llamados. Como era de esperarse, Benito se negó a ir con él. El pequeño se colgó de mí, hundiendo su carita en mi cuello, encorvándose y tratando de pegarse a mi costado como la costilla perdida de Adán.

—Mejor lo llevo yo, don Francisco —le dije a nuestro director, quien extendió su mano al último chico que quedaba, cuando el heraldo pronunció su nombre.

¡Antonio Veredia!

Antonio era nuestro pequeño erudito. Había aprendido a leer con facilidad, comenzando con una Biblia que había descubierto en la capilla, pero el padre Ignacio se la había quitado. El chico tenía sólo siete años.

—Demasiado pronto para navegar en esas complejas aguas por su cuenta —había decretado el sacerdote.

Ahora Antonio iba a navegar por aguas verdaderas. Que el Señor lo proteja, a él y a los demás.

¡Isabel López Gandalla!

¿Había escuchado mal? ¡Nuestro director había escrito el apellido equivocado! Tenía tantas cosas de qué ocuparse, pensé, tratando de excusar su olvido. Aun así, me dolió pensar que no significaba nada para él: sólo un miembro más de una expedición, que borraría de su mente una vez cumplida la misión.

El viento sopló con más fuerza. Escuché el tañido de una campana y el entrechocar de cadenas. El portalón se movió. ¿Cómo podría mantenerme en pie, con un niño en brazos, el corazón en la boca y la mente aquejada por un sentimiento de culpabilidad? En lo alto de la arboladura, los marineros erguían las cabezas, tratando de contemplar a la única mujer a bordo. En principio, el capitán Pedro del Barco se había opuesto firmemente a admitirme, según me contó don Francisco. Finalmente lo convencieron, no sé por qué medios, y me envió un saludo de bienvenida con una bolsita de sales de olor para protegerme del mal de mar, a mí o a los niños. ¡Increíble cambio de opinión! Si don Francisco hubiese sido otro tipo de persona, hubiera pensado que exageró en su primer informe, para ganar mi gratitud por sus esfuerzos.

—¡Doña Isabel! —comenzaron a llamarme los niños.

Aquellos críos me necesitaban ahora más que nunca. Tal vez algo de bueno había salido de lo que había hecho por beneficio propio. Besé la cabecita de mi pequeño Benito y le susurré:

—¡Allá vamos!

No en balde don Francisco había escrito mal mi nombre en los documentos oficiales. Si yo deseaba una vida totalmente nueva, ¿por qué no iniciarla con un nuevo nombre? Y comencé a escalar el oscilante portalón, hacia donde me esperaban mis niños y don Francisco.

3.

Alma hace un giro para tomar el camino a su vivienda, después de dejar a Richard en el aeropuerto, y la visión de la casa le imprime un sentimiento de vacío en su interior. En la radio, los presentadores del programa *Car Talk* se divierten de lo lindo. «¿Se deprimirán alguna vez estos dos? ¿Será posible que en determinado momento un hermano le diga al otro: "¡Dios mío, hoy no soporto hablar de carburadores! Hoy no. ¡No puedo!"?», piensa.

La casa se yergue ante ella, con demasiado bosque, demasiada cristalería, muy al estilo Vermont. Se la compraron a una pareja que estaba divorciándose, después de cometer la locura usual: ¿problemas matrimoniales? ¡Pues tengan un niño! ¡Compren una casa! Alma recuerda, ahora que está a punto de entrar sola a ella, que se opuso a su adquisición, pensando que traería mala suerte comprarle una casa a una pareja fracasada. Y también que Richard la convenció, como hacía a menudo, siendo razonable. El precio de la casa era bastante módico, considerando el mercado de bienes raíces cada vez más costoso. «La "chic-ificación" de Vermont», como clasificaba Tera al fenómeno. Después de mudarse, Alma hizo limpia durante varias semanas, mientras Richard estaba en la oficina. «Las limpias no tienen garantía de por vida», piensa. ¿Debería quizás comenzar otra limpia para la casa antes de intentar escribir una novela en su interior?

El sonido de un claxon rompe el silencio. Es el deportivo utilitario de Claudine pasando frente a la casa. Ha reconocido el automóvil de Alma. Probablemente estará preguntándose por qué Alma está sentada en su auto a medio camino de la entrada de vehículos, contemplando su propia casa.

«Si supieras, Claudine...», piensa Alma. Claudine, su vecina de la cuadra, es una de esas gentes en las que Alma jamás podría convertirse, lo cual, de cualquier manera, le provoca una sensación de tristeza o resignación. Claudine, competente madre de dos hermosas niñas, tan bien parecidas como ella, decidió quedarse en casa a cuidarlas cuando eran pequeñitas, algo que le gustó infinitamente. Ahora trabaja a jornada parcial como agente de bienes raíces, profesión que también la complace. Ha leído todos los libros de Alma, y los adora. Si las cosas no marchan, Alma puede llamarla y hacerla su confidente. Quizá Claudine la contagie con su talento para la felicidad.

Alma recuerda que el terror que la invade cuando Richard se ausenta de casa varios días no es nada nuevo, aunque realmente se trata de temores infundados. A diferencia de los monos sometidos a aquel experimento acerca del cual leyó en cierta ocasión, a ella no la arrancaron del seno de su madre al nacer, ni la colocaron en una jaula con un símil materno mecánico que producía una descarga eléctrica cada vez que Alma se acercaba al mismo. Pero, en realidad, colgarse de su caprichosa Mamacita le creó su propio problema: el desconocimiento de si la madre iba a amamantarla o a maltratarla. Aunque Alma comenzó a darse cuenta de ello demasiado pronto.

Pero eso fue hace ya medio siglo, se dice a sí misma

Alma, identificando en su mente el tono de voz de Richard, quien no tiene paciencia para soportar la letanía de los adultos hablando acerca de lo que les hicieron sus padres.

—¡Todos cometemos errores! —dice invariablemente después de la confesión de un amigo perturbado a punto de estropear una animada cena. La saga de una madre malvada. El recuerdo de un padre alcohólico. Casi siempre, al marcharse los invitados, y mientras se cepillan los dientes, es Alma quien inicia la refriega.

—Cada vez hablamos menos acerca de las cosas que realmente importan —le dice a Richard, salpicando de dentífrico su lado del espejo.

—¿Y *eso es* lo que realmente importa? —le responde él luego de haberse cepillado, enjuagado y secado cuidadosamente la boca. Aun en esto, piensa Alma, Richard es quien tiene el parabrisas más limpio.

Y ahora ya no tiene consigo al lado más limpio del parabrisas. Pone en marcha el coche para recorrer el camino que falta hasta llegar a la casa, y se baja. Allá arriba, en su estudio, un barco lleno de huérfanos acompañados por su esperanzada rectora espera para cruzar el Atlántico junto a un visionario enloquecido.

Alma decide permanecer fuera un rato más y cruza el patio trasero en dirección a la casa de Helen.

—¡Helen, soy yo! —grita Alma, después de tocar en la puerta trasera y hacer girar el picaporte. No quiere asustar a la anciana casi ciega que no la espera a esta hora de la mañana.

Usualmente, Alma trata de visitarla una o dos veces por semana al caer la tarde y por espacio de una hora, para leerle algún libro. Pero, últimamente, Alma ha faltado a su cita, dejando pasar las semanas, algo que la hace sentir mal, pero trata de tranquilizarse a sí misma diciendo que realmente eso no tiene tanta importancia. Claudine y otra mujer del vecindario se alternan para cuidar de Helen y leerle lo necesario: su correspondencia, los periódicos de chismografía local que a ella le gustan y cualquier otra cosa que la anciana les pida. Se supone que Alma sea la responsable de los «perifollos», como les llama Helen. O sea, de un buen libro. En ocasiones, Helen le pide a Alma que le lea alguna de sus obras, gesto noble y cortés al cual ha accedido en pocas ocasiones, pero ha dejado de hacerlo porque siempre Helen se queda dormida. Aunque también se aletarga con Toni Morrison y Robert Frost, algo que a Alma le sirve de consuelo.

—¿Eres tú, Alma? —pregunta Helen, con voz temblorosa y ronca, como si viniese de una persona a punto de resfriarse.

—Sí, soy yo, Helen —dice Alma, tratando de adivinar adónde habrá ido Helen, pues no está en la cocina, donde usualmente pasa la mayor parte del día.

Finalmente la encuentra, sentada en la mesa-silla del teléfono, que le recuerda a Alma su niñez. Es sorprendente pensar que hace cuarenta y tantos años un artículo así fuera exportado a una islita lejana aquejada por un régimen dictatorial. Incluso entonces, ciertos productos como la goma de mascar proliferaban increíblemente por todas partes.

—Hola, querida —le dice Helen, con un tono de animación en su voz, mirando sin ver hacia donde cree que está Alma.

Los ojos avellanados de la anciana tienen la mirada nebulosa del planeta Tierra, visto desde el espacio. Y aunque Alma sabe que Helen ha perdido casi totalmente la visión a causa del glaucoma, siente como si estuviese viéndola. «Te veo, querida..., con los ojos del corazón», le dice Helen cada vez que Alma le comenta al respecto.

—¡Qué grata sorpresa! —dice Helen, sinceramente, pero Alma detecta algo fuera de lo común en su voz.

—¿Todo bien? —le pregunta Alma, pensando en qué le dirá Helen. Su vieja amiga no es pronta a la queja y evita la mención de cualquier problema en su vida, incluso cuando Alma la ha obligado a hacerlo. Helen no desea vivir en la negatividad, algo que Alma acepta, pero en ocasiones siente que la anciana alberga el temor de alejar a sus visitantes si no las reconforta.

—Estoy bien, especialmente ahora que llegaste. Vamos a la cocina para hacer té. Si no tienes prisa, claro —dice la anciana.

—No, no —le asegura Alma, conteniendo los deseos de ayudar a Helen, mientras ésta hala hacia sí su andador en busca de apoyo, poniéndose en pie con gran dificultad. Sus movimientos están impregnados de una pesantez adicional. Tal vez ha recibido una llamada perturbadora y por esa razón está sentada junto al teléfono. Y la supuesta enferma de sida de unas semanas atrás reaparece en la mente de Alma, pero recuerda que desde entonces esa mujer fue arrestada y confinada en algún sitio, según le informó Tera. Pero es mejor no sacar a la luz un tema preocupante, que haría a Helen sentirse insegura y más frágil aún.

—Me sorprende esta visita tan temprano, querida. Por cierto, ¿qué hora es? —dice Helen, quien usualmente se mantiene informada gracias a la radio.

Pero el receptor está apagado. Otro detalle extraño. ¿Impredecible Helen? Muy raro.

—Me he tomado el día de descanso —le dice Alma.

Helen está al corriente del calendario de creación literaria de Alma —cómo se sienta ante su escritorio, venga o no la musa—. Pero también conoce la verdad al respecto —es la única persona a quien Alma se la ha confesado—. Ha dejado de escribir la novela. Y ha comenzado a leer y cavilar acerca de cómo unos huérfanos cruzaron el Atlántico, contándole a Helen toda la historia de la expedición.

—Es bueno que te concedas un día de descanso —le dice Helen, tentativamente, como si dudase de lo que se propone Alma, dándole la oportunidad de refutarla. Helen permanece de pie en el corralillo de su andador, recuperando el aliento luego del esfuerzo excesivo de incorporarse. Una visión que despierta en Alma una profunda ternura hacia la anciana.

—¿Y tú, Helen, en qué andas? Cada vez que vengo, estás en la cocina.

—Te sorprenderías —dice Helen, riendo—. Si llegas un poco antes, me habrías encontrado en el dormitorio, en camisón.

—¿Sola, o bien acompañada? —pregunta Alma, entrando en el juego.

Helen aludió alguna vez a su pasado, a un tormentoso matrimonio de hace mucho tiempo y a un hijo que desaparece periódicamente de la faz de la Tierra para reaparecer posteriormente. Alma se ha enterado de la mayor parte de la historia a través de Claudine, cuyo esposo es un «muchacho del barrio», por lo que conoce todo lo referente a los antiguos residentes del pueblo. Helen trabajó durante casi cincuenta años en el comedor de la escuela secundaria, vio a varias generaciones del pueblo transitar por su adolescencia y se jubiló cuando comenzaron sus problemas de visión. Tanto amor despertó en la gente, que hasta organizaron un pequeño desfile en su último día de trabajo. ¡Ah, pueblos pequeños! Adorables, sin duda.

—¿Un enamorado a mi edad? ¡Ja, ja! —dice Helen riendo, mientras trajina en la cocina, haciendo el té. A Alma le encanta ver cómo encuentra las cosas tentando con las manos, para dar finalmente con lo que busca, como una pieza de rompecabezas que ajusta a la perfección en su sitio—. ¿A propósito, ¿cómo le va a *tu* enamorado?

—Se ha ido de viaje a una asignación —responde Alma, tratando de que su voz no la traicione. No quiere que Helen piense que la razón real de su visita un sábado por la mañana es escapar de su propia soledad—. Uno de esos proyectos que opera su compañía en diferentes países —explica Alma, y procede a contarle del centro verde, mientras ambas beben té en sus respectivas jarras despostilladas.

Como Helen es casi invidente y tropieza con todo, gran parte de sus tazas y platos están astillados. Al menos no puede verlos. En casa, cada vez que Richard tiene en la mano su tazón o vaso de martini favorito que han corrido esa misma suerte, dice: «¿Qué pasó con esto? ¿Por qué siempre me ocurre a mí?». Pero Alma siempre niega su culpabilidad. En los próximos cinco meses tendrá que ser extremadamente cuidadosa. Si algo se rompe, no podrá convencer a Richard de que tal vez el responsable fue él.

—Entonces ¿va a estar fuera por un tiempo, no? —pregunta Helen.

—Uh-hum —asiente Alma, bebiendo un sorbo de té, tragándose también las ganas de llorar.

—Cada vez que te sientas sola te vienes para acá, ¿me oyes?

—Gracias, Helen, así lo haré —Helen lo sabe. Por supuesto que lo sabe muy bien. Como también Alma sabe que hay algo dando vueltas en la mente de su anciana amiga—. Helen, si tienes algún problema, ¿me lo dirás?

Por un instante, Helen parece insegura, como si la hubieran atrapado ocultando algo. Pero luego sonríe, aturdida, la vieja Helen.

—Lo intentaré —dice, casi con timidez—. Pero tú también a mí —añade, derivando nuevamente el control de la conversación hacia Alma—. Cualquier mujer se entristece cuando no está su hombre.

—Y *cuando está* también —se encarga de recordarle Alma.

Helen es testigo del sombrío estado de ánimo que ha aquejado a su amiga en los últimos meses. Y la ha aconsejado diciéndole:

—No te preocupes. Dios tiene un plan para ti. Sólo tienes que mantener ojos y oídos bien abiertos para que no se te escape.

A diferencia de otros creyentes que la sacan de sus casillas, cuando Helen menciona a Dios, Alma realiza una traducción instantánea en su mente —Dios como metáfora del espíritu abrumador, desconcertante y hermoso del Universo—, obviando la pregunta escabrosa de si Dios existe, para lidiar directamente con los pequeños contratiempos en los que la gente se estanca de por vida.

—Richard quería que fuera con él, y tal vez debía haberlo hecho, Helen, pero... no sé —si la indecisión la asalta en este instante, no habrá remedio. Se irá a República Dominicana mañana mismo.

—Tal vez necesitas que esté lejos para que puedas escuchar tus pensamientos —sugiere Helen. Por un momento, Alma se pregunta si Helen estará hablándole de su propia vida solitaria, de su insoportable marido, que desapareció hace tanto tiempo; de la presencia intermitente de su hijo, que reaparece cuando le viene en gana—. En ocasiones se necesita estar sola para poder escuchar la vocecita sosegada de Dios que llevamos dentro —dice Helen con voz tenue, como si estuviera oyéndola en este instante.

—Hmm —murmura Alma, indecisa. ¿Desea en realidad quedarse para escuchar el espíritu desconcertante y doloroso del universo que mora dentro de ella?—. Es que le mentí, Helen. Le dije que me quedaba para terminar mi novela.

Helen sonríe, nuevamente aturdida.

—Él comprenderá —dice—. ¡Por Dios! No todos pueden salvar el mundo. Tú tienes tu propia tarea que hacer.

Al oír a Helen, Alma se pregunta si ha distorsionado la labor de Richard. No está salvando el mundo. Sólo protegiendo el medio ambiente en un pequeño fragmento del mismo. Un fragmento que lleva el nombre de su patria. Por esa única razón se habría ido con él. ¿Y lo de salvar el mundo? Alma acostumbraba a decirse a sí misma que la literatura era una forma de salvar el mundo, pero con el tiempo ha tenido que concordar con Helen en que «no se puede desyerbar el jardín con un tractor». La literatura hace su tarea, y el activismo y las buenas obras, por otra parte, hacen la suya. Pero Alma no quiere seguir atormentando a Helen con sus propias dudas, especialmente cuando su vieja amiga está tan extraña. Al menos,

Alma quiere concederle a Helen el placer de pensar que, en este momento y lugar, a ambas les va de maravilla, a pesar de todo.

Se sientan una junto a la otra, sorbiendo tranquilamente el té, mientras un sol tenue penetra por las cortinas, dándole a la habitación revestida con paneles una tonalidad sepia reconfortante y antigua. Todo marcha bien.

—Me encanta estar aquí, Helen.

Alma toca la mano moteada de manchas de vejez, que se estremece primero, pero luego se funde con la suya.

Cuando Alma se dispone a partir, como trajo a colación el tema de su deseo de ayudar, Helen le pregunta si tiene que ir al pueblo en algún momento.

—Por supuesto —responde Alma. Precisamente eso es lo que iba a hacer cuando saliera de allí. Todo menos regresar a un sitio que le recuerde a Richard—. ¿Necesitas algunos víveres?

—Claudine me los trajo ayer. Es una medicina por receta. En la farmacia —aunque hay dos en el pueblo, la primera perteneciente a una cadena farmacéutica, y la otra, Peters' Drugs, en el centro, Alma sabe a cuál se refiere su amiga. El señor Peters es otro «muchacho del barrio», sólo que un poco más joven que Helen—. Ya llamaron para solicitarla —explica ésta, como si el médico le hubiera hecho el favor especial de pedirla.

Helen agarra a tientas el bolso que cuelga en el respaldar de su silla, rebuscando dentro para hallar su billetera.

—Me pagas cuando la traiga —le dice Alma.

—¿Estás segura?

—Helen, si no me pagas, ¡voy a volver a leerte *El*

paraíso perdido completo! —amenaza Alma, recordando su idea errónea de que, como Milton era ciego, Helen se sentiría de alguna forma conectada con su obra, además de ser cristiana.

Pero finalmente Milton y Helen no hicieron buenas migas. Alma sólo le leyó los dos primeros libros, saltando de párrafo cada vez que oía suspirar a Helen. Hasta que la anciana le pidió que no leyera más.

—¿Tan deprimente es? —le preguntó Alma.

—No. No es eso. Es que me parece que estoy escuchando las audiencias del Congreso en C-Span —le había respondido Helen entre risas. Tal vez las ambiguas disquisiciones de los demonios le aburrieron definitivamente.

Helen ríe ante la amenaza de Alma, quien también estalla en carcajadas, sintiendo una animación repentina en su estado de ánimo. Cinco meses, cinco años. Van a salir airosas, Helen y Alma. Ambas van a mirar sin temor a sus viejos retraimientos, hasta que se rindan y se transformen en soledades productivas y entrañables.

Pero cuando Alma pasa a recoger la medicina de Helen, ya deja de estar tan segura. ¿Helen tomando Paxil? La cosa no es tan fácil como parece. Por supuesto, no es asunto de Alma estar leyendo la etiqueta en el frasquito de Helen, pero se sorprende cuando el señor Peters le pasa la cuenta y tiene que desembolsar varios billetes de a veinte dólares. Y desea de pronto que Helen hubiese sido franca con ella, antes de pagar tanto dinero para comprar antidepresivos. Al menos podía haberle ofrecido los suyos, que, sin duda, ya se habrían desintegrado para formar parte de la tierra donde los sepultó. Un poco más de basura humana contaminando el verde mundo de HI.

Luego de recoger la medicina, Alma pasó el resto del día haciendo todas las diligencias pendientes desde hace meses. Cuando Richard regrese, las plantas demasiado crecidas tendrán nuevas macetas, la desgarrada cortina del baño habrá sido reemplazada, y el retrato de Ben hecho por su novia pintora (aunque ya Lauren ha pasado a ser una «ex»), enmarcado y debidamente colgado.

No es hasta bien entrada la tarde que vuelve a casa, debatiéndose en su escalofriante tranquilidad. Pero ¡hay pitidos en la contestadora, hay mensajes! Y también un considerable paquete de cartas que acaba de recoger del buzón junto a la carretera. Y víveres que almacenar. Bastante trabajo, que hoy se dispone a acometer con regocijo.

La contestadora está repleta de cortes de comunicación, de sonidos raros, como de alguien esperando al otro lado de la línea. Precisamente lo que le faltaba a Alma, ahora que Richard no está: la mujer con sida llamando de nuevo, o algún ladrón potencial comprobando si hay alguien en casa. Ahora desearía que el mensaje de la máquina siguiera siendo el de Richard, con su lacónica voz masculina. A lo mejor puede reclutar a Dwayne, el esposo de Claudine, para grabar un nuevo mensaje.

Aparte de los sonidos misteriosos y los cortes de comunicación, los demás mensajes resultan normales, para su tranquilidad: el recordatorio de una cita con el dentista, de que el libro que solicitó Alma ya está en la biblioteca y el de cierta señora respondiéndole a Richard acerca de los sacos de hojas recogidas en los terrenos del hospital. Richard debe haberse olvidado de esto. Pero ella lo sorprenderá con su talante resuelto, irá por ellos y vaciará su contenido como abono del jardín. También una llamada de Lavinia, sólo para saludar, lo cual quiere decir que Veevee acaba de llamarla para informarse acerca de «la saga de la saga». Y otra de Tera, para ver si pueden reunirse el próximo fin de semana y pernoctar en casa. Ojalá que no lo cancele, pues Alma confía en el enorme alivio que significará la compañía de su amiga por un par de días. La última llamada es de Claudine, alegre, pero inusualmente vaga... ¿Podría Alma devolverle la llamada, por favor? Se trata de... bueno, de Helen. ¡Entonces su presentimiento no había sido infundado! Algo *andaba* mal con respecto a Helen. ¿Por qué no se lo dijo a ella directamente?, se pregunta, sintiendo un leve rapto de celos, porque Claudine es la favorita. Lo cierto es que Claudine es también la confiable, la que visita en días alternos. Aun así, Helen sabe que Alma la ama y que se preocupa por sus problemas.

Alma marca el número de Claudine, descargando sus celos en los números, punch-punch-punch, punch-punch, punch-punch. Pero cuando advierte que es la máquina quien va a responder, cuelga, para volver a marcar el número, una y otra vez, mientras va almacenando los víveres. Finalmente, deja de hacerlo, cuando se da cuenta de que ¡se está comportando como Mamacita! «De tal palo, tal astilla», dice Helen cada vez que un chico del pueblo se mete en problemas. Un refrán que Claudine también utiliza con bastante frecuencia, cada vez que habla acerca de las bromas de sus dos hijas idénticas.

¡Cómo se parecen Claudine y Helen! Ya Alma ha reparado en eso anteriormente. Denodadas optimistas las dos. Aunque de cierta manera Helen tiene más años y ha tratado de mantener esa clase de actitud por espacio de casi ocho décadas en vez de sólo tres y media, Alma siente mayor inclinación hacia la anciana, y no hacia Claudine. Además, Helen es pobre, aunque no totalmente —es propietaria de unas dos hectáreas de terreno, «más o menos», además de su destartalada casa—, pero vive de un magro presupuesto, al igual que Tera. Alma siempre ha preferido los pobres a los ricos, movida quizá por un vestigio de culpabilidad por proceder de un sitio donde nadie tiene la oportunidad de pertenecer a la zona gris de comodidad —o sea, la clase media— donde se puede llevar adelante una vida decente, sin sentir que la misma sale del pellejo de alguien cuyos gastos anuales de alimentación equivalen a la cuenta del restaurante de lujo que se visitó la noche anterior.

Precisamente ahí es donde está Richard ahora: su patria, donde escasean las zonas de comodidad. Alma comienza a marcar el número telefónico 800 de la aerolínea, para escuchar cómo una voz automatizada de consuelo le dice que el avión ha aterrizado, evadiendo con éxito la Escila de las fallas mecánicas y la Caribdis del terrorismo. Su querido Richard, su amor, su único amor, va a contribuir a la creación de un nuevo espacio para sus compatriotas, un centro verde, donde puedan disfrutar de aire puro y ríos viables y bosques plenos de aves canoras que hacen verano en los Estados Unidos. Pero Alma conoce a sus compatriotas. Seguramente querrán teléfonos celulares, y zapatos deportivos con suelas que se iluminan al caminar para sus hijos, y casas con antenas de satélite y televisión por cable. ¿Cómo reaccionarán exactamente cuando sepan que no es eso lo que Richard ha ido a llevarles en representación de HI?

Alma se siente acongojada de repente. Un ser amado transitando por un mundo de gente que no lo ama, que le aplastaría el cráneo por el dinero en su billetera, o que haría estallar el avión en nombre de un dios en el que no cree. Alma ni siquiera puede soportar la partida de sus hijastros, los adioses, la caminata hasta la puerta, hasta sus autos, con las manos cargando bolsas de mercado llenas de meriendas que no desean en realidad. Alma se pregunta cómo se sentirá Helen cada vez que su hijo desaparece de la faz de la Tierra, como describe Claudine. Es como ver zarpar a la *María Pita* en ese borrascoso día de noviembre, pasando junto a la Torre de Hércules, siguiendo rumbo sur y oeste, con su tripulación manejando los cordajes para que las velas se orienten en esa dirección, y el buque empequeñeciéndose más y más ¡hasta perderse en el horizonte! ¡Qué noche tan sombría habrán pasado, allá en la Casa de Expósitos, Nati y el resto de los niños, tratando de ignorar tantos espacios vacíos ante la larga mesa! ¡Y doña Teresa, en su oscura residencia a varias cuadras de distancia, preguntándose si habría hecho lo correcto dejando ir a sus niños en esa cuestionable expedición!

Suficiente como para que Alma se sienta atraída a subir a su estudio, formulándose todo tipo de preguntas acerca de ellos. Pero cuando pasa por el rellano, mira hacia fuera y se le corta la respiración. El sobresalto la deja inmóvil. Ha vuelto el desconocido y viene cruzando la pradera, sin detenerse en la roca para contemplar el terreno. ¡Por el contrario, viene derecho hacia la casa! Sin saber cómo, Alma logra sobreponerse al miedo y corre escaleras abajo para asegurarse de que las puertas están cerradas, primero la trasera, hacia donde se dirige el desconocido. ¡Cerrada! Luego, la puerta lateral... ¡también cerrada! Finalmente, la del frente... ¡cerrada, gracias a Dios! Alma agarra el teléfono portátil y corre escaleras arriba en dirección a su estudio, cerrando la puerta tras de sí, con el corazón latiendo enloquecido. Llama a Tera, pero nadie responde. ¡Maldita sea! ¿Por qué Tera no tiene una contestadora para que, en caso de emergencia, pueda dejarle a su mejor amiga sus palabras postreras? Luego marca el número de Claudine, escucha la contestadora, pero Alma no puede dejarle a ella sus palabras postreras, porque, si no son realmente las últimas, se sentiría totalmente avergonzada la próxima vez que la vea. Decide entonces llamar a Helen, lo que considera una locura, porque ¿qué va a hacer Helen, arrastrarse en su andador por la pradera para ir a rescatarla? Pero Alma no está en capacidad de razonar, y cuando Helen responde, sólo puede decir a toda prisa:

—Lo siento, Helen, no quiero preocuparte, pero allá afuera hay un tipo raro atravesando el patio trasero hacia mi casa, y aunque no parece estar armado... —Alma se detiene para recuperar el aliento.

—Oh, querida, la que lo siente soy yo. Es Mickey —responde Helen, otra vez con voz ronca—. Es mi hijo. Le pedí que fuera a verte para saber si todo andaba bien.

—¿Tu hijo? —dice Alma, sin poder hablar apenas. ¿Por qué Helen no le dijo en la mañana que su hijo andaba por aquí?

—He estado toda la tarde tratando en vano de localizarte —por supuesto que en vano: Alma había estado dando vueltas por el condado, posponiendo el regreso a su casa— y como sé que estás sola, quise asegurarme de que estabas bien.

Alma escucha los golpes de Mickey en la puerta, allá abajo, un sonido que en principio atribuye erróneamente a los latidos de su corazón. Cuelga. Si no se cuida, va a acabar sufriendo un ataque cardiaco encerrada en una casa cuya puerta tendrá que echar abajo el equipo de rescate.

—¡Hola! —dice Mickey cuando Alma abre la puerta, tratando de fingir compostura. ¿Para qué? En cuanto regrese a su casa, Helen le contará que su vecina lo tomó por un asesino—. Vine para ver si estaba bien.

—Lo sé —responde Alma. Al menos debía confesárselo—. Acabo de hablar con su madre. Me asusté cuando vi a un desconocido entrando en nuestra propiedad.

El hombre mira por encima del hombro, como si Alma estuviese hablando de otra persona, pero luego comprende que se refieren a él y cruza los brazos, con expresión divertida. Tiene los mismos ojos de su madre, color avellana, pero sin nubes, lo cual hace sentir a Alma que debe confiar en él, aunque no lo haya visto antes.

—Es mi imaginación. Me dejé llevar por ella —dice Alma, riéndose de sí misma, invitando al hombre a hacer lo mismo.

Pero Mickey no la sigue, mirándola pasmado, como si estuviese viendo a un polluelo pugnando por salir de la mitad de un cascarón que él podría agarrar y destrozar fácilmente.

—Usted es artista —dice finalmente. Artista-dejándose-llevar-por-su-imaginación: Alma se imagina cómo funciona la mente del hombre, pero es ella quien tiene que conectar todos los puntos. Él mismo parece un artista, con su hirsuta cabellera rubia y grisácea, que no ha alcanzado aún el largo suficiente para hacerse una coleta, pero que llegará en breve—. Helen me dijo que usted es artista.

¿Helen? ¿Por qué no le dice «mamá» a su madre?

—Pues, no sé si lo soy —responde Alma.

Después de un momento, el hijo de Helen dice:

—Bueno ser artista.

Hombre de pocas palabras. Pero en las pocas que ha dicho, Alma ha notado una rara entonación ocasional, no precisamente un acento, vestigio de un inglés que se habla en otra parte. Tal vez en Nueva Zelanda o una de las islas de habla inglesa cercanas a la tierra de donde ella proviene. Y le viene a la mente la frasecita: *Desaparecido de la faz de la Tierra.*

—De todas maneras, estoy bien.

El hombre asiente, con un lento movimiento de cabeza.

—Ya lo veo.

Tiene las manos en la cintura, como si fuera a quedarse un rato mirándola. Sólo lleva puesta una raída camisa a cuadros y un par de gastados jeans —atuendo de persona de la calle en otro sitio, pero acá ropas *de rigueur* entre los éticos locales del vestuario—, mientras que Alma tiembla de frío con su cuello de tortuga y su suéter, a pesar de que está en el lado más cálido de una puerta abierta.

—Gracias por venir. Y un gesto noble de su madre al preocuparse por mí. A veces yo también me preocupo por ella. De cuando en cuando nos llamamos para saber cómo anda cada cual —Alma hace una pausa.

«Vamos, pon algo de tu parte, di algo para concluir», piensa Alma. Tal vez el hombre sea budista. En cierta ocasión, Tera le contó que había invitado a cenar a un nuevo profesor adjunto de su departamento, que era budista, quien apenas habló en toda la noche. «¿Pero cómo puede impartir clases entonces?», se preguntó después

Alma, pero cada vez que habla con Tera se le olvida traer el tema a colación.

—Bueno... gracias, de todas formas —Alma comienza a cerrar la puerta, pero el hombre sigue de pie en la escalinata, como si no pretendiera ir a ninguna parte. Alma no puede ser descortés con el hijo de Helen y tirarle la puerta en la cara—. Adiós —dice en tono de advertencia, y luego, exasperada, se decide a añadir de sopetón—: Ahora voy a cerrar la puerta.

El hombre debe pensar que hay algo divertido en sus palabras, porque, súbitamente, se sonríe, y sus ojos avellana dejan traslucir una respuesta reconocible.

—Ahora veo por qué a Helen le preocupa que una mujer como usted esté sola —por alguna razón, Alma hubiera deseado que Helen no le hubiese dicho a su hijo que está sola en casa. Su comentario la llena de inquietud, como si los hombres anduvieran allá afuera a la caza de mujeres y ella necesitara protección de su salvaje concupiscencia durante los seis meses que Richard estará ausente.

Pero vuelve a la realidad. ¡Por amor de Dios, ya ella es una cincuentona! Además, ¿no ha ido extinguiéndose tal actitud con el envejecimiento de su generación? Porque el hombre, a pesar de la apariencia gastada y correosa que dificulta la definición de su edad, debe estar bien entrado en los cuarenta. ¿O tal vez es inofensivo y de poco hablar, y ésa es su forma torpe de piropear?

—Helen tiene vecinas muy atractivas —continúa, moviendo la cabeza, en un repentino acceso de locuacidad—. Por ahí hay otra, con el pelo un poco más claro que el suyo.

Se refiere a Claudine. Si se propusiera ser galante,

debería saber que cuando se elogia a una mujer, no se puede incluir a otra. Aunque, en este caso, Claudine es la más bella. Claudine, quince años más joven, cuyo esposo, enorme y fornido como buen muchacho local, debe estar a punto de llegar a casa en este mismo momento.

—No la demoro más —una frase de Helen—. Pero cualquier cosa que necesite, hágaselo saber a Helen.

Alma asiente, transformada ahora en la apacible del dúo.

—Voy a vivir con Helen por algún tiempo. Pasaré por acá, de vez en cuando, para ver cómo anda.

—No es necesario —le dice Alma. Es mejor ponerle fin a todo esto desde el principio.

—Lo sé —afirma el hombre, dejando caer finalmente los brazos, en un movimiento que podría significar que se va, o tal vez no.

Alma cierra la puerta, a pesar de que el hombre sigue parado en el mismo sitio —ojalá se marche cuanto antes—, y luego se apoya en la puerta y cierra los ojos. Pobre Helen. Por algo el médico le ha recetado el Paxil.

Finalmente, Alma logra hablar con Claudine, esa misma noche. Ella, Dwayne y las niñas estaban en una comida informal de vecinos, un *potluck*. Alma siente un escalofrío, como en sus años de Bachillerato: una comida informal *de vecinos* y nadie la invitó. Pero ¿quién querría tener en su casa a una mujer triste, aficionada al tofu y con un plato medio vacío, anunciando a todos que es vegetariana?

—No quise dármelas de misteriosa —le explica Claudine. Trató de hablar con Alma esa mañana cuando la vio frente a la casa, pero tenía que ir a guardar los víveres primero. Sobre todo el helado. Las niñas se comen un galón en dos días, les encanta el dulce como a su madre («debió haber dicho: "de tal palo, tal astilla"», pensó Alma), pero cuando regresó ya ella no estaba en casa. Sólo quería tenerla al tanto. En caso de que se hubiese dado cuenta de que Helen había estado algo rara desde el mes pasado.

Otro escalofrío. Helen sintiéndose mal durante un mes entero, ¡y Alma se acababa de dar cuenta esa mañana! Pero realmente no había visto demasiadas veces a Helen en las semanas antes de la partida de Richard.

—¿De veras? —dice Alma, preparándose para ese viejo parte meteorológico: los vientos del tiempo van a soplar con fuerza de galerna. Cierren las escotillas.

—Helen... bueno, no está muy bien —Claudine comienza a bregar a su manera, tratando de suavizar el tono de unas palabras que podrían provocarles a ambas una conmoción.

—Precisamente hoy le recogí una medicina en la farmacia —confiesa Alma—. No pude evitar darme cuenta de que era Paxil —tal vez Claudine desconoce el medicamento—. Un antidepresivo —añade Alma, por si acaso.

—Puede serle útil. Pero... Alma, Helen tiene cáncer, muy avanzado, en el hígado, los pulmones, en todas partes —la voz de Claudine se torna temblor—. No quería que se lo dijese a nadie, pero, si fuese yo, me enojaría si nadie me lo dijera.

—Me alegra que hayas decidido decírmelo —dice Alma a duras penas, luchando con el torbellino que comienza a formarse en su cabeza. Cáncer en todas partes... ¿y por qué Helen no se lo dijo? Súbitamente, la presencia de su hijo cobra sentido—. Conocí a su hijo. ¿Es por eso que está con ella?

—Sí y no. La madre de Dwayne pudo ponerse en contacto con Mickey a través de la familia de su esposa, que también estaba tratando de hacer lo mismo —al escuchar esto, a Alma le viene a la mente el pensamiento repentino de que el tipo no debería estar galanteando a otras mujeres si está casado, y mucho menos si su madre (aunque no la llame así) está muriendo de cáncer—. Le dijeron a Mickey que regresara si quería ver viva a su madre. Y ha estado ahí desde el mes pasado. Su mujer tampoco está bien de salud, ¿sabes?

—No. No lo sabía —responde Alma, sintiendo vergüenza por haber juzgado con tanta precipitación y severidad al hombre hace un instante. Tan malo no puede ser: está al cuidado de su mujer enferma y de su madre moribunda—. ¿Cuánto le queda de vida a Helen?

¿Quiere saberlo en realidad? ¿No sería mejor recurrir a la consabida respuesta de los padres cuando el niño pregunta: «¿Ya estamos llegando»? Casi. Pero ¿es un casi que puede durar bastante tiempo?

—Nunca se sabe —dice Claudine, suspirando—. Pero el médico dijo que dos, tres meses, seis cuando más.

Ya pasó un mes. Cuando más, quedan otros cinco. Tal vez Richard no vuelva a verla nunca. Pero, en realidad, Helen no ha tenido tanto significado para Richard, quien la considera como una anciana amable que le recuerda a su madre.

—Oh, Claudine —dice Alma, sintiendo un desamparo repentino, como si ambas fueran dos niñas perdidas en un oscuro bosque, en espera de alguien que las lleve a casa sanas y salvas—. ¿Podemos hacer algo? Quiero decir, se supone que yo no estoy enterada del asunto, ¿no es cierto?

—A decir verdad, Helen ya se enojó conmigo por haberle dicho a la madre de Dwayne que localizara a Mickey, por lo que también le molestaría saber que te lo dije a ti —dice Claudine, riendo, pero de tristeza—. Pero da igual. Como ya le he dicho: «Helen, no somos dueños de nosotros mismos, pues pertenecemos a quienes nos aman».

De repente, Alma siente una oleada de amor intenso por esta mujer. ¿Por qué no se había dado cuenta antes de lo inteligente y buena que es Claudine? *Pertenecemos a quienes nos aman.* El mejor consejo para que un alma perdida pueda salir del oscuro bosque y devolverla al redil humano.

—Me apena ser portadora de malas noticias —se disculpa Claudine.

—No, es un llamado de alerta —contesta Alma, y se sorprende al escuchar que Claudine está de acuerdo con ella y le asegura:

—Sé lo que quieres decir. Y tú, cuídate —concluye Claudine.

Alma se ha dado cuenta en otras ocasiones de la forma en que Claudine personaliza siempre la frase de despedida, como si quisiera destacar que lo dice de veras, refiriéndose a su caso específico. Y hoy Alma le cree.

—Cuídate —le responde.

Alma coloca con extremo cuidado el teléfono portátil sobre su base, como si todo lo existente en este mundo hubiese adquirido tal repentina fragilidad, que cualquier movimiento abrupto podría provocar la ruptura de un hilo, o a poner el pie sobre un fragmento de materia palpitante. ¿Fue Richard quien le habló acerca de los monjes de un sitio remoto en el Lejano Oriente, desvinculados totalmente de lo que había estado ocurriendo en el mundo durante el último siglo, quienes, además de ser estrictamente vegetarianos, se cuidaban de no causar daño a ninguna criatura viviente, por pequeña o insignificante que fuese, debido a lo cual tenían que mirar dónde pisaban, dónde se sentaban, y así sucesivamente?

—¿Te imaginas —le había dicho Richard— si esos monjes tuvieran noticia de la vida microscópica? Ni siquiera podrían respirar, ni *ser* —añadió.

Pero ¿qué pretendía Richard decirle con esto? Tal vez algo relacionado con los daños colaterales del mero hecho de estar vivo, de cómo es imposible vivir sin ese tipo de certeza, de cómo cada cual hace lo mejor que puede al respecto.

Alma intenta fortalecerse con argumentos: Helen es una anciana, ha vivido una vida extensa y agradable, aunque con ciertos contratiempos. Muchos ni siquiera llegan a esa edad. Tendrá acceso a atención médica decente y sus vecinos, amigos e hijo van a estar a su lado. Alma se siente como uno de los demonios de *El paraíso perdido,* plenos de razones lógicas de por qué no hay nada de malo en que alguien vaya a morir.

Cuando finalmente logra hablar con Richard esa noche, ya ha llamado por teléfono a Helen, con el pretexto de agradecerle por haber enviado a su hijo, y decirle que no había por qué preocuparse. Alma está bien, la visitará mañana, claro, si no le molesta. Helen se disculpa repetidamente por haber asustado a Alma, y, mientras oye hablar a su vieja amiga, escucha un nuevo sonido de fondo: tictoc, tictoc. Luego, Alma vuelve a llamar a Tera, quien, bastante segura de lograrlo, intenta convencerla para que participe con ella el fin de semana en una manifestación a favor de la energía eólica en el Sheraton, donde se está llevando a cabo una especie de cumbre del sector energético. Alma le explica la situación en que se encuentra Helen. ¿No sería mejor disfrutar de un apacible fin de semana juntas? Para su sorpresa Tera acepta, aunque casi de inmediato comienza a acosarla con preguntas: ¿Se ha puesto en contacto Helen con Home Health? ¿Está enterada del excelente programa de hospicio que tienen? Es un maravilloso grupo que aboga por la muerte con derecho a la dignidad. Tera le recopilará alguna información, lo cual le indica a Alma que Helen muriendo de cáncer podría ser la próxima causa justa de Tera. Es imposible impedir que la gente sea quien es.

Y la fastidiosa pregunta que predomina en todas esas conversaciones es: ¿Por qué Richard no ha llamado? Ya Alma sabe, gracias al número de información automática de la aerolínea, que su vuelo aterrizó con aproximadamente media hora de retraso, a primera hora de la tarde, y ya son casi las ocho de la noche. Su mente comienza a poblarse de situaciones posibles, y ninguna positiva.

Cuando suena el timbre del teléfono, Alma le promete al Dios de Helen —como sabe bien que el desconcertante y doloroso espíritu del Universo no es dado a hacer tratos— que si es Richard, evitará que la primera, segunda o incluso la tercera cosa que le diga sea *¿Por qué no habías llamado?* Y efectivamente, cuando escucha su voz amada, toda inquietud desaparece y se siente inundada por la alegría pura y simple de que él regresa, en tiempo real, desde el otro lado de la línea.

—¡Hola! ¡Querida! —ya comienza a hablar con signos de admiración—. ¿Cómo estás?

En las últimas semanas, Richard estuvo escuchando obedientemente algunas cintas del Departamento de Estado para perfeccionar el idioma, provenientes de la biblioteca de HI. Alma no tiene valor para recordarle que en su tierra nadie va a hablar español con tanta sofisticación.

—¡Cariño! —dice Alma, riendo—. ¡Me encanta escuchar tu voz! —y está casi a punto de preguntarle (pero recuerda su promesa) por qué había esperado a las ocho de la noche para llamarla.

—He estado tratando de llamarte constantemente desde que aterrizamos —dice Richard, y Alma se pregunta de pronto si acaso hizo la pregunta en voz alta—. Nos detuvimos en cada teléfono público que encontramos en el camino. Mi tarjeta telefónica no funcionó y las malvadas operadoras no me permitieron dejar un mensaje. ¿Dónde has estado?

—Oh —le responde Alma alegremente, como si hubiera estado dándose la buena vida en lo más intrincado de Vermont desde que él se fue. Pero ¿a quién podrá engañar?—. Te he echado mucho de menos —admite—. No quería regresar a casa sin ti. No sé si voy a poder soportarlo.

—Lo sé —le dice Richard. Pero hay cierta ligereza en su voz, además de un ruido de fondo que denota diversión (música, risas, ¿estará en un bar?). Para él la separación no parece ser tan insoportable. Es ella la que lleva la carga mayor sobre sí. Es su amor el que contiene una aleación de necesidad. Y el de Richard es el genuino—. Estoy llamándote desde este pulcro hotelito en la carretera. Es de adobe. Estoy seguro que te gustaría. El dueño es muy agradable, y hasta hay fiesta acá.

No han estado ni un día completo separados, ¡y ya tienen tantas historias que contarse! Bienvenido, el interno dominicano que trabajará con Richard, lo fue a buscar al aeropuerto.

—Y te juro que paramos en cada teléfono público —¡de ahí los misteriosos sonidos que escuchó en la contestadora!

En vez de subir a la montaña en plena oscuridad, Bienvenido ha decidido pasar la noche en algún sitio.

—Es bueno, porque esto le da la oportunidad a Bienvenido de ponerme al tanto de lo que está ocurriendo —en realidad, el proyecto había arrancado con ciertas dificultades—. ¿Recuerdas la clínica que te mencioné? Bueno, pues a todos sus pacientes los trajeron de pueblos costeros cercanos a zonas turísticas, para someterlos a tratamiento con medicamentos experimentales. Me imagino que hay mucha gente con VIH en el país, como consecuencia del turismo sexual. Y los residentes de la zona no están muy contentos que digamos con esto.

¿Sida?

—Pero entonces tú sabías que había un sidatorio allí, Richard —Richard, en vez de «cariño». Él sabe lo que eso significa.

—Bueno, no te enojes conmigo, ¡porque entonces no voy a poder confiarte nada más!

Una amenaza. A Alma se le llenan los ojos de lágrimas.

—Siento como si sólo me hubieras contado parte de la historia. De saber que iba a haber problemas, me hubiese ido contigo.

—No. No hubieras venido. Estás terminando tu novela, ¿recuerdas?

Su respuesta la sume en un silencio culpable. Él no es el único que se anda con mentiritas.

—Además, no hay problema alguno. Eso es lo que iba a decirte: ya se han limado las asperezas. Los patrocinadores de la clínica han donado dinero a los residentes del pueblo y también han contratado a un enlace de comunicaciones, para explicarle a la comunidad que no van a contraer sida sólo porque la clínica está allí. Bienvenido asegura que se ha producido un cambio total. Confía en mí —añade Richard.

Entonces ¿por qué perturbarla con esa historia? Probablemente se haya tomado un trago o dos y está medio borracho, con la guardia baja. Alma debería agradecerle su franqueza, aunque haya sido precisa la intervención de un ron dominicano con cien por ciento de alcohol para lograrlo.

—De verdad, querida, no voy a correr ningún riesgo. Te lo prometo.

—¿Me dirás si algo anda mal? —le ruega Alma.

—Por supuesto que lo haré —le asegura, con demasiada certeza en su voz, debido al ron, sin duda.

Pero Alma apuesta a que no lo hará. Él sabe que si le revela la existencia de un problema, Alma lo dejará todo e irá a rescatarlo. Ya era hora de que hubiese aprendido la lección: los esposos no soportan que sus mujeres se transformen en heroínas. Sin embargo, Alma también puede ir allá sin ínfulas quijotescas, sólo para estar con él. Nada la ata a Vermont, con la excepción de... de Helen. ¡Helen se está muriendo!

—No quiero que vengas —le dice Richard. Pero al darse cuenta de lo que Alma puede pensar, se retracta—. No ahora mismo. Quiero pensar que puedo hacerme cargo de todo sin ayuda de nadie.

Tal vez a Richard no le sería fácil la vida en su país si estuviera con él: una mujer nacida allí rectificándole la pronunciación, evitando que le cobren más de lo debido en el mercado y luego sintiéndose inquieta ella misma, como una especie de Malinche del regateo, traicionando a su propia gente diciéndole a Cortés que pagar un dólar por un mango no está mal en Vermont, pero que allí es una estafa. Sería saludable que Richard estableciera su propia relación con la patria de su esposa, haciéndola también suya.

—Pero prométeme, por favor, que no vas a correr ningún riesgo.

—¿Por quién me tomas, por tonto?

Alma se recuerda a sí misma que no es momento para sincerarse. Si se produjera una disputa telefónica, no podría ir a la otra habitación a los pocos minutos, como de costumbre, para explicarle lo que quiso decir realmente al no estar de acuerdo con que no es ningún tonto. Por tanto, cambia el tema, hablándole de Helen, de cómo la ha conmovido la noticia y de cómo va a tratar de visitarla diariamente.

—Pobre Helen —suspira Richard. Él es consciente de la relación que mantiene Alma con su vecina—. ¿Vas a estar bien? ¿Prometes que te cuidarás?

—Lo haré —le promete Alma—. Pero tienes que prometerme que harás lo mismo por mí, ¿de acuerdo?

Nuestras vidas no sólo nos pertenecen a nosotros mismos, sino también a quienes nos aman. ¿Cuánto tiempo pasará antes de que la frase, a fuerza de uso colectivo, se convierta en calcomanía de parachoques?

—Lo siento —dice Richard, y Alma se da cuenta de que ha vuelto al tema Helen.

—Esto seguramente lo pone todo en perspectiva,

te digo —dice Alma. Se produce un momentáneo silencio. Eso es precisamente lo que acostumbra a decir Richard. Pero tal vez Alma se le anticipó.

—No lo dudes —dice finalmente.

Antes de despedirse, promete que la llamará pronto.

—¿Mañana? —Alma trata de presionarlo. Pero él sabe que no puede hacer compromisos, porque, de lo contrario, ella se preocupará. Bienvenido le ha dicho que los teléfonos celulares no captan la señal en la zona montañosa, por lo que va a buscar otras opciones. Entretanto, la clínica tiene su propia centralita y Alma puede llamar a ese número si necesita localizarlo.

—¿Tienes papel y lápiz a mano?

—Ya me lo has dado —le recuerda Alma, y lo recita, para estar segura de que es el número correcto.

—También tienen un número de fax, y llamar ahí es mucho más fácil, porque no tienes que estar pendiente de la diferencia de horarios.

¿Enviarle un fax a su amado? *¿Que cuánto te amo? Déjame faxearte cuánto te adoro.* ¡Ni pensarlo! Alma quiere hablar con Richard, quiere tenerlo en casa al final del día, cansado, rebosante de historias, y cuando se sienten a cenar y a beber una copa de vino, un martini, uno de los dos diga: *¿Y cómo te fue hoy?*

«¡Miserable!», piensa Alma cuando cuelga. Helen se está muriendo y Richard se dirige a lo que parece un avispero apaciguado momentáneamente. Ella tiene cincuenta años y no sabe quién es ni adónde va, y para colmo de males la aquejan accesos de abandono cuando su marido no está. ¿Cómo la gente de otras épocas podía mantener esa firmeza de propósitos que —al menos así lo asegura la historia— les caracterizaba? Ahí está Balmis. ¿Vaciló alguna vez? ¿Flaqueó Isabel, cuando aquellos niños comenzaron a padecer mal de mar por la navegación, o accesos febriles a causa de la vacuna? ¿Cómo pudo mantener la fe —si es que logró hacerlo— de que estaba haciendo lo correcto?

Alma mira hacia afuera por la ventana de la cocina. A lo lejos, por entre las ramas de los árboles sin hojas del invierno, vislumbra el guiño intermitente de las luces en casa de Helen.

III
Diciembre de 1803-enero de 1804

31 de diciembre de 1803

Mi querida Nati:

Espero que al recibo de esta carta estés bien, en compañía de todos nuestros niños. Te escribo desde la isla de Tenerife, donde, según me han dicho, atracan todos los barcos antes de emprender viaje allende el océano. ¡Cómo te he echado de menos, y a la hora más agradable de la Casa, después que nuestros queridos pequeños se han acostado y tú y yo nos sentamos a intercambiar historias de todo lo que ha ocurrido en el día!

El hecho de ser una mujer solitaria en un mundo de hombres y niños me hace desear la compañía de otra hija de Eva. Y ese deseo se ha cumplido en estas tres semanas de permanencia en Santa Cruz de Tenerife. Mis niños y yo nos hemos hospedado en el convento de las Hermanas Dominicas, quienes nos han colmado de atenciones.

Confío en que has pasado una magnífica Nochebuena y que doña Teresa les haya llevado los confites y ropas usuales a los niños. ¡Y mañana, comenzaremos un nuevo año! ¡Te deseo a ti y a todos nuestros niños alegría y paz en el próximo año de Nuestro Señor mil ochocientos cuatro!

No pensaba escribirte hasta que llegáramos a Puerto Rico, pero se presentó la oportunidad de enviar correspondencia con la nave *Espíritu Santo,* que zarpará dentro de algunos días con dirección a Cádiz, donde, así lo espero, enviarán esta carta en barco-correo a La Coruña. Nosotros también estamos preparándonos para partir y sólo esperamos por el abastecimiento final de la nave y el viento del noreste para zarpar. Te confieso que he sentido temor de reanudar el viaje, después de los terribles mareos que padecí en el trayecto hasta acá. Le he rezado a la Santísima Virgen, he besado la cruz de la plaza y empacado todas nuestras cosas. Sólo para volver a desempacar a la mañana siguiente.

Escucho el rumor de la multitud que comienza a congregarse allá afuera. La vacunación no comenzará hasta las tres y la campana de la iglesia no ha sonado aún. Abajo, en el refectorio, han echado a un lado las mesas, colocado los colchones y los niños duermen la siesta. Espero que la campana no los despierte.

Mi habitación está arriba, es una minúscula celda, estrecha y desnuda, con un catre y un reclinatorio que uso irreverentemente como escritorio. Una pequeña ventana batiente mira hacia la plaza. En comparación con el hacinamiento de los camarotes de la *María Pita,* me siento como en una alcoba real.

He dejado a un lado la pluma, para ponerme de pie y estirar las piernas. Ya me estaba cansando de escribir, de tratar de captar en papel los sonidos e imágenes de las últimas semanas. ¿Por qué intentarlo? Sin embargo, sé lo feliz que se sentiría Nati al tener noticias de que los niños y yo estamos bien.

A los niños les va bien, y, con la excepción de haber aprendido algunas maledicencias que han escuchado decir a los tripulantes, todos se han recuperado de los malestares de la navegación. Estas tres semanas de descanso han obrado maravillas en sus pequeños cuerpos. En realidad, pienso que Su Majestad debería considerar enviarlos a todos a criarse en Tenerife, pues acá el clima es templado y adorable, como de eterna primavera, ¡y disfrutamos de las frutas de la tierra, del aire y del mar! Hasta nuestro enfermizo Juan Antonio se recuperó del terrible resfriado que pescó mientras esperábamos en el muelle que la proclama real se nos leyera en alta voz. Y Antonio, nuestro erudito, ha convencido a todos los niños de que hemos desembarcado en el Paraíso. Y tal vez sea cierto, aunque mi confinamiento en este pequeño convento hace que mi gloria sea como una jaula de oro, pues el trabajo no cesa y me obliga a permanecer puertas adentro la mayor parte del tiempo.

Ha sonado la campana, con dos estrepitosos tañidos. El convento está situado detrás de la iglesia, y el tiempo es tan palpable aquí que las paredes trepidan con la vibración, al igual que el piso. El crucifijo frente a mi catre cayó al suelo con los doce reverberantes tañidos de las campanadas de medianoche. Me he quedado a la espera, anticipándome a los pasos subiendo las escaleras, al toque de una manita en la puerta, a la presencia de un chico reclamando mi atención. Pero, por fortuna, el convento permanece en quietud total. Hasta las monjas descansan a estas horas.

Yo también debería descansar. Durante estas últimas tres semanas en tierra sólo yo me he encargado de los niños. Las hermanas han sido muy amables, pero no están acostumbradas a tener niños alrededor y me han cedido la responsabilidad de todo. Con frecuencia me preguntan a mí, en vez de al chico en cuestión: «¿Tiene hambre?», «¿Tiene sueño?», «¿Le duele algo?», «¿Por qué llora?», y cosas por el estilo.

Como somos sus huéspedes, he tratado a duras penas de mantener la disciplina de mis niños para no molestar a las monjas, quienes palidecen ante las blasfemias que salen de la boca de mis parvulitos. Por las noches me quedo dormida con frecuencia, demasiado cansada para rezar mis oraciones o ni siquiera para lavarme las manos y los pies.

Ningún integrante de la expedición puede ayudarme. Todos los días, menos los domingos, la plaza se llena de gente que viene a vacunarse: largas filas de hombres, mujeres y niños deseosos de salvarse de las viruelas. A nuestra llegada a Santa Cruz, el obispo ensalzó nuestra bendita misión.

—Nuestro Santo Padre ha ofrecido indulgencia a todos los que se sometan a este santo procedimiento —proclamó el obispo, quien estuvo a punto de llamarlo «Sacramento de la Vacunación».

El primer día se vacunaron doce personas con el contenido de las vesículas de nuestros dos portadores. Me sorprendió ver cuánta vacuna podía extraerse de una vesícula. Sólo se necesita una gota en el brazo. Y de esa docena hubo vacuna para otras docenas. Ahora se han salvado varios cientos. Y muchos de los creyentes que llegaban a la plaza estaban convencidos de estar recibiendo una gota de la sangre de Cristo en su piel, que los protegería de todo mal y los alejaría del pecado.

Cuando haya concluido esta expedición, querida Nati, ¡te apuesto a que estaré vacunando gente por mi cuenta! A don Francisco le complace especialmente enseñar. Muchos de los miembros de la expedición han sido alumnos suyos. Y algunos me parecen demasiado jóvenes. ¡El Dr. Salvany, segundo al mando, acaba de cumplir sólo veintiséis! Es un joven pálido, enamorado de la poesía, quien no diría algo en diez palabras que pudiera embellecer con el doble de esa cifra. Me pregunto cómo un joven de corazón tan tierno podrá salir airoso de este riguroso viaje. Nuestro director también ha traído consigo a dos de sus sobrinos, don Antonio y don Francisco Pastor, dos jóvenes muy hábiles. En total somos diez ayudantes de don Francisco.

¡Por supuesto, yo incluida!, pues nuestro director me ha enseñado personalmente el procedimiento, el cual, en honor a la verdad, es bien simple, o sea, la parte de la vacunación. Me atrevería a decir que quitarles los parásitos a los niños es una tarea más desagradable. Primero, se pincha la piel con una lanceta. Lo difícil de esto es mantener distraídos a los niños. Y ¡cómo gritan! Cualquiera pensaría que los están matando. Luego se extrae el líquido de las vesículas de los últimos portadores y se inocula en la piel pinchada, que, en tres días, comienza a mostrar señales de inflamación. ¿Recuerdas los «forúnculos» de Tintín y de Bello? Pues siguen creciendo y llenándose de líquido, hasta que toda la zona se torna bastante dolorosa. Nuestros portadores han sufrido diferentes grados de dolores e indisposición, lo cual, según don Francisco, está dentro de los límites de lo normal.

¡Cuánto me preocupé cuando Tintín comenzó a arder de fiebre y a vomitar a bordo de la nave!

—No habrá efectos negativos —me había asegurado don Francisco en La Coruña. Cuando le recordé sus palabras, nuestro director me respondió, con una sonrisa avergonzada—: Tal vez exageré demasiado —admitió—. Sólo quería persuadirla de una verdad que habría puesto en duda de haber entrado en detalles. Espero que perdone mi entusiasmo, doña Isabel.

Fue un momento tierno entre ambos.

Y, por supuesto, le perdoné.

Lo más difícil es mantener intactas las vesículas. Algo serio, Nati, si tienes en cuenta lo inquietos que se ponen nuestros niños cuando se les confina en un espacio reducido dentro de un pequeño barco. Al interior de cada vesícula está el líquido límpido y precioso que debe alcanzar su potencia total antes de transmitirse a los próximos dos portadores. Lo que aún no he podido descifrar es cuánto demora el proceso de maduración.

—¡Excelente pregunta, doña Isabel! —me elogió don Francisco cuando se lo hice saber.

¡Cómo me encantó escucharlo! La vesícula tiene que estar bien repleta, y el grano en su centro debe comenzar a hundirse. Puede tardar siete días como mínimo y diez como máximo.

—En el campo de la ciencia, las teorías deben regirse por la observación, y, por supuesto, la necesidad —aseguró.

«Como en la vida», pensé yo, pero no le di mi opinión al respecto.

Me hace feliz informarte de que, hasta ahora, los niños seleccionados con tanto cuidado han reaccionado bien a la vacuna. Con el líquido de las vesículas de Tintín y Bello, vacunamos a Pascual y a Florencio durante la travesía. Y ya en tierra, a los dos niños mayores. Espero que ninguno de nuestros portadorcitos nos falle...

Nati, por supuesto, estaba al corriente del asunto de Benito, pero no me atreví a hacer mención de ello por escrito. ¿Y si la carta cayera en manos de otra persona? En ocasiones he estado tentada de confesárselo a nuestro director, cuyo entusiasmo ya he perdonado. Pero ¿me perdonaría el mío?

Sin dudas estarás preguntándote cómo me las he arreglado en un barco rodeada de tantos hombres (treinta y siete en total, sin contar a nuestros niños). En verdad, apenas los noté en aquellos primeros días de viaje desde La Coruña. Oh, Nati, creí que iba a morirme con aquel mal de mar. Nada me apaciguaba el estómago, ni aquietaba los latidos de mi corazón. Ni las sales para oler que me había obsequiado el capitán antes de zarpar, ni el extracto de ipecacuana que don Francisco me obligó a tomar. Por supuesto, la ubicación de mi cama en la cubierta inferior («sollado», le llaman los marineros) empeoró las cosas. El capitán del Barco, ex oficial de la Armada, más habituado a una nave llena de marineros que de pasajeros, no permitiría la presencia de una *mujer* en la sección reservada a los oficiales, donde estaban ubicados los camarotes. Y pronuncia la palabra como si tuviera mal sabor. ¿Cómo describirlo? Es como nuestro portero, otro de esos hombres pequeños y corpulentos, cuyos músculos no parecen otra cosa que salchichones con demasiada carne dentro.

Pero supongo que nuestro capitán le debía algún favor a don Francisco. ¿Recuerdas al chico sustituto que iba a reemplazar a nuestro pequeño Carlitos? (¡espero que se haya recuperado!) Pues es nada menos que el asistente de camarote del capitán, Orlando, un chico con cara de querubín, no mayor que nuestro Francisco. Unos afirman que es hijo del capitán, pero hay un rumor más oscuro que no me atrevo a repetir. Un barco no dista mucho de ser como nuestra propia ciudad de La Coruña, llena de rumores y habladurías.

Finalmente el capitán accedió a la petición de don Francisco. Pero el gesto noble procedió realmente del primer oficial, quien ofreció su camarote para uso de la dama. Y fui trasladada «a popa», como se conoce la parte trasera del barco, en esa lengua que se habla a bordo. En ese momento me sentía demasiado enferma para agradecer como es debido al amable contramaestre. Pero a pocos días de nuestra travesía, cuando fui acostumbrándome a los movimientos de la nave, me propuse ir en su busca. El hombre, alto y taciturno, quedó tan sorprendido y comenzó a tartamudear de tal manera, que decidí ser parca en palabras de agradecimiento. Ahora me doy cuenta de la razón por la cual el capitán no quiere a una mujer entre su oficialidad, atendiendo al efecto causado por una mujer madura y picada de viruelas que ahora es su mano derecha.

Desde mi ventana puedo ver la bahía al este, donde los buques parece como si formaran parte de una pintura, con el velamen flácido. ¡Qué bella imagen! Por supuesto, ahora sé lo desagradable que es esa misma vista para los capitanes de esas naves en travesía, quienes maldicen la calma que les impide seguir viaje. Yo, al igual que ellos, estoy deseosa de llegar a nuestro destino, y me resisto a estar de nueva cuenta a bordo de un barco que se menea constantemente y volver a sentir mal de mar.

—Virgen María —exclamé, sin saber qué pedir.

Abajo, en la plaza, la hilera se extendía más allá de la cruz de mármol y seguía a lo largo de las calles estrechas. Al enterarse de que nuestra expedición zarparía cuanto antes, habían aparecido cada vez más personas. El capitán general había dado a conocer en un edicto la formación de una junta local, compuesta por médicos entrenados por don Francisco y sus asistentes, quienes continuarían la vacunación después de nuestra partida. Pero la gente, haciendo caso omiso, seguía llegando, procedente de los pueblos del interior y de otras islas, para ser vacunada por uno de «los hombres del Rey».

La sesión de este sábado por la tarde sería la última hasta el lunes en la mañana, si es que para entonces no hemos zarpado. Mañana domingo, esta misma plaza se llenará de comerciantes de muchos países que vienen a la compraventa de esclavos africanos. Ya he visto esa escena desde mi ventana, y mucho más de cerca mientras regresábamos de misa: una verdadera Torre de Babel en medio de Santa Cruz: comerciantes holandeses y franceses, daneses e ingleses, portugueses y americanos, y, por supuesto, nuestros propios españoles. Y los esclavos, hombres, mujeres y niños, semidesnudos, con grilletes en los pies o alrededor del cuello y los ojos desorbitados de terror. No quise mirarlos, pero pudo más el asombro, al ver cómo los comerciantes los inspeccionaban, obligándolos a darse la vuelta y exponer sus humanidades.

—¡He dejado de ir a la plaza los domingos! —había admitido la esposa del capitán general en la celebración de Nochebuena que organizaron en su palacio para los niños.

—El obispo ha accedido gentilmente a oficiar misa en nuestra capilla —añadió la marquesa. Era la primera marquesa a la cual había dirigido la palabra, elegantemente ataviada para la ocasión: llevaba una túnica de seda con perlas hilvanadas en el corpiño y las mangas. La última moda de vestirse como majas campesinas no goza de popularidad acá—. Pero lo siento por ti, querida, y por las pobres hermanas, que tienen que soportar ese espectáculo, semana tras semana. Debían trasladar el mercado de esclavos a los muelles. He estado importunando con eso al marqués, pero él me ha respondido que de ahí procede nuestra buena fortuna. «¡Que las monjas cierren las ventanas!», me ha dicho.

No todas las nuevas vistas son agradables. Hemos sido testigos de varias horribles ejecuciones, donde se ha llevado a la horca a varios piratas capturados por la *Venganza*. Y uno en particular fue conmovedor, el de un joven cuyas blasfemias adoptaron un tono tan agresivo que hubo que ponerle estopa en la boca para evitar que los delicados oídos de los presentes escucharan tan irrespetuosas maldiciones. Como si el balanceo de un hombre al final de la cuerda no fuese un espectáculo irrespetuoso y carente de delicadeza. Yo aproveché aquella oportunidad para inculcarles miedo a mis pequeños, en caso de que persistieran en el indeseable hábito de decir malas palabras. Pero luego sentí vergüenza de haber usado el sufrimiento ajeno como recurso para lograr que los niños se enmendasen.

Los domingos en la plaza, frente al sitio donde nos hospedamos, se lleva a cabo un mercado de esclavos. Los salvajes son alineados en bloque y los comerciantes comienzan a apostar para comprarlos. Al regresar de misa, vi a una mujer africana, totalmente desnuda, salvo una tela atada a la cintura para esconder sus vergüenzas. Estaba encadenada y su piel sangraba por los sitios donde los grilletes y cadenas la habían lastimado. Pude sentir su terror, y la mirada de sus ojos cuando vio que la estaba observando fue de una desolación tal que me cortó la respiración.

Los niños, como niños al fin, comenzaron a burlarse de nuestro pobre morito, amenazándolo con venderlo en el mercado. No hace falta decirte que ahora Tomás Melitón vive en un terror constante. ¿De dónde proviene la falta de amabilidad de estos niños, Nati? La mayoría ha estado con nosotros desde su primer aliento, o poco después, y aunque los hemos castigado cuando lo han merecido, nunca nos hemos regodeado con su sufrimiento. Otro sagrado misterio que presentarle a nuestro sabio confesor, el padre Ignacio. A propósito, ¿cómo está? Sin duda complacido de haberse liberado de la rectora y sus anodinas preguntas.

Cuando le pregunté a don Ángel Crespo (el más gentil de los enfermeros, ¡y con un nombre que le sienta a las mil maravillas!) si íbamos a vacunar a los salvajes, me contestó que deberíamos, porque los que no mueren en medio de la travesía, perecen víctimas de las viruelas una vez cruzado el océano. Pero los comerciantes, temerosos de que la vacunación podría enfermarles la mercancía, lo cual abarataría su precio, han preferido pasar por alto esta precaución y dejar que la pérdida vaya a cuenta del comprador.

¿Por qué atormentaba a Nati con cosas tan perturbadoras? ¿Por qué oscurecerle el día con una carta que debería llevarle buenas nuevas? ¿Por qué no hablarle de la dulzura y la luz que abundan alrededor de mí? Ahora mismo escucho las risas de dos hombres que intercambian saludos y enhorabuenas para el año nuevo. Con frecuencia, las sesiones de vacunación se convierten en reuniones festivas, donde los vendedores ambulantes ofrecen toda clase de frutas y confites, y los niños tocan tonadas al sonido de la gaita o el caramillo, mientras un mono capuchino baila la giga.

Ay, Nati, sería injusta si me quejase de estar encerrada, pues en estas tres semanas he salido más que en un año en La Coruña. Como ya te he mencionado, he tenido la oportunidad de hacer reverencias a una marquesa y recibido en el convento a numerosos visitantes y personas que han venido a desearnos éxito. También he besado el anillo de prelatura a un obispo, diferente cada vez, según he notado. Seguramente te preguntarás cómo yo, que siempre he buscado las sombras y temido la observación del ojo ajeno, tengo tanto afán de hacer vida social en este momento. Pero una vez que se despierta mi curiosidad, resulta difícil mitigarla. Y como sólo soy «la mujer que cuida los niños», resulto insignificante ante los ojos que me miran. ¡Ni una sola vez he tenido que hacer uso del prendedor que me diste como protección!

De hecho, está guardado entre mis pertenencias en el baúl que ya está listo y bien cerrado al pie de mi catre. Por espacio de días y días, tanto en el mar como en tierra, he olvidado mi cara marcada, mi vanidad herida, mis viejas pérdidas. Sólo en *su* presencia, o, en ocasiones, cuando un desconocido ha vuelto la cabeza para mirarme con demasiado atrevimiento, he vuelto a encerrarme en la celda estrecha de mi propia historia y he sentido furia, deseos de hacer el mismo daño que las viruelas me han hecho a mí. ¡Tal vez no debía sorprenderme tanto de los mercaderes de esclavos haciendo negocios con la miseria humana, ni de las multitudes que se regodean ante la desgracia de un pobre desgraciado condenado a la horca!

Hemos visitado el pueblito de La Orotava, donde hay jardines a plenitud. Nuestro ujier debía ir a buscar provisiones allí y nos invitó, sin duda para tratar de compensarnos por la pérdida de parte de nuestra carga. No voy a molestarte con los detalles. Sólo te digo que en algunos casos, los obsequios de doña Teresa ¡han desaparecido como por encanto! El ujier, a quien todos llaman ujier a secas, un hombre de rostro enrojecido y ojos astutos, que también hace las tareas de contador, es el responsable de las provisiones de la nave. Al quejarme, les ha echado la culpa a las ratas, pero cuando el contramaestre lo presionó, acusó al cocinero, quien, a su vez, denunció a los marineros que finalmente ¡culparon a las ratas! Me parece que se comportan como nuestros niños, ¿no crees?

El paseo fue un regalo muy apreciado por los niños, quienes, en poco tiempo, volverán a estar hacinados en un pequeño barco de madera. Ante nosotros se elevó la enorme cumbre nevada que, según cuentan, lanza fuego y vierte un río ardiente de cuando en cuando. Al escuchar la historia, los niños se quedaron con los ojos bien abiertos, de pura sorpresa. Luego se sentaron en la plaza de La Orotava, esperando y comenzando a impacientarse. «¿Cuándo la cabrona cosa va a echar el maldito fuego?», decían (y perdóname por transcribirte fielmente las palabras que dijeron. ¡Es para que juzgues por ti misma cuánta grosería sale de las bocas de nuestros inocentes!).

Temo que el paseo les desilusionó, pero yo disfruté con tantos paisajes diferentes. Palmeras y bananeros, campos de maíz y de vegetales que jamás había visto, ¡florecientes en plena temporada invernal! Muchas de las casas están pintadas de blanco, y sus techos de tejas rojas les sientan de maravilla. Los pobladores son de tez bastante morena, como si su proximidad a África les oscureciese la piel. Sin embargo, tienen en gran estima su pureza, y me atrevo a decir que preferirían tener mi rostro blanco marcado que la piel oscura e inmaculada de un moro.

Quiero contarte un incidente desagradable, que de sólo recordarlo me hace dar vueltas la cabeza, y no tengo a otra persona en este mundo para confesárselo que a ti, Nati. Tuvimos que pernoctar en La Orotava, no porque estuviese demasiado distante de Santa Cruz, sino por lo que aquí llaman camino está en muy malas condiciones. Al darles las buenas noches a nuestros anfitriones —la autoridad local, algo así como nuestro alcalde, y su amable esposa—, el ujier me siguió hasta la puerta de mi habitación, para hacerme una proposición extremadamente impropia.

De repente, unos toques en la puerta. Sin dudas, uno de los niños se había despertado, lo cual pondrá fin a mi soledad.

—¿Sí? —dije con desconfianza.

Sor Catalina empujó gentilmente la puerta.

—La buscan unos miembros de su expedición —dijo, en voz tan baja que apenas pude escucharla. Las monjitas no están acostumbradas a cuidar niños, por lo que caminan en puntas de pies y hablan en susurros cada vez que los niños están durmiendo.

La noticia me sorprendió. Si hubiese que darme algún mensaje, un solo miembro de la expedición bastaba para cumplir la misión. Entonces, ¿cuál era la razón para la visita de tanta gente? Tal vez estábamos a punto de zarpar y habían enviado a varios ayudantes para asistirme con los niños.

—¿Viene don Francisco con ellos? —le pregunté.

Sor Catalina no sabía. El convento ha estado bajo

el asedio constante de tantos funcionarios y personas que venían a desearnos éxito, y a presentar sus respetos a los veintiún hijos del Rey (Orlando está hospedado con nuestro capitán en el palacio del capitán general). Además, sor Catalina había conocido a tanta gente en las últimas semanas que no estaba segura de quién era quién. El capitán general había condecorado a los miembros de la expedición con una banda de satén rojo para que llevaran encima del uniforme, la cual los identificaba. Aquellos hombres, según me explicó la monja, llevaban esas bandas.

En el recibidor principal estaban don Francisco y el Dr. Salvany, así como el Dr. Gutiérrez, asistente personal de don Francisco en Madrid, al cual sedujo nuestro director para que se uniera a la expedición. También mi pequeño Francisco los acompañaba.

¡Por supuesto! La vesícula de Francisco debe de estar madura para extraerle el líquido, pues hoy se cumplen diez días. Luego de desembarcar, don Francisco había estado vacunando a sólo uno de nuestros niños cada vez, para tener portadores de reserva en caso de cualquier eventualidad durante la travesía. También podría haber prescindido de vacunar a cualquiera de nuestros niños, pues acá había numerosas reservas. Pero con el cuidado que prestaba ante cualquier posible corrupción, quería mantener una línea pura de continuidad mediante nuestros niños.

—Caballeros —dije, estrechándole la mano como saludo a cada uno—. Mi niño —añadí, doblándome para besar la frente de Francisco, quien había llegado a una edad en que tales afectos femeninos avergüenzan, por lo que levantó la mano, como para evitarlo, pero el Dr. Gutiérrez lo tomó por la muñeca. No me pareció que era su intención protegerme a mí, sino a la enorme e hinchada vesícula en el brazo izquierdo del chico—. Los niños duermen —les expliqué—. ¿A cuál de ellos debo traer ahora?

—Quisiera pedirle que elija entre los más robustos —respondió don Francisco. Pero ahora todos los niños estaban gordos y de buen ver, luego de devorar las frutas de la tierra, la dulce leche y los quesos rezumantes, además de bananas, higos y uvas, y todo tipo de verdura mezclada con arroz y especias, tesoros todos de esta isla de eterna primavera, ofrecidos generosamente por nuestras monjitas y visitantes.

—¿Qué tal si nos trae al pequeño Neptuno que vive agarrado de usted como un percebe? —sugirió el Dr. Salvany, sonriéndose de su propia agudeza. Al cabo de diez días en el mar, sus descripciones se hicieron decididamente náuticas.

Asentí, tratando de ocultar mi inmenso alivio. Si la vacuna de Benito no prendía en tierra, la tragedia no sería tan grande, pues había decenas de portadores cuyas vesículas podríamos cosechar y la vacuna no se perdería. Pero en el mar, sería otro cantar.

—Vamos a zarpar en cualquier momento —me recordó don Francisco—. Debemos recurrir nuevamente a dos portadores.

El corazón me dio un vuelco. El viaje que tanto había temido. El retorno del mal de mar. Y ahora, más incertidumbre aún con la selección de Benito. ¿Y si la vacuna no prendía? El segundo de los dos portadores no podía fallarnos.

—Sólo tiene que traer a ese chico, pues Orlando nos servirá como segundo portador —prosiguió don Francisco. Había estado a punto de recomendar a José, un segundo portador seguro, pues yo me había encargado de quitarle el mesenterio del rostro cuando nació y podía describir sin equivocarme todas las enfermedades y achaques que había sufrido en su vida. Pero el capitán ya había pedido que su ayudante de camarote fuese vacunado durante nuestra estancia en tierra, de manera que pudiese dedicarse a sus deberes en cuanto zarpáramos. Aunque el chico estaba indispuesto y nuestro director había considerado inapropiado vacunarlo hasta que no estuviese bien del todo—. Aparentemente está completamente recuperado.

¡Orlando y Benito, dos portadores cuyas historias de enfermedades desconocíamos! Me volví para ir en busca del niño, plena de presagios.

—Espere un momento, doña Isabel —me detuvo la voz de don Francisco. Ya estaba llegando a la puerta, seguida de cerca por Sor Catalina. Las monjas, por una curiosa razón, no me permitían recibir sola a los hombres que venían a visitarme. Pero ¿quién me serviría de chaperona a bordo de la *María Pita*? ¿Quién me protegería del libidinoso ujier cuando reanudáramos la travesía?

Me volví. ¿Habría descubierto la verdad nuestro director? Tenía una expresión de desconfianza, como todos los demás, pero especialmente don Francisco, de rostro más arrugado y más delgado, aunque de buen color, gracias al bronceado del sol. Sólo el Francisco más joven se veía fuerte y saludable. Ni siquiera había tenido fiebre después de la vacunación. Todos estábamos convencidos de que el chico había mentido y era inmune, pero finalmente se había formado la vesícula en su brazo, al sexto día, y crecía aceleradamente.

—¿Ha oído hablar, sin dudas, de nuestro éxito acá? —me preguntó.

Asentí.

—Todos los días vemos la multitud desde estas mismas ventanas —dije, señalando a los ventanales semiabiertos detrás de él—. Y, por supuesto, hemos seguido con mucha atención sus informes —diariamente un miembro de la expedición visitaba el convento, para traernos el saludo personal de don Francisco e informarnos lo ocurrido en esa jornada.

—Los quinientos ejemplares del *Tratado* no nos alcanzarán. Tengo que mandar a que impriman en Madrid dos mil más, y que nos los envíen directamente en buque correo a La Habana. ¿Cuántas personas hemos vacunado hasta ahora? —se volvió a preguntarle al Dr. Gutiérrez.

—Varios centenares —respondió su asistente.

—¿Varios centenares? —objetó el Dr. Salvany—. Su aparato ocular le engaña, Dr. Gutiérrez. Sería más fácil contar las olas de la orilla que las multitudes que hemos salvado del azote de las viruelas. ¡Apuesto a que son mil personas!

—Hay un registro al respecto —murmuró el Dr. Gutiérrez, que, en definitiva, era un hombre práctico.

Indudablemente, desconfiaba del vuelo de la imaginación del Dr. Salvany. Pero no insistió en dar detalles, reacio tal vez a ser la persona que redujese la gloria de la expedición a una sarta de cifras.

—Hemos derrotado a las viruelas en Tenerife —aseguró don Francisco, para terminar la discusión.

Me sentí feliz de que nuestra misión hubiese alcanzado tal éxito, pero era una victoria agridulce. En tierra, había perdido el contacto con nuestro director a causa del excesivo trabajo que tenía. Secuestrada en este convento con los niños, deseaba ardientemente salir al mundo exterior, aunque a veces me preguntaba si en realidad lo que anhelaba era verlo a él.

—Desearía poder ayudarle mucho más —le dije.

—Oh, su ayuda es invaluable, doña Isabel. El cuidado de todos esos niños no es tarea fácil —respondió. Por supuesto, tenía razón. Se necesitaban numerosas manos invisibles para colocar las piedras de una gran catedral. Y no me importaba trabajar sin recibir reconocimiento alguno. Sólo necesitaba que él lo supiera—. Zarparemos en cuanto sople un buen viento. El capitán me ha informado que no pasará de esta semana. Su ujier ha estado muy ocupado aprovisionando la *María Pita.*

Pero no estaba diciéndome nada nuevo. Me pregunté qué necesidad había de que estuviese dándome a conocer tantos detalles. Miré al Dr. Salvany, quien esbozó una sonrisa recelosa y miró a otro lado. El Dr. Gutiérrez permanecía detrás del pequeño Francisco, con sus manos sobre el hombro del chico, como para que no se le escapara.

—Con la ayuda de Dios, y el soplo de Eolo, será una travesía veloz —se aventuró a decir el Dr. Salvany.

—Dios mediante —añadió el Dr. Gutiérrez, más directo que su colega.

—Hemos estado extremadamente hacinados a bordo de la *María Pita* —continuó diciendo don Francisco—. Como podrán atestiguarle mis colegas —y señaló con la cabeza en dirección a los doctores Salvany y Gutiérrez—, habíamos acordado ir en la *Sílfide,* un barco de mayor calado, con cuatrocientas toneladas. Pero las reparaciones nos habrían demorado otro mes o tal vez dos. Estaríamos aún en La Coruña.

Ya se había allanado el camino que llevaba, sin dudas, a un sitio adonde no quería ir. Esperé en silencio mientras nuestro director se extendía en el tema de las precarias dimensiones de nuestro barco y del hacinamiento existente. Tal vez estaba preparándose para hacerme regresar al sollado con los niños. El primer oficial, el contramaestre Pozo —ya a esta altura sabía su nombre— había colgado amablemente una hamaca con el resto de la tripulación para facilitarme su camarote. Cederlo por diez días era una cosa, pero por los cuarenta días o algo así de nuestra travesía, ya era otro cantar.

—Como ya sabe, el buque mercante *Espíritu Santo* está a punto de zarpar con rumbo a Cádiz, puerto desde el cual seguirá travesía hacia La Coruña.

—Sí. A propósito, estaba escribiéndoles a nuestras amigas de La Coruña —traje a colación—. Se nos informó de la inminente partida del barco.

—Muchas de nuestras hermanas tienen familia... —comenzó a decir Sor Catalina, pero quedó muda en mitad de la oración. Tres pares de ojos masculinos se habían vuelto en su dirección, provocando la desaparición de su vocecita ante la inmodesta atención.

Don Francisco esperó gentilmente a que continuara la joven monja. Pero a sor Catalina le faltó el valor para seguir. Era una de las monjas más tímidas, razón por la cual me preguntaba por qué era la encargada de la portería.

—El *Espíritu Santo* es una nave excelente —explicó don Francisco. El barco, que transportaba esclavos, regresaba a España para reparaciones después de varios años de llevar carga humana de África a América—. Hemos pensado en enviar de vuelta a los niños ya vacunados. Sólo serían seis...

—¡No! —gritó el pequeño Francisco, tratando de

zafarse de las manos férreas del Dr. Gutiérrez. Después de haber llegado tan lejos y de comportarse tan bien, ahora le negaban la aventura soñada—. ¡No regreso! —dijo, desafiando a los tres hombres que tenía enfrente, mirando a cada uno en búsqueda de un contrincante, con los ojos llenos de lágrimas.

Me sentí complacida ante su emotivo arranque, pues reflejaba mi propio sentir. ¿Había olvidado don Francisco el pacto hecho por intercesión mía con doña Teresa? Los niños bajo mi cuidado *no se separarían.*

—No tengo que regresar, ¿verdad, doña Isabel? —me preguntó el niño.

Cuando intenté acercármele, Francisco retrocedió, temiendo tal vez que en vez de una caricia me adelantaba a agarrarlo. Miró a todos lados como un animalito atrapado, en busca de una salida. Los hombres se quedaron como de piedra, sorprendidos ante su reacción. Fue sor Catalina quien dio un paso al frente, para tratar de ayudarnos con aquella criaturita que les gritaba a sus mayores.

—Vamos, vamos —le susurró, tocando delicadamente su cabello. Extrañamente, el chico aceptó su consuelo—. Puedes quedarte aquí con nosotras —añadió, asintiendo con la cabeza para confirmar la veracidad de su especial oferta.

Eso no era lo que Francisco quería oír, por lo que se separó de sor Catalina y comenzó a llorar desconsolado.

—Los hombres no lloran —le recordó el Dr. Gutiérrez. Y aunque yo solía recurrir con frecuencia a tal argumento, lo detesté en ese momento. Destrócenle el corazón a un hombre y llorará como sangraría si le amputaran un miembro. ¿Acaso no había escuchado los horribles gritos de los africanos cada domingo, cuando los separaban de sus mujeres e hijos?

Y mi propio corazón lloró en silencio ante el engaño de nuestro director. Pero ¿no lo había embaucado yo con respecto a Benito, y mentido a doña Teresa en lo tocante a mi participación? ¿Cómo podría pensar en salvar al mundo sin comenzar a salvarme yo misma?

Miré al Dr. Gutiérrez, luego al Dr. Salvany y finalmente a don Francisco, el más difícil de desafiar.

—Ése no fue el acuerdo al que llegamos —dije, con voz trémula, a pesar de que había tratado de imprimirle firmeza—. Somos una familia. No puedo permitir que los niños se separen.

—Ya han cumplido su misión —dijo sin ambages el Dr. Salvany. La verdad era tan obvia que no ameritaba una metáfora para embellecerla.

—¿Y qué haremos entonces cuando hayan cumplido su misión en medio del océano? Tal vez podríamos tirarlos por la borda como cáscaras de frutas inservibles.

—¡Cómo puede ocurrírsele tal cosa, doña Isabel! —dijo el Dr. Salvany, llevándose la mano al corazón, como herido por mi tajante comentario. En realidad, hasta nuestro director se había sobresaltado ante mi acusación—. Esos niños son nuestro *divino tesoro* —protestó el Dr. Salvany—. Sólo que, como mencionara nuestro director, estamos extremadamente hacinados a bordo de la *María Pita* y aún nos queda mucha distancia por recorrer.

—No les ocurrirá nada en absoluto —añadió el Dr. Gutiérrez, con voz cortante y mirada impaciente. Seguramente consideraba mi oposición como algo anodino, que no merecía la consideración que estaban concediéndole—. El capitán del *Espíritu Santo* se encargará de embarcar a los niños en un buque correo hacia La Coruña —aseguró.

El mismísimo capitán que comerciaba con miseria humana. ¿Qué les haría entonces a seis niños indefensos, por los cuales nadie le pediría cuentas?

—Entonces nos vamos todos en ese barco —dije. El suave tono de mi voz podría parecerles que estaba de acuerdo, pero mi voluntad era de hierro.

—Estaría desafiando a don Francisco —me recordó el Dr. Gutiérrez—¡Y desafiando al Rey! —agregó, listo sin dudas a maniatarme allí mismo y enviarme al patíbulo.

—Entonces, como los términos del contrato se habrían violado, no tendríamos obligación ninguna de respetarlos —le respondí.

—No es así —insistió el Dr. Gutiérrez. ¿Acaso no había leído él la proclama? Por supuesto que había escuchado su lectura en la ceremonia de despedida en La Coruña. Su lealtad hacia su director y maestro era absolutamente ciega. No había problema alguno en atemorizar a una mujer, en echarla a un lado—. Nuestro director recibió su nombramiento para guiarnos. Y si él estima que hay sapiencia en determinada acción, debemos obedecerle.

Yo había hecho lo indecible por obedecerle. Después de todo, había sido subyugada por ese mismo hombre, ayudándolo a convencer a doña Teresa, y hasta arriesgando a mis niños en el intento. Pero, a pesar de mis deseos de complacerlo, me estaba desviando de la misma senda que me mandaba seguir. Lo que había sido sólo un pretexto para que me incorporara a la expedición, se había convertido en mi propósito principal. No podía abandonar a mis niños. No podía dejar que abusaran de ellos.

—Obedeceré a todo lo que mande nuestro director —me dirigí personalmente al Dr. Gutiérrez, como si don Francisco no estuviese presente—, siempre y cuando ninguno de mis niños corra peligro.

El Dr. Gutiérrez no pudo contraponer ningún otro argumento y miró a nuestro director en busca de ayuda.

—Debe obedecer —dijo, con la vista perdida en un punto lejano. Pero su voz sonaba más insegura que antes.

Súbitamente, sentí cómo los colores se me subían al rostro y cómo las piernas comenzaban a derretirse en el calor del día. Me habría faltado el valor si no hubiese levantado la vista en ese momento y reparado en don Francisco, quien no reflejaba la fría severidad que había esperado. Por el contrario, advertí cierto respeto, un toque de admiración me atrevería a decir, que me estimuló a defender mi causa ante él.

—Como usted ha dicho, don Francisco, sólo hay seis niños en cuestión: cuatro de ellos apenas pueden alimentarse y vestirse a sí mismos, y mucho menos viajar solos; mientras que los otros dos son lo suficientemente mayores como para ayudarme en el resto de nuestra expedición.

Mi pequeño Francisco asintió de buen grado.

—Yo la he ayudado mucho, ¿verdad, doña Isabel? —preguntó.

—¡Tú has sido indispensable! —le respondí, poniendo énfasis en la palabra como si se tratase de una proclama.

Dudo que el niño supiera exactamente el significado de la palabra, pero sí pudo adivinar el elogio que la misma implicaba. Y su carita pasó de las lágrimas a una amplia sonrisa.

—Seis niños apenas ocupan dos camarotes. El pequeño Benito puede dormir conmigo. Además, señor, tengo que decirle... —añadí, dirigiéndome a don Francisco. Respiré profundo, y procedí a revelarle el secreto que había ocultado en mi corazón durante meses.

Nadie dijo palabra. En el silencio imperante, pude escuchar las voces de la multitud en la plaza, sus saludos cordiales, las risas que contrastaban tanto con lo que iba a decidirse en aquel salón: mi destino.

—Entonces, ¿no puede salir fiadora del chico? —preguntó finalmente don Francisco—. ¿No es su hijo acaso?

Yo había presentado a Benito como mi hijo, de manera que si no lo seleccionaban como portador, tendría que acompañarme de todas formas. Además, no tuve tiempo suficiente como para adoptarlo en La Coruña. A mi regreso, o en Nueva España, instituiría los procedimientos pertinentes.

—No es mi chico, pero es mi hijo —expliqué—, pues todos son mis hijos.

Nuestro director y sus asistentes venían con la firme determinación de llevar a buen término su plan. Pero no habían tenido en cuenta la oposición de la plácida y complaciente rectora.

—Hemos estado algo hacinados a bordo, como dice —proseguí—. Y sé que nuestro primer oficial ha sido el más perjudicado al cederme gentilmente su camarote.

Don Francisco levantó una mano en señal de contradicción.

—Esa no es la cuestión, doña Isabel.

—Mi lugar está con los niños —persistí—. Si no hubiese estado tan indispuesta, no los habría abandonado —estaba resuelta a no aceptar más favores. Pero el pensamiento del libidinoso ujier a sólo una división de distancia de donde yo dormiría, limitó mi determinación—. Tal vez podría buscarse otro sitio para mí en el barco.

Y ya tenía pensado cuál sería. Poco después del desembarco, y antes de la salida a La Orotava, regresé a la *María Pita* con la esperanza de hallar las golosinas que nos obsequiara doña Teresa. Aquellas cajas, que yo había marcado con mi propia mano, no habían sido transportadas, en unión de nuestros baúles, al convento. Había traído conmigo a varios de los niños mayores para que me ayudasen a llevarlas. Nuestro capitán estaba en tierra —de lo cual me alegré secretamente— pero su primer oficial, el contramaestre Pozo, estaba a cargo de la nave. El oficial, correcto y severo durante la travesía, parecía haber sido despojado de todo poder al estar sosegado por la permanencia en una tranquila bahía. Y por la presencia de una mujer preguntando por cosas extraviadas. Se llamó al ujier, y en breve estuvo claro que se trataba de un latrocinio. ¿Almendras confitadas, frutas secas, terrones de azúcar?

—Las ratas, señor —replicaba el ujier ante cada pregunta.

—Asegúrese que esas ratas sean expulsadas de la tripulación —ordenó el contramaestre Pozo.

El ujier puso cara de inocente.

—No entiendo, señor.

—¡Pues entiéndalo! —ripostó el contramaestre Pozo.

El hosco individuo murmuró que no era su culpa que la gata, *Sirena,* se hubiese escapado porque dos docenas de chiquillos malditos le tiraban del rabo, pero finalmente cedió.

—Lo reportaré al capitán a su regreso —me prometió el contramaestre Pozo.

—No es necesario, contramaestre —respondí

rápidamente. No quería darle al capitán otra razón para pensar que la rectora era un estorbo.

El contramaestre se puso a la defensiva, como si lo estuviese instigando a un motín.

—Es la regla establecida —me informó.

—Oh, pero usted es más que competente para realizar esta tarea, señor contramaestre.

El oficial vaciló, y pude ver, como por la más insignificante de las grietas, un rayo de orgullo reflejado en aquel rostro franco.

—Supongo... que yo mismo puedo ocuparme del asunto.

—Le estaría muy agradecida, contramaestre Pozo. Nuestro capitán tiene muchos quehaceres. Y estoy segura de que recurre a usted para la solución de problemas menores entre la tripulación —dije. ¿Habría sido yo siempre tan adepta a lidiar con la naturaleza masculina? Durante doce años había lidiado con especímenes más jóvenes en situaciones similares. Yo también trabajaba mediante cálculos. ¿Por qué juzgar entonces a don Francisco con tanta severidad por su sagacidad? ¿Por qué otra razón? Pues porque la estaba usando en mi contra.

Aparentemente, nuestro contramaestre se sentía en extremo satisfecho y honrado con la responsabilidad que le había conferido, por lo que nos ofreció a mí y a los niños un refrigerio antes de salir del barco. Tenía una bebida en mano, la cual, según nos explicó, era un experimento que don Francisco se proponía realizar durante la travesía. Una infusión diaria consistente en zumo de limón y melaza ayudaba a combatir el temible escorbuto. Al elogiar la idea, el contramaestre Pozo estuvo de acuerdo en que era sabrosa y refrescante.

—Lo que no puedo asegurar es cure el escorbuto —dijo el oficial, quien se inclinaba más por «una dosis diaria de vinagre»—. Pero esto no le hará daño a nuestros hombres —añadió, empuñando el vaso, cuyo contenido bebió de un tirón—. Siempre y cuando el Dr. Balmis no trate de experimentar negándoles a los hombres la ración diaria de ron, todo marchará a pedir de boca —aseguró, y pude adivinar una leve sonrisa en aquel rostro severo, pero sin rasgos de crueldad. A solicitud de los niños, el contramaestre Pozo nos guió en un recorrido por el barco. Con frecuencia estuve a punto de avisarle para que no tropezase con una viga, pues la altura de aquel hombre ¡era superior a la de los bajos techos entre los niveles del barco! Pero, al parecer, el primer oficial había navegado durante buena parte de su vida, como muchos de sus familiares —tenía dos primos en la tripulación—, y sabía por instinto dónde encorvarse y dónde plantar el pie con precaución.

Nunca pude entender totalmente cómo habían armado nuestra casa de madera, pues sus diversos compartimientos parecían dar vueltas al menor asomo de mar embravecido.

¡Qué maravilla escudriñar sus pequeños espacios! A la entrada de la cámara de oficiales y los camarotes de éstos, pasamos por un compartimiento donde habían colocado las quinientas copias del *Tratado* de don Francisco, en unión de algunos de sus instrumentos. Ahora aquel espacio estaba vacío. ¿Podrían tal vez acondicionar aquel sitio para que yo durmiese allí?

La campana de la iglesia nos sorprendió con su sonoro tañer. Una, dos, tres veces. En el silencio que le siguió, pudimos escuchar a la multitud en la plaza. En breve comenzaría la vacunación de la tarde. Tenía que buscar a nuestro nuevo portador: José, cuyos antecedentes de salud conocía, en sustitución de Benito. Aun así, algo me atormentaba: aún tenía que recibir de don Francisco la garantía de que seguiríamos juntos.

Como ocurre frecuentemente con los niños, quienes adivinan la existencia de preguntas sin respuesta entre sus mayores, el chico le preguntó directamente a don Francisco:

—¿Seguiré con ustedes?

Nuestro director hizo un movimiento de cabeza hacia donde yo estaba.

—Tenemos que preguntarle a su rectora —palidecí. ¿Sería una chanza provocada por la ira, o estaría hablando en serio?—. Lo que usted diga, doña Isabel. ¿Continuamos juntos?

Él sabía con certeza cuál era mi respuesta. ¿Por qué estaba forzando la situación? Tal vez aquello tenía que ver con la dadivosidad de quien detenta el poder y halaga a los subalternos con el control de las cuerdas de una bolsa de monedas vacía. En definitiva, podía rechazar cualquier alternativa que yo escogiera.

—Seguiremos juntos —le respondí, con una voz temblorosa que me traicionaba.

—Seguiremos juntos entonces.

Don Francisco levantó las manos, como si no tuviese poder ante tal decisión. Pero el tono de condescendencia en su voz, y la sonrisa en su rostro, ocultaban la capitulación. Con toda seguridad, estaba ante una muestra de amabilidad. Tragué en seco, con el rostro encendido y las manos cerradas, por miedo a que él se burlara de mí. Pero el niño le tomó la palabra y saltó con tal alivio y alegría que el Dr. Gutiérrez se adelantó, alarmado de que aquellos saltos reventaran la vesícula antes de que pudiéramos hacer uso de su precioso líquido.

Cuando me volví para salir, mis ojos tropezaron con los de don Francisco. No pude asegurarlo, aturdida como estaba de mi triunfo y enojada aún con él, pero la mirada que me dirigió fue como si dijera: *Veo que he traído a nuestra misión a una formidable adversaria, pero también a una noble amiga. No será un viaje fácil.*

Y no me atreví a replicarle: *Tiene toda la razón, don Francisco.*

6 de enero de 1804

Querida Nati, cuántas veces he tratado de continuar esta carta y resulta que ahora debo resignarme a un final apresurado. El viento ya está hinchando las velas, y zarparemos antes de que termine el día. Ya se ha subido a bordo el último barril de agua, así como aquellas provisiones que se echarían a perder si se embarcaban antes. Nuestros baúles están listos, y el coche que los transportará al muelle debe llegar en cualquier momento. Le haré entrega de esta carta a las hermanas, para que la envíen con las suyas al *Espíritu Santo* cuando el viento se torne favorable para zarpar.

Nuevamente desfilaremos en dirección a los muelles, como hicimos en La Coruña. Afuera, los preparativos van en progreso mientras te escribo. Ya está congregándose la gran multitud que nos acompañará, encabezada por el marqués, la marquesa y el obispo, entonando el *Te Deum,* como gratitud a nuestro trabajo. Los cañones del castillo de San Juan harán fuego, lo cual, sin dudas, aterrorizará a los niños. Las hermanas están ayudando en este momento a vestir a los niños con sus uniformes rojos y dorados, a gusto finalmente (¡ahora que nos vamos!) con estos hombrecitos, que, según han descubierto, no son muy diferentes de las mujercitas.

Ya tengo que despedirme, Nati. ¡Quién sabe cuándo podré enviarte nuevamente una carta! Pero no te preocupes por nosotros. Doy gracias por la oportunidad que se me ha dado de servir, y estoy convencida de que es obra de Dios, especialmente cuando hago un recuento de la gran labor que se ha realizado acá en Santa Cruz. ¡Se ha vacunado a cientos de almas! Y qué atinado zarpar en Epifanía. Al igual que los tres Reyes Magos de antaño, llevamos un precioso regalo para todos, o para la mayoría de nuestros hermanos y hermanas. Que Dios bendiga nuestro viaje.

Te ruego le des un beso enorme a cada uno de nuestros niños, de parte de doña Isabel, y mis saludos y gratitud a doña Teresa por su consideración hacia nosotros. (Confío en que no le dirás nada acerca de los obsequios desaparecidos, pues ¡su justo enojo la haría enfermar!)

En lo que a mí respecta, no he cambiado mucho: algo bueno, ¡pues a menudo no se me da la oportunidad de comportarme de otra forma! Te aseguro que no he tenido que usar tu prendedor. Y aunque el sol ha mejorado mi complexión y el aire marino me ha dado más vigor, temo que iré a la tumba tan inmaculada como la Santísima Virgen.

Te echo de menos, querida amiga, y espero que todos y cada uno de ustedes estén bien. Confío en que estamos en manos de Dios, y seguros bajo su protección.

Terminé la carta justo en el momento en que Sor Octavia vino para anunciarme la llegada del coche. ¿Podía decirles a los hombres que subieran para llevarse mi baúl?

—Estaré lista enseguida —le aseguré—. Pueden comenzar con los baúles de los niños, que están en el salón principal.

La religiosa se apresuró a bajar, para dar mis instrucciones.

Doblé la carta. No tenía tiempo para sellarla adecuadamente, pues el lacre y el sello estaban en el baúl. Ojalá que las hermanas no leyeran mi misiva, pues palidecerían ante mi blasfema comparación. Aunque, para entonces, ya estaría muy lejos.

Aun así... los ojos de Dios todo lo ven. ¡Y bien podría enviarme una lluvia intensa y un mar tormentoso como castigo!

Y como disponía de muy poco tiempo para tal frivolidad, volví a empuñar la pluma, para borrar la sacrílega comparación. Pero, al leer rápidamente el resto de la página, tropecé con la mención de la proposición del libidinoso ujier. ¿Por qué preocupar a Nati con noticias que sólo le causarían pesar? Procedí entonces a tachar aquel pasaje, para luego volver a doblar la carta.

¡Suficiente! Tenía que apresurarme. Le di una última ojeada a la habitación, para asegurarme de que todas mis posesiones estaban adecuadamente empacadas. Lo único que podía llevar conmigo en el desfile hacia los muelles era mi pequeño bolso. Me arrodillé encima del baúl para cerrarlo. Mientras lo hacía, escuché las sólidas pisadas de los hombres que, abajo, se llevaban los baúles, y los gritos y el entusiasmo de los niños en medio del ir y venir, y la voz del ujier ordenándoles a aquellos diablitos que se quitaran del maldito y cabrón medio.

El sobrecargo... Su imagen se irguió ante mí: su aliento pesado en mi oído, su rostro enrojecido y ebrio, sus manos tentando la oscuridad para tocarme.

Rápidamente, abrí el baúl y rebusqué en su interior hasta hallar una cajita con hilo y agujas. Saqué el prendedor de Nati y lo coloqué en el forro interno del vestido.

Rogué a la Virgen para que me protegiera, evitando que surgiera la oportunidad donde me viera obligada a usar mi única arma, mientras cruzaba el mar sin nadie que cuidase de mí.

4.

12 de noviembre,
al final de una tarde de viernes

A: Mi amor fax: 802-388-4344
De: Ricardo fax: 809-682-0800

¡Hola, querida! Siento que hayas tenido problemas para comunicarte conmigo. Me resulta difícil creer que casi ha pasado una semana sin escuchar tu dulce voz. El teléfono/fax de la clínica estuvo dañado, como habrás podido pensar, pero un técnico de la capital vino a repararlo, y al hacerlo, la máquina imprimió todos tus faxes, por lo que sé que estuviste intentando comunicarte conmigo. Resulta que el aparato no tenía nada. Sólo que afuera le habían cortado el cable. Algún campesino con su machete, cortando yerba. Estoy avanzando en el español.

En toda la semana no pude bajar de la montaña: estuve haciendo un análisis de la zona, para ver cuáles son las necesidades y qué cosa es viable. Los residentes han estado algo distantes, como es natural, dado el problema confrontado al principio con la clínica, pero sabes bien lo difícil que es resistirse a ese viejo encanto del Medio Oeste. Por cierto, ¿me mencionaste que Emerson había dejado un mensaje? Qué raro. Él sabe que estoy acá. ¿Tal vez también estuvo tratando de comunicarse conmigo, y pensó que a lo mejor tú habías tenido mejor suerte?

Estoy viviendo con Bienvenido en una casita cercana a la clínica. Claro, él no se queda a dormir todas las noches, pues cada sábado va a ver a su esposa y a sus hijos en la capital. Resulta que las mujeres de aquí —una vez que ascienden un poco en la escala de clases— ¡le toman una fobia enorme al campo! Me parece que ya pasaron aquellos tiempos en que las mujeres seguían a sus amados al fin del mundo. (Suspiro.) ¡Es sólo una broma!

Te escribiré más luego. Sólo quería enviarte esto antes de que cierre la clínica, para que no te preocupes. Trataré de llamar también, pero pienso que como dijiste que Tera estaría en casa el fin de semana, probablemente estarán fuera, en alguna manifestación. ¿Cómo está Helen? Hazle llegar todo mi cariño. Al igual que a Tera. Y para ti, querida, un amor demasiado grande como para expresarlo en palabras,

Ricardo.

El fax de Richard está esperándola cuando Alma regresa de haber ido a buscar a Tera, pues Paul necesita el único vehículo de la casa el fin de semana. Alma siente tal alivio que lo lee con avidez —nada de heridas de bala, ni picadas de escorpión— al lado de Tera. Y justo a tiempo, cuando ve el nombre de su amiga en el último párrafo, se lleva la página al pecho, como si fuese súbitamente una recatada heroína del siglo XIX.

—¡Por favor! ¡Es una carta de *amor*! —dice, mirando a Tera fingiendo timidez.

—Un fax de amor, en todo caso —rectifica Tera—. ¿Cuál es el problema que hay con esa clínica?

Alma no le ha dicho nada a Tera acerca de la clínica, sabiendo que su amiga traería a colación alguna historia de alto voltaje que leyó recientemente, haciendo que el nivel de preocupación de Alma se dispare a niveles extraordinarios. No había tenido noticias de Richard en toda la semana, hasta que recibió una llamada de Charmin, la esposa de Bienvenido, quien le había pedido que llamara a Alma para transmitirle el tranquilizador mensaje de Richard diciendo que estaba bien, que el teléfono/fax no funcionaba, que no había bajado de la montaña y que estaba haciendo un estudio de la zona. O sea, todo lo que explicó posteriormente en su fax. Sin embargo, Alma se quedó pensando en cómo Bienvenido había encontrado la forma de llamar a su esposa y Richard no había podido hacer lo mismo.

Tera comienza a observarlo todo, pues hacía algún tiempo que no visitaba a Alma. Tal vez está haciendo un inventario de las cosas adicionales e innecesarias que ésta posee.

—Creí que me habías dicho que Richard estaba creando un centro verde —dice Tera.

—Es lo que está haciendo. La clínica está cerca del lugar —responde Alma, tratando de restarle importancia, pero de pronto le fallan sus dos talones de Aquiles (sí, los dos, con doble fuerza): su necesidad de narrarle a las personas que más quiere en la vida los cuentecitos curiosos que le ocurrían—. Es una especie de centro de tratamiento de pacientes con sida. Pero todo me parece un poco raro. ¿Recuerdas la llamada aquella hace unas semanas? Quiero decir, cómo ambas cosas sucedieron casi al unísono.

—El sida es una epidemia —responde Tera prosaicamente, como si, por supuesto, Alma lo supiera de antemano y compartiera todos los sentimientos relacionados, una actitud algo refrescante en el carácter de Tera. Su irritación no se exterioriza con justeza. Es una luz deslumbrante que brilla en sus ojos, así como en los ajenos—. Entonces, ¿qué hay con esa clínica? ¿Es una especie de sitio en el extranjero para hacer pruebas de medicamentos?

No suena muy bien que digamos, sobre todo para Tera, siempre al tanto de todo lo horrible que acontece en el mundo.

—No. Es un centro para pacientes de sida que no pueden costear su tratamiento —responde Alma, sin lograr evitar un tono de probidad en su voz, algo ridículo, pues está improvisando acerca de la función real de la clínica.

—Hmm.

—¿Hmm de qué? —pero antes de que Tera pueda expresar sus propias sospechas, Alma se apresura a decir—: Quiero pedirte un gran favor, Tera. No quiero preocuparme por Richard. ¿De acuerdo? Sé que decir esto es políticamente regresivo, pero impongamos este fin de semana una moratoria con respecto a los horrores al sur de la frontera, ¿de acuerdo?

Alma se sorprende con el enojo de sus propias palabras, y más aún cuando mira a Tera y advierte la expresión de dolor en su rostro. ¿Se ha convertido entonces en la abusadora que acaba de aplastarle el castillo de arena a la niña gordita, destrozando además su cubeta? Y como Alma sabe que es en parte esa niña mala, se retracta.

—Ay, Tera, lo siento, no fue mi intención.

—Por supuesto que fue tu intención —le dice Tera inteligentemente—. Sé lo molesta que puedo llegar a ser. El síndrome de Casandra. Cuando comienzas a decir verdades no hay quien te pare.

Tera lo ha dicho mucho mejor que como podría haberlo hecho Alma, quien desvía la mirada para que Tera no pueda adivinar en sus ojos que está de acuerdo.

—Pero fue una forma incorrecta de decirlo, de todas maneras —admite Alma, para luego seguir hablando acerca de su semana de preocupación, del deterioro de Helen, de cómo probablemente muera antes de Navidad, antes que Alma viaje a la Florida, donde deberá encontrarse con Richard en casa de sus padres, quienes tampoco están muy bien de salud. Y todo eso es cierto. Pero también está el estímulo que proviene de esa tendencia a lo mezquino, ¡y es ella quien critica a su caprichosa Mamacita!

—Si no fuera por ti, tendría un alma tan pequeña, Tera. Tú nos mantienes en vilo a todos —dice Alma, tratando de defender a Tera, como si confabulándose con ella pudiera compensar el haber querido lastimarla, sacar a la luz lo mezquino en sí misma, revertir la miseria humana hacia sí misma, y cosas por el estilo.

Tera ha comenzado a vaciar el contenido del bolso que utiliza cuando duerme fuera de casa, semejante a un enorme maletín de viaje hecho con tela floreada, en cuyo interior sólo parece haber folletos. Se detiene un instante, sosteniendo un manojo de panfletos, y dice con irritación:

—Pero ¿a quién le gusta estar en vilo todo el tiempo?

Alma no puede contenerse y dice:

—¡A ti!

Tera entrecierra los ojos, mira a Alma con fingido furor y le lanza el paquete que tenía en la mano, cubriéndola casi con el montón de folletos azul pálido del hospicio.

13 de noviembre, mediodía del sábado

A: Mi amor fax: 802-388-4344
De: Ricardo fax: 809-682-0800

Mi amor:

Ayer, después de enviarte el fax y de llamarte (¿recibiste mi mensaje? ¡Cuánto siento no haber podido hablar contigo!), conocí a la persona que será el nuevo enlace de la clínica. Se llama Starr Bell (¡sí señor, así se llama!). De Texas, imagínate. Inmediatamente me dijo que era una locura que no tuviera acceso al teléfono y al fax, y resulta que ahora tengo llave de la oficina principal, y así no me veo obligado a interrumpir su trabajo si voy a enviarte un fax o a llamarte.

No sé qué voy a hacer con ella, con esa Starr. Es muy juvenil (¿en sus treinta, tal vez?), atractiva y emprendedora. Aparentemente le cae bien a todo el mundo. Y se ha esforzado mucho para que las cosas se tranquilicen por acá. Habla un español perfecto, gracias a su niñera mexicana, según me dijo. Maneja una camioneta, que trae llena de alimentos cuando va a la capital. La señorita Santa Claus con sombrero de vaquero. Le ha ofrecido su apoyo total a nuestro centro verde. Dice que podemos crear una comunidad modelo y que podemos contar con la ayuda de Swan, la compañía fabricante de medicamentos que la contrató para sus relaciones públicas. A propósito, Starr conoció a Emerson en un internado *in situ* que hizo en HI cuando estudiaba en la universidad (nuestra iniciativa de letrinas en Haití). Por esa razón, cuando Swan se propuso patrocinar un proyecto comunitario de algún tipo, ella nos recomendó. Sospecho que Swan patrocina una especie de proyecto de buena voluntad cada vez que inician operaciones en una zona determinada. Te aseguro que ni Tera podría ponerle defectos a esa práctica.

Y hablando de la reina de Roma, ¿cómo les va el fin de semana?

Este sitio es hermoso, absoluta y totalmente bello, y no exagero. Shangri-La, si no fuese por la pobreza imperante. Terrible. Tanto que nuestro Centro Verde del Caribe viene como caído del cielo, pues, como tengo en mente, creará empleos y estimulará a los campesinos a no abandonar la tierra y ganarse la vida en la agricultura.

Nuestra pequeña *casita* es una de varias que construyó Swan para su equipo, pero no han puesto reparos en que Bienvenido y yo vivamos en ella. Por eso, *mi amor,* vivo en el lujo más pleno: electricidad de su generador, disponibilidad intermitente de agua caliente y, oye esto: un inodoro con luz, que funciona con una especie de batería solar, aunque nadie sabe cómo ha venido a parar aquí. Pero, para que no te pongas celosa, recuerda que aquí no escribirías mucho, pues no dispongo de mucha soledad que digamos. El único momento en que la disfruto es cuando Bienvenido se va a la ciudad, o cuando me levanto temprano, hago café (tostado y molido por nuestro vecino), contemplo el amanecer y te echo de menos.

De todos modos, no te preocupes, por favor. Cuéntame de Helen, de cómo van las cosas. Y gracias por recoger las hojas. ¡Caramba, mi mujer hecha toda una experta en jardinería! Por favor, llama a los muchachos y diles que estoy bien. Llamaré en cuanto tenga una conexión telefónica mejor. Y cuídate. No olvides que *te adoro, mi amor, querida.*

Ricardo.

El sábado, Tera (por supuesto) quiere ir a ver a Helen para entregarle los folletos que le trajo. Ambas se han visto en varias ocasiones, y un encuentro con Tera es suficiente para formar parte de su clan, especialmente si se trata de una mujer que ha pasado trabajo en la vida. De todas formas, Alma iba a visitar a su amiga para dejarle un flan que le hizo, pero obliga a Tera a prometerle que los folletos permanecerán en su bolsa, hasta que puedan hablar con Mickey a solas.

—¿Quién es Mickey... Miquito... Miguelito? —pregunta Tera. Pero antes de que Alma pueda responderle, comienza a tararear la canción del ratón Miguelito—: *El ratoncito Miguel, el ratoncito Miguel, aquí ha venido, muy contento aaaa bailaaaaaar.*

A Alma le encantan estas tonterías de Tera.

—Su nombre verdadero es Michael, Michael McMullen. El hijo de Helen, un personaje.

—Michael McMullen... —dice Tera, quedándose pensativa por un instante—. Su nombre me parece conocido. ¿Tal vez lo hemos oído antes, en casa de Helen?

Alma niega con la cabeza.

—El apellido de Helen es Marshall. Según Claudine, el McMullen es el apellido de la mujer de Mickey. Transferencia de apellido.

Resulta extraño que personas tan simples tengan vidas complejas y perturbadas como las de Alma y sus amistades. Si Helen no hubiese enfermado, Alma la habría acosado con un aluvión de preguntas: ¿cuál era la razón de ese cambio de apellido de su hijo?; ¿por qué no le dice «mamá»?; ¿por qué desaparece periódicamente de la faz de la Tierra?, y otras por el estilo.

Ambas van en carro a visitar a Helen, dejando tras de sí un rastro de hidrocarburos en el aire, en vez de cruzar el campo de atrás de la casa. Pero Alma veta la sugerencia. Está soplando el viento norte, y los flanes son criaturas del trópico.

Mickey está en el jardín, descargando leña de encima de una oxidada camioneta azul. Se detiene al ver el coche, pero no se adelanta a saludarlas, ni tampoco reanuda su faena. Sólo se limita a quedarse donde está, observando. Su conocida rutina de «te estoy mirando».

—¿Ése es Mickey? —pregunta Tera.

—Ah-hah —dice Alma entre dientes, sintiendo que el corazón comienza a latir apresuradamente, como respuesta a una especie de reacción pavloviana provocada por ese tipo, quien le ha crispado los nervios las dos veces que ambos se han encontrado. No es atracción. Al menos ella no lo ve de esa manera. Es la misma sensación que la abruma cada vez que una persona con la cual está hablando se le acerca demasiado. Una especie de trasgresión psíquica en proceso. Mickey lleva puesta la misma camisa a cuadros, pero ahora acompañada de un chaleco, como deferencia al viento del norte, supone ella. Hace un frío del demonio, hasta para Tera.

—Yo llevo el flan —dice Tera—. ¿Puedes llevar tú los folletos? —añade.

—Déjalos en el coche por el momento —sugiere Alma. Al ver cómo Mickey las observa, ella sabe que no es del tipo asiduo a los folletos—. ¡Hola! —le grita, al salir del carro, como si se dirigiera a un perro desconocido, tratando de asegurarse de que no la morderá antes de dejar atrás la seguridad de su vehículo—. Le traje un flan a Helen, y a esta amiga para que la salude.

Otra vez el tiempo congelado que transcurre en lo que el hombre permanece ahí, observando, recibiendo sus palabras, como un sobre que aún no se dispone a abrir.

—Sigue caminando —le dice Alma en voz muy baja. Pero el contacto del aliento con el aire frío provoca una delatora columna de vapor, como el balón que se utiliza en las tiras cómicas para representar lo que dicen los personajes, por lo que tratar de ser discreto es una tontería. Tera va en línea recta hacia Mickey. Alma apuesta que su mejor amiga quiere buscar pleito. Y no le queda otro remedio que seguirla.

—¡Ta dá! —dice Tera, imitando un redoble de tambores, levantando la tapa del recipiente con el flan—. ¡Flan!

Increíblemente, el hombre sonríe. Y Tera, que puede ser extremadamente simpática algunas veces, procede a presentarse.

—¿Tera? —pregunta Mickey, como si de un nombre raro se tratase.

Tera asiente con firmeza.

—Apócope de Teresa. ¿Y tú?

—Mickey —Mickey sonríe ampliamente, por lo que Tera se atreve a aprovechar la confianza repentina.

Y lo hace, ni corta ni perezosa.

—¿Mickey? ¿Como Miquito? ¿Como el ratoncito Miguel? —dice, devolviéndole la sonrisa, como si hubiese cierto jueguito burlón entre ambos.

—¿Está Helen en casa? —interrumpe Alma, tratando de evitar que Tera comience a cantar la canción del ratoncito Miguel.

Silencio. Mensaje recibido. Silencio. Mickey asiente.

—Gracias —dice Alma, dándole un codazo a Tera, quien (Alma está totalmente segura) siente curiosidad por ese bicho raro.

Pero Tera capta la señal de Alma y sigue andando en dirección a la casa, seguida de Alma. Ambas caminan con la vista al frente, aguantando la risa, estableciendo esa muda comunicación femenina —*Sigue adelante, no te vuelvas, que nos miran*—, sintiendo la vieja desazón provocada por el hecho de que los hombres parecen tener siempre la última palabra, al quedarse contemplando los traseros de las mujeres que pasan junto a ellos.

Dentro de la casa, ven a Helen sentada en una enorme butaca ante la chimenea, donde crepita el fuego. Es la primera vez en años que Alma entra por la puerta principal, pues, en el pasado, incluso cuando venía en su carro, daba la vuelta en dirección a la puerta trasera de la cocina, donde, casi invariablemente, está sentada Helen. Alma lo siente en el aire, como el cambio de estación. Se acabó la era de sentarse en la cocina. Y, en breve, la de permanecer en la sala. ¿Cuánto tiempo transcurrirá antes de que Helen sea confinada a su cama, donde, según sus instrucciones, desea morir? ¿Cuánto tiempo transcurrirá antes de ser parte del paisaje de Snake Mountain, donde quiere que esparzan sus cenizas?

—En verano. Es la temporada conveniente —le dijo a Alma días atrás.

—Oh, Helen —le contestó Alma, en tono de regaño—. ¡Qué cosas pides!

Pero Helen le explicó que la cima de una montaña vermontina en invierno, azotada por vientos con fuerza de galerna, no era precisamente la idea que tenía de un funeral agradable. Además, quiere que sus cenizas se queden en Snake Mountain, no que vuelen hasta la ciudad de Nueva York.

—¡Hey! ¡Mírala, qué cómoda está! —le dice Alma, mintiendo evidentemente. Helen se ve muy mal. Es como si la noticia de que está enferma le hubiera dado luz verde al mal para que la invada sin piedad. Su piel, con una palidez de muerte, parece colgar como un vestido de una talla más grande. Al ver cómo sobresalen sus huesos, el corazón de Alma se detiene por un instante, pues lo que tiene ante sí es el esqueleto en el que pronto se convertirá Helen. Pero el esqueleto sonríe... ¡y ahí está Helen de nuevo!

—Mickey encendió un fueguito agradable. ¡Hacía tanto tiempo que no disfrutaba de un buen fuego! —asegura Helen, buscando a tientas el andador, sintiendo tal vez que Alma viene acompañada, pues ya no se incorpora cuando sabe que están solas las dos.

—¡No te levantes, Helen! He traído conmigo a mi amiga Tera. Estará en casa todo el fin de semana. ¿Te acuerdas de Tera, no es cierto?

—¿Qué es eso de «No te levantes»? —dice Helen, inconforme—. ¡Por supuesto que me acuerdo de Tera! —y como para dar prueba de ello, comienza a decir de corrido una breve biografía de Tera, plena de brillantes detalles revelados por Alma, incluyendo todas las quejas que ésta le ha dado de su mejor amiga. Alma le confía absolutamente todo a Helen. O solía hacerlo, hasta que el conocimiento de la terrible realidad transformó a su amiga en esta nueva persona: una persona que se le va a morir.

Alma siempre mencionaba a Helen en sus sesiones con el Dr. Pena. ¿Por qué esta anciana significa tanto para ella? Usualmente, el Dr. Pena le hacía esa pregunta: ¿por qué Alma pensaba que Helen revestía tanta importancia para ella? Pero en cierta ocasión, le dijo francamente lo que pensaba del asunto: Helen es la madre que Alma nunca tuvo en su niñez.

—¿Y tú estás pagándole a ese tipo cien dólares la hora para que te diga esas tonterías? —le había preguntado Richard, con una expresión de incredulidad total en su rostro—. Es tu amiga. Te agrada. Y punto.

Alma se mereció tal reprimenda, por habérselo contado a Richard, pero siempre comentaba con él las observaciones del Dr. Pena. Tal vez, ella creía compartir la profunda desconfianza de Richard hacia la gente que cobra por curar el espíritu.

Por la razón que fuera, parecía que en presencia de Helen se desvanecía la desconfianza usual de Alma, llegando a amarla sin reservas, sin periódicos accesos de desconfianza ni de rechazo. Claro, de cuando en cuando Alma sentía cierto aburrimiento, por la carencia de los arranques vibrantes y tensos que sentía ante otra gente. Sin embargo, la había tomado por sorpresa el hecho de poder amar a alguien sin establecer lazos rimbombantes: nada de Amante ni Esposo, nada de Hijo o Hija, ni de Familia, Jefa o cualquier otra persona con poder. Una persona intrascendente y genérica al cien por cien. Helen era prueba viviente de ello. Una verdadera revelación.

—Alma le hizo este flan —dice Tera, tal vez como una forma de explicarle a Helen por qué ella, Tera, no le ha dado su abrazo pleno y frontal. Tiene ocupada una de sus manos. Aun así, un medio abrazo de Tera es bien potente.

La frágil figurita de Helen se tambalea —jamás encontró su andador, escondido tras un haz de leña—, pero Alma la agarra justo a tiempo para ayudarla a sentarse nuevamente.

—Este fuego es delicioso, Helen —dice Alma, sintiendo cómo el calor penetra inmediatamente sus huesos ateridos de frío—. Ojalá hubiese sabido antes que te gustaba tanto —añade, preguntándose si éste será uno de los motivos de remordimiento dentro de algunos meses: cómo nunca se dignó a llegar y a hacerle a Helen un fuego confortable—. ¿Quieres comer un poco de flan, Helen?

—¿Cómo lo adivinaste, muchacha? —dice Helen, fingiendo una vez más.

Ha estado bastante inapetente durante toda la semana. Todos los días Alma le ha traído algo de comer, pero, al cabo de una semana, su repertorio de recetas está a punto de agotarse. Helen siempre mordisquea algo en presencia de Alma, quien sabe que a la anciana le resulta muy difícil tragar. Le ha preguntado a Mickey acerca de esta situación, pero siempre la mira de tal manera que Alma se arrepiente de haberlo hecho.

—Helen está bien —se limita a responderle el hombre.

Alma le quita el flan de la mano a Tera, para servirlo en la cocina, pues sabe dónde hallar cada cosa. Está sorprendentemente limpia: los platos fregados, y hasta parece que han trapeado el suelo. Mickey está capitaneando correctamente el barco. Bien por él. Alma abre los armarios y encuentra los platitos con sus flores delicadas y astilladas... tan antiguas, tan Helen: los utensilios de bronce con agarraderas de palisandro que Mickey le trajo a su madre de alguna parte durante sus misiones por el mundo, con los *marines* —de eso se enteró Alma hace sólo unos días—; la bandeja con la calcomanía desconchada que en otro tiempo decía HOGAR, DULCE HOGAR, pero que ahora se ha reducido a un lacónico HOG CE GAR, como una frase escrita en un idioma extranjero. Alma comienza a sentir el sonido de todo lo que la rodea: tictoc, tictoc. Abre el grifo para que el agua se caliente y mete las manos bajo el chorro, hasta que el agua hierve y no puede soportarla más. Es el instinto de conservación, el ardid al cual recurre para hacer que otra parte de su cuerpo sufra cuando está a punto de quebrársele el corazón.

Finalmente, coloca platos y cubiertos en una bandeja, y cuando está lista para servir, se abre la puerta trasera. Es Mickey, batiendo palmas ¡como si él también sintiese el frío!

—No sé cómo puede andar por allá afuera sin abrigo —dice Alma, meneando la cabeza, sorprendida por su confesión, al ver que Mickey reacciona como una persona normal, y no como ese hombre a quien le cuesta trabajo entender y que le inspira cierto temor.

En vez de dar explicaciones, el hombre mira a la bandeja:

—¿Hay flan para mí?

—Por supuesto —dice Alma, complacida ante la posibilidad de pasar como buena cocinera (al menos así lo supone), una experta culinaria, siempre y cuando no traspase los límites de las seis o siete recetas que conoce. Coloca la bandeja sobre la mesa, y cuando se dispone a abrir el refrigerador para buscar el flan, advierte que, desde una fotografía sujeta a la puerta con un imán, la está mirando un joven: Mickey sin lugar a dudas, por sus ojos, por su sonrisa. Tiene en su mano un certificado del cual se enorgullece obviamente, aunque es demasiado joven para que sea un diploma de bachillerato. Tal vez algún premio de los exploradores, ¿quién sabe? Una foto que Alma ha visto cientos de veces antes, pues Helen la ha tenido ahí por un buen tiempo. Tal vez, asume Alma, la puso con anterioridad a quedar totalmente ciega, porque ¿qué sentido tiene colocar una foto en el refrigerador, si no puedes verla? Qué extraño estar en presencia de un hombre que alguna vez fue ese niño, un tipo de perspectiva de otras personas que no experimenta con frecuencia.

—Me gané un becerro.

Alma sonríe.

—Y ¿cómo lo logró?

—En el concurso de las cuatro C. Tuve que escribir una composición de quinientas palabras con las cuatro C: cabeza, cuello, corazón...

El hombre no puede acordarse de la cuarta C. Alma trata de ayudarlo. ¿Qué otra parte importante del cuerpo comienza con C? Finalmente, se rinde.

Se inclina para mirar la foto con más detenimiento y alcanza a ver las enormes instalaciones provisionales, las graderías, los establos de los animales, la usual parafernalia de una feria pueblerina. Al fondo, se eleva, apenas visible, la estructura de una estrella giratoria. Alma se sorprende de no haber reparado en la imagen, de no haber visto la sonrisa de orgullo del niño, los flancos del becerro-trofeo, el momento luminoso que estará presente cada vez que, de ahora en adelante, mire a ese hombre ya adulto.

—Helen tomó la fotografía. Justo antes que mi padre nos abandonara. El último día bueno en mucho tiempo.

Alma ha puesto el flan sobre la mesa y busca otro plato y otra cucharilla, tratando de fingir ajetreo, sorprendida y hasta un poco halagada de que el hombre confíe en ella, pero sintiéndose también incómoda de que tal confianza de su parte pueda convertirse en hábito.

—¿Vive su padre? Quiero decir, ¿debían darle la noticia? Tal vez Helen quiera verlo.

—Él no es bienvenido en esta casa —dice Mickey, dándole la respuesta más rápida de todas las conversaciones que han sostenido.

Alma espera un momento, pues no sabe si Mickey quiere decir algo más. Finalmente, murmura:

—Lo siento —cayendo en cuenta de que ha tocado una herida que aún duele al tacto.

Al cabo de un rato, Mickey asiente. Terminada la conversación, vuelve a la actitud estilo Paul Bunyan. Pero ahora se trata de un niño que ganó un becerro y perdió a su padre.

«Un hombre que está perdiendo a su madre», piensa Alma, mientras le sirve una enorme porción adicional de flan.

Mickey, Tera, Helen y Alma se sientan en la sala a comer flan y a agotar el tema del frío. Ni Alma, ni Helen, ni Tera pondrían objeción alguna en conversar acerca de un sinfín de cosas. Pero, aparentemente, la presencia de Mickey impone cierta tensión, por la forma en que se sienta, contemplando la charla como si fuese un deporte de espectadores.

Tera rompe el hielo con un argumento en extremo delicado:

—Helen, me han dicho que ha optado por no someterse a tratamiento.

Alma se lo confesó a Tera, desconociendo si en realidad debía hacerlo. Y se queda mirando a su amiga, tratando de evitar que continúe por ese camino.

Pero a Helen no parece afectarle el comentario.

—Correcto, querida. Ya se ha propagado bastante por todas partes, como el diente de león en el viento. A los médicos no les queda mucho por hacer. Me ha llegado la hora de partir —lo dice tranquilamente, como si hubiese sonado en la cocina la alarma del horno, indicando que el flan está listo.

—Los médicos la matarían con la quimioterapia —interrumpe torpemente Mickey.

—Usted lo ha dicho —afirma Tera, y Alma comienza a sentir tensión en el salón. Dos enemigos potenciales han encontrado un adversario común: la profesión médica.

—Siempre y cuando sea tu decisión, Helen —añade Alma. ¿Será ella la única de los presentes que no está cien por cien segura? Si lo estuviese, no habría abierto la boca—. Sé que no quieres ser un estorbo —le recuerda Alma.

—Sería un gran estorbo *para mí* estar en el hospital, enganchada a un montón de aparatos —Helen mueve la cabeza ante esta sombría visión de las postrimerías de su vida. Es sorprendente ver lo poco que Helen, tan frágil y tan ciega, va al médico, tan diferente de Papote, Mamacita y la mayoría de los ancianos que conoce. Sin duda ésa es la razón por la cual el cáncer se ha propagado tanto, sin un diagnóstico precoz—. Es lo que deseo —dice Helen, plácida pero firmemente, y Alma sabe que puede confiar en la certeza que se adivina en la voz de su amiga.

—En ocasiones ponen en práctica determinados procedimientos, sabiendo que son totalmente inútiles, para cobrarle al seguro médico —elucubra Mickey.

—Precisamente leí acerca de uno de esos casos —dice Tera, asintiendo con entusiasmo—. Ese hombre en la Florida que tenía metástasis total, en el hígado, pulmones y todo lo demás, pero lo sometieron a un tratamiento completo con células madre, que costó cientos y cientos de dólares.

—Miles —rectifica Mickey—. Al pobre tipo lo cocinaron en vida.

¡Por favor! A Alma le entran deseos de abofetearlos. ¡*Están* frente a una persona que va a morir dentro de poco! Trata de llamar la atención de Tera, pero su amiga está demasiado ocupada acumulando evidencias con Mickey, para percatarse de que Alma está tratando de advertirle que está metiendo la pata.

—Y no quiero hablar del sistema de salud —dice, moviendo la cabeza.

—Buena idea —dice Alma mordazmente, lo cual hace que Tera se detenga por un momento.

Pero Mickey continúa, sin importarle nada.

—Los conozco bien. ¿Sabe lo que significan las siglas DR? Pues, Dinero Robado —asegura.

Y comienza la andanada contra los defectos del sistema de salud en este país, seguido por Tera. Sólo bastará media docena de *le escucho* y *usted lo ha dicho,* y ambos ya estarán agarrados del brazo, como buenos camaradas en una manifestación. Sólo cuando Mickey se levanta y dice que va a buscar un poco más de leña, y Tera también se incorpora, diciendo que debe ir a buscar algo al carro, es que Alma cae en la cuenta de que su amiga no se ha callado finalmente, sino que está preparándose para la entrega de los folletos.

Alma se siente aliviada con la salida de ambos. Y complacida de que Helen sea la primera en reír.

—¡Qué par! ¡Por Dios! —dice la anciana, moviendo la cabeza.

—Estoy tan enojada. En serio, no tienen ni idea de lo que están hablando. Lo siento, Helen —dice Alma, pensando que no es culpa de Mickey, sino suya, por haber traído a Tera.

—¿Por qué lo sientes? No, no, no —añade Helen, negándose a que Alma se sienta mal por la conversación—. Estoy muy de acuerdo con todo eso. El problema es la cólera con que lo dicen. Como en ese libro que me leíste.

Debe referirse *a El paraíso perdido,* con tanto parloteo demoníaco. Pero es divertido ver cómo Helen funde aparentemente todos los libros en uno solo, que unas veces es *El paraíso perdido,* otras *Unos ojos azules,* y otras *Poemas escogidos,* de Emily Dickinson.

Alma toma la mano de Helen.

—¿Estás satisfecha con tu decisión? —durante toda esa semana, de una u otra forma, Alma ha estado formulándole a Helen la misma pregunta.

—Sí —dice Helen, casi con timidez, como si desconociera que ha tomado una decisión que atraería tanta atención de los demás—. Cuando oí todo lo que tenían que hacer para alargarme la vida unos cuantos meses más, me di cuenta de que no vale la pena.

—Te comprendo —Alma le dice, sabiendo que ella probablemente hubiese optado por lo contrario, creyendo, como acostumbra, en tramas que puede revisar, en finales que puede volver a escribir. A menos, por supuesto, de que la historia se haya terminado, de que la expedición haya llegado a su fin, de que la misión de Balmis se haya cumplido, de que se haya olvidado el verdadero apellido de Isabel, al igual que el de los niños portadores, con sus nombres mencionados brevemente en algún tomo polvoriento de la biblioteca—. Aquí estoy para cualquier cosa que necesites —dice Alma, apretando delicadamente la mano de Helen. De repente se acuerda del Paxil que la anciana está tomando. Atendiendo a lo que ha dicho Mickey, probablemente se niegue a comprarle a su madre nada que contribuya al enriquecimiento de las compañías farmacéuticas.

—Te lo agradezco —le asegura Helen, apretando también la mano de Alma.

—Si quieres que llame a alguien... —insiste Alma, sin querer sacar a flote recuerdos tristes. Helen se dará cuenta enseguida de lo que está tratando de decirle. Tiene un sexto sentido en lo que se refiere a su Alma, a quien siempre le ha resultado difícil creer que Helen es ciega realmente.

—Creo que Claudine ya hizo todas las llamadas necesarias —dice Helen, y vuelve a reir.

—¿No hay nada más que te preocupe?

¿Por qué sigue insistiendo? Debería callarse de una vez. Pero conoce a Helen hace tanto tiempo que puede leer las entrelíneas de su mente, y, aparentemente, hay algo que no ha salido a la luz.

Helen vacila.

—Lo único por lo que podría preocuparme es... es Mickey. Ha pasado por momentos difíciles. Espero que todo le vaya bien —dice con cierta inseguridad, como si necesitara una segunda opinión.

—¿Tiene algún problema? —le pregunta Alma.

—Sí y no —le confiesa Helen—. Su esposa ha estado enferma, ¿sabes? Problemas mentales. Y a veces eso lo afecta también a él.

—Lo siento. Tal vez podría buscar ayuda profesional.

Helen suspira y mueve la cabeza.

—Ya oíste lo que piensa de los médicos. Además, no tiene problemas mentales, eso no fue lo que quise decir. Sólo que a veces se le ocurren ideas raras. Cuando trato de que vuelva a la realidad, se enoja. Pero siempre regresa, trayéndome un regalo.

La anciana sonríe, recordando esos obsequios de reconciliación de su hijo: los cubiertos de bronce y palisandro, los pequeños chanclos holandeses, el abanico con mariposas pintadas.

—Le duele haber perdido a su padre —prosigue Helen—. Nos abandonó de la noche a la mañana. Y Mickey se afectó mucho con eso. Yo tampoco pude hacer mucho por él. Lo interné en un centro de cuidado tutelar hasta que pude recuperarme. Pero, como dice la canción:

«Sublime gracia del Señor». No sé qué hubiera sido de mí sin ella. Eso Mickey no me lo perdonó. Dijo que no era su madre. Y hasta dejó de estudiar, no porque se juntara con malas compañías, pues él era quien se metía en problemas.

Alma mira sin ver a su vieja amiga. Le resulta increíble pensar que su Helen, siempre fuerte como una roca, pudiese haber sido una mala madre. Pero vino el buen Jesús para devolverle la fortaleza, aunque, lamentablemente, su hijo no corrió la misma suerte.

—Y un día me enteré de que se había enrolado. Pensé que a Mickey le haría bien estar un tiempo con los *marines,* pues adquiriría la disciplina que necesitaba. Pero me parece que allí, también, estuvo en sitios y vio cosas que lo afectaron aún más. Nunca ha vuelto a ser el mismo.

De repente, Helen adopta una expresión de desamparo, como si hubiera recibido la mala noticia de verdad, la de un cáncer que puede destruir su paz mental: a su hijo no le irá bien en este mundo que ella abandonará en breve.

—Siento mucho que tengas esa preocupación, Helen —dice Alma, deseando que su vieja amiga se lo hubiera dicho antes. Sin embargo, ¿en qué hubiera podido ayudarla? Fomentando una amistad entre Mickey y Tera, supone. Tal vez Tera le hubiese enseñado a transformar el dolor personal en una acción bien dirigida.

—Espero no estar engañándome —continúa Helen, haciendo una pausa para recuperar el aliento. Una conversación tan triste como ésta debe ser agotadora—. Creo que Mickey ya está bien —una aseveración que es pregunta en sí. Alma no quisiera mentirle a Helen, pero quiere que su amiga disfrute de paz en los días que le quedan.

—No conozco a Mickey lo suficiente como para juzgar —contesta Alma, con una evasiva. Helen sigue esperando. Su rostro refleja una máscara de preocupación, y desea que Alma contribuya a disiparla. Alma vacila, hasta que finalmente tiene que expresar lo que no siente—: En mi opinión, se ve bien. Está bien, Helen. Créeme.

—¿Tú crees? —Helen levanta la cabeza, aunque ambas están sentadas una al lado de la otra, tomadas de la mano. Es el rostro de un niño que mira al adulto con una expresión de total confianza.

Alma respira profundo.

—Sí, Helen —le asegura. Y luego, para que la aguda visión de Helen no pueda detectar su mentira piadosa, añade—: Mickey me contó que se había ganado un becerro.

Helen ríe.

—Oh sí. ¡Por Dios! ¡Qué orgulloso estaba ese día!

—Me dijo que se lo había ganado con algo que escribió acerca de las cuatro C. Cabeza, cuello, corazón... Pero no pudo acordarse de la cuarta C.

—Confianza —responde Helen rápidamente—. Cabeza, cuello, corazón y confianza.

«Pero la confianza no es ni un órgano ni una parte del cuerpo», piensa Alma. Sin embargo, no le sorprende que ésa sea la C que Mickey es propenso a olvidar, debido a las dificultades por las que ha pasado en su vida y los días azarosos que le esperan.

A la hora de marcharse, Tera necesita ir al baño. Alma la espera a la entrada, cuando ve a Mickey que se le acerca, proveniente de la cocina, con el plato donde ella había traído el flan en la mano.

—Como podrá ver, no me ha gustado nada este flan —afirma Mickey, señalando con la cabeza al plato vacío.

¡Y quedaba la mitad del flan cuando le sirvió su porción!

—¿Se lo comió todo?

Mickey sonríe, mirándola, complacido aparentemente con su expresión de sorpresa.

—Puse lo que quedaba en uno de los platos de Helen —admite finalmente. Alma se ha dado cuenta de la prontitud con que Mickey le devuelve sus platos y bandejas, como si tratara de demostrarle su honestidad, con la ostentosa escrupulosidad del ratero de tiendas que paga por un paquete de goma de mascar después de haberse llenado los bolsillos de caramelos—. Estaba bueno el... ¿cómo le llama a ese dulce?

—Flan, es una especie de natilla —responde Alma, tratando de responder nuevamente a su pregunta usual. Las últimas veces que ha traído cosas de comer, Mickey le ha preguntado si la receta proviene de su país de origen.

Es raro que nunca mencione el nombre del país natal de Alma, como si no estuviese seguro de dónde proviene ella. De algún sitio adonde sin duda han desembarcado los *marines,* aunque probablemente no haya estado entre sus misiones, pues, de lo contrario, lo recordaría. No obstante, como algunos de los obsequios de Helen vienen de países como Tailandia, Indonesia y Corea, Alma se imagina que Mickey realizó gran parte de sus faenas de invasor en el Lejano Oriente. Y hasta probablemente estuvo en Vietnam, pues la edad que representa indica que ésa pudo haber sido una misión de su etapa como *marine.*

Cada vez que le ha preguntado por algún plato, Alma ha sentido el placer de demostrarle lo equivocado que está. La polenta es italiana.

—Verdaderamente, es una especie de gachas de harina de maíz.

La ensalada de papas, puramente de Indiana.

—De la familia de mi esposo.

Ha querido que sepa que hay un hombre con un clan en su vida. Alma esperaba que Mickey se imaginara a ese hombre como un enorme y corpulento nativo del Medio Oeste, como los que conoció con los *marines*, y no su paliducho y desgarbado Richard, quien apenas ve sin espejuelos. No sabe por qué la pregunta de Mickey la pone a la defensiva, cuando tal vez el hombre lo que siente es curiosidad acerca de sus orígenes. Alma supone que tal vez sea el resentimiento de que Mickey ni siquiera conozca el nombre de su país, o el recelo de estar a punto de caer en la trampa de la etiqueta que revela una gran parte de quién es ella.

La otra ocasión antes del flan, el día de la polenta, Mickey ni siquiera prestó oídos a lo que le explicaba Alma acerca del plato, desbandado en una de sus seguidillas, similares a la charla que compartió con Tera en la tarde.

—Apuesto a que en su país hay mucha gente que apenas come. Y que se enferma, y que se muere. La vida es mezquina.

Alma se estremeció ante la implicación de que ella era una especie de nativa corrupta y exiliada, porque estaba acá, no sólo comiendo bien, sino también compartiendo sus platos con los vecinos, mientras que «su gente» moría como moscas. Pero en la medida que Mickey prosiguió su monólogo, Alma se dio cuenta de que estaba expresando su propia y profunda inquietud. Él y su mujer —primera vez que la menciona, se dijo Alma— se habían esforzado para que la gente despertara, para que analizase los hechos.

—Hasta que se enfermó.

En realidad, Mickey estaba disculpándose por las

desigualdades sociales, pero en la opinión de Alma de una forma mal encaminada. No estaba ante un ferviente ex *marine.* Tenía un estilo tan individual en lo político como en su personalidad, como hombre transformado por lo que ha visto. De haber sido una persona más coherente, Alma le habría seguido la corriente. Pero, por el contrario, se limitó a asentir y tomar el plato que le devolvía.

Aunque esta vez no le ha preguntado si el flan es una receta de su país, y sigue con el plato en la mano, como si Alma fuese a pronunciar alguna palabra mágica para recuperarlo.

Tal vez por eso es que a ella le viene una a la mente:

—Confianza —menciona al vuelo. Hay algo en ese hombre que le despierta el deseo de venganza. No quiere ni imaginarse siquiera lo que los *marines* con una personalidad similar han sido capaces de hacer.

Mickey ríe. Entiende lo que Alma se propone, sin necesidad de explicación, como si poseyera en sus pensamientos aleatorios la misma capacidad que requieren sus interlocutores para unificar los puntos perdidos de su conversación.

—Caramba, tiene razón. Cabeza, cuello, corazón y confianza. ¿Qué le doy como premio?

¿Premio*?* Mickey sonríe. Y, lentamente, va emergiendo aquel niño que ganó un becerro como premio por su composición acerca de las cuatro C. A Alma le toma un minuto entender lo que le ha dicho: ¿qué premio quiere por haber dado con la cuarta C?

—Quiero que me devuelva mi plato —le responde, extendiendo las manos.

—¡Ta dá! —tararea Mickey, colocando el plato, con un ceremonioso movimiento, sobre las manos extendidas de Alma.

Tera y Alma deciden cenar en un restaurante, como para darse un gusto, le explica Alma a su amiga. Quiere salir, ver gente. Toda la semana ha estado en casa, con excepción de sus visitas a Helen y alguna que otra gestión, pues no atina a presentarse a sí misma en eventos sociales sin Richard.

Cuando se disponen a salir, suena el timbre del teléfono. Alma vuelve atrás, piensa que tal vez sea un fax de Richard.

13 de noviembre, 2004

A: Alma Rodríguez fax: 802-388-4344
De: Lavinia Lecourt
Literary Agency fax: 212-777-6565

Querida Alma:

Regresé muy tarde anoche de la conferencia regional de libreros, y estoy en la oficina tratando de ponerme al día con la cantidad de trabajo que tengo sobre el escritorio. Te llamé antes de salir, pues sabía que iba a encontrarme con Veevee en la conferencia y que seguro iba a preguntarme. Como no diste señales de vida, asumo que estás evadiéndome.

En vez de tratar de cazarte por teléfono o de ponerte en una situación difícil, te envío el contrato adjunto. Veevee lo envió —antes de la conferencia— después que su asistente le comunicó que el plazo de entrega (que ya se ha extendido en dos ocasiones) venció el último día del año pasado, y aún no tienen el manuscrito. Alma, no puedo seguir dándoles excusas. Veevee aceptó muy gentilmente (pero, créeme, que me costó trabajo) concederte una última extensión, pero esta vez es la definitiva.

Te ruego que seas franca conmigo. ¿Quieres que mi agencia firme este nuevo contrato? ¿Podrás entregar el manuscrito para fin de año? Mi credibilidad y la tuya están en juego. Me encantaría seguir representándote, pero quiero saber a qué atenerme.

Piénsalo, por favor. Hablamos a principios de semana.

Al leer el fax de Lavinia, Alma siente resurgir esa vieja ansiedad en el fondo de su estómago. Su carrera literaria está a punto de desaparecer, y esta vez no es la historia la que toma un rumbo equivocado, sino ella, con las dudas sobre sí misma, en las justificaciones y todas las demás dolencias que aquejan a las almas débiles.

Y no sólo será Alma quien sufrirá las consecuencias, sino también los que la aman y sentirán la lobreguez más profunda. La vida no es fácil, y hay quien no puede ni siquiera soportarla, como diría Richard. Pero ¿por qué hacérsela más difícil a todos? ¿Cómo decían aquellas estrofas de Dante que Papote acostumbraba a citarle, cuando aún su mente era capaz de recordar? Era la historia de un padre confinado a una mazmorra con sus hijos, condenados a morir de hambre, aunque los niños, niños al fin, no se dan cuenta de la terrible realidad. Ignoran que esa noche no habrá cena, que mañana no tendrán almuerzo. Pero el padre sí lo sabe, y cuando los niños le preguntan por qué está tan atemorizado, el padre decide no alarmarlos. *Por más no entristecerlos me calmaba; ese día y al otro nada hablamos.*

«¿Qué le diré a Lavinia?», se pregunta Alma.

Que lo siente. Que ha mentido. Que se ha dado por vencida. Que está perturbada. Que ha comenzado a escuchar las canciones de los vencidos. La música eternamente triste de la humanidad que colma cualquier historia. Las noticias terroríficas de Tera. Los estudios de factibilidad, los organigramas y los gráficos de HI, toda una industria para detener la marea de la miseria humana. La llamada de la mujer con sida. Isabel y sus huérfanos, los indefensos, los impotentes, sobre cuyas espaldas marcha la civilización para su mayor provecho.

Pero ¿qué va a decirle a Lavinia?

La verdad va a hacer que el castillo de naipes se derrumbe sobre su cabeza, que el timón gire en dirección al abismo. Y no habrá muro de contención, su limpio parabrisas está muy lejos, Helen está muriendo y ella le debe a Veevee y compañía una suma considerable.

—¿Quieres hablar de lo que te ocurre? —Tera ha bajado al sótano donde Richard tiene una oficinita. El fax sigue imprimiendo página tras página del contrato, con párrafos llenos de promesas que Alma no puede cumplir.

—Creo que no —dice Alma.

—El fax no es de Richard, ¿verdad?

Alma mueve la cabeza.

—Es de mi agente.

—Oh —Alma sabe que Tera no cree en agentes. La literatura, al igual que la atención médica, debe ser gratuita. Hay demasiado dinero en el mundo para andar por ahí cobrándole a la gente por escuchar la canción de las especies. Alma le da la razón hasta cierto punto, especialmente ahora, cuando se precipita sin remedio hacia el saldo negativo en los registros contables de Veevee: cincuenta mil dólares de débito. Y su único canto posible es el estúpido sonsonete resonando en su cabeza: *¿Qué le voy a decir a Lavinia?*

*

The Hard Day's Night Café (nombre que proviene de una canción de los Beatles) está ubicado muy cerca del riachuelo, en una pequeña casa de color púrpura con estrellas caladas en las persianas. Es un sitio entrañable propiedad de ex hippies, con un abundante menú de platos vegetarianos. La suave iluminación, las plantas colgantes y la atmósfera relajada y plácida hacen que, de repente, Alma alucine y piense que, al abrir el menú, podría encontrar marihuana entre las ofertas culinarias. Comuna de los sesenta metamorfoseada en un café nostálgico. A Alma le encanta ir con Tera a este sitio, pues le recuerda los días «antes de Richard», cuando imaginaba que era una mujer a punto de hacer un gran descubrimiento.

Pero esta noche está perturbada, aunque trata a duras penas de recuperarse. Si no lo logra, va a recibir toda la ayuda innecesaria de Tera. Piden una botella de vino, y no los vasos individuales de costumbre. ¿Por qué no?

—Hace varios días que tenemos noches como la de la canción —le dice Alma en tono de broma, aludiendo al nombre del café, a la joven camarera, que sonríe por pura cortesía.

—¿Te has dado cuenta cómo los jóvenes ya no comprenden nuestras bromas? —le pregunta a Tera cuando la chica se aleja.

—Lo sé —le responde Tera con resignación—. Cuando digo un chiste en clase, soy la única que se ríe.

Y a propósito de clases y alumnos, Alma se acuerda del budista que trabaja en el departamento de Tera.

—¿Cómo le ha ido en sus conferencias?

—Pues, con evaluaciones brillantes —le responde Tera—. Los estudiantes lo adoran.

—Entonces, ¿les habla? Creo que me habías dicho que estaba casi moribundo en su silencio.

—Ni una queja. A todos les fue de maravillas en el curso. Con calificaciones de A, sin excepción.

Ambas se miran, y el mismo pensamiento les pasa por la mente, provocando risitas simultáneas, que pronto se transforman en sonoras carcajadas.

Alma mira a su alrededor. Mejor bajar el tono, pues seguirá viviendo en el pueblo después que Tera se marche.

El restaurante está casi vacío, como corresponde a una fría noche de mediados de noviembre. Las dos mujeres tienen a casi todas las camareras para sí. Pero Alma comienza a ponerse nerviosa con la atención excesiva, con el acercamiento continuo a su mesa, para saber si todo marcha bien.

—¡No le haga esa pregunta a ella! —aconseja Alma, mientras señala hacia Tera. La jovencita, que es aparentemente la camarera asignada, mira a ambas mujeres, a quienes el vino ha comenzado a hacerles efecto, sonriendo torpemente—. Ella se lo dirá de todas formas —trata de explicarle Alma.

Tera le lanza su servilleta a Alma, quien agarra la copa de vino oportunamente antes de que se derrame. Y el gesto de su amiga la remonta al día anterior, al momento de tensión, cuando Alma fue mala y Tera fue Tera. Pero ahora se ríen de sí mismas. Probablemente por eso es que han logrado conservar una amistad que ya va por su tercera década de existencia.

Y con el mismo tono festivo, Alma le cuenta a Tera la imitación que hizo Mickey de su redoble de tambor cuando le devolvió el plato.

—Por cierto, ¿pudiste entregarle los folletos? —pregunta Alma.

—No los aceptó —dice Tera, suspirando—. Traté de explicarle que eran recursos con los que podría contar en caso de necesidad, pero respondió que él podía cuidar perfectamente a Helen.

—¿De veras? Pero él no tiene una trayectoria muy buena que digamos —asegura Alma, arrepintiéndose después de haber traído a colación un tema que disipa rápidamente las brumas del vino.

Tera se sirve otra copa y le ofrece a Alma, quien rechaza la invitación moviendo la cabeza. No, ya basta. Alguien tiene que manejar de regreso a casa.

—Me parece que es como dijiste ayer: la mayoría de la gente quiere hundir la cabeza en la arena —recuerda Tera.

¿Eso dijo? Como siempre, sus palabras le parecen ridículas en boca de otro, especialmente Tera.

—Le dije que se los dejaba en caso de que quisiera leerlos, pero su reacción fue como si hubiese tirado desechos contaminados en su patio. Me respondió que no los quería en su casa.

—Oh, Tera —murmura Alma, tocándole el brazo a su amiga, segura de que su amiga está (herida sería una palabra demasiado fuerte) desconcertada. Resulta raro que Tera pueda encontrar a otra persona más iracunda que ella. Y piensa para sí que esto podría favorecerla.

—No lo tomes a título personal. Mickey es un hueso duro de roer. Me parece que su vida no ha sido fácil —le explica a Tera, y le cuenta su conversación con Helen y su necesidad de que alguien le garantizara que a Mickey le iría bien después de su muerte.

Mientras Alma habla, la mirada de Tera comienza a vagar: algo está elucubrando.

—Siento que, no sé, como que Mickey se trae algo entre manos.

—¿Qué? —de repente, se disparan las alarmas internas de Alma. Un hijo pródigo, una madre agonizante, un pasado difícil, una cuenta pendiente. Una trama demasiado fácil de configurar. Pero uno piensa: «No... A nadie se le ocurriría hacer tal cosa». Sin embargo, un tipo raro como Mickey sí sería capaz—. ¿Quieres decir que podría intentar hacerle daño a Helen?

—No. Creo que es la propia Helen quien puede habérselo pedido, no lo sé. ¿Sabías que Mickey fue enfermero en sus tiempos de *marine*? —le dice Tera.

Pero ¿cómo se las arregla la gente para enterarse de detalles tan sorprendentes acerca de personas que acaban de conocer, a quienes, sin embargo, Alma ha tratado durante años? Está bien..., ella no tiene lazos de amistad con Mickey, pero sí con su madre. No obstante, Alma se enteró la semana pasada de que Mickey es un ex *marine,* algo que cualquier madre le haría saber enseguida a una amiga al hablarle de su hijo. Pero Helen no le habló mucho de Mickey y Alma siempre respetó su silencio, deseosa de colmarlo con sus propias quejas e incertidumbres.

—¿Y qué tiene que ver con Helen que Mickey haya sido enfermero de los *marines*? —Alma se ha formulado la trama, pero quiere que tenga un final diferente.

—Pues, ella podría haberle pedido a él que la ayude a morir —afirma Tera, encogiéndose de hombros, como si fuera una cosa natural. Pero no debía serlo, tratándose de Helen.

—No sé qué decirte al respecto —admite Alma, sorprendida en parte de lo impredecible de sus sentimientos en este caso. Ayudar a alguien a morir es un asesinato: y el asesinato es malo. Pero Alma también experimenta cierto alivio. Tal vez el fin sea rápido, indoloro, no sólo para Helen, sino para los que deja atrás.

Una de sus camareras se acerca nuevamente a la

mesa. Tera y Alma, sumidas en sombríos pensamientos, saltan sorprendidas.

—¿Puedo traerles algo más?

Las dos mujeres se miran mutuamente, luego a la camarera, y mueven la cabeza.

—Tráiganos la cuenta —le responde Alma.

Después que Tera se acuesta, Alma baja al sótano para redactarle una respuesta a Lavinia, un breve fax estilo telegrama. *No hay saga. Punto. Dile a Veevee que metí la pata. Punto. Lo siento. Punto. Les devolveré los cincuenta mil dólares.*

Pero la última frase la detiene.

Ni ella ni Richard disponen de cincuenta mil dólares en el banco. Pero tienen casa y pueden refinanciar la hipoteca. En el peor de los casos, Alma podría pedirle un préstamo a Mamacita, aunque, claro, sin revelarle la verdad, el propósito real. Si ayuda a financiar la forma en que Alma va a sumir a su familia en la desgracia, entonces el dinero recibido por escribir un libro no es diferente al que se cobra por matar a alguien. Pero, por supuesto, esta vez Alma podría decirle la verdad a Mamacita: que se trata de un préstamo para pagar un anticipo por una saga familiar que no va a escribir. A Mamacita le encantaría saberlo. Incluso se lo regalaría, si Alma promete no escribirla jamás.

De momento, a Alma se le ocurre que podría ofrecerle a Veevee la historia de Balmis en sustitución de la susodicha novela. Pero ni siquiera se atreve a pensar en esa opción. Sabe lo que ocurriría. En breve, Lavinia, Veevee, su asistente y todo el departamento de Mercadotecnia se precipitarían a bordo de la *María Pita,* pidiéndole más escenas de orfandad, elucubrando si Isabel no debería acostarse con Balmis. Y eso lo arruinaría todo. Y en estos momentos, Alma necesita demasiado esa historia para ponerla en peligro. Además, Veevee quiere una saga, nada de huérfanos y de una mujer picada de viruelas. Quiere generaciones agonizantes, con acento hispano.

Cuando Alma entra al estudio de Richard, hay otro de sus faxes esperando por ella.

13 de noviembre, sábado por la noche

A: Mi amor fax: 802-388-4344
De: Ricardo fax: 809-682-0800

Traté de llamarte en este momento, pero entró la contestadora y colgué. No quise dejarte un mensaje, temeroso de que advirtieras la soledad en mi voz y pensaras que las cosas andan mal, especialmente porque te había enviado un fax esta tarde. ¡Te echo tanto de menos esta noche! Bienvenido se iba a la capital y me invitó a que lo acompañara, pero me parece que el hombre necesita dedicarles algún tiempo a su mujer y a su hijo. Tal vez vuelva a invitarme la semana próxima, y entonces sí lo aceptaré.

Me he cocinado una cena con la yuca local, queso frito y un gran pedazo de longaniza (lo siento, mi querida vegetariana). Y, como postre, algunos de los chocolates que guardaste en diferentes sitios del equipaje, algo que me hizo extrañarte todavía más. Luego salí a caminar por el poblado, un paseo después de la cena, para disipar la tristeza. Todos me saludaban, sacaban sillas, me invitaban a sentarme con ellos. Pero no quise ser un intruso, pues, en la mayoría de las casas estaban a mitad de la cena, si es que se le puede llamar cena a una paila de tubérculos hervidas, yuca, rábanos y tal vez un plátano, con un poco de sal en grano, para una familia de ocho personas. Algo que me avergonzó, al pensar en el banquete que acababa de disfrutar. No puedo darme el lujo de ser sentimental ante todo esto. Para que me entiendas, es como dice Emerson: los corazones rotos son ineficaces, pues al final necesitan tratamiento emocional de urgencia. Por cierto, ¿ha vuelto a llamar?

Al regreso, escuché una música y risas provenientes de los dormitorios de la clínica: uno para hombres y el otro para mujeres. Deben tener una reproductora portátil. Sonaba a fiesta, y me pareció ver cierto entra y sale de gente del pueblo allí. Espero que tengan cuidado. Lo peor que puede ocurrirles es un caso de sida entre los integrantes de la comunidad. Y, como tenía la llave de la oficina, vine a llamarte. Pero no estabas. Por eso, aquí va el segundo fax del día, un buen beso de buenas noches para mi querida esposa, a quien desearía tener aquí conmigo.

Tu Ricardo.

Richard debió haber enviado el fax mientras Alma y Tera estaban en el restaurante. Alma trata de llamar al número de la clínica, en caso de que Richard siguiese allí y pudiera contestar. La aterroriza ver la satisfacción que siente al leer en el fax que Richard está triste, que la echa tanto de menos. Eso quiere decir que no la olvidará, que no escapará con Starr Bell en su camioneta para dedicar el resto de sus vidas a salvar el mundo. Por supuesto, Alma desea que Richard sea feliz, siempre y cuando sea ella quien dibuje la risa en su carita sonriente. Otra idea pequeñita que ocultar en esa trastienda llena de cosas acerca de sí misma, que Alma no quiere admitir.

Alma deja que el timbre suene y suene al otro lado, aunque ya era hora de que Richard hubiera contestado, si estuviera lo bastante cerca como para oírlo. Pero incluso si no puede hablar con él, quiere provocar al menos un sonido en el mundo donde probablemente Richard esté cepillándose los dientes en este mismo momento, u orinando en la oscuridad con un aro luminoso como guía para apuntar y disparar con éxito hacia el centro de la diana del inodoro. Y así deja que timbre y timbre, pensando «¡Dios mío! Igual que Mamacita». Y mientras más timbrazos, más se le asemeja el sonido al llanto de un bebito, llamando a alguien, a cualquiera que pueda responder al otro lado, para preguntarle: «¿Todo bien?».

¿No fue con ese propósito que Richard trató de llamarla? Había recorrido el pueblo oscuro y sucio, y escuchado claramente la canción de los vencidos, ese grito lastimero que le había llevado a llamar por teléfono, esperando oír a Alma diciéndole: *Todo va a salir bien.* ¿No era eso lo que Helen quería que Alma le dijera, que todo iba a salir bien con Mickey? ¿Que las cosas les iban a salir bien a todos y cada uno de ellos?

Alma cuelga, respira profundo y trata de redactar el fax para Lavinia. Antes de que se dé cuenta, ha escrito media docena de borradores de un fax de una sola página. No por azar le resulta imposible escribir una saga completa.

Se da por vencida y sube las escaleras, pasando junto a lo que fue el dormitorio de Sam y Ben, donde Tera se ha quedado dormida enseguida. A pesar de su visión sombría de la cosas, Tera no confronta problema alguno en el aspecto psíquico, duerme bien, come y bebe sin problemas y sabe cómo pasarla bien en medio de tanto horror que no puede dejar de ver.

Y al ver tanto horror, uno debería sentir la necesidad de hacer algo noble por el mundo, piensa Alma, urgida otra vez por el llamado de Isabel y Balmis, quienes la obligan a dirigirse a su estudio, justo cuando la *María Pita* se hace a la mar en Santa Cruz de Tenerife. Los marineros están en los mástiles, liberando las velas, mientras la oficialidad grita órdenes a través de una trompeta, entre un estruendo de cañones lejanos.

Isabel está demasiado agitada para poder dormir durante la primera noche de travesía. Después de acostar a los niños, vuelve a cubierta, junto al primer oficial y al piloto a cargo del timón, temerosa de un encuentro con el ujier o cualquiera de los rudos marinos que conforman la tripulación, acerca de los cuales le ha alertado el primer oficial. El mar está en calma, el viento sopla ligeramente del noreste y el piloto va comunicando esas observaciones en una salmodia que reconforta a Isabel.

Alma se queda en vela hasta tarde, como para hacerle compañía a esa mujer solitaria, descansando sobre una baranda que el oficial se ha encargado de secar con sumo cuidado para que pueda sentarse, preguntándose qué le depararán los próximos cuarenta días de travesía, si volverá a aquejarla el mal de mar —ya comienza a sentir un poco de náuseas en el estómago— y si a los niños les irá bien. Don Francisco le ha perdonado el asunto de Benito, y el niño quedará en reserva como portador hasta que lleguen a Puerto Rico. Isabel siente que algo está cambiando entre ella y el director. Una nueva cercanía con la que debe tener mucho cuidado, para no ir más allá del límite. Ahora ya no tiene secretos para él. O tal vez uno. Pero es un secreto que ella jamás deberá revelar.

Se ha enterado de que el director es casado. Pero no lo ha sabido por boca de don Francisco, pues el director no acostumbra a hablar de su vida privada. Ha sido su sobrino y tocayo, don Francisco Pastor, sincero y conversador, quien ha aludido a la esposa de su tío, doña Josefa Mataseco, quien quedó en su residencia de Madrid. ¿Cómo puede una mujer dejar que el hombre a quien ama emprenda un viaje que durará años? Si Isabel tuviese un amor así, ¡lo apresaría con grilletes de acero! Lo seguiría, como está haciendo ahora mismo, por una recompensa mucho menor. Por amor a un sueño que él ha compartido con ella. Y nada más.

Josefa Mataseco. El barco parece arrullarse con esas tres sílabas: *Josefa, Josefa, Josefa.* El nombre se transformará en irritación constante, minúsculo grano de arena en las entrañas de la ostra de su mente. ¿Y qué perla podría formar con su desengaño?

Aún están lo suficientemente cerca de la costa como para que Isabel pueda vislumbrar en la lejanía las luces de Tenerife. No hay nada más triste que ver lo que se aleja, como sabe muy bien la mujer de Lot. En el cielo, las estrellas se organizan en formas que identifica el oficial: la Osa Mayor, Andrómeda, los Gemelos. Tal vez como es tan tarde, la vista cansada la engaña, deshaciendo las formas y conectándolas a su propia creación para dibujar un arca que navega por el celaje oscuro, llena de niños hechos de estrellas. Finalmente, agotada de tanto mirar, se cansa del juego, les da las buenas noches al piloto y al oficial y desciende hacia su camarote.

Pero Alma sigue en pie, llenando el azul oscuro del cielo nocturno con innumerables estrellas como las de las molas indígenas, esos paneles de tela negra con calados que muestran el amarillo brillante de su fondo, el marrón claro del vestido de sarga de Isabel, que combina con las túnicas de los niños a bordo, con el rosa de sus caprichos, con el rojo intenso de su alma apasionada, con el azul pálido de la conciencia de don Francisco, que día a día se hace más profundo.

Alma escribe y escribe, para luego imprimir el puñado de páginas y bajar al sótano, al fax. Primero le manda una nota manuscrita a Lavinia, plena de disculpas. Después le envía a Richard las páginas que ha impreso, con una hoja introductoria que —se da cuenta cuando ya es demasiado tarde— podría leer Starr Bell.

A: Richard Huebner fax: 809-682-0800
De: Alma fax: 802-388-4344

Mi amor:

No puedo escribir la saga. Esto es lo que estoy escribiendo realmente. Tratando de salvar el mundo en el papel, creo. Starr Bell con una camioneta llena de palabras, en vez de golosinas de la capital. Te pido que me perdones por no estar allí contigo para tomarte de la mano y disipar la tristeza. Pero iré si me lo pides.

Alma está demasiado agotada para irse a dormir y se queda deambulando por la casa a oscuras. Ya ha pasado la medianoche y aún hay luces en casa de Helen. Alma se pregunta si Mickey padecerá de insomnio. O será tal vez la pobre Helen que no puede dormir, sola entre sus mortales pensamientos. Si Mickey no estuviera allí, Alma la llamaría y se ofrecería para acompañarla, para hacerle un fuego agradable, para quedarse con ella, para comer juntas lo que quedara del flan. Pero Alma no la llama y sigue inmersa en sus divagaciones, disfrutando de la sensación de quietud en las habitaciones carentes de todo pálpito de actividad, espacios desamparados con sus intrigas y esperanzas. Finalmente, se decide a hacer lo que ha estado deseando pero se ha cohibido, porque le preocupa despertar a Tera y tener que darle una explicación de su actitud. Abre la puerta de la habitación donde duerme su amiga y se desliza en la cama junto a ella.

—¿Qué? ¿Has tenido una pesadilla? —murmura Tera, haciéndose a un lado.

—Sí, una pesadilla —responde Alma.

IV
Enero-febrero de 1804

Yo, ISABEL SENDALES Y GÓMEZ, *me propongo dar fe de nuestra travesía, para que en un futuro que estoy lejos de imaginar, pueda mirar atrás y recordar estos días de pesadilla en el mar, bajo la dorada luz de los recuerdos.*

Domingo 8 de enero.

Día tormentoso, a bordo de la María Pita.

Llevamos dos días en el mar, y como la tormenta no ha amainado, hemos permanecido casi todo el tiempo bajo cubierta. Nuevamente me ha aquejado el mal de mar, pero con mayor benignidad, gracias a la receta que me diera el contramaestre: media taza de agua salada cada mañana al levantarme, y nuevamente en la noche, antes de retirarme a dormir.

No me atrevo a decir que sigo el tratamiento que me recetara el contramaestre, con tantos médicos expertos a bordo. Pero en el terreno de la ciencia, como sabemos todos, debemos guiarnos por la observación, y ese poco de sal en el estómago parece haber vencido al mal de mar con mayor efectividad que la ipecacuana y los ejercicios sugeridos por don Francisco, aparte de que se me ha hecho casi imposible llevar a cabo esas acciones debido a las marejadas que estamos enfrentando.

Aparentemente, la tripulación está de acuerdo en que éste es uno de los eneros más tormentosos que hayan visto en el norte del Atlántico, ¡y del mes sólo ha transcurrido una semana! El cocinero, un viejo iracundo con un brazo sano y un gancho a guisa de mano izquierda

—el cual despierta la curiosidad de los niños—, comenzó a pronosticar que tendríamos una travesía difícil desde que salimos el viernes de Tenerife.

—Es de mal agüero hacerse a la mar el día de la crucifixión de Nuestro Señor.

—Está equivocado, pero si salimos en Epifanía —ripostó Orlando, el paje del capitán, un niño que apenas les lleva unos años a nuestros portadores de más edad—. El día en que los tres Reyes Magos comenzaron su viaje.

El cocinero lo miró. Sin duda, el joven aprendiz sabría en breve que no se puede contradecir al tripulante a cargo de darle de comer.

—Espera y verás —le advirtió el cocinero, apuntando con su gancho en dirección al niño, golpeando casi al ujier en la mandíbula cuando el barco dio un súbito bandazo. Debería saber de sobra que no podía estar esgrimiendo aquella cosa con tanta libertad durante una marejada—. Si es que vives para ver el final —gruñó el cocinero, mientras revolvía el cocido grasiento que cenaría la tripulación.

El pobre niño comenzó a pestañear, tratando de contener las lágrimas. Mientras levantaba la escudilla para recibir su ración, los botones de su manga brillaron con el fuego de la cocina. El contramaestre me había dicho que cosían a propósito esos botones en las mangas de los aprendices para evitar que se limpiaran las narices con ellas al llorar y moquear de nostalgia. Dudo que unos meros botones hubieran podido impedir que mis niños lloraran y moquearan a voluntad.

Y eso es lo que han estado haciendo precisamente: gimoteando y aburriéndose en el sollado. A la hora de comer estoy con ellos en la cocina para ayudar a los más pequeños en la faena. Luego, en dependencia del talante del cocinero, nos quedamos sentados a la mesa, jugando y haciendo cuentos para no estar hacinados en los camarotes oscuros y malolientes.

Si algo nos ha ayudado en la travesía son precisamente los cuentos. Y hasta he inventado un juego que parece del agrado de los niños. Es una variante de uno que acostumbraba a jugar en mi mente para aliviar el tedio y la desesperación allá en La Coruña. Consiste en hacer que los niños se turnen para imaginarles un futuro esperanzador, y describir en detalle la casa en que vivirán, el color y carácter de la cabalgadura que tendrán, el puesto importante que desempeñarán, las reuniones a las que asistirán y los banquetes que se darán. Antes de comenzar, dispongo varias bandejas con exquisitos pasteles y caramelillos de colores llamativos. Y durante una hora cada uno de los niños se fascinan, olvidando el tambaleo del barco, el confinamiento, la náusea en el estómago, la nostalgia y el cansancio que les ocasiona la travesía.

—¿Falta mucho? —me preguntan constantemente.

—Poco —les respondo, ¡a pesar de que nos queda un mes o más de viaje!

Ayer imaginé el futuro de nuestro pequeño Francisco:

—Serás un respetado comerciante, con chaleco de satén y botones de oro, que viajará al palacio del Virrey en un coche tirado por dos caballos negros con campanas en las bridas, que sonarán adondequiera que vayas.

De repente levanté la vista, para encontrarme con una audiencia más nutrida que sólo el cocinero y el ujier, sentados cerca de nosotros, hurgándose los dientes y bebiendo la ración de ron del mediodía. Don Francisco había venido a vernos, pero decidió quedarse escuchándonos, en silencio. Cuando interrumpí el discurso, avergonzada, me invitó a que siguiera.

Posteriormente, cuando regresé a mi camarote en la popa, elogió mis habilidades de invención.

—¿Puede usted vaticinar el futuro? —me dijo, levantando una ceja. Líbreme Dios de confesarle a un hombre de ciencia que creo en la predicción del porvenir.

—Son sólo historias que le cuento a los niños —le expliqué—. Para darles alguna esperanza en el futuro.

Don Francisco me miró con cierta expresión de desencanto. Hubiera preferido, tal vez, que alardeara de poderes especiales que pudieran predecir lo que nos esperaba en nuestra arriesgada expedición.

Y, quién sabe, a lo mejor mis historias tienen poderes especiales. Pequeños filamentos de esperanza lanzados hacia lo desconocido, que pudieran llevar a un niño a algún sitio adonde no podría llegar de otra manera. En lo que a mí respecta, soy incapaz de imaginarme futuro alguno más allá de esta inmensidad de mar que parece no tener fin. Tal vez la superstición que comparten los marineros es correcta y nuestra constitución de mujeres no está hecha para la navegación. Si por mí fuera, no volvería a subir a un barco en lo que me queda de vida.

Pero no puedo quejarme. Mi sitio de alojamiento está entre los mejores. El contramaestre se ha opuesto firmemente a que dejara su camarote. Tengo una cabina pequeña pero agradable para mí sola, con dos ganchos para colgar una hamaca, un pequeño escritorio plegable y una minúscula escotilla por la cual sopla una brisa adorable y revitalizadora, aunque estas marejadas me obligan a mantenerla cerrada casi siempre.

Lentamente voy aprendiéndome los nombres de todos. Gracias a Dios les llaman de acuerdo a la labor que realizan: cocinero, ujier, contramaestre. Somos sesenta almas en este barco. Además de los veintidós niños, hay once miembros de nuestra expedición (incluyéndome a mí) y veintisiete tripulantes. Según el oficial, es una tripulación reducida a propósito, para poder acomodar al resto. Ahora comprendo por qué nuestro director quería enviar de regreso a seis niños, y por qué el capitán del barco decidió que su propio paje fuera también portador. ¡Es sorprendente pensar que todos viviremos en un espacio menor que el de nuestro orfanato por un mes o más!

Don Francisco trajo consigo seis libros en blanco. Escribe sus impresiones en uno y tiene otro de reserva. Le ha dado el tercero al Dr. Salvany, otro al Dr. Gutiérrez y el quinto a don Ángel, secretario de la expedición. Don Francisco me preguntó si me gustaría tener uno, y acepté de buen grado (¡es el segundo libro que me ha obsequiado! Esta vez, en blanco, pero ya he comenzado a llenarlo).

Pareciera como si todos están escribiendo un libro: el Dr. Gutiérrez escribe en su libro en blanco, al igual que el Dr. Salvany, quien ha traído consigo un pequeño volumen adornado con una hoja de oro en la cubierta, el cual llena de poemas que en ocasiones nos lee en las noches y compartimos en el salón de oficiales; mientras que don Ángel escribe lo que se le dice y don Francisco mantiene un registro de sus vacunas, así como de otros experimentos que hace. Por su parte, el capitán y el piloto anotan diariamente en la bitácora sus observaciones del tiempo, que leen después a los oficiales durante la cena: «lluvioso con marejada»; «nublado con viento y chubascos»; «el mismo tiempo incómodo con fuertes vientos del oeste». También hacen mediciones constantes con todo tipo de instrumentos complejos, de los cuales sólo reconozco la brújula, guardada en una caja, y cuyas mediciones usan para marcar el rumbo de nuestra travesía oceánica. Por supuesto, estas mediciones se mantienen en secreto, pues, como me ha confesado el contramaestre Pozo, quien ha ido cobrándome confianza hasta el punto de conversar bastante conmigo, es peligroso que la tripulación sepa exactamente dónde estamos, pues eso incitaría a un motín. Este tipo de conversaciones me oprime el corazón. ¡Como si no tuviera ya tantos temores que me causan preocupación!

Cuando me encuentro en popa, de noche, en medio de todos estos hombres entregados a la escritura, me parece que estoy en un aula, y no en el salón de oficiales de un barco que cruza el océano.

¡Hasta que el piso se mueve, la tinta se derrama y la pluma se me escapa de las manos!

Pero no puedo acompañar por mucho tiempo a estos escribientes, porque después de acostar a los niños voy a visitar a nuestros portadores en la enfermería: el pequeño José y Orlando, el paje del capitán, cuya vacuna aún no ha prendido. Gracias al cielo, la vesícula de José va creciendo con rapidez.

Y de la enfermería voy tambaleándome hacia el salón de oficiales (pues no se le puede decir «caminar» a este dificultoso recorrido dentro de un barco que da tumbos). Apenas me queda energía para cenar, hacer algún que otro zurcido y cualquier otro arreglo a las ropas de los niños, ver qué habrá de comida al día siguiente, hablar con don Francisco acerca de las condiciones de nuestros portadores y de la salud y el estado de ánimo de los demás niños. Pero ya estoy lista para acostarme. Abro la puerta del pequeño camarote, doy tropezones hasta la hamaca, sin olvidarme de beber la media taza de agua salada, cortesía del tonel del contramaestre Pozo. Pero no concilio el sueño inmediatamente, sino que me quedo descansando, escuchando las voces en el salón de oficiales. Tal vez sea más fácil acostumbrarse a hacer estas tareas una misma, sin la ayuda de otra mujer experta, en este mundo flotante donde todos somos huérfanos de la tierra.

Sólo los domingos tengo un breve respiro en la mañana. Como no tenemos sacerdote a bordo, no se celebra la misa, sino sólo una lectura de los Evangelios, de la cual se encarga el capitán por la noche. Todos somos católicos, aunque el oficial me ha dicho que contamos con uno o dos luteranos en la tripulación. Sin embargo, a pesar de esto, usan tantas veces los nombres de Dios y la Virgen en sus maldiciones que mejor los tomaría por paganos. Me preocupa que, a pesar de todos mis esfuerzos, los niños vayan a olvidarse de cómo decir el Padrenuestro o hacer la señal de la cruz a la hora de desembarcar.

Hoy, especialmente, me alegro de tener esta mañana de reposo, pues ayer caí en mi período menstrual, por lo que, entre el período y el mal de mar, me siento algo indispuesta. Y, por supuesto, ahora confronto un nuevo problema: ¿qué hacer con mis servilletas manchadas? ¿A quién puedo preguntarle al respecto? ¿Dónde puedo disponer de privacidad para lavarlas y ponerlas a secar al sol, con estas lluvias? Espero que vuelva a necesitarlas de nuevo dentro de un mes, cuando hayamos desembarcado sin problemas en San Juan, para, una vez en tierra, llevar discretamente mi atado sanguinolento a cualquier convento donde nos den cobijo. ¿Será en un convento la próxima vez? Quizá estoy imaginándome un futuro a mí misma, sin brillo promisorio, pero al menos con servilletas limpias y tierra firme bajo los pies. Debo confesar que en estos momentos ése es un futuro más deseado, y el mero acto de plasmarlo en papel lo hace más cercano. Por tal razón, navego por las páginas de mi libro en blanco, en las mañanas de domingo.

¡No tan en blanco, por supuesto! Qué raro repasar las páginas que he llenado con mi propia mano. ¡Así es como escriben nuestros poetas y filósofos sus grandes obras!

Domingo 15 de enero.
Llovizna pertinaz, viento aterrador.

Llevamos nueve días en el mar y continúa el oleaje. La lluvia incesante se ha encargado de empapar todo a bordo. Al menos no tendremos que preocuparnos por las provisiones de agua dulce, pues las barricas se desbordan. La humedad es tan grande que he podido enjuagar mis trapos sanguinolentos, convertidos ahora en un paquete empapado que guardo en el rincón más recóndito de ese armario donde duermo. En breve, se nos arrugarán los dedos de las manos y los pies. También he tratado de lavarles los cabellos, o mejor, las cabezas, a los niños, porque el guardián, que también hace las veces de barbero, los afeitó con tanto afán que parecen recién nacidos sin pizca de pelo. Aunque es mejor estar esquilado que ser pasto de los piojos, que ya han comenzado a afligir a algunos de los niños más pequeños. He sentido la tentación de cortarme los cabellos, por lo difícil que es lavármelos a bordo. Pero ¿dónde puedo disponer de privacidad? (pues lo que me doy en el camarote son «baños de gato»), y ¿en qué tiempo? Me he untado pomadas y lo he mantenido peinado bajo mi cofia de encaje, aunque ya lo siento tan tieso como la propia cofia. Pero aún no me he atrevido. ¡Cómo echo de menos a Nati para hacerle este tipo de consultas!

Ayer, antes de la cena, me llené finalmente de valor y me acerqué al guardián, pero el muy gruñón se negó a hacerme los honores, diciendo que mi cabellera era demasiado hermosa. Luego, don Ángel me informó de que hay una batalla de apuestas en la nave. Y hasta le han ofrecido seis pesos al contra —¡nada menos que el ujier!— por un brazalete hecho con mis cabellos.

Eso me ha ayudado a tomar mi decisión. Mantendré la melena por el momento. Mejor tenerlo sucio que colgando de la muñeca de ese hombre lascivo y molesto. Tengo a mano el prendedor de Nati, en caso de que vuelva a acercárseme. ¡Una guerra de apuestas! Pero debo confesar que aun así, al escuchar tales cumplidos, me esfuerzo más, con todo el quehacer que tengo, en mantener el cabello bien trenzado, enrollado alrededor de las orejas, y los extremos bajo la cofia. ¡Ah, la vanidad de aquellas que no tienen otra cosa que la frivolidad de enorgullecerse por un cabello lustroso, un giro elegante del pie o unos hombros hermosos! (¿Es éste el tipo de cosas que una debe escribir en un libro?)

El martes toca la nueva ronda de vacunación, cuando el pequeño José le pase la viruela vacuna a Tomás Melitón y a Manuel María, dos de nuestros niños de tres años (la vacuna de Orlando nunca prendió, aunque el niño y el capitán juran y perjuran que nunca estuvo expuesto a las viruelas). Qué dolorosa tarea la de separar a uno de los componentes de la trinidad formada por los hermanos María. El más pequeño lloró toda la noche en la enfermería, como un cachorrito solitario, mientras que sus dos hermanos le gritaban desde la proa cuando lo oían llorar. Pero no podemos arriesgarnos a vacunar a dos hermanos a la vez, pues nuestra preocupación vital es mantener la cadena de vacunas durante la travesía. Nadie puede conciliar el sueño los días posteriores a una vacuna, pues todos esperamos con ansiedad la primera señal de una vesícula en el brazo de los nuevos portadores.

Ayer por la noche, para darnos ánimo, el Dr. Salvany nos leyó un poema que había escrito acerca de veintidós minúsculos volcanes, cuya erupción era la fortuna de la humanidad. Tuve que beber un vaso completo de agua salada para asentar el estómago (me pregunto si ése es el tipo de versos que los poetas escriben en sus libros). Me hace feliz reportar que hoy, al quinto día, las vesículas de Manuel María comienzan a definirse y a crecer. Pero nuestro pequeño morito no muestra señales de formación de vesículas. Don Francisco me ha preguntado en varias ocasiones, y sólo he podido repetirle que recibimos a Tomás cuando era un infante que depositaron en torno del hospital de al lado, y nunca enfermó de viruelas en el orfanato. Finalmente nuestro director lo ha enviado con los demás, aunque les pedí a los enfermeros que no revelaran la causa de ese traslado. Me aterra pensar lo mal que tratarían a Tomás si se propagara la noticia de que no se le formó una *viejícula,* como la llaman erróneamente los niños.

Tampoco Orlando ha tenido reacción, pero le he recordado con frecuencia a don Francisco que no hemos perdido la vacuna. Sin embargo, nuestro director no acepta con facilidad cuando las cosas toman un curso diferente al planificado. En estos días examina a los niños continuamente, por lo que éstos están más fatigados de la cuenta. Me llena de terror pensar qué le ocurrirá a nuestro director si la expedición fracasa. ¡Qué hombre tan intenso! Se desvive por todo y por todos, sin reservar nada para sí. Pero ¿acaso ésa no es la razón por la cual todos nos sentimos tan atraídos hacia él?

Su preocupación especial es que Manuel María se reviente las vesículas y que se pierda el precioso líquido de su único portador. Para garantizar la seguridad de las vesículas, lo he vigilado personalmente en las últimas noches, prometiéndole una y otra vez al niño que si es bueno y no se toca la vacuna, se reunirá en breve con sus hermanitos. Consuelo efímero. De veras me sentiré muy aliviada cuando se termine esta ronda.

Pero Orlando... El niño no se siente bien, su piel tiene una palidez de muerte y su apariencia es totalmente febril. Nuestro capitán ha insinuado que es producto de la vacuna, pero don Francisco le recuerda que ya el niño venía enfermo desde Tenerife, antes de que ni siquiera se pensara en vacunarlo. Nuestro capitán ha sometido al niño a una dieta blanda de bizcocho y caldo. Qué tontería persistir en un régimen que no funciona. Don Francisco le ha pedido permiso para darle al niño su cocimiento especial contra el escorbuto, el cual ha suministrado a todos los portadores, pero el capitán se ha negado. Dios quiera que Orlando se recupere, pues el capitán parece estar muy encariñado con él.

—Deseo que el capitán le permita a don Francisco hacerse cargo del niño —le confieso al contramaestre Pozo, mientras vierte en mi vaso la primera dosis de agua salada esta mañana, cuando regreso de la enfermería, afectada por la falta de sueño y complacida por disponer de toda la mañana para mí.

Aparentemente, al contramaestre parece incomodarle la crítica a su superior.

—Hoy el niño está mejor. No hay que preocuparse, doña Isabel.

—Me preocupa mucho que haya un niño enfermo.

El contramaestre inclina la cabeza, como si hubiese tenido experiencias directas de la certeza en mi observación. Aún tiene mi vaso en su mano, por lo que no puedo dejarlo solo con sus recuerdos.

El salón de oficiales está casi vacío, con excepción de algunos miembros de la expedición enfrascados en un juego de cartas, a un extremo de la larga mesa. La mayoría de los oficiales que no están de guardia trata de recuperar algunas horas de sueño antes de que comience su turno. Todo lo que se mueve en la nave está regido por las guardias, que duran cuatro horas en cualquier responsabilidad, a menos que haya un llamado de emergencia a cubierta para toda la tripulación.

Finalmente, el contramaestre vuelve de cualquiera que haya sido el recuerdo que lo mantuvo distante.

—¿Adónde irán los niños cuando termine el viaje? —pregunta. Pero antes de que pueda explicarle la ordenanza de Su Majestad, añade—: Le hago esta pregunta porque... tal vez pueda hacer lo que usted ha hecho con su pequeño Benito..., quedarme con algunos niños en adopción.

Me emociona su dulzura, aunque me pregunto cómo podrá cuidar de los niños un hombre que está siempre en el mar. Sin dudas, alguna esposa en tierra se hará cargo de la ardua tarea. ¿Por qué no cuenta con ella primero?

—¿Tiene usted familia, una esposa a quien dejarle los niños? —le pregunto.

El contramaestre suspira y mueve la cabeza. Parece que va responderme, pero en ese mismo momento don Francisco baja la escalera, mirándonos a ambos con extrañeza.

—Precisamente quería hablar con usted, doña Isabel —asegura, como si quisiera dialogar conmigo en privado.

El corazón comienza a latirme con fuerza, como si el asunto que nuestro director quiere tratar conmigo fuese otra cosa que no estuviera relacionada con la condición de nuestros portadores, su apetito, el estado de las vesículas, las veces que dan de vientre. Debo confesar que después de mi desengaño con él en Tenerife, cuando intentó variar nuestro acuerdo y enviar de regreso a España a los niños que ya habían cumplido la misión, solos y sin protección, desconfié de él. Pero la intensa pasión por su misión y sus consideraciones conmigo me han hecho recuperar la confianza. Por un momento vaciló. Pero ¿cuántas veces no hemos vacilado en el curso de alguna empresa menos noble?

Súbitamente me doy cuenta —demasiado tarde— de que el contramaestre, antes de que llegue a mis manos, deja caer el vaso, el cual se precipita al suelo vaciando su contenido sobre mis ropas y las de don Francisco. El contramaestre se inclina para recogerlo rápidamente, pidiendo disculpas, como si él tuviera la culpa de mi torpeza.

—El barco también quiere beber —bromea don Francisco, creyendo que el vaso contenía ron. Los tripulantes disfrutan de una pinta al día, dividida en dos raciones, aguado para los marineros y sin diluir para la oficialidad. Con frecuencia, don Francisco renuncia a su ración como pago a un favor que le ha hecho tal o más cual miembro de la expedición o la tripulación.

—No era ron, señor, sino agua salada —dice el contramaestre, honesto hasta la muerte—. Buena para el mal de mar —explica.

Estoy a punto de darle un codazo en las costillas para que se calle, pero no tengo con nadie ese grado de intimidad, excepto con los niños. Me quedo mirando al suelo húmedo, en espera de una discusión.

—¿Mal de mar? Espero que usted no la esté dando como *remedio* —dice don Francisco, mirando con irritación al vaso vacío en la mano del contramaestre—. Y le alerto especialmente que no se le ocurra darle esa bebida malsana a Orlando, pues agravaría su enfermedad —el tono de la réplica de don Francisco es similar al de un adulto reprendiendo a un niño.

Levanto la vista, preguntándome si el contramaestre se ha ofendido. Se ha ruborizado, como si le perturbara que un simple *pasajero* le hiciera tal prohibición.

—El capitán siempre ha bebido agua salada —explica el contramaestre, recordándole a don Francisco quién es el comandante del barco y de todo ser viviente que lo ocupa.

—El capitán no es médico —replica don Francisco, haciéndole a su vez un recordatorio al contramaestre—. No tengo intenciones de mandar en este barco, por lo que el capitán tampoco debe tratar de curar a los enfermos.

El contramaestre se pone rígido, incapaz de decir palabra, sosteniendo mi vaso como un mendigo que pide limosna. Si se parece en algo a mí, despertará en medio de la noche o en algún otro momento inconveniente con una sarta de palabras como respuesta a su adversario.

—Sólo lo digo por el bien del niño —añade don Francisco, en un tono más cordial, para luego, despidiéndose del contramaestre, asirme por el codo para que vaya con él. Ante la puerta de mi camarote, me desea que pase un buen día. Aparentemente se le olvidó lo que dijo al verme: ¿no necesitaba hablar conmigo?

—¿No tenía algo que decirme, don Francisco?

Nuestro director se queda mirándome y hace un curioso comentario.

—Doña Isabel, debe poner distancia entre usted y el contramaestre Pozo. En caso de cualquier actitud impropia, no vacile en informármelo.

Por supuesto, ¡nuestro director no cree que el contramaestre sea capaz de un acto impropio! ¿Qué haría si le contara acerca del comportamiento del ujier? ¿Lo mandaría a azotar? Los castigos a bordo son inmisericordes. Al menos eso me han dicho. El mar bestializa a los hombres, me ha advertido el propio oficial, a causa de la separación durante largos períodos de esa beneficiosa influencia que es la compañía femenina. Tal vez ésa sea la razón por la cual nuestro director trata de protegerme cada vez más.

Dudo que cualquiera de los hombres tenga otra cosa en la mente aparte de la tormenta que se nos avecina. Hace un momento, escuché al oficial anunciando a los presentes en el salón que se nos acercaba una tempestad. En breve tendré que poner el libro y la pluma a buen recaudo, debido a la agitación del barco, que me imposibilita casi escribir. Pero me aferro a la pluma como lo haría un marino a una tabla salvadora, después de que su barco se ha hundido.

Arriba se oyen gritos y carreras, mientras la campana llama frenéticamente a todos los marineros a cubierta. El viento comienza a azotarnos como un espíritu enloquecido y diabólico, y levanta el barco como si fuera una cáscara de nuez, para luego lanzarlo contra el agua. Escucho el crujido de las maderas y un chasquido de cristales rotos. Me imagino lo aterrorizados que estarán los niños. ¡Y mi pobrecito Benito! No debía haberlo dejado con los demás, pero sería injusto elegir a un solo niño, aunque sea mi hijo. Debo abrirme camino en dirección a sus camarotes, para consolarlos lo más que pueda, aunque dudo que ninguna historia que les cuente mitigará su terror, y el mío.

Domingo 22 de enero,
quién sabe en qué parte de este mar baldío.

Ya llevamos dieciséis días de viaje y el mal tiempo continúa, aunque la tormenta más terrible fue la de ayer. Dos hombres cayeron al agua mientras arriaban las velas. ¡Qué trabajo costó rescatarlos! Uno de ellos era un grumete de dieciocho años que sólo había navegado una vez. El otro era el primo del contramaestre, un marinero experimentado ¡que debía haber tenido conocimientos suficientes como para no atar las velas con las dos manos, sin sujetarse a nada, ni aunque fuese por un instante! El propio contramaestre bajó a rescatarlo, con una cuerda amarrada alrededor del cuerpo. Ya en cubierta, el primo se atrevió a decir que no estaba vivo por la intervención del contramaestre, sino por la precaución que había tenido en Tenerife de tatuarse un gallo y un cerdo en cada pie, los cuales, supuestamente, impiden que el hombre que los lleva en su cuerpo pueda ahogarse.

—No me importan los tatuajes que tengas, sólo que debes trabajar con una mano y agarrarte con la otra —dijo el contramaestre, con tono severo. No hay dudas de que rige el barco con mano dura para todos por igual, familiares inclusive.

¡Qué difícil me resultó llegar al camarote de los niños durante la tormenta! Pero me las arreglé para andar a tiendas, guiándome por el llanto de los niños, mientras el barco se balanceaba a merced de las olas. Aún estoy llena de cardenales por los golpes que me di al tratar de reunirme con mis pobres pequeños.

La tormenta amainó, pero nada de cielos despejados ni de sol. En la cubierta prosiguen los trabajos de reparación: el extremo del palo de mesana se partió como un cerillo y la gavia fue arrancada como si fuese de gasa. ¡Ahora entiendo por qué en todo barco debe haber un carpintero y un fabricante de velas —su propio equipo de reparación— a bordo!

El capitán está agotado por la falta de sueño y las vicisitudes de esta travesía tormentosa. Y Orlando no mejora, a pesar de la atención de los médicos expertos que tenemos a bordo. Pero ¿qué importa el diagnóstico, como explica don Francisco, si no se le proporciona la cura prescrita? Está convencido de que sufre de escorbuto, y está listo a reducir al capitán a la obediencia y obligar al niño a beber su cocimiento de limón. Pero ¡arreglados estaríamos en un barco sin capitán en estos mares tormentosos! A pesar de todo lo que pueda decirse acerca de nuestro espinoso comandante, es un marino más que experimentado. La tripulación jura que si no fuese por el capitán ya habríamos sido pasto de los peces.

Por lo tanto, he logrado convencer a nuestro director para que me permita buscar la manera de darle a Orlando la medicina.

—Sólo basta con una cucharada cada vez —explica don Francisco— y mejorará.

El niño parece aliviado por mi presencia, especialmente por mis historias. En realidad, el capitán se muestra complacido de que cuide al niño, ahora que sus deberes le obligan a estar en la cubierta durante largas horas de vigilia. Un cambio total con relación a los primeros días, cuando mi sola presencia parecía ofenderlo. Se capturan más abejas con miel que con hiel, como Nati solía decir. ¡Mi querida Nati! Si supiera la horrible travesía que estamos padeciendo.

Pero, como también dijera Nati, hasta el jorobado se acostumbra a llevar su giba a cuestas. Y aparentemente voy acostumbrándome a los bandazos del barco, y ya no siento mareos, a pesar de que no bebo el agua salada del contramaestre, ni huelo las sales que me obsequiara el capitán, ni paseo por la cubierta —¡Dios me libre!— para no contemplar ese oleaje.

El viernes pasado vacunamos a otros dos portadores, esta vez a José Jorge y Juan Antonio, con el líquido extraído de la vesícula de Manuel María. Ya habíamos enviado a Tomás a reunirse con los demás niños antes de la tormenta, pero poco después noté que tenía una vesícula *bajo* el brazo, donde posiblemente se había rascado. Era pequeña e insignificante, pero una vesícula de todos modos, reventada recientemente, cuyo líquido humedecía aún su brazo. No lo tuve muy en cuenta hasta por la noche, cuando se me ocurrió que, a causa de la forma en que los niños juegan tirándose unos sobre otros, y con todo el jaleo que arman, y especialmente en la forma que vapulean a nuestro pequeño morito, el líquido de la vesícula de Tomás pudo haberse transmitido a portadores futuros. No pude dormir en toda la noche, preocupada por el posible contagio entre los niños, cuando nos quedaban por lo menos quince días de travesía. A la mañana siguiente, salí a buscar a don Ángel, quien inspeccionó el brazo de Tomás y confirmó mis temores.

Por supuesto, debíamos haber informado a don Francisco de la situación. Pero ¿no sería mejor evitarle a nuestro director tal mortificación y salvarnos de su ira? Probablemente contuvimos el contagio a tiempo. Como precaución adicional, separamos a Tomás del resto de los portadores, en caso de que pudiera contagiarlos. Entretanto, don Ángel sugirió que bañáramos a los niños con una solución de agua y vinagre y una gota de ácido vitriólico.

En cuestión de minutos los dieciocho niños estaban en pelotas y sus ropas amontonadas en una enorme pila. Sólo podía compadecerme de su desnudez, como aquel día en La Coruña, por ello, saqué ropas nuevas de los baúles y me dediqué a restregar a los más pequeños con una esponja y la solución preparada en el balde de lavarse las manos. Finalmente, les puse camisas y pantalones limpios.

—¿Por qué nos pones ropa limpia? —me preguntó uno de los niños mayores.

—Las mías están mojadas —se quejó otro, y con razón, porque el agua de mar se había filtrado por el casco, empapando varios baúles. La tripulación ha estado sacando agua del almacén durante varios días. Una vez que desembarcáramos, el barco tendría que calafatearse, para hacerlo más resistente a las filtraciones de agua.

Entretanto, Tomás me esperaba en mi camarote. Tenía que pensar en alguna excusa que justificara la presencia del niño allí. Tal vez me sirviera el argumento que le hice saber a don Francisco de que los demás niños golpearían al pequeño morito por no ser «un buen portador».

Una vez apiladas las ropas sucias en una sábana, até los extremos de la misma para hacer un gran bulto. Con la ayuda de don Ángel, arrastré el enorme atado hasta el vano que da acceso al almacén y lo dejé caer hacia una plataforma elevada donde guardan los barriles de cerdo salado y las barricas de ron. Al término de la faena, estaba bañada en sudor y lista para un cambio de ropa.

A la hora del almuerzo, don Francisco se fijó en la buena apariencia de los niños, bañados y con ropa limpia. Don Ángel me miró, y ambos intercambiamos un gesto imperceptible de vil complicidad.

Viernes 27 de enero, tarde en la noche,
navegando sin novedad en la Pita.

No suelo escribir a mediados de semana, pero, a pesar de ser tan tarde, no puedo conciliar el sueño, reflexionando acerca de la conversación de esta noche.

Me he enterado de otros detalles acerca de nuestro director y doña Josefa, su esposa.

El nombre no salió de su boca, pues don Francisco no es dado a hablar de sí. No sabría su edad de no haber cumplido sus cincuenta cumpleaños a bordo. Ni tampoco que tiene una hermana, si no me lo hubiese dicho su sobrino (en realidad son dos sobrinos; el mayor, don Antonio Pastor, parece ser sobrino político). Don Francisco Pastor —quien insiste en que lo llamemos Pastor a secas— es un joven divertido, tan parlanchín como reservado su tío.

—Mi tío siempre fue dado a ayudar a la humanidad desde muchacho —me confesó el joven.

Estábamos sentados en la cocina, luego de haber acostado a los niños abajo. En las noches, los enfermeros y sobrinos acostumbran a visitar al resto de la tripulación en la cocina, donde hallan una compañía más animada que la de los oficiales y cirujanos. Con frecuencia, el contramaestre Pozo viene a ver cómo está su primo. Pero esta noche está de guardia, lo cual propicia una reunión más alegre. Su porte severo es algo inquietante, por lo que, exceptuando el ujier, toda la tripulación lo respeta de buen grado.

—Por supuesto, hay varios médicos en la familia de mi madre —prosiguió Pastor—. Nuestro abuelo fue cirujano, al igual que su padre. Mi madre dice que es increíble que los hombres de la familia se casen, pues la única forma en que una dama puede llamar la atención de un Balmis es estando enferma. ¡Por suerte, en mí no se cumple esa tradición familiar!

El joven sobrino ríe con orgullo. Está deseoso de llegar a América, donde, según le han dicho, las mujeres sienten una gran atracción por los españoles de pura cepa. Se ha dejado crecer el cabello y ha rechazado el favor de las tijeras del guardián.

—¿Reservando los rizos para las chicas en tierra, eh? —le dice bromeando el contramaestre. Aparentemente, a todos les complace gastarle bromas.

—Todos en la familia nos sorprendimos bastante, cuando tío trajo una novia de América hace una década —siguió diciendo el joven sobrino—. Pensamos que finalmente sentaría cabeza. Pero este viaje demorará... ¿qué crees, contra? ¿Dos años?

—¿Darle la vuelta al globo? —preguntó el guardián, bebiendo un gran trago de ron, como para estimular su eficiencia en los cálculos de navegación—. De dos a tres años, por lo menos.

—Por lo menos —aseveró el cocinero.

¡De dos a tres años! Luego, don Francisco regresará a Madrid, a reanudar su labor como cirujano real en la corte y a estar con doña Josefa. Para entonces, los niños ya habrán sido adoptados por otras familias. ¿Y dónde estaremos Benito y yo? Ésa es una historia cuyo futuro no puedo vislumbrar.

—Tío quería que doña Josefa se quedara con nuestra familia en Alicante, pero mi tía protestó, diciendo que si iba a estar ausente por tanto tiempo, prefería quedarse en Madrid. Detesta las provincias, por lo que cualquiera pensaría que su familia es de París, no de la Ciudad de Méjico.

—¿Tiene hijos que la mantengan ocupada? —pregunté, envalentonada por la velada crítica a la tía.

El joven negó con la cabeza, pero antes de poder entregarse a alguna elucubración, su primo, don Antonio Pastor, señaló:

—¿Cómo podrían tener hijos si él nunca está en casa?

—Vamos, primo, vamos —lo reprendió el sobrino—. Tú tampoco estás en casa, y tienes media docena. Pero supongo que tu mujer no necesita tu ayuda para concebirlos.

Don Antonio Pastor trató de agarrar al primo por los rizos, pero éste lo eludió a tiempo, riendo.

Mujeres, amantes y maridos cornudos. Temas que siempre traían a colación. Hora de ir a dormir.

—Estamos espantando a doña Isabel —increpó don Ángel a los primos—. Quédese —me pidió—. Cuéntenos una de sus historias.

Moví la cabeza como negativa. No tenía el valor

suficiente para hablar con tal compañía. Pero volví a sentarme, pues no quería dar por terminada la noche de don Ángel, quien insistiría en acompañarme hasta mi camarote, ya que el contramaestre Pozo no estaba allí para hacerlo.

Mi curiosidad era cada vez mayor. ¿Por qué don Francisco no mencionaba jamás a su esposa? ¿Por qué la había llevado tan lejos de su tierra, para después marcharse a salvar el mundo, dejándola sola en Madrid? ¿Cómo podemos comprender la vida ajena, si las nuestras se nos escapan, como corrientes secretas y sutiles, llevándonos de aquí para allá, mientras hacemos girar un timón de juguete pensando que somos dueños de nuestros destinos?

Antes de terminar, debo anotar que hoy sería el cumpleaños de mi querida madre. Pensar que sólo tenía treinta y seis años, la edad que tengo ahora, cuando pereció. Incluso ahora, a veinte años de su muerte, me entristece pensar en aquellos días felices. ¡Cuán promisorios parecían! El negocio de plumas de papá iba viento en popa, mamá estaba muy ocupada con la boda de mi hermana, y yo, con dieciséis años, me dedicaba cada día a pasar distraídamente de una actividad a otra, sin importarme el paso del tiempo, un baúl repleto de horas doradas que podía derrochar a voluntad.

Ni la horrenda noticia de que se había desatado una epidemia de viruelas entre los peregrinos de la vecina Santiago de Compostela, pudo empañar mi felicidad. Pero luego, aparentemente de la noche a la mañana, la plaga llegó a La Coruña, haciendo cundir el pánico. De repente, las grandes residencias quedaron desiertas y comenzó la huida en coches hasta las montañas, o por mar a otras ciudades adonde no había llegado la epidemia: Lisboa, Nápoles, Cádiz. Papá inició los preparativos para enviarnos a casa de mi tío, en la granja de gansos de donde procedían nuestras plumas.

Pero sus precauciones llegaron demasiado tarde. Todos sucumbimos a la fiebre. Sólo yo sobreviví, pero con un corazón tan destrozado y un rostro tan dañado que quise morir. Aún tiemblo al pensar lo cerca que estuve de quitarme la vida, pero siempre desistí, sólo porque perdería la única felicidad que podía vislumbrar: reunirme con mi amada madre, y con mi padre y hermana, en el Cielo.

Pero no hay mal que dure cien años ni cuerpo que lo resista, como dice el refrán. De repente se abrió un camino ante mí. Los sobrevivientes de las viruelas estaban en gran demanda para servir de enfermeros, pues podían atender enfermos sin peligro de contagio. Me ofrecieron empleo en el nuevo hospital de beneficencia, y luego, cuando abrieron el orfanato, me encargué de su dirección, llevando una vida de deberes y obligaciones que me traería la redención futura..., hasta que llegó don Francisco.

Pero ¿es que acaso puedo lamentarme de su visita?

Después de tantos años de resignación, ¡he revivido con pasión y resolución! Sé que su corazón le pertenece a doña Josefa, pero aún hay sitio para mí en su expedición, este hijo suyo, y ahora también hijo de mi imaginación.

Domingo 29 de enero,
¡aburrimiento a bordo de la Pita*!*

¡No quiero pensar siquiera en los días de travesía que nos quedan! Los niños están muy inquietos, se portan mal, maldicen como paganos, trepan a las jarcias como monos, tocan la campana antes de tiempo, juegan a las escondidas en cada rincón y se atraviesan en el camino todo el tiempo, por lo que el ujier los amenaza con lanzarlos al mar embravecido. Estoy casi sin voz de tanto regañarlos. Pero quién puede culpar a estos niños, confinados a esta cárcel flotante sin saber cuándo los liberarán. Incluso un preso puede mirar a través de los barrotes de su celda y ver el mundo que anhela allá afuera.

Mis ojos están deseosos de ver tierra, y mi boca de volver a saborear las frutas frescas. ¡Qué no daría yo por una hogaza de pan fresco con una cucharada de mantequilla, un huevo frito, un buen pollo! Sé que es una muestra de ingratitud, porque nuestra mesa en el salón de oficiales está mejor aprovisionada que las de los niños o la de la tripulación. Aun así. La ambición no cesa cuando logramos ver cumplido nuestro primer deseo. De ser así, todos seríamos felices como críos con una matraca.

Hemos tenido varios días gloriosos con cielos azules, soleados y de mar en calma, todo lo que he pedido con tanto fervor. Pero quiero más: algas en esas aguas, un ave en el cielo, señales de que nos aproximamos a tierra.

—¿Cuánto supone usted que nos falta para llegar? —le he preguntado en varias ocasiones al pobre contramaestre, como un eco de mis niños. Lo malo se pega. Otro de los dichos favoritos de Nati.

—Aproximadamente una semana o algo así.

¡Otra semana más! Me parece una eternidad.

Sin embargo, he advertido un creciente entusiasmo a bordo. En todas partes se hacen preparativos para nuestra llegada. Ya han reparado casi todos los daños ocasionados por la tormenta, y ahora pulen los bronces, retocan el mascarón de proa y los calderos del cocinero se han llevado a cubierta, donde los han dejado como espejos en la habitación de una dama. La tripulación ha estado arrodillada toda la semana, fregando la cubierta con piedra arenisca.

—El único gesto religioso que podrán sacar de mí —exclamó un marinero veterano. Todo debe estar en orden para nuestra entrada en el puerto de San Juan.

¡Y será una gloriosa bienvenida, nuestro primer desembarco en el Nuevo Mundo! Don Francisco ha estado ensayando la ceremonia con los niños. Nos preceden cartas enviadas de Tenerife a Puerto Rico, alertando al gobernador Castro para que esté listo «en cualquier momento después del primero de febrero, con un equipo de desembarco y todos los honores que merece una expedición real». Comenzaremos a vacunar el mismo día que desembarquemos, porque mientras más pronto se propague la vacuna, mejor. Aun antes de salir de Tenerife, nos llegaban informes de nuevos brotes de viruelas en todos los territorios de América. Los muertos se contaban por miles, se amontonaban en pilas del tamaño de una casa, y el humo procedente de las piras donde se quemaban los fallecidos oscurecía el cielo durante varios días, tal y como me describió don Francisco en nuestra primera conversación hace cuatro meses —¡que me parecen una eternidad!— en La Coruña.

Pero hay otra razón que desespera a nuestro director. Como temíamos, varios niños se han infectado con la vacuna de Tomás, al menos tres: Cándido, Clemente y Jacinto, aunque pudiera haber más, y se teme que nos quedemos sin portadores.

—¿Cómo ha podido ocurrir esto? —preguntó don Francisco a los enfermeros, aunque su mirada recayó en mí, como si sospechara dónde iba a descubrir la solución al misterio.

Traté de buscar mi lengua, sin hallarla.

—Confío en que han estado siguiendo los procedimientos correctos —continuó, con la voz tensa por una furia que apenas podía contener. Don Basilio afirmó que habíamos separado a los portadores del resto de los niños, enviándolos de regreso sólo después de que sus vesículas sanaran, y de que se cayeran las postillas.

Don Ángel bajó la vista, asintiendo vagamente.

—A Tomás —dije, con una voz extraña a mis oídos. Como si hubiera descubierto finalmente la lengua, pero no la mía, sino la de un extraño—... lo enviamos con los otros antes de tiempo —continué, explicando mi descubrimiento, pero omitiendo la participación de don Ángel en la confabulación y ocultamiento de la verdad. Aunque no me atreví a levantar la vista mientras hablaba, pude sentir el fuego de la mirada de nuestro director marcando mi frente con una llamarada de vergüenza—. No quise preocuparle, especialmente si no quedaba más que esperar.

—Y entonces decidió callar —dijo, conteniéndose para no condenarme. Pero ya no importaba. Sabía que había perdido la fe en mí.

¿Cuántas conversaciones elaboré en mi mente, tratando de exculparme ante él? Pero sé que cualquier gracia que pueda obtener sólo servirá para incrementar las recriminaciones que se hace a sí mismo. Después de todo, fue él quien envió a Tomás a reunirse con los demás. Por eso sufro en silencio, confiando en que las nubes tormentosas se disipen pronto y que todo seguirá su curso normal. Y así ha sido, pues, con el paso de los días, sólo tres de los niños parecen infectados, por lo que nuestro director respira más tranquilo, y yo con él. Mañana vacunaremos a Domingo Naya y a José María, los dos más pequeños que no han mostrado señales de contaminación.

Esta oscura nube ha disminuido, pero no destruido totalmente, la alegría por el buen tiempo que al fin hemos estado disfrutando: días plenos de sol y buenos vientos. Hemos puesto a airear nuestra ropa de cama, así como los armarios y baúles empapados por las filtraciones en el casco a causa del azote de las olas durante la tormenta. Se ha sacado cada objeto empapado y mohoso para que se seque, gracias a los benditos rayos del sol. Y aunque el agua salada pone las ropas tiesas y ásperas, muchos tripulantes han lavado algunas y, con la ayuda de los niños, he fregado dos docenas o más de pañuelos, camisas y pantalones, estos últimos hediendo a orín, particularmente los de los más pequeños. Además, he enjabonado y lavado mis servilletas y las he puesto a secar dentro de una funda. Qué espectáculo el de nuestras ropas colgando de jarcias y mástiles: pantalones de hombres y niños, camisas, sábanas y ¡una funda con mis servilletas dentro! El capitán admite que le mortificaría encontrarse con otro barco en el camino, pues no podría vivir con la vergüenza de haber estado al mando de una corbeta con ropas flotando al viento en vez de velas.

El capitán ha cambiado mucho. Sonríe, bromea y le habla a la tripulación con bastante afabilidad. No creo que esto se deba solamente al buen tiempo y a los vientos favorables, sino a la mejoría de su paje, a quien puso «bajo mi cuidado y ministerio». No sabe lo acertado que está al decir esto. ¡Un ministerio con todas las de la ley!

—Y sus magníficas historias —añadió—, ¡cómo han animado nuestros espíritus!

¿*Nuestros* espíritus? No sabía que los cuentos que le hago a Orlando junto a su cama, eran escuchados por los curiosos del salón de oficiales.

Durante la cena, el capitán levantó un vaso hacia mí. Y don Francisco, a pesar de estar tan sombrío y preocupado, se unió al brindis y me sonrió.

Más tarde, en cubierta, me ofreció una adorable disculpa en forma de cuento.

—Había una vez —comenzó— una gentil dama y un médico voluntarioso e ingrato...

Ni tan voluntarioso, ni tan ingrato, pensé decirle, pero me contuve. Quería escuchar su historia, saber adónde nos llevaría. Pero terminó demasiado pronto, en mi opinión.

El médico se disculpó, y la dama lo aceptó.

Domingo 5 de febrero,
más que ansiosa por llegar a Puerto Rico.

He perdido la cuenta de los días que hemos estado en el mar. «Otra semana», me dijo el contramaestre hace ya una semana. Han ofrecido un premio de cinco pesos al primero que aviste a Puerto Rico.

Admito que he dejado de sentir emoción por la llegada inminente. Allí terminará nuestro trabajo: la vacuna habrá cruzado el océano sin problemas, transportada por mis niños. Don Francisco me ha explicado que permaneceremos juntos, desembarcando primeramente en Puerto Rico, luego en Caracas, después en Cuba y finalmente en Veracruz, donde los niños y yo podremos decidir si regresaremos a España o permaneceremos en Méjico. Él, en compañía de otros miembros de la expedición, seleccionará un nuevo grupo de jóvenes portadores y continuará la misión, cruzando el Pacífico, hasta llegar a las Filipinas y a China.

Súbitamente, deseo con desesperación ambas cosas; desembarcar y no llegar jamás a tierra.

Hay demasiada tranquilidad para una mañana de sabbat. Han enviado a los niños a sus malolientes camarotes en el sollado, un duro castigo en este día soleado. Pero se lo merecen, pues estuvieron a punto de matar al ujier. Esto fue lo que ocurrió.

Resulta que el contramaestre, un tipo hosco con personalidad de fiero mastín que intentó engañarnos, haciéndonos pensar que era hombre recio, malcría sin límites a los niños. Y se le metió en la cabeza tallarles un arco y una flecha en los ratos libres que estos días apacibles nos permiten. Pero ¡qué clase de juguete en las alocadas manos de estos niños inquietos! La pequeña tropa prometió disparar solamente a la diana que el ujier les señaló: una lona en la cual dibujó un círculo. Pero no necesito tener el don de la clarividencia para predecir lo que duraría el juego. En breve se cansaron de una diana tan fácil y comenzaron a apuntarles a las aves marinas que poco a poco aparecen aquí y allá. El cocinero les había puesto una trampa, colocando bacalao salado sobre un tonel, y el ujier, que pasaba en ese momento por allí, recibió en el hombro derecho el flechazo destinado al ave que cenaríamos. Dios me perdone el pensamiento que me vino a la mente cuando me enteré de lo ocurrido: puedo guardar mi prendedor por el momento.

—Se pondrá bien —nos informó don Francisco después de curar al gimiente ujier en la enfermería—.

En cuanto al arco y la flecha, el contramaestre los partió en dos pedazos y los lanzó al mar.

—Tienen suerte de no haber matado a nadie —dijo, regañando a los niños, fingiendo más enojo del que sentía realmente. El ujier no es muy popular que digamos—. Ésta es una expedición pacífica —les recordó. Y aunque tenemos varios cañones en la cubierta, y cuatro miembros de la tripulación saben cómo dispararlos, disponemos del salvoconducto de Francia e Inglaterra. Ojalá que los cañones disparen solamente durante las ceremonias de llegada y partida, a menos que nos ataquen los corsarios.

—¿Corsarios? —no pude creer lo que escuchaba en boca del contramaestre.

—Como lo oye. En estos tiempos andan por todas

partes —dijo el contramaestre, sacando osadamente el pecho, como invitando a los corsarios a que nos atacaran, para poder demostrar su valor.

¡A lo mejor don Francisco está en lo cierto al decir que el contramaestre está tratando de impresionarme!

Ahora lo estudio con más detalle. No es joven, unos pocos años menor que yo, me atrevería a decir. Y no es contramaestre realmente, según me informó hoy. El capitán lo llamaba así para distinguirlo entre los demás, y se le quedó el nombre. El pobre es honesto a carta cabal, y sintió que no debía ocultármelo. Todos tenemos nuestros secretos, supongo. Su cuerpo es fuerte y robusto, pero su cabeza parece pertenecer a otra persona: demasiado pequeña en comparación con el resto, como si toda la energía del crecimiento se hubiera concentrado en el poderoso tronco, quedando sólo una insignificante cantidad para crear el follaje.

En estos momentos nos mantenemos alerta, no sólo para avistar tierra sino también a causa de los corsarios, quienes prefieren las aguas cálidas y tropicales del Caribe, por las que transitamos ahora, para hacer sus fechorías. El capitán ha hecho varios simulacros de alarma, pero, a juzgar por la tambaleante e inepta actuación de la tripulación, jura que será mejor defensa izar una bandera negra y fingir que hay epidemia a bordo. Resulta raro ver cómo salimos de un peligro para entrar en otro. Supongo que en el mar ocurre lo mismo que en tierra. Si no fuera así, todos nos haríamos marineros.

El capitán suelta la mayor cantidad de velas posibles, apurándose por llegar a tierra. No sólo nos apremian los ataques de los corsarios, sino también el peligro de perder la cadena de vacunas que hemos mantenido hasta ahora durante la travesía. Se han infectado otros dos niños, lo cual quiere decir que quedan sólo *tres* portadores, dos de los cuales serán vacunados la semana próxima. Y luego nos queda Benito, con quien no puedo contar. Nuestro director sospecha que hay gato encerrado, porque si no, ¿cuál es la causa de esa contaminación? Ya no pueden achacársela a la vacuna de Tomás, alguien debe estar infectándolos a propósito, saboteando la expedición.

—Pero ¿a quién se le ocurriría hacer tal cosa? —le pregunto.

Estamos en la cubierta, disfrutando del fresco de la noche, luego de un día de calor intenso. A los niños se les permitió un rápido paseo de salud para marcar el fin del castigo. Ahora duermen en sus camarotes, vigilados por don Basilio y don Ángel, aunque usualmente sólo uno de los enfermeros los cuida de noche. Don Francisco desconfía, y no quiere correr riesgos innecesarios.

—Alguien quiere hacernos daño, y está tratando por todos los medios de que nuestra expedición fracase.

Repasé mentalmente a cada uno de los miembros de la tripulación. Es verdad que hay unos cuantos capaces de cualquier bajeza, comenzando por el ujier, furioso por el flechazo que recibió. Pero el misterio se puede resolver de manera más simple. No fue una mala pasada, sino un juego que salió mal, sencilla y llanamente. A los niños les enloquece el confinamiento. Son como pequeños topos, haciendo sus madrigueras en cada cavidad oscura del barco. No hay quien los siga. Cuando vigilo a una docena, se me escapan tres. Agarro a esos tres, ¡y se me escapan dos más! El viernes pasado descubrí a Gerónimo y a Clemente en la enfermería, agachados detrás del baúl de las medicinas, durante uno de sus juegos a las escondidas. En otra ocasión, Jacinto se ocultó dentro de una barrica de ron que habían vaciado recientemente y, como tenía sed, comenzó a pasarle la lengua a las duelas húmedas de licor, hasta emborracharse por completo.

—Podría ser así de simple —le insinúo a don Francisco.

—Esperemos que sea así —murmura. Pero puedo adivinar que no está convencido. Sobre él flotan espesas nubes. Qué raro que ahora, cuando la victoria está cerca, le falte la fe.

Comienza a soplar una fuerte brisa. El rumor de las olas sobre el casco mientras avanzamos se asemeja a un arrullo. Quedamos en silencio por un momento, escuchando cómo el segundo piloto entona una vieja canción marinera mientras hace girar el timón.

—Cuénteme una historia, doña Isabel —me pide don Francisco—. Algo esperanzador, como las que les cuenta a los niños —ríe, avergonzado sin duda de su caprichoso pedido.

Podría negarme, pero veo que habla en serio. Hombre de ciencia o no, necesita distraerse de sus sombrías preocupaciones. Y comienzo la historia, describiendo nuestra llegada, la multitud que nos aguarda en el puerto de San Juan, los cientos de personas que serán vacunadas antes de nuestra partida. Le menciono todos los sitios que, según me ha informado, visitará la expedición, incluyéndome atrevidamente entre sus integrantes.

Me detengo cuando lo escucho suspirar, preocupada de que mi narración lo haya aburrido.

—Siga —me pide.

Pero se me ha acabado la inspiración. O tal vez temo que, si continúo, me traicione a mí misma.

—La historia lo recordará —digo, como colofón—. Y su propio tiempo le colmará de elogios.

—No pretendería ser inmune al reconocimiento —admite don Francisco. Sonrío ante la acertada selección de sus palabras—. Pero la inmortalidad, la verdadera inmortalidad, llega cuando no se le deja a la historia la última palabra.

Por un momento me pregunto si don Francisco está expresando sentimientos cristianos. Hasta este momento no me ha parecido muy religioso.

—No debemos vivir enteramente, ni aun principalmente, en nuestro propio tiempo. El alma trasciende sus circunstancias.

El alma trasciende sus circunstancias. No estoy segura de comprender el significado preciso, pero al escuchar esas palabras, mi corazón se eleva hacia esas mismas estrellas que el oficial me enseñara a conectar para transformarlas en dioses y diosas: Orión, el cazador; Andrómeda; Perseo. Romance, reputación, gloria. Nuestro director ya los ha logrado. Amor matrimonial. Cirujano de la corte real. Sin embargo, quiere alcanzar más de lo que el mundo puede ofrecerle.

—Usted trascenderá sus circunstancias —le profetizo.

—Ya veremos —responde, como si temiera un final diferente, y por eso, precisamente, me pidió le narrara una historia esperanzadora.

Jueves 9 de febrero,
puerto de San Juan.

Ya estamos en la bahía, y desembarcaremos en breve. Los niños van de uniforme, al igual que yo. Avistamos tierra ayer, algo tarde, pero hasta el momento, ni a un alma. Hoy van a ser vacunados Antonio Veredia y Andrés Naya, con lo cual sólo nos quedará Benito. Pero dispondremos de bastantes portadores en Puerto Rico.

—¡Tenga fe! —le repito una y otra vez a don Francisco.

Cada vez que se lo digo, sonríe con desconfianza.

—Es cierto, fe, esa gran virtud sin la que no podrían vivir la esperanza ni la caridad.

Escuchamos cañonazos provenientes de la costa, a los cuales responde nuestra nave con sus propias descargas. Sin embargo, y a pesar de la bienvenida, el contramaestre miró a través de su catalejo hace un rato, informando que el muelle está desierto. Tal vez la epidemia ha sido más devastadora de lo que imaginamos. Así será más glorioso nuestro arribo oportuno, con la cura en brazos de dos pequeños, y de los diecinueve que los precedieron.

Se nos aproxima un bote solitario, con dos africanos remando y un oficial en uniforme que nos mira fijamente. Pero ésta no es la gran bienvenida que le describí a don Francisco.

—Fe —me dije a mí misma. La escribo para que parezca más real, pero la palabra me es extraña capturada en la tinta, como un ave disecada, tan diferente a la criatura alada que fue en otro tiempo.

5.

Helen decide hacer una fiesta, y como el Día de Acción de Gracias está muy próximo, por qué no aprovechar esa ocasión.

—Les ahorraré un montón de problemas a todos —observa Helen.

—¿Sabes, Helen? Yo debía matarte antes de que te llegue tu hora —refunfuña Alma, fingiendo el falso enojo que ha adoptado como la mejor pose ante su amiga agonizante. Ha tenido que elegir entre esa actitud o el llanto continuo cada vez que mira a la anciana, que se empequeñece visiblemente ante ella. Ambas deben estar pesando las mismas cien libras, «más o menos», las cuales implican mucho menos peso para Helen, de huesos más grandes, que para la etérea Alma.

—Me refiero a todo lo que hay que cocinar el Día de Acción de Gracias —dice Helen, agitando vagamente una de sus manos en el aire, una modalidad de elipsis que suele usar bastante en estos días, la cual equivale a: «Sabes lo que te quiero decir».

—Me sorprende que haya querido hacer una fiesta —le confiesa Claudine a Alma, un día en que coinciden ambas en casa de Helen—. Apuesto a que ha sido esa trabajadora social del hospicio. Seguramente convenció a Helen para que hiciera una fiesta, como forma de despedirse de todos.

—Conociendo a Helen como la conocemos, no cabe duda de que organizará la fiesta para hacer feliz a su trabajadora social —asevera Alma, riendo con tristeza, conteniendo al mismo tiempo un sollozo en la garganta.

Pero mientras más las conoce, más duda de que ni siquiera las dulces ancianas como Helen puedan engañar a ninguna de las mujeres del hospicio.

El «equipo» del hospicio —como se llaman a sí mismas—, integrado por la enfermera, la trabajadora social, la asistente y la enfermera practicante, ha hecho un trabajo maravilloso. Cheryl y Shawn y Sherry y Becky, y la rotación constante en casa de Helen del mismo tipo de mujer de pelo corto, brazos fuertes y capaces y los ojos más entrañables, un grupo con verdadero sentido comunitario.

En ocasiones, dialogan con el nuevo ministro de la iglesia de Helen, porque la anciana se lo ha pedido.

—Para no herir sus sentimientos —admite la anciana. El reverendo Don es joven y demasiado entusiasta en lo tocante a la vida después de la muerte, piensa Alma.

Pero el equipo del hospicio se ha portado de maravillas, no sólo con Helen sino también con sus amigos, Alma incluida, guiándolos en su tránsito por ese mundo totalmente nuevo, aunque tan antiguo a la vez, de los agonizantes. Lo que más sorprende es la forma en que han logrado ponerse de acuerdo con Mickey. Al final de la primera semana de visitas, el ex enfermero de los *marines* come prácticamente de sus manos.

Alma supone que todo se debe a que esas mujeres no se andan con quejas ni lamentos. Tienen trabajo que hacer, y para ellas no hay negativa que valga. ¿Y qué podría hacer Mickey cuando Cheryl, la enfermera, le llama desde el dormitorio: «Hey, Mickey, danos una mano acá», mientras levanta a su madre para colocarle debajo una sábana limpia?

Claudine, entretanto, le ha pasado a Alma algunos de los libros de autoayuda que le ha prestado la trabajadora social. Son manuales acerca de la muerte, entre los que figura el ya clásico de Kübler-Ross, los cuales Alma devora enseguida. Lo que la desconcierta es que Helen no parece haber pasado por todas las etapas de la agonía que se supone deba recorrer. Nada de negativas, ira, regateos ni depresión. Sólo aceptación, desde el principio.

—Eso no lo sabemos —les explica Becky, la trabajadora social, a ambas mujeres, durante una de sus charlas improvisadas al aire libre, bajo el frío, en la entrada de coches de la casa de Helen.

Mickey es quien interrumpe esas «reuniones», cuando sale a buscar leña o alguna otra cosa en su camioneta.

—¿Todavía están ahí, señoras? ¿Por qué no entran y hablan frente al fuego, al calor de la lumbre?

Risas y agradecimientos y excusas. Todas tienen prisa para llegar a algún sitio. Además, quién se atrevería a hablar de estas cosas en casa de Helen, ante la presencia de esos olores, cada vez más desagradables, que van poblando el aire, observando su andador abandonado en un rincón, como recuerdo doloroso de aquellos tiempos cuando la situación era sombría, pero controlable.

—Probablemente ha ido pasando por todas las etapas durante algún tiempo. Y, además, como ustedes saben mejor que yo —añade Becky—, Helen siempre le pone buena cara a cualquier cosa que ocurra. Y eso es precisamente lo que va a hacer ahora. La gente muere de la misma forma en que ha vivido, en personaje.

—Esto me suena a novela —piensa Alma. Y la de Helen tendrá un final feliz, con pavo asado y tres tipos de pastel; y, para los vegetarianos, lasaña con espinacas. Helen se ha hecho cargo de una parte del menú, proveniente del Hard Day's Night Café, y la otra parte la proveerá una mujer que trabajaba con ella en el comedor escolar, pero que ahora organiza fiestas de Navidad para oficinas, bodas, aniversarios y algún que otro funeral ocasional.

Tal vez debido a lo que todos han dado en llamar «el coraje» de Helen, Alma decide afrontar lo que ha estado evitando en su propia vida. Luego de haber enviado su fax, llama a Lavinia y deja escapar un suspiro de alivio cuando escucha la contestadora. Pero en cuanto se identifica, Lavinia responde.

—No entiendo nada —le dice Lavinia, luego de una pausa en la cual parece que está tragando o fumando algo—. Me dijiste que habías terminado, que estabas a punto de enviarla.

Y sigue detallando las numerosas eventualidades con las que Alma ha estado engañándola durante tres años.

—Lo sé —le dice Alma con una voz casi inaudible, plena de pesar. Ese es su castigo, ser testigo de la repetición de un pasado detestable, que creía desaparecido para siempre.

Lavinia trata de elucubrar qué les queda por hacer. ¿Por qué no redondea algunos de los capítulos de la saga y los llama una «novela histórica»? Aparentemente se está produciendo un retorno a las historias. Cuando Alma rechaza la idea, Lavinia trata de entablar una conversación en la que, por un lado, le da ánimos; y por el otro la reprende. Alma es demasiado exigente consigo misma, demasiado perfeccionista. Finalmente, Lavinia se rinde.

—Está bien, está bien, no trataré de convencerte. Pero debes ser tú quien llame a Veevee. Quiero decir, por cortesía, al menos.

La voz de Lavinia refleja una genuina tristeza. Como aparentemente le ocurre a Veevee, cuando por fin el nombre de Alma aparece en la memoria de la joven editora. Veevee es por lo menos una década y media más joven que Alma. ¿Cuál es la excusa? ¿Tal vez los que viven en la ciudad envejecen como los perros y un año de la vida de un neoyorquino equivale a siete en la de una persona que reside en Vermont?

—Alma Rodríguez, ¿recuerda? Fulana de Tal, la de la saga hispana —con la diferencia de que ya no es Fulana de Tal, ni habrá saga.

—¡Por supuesto! —responde Veevee, riendo. Alma se la imagina, rubia y hermosa, como salida de una novela de F. Scott Fitzgerald. Este pensamiento la entristece, pensando en las angustias por las que pasará esa joven hasta que un día termine al otro lado de la línea telefónica, pidiendo perdón por haberlo echado todo a perder—. ¿Quiere otro año de prórroga? Pues puedo darle dos. Si le parece, anulamos ese contrato y me la entrega cuando quiera.

Alma está a punto de llorar. Estas mujeres no quieren que lo eche todo a perder. Esa bondadosa energía debería empacarse y enviarse a otros sitios, como por ejemplo, a su propia tierra natal. Eso es lo que debe hacer supuestamente HI, se recuerda a sí misma, pero en nueve de cada diez ocasiones, según Richard, no funciona.

Sin embargo, en una de diez surte efecto. Esperanza e Historia riman, como dice un verso del poema que le leyó hace días a Helen, quien ha vuelto a pedir que le lea. Alma sospecha que su solicitud está más relacionada con el deseo de mantener ocupados a los que la visitan en estos días que con la necesidad de que la entretengan. La anciana ha perdido casi toda su energía, de manera que levantarse, acostarse, alimentarse, masticar o hasta la más mínima actividad de conservación la dejan exhausta. Y atender a las visitas es faena ardua. Especialmente en la forma que lo hace Helen, prestando atención, tratando de que quien la visita se sienta bien.

—A veces, cuando no hay presión, las cosas fluyen realmente —asegura Veevee, tratando de persuadir a Alma. Pero, al igual que con Lavinia, Alma se mantiene firme en su decisión—. No se trata de eso, Veevee.

¿Tendrá valor de decirle a la joven que está desalentada? ¿Que no quiere trabajar en un producto que Lavinia pueda pregonar y que Veevee pueda vender, para que luego los pobres lectores lo compren? La sola mención de esa idea hará que Veevee se sienta como una idiota, como el pequeño y corrupto eslabón de una rueda que gira y gira, sin ir a ninguna parte.

Pero tampoco es eso. El mundo gira gracias a Veevee, Lavinia, Sherry, Cheryl, Shawn, Becky y Claudine. Alguien tiene que encargarse de esa tarea. Como también alguien debe aventurarse hasta el borde del abismo, para luego regresar y contarlo. Algo que siempre le correspondió a ella, piensa Alma. Pero ¿y si no desea transmitir lo que vio? ¿Y si al borde del abismo no hay otra cosa que la música triste de la humanidad? ¿Qué va a contar a su regreso? *Flotamos sobre la fe. Flotamos sobre el amor. Nosotros, los afortunados.*

¿Y los pobres seres humanos que quedan? ¿Los que han fracasado nueve veces de cada diez? ¿Los atrapados entre las ruedas opuestas de la Historia y la esperanza?

—¿Alma? —pregunta Veevee, preocupada, al otro lado de la línea—. ¿Me sigues? Lo que estoy tratando de decirte es que vamos a apoyarte en esto. ¿Por qué no lo dejas reposar por unas cuantas semanas y luego hablamos?

—Por supuesto —responde Alma. Si deja «reposar» el asunto el tiempo suficiente, alguna casa editorial aún más prominente, para quien esos cincuenta mil dólares son algo irrisorio, compra la suya y se le perdona esa ínfima deuda, especialmente si no pueden localizar a Alma. Fulana de Tal. La última vez que la vieron fue en la isla de Tenerife, viajando rumbo al oeste, para salvar el mundo en compañía de un tal don Francisco.

Como Alma y Emerson han practicado una especie de juego de desencuentros por teléfono, la próxima vez que Alma pasa junto al edificio con apariencia de granero donde radican las oficinas de HI, ingresa en el estacionamiento. Le resulta extraño entrar en predios de Richard cuando éste está tan lejos. Una especie de nostalgia se apodera de ella, al recordar los viejos tiempos en que asistía con él a alguna fiesta de la oficina, o tenía que ir a recogerlo porque uno de los vehículos estaba en el taller. De pronto, sin proponérselo, experimenta la primera visión del ser amado y ausente, con el rostro pleno de luz.

Ahora es el rostro de Emerson el que se ilumina. Cuánto gusto en verla.

—¡Cualquiera pensaría que vivimos en sitios opuestos del mismo estado! Te ves maravillosa. ¿Te he dicho que mi hija está leyendo tu libro en uno de sus cursos?

Emerson, tan dado a decir las cosas adecuadas. Tiene la misma edad de Richard, con sólo días de diferencia —ambos se enteraron de ello en una fiesta— y cuentan con la misma disposición básica y directa: son hombres de acción, aunque a Emerson lo impulsa el motor más grande, razón por la cual está al frente de la compañía, mientras que Richard es sólo un supervisor de sitio. Pero Richard ha dado un gran paso al dirigir una operación en el extranjero, aunque Alma ha advertido que, según los mensajes que le ha dejado Emerson en la contestadora, está algo preocupado de que Richard no dé la talla en esa encomienda.

—Le dije a Richard que estabas tratando de localizarlo —dice Alma, sentándose frente al inmenso escritorio de Emerson, equipado con una computadora portátil a un lado, un teléfono portátil vibrando sin cesar junto a ésta, montones de expedientes, una centralita telefónica con cualquier cantidad de opciones. Faltan las usuales fotografías de su esposa e hijos, o mejor, *esposas* e hijos en este caso. Emerson ha tenido una vida complicada. La mera imagen del enorme escritorio hace sentir a Alma que la ecuación de poder suma cero. Necesita una razón para justificar su presencia allí: informarle acerca de una llamada telefónica, darle noticias de Richard—. Me dijo que trataría de llamarte.

—Ya hablamos —responde Emerson, prodigándole su amplia y atractiva sonrisa, con la cual parece decirle que todo va a salir bien—. Es un hombre adorable, sin discusión —piensa Alma. Y él lo sabe.

—He estado tratando de hablar contigo —dice Emerson para iniciar la conversación, pero inmediatamente después se concentra en una carta que alguien le trae para que la firme.

Siempre hay un revuelo de actividad secretarial a su alrededor: un memorando que inicializar, alguien llamándolo por teléfono, el expediente que solicitó colocado en uno de los tantos montones que reposan sobre el escritorio. Pero Emerson permanece imperturbable. Alma no recuerda haberlo visto jamás aturdido ni abrumado. Aparentemente, puede estar en muchas cosas que reclaman su atención.

—¿Por qué no almorzamos en alguna parte? —le sugiere, mientras comienza a zumbar el teléfono. Alguien está respondiendo a su llamada en la línea 1—. Para poder hablar —añade—. Dame un segundo.

—Claro —responde Alma, aunque la conversación telefónica no cesa. Aparentemente alguien está muy descontento en la Ribera Oeste, y Emerson está tratando de remediar la situación. Alma se incorpora y se pasea por la oficina inmensa, observando la colección de obras de arte procedentes de todo el mundo que posee Emerson. Cada objeto con su historia propia, está segura de ello: las máscaras, el velo de seda con ajorcas, el mortero y la mano de almirez lo suficientemente enormes como para triturar huesos humanos.

—Lo siento —dice Emerson, dejando escapar un suspiro mientras cuelga.

—¿Algún problema?

—Realmente no —contesta Emerson con su hermosa sonrisa. Le costaría un enorme trabajo hacer que admita la existencia de un problema, sospecha Alma.

Y recuerda a su amado Richard. Los problemas son estados mentales habitados sólo por los débiles. Incluso en aquella ocasión cuando el carro resbaló por la carretera, precipitándose hacia la falda de una montaña durante una tormenta de hielo, para después impactar contra la baranda de protección, flotar sobre el abismo y luego, milagrosamente —¡un auténtico milagro!—, detenerse al chocar con un tocón de árbol, Richard no dejó de asegurarle: «Todo marcha bien. Sólo un poco de hielo, eso es todo».

—Cosas de todos los días. Problemas de personal —elucubra Emerson mientras agarra su chaqueta de cuero, despidiéndose del grupo de secretarias de enfrente. No quiere hablar de asuntos personales con ella, sólo almorzar—. ¿Te parece bien la parrillada? —pregunta, mientras la guía hacia el exterior. O la parrillada, o Hard Day's Night Café, lo cual parecería lógico. Ambos se conocen desde hace una década, desde que se casó con Richard, y aún no acaba de meterse en la cabeza que ella es vegetariana.

—La parrillada me parece bien —miente Alma. ¿Qué sentido tiene protestar? Siempre habrá una ensalada, y un vaso grande y alto de Bloody Mary Mix. Ese es el truco para evitar problemas, piensa, mientras se dirigen al auto deportivo de Emerson. No habrá ningún problema de personal si se lleva bien con el jefe.

Sin embargo, cuando llega su ensalada, Alma no se lleva demasiado bien con el jefe.

—Richard nunca me dijo que contabas con que yo lo acompañara.

Emerson adopta un tono de justificación.

—Asumí que irías con él. Y él también lo pensó así, aparentemente.

—Emerson, ¡yo tengo mi vida, tú lo sabes! —«aunque no tiene demasiada importancia en este momento», piensa Alma. Aun así, le molesta que Emerson asumiera que ella iría también—. ¿Le dijiste que contabas con que yo fuera?

—Por supuesto que no. No quería que creyera que no tengo absoluta confianza en él.

—Pero no la tienes, ¿no es cierto? —Alma lo interrumpe.

Se produce una breve pausa, un momento en el que Emerson la evalúa, como si se tratase de una propuesta hecha por uno de sus empleados.

—Confío plenamente en Richard. De no ser así, no lo hubiera dejado ir. Pensé que le sería más fácil si lo acompañabas. Naciste allí. Hablas perfectamente el idioma. Y eso significa mucho, lo sabes bien.

—Si esa es tu forma de pensar, debías haberme ofrecido el trabajo.

Otra vez la sonrisa.

—¿Quieres trabajo?

Emerson la ha llevado a donde quería. Por supuesto, a Alma ni le pasa por la mente desear un empleo de mediadora para convencer a los campesinos.

—Richard me dijo que acaban de contratar a una persona. Me parece que para limar asperezas. Starr Bell.

—Starr es magnífica —los ojos de Emerson adquieren el suave brillo de un recuerdo feliz. Una interna a la que apadrinó. «¿Iría más allá del apadrinamiento?», se pregunta Alma. Emerson ha tenido varias esposas, y aparentemente numerosos hijos y nietos, de cuyos asuntos se encarga siempre, bromeando acerca del pago de las matrículas, de las cuentas del ortodoncista y del calendario de días feriados. Una familia complicada, trunca, mezclada, enmendada, a la cual Emerson parece controlar con muy poca mala voluntad, en nada disímil a su estilo en HI.

—Bien, voy a hablar claro —dice Alma, preguntándose si Emerson será franco con ella. No es una persona que acostumbre a mostrar sus cartas, ni siquiera en el mejor de los momentos. Y ahora tiene frente a sí a una esposa ansiosa, preocupada por su hombre—. Richard está allí para crear un centro verde, que esa compañía fabricante de medicamentos, Swan, que hace pruebas de una vacuna contra el sida, está financiando. ¿Con qué objetivo?

—Un centro verde es algo bueno —asegura Emerson, como si la sorprendida Alma lo dudase. Pero sabe lo que ella ha querido decir—. Es un método con muchas ramificaciones. Atención médica, educación, sostenibilidad. Creo, personalmente, que es la forma adecuada de trabajar: proporcionando un modelo.

—Me suena como si estuvieras tratando de dorar la píldora. Y me sorprende que estés de acuerdo con algo así, Emerson —riposta Alma, mirando su Bloody Mary Mix en el vaso corto y tan grueso que no le alcanza la mano para agarrarlo. La bebida rezuma agua, dibujando un anillo de humedad en el posavasos. En el borde descansa una sombrilla de apariencia tropical. Se siente descorazonada por el panorama que está descubriendo. Está segura de que Richard sería lo suficientemente inteligente como para detectar un proyecto verde trastocado, una fachada para un miserable laboratorio de pruebas clínicas. «Pero no. Richard, con sus objetivos y sus proyectos, no cambiaría de opinión una vez que pone el corazón en algo», piensa.

Emerson se queda mirando un bistec que ni siquiera ha tocado. Alma le ha arruinado el almuerzo, pero le importa un comino. Cuando levanta la vista, parece desconfiado e incomprendido, un hombre que trata de hacer bien en un mundo convulso donde las soluciones no resultan tan simples.

—Escúchame Alma. Y te lo voy a demostrar con estadísticas, estudios, reportes, para obligarte a que creas en mi palabra. Swan es, sin que quepa duda, *la más ética* de las compañías fabricantes de medicamentos. Y he trabajado con unas cuantas, créeme. No sólo cuentan con formularios de consentimiento informado que cada participante debe firmar, sino que tienen el compromiso del tratamiento continuo de todos los voluntarios *una vez terminado* el estudio. No se puede usar así como así el organismo de una persona, aunque sea pobre y oprimida.

Alma comienza a arrepentirse de su prontitud para el enojo. Emerson es un buen tipo. Ha sido un defensor de la justicia social en el mundo de los negocios desde el inicio de su carrera. De hecho, cada año cierto porcentaje de las ganancias de HI se destina a un fondo que ayuda a organizaciones como Doctors Without Borders, Save the Children, Project Hope. Pero incluso Emerson tiene que admitir que este proyecto de doble connotación es, en el mejor de los casos, raro: ¿un centro verde que ayuda a los agricultores locales y una clínica para probar una vacuna contra el sida? ¿Un tractor para limpiar el jardín de malas hierbas?

—¿Y por qué no prueban la vacuna en los Estados Unidos?

—Claro que lo están haciendo. Sólo que, y aceptémoslo, el sida predomina mucho más en otras partes del mundo, con más personas enfermas necesitadas de medicamentos, que pueden obtener gratuitamente si participan en las pruebas y siguen consumiéndolos hasta que se produzca un fallo virológico. En última instancia —Emerson levanta la cabeza como para resaltar lo que va a decir—, serán los más beneficiados en caso de un grandioso descubrimiento.

—¡Y también los más incapaces de costear esos medicamentos una vez que los hayan aprobado! —ahora le toca a Alma el turno de interrumpir.

—¡Ahí lo tienes! —dice Emerson, como si ésa fuera la conclusión exacta que estaba deseando escuchar en boca de Alma, una conclusión que le demuestra su error—.

Pero Alma, ¿cómo es posible que no puedas verlo? Es por esa razón que los otros modelos son importantes. Hay que crear la sostenibilidad, no sólo la salud. Esos países tienen que organizarse. Conectarse al mercado global con productos agrícolas que pueden traerles grandes ganancias. Y entonces se convertirán en países a considerar. No tienen que prostituirse. No tienen que ser palacios del placer para los ricos del mundo.

Este hombre es un santo, o un maestro del discurso y la promoción. Y como su esposo trabaja para él, Alma tiene que creer que Emerson está tratando de ahorrarle aflicciones al mundo. Y atendiendo a aquello con lo que le ha tocado trabajar, está haciéndolo lo mejor posible. De hecho, tal método de alianza no es nada nuevo. En estos tiempos se hace en todas partes: los atletas muestran bigotes de leche, las compañías cerveceras promueven el alfabetismo, las cadenas fabricantes de equipo deportivo ofrecen vacunas gratuitas contra la influenza a los ancianos. Y hasta una compañía fabricante de carne prensada presentó uno de sus libros en su sitio web, en un concurso dirigido a atraer a la considerable población de clientes hispanos. «¡Gánese un libro firmado por Fulana de Tal, y el suministro de mortadela durante todo un año!» No importa que la escritora sea vegetariana. ¿Para qué tanto bombo y platillo? Esas campañas de promoción venden libros. Y todos se benefician con el negocio. Por algo Mario González-Echavarriga ha tratado de cortarle la yugular de su integridad literaria.

—Oh, Emerson, te creo. Sé que HI tiene una trayectoria sorprendente. Sólo quiero saber que a Richard le irá bien —se le aguan los ojos, a pesar de que no quiere llorar. Pero se siente invadida por una justa indignación. Después de todo, es la esposa llorosa e insistente—. Sólo me parecía que si ese proyecto es tan bueno, ¿por qué la gente de allá está tan molesta?

Emerson prueba finalmente un pedazo de bistec, pero, según observa Alma, todo parece indicar que no está cocinado como le gusta.

—Querida —le dirá posteriormente a la camarera—, sabes muy bien que me gusta casi crudo —aparta el plato para demostrar su desaprobación y junta las manos ante sí, como si se dispusiera a orar—. Eso me pregunto yo también, y, créeme, he acosado a Starr para que lo responda. ¿Por qué están tan molestos? ¿Sabes a qué equivale eso? A rumores. A datos mal digeridos. Escuchan cualquier cosa y actúan por reflejo. No saben hacer otra cosa —sus palabras podrían estar describiendo cortésmente la propia reacción de Alma, escudándose tras los pobres e ignorantes del Tercer Mundo—. ¿Y sabes qué? No los culpo. Los han engañado en otras ocasiones —vuelve a mirar con tristeza su bistec, y su boca hace un rictus hacia un lado como para decir: «Como a mí, trayéndome un bistec bien cocido en vez de casi crudo».

Después del almuerzo, Emerson le pide a Alma que lo acompañe a su oficina para imprimirle algunos reportes.

Alma preferiría escapar, para enterrar la cabeza en la arena. Pero se siente arrepentida en muchos frentes, y éste es uno de ellos. ¡Acusar al jefe de su marido de obrar incorrectamente! ¿Habrá arruinado en cierta forma la carrera de Richard?, se pregunta. Tal vez pueda compensar a Emerson si se transforma en una de las mujeres que apadrina, una versión más vieja de Starr Bell, inspirada por su genio entrañable de ponerse en marcha y ser una fuerza del bien en el mundo.

Penetra dócilmente en la oficina de Emerson. Todo

parece acusarla, hasta el protector de pantalla de su enorme computadora, que representa la Tierra girando en el espacio, mientras la frase *Help International* se separa de su superficie como un vendaje suelto. Emerson lo hace desaparecer con un clic de su ratón, y va extrayendo archivo tras archivo. No hay dudas de que es un hombre que se propone convertir a Alma de cualquier manera.

Las estadísticas son sorprendentes y abrumadoras. De la suma global anual que se invierte en atención médica, el 87 por ciento se destina a un 16 por ciento de la población, lo que representa sólo el 7 por ciento de las personas enfermas en el mundo. No en balde las compañías farmacéuticas quieren concentrarse en ese 7 por ciento, negándose a fabricar medicinas que pudieran erradicar las epidemias del Tercer Mundo, incosteables para los habitantes de esos países. Millones de dólares en antidepresivos (a Alma se le encoge el corazón, pensando en aquellos que enterró en el patio); pero no se ha encontrado la píldora contra la enfermedad del sueño que pudiera erradicar la enfermedad en el África Subsahariana. Pero el sida, ¡ah!, el sida ha trascendido las fronteras del Primer y Tercer Mundo. Esas plagas, los grandes niveladores, podrían, sin proponérselo, unificar al mundo.

—Los fabricantes de medicamentos quieren invertir para hallar una solución —explica Emerson—. Y puede ser que lo hagan pensando en el margen de ganancia que obtendrán en los países desarrollados, pero, ¿sabes qué? Al final todos se benefician.

Esa es la conclusión que Alma no acaba de comprender totalmente, a pesar de la explicación de Emerson. ¿Cómo van a beneficiarse los países pobres con una píldora curalotodo tan costosa?

—¿Qué? —Emerson se ha dado cuenta de repente que Alma no las tiene todas consigo—. ¿No me crees?

—*Dinero* —se limita a decir Alma en español. A causa del carácter global de su trabajo, Emerson domina media docena de idiomas y sabe seguramente cómo se dice «dinero» en todos ellos—. ¿Quién va a asegurar (una vez que concluyan las pruebas en el Tercer Mundo) que esa pobre gente que no puede costear la vacuna pueda obtenerla?

—Pues gente como tú y como yo —responde Emerson, señalándola a ella, y después a sí mismo. Es una expresión tan refrescante e ingenua que casi se echa a reír alegremente. Pero bajo esa alegría subyace la inquietud. ¿Cómo puede este hombre estar al frente de una relevante compañía de ayuda internacional y pensar de esa manera? Un Robin Hood con traje a rayas. Pero estamos en Vermont. Emerson lleva puestos unos elegantes jeans y una chaqueta de cuero. Su querido esposo está ahora en las manos de este hombre que podía ser un mesías o un demente, algo que aún no ha podido descifrar. Pero lo que sí sabe (al menos eso ha aprendido de la Historia) es que en cualquier campaña de salvación siempre habrá víctimas.

—Piensa en eso Alma, en serio. En este mundo donde todos estamos tan interconectados (por viajes, emigraciones, correo electrónico), ¿tú crees que nosotros, los del Primer Mundo, si descubrimos una vacuna contra el sida nos vamos a negar a compartirla? Nada de eso. El mundo no lo permitirá. Ni tú, ni yo.

Tiene toda la razón. Y Alma asiente, sin darse cuenta.

—Pero hay que ir paso a paso. Paul Farmer considera que es una derrota a largo plazo hacer causa común con los vencidos. Y ¿sabes qué? Vamos a ganar. Pero primero tenemos que ayudar a las compañías farmacéuticas a hallar la solución.

—Sí —murmura Alma, sobrecogida por la intensidad apasionada de Emerson—. Tenemos que hacerlo —«este tipo bien podría ser un Balmis», piensa. De ser así, ¿qué papel le correspondería a Richard en la expedición? ¿Y a ella?

—Y mientras tanto, mientras se lleva a cabo la prueba, la República Dominicana cuenta con un centro verde. Y la gente que participa en el estudio tiene tratamiento gratuito. Y esto es sólo el principio, Alma.

Alma mira por encima del hombro de Emerson, mientras éste navega por diferentes sitios web en su enorme computadora, para hallar estudios que luego le imprime. Ya Alma tiene las manos llenas de papeles que no va a leer. Irán a parar al cesto del reciclaje, los usará para hacer la lista del mercado y para utilizar el reverso en blanco en la impresión de los faxes de Richard. Y para hacer copias de sus propias divagaciones acerca de Isabel, de los huerfanitos, de Balmis.

—Emerson, de veras, es suficiente —dice, tratando de detenerlo, pero ya él ha oprimido una tecla y la computadora lanza una copia de otro artículo más.

—¡Te prometo que es el último! —Emerson ríe, mientras organiza los papeles y los engrapa para entregárselos. ¿Debería Alma decirle que no los engrape, que van derecho al cesto del reciclaje, que ya ha decidido lo que probablemente él ha estado esperando, que se va a la República Dominicana para estar con Richard?

—Una última pregunta —asegura Alma, mientras el teléfono comienza a sonar nuevamente—. ¿Sabe Swan lo que te propones? —ignoran seguramente que este hombre no está trabajando para ellos. ¡Está tratando de salvar el mundo!

Emerson levanta las cejas, incrédulo. La sonrisa se vuelve vaga. Alma no vive en su mundo, y sus ideas acerca del mismo surgen a partir de las opiniones de sus compatriotas prejuiciados y de izquierda, Tera y sus amigos, el periódico *Nation* y Richard después del horario de trabajo. No sabe leer entre líneas a los poderosos.

—Señor Armstrong, Mozambique en la línea 2.

—¿Y Starr? —insiste Alma—. ¿Lo sabe?

—Starr es magnífica —Emerson vuelve a esgrimir la sonrisa que la desarma. Levanta una mano como despedida, y se concentra en el auricular que tiene al oído—. Aquí Emerson. ¿Qué hay?

Mientras se aleja de las oficinas de Help Internacional, Alma va temblorosa, cargada con las estadísticas de la tristeza. Esperanza e Historia tienen que rimar. Emerson está tratando de lograrlo; Tera está tratando de lograrlo. Y Richard. ¡Ella debía estar intentándolo también! Pero ha seguido su propio camino, no se puede culpar a nadie. De repente, recuerda cómo al enterarse de que su suegro, aquel hombre a quien tanto amaba, estaba agonizando, corrió al hospital, renuente a dejarlo solo, ni siquiera cuando se terminaba la hora de la visita. En sus horas finales comenzó a agitarse y a alucinar, como si estuviera al volante de un carro en plena fuga, aferrándose a él, tratando de mantener el control de su vehículo imaginario, rumbo a la muerte.

—¡Oh, papá! ¿Cómo puedo ayudarte? —le preguntó Alma, entre sollozos.

Y el hombre agonizante le respondió diciendo, con agudeza sorprendente, sus últimas palabras en la Tierra:

—¡Házte a un lado!

En camino a casa, Alma decide visitar a Helen, debatiéndose interiormente acerca de si le confiesa o no sus planes de ir a reunirse con Richard. Lo cierto es que no va a decirle nada hasta después del Día de Acción de Gracias. De ninguna manera va a echarle a perder a Helen su fiesta de despedida. Después de todo, Helen la comprenderá. Tiene bastante gente alrededor —tal vez demasiada— y como ha explicado el equipo que la cuida, los enfermos en fase terminal, cuando están cerca del fin, se agotan. Todos los sistemas del organismo dejan de funcionar. Por tanto, sus familiares y amigos no deben sentirse ofendidos si un ser querido quiere tener sólo una o dos personas a su lado. Con más razón deberá decírselo a Helen, para que sepa que ella no va a estar presente en el último adiós.

A quien no se lo dirá antes de tiempo es a Richard. Tiene que ser una sorpresa. De lo contrario, se opondría. Especialmente si piensa que su decisión tiene que ver con la más mínima duda acerca de su aptitud. La seguridad de él. Los celos de ella. Sí, ella también debería admitirlo. No le gusta nada la idea de la «magnífica Starr» junto a su amado, habituado ya a dar paseos solitarios por el pueblo después de cenar. Y hasta le ha dado la llave de la oficina de Swan. ¿Qué va a pasar después? Si su esposo entra en conflicto con los compatriotas de su mujer, Alma deseará ser quien lo saque del problema. Pero instantáneamente se siente avergonzada de su egoista intención. Adiós al altruismo como pretexto de un propósito individual.

Alma toca la puerta de casa de Helen. Otro cambio: tocar en vez de lo que solía ser su llamada usual: abrir la puerta y gritar: «¡Helen!». Y lo hace no sólo porque Mickey y otras personas pudieran estar dentro. Alma siente la presencia de una nueva formalidad en torno a la anciana. El debido respeto al agonizante, que es precisamente en lo que Helen se ha convertido, dejando de ser la vieja amiga en cuya casa podía entrar a voluntad, cuyo refrigerador podía abrir sin problemas y servirse lo que le viniera en gana.

Al no recibir ningún tipo de respuesta ni invitación a entrar, Alma abre la puerta. Desde la parte trasera de la casa le llegan voces coléricas, primero la de Mickey y, de vez en cuando, la de Helen. Están discutiendo.

—Por favor, Mickey, por favor te lo pido —ruega Helen—. No puedo dejar que hagas eso.

—Sí puedes, pero no vas a ayudarme —la acusa Mickey. ¡Qué momento ha elegido para pedirle ayuda a Helen! ¿No sabe que su madre está en el umbral de la muerte? El médico ha modificado su pronóstico esperanzador de seis meses de vida. Es probable que Helen no llegue a fin de año. El tipo está desajustado, la propia Helen se lo ha dado a entender. De repente, con una sensación de náuseas en el estómago, Alma recuerda lo que le comentara Tera acerca de que Mickey se traía algo entre manos.

Alma considera llamar en alta voz. Eso interrumpiría la discusión. Pero luego, cuando se vaya, dejará a Helen inmersa en cualquier tipo de situación insostenible que hubiese estado confrontando. Y conociéndola, sabe que de su boca no saldrá ni una queja. Debía averiguar qué se trae Mickey entre manos para denunciarlo al equipo del hospicio. Ellas sabrán qué hacer con el ex enfermero de los *marines*. Están entrenadas para enfrentar situaciones difíciles en esas calamitosas confluencias cuando, según le han explicado, comienzan a aflorar problemas de familia que no se habían resuelto antes.

—Siempre he querido ayudarte. De veras —dice Helen, con voz débil. ¿Qué estará haciendo? ¿Habrá vuelto a usar el andador?—. Pero esto es una locura, Mickey. ¡No puedes dejar que Hannah haga eso!

Hannah... Hannah. El nombre le suena conocido, pero Alma está demasiado concentrada en tratar de imaginarse esa locura de que habla Mickey para descifrar quién es esa Hannah a la que se refieren.

—Olvídalo, ¿quieres? ¡Olvídalo! Sabía que no ibas a hacerlo. Puedes ser la madre de todo el mundo. ¡Pero no puedes ayudar a tu propio hijo!

Helen está sollozando. Alma no puede soportar que su vieja amiga llore de esa manera. Siente una necesidad interna de ir a rescatarla, como cualquier madre haría si siente que su pequeño llora en una habitación contigua.

—¡Hola! —grita finalmente—. Helen, soy yo. ¡Hola!

Se produce un silencio de muerte. Alma baja por el recibidor, estirando el cuello para mirar hacia la desierta sala de estar. Está completamente segura de que las voces provenían de la cocina.

Luego de unos segundos que le parecen siglos, escucha el golpe sordo del andador de Helen sobre el linóleo, y después, el estruendo de la puerta trasera al cerrarse. En breve, Helen aparecerá por esa esquina, acercándose a la sala con el rostro descompuesto, los ojos enrojecidos y la cabellera delgada y blanca saliéndose de una lastimera cola de caballo. Y hay un cincuenta por ciento de posibilidades de que, cuando Alma le pregunte: «Helen, ¿estás bien?», la anciana le responda: «Estoy bien, querida».

Y en la espera de ese momento, Alma hace una conexión en su memoria. La mujer con sida se llamaba Hannah, según Tera. Hannah McAlgo. No puede haber dos con ese nombre. ¡Es Hannah McMullen, la mujer enferma de Mickey!

Cuando Helen aparece, Alma no se digna ni a preguntar.

—Escuché la discusión, Helen —confiesa—. No deberías tolerarlo.

La anciana baja la cabeza, sollozando tras el andador.

Alma sigue pensando en marcharse después del Día de Acción de Gracias para reunirse con Richard, pero no se ha decidido a llamar a las aerolíneas. Quiere asegurarse de que Helen estará bien. Para sorpresa de todos, ha mejorado desde el incidente con Mickey. Tal vez vivirá un poco más de lo que ha pronosticado el médico. Quizá la discusión con su hijo le ha dado una razón para seguir existiendo. No puede morirse hasta que haga las paces con él.

Alma no ha podido lograr que Helen le confiese el motivo de la discusión. La anciana le ha hablado vagamente del asunto. Mickey se enojó porque quiere cuidarla él solo y despedir a todo el equipo de mujeres impertinentes.

—Los familiares no deben cuidarse entre sí —le recuerda Alma. Pero ¿será esa la verdadera razón del problema? Le parece raro, pues está segura de haber oído que Mickey le pedía ayuda a Helen, pero no para que lo dejara encargarse de su cuidado personal—. Además, Mickey solía ser enfermero y la falta de práctica tiene un costo, ¿verdad?

Helen no está muy segura al respecto. No ha estado al tanto de los detalles particulares de la vida de su hijo, quien conserva aún algunos amigos en el campo de la medicina, los cuales le proporcionan empleo de vez en cuando. Uno de ellos es médico misionero. Otro dirige un laboratorio donde trabajó Mickey. La anciana está tratando de desviarse del tema. Pero ¿qué es lo que quiere Mickey?

—Quiere... —dice Helen, dejando vagar una mano en el espacio, para volver a sollozar. No quiere decirlo. Sin dudas, protegerá a Mickey hasta el amargo final. Es su hijo, el niño que ganó el concurso de las cuatro C, quien necesita su ayuda—. ¿Han tenido noticias de él? —pregunta Helen. Su gesto lastimero de levantar la cabeza hace que Alma se remonte a los tiempos de juventud de la anciana, enamorada entonces de alguien que iba a romperle el corazón.

Ni rastro de Mickey, quien no ha vuelto a la casa desde el día del incidente. Claudine, utilizando sus conexiones locales, ha hecho varias llamadas y se ha enterado a través de la familia de la mujer de Mickey que Hannah se ha ido del centro de tratamiento, sin quebrantar ninguna ley, pues fue dada de alta y puesta bajo la custodia de su esposo. Ha mejorado ostensiblemente, pero queda la preocupación de que pudiera dejar de tomar sus medicamentos y volver a experimentar una recaída psicótica en gran escala. Y, por cierto, esa Hannah es la misma mujer responsable de las inquietantes llamadas telefónicas diciendo que tenía sida. Cuando le hicieron los análisis pertinentes en el Centro, los resultados fueron negativos. Pero Hannah insiste en que se trata de una variedad invisible e indetectable del mal, que ha traído a Vermont para contagiar a toda persona a la que llame. Una especie de sida de la conciencia que llamará la atención del país, para que se sepa que el resto del mundo está muriendo porque le falta un poco de lo mucho que tenemos aquí. Si no fuese por la estrategia que utiliza, piensa Alma, la mujer comparte las mismas ideas de Tera. Y si no fuese por su rabia, Alma coincidiría con lo que ambas mujeres dicen.

—Aquí las cosas andan a lo loco —le dice a Richard cuando él la llama una noche, a deshoras. La gratifica que su esposo la llame, echándola de menos a la hora de dormir. La quiere a ella y sólo a ella, ¿por qué debía dudarlo? Alma lo pone al día de la discusión entre Helen y Mickey y los acontecimientos siguientes. ¡Resulta que la mujer de la llamada es la esposa de Mickey!—. ¿Puedes creer que se trata de la misma persona?

—No sé —responde Richard—. Pensaba que Vermont era un lugar seguro. ¿No crees que deberías venir para acá?

¿Habla en serio? ¿Ha leído sus pensamientos?

—No creas que no lo he estado pensando.

—Pero ¿no has comenzado a escribir algo nuevo?

—Realmente no.

Alma ha aprendido bien la lección y se abstiene de engañar a la gente con la promesa de una novela que no ha escrito aún. Ya le ha informado a Richard acerca de las conversaciones telefónicas con Lavinia y con Veevee. Richard está a favor de la idea de esperar y ofrecerle a Veevee lo que Alma escriba en definitiva. Porque cincuenta mil dólares es mucho dinero.

—¿Y cómo va la historia de la viruela que me enviaste por fax?

—Es sólo una idea.

¿A quién trata de tomarle el pelo? Ya tiene la historia dentro de sí, como cordel en el laberinto, mientras se abre paso, a ciegas, en pos de esa existencia generosa que quiere vivir con él.

—Bueno, puedes venir cuando quieras.

—Sólo quiero asegurarme de que Helen esté bien —y realmente había mejorado después de la discusión con Mickey. Pero, lamentablemente, sufrió una recaída. El médico ha aconsejado que Helen debiera considerar su hospitalización—. Claudine y yo le hablamos de eso anoche. Sé que no quiere ir, pero ha dicho que sí, que no desea ser un engorro para todos nosotros.

—Mi esposa, una Florence Nightingale —le dice Richard riendo, pero Alma se da cuenta de que es una broma a medias.

Una Florence Nightingale con alma negra, llena de dudas de sí misma y motivos opuestos. Pero Alma decide que hay gente con peores destinos. Miren a Mickey, estropeándole los últimos días a una mujer que agoniza. Helen ha perdido hasta el brillo de sus ojos. Han suspendido la fiesta. Y va a morir como ha vivido en las últimas décadas: sin su hijo.

Alma se ofrece a pasar con Helen el Día de Acción de Gracias. Tera ha viajado a Washington D.C. para participar con Paul en una marcha y Richard está al otro lado del mundo.

—Somos las dos huérfanas del pavo —bromea Alma con Helen, quien sonríe débilmente luego de un lapso de un segundo. Un lapso que le recuerda a Alma la lenta absorción del diálogo que caracteriza a Mickey, pero que en el caso de Helen se debe a la desaceleración de su cerebro. ¿Cómo lo calificó el equipo de enfermeras? Los sistemas del organismo van dejando de funcionar y el cuerpo ahorra energía, que destinará a los procesos indispensables para el mantenimiento de la vida, los cuales, en breve, también cesarán su actividad, y, como los astronautas en su frágil cápsula, Helen se perderá al otro lado de la Luna, pero no reaparecerá.

En lo que respecta a su viaje, Alma ha vuelto al plan original. Se irá en avión a pasar las Navidades con sus padres en el condominio de Miami, adonde se les unirá Richard. Allí le entregará su regalo navideño: se irá con él por los próximos tres o cuatro meses. ¡Sorpresa! Ojalá sea la sorpresa anhelada. Cada vez que habla con ella, no cesa de repetir lo mucho que la echa de menos, que con toda seguridad será bienvenida si decide ir, que no quiere presionarla para que lo haga. Y en estos últimos días parece sinceramente infeliz. La nostalgia del Día de Acción de Gracias ha empezado a aquejarlo, sin duda. Desde su divorcio, los muchachos han pasado siempre el Día de Acción de Gracias con su padre y la Navidad con la madre. Incluso ahora, que ya son hombres hechos y derechos, han seguido «la tradición»: los dos mayores manejan desde la ciudad con sus novias del momento, mientras que el trotamundos de Sam viene en avión desde dondequiera que esté viviendo en esa fecha. Pero este año, Richard disfrutará de su cena de yuca, plátanos y queso frito totalmente solo en las montañas dominicanas. Bienvenido estará en la capital participando en un taller, y Starr se marchará a Texas para asistir a una boda y quedarse luego a celebrar el Día de Acción de Gracias.

El nuevo plan de Alma tiene mucho más sentido. Para entonces Richard habrá dispuesto de dos meses para familiarizarse con el lugar y hacerse cargo del proyecto. Y Alma, por su parte, habrá disfrutado de otras tres semanas más para estar con Helen. Al parecer, la responsabilidad ha recaído sobre ella, tal vez por defecto: Helen quiere, ostensiblemente, que sea ella quien esté a su lado en la medida que van disminuyendo sus energías.

—Léeme algo —le dirá Helen.

—Lo que quieras —le responde la anciana cuando Alma le pregunta qué libro le gustaría escuchar.

Alma decide leerle lo que está escribiendo, la historia de Balmis, de Isabel, de los huerfanitos portadores, del vasto Atlántico que acaban de cruzar. Helen bosteza con bastante frecuencia, pero, como si fuera una niña, cada vez que Alma interrumpe la lectura, abre los ojos y le pregunta:

—¿Ya se acabó?

Temprano en la tarde del Día de Acción de Gracias, en camino a casa de Helen, Alma pasa por Jerry's Market para comprar la compota de arándanos que le gusta a la anciana. Pensaba hacerla ella misma —lo cual no debería ser muy difícil—, pero Helen insistió en su predilección por la enlatada. Lo cierto es que no podrá comer más allá de una cucharadita. Ha perdido el apetito, y en general la acción de comer la enferma. El estómago y los intestinos se resisten a funcionar. Luego les tocará a las sinapsis en su cerebro, luego a los músculos cardiacos. Alma se siente atrapada entre dos aguas. Por una parte, desea que Helen resista, y por la otra prefiere su muerte antes de que siga sufriendo, antes de que ella se marche a la República Dominicana por cuatro meses, entristecida por no poder esperar a que la anciana llegue al fin de sus días para luego seguir adelante con su propia vida.

Cuando se dirige hacia el pasillo donde la empleada de la caja registradora le ha dicho que está la compota

—ahí la tiene, una marca solamente, después de todo está en un establecimiento familiar—, ve venir a Mickey desde la parte trasera de la tienda, balanceando una canasta de plástico rojo como si estuviese de picnic. Lo acompaña, agarrada de su brazo, una rubia alta y delgada, con apariencia casi etérea a causa de su palidez.

Por un instante Alma está a punto de volver sobre sus pasos, fingiendo que no los ha visto. ¿Qué le puede decir a Mickey? ¿Que le ha hecho la vida miserable a su madre? ¿Qué logrará con ello? Pero ¿y si el hijo pródigo se arrepiente y decide regresar al redil? ¿Beneficiaría en algo a Helen? Mickey la ve y su rostro se ilumina. Le murmura algo a la mujer que lo acompaña, quien se vuelve para mirar a Alma, a quien no le queda otra alternativa que esperar para saludarlos.

—¡Hey! —Mickey se detiene a un paso más allá de la distancia que Alma desearía mantener entre ella y cualquier persona con la que habla. Hannah se le une, esbozando una leve sonrisa que bien podría ser producto de la timidez, o de la estupefacción provocada por la ingestión de un psicofármaco.

—Hola, Mickey —le responde Alma, con prisa. ¿Le dirá que va camino a celebrar el Día de Acción de Gracias con su madre agonizante? «No seas mala», se dice Alma. En definitiva, es el hijo de Helen. El niño de la fotografía en el refrigerador. Pero todavía está demasiado irritada con Mickey como para que le importe si en otro tiempo fue aquel muchacho. Ahora es el hombre que está arruinándole a Helen sus últimos días.

—Siento mucho lo del otro día —dice Mickey, que seguramente había reconocido la voz de Alma en la habitación. Su arrepentimiento (si en realidad lo es) la sorprende, pues, como es un ser tan extraño, Mickey siempre le ha parecido implacable. Pero si lo siente no debía pedirle disculpas a Alma, sino a su madre.

—Su madre está muy mal. No le queda mucho por vivir —le asegura.

—Pobre Helen —afirma la mujer, con un tono sorprendentemente normal, bien distinto al de la voz horrible que lanzaba maldiciones al otro lado de la línea telefónica. Sin embargo, debe ser Hannah. ¿Quién sino ella? Alma espera que Mickey le presente a su esposa, pero él (al igual que ella en este momento) está muy bien distante de cualquier regla elemental de cortesía.

Mickey observa a Alma con esa mirada que la subyuga, hasta hacerla sentirse atrapada en los rincones de esa mente que no comprende y de la cual no puede escapar. Finalmente logra evadirla, transfiriendo su punto de atención a las dos bandejas de pavo congelado que reposan en la cesta. ¡Dios! Ha vuelto el niño de las cuatro C, el que crecerá para vivir una existencia lamentable.

—Su madre está muy triste. Necesita hacer las paces con usted, para que pueda morir tranquila —¡el equipo de enfermeras la va a matar! ¿Cómo se atreve Alma a propiciar una reconciliación entre una mujer agonizante, demasiado débil para probar bocado, y su colérico hijo? ¡Cómo se atreve a echar más leña al fuego! Pero Helen no la perdonaría si supiera que tuvo la oportunidad de hacer posible el retorno de su hijo y no la aprovechó.

Mickey sigue mirándola, pero sus ojos, idénticos a los de Helen, están llenos de lágrimas. Si Alma ha sido dura con él, fue sólo para decirle la verdad que necesita escuchar.

—Acabamos de llamar a Helen. Pero nadie respondió —dice Hannah, señalando con la cabeza hacia la entrada de la tienda, en dirección a un teléfono de disco, muy parecido al de Tera, empotrado en la pared, con un letrero encima donde se advierte a los clientes que su uso está limitado a llamadas breves y que, por favor, no se pueden realizar llamadas de larga distancia. Otro de los tantos detalles hogareños que pueblan el establecimiento, donde se puede ver hasta un mural con fotos Polaroid de los recién nacidos de la vecindad y boletos de una rifa para patrocinar el equipo local de béisbol. El sitio tiene su clientela, pero hoy está vacío, aunque de cuando en cuando entra alguien. «Muy conveniente para nuestros clientes», oyó comentar Alma a la mujer de la tienda, refiriéndose al hecho de mantenerla abierta el Día de Acción de Gracias.

¿Que nadie respondió? El corazón de Alma comienza a palpitar aceleradamente.

—Hablé con ella hace una hora —¿le habrá ocurrido algo desde entonces? Helen le dijo que se sentía mejor. Tal vez está durmiendo la siesta, o no llegó a tiempo al teléfono, algo muy común. No hay extensión en el dormitorio, y aunque Claudine le prestó uno portátil, Helen lo lanza al suelo cada vez que trata de alcanzarlo a tientas. En más de una ocasión Alma ha tenido que gatear para sacarlo de debajo de la cama o del armario junto a la puerta—. Para allá voy ahora —asegura Alma, con la lata de compota de arándanos en la mano. Es mejor darse prisa, por si acaso. Pero cuando se vuelve para salir, se le ocurre que si Helen está a punto de morir, ésta podría ser la última oportunidad de ver a su hijo—. ¿Quieren venir conmigo?

El brillo en la mirada de Hannah le indica que eso es precisamente lo que estaba pensando. Pero Mickey se muestra inseguro y sigue revisando las estanterías, como evitando el contacto con Alma. Aparentemente, Hannah muestra más disposición a hacerlo. Pero tal vez se deba a que está sedada. En definitiva, Helen es la madre de Mickey. Es más fácil, cuando se está fuera del agua, tener la ecuanimidad debida con respecto a la dolorosa infancia de otra persona.

Mickey vuelve a mirarla, y lo que le dice la sorprende:

—Es que no tengo nada que llevarle.

Por supuesto, piensa Alma. Así ha sido siempre. Mickey ha regresado con un regalo, con su ofrenda de paz. Tal vez está hablando metafóricamente, refiriéndose a que no le queda nada en el corazón para ofrecerle a la madre, pero Alma decide obrar atendiendo al sentido literal de sus palabras.

—Aquí tiene —dice, mientras le entrega la lata de compota de arándanos. No son cubiertos de Tailandia, ni un abanico pintado taiwanés, ni una cuchara de plata de Irlanda—. Esto es lo que Helen quiere para el Día de Acción de Gracias. La compota de arándanos, y verlo a usted —¿desde cuándo Alma se ha ganado el derecho de urdir en la trama de las vidas ajenas?

Mickey se queda contemplando por largo rato la lata que tiene en la mano, y luego la coloca en la cesta. Un gesto que debe entenderse como que irá a casa de Helen.

—Me llamo Hannah —dice la mujer, a manera de rara presentación, mientras salen de la tienda, extendiéndole a Alma una mano pálida.

—Mickey me ha hablado mucho de usted.

A Alma no le gusta lo que está escuchando. ¿Qué es lo que Mickey le habrá dicho de ella, de quien, salvo alguna que otra conversación sostenida en la entrada de la casa o en el pasillo, conoce muy poco? Ella sí podría hablarle a Hannah, y mucho. Soy una de las personas que contagiaste con tu sida psíquico. «No seas mala», se reprende a sí misma. Es la nuera de Helen. Y van a pasar juntos el Día de Acción de Gracias. Gracias a Alma.

Más tarde, la secuencia de acontecimientos parecerá como la filmación histórica de un momento funesto, transmitido sin cesar por la televisión: el disparo alcanzando increíblemente al Presidente en su caravana, o los aviones precipitándose hacia las Torres Gemelas sin que nadie pueda impedirlo.

Alma repasará en su mente una y otra vez estos momentos del Día de Acción de Gracias, tratando de entender que también pueden ocurrir sucesos lamentables en un apacible día de noviembre, con el cielo ligeramente nublado, demasiado cálido para que los niños patinen sobre el lago al extremo del bosque. Sólo lleva un suéter, y mientras se acerca a casa de Helen en su coche, ve que las casas junto a la carretera tienen las ventanas abiertas. Debe haber bastante calor dentro, con tanta faena de hornos encendidos y pavos cocinándose.

La camioneta acaba de estacionarse detrás de su auto, pero Alma ya está golpeando la puerta. No porque espere que Helen pueda abrirle, sino preguntándose a sí misma si debe entrar primero y alertarla acerca de los inesperados visitantes. Les hace una seña a Mickey y a Hannah, y entra, llamando, como acostumbra a hacer siempre:

—Helen, ¡soy yo!

Nadie responde. Camina aprisa en dirección al dormitorio, tratando de mantener la calma, de vencer la sensación aprensiva que le oprime el estómago, pues ya sabe lo que verá, aunque querrá volver a reproducir ese momento y verlo con ojos incrédulos: Helen inconsciente en el suelo, camino al teléfono tal vez, pero viva aún, respirando, razón por la cual Alma grita:

—¡Helen! ¡Helen! —como si pudiera revivirla llamándola con toda la potencia de su voz.

Mickey se precipita junto a la anciana, despojado de sus habituales lapsos de lentitud, y se dispone a actuar —el enfermero de los *marines* bajo fuego graneado— tomándole el pulso, comprobando sus signos vitales, pidiéndole a Hannah que le traiga algo de la camioneta, que está en la guantera, un maletín de primeros auxilios, su bolso de enfermero. Alma no atina a escuchar bien, porque ha estado gateando en busca del teléfono hasta encontrarlo donde debía estar, junto a la cama de Helen, y sale al pasillo para llamar al 911 y pedir una ambulancia, sospechando que Mickey no aprobaría tal cosa, por lo que ni se digna a preguntarle.

Luego vendrá otro momento que repetir y contemplar en retrospectiva: el instante en que se acerca cada vez más el ulular histérico de la sirena, deteniéndose en cada intersección. Mickey la mira sorprendido desde la cama, donde ha depositado a su madre.

—¿Usted pidió una ambulancia? —pregunta, ¡como si pedir ayuda cuando alguien se desmaya fuera lo peor del mundo!

Luego vienen los golpes frenéticos en la puerta. Pero Alma está transfigurada, sin dejar de mirar la jeringuilla en la mano de Mickey, preguntándose: «¿Qué demonios es lo que le va a inyectar a Helen?». Y al ver que Hannah, de pie al otro lado, y Mickey, sentado a este lado de la cama, contemplan el ofensivo teléfono portátil, a Alma se le ocurre la idea —una respuesta demasiado rápida como para tratarse de una acción debidamnete sopesada— de lanzarle el aparato a la mano de Mickey y hacer que caiga la jeringuilla, y después salir corriendo por el pasillo, abrir la puerta y agarrar a los paramédicos del brazo, gritando:

—¡Ayuda, por favor, está tratando de matarla!

Los dos hombres miran a todas partes, alarmados.

—¿Quién? ¿Qué?

Alma no responde, porque vuelve a correr por el pasillo hacia la habitación, donde Mickey, arrodillado, trata de recoger los restos de lo que tenía en la mano, tanteando el suelo con la toalla que usara para secarle el rostro a Helen.

—¿Está loca o qué? —le grita Mickey a Alma, incorporándose para ir en su busca.

Pero los paramédicos, como por instinto animal, se abalanzan hacia el único hombre presente en la habitación, agarrando cada uno un brazo de Mickey. Mientras tanto, un tercer paramédico, el chofer de la ambulancia, acaba de entrar y llama a la policía desde su celular. Alma solloza y asegura que Mickey estaba a punto de inyectar a su madre, a pesar de que no es su médico. Todos se tranquilizan y se quedan mirándola, como diciéndole:

«¿Eso es todo?»

—No es su médico —repite Alma, llorando. Estaban disgustados—. No tenía por qué inyectarla —cada acusación es menos intensa que la anterior, porque Alma ha llegado a un estado en que se pregunta si en definitiva no ha estado actuando exageradamente.

Pero la exonera la conmoción que sigue, cuando los paramédicos intentan acercarse a la cama y Mickey se les enfrenta, tratando de impedir que se acerquen a su madre. Uno de los paramédicos —el que intenta calmar los ánimos de todos— trata de dar la vuelta para llegar a la anciana. Mickey le lanza un golpe, por lo que el hombre retrocede, Hannah comienza a gritar y el enfermero levanta ambas manos y dice:

—Caramba, sólo estamos tratando de ayudar. Así que tómelo con calma, ¿de acuerdo?

Se oyen otras sirenas. Es el jefe de la policía, que vive a sólo una milla de distancia —el patrullero estacionado en la entrada de la vivienda, de frente a la carretera, asusta siempre a Alma cuando regresa a casa a cierta velocidad—, acompañado del subjefe. Ambos tratan de hablar con Mickey, que vuelve a lanzar golpes al aire, uno de los cuales golpea al jefe de la policía. Éste cae al suelo llevándose a Mickey consigo, mientras que el subjefe se lanza encima de ambos, inmovilizando y esposando a Mickey, para conducirlo al patrullero, seguidos por el jefe, quien se pasa la mano por la mandíbula golpeada.

Alma tendrá que rememorar este momento enloquecido y febril, porque de otro modo no podría ver a Hannah escabulléndose en las sombras, aterrada, muda, después de lo que ha sido un acceso de gritos casi interminable. En medio de todo eso, Alma piensa en qué será de Hannah, a la que dejaron salir bajo la supervisión de su esposo, ahora bajo la custodia del jefe de la policía.

Los paramédicos se precipitan sobre Helen, la examinan, la conectan a un balón de oxígeno, la colocan sobre una camilla que sale de quién sabe dónde y la conducen a la ambulancia, mientras Alma corre a su lado, tratando de tomarle la mano, y piensa: «¡Perdóname, Helen, por haber arruinado tu último Día de Acción de Gracias!».

El jefe de policía ha ido al hospital para tomarle declaración a Alma acerca de lo que ocurrió en la residencia de los Marshall. Alma no sabe qué decir. No quiere meter a Mickey en más problemas de los que ya tiene. La mandíbula del oficial está inflamada.

—¿Se la partió? —pregunta Alma.

—No. Estoy bien —le responde bruscamente el policía, quien, al parecer, no quiere dar más detalles al respecto. Sólo le interesa saber qué vio Alma en aquella casa y comienza a impacientarse con la vaguedad de las respuestas y la inseguridad de la testigo.

—Quisiera llamar a algún miembro del equipo de enfermeras de Helen —le pide Alma. Le parece muy joven para ser jefe de policía, con esas manos enormes y la piel rosada del cráneo que se adivina bajo su severo corte de pelo al estilo militar. Medio siglo atrás habría estado ordeñando vacas en la finca de su padre. Ahora tiene un patrullero, y una funda a la cintura desde donde asoma lo que parece una pistola de juguete.

Al rato llega Claudine, seguida de Becky y Shawn, con fragmentos de migas de pastel en los regazos de sus faldas y pantalones y un leve olor a comida en el aliento. Poco después se les une Cheryl. A nadie se le ocurre siquiera llamar al reverendo Don. ¿A quién le hace falta un religioso veinteañero tratando de animarlas en la sala de espera hablándoles del Paraíso?

—Cometí un error. Jamás debí haber invitado a Mickey —admite Alma al grupo, y procede a narrar la historia en detalle, especificando cómo no puede asegurar que Mickey iba a hacerle daño a su madre, sólo que estaba a punto de inyectarle algún medicamento que podría haber sido inocuo—. Es enfermero, quiero decir. Tal vez me dio pánico.

El subjefe de policía y otro oficial regresaron a la casa, pero nadie pudo hallar lo que consideran como evidencia sustancial, o sea, la jeringuilla y su contenido. En cuanto a Hannah, desapareció en la camioneta, por lo que se hizo un llamado a las fuerzas policiales del estado para que la detuvieran si la encontraban.

De repente, llega el médico de guardia para comunicarle al grupo heterogéneo de personas en la sala de espera que el estado de Helen es estable. Sufrió un pequeño derrame cerebral, pero va a mejorar.

¿Mejorar? Alma se pregunta si el médico sabe que Helen tiene cáncer. Tal vez no sabe lo mala que está la situación. Helen le dijo a Alma que había hecho testamento. ¿Deberá sacar el tema a colación?

—No hay nada más que hacer por esta noche —dice el médico, a todas luces fatigado, con bolsas bajo los ojos y el cabello aparentemente sin lavar. Qué vida la de un mensajero de la mortalidad—. ¿Por qué no volvemos a ponernos en contacto mañana?

El grupo se dispersa en cuanto sale el médico, como obedeciendo sus instrucciones. Claudine regresa a casa con sus niñas, con Dwayne y las familias de ambos que se han reunido allá.

—Ustedes, cuídense.

En breve la sigue Shawn.

—¿Estarás bien? —le pregunta Becky a Alma, antes de irse. Como afuera ya ha oscurecido, la enorme ventana de la sala de espera refleja cada escena de despedida. Las nubes han desaparecido y la noche va haciéndose más fría. Arriba pululan las estrellas de agudas puntas, numerosas, atrevidas.

Antes de marcharse, Alma le pregunta a la enfermera de guardia si puede despedirse de Helen.

La mujer la mira desde el mostrador, absorta en sus papeles. Se ve cansada, extenuada. El alegre comportamiento de horas antes se ha desvanecido. Toda esa conmoción acerca de la cual ha oído hablar no es de utilidad para su paciente.

—Mejor que descanse —le dice a Alma, aunque, tal vez porque es Día de Acción de Gracias (de ello da fe el pavo de papel que cuelga de una cinta naranja sobre su cabeza), cambia de idea—. Estaba preguntando por Mickey —¿pensará acaso la enfermera que ella es Mickey? Por supuesto, Alma no abre la boca para decirle lo contrario.

La habitación está casi a oscuras, con la excepción de los botones iluminados de los aparatos y la luz indirecta del pasillo. A Helen están administrándole oxígeno y tiene un dispositivo intravenoso en un brazo. Hay varios tubos entrecruzados sobre la cama que la conectan a varios equipos en plena función. Cuando Alma busca una sección de piel sin tubos ni agujas donde posar su mano, Helen abre los ojos, y su mirada temerosa y lastimera es lo más triste del mundo.

—Tuviste una pequeña recaída —le susurra Alma—. El médico ha dicho que pronto estarás en casa.

La anciana cierra los ojos, pero no puede contener las lágrimas. Alma piensa que eso no es lo que Helen quiere. Quizá lo que iba a inyectarle Mickey era mucho mejor. ¿Sabrá lo que ocurre a su alrededor? ¿Habrá escuchado toda aquella conmoción en su casa, a pesar del derrame cerebral?

La enfermera está en la puerta. Hora de despedirse. Alma aprieta la mano de su amiga.

—Lo siento, Helen —le dice, apretando sus labios contra la frente de la anciana, húmeda y con el leve aroma de la loción para la piel que siempre ha usado Helen, algo que los olores del hospital no han podido opacar por completo—. Todo va a salir bien —añade, débilmente.

Mientras conduce por la entrada de carros hacia la casa oscura, Alma desearía con todas sus fuerzas que Richard estuviese allí, para poder llorar hasta saciarse. Quiere contarle la historia de este día enloquecedor, decirle que hizo lo correcto, que no sabía lo que se proponía hacer Mickey. Es poco más de medianoche. Tal vez podría intentar llamarlo, a ver si tiene suerte y Richard está por casualidad en la oficina de Swan, leyendo a la luz del generador de la oficina, ¿quién sabe? O quizá, prescindiendo de la llamada de larga distancia, contactar a alguna aerolínea, comprar un boleto, salir en un avión mañana mismo y no estar allí cuando el jefe de la policía venga a tomarle la declaración jurada, antes de que Mickey salga en libertad bajo fianza.

Camina en dirección a la casa, sintiéndose insegura, conmocionada, súbitamente temerosa: de Mickey, de Hannah, de las vibraciones negativas que pueblan el aire. La contestadora emite sus pitidos reconfortantes, equivalentes a que la espera un mensaje. Cuatro, en realidad. Los escucha a oscuras, lo cual confiere una extraña presencia a las voces. ¡Feliz Día de Acción de Gracias de parte de sus padres! ¡Feliz Día de Acción de Gracias de parte de David y Ben, reunidos en Nueva York! Qué gesto tan amable acordarse de ella este día. El tercer mensaje la hace contener la respiración. Es Emerson, con una voz demasiado calmada y controlada. ¿Podría llamarlo en cuanto llegue? Le da el número de su teléfono celular, que Alma se apresura a escribir, y luego otros números alternativos en caso de que el primero esté ocupado.

El celular la transfiere directamente a la contestadora. Probablemente esté hablando con otra persona. «Emerson, ya estoy en casa. Llámame, por favor», le dice. Los otros números también están ocupados, pero Alma siente tal desesperación que sigue llamando a uno y otro, recordando la conclusión del mensaje de Emerson: «Richard está bien. No quiero preocuparte. Pero llámame a la hora que llegues».

Hasta que logra comunicar y escucha el timbre al otro lado.

—Aquí Emerson —responde, para luego decirle que Richard está bien, pero que hay problemas en el Centro. Los residentes de la zona lo han tomado por asalto, y Richard, su Richard, es el rehén.

—¿Qué quieres decir con eso de que lo han tomado como rehén? —logra decir estúpidamente Alma, pues sabe de sobra lo que es un rehén—. ¿Qué quieren? —habrá que darles lo que pidan esos secuestradores iracundos: esta casa, el carro, la camioneta, los derechos de autor por todo el resto de su carrera literaria. Todo, a cambio de Richard.

—Quieren que dejen de hacer las pruebas. Que pongan la clínica al servicio de la comunidad. Y tener la oportunidad de contarle al mundo su historia —responde Emerson, suspirando como si fuera igual que en otras ocasiones—. Salgo mañana —añade—. El jefe de Investigaciones Internacionales de Swan va conmigo. Y Starr se nos unirá allá.

—Yo también voy.

—Pensaba que ibas a querer ir con nosotros —dice Emerson. Tal vez está pensando lo mismo que ella. Que no habrían llegado a esos límites si Alma hubiera estado allí desde el principio—. Te reservé un asiento —ambos se encontrarán dentro de unas horas en el aeropuerto, tomarán el primer vuelo a Newark, y luego otro de conexión a la isla.

Al término de la llamada, Alma se precipita escaleras arriba, colocando prendas de vestir en un bolso, sin orden ni concierto. ¿Qué debe empacar? Ropa interior-pantalones-blusas, un buen vestido en caso —¿en caso de qué?—, botas-medias-bata de dormir-cepillo de dientes, su joyero. Tal vez pueda cambiar a Richard por su brazalete antiguo, por los pendientes de oro con los que él la sorprendió en su último aniversario de bodas, por el collar de perlas que le regalaron Mamacita y Papote cuando se graduó de la universidad. Poco antes del amanecer llama a Claudine, pero sale la máquina contestadora. Probablemente la familia duerme aún. Alma deja el número de la clínica, porque ¿adónde más la podría llamar Claudine en caso de que a Helen le ocurriera algo? ¿Cómo podría localizar a Tera? ¡Y Tera en pleno circuito de manifestación, sin contestadora en casa! Decide escribirle una nota a su mejor amiga. Pero, tal vez, cuando Tera regrese, ya Alma estará en casa con Richard. Pero ¿y los hijastros? Alma decide no alarmarlos, y esperar a que sea realmente necesario ponerlos al corriente.

En medio de sus zigzagueos por la casa, Alma recuerda que debe escuchar el cuarto mensaje. Es la voz entrecortada de una mujer, aparentemente desde un teléfono de la carretera, con el sonido de un camión como fondo. «Por favor, no deje que a Mickey le hagan daño. Estaba tratando de hacer lo correcto.» ¡Hannah! Alma siente una oleada de rabia. *¿Estás satisfecha ahora que tu maldición se ha cumplido? ¿Era eso lo que querías?* Pero

¿qué sentido tiene enfurecerse con esa mujer tan perturbada y temerosa como está ella en este mismo instante? Ambas están al borde del abismo, flotando en alas de la fe, del amor. A Alma no le queda otro recurso que pactar con el Dios de Helen. Mickey por Richard. Que los dos regresen a los brazos de las mujeres que los aman, sanos y salvos.

V
Febrero-marzo de 1804

Cuando el pequeño bote estuvo a tiro de piedra, nuestro capitán dio el nombre de nuestra nave.

—¡Somos la Real Expedición Filantrópica de la Vacuna! —añadió don Francisco—. ¡Venimos en son de paz! —seguro que la carta que había escrito en Tenerife y enviado en buque correo a Puerto Rico llegó a su destino. Pero entonces, ¿dónde estaba la comisión de bienvenida?

Mientras tanto, los niños y yo, uniformados y alineados en cubierta, mirábamos hacia la apacible bahía, en dirección a la ciudad de San Juan y las verdes colinas más allá. ¡Tierra, tierra, tierra! ¡Qué bella e irreal nos parece después de un mes de navegación! Por el momento ésa era la mejor bienvenida, al menos para mí.

El rostro de don Francisco se encendió de cólera. Parecía cansado y febril, y una vez más me dio la impresión de que, con el premio al alcance de la mano, le faltaba la fe.

—Probablemente están tomando precauciones —le aseguró el capitán del barco—. En otras ocasiones han hecho ondear banderas falsas —añadió, explicando que hace unos años los ingleses atacaron San Juan, en una batalla donde, a propósito, el gobernador actual se había distinguido por su valor. Y, aunque San Juan derrotó a sus invasores, los vencedores no confiaban en nadie.

A pesar de lo dicho por el capitán, nuestro director meneaba la cabeza con escepticismo. Tal vez barruntaba lo que nos aguardaba. Había invertido tanto dinero y pasión en esta empresa, que cualquier ceremonia diferente a una magnífica bienvenida lo decepcionaba.

Pero mis preocupaciones eran diferentes. Después de esta última ronda, sólo quedaba Benito por vacunar. Nuestra misión estaba a punto de cumplirse. ¿Regresaríamos a España en la *María Pita* después de su etapa final en Veracruz —el contramaestre me había preguntado, balbuceante, como si de mis planes dependieran los suyos— o continuaríamos con don Francisco hasta Ciudad de Méjico para separarnos allí? Sea cual fuere la decisión, lo inevitable estaba más cerca que nunca.

Aun así, cuando lo vi tan alicaído, no sólo me preocupó él, sino también el futuro de nuestra expedición. Un sentimiento que aumentó en las semanas siguientes, cuando la conducta de nuestro director comenzó a poner en peligro el espíritu de nuestra misión. Por eso no seguí escribiendo, pues no quería dejar evidencias de nuestro fracaso en Puerto Rico.

Yo también tuve un barrunto de lo que ocurriría, de lo que sería mi misión de ahora en adelante.

La casa era elegante e inmensa, nada de convento reservado ni edificio público a secas. Íbamos a hospedarnos en nuestra propia mansión. Salió la cocinera, una criolla, en unión de algunos sirvientes, a darnos la bienvenida. Además, apostaron a varios militares uniformados a la puerta, ¡supongo que para proteger a nuestras reales personas!

Los niños abrían los ojos con sorpresa. Todas las historias que les había contado a bordo del barco estaban convirtiéndose en realidad. Hasta yo estaba convencida de haber adivinado el futuro.

Desde la cocina ascendía un olor maravilloso a cebollas fritas y carne asada. La boca se me hizo agua al pensar en una comida sabrosa y fresca. En breve disfrutaría de un baño, para eliminar la pegajosidad salada de mi piel y cabellos. ¡Qué delicia! No habíamos zozobrado en el mar y teníamos tierra firme bajo los pies. Era una mujer feliz.

Nuestro director iba a la vanguardia en el primer coche, de manera que cuando entrábamos en la casa ya él descendía las escaleras. Su rostro seguía enrojecido y reflejaba una intensa fatiga. Ojalá no estuviese enfermo. Después de todo, ya no era un jovencito.

—No hay sábanas en las camas —oí que le decía al emisario a quien habían enviado al barco en el bote de remos.

—¿No hay sábanas en las camas? —preguntó perplejo el señor Mexía. Otra persona se había responsabilizado con tales detalles. Por supuesto, se ocuparía de eso él mismo. Pero había que ir por partes. El gobernador Castro, el obispo Arizmendi y el Dr. Oller vendrían en breve a ofrecernos personalmente sus respetos.

Don Francisco se encogió de hombros, insatisfecho. No nos había esperado una gran recepción en los muelles, ni procesión a la Catedral para un *Te Deum,* como había especificado en su carta. Parecíamos tontos con nuestras lujosas vestiduras, como ataviados para una grandiosa ocasión que jamás se llevó a cabo.

—¿Recibió el gobernador el correo de Tenerife?

El Señor Mexía no tenía conocimiento de ello, sólo lo complacido que estaba el gobernador con nuestra presencia. Pobre hombre, tratando de apaciguar a un dignatario ofendido.

—¿Dónde vamos a llevar a cabo la vacunación? —preguntó don Francisco—. Envié instrucciones precisas de no realizar las sesiones en el hospital. La gente no vendrá. Los hospitales son para los enfermos. Queremos que se considere la vacuna como agente de salud —añadió.

El Señor Mexía asintió lo más que pudo.

Pero nuestro director comenzó a vociferar, poseído por un acceso de cólera. Ni siquiera el sol penetrando por las ventanas le contentó. La casa se abría hacia un patio interior desde el que soplaba una agradable brisa y se escuchaba el rumor del agua cayendo de la fuente cercana a un árbol cuyas flores, rojas como llamas, no había visto antes en mi vida.

—Tenemos que comenzar las vacunas de inmediato. ¿Han seleccionado los niños que solicité?

El Señor Mexía vaciló, y al parecer no sabía qué decir.

—El gobernador le explicará —le aseguró a nuestro director con una sonrisa nerviosa.

La situación comenzó a despertar mis sospechas. ¿Qué estaba ocurriendo? Pensándolo bien, la recepción, aunque cortés, no tuvo nada de notable. Como si el hecho de que hubiésemos arriesgado nuestras vidas fuera un acto banal. Cual si hubiéramos llegado al Paraíso a ofrecer la salvación.

Como había administrado la Casa de Expósitos por tantos años, sabía adónde dirigirme para obtener información. En la primera oportunidad que tuve, me escurrí, siguiendo mi olfato hacia los olores de la maravillosa cena que estaban preparando. La mayoría de los sirvientes estaban en la parte trasera de la casa, sentados en la cocina. En cuanto me vieron llegar se pusieron de pie en atención.

Enseguida les indiqué que tomaran asiento.

—¡Hacía mucho que no disfrutaba de olores tan sabrosos! ¡Una comida para el olfato! —exclamé.

Todos se quedaron mirándome, con la boca abierta. Seguramente era una criatura extraña para ellos. Una española que hablaba un castellano vagamente reconocible a sus oídos criollos. Una mujer que había llegado con una medicina para las viruelas, pero que obviamente no había disfrutado del beneficio de la cura en sí misma. Por primera vez en meses, tuve conciencia de mi rostro afectado. Pero jamás volveré a cubrirme. Buena parte de mi vanidad había quedado atrás, perdida en medio del mar.

No pasó mucho tiempo antes de que apareciera Benito, corriendo tras de mí y gritando: «¡Mamá!». Venía a mostrarme algo, una flor caída del árbol llameante. Fue entonces que me di cuenta que no había visto una flor en muchas semanas. Y aquélla me pareció hermosa y emocionante.

Cuando volví a mirar en derredor, habían desaparecido las expresiones de desconfianza. Fuera yo mujer rara o no, compartíamos un lazo más fuerte, el de la maternidad. Mientras me daban a probar un poco del cerdo asado y una tajada de ananás para el chico, comencé a hacerles preguntas.

Un sonido de trompetas hizo que volviera al salón principal. El gobernador Castro hacía su entrada en el recibidor, flanqueado por dos hermosas niñas, sus pequeñas hijas, portadoras cada una de un ramillete como obsequio para don Francisco. Su esposa, doña María Teresa, le enviaba sus saludos, diciendo que recibiría esta noche a don Francisco y los miembros de su expedición con un banquete en su honor.

El gobernador indicó con un gesto a que se adelantara un hombre de edad bastante similar a la de nuestro director.

—Doctor Oller —dijo, a manera de presentación, haciéndole a nuestro director una reverencia brusca pero correcta, como para evitar la demostración de un entusiasmo excesivo que le hiciera parecer provinciano—. Nos honra usted con su visita —añadió.

Posteriormente un obispo, de hábito color escarlata como las flores del árbol llameante, alzó su mano para dar la bendición y luego abrazó con afecto a nuestro director. El obispo Arizmendi había nacido en la isla y no adolecía de la reserva de sus acompañantes españoles.

La preocupación y el mal genio desaparecieron como por encanto del rostro de nuestro director. Al fin éramos objeto de una bienvenida apropiada. Aunque se veía cansado, respiraba con menos dificultad. En un minuto estaría preguntando qué se había hecho para que la vacunación comenzara de inmediato.

Yo era la única persona del grupo conocedora de que este momento era la calma presagiosa de tormenta, como había experimentado durante la travesía. Sin embargo, el gobernador no dirigió palabra a don Francisco, y la pompa y fasto de bienvenida prosiguieron sin percances.

Más tarde llegó una carta procedente del palacio del gobernador, deseándole a don Francisco que tuviera una estancia sosegada, pero breve, en la adorable ciudad de San Juan. *Pues no tendrá mucho que hacer por estos lares,* proseguía la misiva. Luego de leerla, nuestro director me pidió que yo también lo hiciera, aunque ya me había enterado del asunto por boca de la cocinera y los sirvientes. Resulta que en diciembre la ciudad se vio amenazada por una epidemia de viruelas, y, al saber que la vacuna había sido transportada sin problemas —con hilos empapados en pus— por los británicos a Saint Thomas, el Dr. Oller había tomado la iniciativa de que fuese traída en el brazo de una niña esclava, y se vacunaron a cientos de personas, con lo que se pudo contrarrestar la epidemia.

—¿La trajeron en hilos? —pregunté, sin salir de mi perplejidad. Don Francisco había mencionado tal posibilidad como alternativa para conservar la vacuna, impregnando hilos con el pus de la viruela vacuna. Pero también dijo que el método no sobreviviría al transporte prolongado. Esa era la razón por la cual no nos había recibido tanta gente en el puerto. Al menos por el momento, parecía como si don Francisco hubiese cruzado el océano en vano.

—¡Qué clase de espectáculo montaron esta mañana! —dijo don Francisco, moviendo la cabeza con amargura—. ¿Qué creen que soy? ¿Un tonto?

—¡Y por si fuese poco, adquirir la vacuna del enemigo! Pensaba que los ingleses habían atacado esta ciudad. ¡Oh, tío! —dijo el sobrino, con tono lastimero.

Sin embargo, pensé, en breve nuestro director dejaría a un lado el desencanto para reconocer un hecho más relevante: la isla había estado bajo amenaza de epidemia. ¿Por qué esperar un barco que tardaría semanas y semanas en llegar con una vacuna que podría haber expirado en medio del océano, cuando la cura estaba a la distancia de un viaje en bote? Una razón convincente que deberíamos tener en cuenta, independientemente de nuestra frustración.

Y, efectivamente, así ocurrió con algunos miembros de nuestra expedición, el Dr. Salvany entre ellos. Durante la ceremonia de bienvenida en la mañana, él y el Dr. Oller descubrieron que habían cursado estudios en la misma escuela de medicina en Barcelona, aunque con más de veinticinco años de diferencia. El Dr. Oller invitó al Dr. Salvany y a nuestro director a alojarse en su casa de San Juan durante la visita. El Dr. Salvany aceptó, pero nuestro director —incluso antes de enterarse de toda la verdad— no quiso que lo distrajeran de su misión.

—Como vamos a vacunar aquí y en la casa frente a la nuestra, es mejor que me quede acá. Gracias por su amable proposición, Dr. Oller —dijo.

Nuestro director no reparó en la repentina palidez del rostro del médico. Por supuesto, ya sabía de sobra yo que sería difícil hallar a alguien a quien vacunar en San Juan.

Hubiera sido más honorable decir la verdad desde el principio. Esto, por supuesto, habría liberado al Dr. Oller y al gobernador de toda culpa con respecto a lo que ocurrió después.

Cuando esa noche llegaron los coches para llevarnos al banquete que se había preparado para nosotros, don Francisco se excusó y decidió no asistir, provocando que los miembros de la expedición se dividieran en dos bandos: los que estaban a favor de corresponder a la cortesía del gobernador y los que preferían quedarse, como expresión de apoyo a don Francisco.

Para mí no resultó difícil decidir. Como dije antes, tenía una nueva misión. A don Francisco le estaba faltando la fe, y yo debía mantener viva su creencia en un sueño que, desde el principio, estaba profundamente arraigado en su propia estima.

No asistí al banquete, y tal vez fue aquélla la noche en que me sentí más cerca de él.

De repente, tocaron a la puerta. Era don Ángel.

—El director ha enfermado —me dijo. No tenía ni

la menor idea de qué hora era. Sin el cielo como techo, ni la voz del piloto voceando las horas de vigilia, había perdido la capacidad de medir el tiempo—. Quiere hablarle —añadió el enfermero.

Me tiré el chal por encima de los hombros, me coloqué aprisa los cabellos bajo la cofia y seguí al hombre por la extensa galería hasta la habitación donde don Francisco estaba derrumbado en una silla. Se veía pálido y sudoroso.

—Doña Isabel, quiero pedirle un favor —comenzó, tratando inútilmente de incorporarse, sin poder reunir la fuerza suficiente de que pensaba disponer.

—No ha querido que pida ayuda a nadie —me confesó don Ángel, cuyo rostro, bajo la temblorosa luz de la vela, se pobló de ominosas sombras.

—Mandamos a pedir mi instrumental —le corrigió don Francisco. En ese momento, su sobrino y el Dr. Gutiérrez remaban en dirección al barco para recoger el instrumental de sangría y las medicinas de don Francisco. Don Pedro Ortega y don Antonio Pastor dormían junto a los niños en el enorme dormitorio de la planta baja, exhaustos luego del primer día en tierra corriendo tras las criaturas, desbocadas después del largo confinamiento a bordo. Entretanto, el Dr. Salvany, el Dr. Grajales, el practicante Lozano y el enfermero Bolaños estaban en el banquete de palacio y asistirían posteriormente a la representación de una comedia.

—¿Deberíamos acaso llamar al Dr. Oller? —le pregunté a don Ángel. Fue el nombre que me vino a la mente, pues las únicas personas que conocía hasta el momento de Puerto Rico eran el gobernador, el obispo, las niñas y media docena de sirvientes expertos en chismografía, pero no en sangrías. Y, por supuesto, el médico que había despojado de su premio a don Francisco, trayendo la vacuna a la isla.

Pero el apellido Oller logró lo que ninguna sangradera hubiera podido. Don Francisco trató de ponerse de pie. Estaba bien. No era necesario llamar a nadie. Probablemente había contraído algo de disentería por el cambio de dieta.

A regañadientes, don Ángel aceptó no pedir ayuda a nuestros anfitriones y bajó en busca de una tisana.

—Pregúntele a la cocinera. Ella sabrá qué tipo de hojas se puede usar —dijo don Francisco, sonriendo débilmente. La gente de pueblo sabía más de lo que le reconocía la ciencia. Y recordé de pronto algo que me había contado su sobrino: en Méjico, un curandero le había asegurado a don Francisco que la begonia y el agave eran un eficaz remedio para el mal francés—. Mientras tanto, doña Isabel, quiero que escriba algunas instrucciones que voy a dictarle.

¿Por qué no se lo pedía a su secretario?, me pregunté, pero me di cuenta de la razón en cuanto desapareció don Ángel. Nuestro director quería dictar una carta personal, en caso de que le ocurriera cualquier percance. Supongo que no estaba seguro de recuperarse de aquello que lo afligía. *Mi querida Josefa,* comenzaba la carta. Aunque al día siguiente —luego de varias infusiones hechas por Juana, la cocinera, y de las sangrías que le aplicara el Dr. Gutiérrez— don Francisco mejoró considerablemente, y al segundo día ya estaba «curado», por lo que la carta que me había mandado a entregar estaba de nuevo en sus manos; el contenido de la misma quedó grabado por siempre en mi memoria:

Mi querida Josefa:

No sé si tendré éxito en la gran empresa por la que te he abandonado a ti y a todo lo que más quiero. Después de una difícil travesía, saboteada posiblemente por miembros de nuestra expedición, ya fuere a causa de celos por mi nombramiento o como medio de regresar a España debido a su cobardía, arribamos a Puerto Rico, sólo para ver que varios ineptos ingratos, con el propósito de ganarse honores, y de que tal vez Su Alteza dé por terminada nuestra gloriosa misión, introdujeron una supuesta vacuna, valiéndose del dudoso método de los hilos, el cual creo que será perjudicial. Ahora he enfermado, y previendo quizá un final abrupto a todos mis esfuerzos, quiero asegurarte de que no me alejé de tu lado por falta de amor. Aunque ahora comienzo a poner en duda mis propias intenciones, confío en que lo primero que me impulsó a emprender este arriesgado viaje fue el gran amor que siento por ti, y que se extiende a todo ser humano. Tal vez fue un error pensar que podría tener un alma tan inmensa en mi estrecho carácter y cuerpo mortal. Pero si no hacemos el intento, no podremos lograr que nuestra humanidad crezca ni siquiera un ápice. En los oscuros días que tenemos por delante, independientemente de lo que las malas lenguas digan de mí, recuerda que no sólo he llevado al fin del mundo la vacuna, sino también el amor por ti que llevo, Josefa, en lo más profundo de mí.

Cuando don Francisco terminó de dictar la carta, mi rostro estaba cubierto de lágrimas. Tantas, que temí emborronar las palabras que estaba escribiendo.

No sé si nuestro director me oyó respirar con dificultad o vio que estaba llorando, pues mientras dictaba había mantenido cerrados los ojos y su cabeza descansaba en el respaldo de la silla, como imaginándose a su amada Josefa. De todas formas, me preguntó con delicadeza:

—¿Qué le ocurre, doña Isabel?

Me limité a mover la cabeza. ¿Qué podía decirle? ¿Que estaba llorando porque ningún hombre me había escrito jamás una carta así?

Aunque no articulé palabra alguna, y mantuve una reserva absoluta, don Francisco adivinó la razón de mi llanto.

—Algún día alguien le escribirá una carta similar, doña Isabel. Y entonces, tal vez piense en mí.

—Siempre pensaré en usted, don Francisco —le confesé—. Usted ya ha depositado ese amor en muchos corazones. No lo dejaremos que escape. *Usted* tampoco debe permitirlo —me atreví a decirle—. No importa que soplen vientos de infortunio —añadí, con menos ímpetu en la voz.

Don Francisco volvió a apoyar su cabeza en el respaldo de la silla. Pero, aunque tenía los ojos cerrados, sonreía.

—Doña Isabel, yo sería un hombre mucho mejor si usted estuviera junto a mí en cada etapa de este viaje.

Mi corazón se estremeció. ¡Si supiera cuánto deseaba estar con él a cada paso!

—Si mi ayuda le resulta útil... —alcancé a decirle—. Pero ¿cuáles serían mis deberes?

—Recordármelo —respondió, abriendo los ojos y sonriendo.

Y eso fue lo que traté de hacer en los días que siguieron.

Sin embargo, conjuntamente con su buena salud, también recuperó su terquedad. A la mañana siguiente ya estaba en pie, proclamando anuncios, preparando instrucciones para los médicos de la localidad, sin escuchar razones. Hasta Juana, la cocinera, había insistido en que las infusiones eran más efectivas acompañadas de un buen reposo. Nada de eso. Nuestro director sabía más que todos nosotros. Ya había esperado un día más de lo debido para vacunar a Andrés Naya y a Antonio Veredia, y para llevar a cabo nuestra primera sesión pública. ¡La vacunación debía comenzar inmediatamente!

El problema estaba en que todo el que necesitaba vacuna en San Juan ya la había recibido. Y el procedimiento se había hecho de forma tan común y corriente que hasta los niños jugaban a vacunarse entre sí en los patios de las escuelas.

—¿Cómo es posible? —le preguntó don Francisco al señor Mexía, quien bajaba la cabeza como pidiéndole ayuda a las losas del suelo. Sin duda alguna sabía, como consejero de la ciudad y *factotum* general, que la respuesta correcta podía también ser la peor, en dependencia de quién le preguntara. Y no pude menos que pensar en las rabietas de doña Teresa, y cómo lo mejor que se podía hacer en esos momentos era desaparecer de su vista—. ¿Saben el gobernador y el supuesto doctor Oller que al obrar así han puesto en peligro la expedición de Su Majestad? ¿Dónde vamos a conseguir el próximo grupo de portadores? ¿No saben que no deben vacunar a todos a la vez, sino en sucesión, a fin de perpetuar la vacuna para la próxima generación? —decía nuestro director, caminando de un lado a otro, retorciéndose las manos.

Debo admitir que yo también me sentí muy preocupada por el destino de nuestra misión. Dentro de poco sólo nos quedaría un solo portador, Benito, de quien no podíamos fiarnos. Por supuesto, lo había inspeccionado con sumo cuidado y no le encontré una sola marca. Pero aun así podría ser inmune. Era necesario hallar un segundo portador seguro para recibir el líquido de las vesículas de Antonio y Andrés por lo menos en una semana. ¡Ay de nuestra expedición si fallaba esta última vacuna! ¡Ay de mí, también, pues la culpa caería sobre mis espaldas!

Corrí escaleras abajo con dos encargos urgentes para Juana. El primero era un té para calmarle los nervios a nuestro director; y el segundo, buscar un niño a quien no se hubiera vacunado. A cambio, le ofrecí mi collar de cuentas de rosario y algunas joyas de poca monta heredadas de mi madre y hermana (un brazalete de marfil, un prendedor de luto de plata). Juana me había contado que muchos sirvientes escondieron a sus hijos para que no los vacunara el Dr. Oller, dudando de que «se pudiera tener viruelas sin padecerla». Pero Juana confiaba en mí. Después de todo, estaba ofreciendo a mi pequeño Benito como portador «de la vacuna segura del Rey».

Subí con buenas nuevas para nuestro director. Primeramente, le ofrecí un té de hojas de guanábana, que ya había probado en la cocina y me dio un gran alivio, aunque éste procedía tal vez de la buena noticia que ahora iba a darle. Juana tenía un sobrino de un mes de nacido. ¡Y ese pequeño saludable no había sido vacunado aún!

—Esa es una maravillosa noticia, doña Isabel —asintió don Francisco, con tono distraído, señalando con la cabeza para que pusiera el té dondequiera que encontrara una superficie vacía. Lo bebería en breve. En ese momento estaba dictándole una carta a don Ángel, dirigida al gobernador Castro. ¡La vacuna del Dr. Oller era falsa, y debía ser desacreditada públicamente como una traición a Su Majestad!

Don Ángel me dirigió una mirada sombría. Mientras presenciaba cómo ambos daban los toques finales a la carta, pensé que, con toda seguridad, nos ahorcarían a todos en cuanto el gobernador la leyera.

Junto con la carta, don Francisco le envió al gobernador una copia de su traducción del tratado de vacunación de Moreau, esperando que Su Gracia lo estudiase, *hasta donde pueda llevarle su agudeza, puesto que en estos menesteres anda escaso de conocimientos Su Señoría.*

No sé qué ángel se encargó de protegernos, porque, en vez de un escuadrón de militares con cuerdas y grillos, fue el gobernador en persona quien respondió a la misiva de don Francisco. Tal vez después de su victoria sobre los invasores ingleses, se propuso no dejar que un simple médico le hiciera perder la ecuanimidad.

Su saludo fue cordial, como si la carta incendiaria de nuestro director estuviera dirigida a otra persona. Y hasta trajo juguetes para los niños: peonzas y soldaditos, así como caramelos de azúcar de caña dentro de un cesto de paja pintada que colgaron de una rama alta, para que los niños, con los ojos vendados, la golpearan con unas varas. ¡Qué bien la pasaron en el patio! Intenté contener la algarabía, sin éxito. Y aunque varios recibieron algun que otro golpe en la cabeza, al menos a nadie le atravesó una flecha. Alguien había propagado la noticia, proveniente del barco, de que el ujier iba a retorcerles el cuello a todos y cada uno de los niños si volvía a verlos.

Los gritos y chillidos de mis pequeños guerreros de la piñata fueron la causa por la cual no llegué a escuchar los improperios intercambiados entre el gobernador y nuestro director. Al parecer, don Francisco tardó más de lo debido en ir a recibir a Su Gracia, y después le proporcionó una sombría mirada y una brusca reverencia. Don Ángel me contó que el gobernador mostró una relación de todas las personas vacunadas por el Dr. Oller y sus asistentes. En ella figuraban las personalidades más prominentes, como el obispo Arizmendi, los hijos del Dr. Oller y las dos hijas del gobernador.

—Esas personas corren un grave peligro —declaró don Francisco—. Su Gracia debe redactar un decreto, declarando que la vacuna de Oller es un error. ¡Hay que reiniciar la vacunación inmediatamente!

El gobernador, en tono más razonable, le sugirió que, en vez de citar a cientos de personas, ¿por qué no probaba con unos cuantos? Ya había examinado el libro de Moreau que tan gentilmente le había hecho llegar don Francisco (don Ángel me contó que el tono de la palabra *gentilmente* era tan cortante que podría haber cercenado de un tajo la cuerda más gruesa del barco). El buen Moreau había escrito en el prólogo a su libro que hasta una persona de mediano talento y sin conocimientos de medicina podría formarse una idea correcta acerca de la vacunación (muy cierto, ¡porque *hasta yo* he aprendido a vacunar!). Al volver a vacunar a unas cuantas personas, el Dr. Balmis podría verificar si el proceso anterior era falso o no. Si no había reacción a la nueva vacuna, la del Dr. Oller habría sido efectiva después de todo, y la isla de Puerto Rico se ahorraría un costo enorme e impropio.

¿Cómo hubiera podido oponerse nuestro director a tales argumentos? Sin embargo, lo hizo, según don Ángel. No había cruzado el océano, enfrentándose a todo tipo de tribulaciones y arriesgando las vidas de tantos inocentes, para arreglar los entuertos de un charlatán local. O se volvían a efectuar las 1.557 vacunas o don Francisco no repetiría una más. Y con una inclinación de cabeza y un «Que tenga un buen día», salió de la habitación, dejando al gobernador con la relación en la mano. Fue un milagro, aseguró don Ángel, que aquel papel no comenzara a arder como el rostro del gobernador, enrojecido de furia.

El Dr. Salvany enfermó con las mismas fiebres y debilidad que habían aquejado a don Francisco. Y del barco nos llegaron noticias de que Orlando y varios miembros de la tripulación tenían los mismos síntomas. ¿Qué podría ser, una disentería menor, o tal vez malaria, o la temida fiebre del barco? Don Francisco organizó rápidamente un viaje a la *María Pita* para examinar a sus compañeros de travesía. En cuanto al Dr. Salvany, quien permanecía aún como huésped en casa del Dr. Oller, debía regresar a nuestra casa para ser tratado por un médico legítimo, en cumplimiento de las órdenes expresas de don Francisco.

Esa misma tarde, tal vez para limpiar su buen nombre, o expresar su opinión sobre lo inconveniente de trasladar al Dr. Salvany en ese momento, se apareció el Dr. Oller en la casa, a la hora de la siesta. Yo estaba en la parte trasera de la cocina, donde Juana leía el fondo de mi taza de café.

Un largo viaje.

—Vamos, Juana —dije a manera de reproche—. ¡No hace falta una clarividente para profetizarlo!

Sin niños, pero con muchos hijos.

(Suspiré impaciente.)

El corazón roto, pero una vida feliz.

Me levanté. ¿Cómo podría ser? ¿Acaso no se necesitaba amor para ser feliz? Juana se encogió de hombros. Sólo se limitaba a leer el futuro, no a inventarlo.

Don Ángel y don Antonio Pastor descansaban en

sus hamacas colgadas entre dos pilares de la galería abierta, mientras los niños jugaban en el patio. De tanto en tanto, cuando el retozo se hacía demasiado violento, uno u otro enfermero amenazaba con enviarlos a todos a sus respectivos colchones para dormir una siesta obligada si no se comportaban bien. Cuando me enteré de que el Dr. Oller había venido a hablar con nuestro director, salí hacia el salón principal. No necesitaba borra de café para predecir lo que ocurriría con la fusión de chispa y pólvora.

El Dr. Oller no podía ocultar su nerviosismo mientras esperaba por nuestro director. Ambos eran aproximadamente de la misma edad y estatura, aunque el Dr. Oller parecía más pequeño y envejecido, debido a la presencia de su voluminosa panza de profesional exitoso. Había perdido la visión de uno de sus ojos, que permanecía en blanco e inamovible, mientras que el otro acechaba al interlocutor con una mirada infortunada y artera.

—Doña Isabel —dijo al verme entrar, haciendo una reverencia. ¡Se acordaba de mi nombre!—. Vengo con nuevas de su colega, y a dar una explicación... acerca de este desdichado asunto.

Como toda persona aterrada, había comenzado a ofrecerle sus explicaciones a la primera persona dispuesta a escucharle.

—¿Ha mejorado el Dr. Salvany? —pregunté, esperando que se sintiera más cómodo hablando acerca de una preocupación común. También esperaba convencer al Dr. Oller de que yo podría comunicarle cualquier noticia a nuestro director, quien se encontraba descansando en la planta alta. Debido al agitado estado en el que se encontraba, don Francisco, estaba casi segura, no iba a escuchar las explicaciones del Dr. Oller.

El Dr. Oller concluyó el informe acerca de su huésped, el cual prometí contarle a nuestro director. Y, mientras lo acompañaba a la puerta, escuché la voz de don Francisco.

—No se vaya, Dr. Oller. Quiero que me repita sus mentiras cara a cara.

El médico siguió su camino en dirección a la puerta, algo que enfureció aún más a nuestro director. Su próxima orden fue un grito, que con toda seguridad se escuchó en plena calle. Posteriormente supe que el Dr. Oller era también sordo de un oído, de manera que el gesto que nuestro director entendió como afrenta y muestra de culpabilidad del médico local, era simplemente producto de su incapacidad auditiva.

Esta vez el médico escuchó el grito. Se volvió, enfrentando a don Francisco, tembloroso y pálido de ira, con ambos ojos observando con atrevimiento a su acusador.

—Le demostraremos que el mentiroso es usted —le espetó, echando más leña al fuego.

¡Qué curso tan nefasto habían tomado las cosas! Todo San Juan estaba transfigurado, en espera de conocer el resultado: la vacuna que había recibido casi todo el mundo, ¿era buena o mala? ¿Debían confiar en la viruela vacuna «inglesa» o en la «española», como habían comenzado a llamarlas? Entretanto, los pueblos lejanos tendrían que combatir la epidemia, desprovistos de toda vacuna.

Finalmente, el obispo Arizmendi intercedió, convenciendo al gobernador de que desestimara la vacunación previa, convocando a una nueva ronda de vacunas, «para que el público cumpliera la voluntad del Rey». El obispo en persona vino a dar la noticia a nuestro director, asegurándole que él mismo se sometería a una nueva vacuna como ejemplo para persuadir a los demás.

Don Francisco volvió a enfermar de fiebres y desmayos. Pero ningún té de los que prepara Juana puede cambiar el carácter de una persona. El Dr. Salvany regresó a nuestra casa, muy recuperado y fortaleciéndose cada día, mientras que nuestro director empalideció y se debilitó más y más. Me pregunté si sobrevivirá a nuestra estancia en Puerto Rico.

La fecha de la revacunación se fijó para el 28 de febrero, un martes. Como esperábamos que acudiera un gran número de personas procedentes de las provincias del interior, todos los miembros de la expedición debían estar presentes, incluyéndonos a los enfermeros y a mí. Ya me he hecho una experta en ayudar a los médicos, alcanzándoles los instrumentos, y, muy especialmente, en tranquilizar a los niños que van a recibir el pinchazo de la sangradera.

¿Cómo lo logro? Pues haciéndoles cuentos, diciéndoles cómo este maravilloso espíritu de amor va a penetrar en ellos, lo mágico que será, lo saludables que van a estar, y cómo el pinchazo o el dolorcico es la huella diminuta que deja el espíritu a su entrada.

Y funciona, sin dudas. No sé si es el cuento o la forma en que mis ojos les llaman la atención. *Aquí estoy contigo, no estás solo,* les digo con la mirada. Al cabo de una hora, siento que los brazos se me llenan de cardenales, como si me hubiesen dado decenas de pinchazos.

Ese día los sirvientes se encargaron del cuidado de los niños, para que los enfermeros y yo pudiésemos ayudar a atender las largas filas de personas que vendrían a vacunarse hasta bien entrada la noche. Sólo separaron al pequeño Benito y al niño que Juana descubrió que no habían vacunado, al cual he apodado «Salvador». Ambos fueron vacunados el día diecinueve con el líquido de las vesículas de Andrés Naya y Antonio Veredia, ¡y ambas prendieron! Besé a mi pequeño Benito con tal vehemencia que seguramente se preguntó qué había hecho para merecer tal gesto de alegría. Habíamos logrado el éxito: ¡una cadena de vacunas que podemos rastrear hasta La Coruña!

Juana había convencido a varios sirvientes para que vacunaran a sus hijos. Teníamos líquido de viruela suficiente, por lo que don Francisco decidió esperar un día para recoger el de la vesícula de Benito. Nuestro director solicitó y le concedieron cuatro niños para llevar la vacuna a Caracas. Se supone que mañana los trairán sin falta. Juana me contó que habían buscado por toda la ciudad a cuatro niños, cuyas familias estuvieran de acuerdo en darles permiso para acompañarnos a Venezuela.

—¿Conoces a algunos niños que puedan acompañarnos? —le pregunté a Juana.

—No, señora —me contestó la cocinera, moviendo la cabeza con obstinación. Una cosa es dejar que vacunen a sus hijos (y cada vez más familias pobres traen a sus niños y niñas a que los salven de las viruelas) y otra es exponerlos a un peligroso viaje por mar, lejos de casa—. Los pobres no tenemos otra cosa que nuestros hijos —me explicó Juana, quien aceptó finalmente mi collar de cuentas y le entregó a su sobrina el brazalete y el prendedor.

—Todos los niños de la expedición están bajo mis cuidados especiales —le aseguré.

—Ni aunque los cuide la Virgen Santísima —me replicó Juana. ¡Qué blasfemia! Pero es comprensible. A mí misma me había sido extremadamente difícil llevar a Benito, y hasta puse en peligro nuestra misión por tenerlo a mi lado. Ojalá nunca llegara el momento en que se me pidiera que lo abandonase.

A media mañana de ese agitado día, llegó el obispo con varios colegas eminentes. Y al primer grupo le siguió el Dr. Oller, con cara de solemnidad y en un mutismo absoluto que seguramente le impusieron. Trajo consigo a sus hijos, conjuntamente con varios ciudadanos prominentes y sus respectivas familias. El recibidor de la planta baja bullía con las conversaciones y la expectación; con el fin de mitigar el calor, se ubicó a varios sirvientes cerca de las ventanas con enormes abanicos hechos de hojas de palma, para propiciar la entrada de brisa.

Finalmente llegó el gobernador acompañado por sus dos hijas, que también iban a volver a vacunarse, como los demás. Sonaron las trompetas y el portaestandarte anunció con voz de trueno, el inicio oficial de las vacunaciones.

Pero ¿dónde estaba metido el Dr. Balmis?

El gobernador y el Dr. Oller intercambiaron una mirada cómplice y ambos esbozaron una sonrisa sarcástica.

A mí me tocó en suerte la poco envidiable tarea de recibir a nuestros ilustres invitados e informarles que ya don Francisco había comenzado la vacunación en el gran salón de la planta alta.

—Pero el gobernador es quien debe dar la orden —dijo Castro, como si se refiriera a otra persona y no a él mismo—. El ilustre señor obispo y otros estimados invitados esperan por el doctor acá en la planta baja —añadió, gesticulando con la calma exquisita de quien está realmente furioso.

—Arriba hay mejor luz —dije, tratando de justificar a nuestro director. Por supuesto, sabía de sobra que era enormemente impropio que don Francisco comenzara sin cumplir con las formalidades que merecen los funcionarios de alto rango y sus familias. Una afrenta evidente que traté de mitigar y presentar como entusiasmo profesional, con toda la gracia aprendida bajo la tutela del carácter de doña Teresa.

Pero mis explicaciones no fueron suficientes para aplacar la ira del gobernador, de cuya boca escuché decir que prefería enfrentarse a los ingleses a tener tratos con tal director.

El grito aterrador de un niño proveniente de la planta alta me recordó mis propios deberes, por lo que pedí permiso para retirarme y subí, llegando justo cuando don Basilio agarraba a un niño por el cuello con una mano, tapándole la boca con la otra. De pronto, el enfermero dio un alarido y retiró rápidamente la mano de la boca del niño.

—¡Maldito caníbal! —dijo, tirando de la oreja del infortunado, mostrándole luego al director las marcas de una mordida en sus dedos.

—Un poco más de control, don Basilio —le recordó don Francisco. Qué ironía: cuán sabio podía ser nuestro director ante la imbecilidad ajena.

El señor Mexía subió varias veces para informarle al buen doctor que abajo lo esperaban sus huéspedes.

—No estoy aquí para representarles un sainete —le dijo don Francisco, mirándolo por encima del hombro—. Levántese un poco más la manga. Gracias —le ordenó luego a la mujer que ya comenzaba a pestañear al ver la sangradera.

Mírame, le dije con los ojos a la mujer, y así lo hizo, haciéndome partícipe del temor que la embargaba.

—Pero, señor —persistió el señor Mexía, enjugándose la frente. ¡Pobre embajador exhausto! Sabía lo mal que se sentía en ese momento—. Su Eminencia, el gobernador y el doctor...

—¿Es que acaso no entiende el castellano? —espetó nuestro director, volviéndose en su dirección, sangradera en mano, para dirigirle una mirada iracunda al aterrorizado consejero—. Estoy trabajando. Si las ilustres eminencias quieren verme, que suban.

Increíblemente, al poco tiempo escuchamos cómo aproximadamente una docena de ilustres eminencias subían las escaleras.

¿Por qué nuestros anfitriones no complacían a un hombre cansado y enfermo, necesitado de proporcionarles la vacuna que les había traído de allende los mares?

¿Por qué nuestro director olvidaba que el mundo es enorme, que había otros sitios donde podían dar fruto sus esfuerzos? ¿Por qué no escuchaba las explicaciones del Dr. Salvany, provenientes de varias fuentes, con respecto a las restricciones de que adolecía el erario público de la isla?

Aparentemente, la isla no había estado recibiendo su subsidio en los últimos cinco años. No había fondos para gobernar. Los militares que cuidaban las puertas de nuestra casa, así como el señor Mexía y Dios sabe cuántos miembros de la servidumbre, estaban recibiendo la mitad de su salario desde junio del año pasado. El gobernador y el Ayuntamiento podían a duras penas recibir una expedición cuyos servicios ya no necesitaban. Aun así, como muestra de cortesía a los miembros de dicha expedición, el consejo había votado unánimemente a favor de asumir nuestros gastos en Puerto Rico, urgiéndonos, al mismo tiempo, a no quedarnos más de lo debido. Por algo el gobernador había visto con recelo la horrible posibilidad y gastos de una nueva vacunación, después de haber incurrido en el costo de una primera ronda de vacunas.

Supongo que sólo Dios Todopoderoso podrá apreciar nuestras diversas historias. Sólo Él puede amar cada individualidad estrecha, acongojada y mezquina, y aplaudir cada vez que uno de nosotros, inspirado por el amor o aquejado por la pérdida, se las arregla para poder ver, más allá de los confines de nuestros intereses, la existencia de otro ser humano. *Te veo. No estás solo. Estamos juntos.*

El gobernador hizo finalmente su entrada en el salón de la planta alta, poniendo la mejor cara que pudo a una mala situación. Cerca de la ventana, don Francisco vacunaba a un niño que gritaba a todo pulmón. En diferentes partes de la habitación, el Dr. Salvany, el Dr. Grajales y el Dr. Gutiérrez interrumpieron sus faenas para saludar al gobernador, al obispo y a otras eminencias, mientras que los enfermeros se apresuraron a sacar del salón a los pacientes ya vacunados. Desde el pasillo pude escuchar cómo don Basilio les explicaba el calendario de acción, cómo debían tratar la zona donde les habían vacunado y cómo debían preservar la vesícula en crecimiento. A cada persona se le entregaría un peso por cada buena vesícula cosechada (pero ¿cómo podrían asumir el gobernador y el ayuntamiento esta nueva obligación financiera que les imponía nuestra expedición?).

—¡Don Francisco! —saludó el gobernador con una fingida afabilidad que a nadie convenció. Nuestro director le hizo un gesto con la mano. Estaría con ellos en un minuto, luego de terminar con un paciente a quien estaba vacunando.

—Oh, pero quizá yo puedo ahorrarle todo este trabajo —recriminó el Dr. Oller, indicándoles a sus dos hijos y a las hijas del gobernador a dar un paso al frente—. He vuelto a vacunar a estos niños *con su vacuna* y, mire, no ha prendido.

Don Francisco se volvió hacia él, con la mandíbula contraída y el rostro lívido. Estaba demasiado furioso como para preguntarle al Dr. Oller por qué medios había obtenido *nuestra vacuna,* pero pude advertir la palidez en el rostro del Dr. Salvany. Nuestro director se adelantó, pasando junto a la prueba fehaciente que le mostraban en los brazos de los niños, como si éstos no existieran. Se detuvo directamente ante el obispo Arizmendi, quien le sonrió con inquietud.

—Su Gracia Ilustrísima —se dirigió don Francisco al obispo—. ¿Puede usted creer que no he visto a alguien bien vacunado en Puerto Rico? ¿Ni tampoco (con la excepción de vuecencia) a ningún otro hombre honesto?

—Recuerde que está hablando en mi presencia, la mayor autoridad de esta isla —le recordó el gobernador, con voz de acero—. Me voy a ver obligado a reportarle ante el Rey.

—Yo también informo al mismo Rey, y en persona —le contestó el Dr. Balmis.

Para ese entonces los niños presentes en el salón lloraban a moco tendido, porque, a su temor a la vacuna, se añadía la aterradora posibilidad de dos adultos gritándose mutuamente. Un militar demasiado exaltado disparó al techo para llamar al orden, y una mujer comenzó a gritar.

—Está perturbando mi trabajo —informó don Francisco al gobernador—. Debo pedirle que se marche inmediatamente.

Quién sabe lo que sucedería a continuación, con ambos hombres mirándose frente a frente en medio del salón. Los militares se pusieron en alerta. ¿Habría un baño de sangre por tales pequeñeces? Finalmente me decidí a intervenir.

—Caballeros, por favor, por amor a todo lo que es bueno en el cielo y la tierra —dije, mirando a uno y a otro, hasta ver cómo la furia animal se disipaba, dando paso nuevamente a dos seres humanos.

Al día siguiente comenzamos los preparativos para nuestra partida. El señor Mexía trajo personalmente un mensaje del palacio del gobernador. Sin una disculpa ni una alusión al incidente del día anterior. Sólo la comunicación de que los cuatro niños que prometieron para acompañarnos en nuestro viaje a Caracas, estarían ante nuestras puertas en la noche. Buena noticia, pues la vesícula de Benito estaba totalmente llena y lista para que su líquido se extrajera y se transmitiera a un nuevo grupo de portadores.

Utilizamos la misma vía, insuficiente y agotada, para responder al gobernador. Sin disculpas ni alusiones a los acontecimientos del día anterior. La Real Expedición de la Vacuna saldría de aquellos predios en cuanto llegaran los cuatro niños de marras.

Mientras esperábamos por ellos, don Francisco reflexionaba en torno a la argucia del Dr. Oller. ¿Cómo había obtenido el falso médico nuestra vacuna? ¿Habría un traidor entre nosotros? Don Ángel, derrochando bondad como acostumbraba, le recordó a nuestro director que tal vez el Dr. Oller podría haber obtenido el líquido de las personas a quienes habíamos vacunado. Gracias al cielo que aquella explicación le satisfizo, pues, de lo contrario, la duda habría escindido la unidad de nuestro grupo.

Pasaron las horas y ni rastro de los niños. Don Francisco comenzó a dudar de la palabra del gobernador. Sin portadores, se perdería la vacuna. Pensé en una sugerencia que no me atreví a decirle a nuestro director. Al oír que habían transportado la vacuna sin tropiezos desde Inglaterra a Saint Thomas valiéndose del pus en hilos, ¿por qué no usábamos tal método de ahora en adelante? ¿Por qué exponer a más niños como portadores cuando un procedimiento tan simple podría ser tan efectivo?

Cuando se lo dije al Dr. Salvany, éste me convenció de mi equivocación. Los hilos no eran confiables. Sólo en raras ocasiones la vacuna estaba activa a su llegada.

—En esto tengo que darle la razón a nuestro... director —dijo, vacilando antes de pronunciar la palabra *director*, como si albergara en su mente alguna duda acerca de su vigencia en cuanto a don Francisco.

—Me alegra saberlo —respondí aliviada.

—Quede su mente tranquila al respecto, doña Isabel —me aseguró el Dr. Salvany, con una vaga sonrisa.

Pero él no parecía aliviado en modo alguno. Desde la trifulca de ayer, el joven médico vagaba por toda la casa con mirada aturdida e infeliz. Había hecho amistad con el Dr. Oller, cenado con el gobernador, recitado sus poemas a los literatos locales. Hasta Campeche, el diestro pintor, le había invitado a posar para un retrato. Estaba atrapado entre lealtades, pero había algo más. Sus ilusiones románticas con respecto a la expedición se desvanecían día a día. Y la poesía no podía ayudarle en la crisis presente. ¡Se había embarcado en un viaje con un demente! Aquella persona entregada en cuerpo y alma a su misión estaba transformándose en un monstruo. ¿Qué ocurriría cuando cruzaran las Américas para navegar al Pacífico, y luego a las Filipinas y a China?

—Nuestro director no ha estado bien de salud —traté de asegurarle al joven médico, aunque compartía con él las mismas preocupaciones. Le hablé de las fiebres que habían aquejado a don Francisco la primera noche, las que, según me habían dicho, aparecían intermitentemente desde entonces—. Estoy segura de que se recuperará y todo saldrá bien.

—El problema es conmigo. No estoy seguro de que pueda recuperarme —balbuceó vagamente el Dr. Salvany.

Le pregunté si le estaban volviendo las fiebres.

—No es eso —dijo, con un suspiro—. Cometí un error al aceptar este encargo. No tengo temperamento para estas batallas e intrigas continuas.

—No pierda la fe, Dr. Salvany —le insistí, tratando infructuosamente de mirarlo a los ojos, perdidos a miles de leguas de distancia, en un salón en España. Más tarde, después de la cena, recogí su taza de café y se la llevé a Juana a la cocina para que la leyera. La mujer miró al interior de la taza vacía y movió la cabeza. No me atreví a preguntarle, pues se apresuró a llenarla nuevamente de café y una pizca de azúcar, para luego bebérsela de un trago.

Los cuatro niños prometidos llegaron al final del día, escoltados por el obispo Arizmendi, enterado de que la expedición se aprestaba a marcharse. ¿Por qué no reconsideraba su actitud don Francisco y se quedaba al menos lo suficiente como para llamar a una junta que perpetuara y administrara vacunaciones futuras?

—Su gobernador y ese médico me han arrebatado las riendas de esta misión, señor obispo. Que vacunen como les plazca.

El obispo Arizmendi admitió que la situación no se había manejado adecuadamente. Pero le recordó al

Dr. Balmis que aún quedaban más habitantes de la isla por beneficiarse con las vacunas del médico del Rey.

Pero don Francisco fue implacable. Los baúles estaban llenos y cerrados, se habían pedido los coches para nuestra partida, y se había enviado una carta a la Audiencia de Venezuela con el fin de que se aprestara a recibirnos.

—Nos duele que se marche usted de esa manera —manifestó el obispo, extendiendo los brazos como si estuviese hablando por todos los pobladores de Puerto Rico. Luego se volvió a los cuatro portadores que nos había traído y les recordó que debían comportarse debidamente y que tenían que obedecer las instrucciones que les dieran don Francisco y doña Isabel. Los pobrecillos comenzaron a llorar y a decir que no querían marcharse de Puerto Rico.

Aquello fue la gota que colmó la copa de nuestro director, para quien el nombre de la isla se había transformado en veneno para sus oídos. Sin más, se marchó a culminar sus preparativos de partida. El Dr. Salvany se encargó de acompañar al obispo hasta la puerta, mientras yo intenté calmar a los niños: Juan Ortiz, Manuel Antonio Rodríguez, Cándido de los Santos y José Fragoso, otros cuatro hijos que añadir a mi creciente lista de niños.

Pero el problema de los mutis grandiosos es que, en ocasiones, la Naturaleza no coopera. Y allí quedamos atrapados diez días en la calma chicha de la bahía, sin poder zarpar. Cada día enviaban un pequeño bote a la costa para reabastecernos de agua dulce y de algunos víveres. El calor a bordo era terrible. Por primera vez comprendí lo que era estar en los trópicos. Los niños dormían en cubierta porque el calor en el sollado era insoportable.

Y la fiebre comenzó a asolar la nave. Cada día don Francisco se agobiaba más y más. Nos quedaban cuatro portadores, y dos de ellos habían sido vacunados el día veintinueve. Sus vesículas madurarían en diez días y aún estábamos anclados en la bahía, con sólo dos portadores de reserva.

La situación no debería ser tan terrible, pues nuestro próximo puerto de destino, La Guayra, en Venezuela, estaba a lo más ocho días de distancia, o algo así, le había asegurado el funcionario del puerto a nuestro capitán, quien jamás se había aventurado en esas aguas. ¿No deberíamos llevar entonces un práctico local con nosotros? Pero nuestro director se negó rotundamente a tener tratos con nadie más en la isla, y la *María Pita* esperó en la bahía hasta hacer realidad su acongojada partida de Puerto Rico.

Finalmente, ¡ay!, finalmente, llegó nuestra redención con una brisa que comenzó a soplar esa noche, y zarpamos a la mañana siguiente. Tal vez era un error partir con tantas personas debilitadas por la fiebre, cruzando aguas desconocidas para nuestro capitán y la tripulación, pero para entonces se habían acumulado tantos errores que sólo nos quedaba orar para que la esperanza tuviera velas enhiestas, y que prevaleciera el buen juicio.

6.

Alma siente que su fe se desvanece mientras se encamina a la isla caribeña a negociar la recuperación de su esposo convertido en rehén. Adondequiera que mira le asaltan decenas y decenas de las pequeñas comodidades y privilegios que conforman su vida.

Resulta ridículo que donde primero la invade ese sentimiento de culpa sea en el baño del aeropuerto de Vermont, precisamente al entrar en ese espacio brillante, oloroso a limpieza con su pared llena de espejos, sus casillas con rollos de papel higiénico que van cayendo en su lugar cuando el primero se gasta; las servilletas adicionales para las manos, atadas con una cinta de goma roja y colocadas en grupos encima del dispensador demasiado lleno. Alma trata de imaginarse cómo *ellos,* los secuestradores, verían este salón que tiene ante sí, con tanta abundancia, a pesar de ser un sitio público. No la casa de un rico, ni el palacio de un dictador, ni una elegante suite para asuntos de Estado, sino el pequeño aeropuerto público de un estado rural con sus propios focos de pobreza.

Detesta ver la vida de esa manera, a través de un prisma de quejas y lamentaciones. ¿Qué beneficio pueden reportarle a alguien esas nimiedades? ¡Contar los pétalos echados a perder en una rosa, como si de repente la distribución fuese su culpa! Pero esa es precisamente la forma en que ella se imagina que ven su mundo esos captores.

Es como si éstos fueran una infección dentro de su ser, imposible de extirpar.

En el salón de espera, Emerson se las ha arreglado para organizar una estación de trabajo, con su pequeña computadora conectada a su celular, enchufado a su vez a una toma en la pared. ¿Cómo puede ser tan emprendedor? Alma se sienta junto a él, ausente, y coloca a su lado la maleta de mano con su etiqueta de piel y sus rueditas, otra evidencia de riqueza en su contra. Recuerda la primera vez que regresó con una de esas maletas con rueditas que aún no se conocían en la isla. Varios maleteros se adelantaron enseguida, pugnando por la tarea de llevarle el equipaje. Pero ya ella no necesitaba su ayuda, pues le bastaba halarla por la agarradera y arrastrarla. Y se lo demostró, como si aquel ingenioso dispositivo les fuese a despertar la curiosidad. Sin embargo, su reacción fue darle la espalda y alejarse, disgustados. Sólo quedó uno, que le quitó la maleta de la mano e insistió en sacarla rodando del área de aduanas. Probablemente el hijo de ese mismo creció hasta convertirse en uno de los secuestradores, a quien Alma se imagina mirando su maleta y diciendo: *Así que tú eres una de los que le hicieron perder el trabajo a mi padre...*

Pero ¿por qué se tortura de esa manera? Nadie sabe en realidad quiénes son esos captores, o qué los motivó a tales acciones. Alma está poniendo palabras en sus bocas, redactando en su mente sus manifiestos, viendo el video que filmarán, mostrando a un Richard sin afeitar, pálido y petrificado, implorando por su vida a algún jefe de Estado.

Durante el breve vuelo a Newark, Emerson intenta sacarle conversación a Alma, pero la olvida por completo cuando se encuentran con Jim Larsen, el pausado representante de Swan, mientras esperan por el vuelo de conexión en primera clase hacia Santo Domingo. ¿Qué clase de operación de ayuda está llevando a cabo, capaz de gastar una enorme suma viajando en primera para ayudar a los pobres del mundo? ¡Qué dicotomías tan violentas! Alma debe cuidarse, pues su mano siniestra puede ser cortada por su virtuosa diestra.

Emerson se cambia de asiento para poder conversar con Jim, para intercambiar ideas y pedir lo que parecen demasiados martinis antes del almuerzo. Alma no puede concentrarse en nada. Ni en la novela de Coetzee, ni en el bolsilibro de Dante, ni en el material acerca de Balmis que metió en su cartera antes de salir. Para distraerse, lee el periódico que Emerson dejó abandonado en el bolsillo de su asiento. En la sección correspondiente a Vermont, le llama la atención un breve artículo titulado «Trifulca del Día de Acción de Gracias». Increíble que las noticias en este estado pequeño y adormilado puedan propagarse con tanta celeridad. Tal vez, como era Día de Acción de Gracias, les faltaba material informativo. El reporte menciona el nombre de Alma sólo como el de «una vecina» que asegura haber visto a Michael McMullen tratando de inyectar a su madre, Helen Marshall, una sustancia desconocida. Entretanto, Michael McMullen sostiene que sólo estaba tratando de suministrarle su medicamento para la diabetes, y no tratando de perjudicarla inoculándole un virus letal. Por eso perdió la cabeza y golpeó al jefe de la policía por error.

¿Cómo se puede golpear a alguien «por error»?, se pregunta Alma. Probablemente era a ella a quien Mickey quería golpear, y el jefe de la policía se atravesó en el camino. Pero lo que más le sorprende, ahora que está sentada en este avión, alejándose de la escena de un posible crimen en dirección a la de otro probable, es que ¿quién habló de un *virus letal*? ¿Por qué Mickey estaba defendiéndose de una acusación que jamás se le hizo? ¿Dónde podría Mickey tener acceso a un virus letal? ¿Era eso lo que contenía la jeringuilla que Alma hizo que se cayera de su mano y que los policías no pudieron hallar posteriormente? ¿La recogería Hannah después que todos se marcharon, antes de escapar? ¿La encontrarían? De repente, incluso la vida a la cual pudiera regresar Alma si salva a Richard le parece inestable y carente de asideros. Un virus letal, como el que invade en estos momentos su mente. Adondequiera que mira ve señales de espanto. Respira profundo. Llamará a la oficina del jefe de la policía en cuanto llegue a su destino. Entretanto, trata de pensar en Isabel y en Balmis, navegando por aguas cercanas a la isla donde el avión en el cual va, acaba de aterrizar.

La pista se ve desierta bajo el sol cegador. Los colores de los escasos aviones sobre el asfalto —el enorme aerobús rosado, con una bandera que podría ser el logotipo de la camiseta de un grupo de *reggae,* un avión azul a propelas— otorgan al sitio una apariencia de inseguridad.

Sólo la aeronave en la que llegaron y la de otro transportista estadounidense parecen confiables, con sus alas plateadas, sus intimidatorias banderas y los pilotos rubios e impecables, que entran brevemente a la terminal para comprar ron barato libre de impuestos y utilizar las instalaciones del club de primera clase sólo para miembros de la aerolínea.

Mientras desciende por la escalera móvil —el pasillo de desembarco no está funcionando—, siguiendo a los demás pasajeros a lo largo de un enorme corredor al aire libre, Alma desea desesperadamente que Richard estuviera al doblar de la esquina, dando golpecitos en la pared de cristal, alzando el cuello para verla mejor.

Pero no está allí. No está. Sólo puede verlo en imágenes mentales intermitentes: Richard conduciendo la camioneta por los ventisqueros, Richard y sus hijos riendo en la terraza, Richard quedándose dormido, con su cuerpo encorvado en dirección a ella, que sigue leyendo en la cama. ¿Cómo podrá volver a conciliar el sueño si matan a Richard?

Su corazón comienza a adoptar ese ritmo nervioso que le hace sentir como si fuera a desmayarse y la mente se le puebla de estupideces, convenciéndola de que va a enloquecer si no respira profundo.

De improviso, se le presenta otra imagen, y no precisamente de Richard. Es el famoso cuadro de Munch, donde se ve un rostro aterrorizado con las manos sobre los oídos y la boca abierta emitiendo un grito mudo. Ahora Alma se da cuenta de por qué grita ese pobre desamparado: ha perdido a un ser querido.

Cerca del mostrador de inmigración, los espera Starr Bell.

—Volé anoche a Miami —explica—. Y llegué acá hace una hora.

Pero la joven rubia, bronceada y de altura sobresaliente en el grupo de una docena de hombres que aguardan mientras la *señorita* saluda a sus amigos, no parece afectada por el largo viaje. La mitad de esos hombres viste de civil, guardias encubiertos probablemente, con lentes oscuros y la impoluta apariencia de los profesionales. La otra mitad está compuesta por militares con charreteras doradas y heroicas medallas en el pecho. Son ellos los que le dan al grupo un aire semioficial, como si estuviesen dando la bienvenida a representantes provenientes de un sitio que no es tan importante como para ameritar más fanfarria.

Pero hay un hombre cuya apariencia no tiene nada que ver con los demás integrantes del grupo: un tipo gordinflón, de piel ligeramente cobriza y cierto parecido a Baby Huey, el personaje de las caricaturas. Antes de que Starr lo presente, Alma sospecha que se trata de Bienvenido. ¿Qué hace aquí? ¿Por qué no lo tomaron a él también como rehén? Tal vez debido a la misma razón por la cual pudo llamar a su esposa, cuando Richard no pudo bajar de la montaña para llamarla a ella. ¿Estará en contubernio con los secuestradores?

—Siento mucho lo que le ha ocurrido a su esposo —le asegura a Alma, tomándole una mano entre las suyas. Tiene un ojo algo extraviado, lo cual le da a su mirada un aire taimado, como si él mismo no confiara en su propia sinceridad—. Como bien sabe, este tipo de situación es muy raro en nuestro país —añade.

Los ojos de Alma se llenan de lágrimas. *Nuestro* país. No el suyo. Ha dejado de serlo. No lo será más si le hacen daño a Richard. Como algo «muy raro». Sin embargo, este tipo de situación va a comenzar a ocurrir más y más en todas partes. Las comodidades y privilegios van a esfumarse como pavesas, al igual que tantas fortificaciones de papel.

Uno de los hombres vestidos de civil recoge sus pasaportes y documentos para llevarlos al mostrador de inmigración. Entretanto, Emerson y su grupo son escoltados a un salón VIP, donde se les informará de lo que ha estado ocurriendo durante el segundo día del asalto al centro Swan.

—No estamos acostumbrados a este tipo de incidentes —dice uno de los hombres, repitiendo las palabras de Bienvenido—. En nuestro país no somos radicales ni revolucionarios. No hay tradición de tales movimientos en esta tierra —su pecho inflamado y constelado de medallas, y la elevación declamatoria de la mano con cada oración, le recuerdan a Alma a un cantante de ópera con un papel menor y, sin embargo, vital—. Esa gente no tiene electricidad, ni escuelas, ni medicinas —continúa diciendo el portavoz militar—. Pero van a las bares con televisión por cable, donde ven a esos terroristas en las noticias de todo el mundo, que les dan ideas.

Sus colegas, encubiertos y uniformados, asienten, como si el que habla hubiera dispuesto una estantería de pequeñas figuritas equipadas con resortes que les otorgan movimiento a sus cabezas.

Entonces, los secuestradores se inspiraron en la televisión por cable.

—Pero ¿qué quieren? —dice Alma, impaciente ante las ruedas burocráticas que giran a ritmo de revolución retórica—. ¿Han hecho alguna declaración?

—Señora —dice el militar, moviendo tristemente la cabeza. Hasta ahora es él quien ha llevado la voz cantante, y ha de seguir en su papel. Debe tratarse de algún generalote, piensa Alma. De todas formas es mejor darle ese título, pues recuerda lo que le dijera años atrás uno de sus primos: siempre hay que dirigirse a un militar dándole un rango más alto que el que pudiera tener. Eso ayuda a resolver la situación, al igual que una propina. «Un soborno, querrás decir», le rectificó Alma. Sus primos dejaron de darle consejos cuando se dieron cuenta de que ella siempre salía con ideas para mejorar las cosas—. Son muchachos terroristas, del pueblo, que no saben leer ni escribir. ¿Cómo van a hacer entonces una declaración?

—Pero algo deben haber dicho con respecto a por qué tomaron el Centro —responde Alma, mirando a Emerson en busca de ayuda—. ¿No acaba de decir que los secuestradores estaban pidiendo una clínica para la comunidad? ¿Y que no querían más pruebas de la vacuna contra el sida?

Emerson mira a Starr y a Bienvenido, quienes mueven la cabeza en expresión de apoyo, y asiente también. «¿Qué es esto? ¿Una convención de personas que sólo se limitan a asentir?», piensa Alma.

—Ah... Usted se refiere a *esos* asuntos —el general está extendiéndose en sus respuestas, como para recordarle a Alma que debe hablar con más calma y consideración—. Ayer dijeron que querían el fin de las pruebas. Y una clínica para la comunidad. Pero eso fue ayer. Luego vieron la televisión por cable y oyeron la radio con toda esa publicidad. Y hoy ya están pidiendo más cosas.

—¿Como cuáles? —pregunta Alma, casi sin aliento. Se siente como el perro del cuadro de Goya, cuya cabeza emerge de una masa de ¿arenas movedizas? que pronto se lo tragará. *Perro semihundido,* se titula. Alma siente que ella también se ahoga, que no puede recoger aire suficiente en sus pulmones.

—Señora, no tengo claro lo que quieren esos individuos —dice el general, con evidente pesar. Lo claro es que no quiere hablar con ella. Es un estorbo en estos momentos. *¡Házte a un lado!* Las últimas palabras de Papá le vienen a la mente—. Analizaremos ese asunto con las tropas en el sitio del conflicto.

¿Tropas? Mala señal.

—Pero usted debe entender —continúa el general, dirigiéndose esta vez a Emerson—. La política de nuestro gobierno es similar a la del suyo. No negociamos con terroristas. Estamos tratando de hacer que razonen. ¿Qué conseguirán si bombardeamos el Centro?

A Alma se le caen las alas del corazón. Mira a Starr

y a Emerson, demasiado consternados tal vez como para protestar de inmediato. Ambos hablan español, por lo que ésa no es la razón de su mutismo. Tampoco es el caso de Jim, pues, si lo enviaron en representación de Swan, también debe conocer el idioma. ¿No se dan cuenta de lo que ese tipo está insinuando?

—¿Qué quiere usted decir con que van a bombardear el lugar? —pregunta Alma, ya que nadie se ha decidido a hacerlo—. Mi esposo está allí en ese centro.

—Señora —le recuerda el general—, hay cuarenta y seis pacientes y personal allí, junto con su esposo, además de tres mujeres encargadas de la cocina y la limpieza, y los niños que las ayudan. Todas esas vidas son muy valiosas para nosotros.

Alma se siente reprendida. Por supuesto que todas esas vidas son valiosas, pero eso no es lo que quiere que él le diga. Es justo esa mediocridad lo que le permitirá dar la señal para que bombardeen el Centro, porque ninguna de esas cincuenta y tantas vidas es la que no soportaría destruir: la de su hijo querido, su hermosa amante, su vieja madre cuya mano besa cuando la visita para cenar los domingos.

El salón es frío —seguramente han ajustado el acondicionador de aire a la temperatura más baja— e inquietante, con sus pesados cortinajes e iluminación fluorescente, lo adecuado para un sitio donde se está negociando un sombrío acuerdo. No soporta seguir escuchando a ese tipo. En cualquier momento perderá el control, le saltará encima y le arrancará las medallas, llamándolo «sargento» y diciéndole que no es quién para bombardear a gente inocente.

«Respira profundo», se ordena a sí misma. «Oblígate a creer que eres Isabel». (Esta frase va convirtiéndose poco a poco en su mantra.) «Has traído la vacuna de allende los mares sin un solo percance. Has sido la salvación de Puerto Rico», se siente sorprendida de que esto la haga sentirse más calmada.

—Emerson, ¿puedo hablar contigo un segundo? —dice Alma, poniéndose de pie. El grupo queda en silencio. Emerson la sigue hasta el extremo más apartado del salón, donde hay un bar con banquetas. Un camarero con pajarita prepara una bandeja de *cafecitos*. El camarero la mira, y Alma mueve la cabeza. No. No quiere nada, gracias. Tras ella, los hombres han reiniciado la conversación.

—Emerson, ¿te das cuenta de que están hablando de *bombardear* el lugar? —explica Alma, en caso de que él no haya comprendido—. ¡No vas a permitir que lo hagan!

No es una pregunta ni un ruego. Espera que Emerson lo entienda.

—No va a ocurrir nada de eso —le asegura Emerson, pero sin hacer uso de la acostumbrada sonrisa que da a sus palabras un sello de confianza—. Esa gente tiene que hablar con severidad. No van a cometer ninguna estupidez.

Alma no está muy segura al respecto. ¡Las cosas están demorándose tanto!

—Entonces, ¿cuándo salimos para allá?

Emerson le da una de sus miradas extensas y calculadoras. Sin dudas ve lo aterrorizada que está.

—Ahora me voy con Jim. Y con Starr, que conoce a esa gente, los del pueblo, y tal vez a algunos de los secuestradores. Pero, Alma, sería mejor que te quedaras hasta que evaluemos la situación. ¿No tienes familia en la capital?

—¡Yo voy con ustedes! —grita Alma, con enojo.

El salón queda en silencio. Los hombres sentados en el círculo de sillas y butacas la miran. Pero a ella no le importa lo que puedan pensar. No van a mandarla a la casa de sus viejas tías con un sedante y una palmadita en la cabeza, mientras ellos hacen de las suyas allá arriba. ¡Ella también va! ¡Y si es necesario, a montar guardia frente a la clínica, y a dejar que la televisión por cable filme cómo su país considera las vidas de gente inocente!—. ¿Para qué crees que vine hasta acá? Richard está allá arriba.

Emerson le pone una mano en el hombro, para calmarla.

—Sé que es difícil, Alma. No vamos a excluirte de nada. Te lo prometo. ¿De acuerdo? —dice, otorgándole una afable mirada de *Ah, vamos, muchacha, sonríe un poquito.* Alma se odia a sí misma por renunciar a su enojo y asentir dócilmente. Pero se va con ellos. ¿En quién más va a confiar? Todos le parecen sospechosos, hasta ella misma. «Esto es lo que significa vivir en un mundo derrotado», piensa. ¡Ojalá hubiese prestado más atención cuando le leía *El paraíso perdido* a Helen!

Hasta la idea de que la literatura la hubiera hecho vivir una existencia diferente es algo risible en estas circunstancias. Además, ahora no puede darse el lujo de ser individualista. De apartarse. El mismo pincel está pintándolos a todos. Y hasta puede sentir las cerdas invisibles moviéndose sobre su piel. Y se estremece, como para despojarse de ese sentimiento.

—¡Qué frío hace aquí! —Starr se separa del grupo de hombres justo cuando Emerson se les une.

«¿Se habrán puesto de acuerdo?», piensa Alma. *Ahora te toca tu turno de apaciguamiento femenino.* Starr se aprieta los brazos, erizados por la baja temperatura. Alma se muerde la lengua para no decir una grosería. ¿Qué sentido tiene enfurecerse con esa gente porque fue a Richard a quien secuestraron y no a ellos?

—¿Fumas? —le pregunta Starr, rebuscando en su cartera, una pequeña mochila de piel con ingeniosos detalles en bronce—. ¿No te molesta? —enciende el cigarrillo cuando Alma niega con la cabeza—. Una de las cosas que me encantan de este país —comienza, y luego, como recordando la situación en que están, esboza una sonrisa de *Caramba, lo siento,* antes de añadir—: Aquí se puede fumar donde una quiera.

—¿Sabes qué más están pidiendo esos terroristas? —Alma trata de volver a tocar el punto que todos al parecer han estado eludiendo. Y tanta burocracia verbal sólo contribuye a aterrorizarla aun más.

—*¿Terroristas?* Por favor, Alma. Como él dijo, son muchachos. Probablemente ya se están arrepintiendo y quieren garantizar una amnistía cuando se acabe todo —Starr vira la cabeza a otro lado para expulsar el humo sin molestar a Alma—. Los conozco. A Moncho, a Rubio, a Tomás y a Salvador. Quieren llamar la atención. Recuerda que aquí lo último que quieren todos es una... tragedia.

Alma está segura de que Starr consideró y rechazó una o dos palabras antes de caer en la literaria y elegante *tragedia.* Debe saber que Alma es una escritora demasiado imaginativa. Mejor no usar una palabra que recuerde cuerpos destrozados, miembros cercenados, rostros sangrientos y todas esas contingencias que provoca un bombardeo.

—¿Tú *conoces* a los tipos que están haciendo todo esto?

Starr necesita darle una chupada al cigarrillo antes de responder. Y así lo hace, dejando escapar humo por las fosas nasales y la boca. Un hábito muy feo, piensa Alma. Y Starr no sólo es bonita, sino hermosa. Los rasgos clásicos: pómulos pronunciados. Además, es alta, de ojos grandes y labios pulposos. Probablemente los secuestradores quieren acostarse con ella. Alma recuerda de repente cómo una mujer del sur de los Estados Unidos contaba en una fiesta la forma mediante la cual se había salvado Savannah de ser pasto de las llamas durante la Guerra de Secesión. Las tropas de la Unión habían rodeado la ciudad, y los fundadores de la misma, en un intento por evitar la inminente tragedia, enviaron a veinte bellezas que se ofrecieron voluntariamente para darles a los soldados lo que quisieran, a cambio de preservar Savannah. Y la cosa funcionó. Negociar la salvación con una mujer hermosa. Alma podría ofrecerse a sí misma, si pudiera. Pero tiene cincuenta años. Y, en honor a la verdad, aunque tuviera la edad de Starr, no tendría todo lo que tiene la joven.

—No estoy segura de quién está detrás de todo esto —explica Starr—. Pero me lo sospecho —se le acerca a Alma, en tono confidencial, manteniendo la mano con el cigarrillo lo más lejos posible y disipando el humo con la otra—. Lo que sí puedo decirte es que esos tipos no son los que tienen el control de la situación —dice, y señala a los hombres detrás de ella, quienes, increíblemente, están riéndose de algo—. Ellos son como la comisión de bienvenida.

Alma se siente como una niña dichosa de diez años que cuenta con la amistad de una adolescente «en la onda». La escucha, impresionada y con una vaga esperanza. Starr sacará a Richard de todo esto. Irá con su camioneta llena de cositas buenas y un *negligé* en la cartera.

—Pero ¿quién *está* al mando?

—De la gente de adentro, probablemente Salvador. Y afuera, te diría que los Estados Unidos de América —asegura, y ríe ante la mirada de sorpresa de Alma—. En serio, aquí nadie se va a mover, a menos que Jim lo ordene.

—Entonces ¿a Jim no lo mandó Swan?

—Sí y no —responde Starr.

Pero antes de que pueda darle la explicación a Alma, el agente encubierto regresa con los documentos y pasaportes debidamente sellados. Afuera esperan las vans. Alma trata de quedarse cerca de Starr y Emerson y, sabe Dios, de Jim. Pero, a última hora, le toca en la repartición un automóvil negro, dentro del cual está una periodista que ha recibido permiso para dar discreta cobertura al asunto, otro policía de paisano al timón y dos militares, entre ellos el que Alma pensaba que era el general al mando, quien está llamando a su mujer por el teléfono celular para decirle que no va a estar en casa para los ensayos de la fiesta de quince años de su hija. Valiente capacidad de Alma para comprender la cultura de su tierra natal.

Al menos hay algo bueno entre los ocupantes del vehículo: aparentemente nadie fuma, por lo que todos disfrutan de la comodidad hermética del aire acondicionado. El general diserta un rato acerca del tema del momento, apoyado por sus dos colegas: la situación es un suceso raro. Todo procede de la información que da la televisión por cable. Alma no responde. La culpa siempre es de la globalización. Todos quieren lavarse las manos con respecto a lo malo que ocurre en su rincón del mundo. Pero pudieran estar en lo cierto, como en el caso de las infecciones virales que mencionara Emerson, las cuales comienzan en otra parte, pero se propagan por todos lados y terminan por unir al mundo en el sufrimiento.

Alma trata, sin conseguirlo, de sacarles información a los ocupantes del coche. ¿Quién es ese Jim Larsen? ¿Está alguien... bueno, no *negociando,* pero al menos hablando con esos jóvenes terroristas? ¿Cuáles son las nuevas demandas que están pidiendo? Se siente al borde del llanto con tantas preguntas sin respuesta.

—Señora —le dice finalmente el militar más pausado—. Sabemos lo mismo que usted.

Y Alma le cree. A todos los han arrancado de golpe de sus vidas para asistir a este raro acontecimiento. También ellos se dirigían a otra parte, sin querer que esto ocurriera. Sólo la periodista, cuyo trabajo es prepararse para lo inesperado, estaba lista. Y hasta lleva consigo un maletín con lo necesario para pernoctar en otro sitio.

—Lo llevo conmigo a todas partes —asegura.

Cuando toman el desvío hacia las montañas, el general hace gala de afabilidad. Aparentemente conoce a varios familiares de Alma: hizo negocios con uno de sus primos, fue novio de otra prima. Increíble que este personaje arcaico y de pecho voluminoso tenga la edad de Alma... En realidad, es seis años menor. Está casado, tiene una hija de quince años y un hijo que padece de leucemia. Y no cuenta con dinero suficiente para llevarlo a los Estados Unidos, donde, con toda seguridad, podrían salvarlo los mejores médicos.

«No. Éste no es general», piensa Alma.

No es hasta que comienzan a ascender la montaña que Alma se acuerda de la llamada pendiente al jefe de la policía en Vermont. De poco serviría hacerlo ahora, tan avanzado que está el día. Aun así, podría evitar una tragedia. ¿Sería la idea del virus letal de Mickey lo que rechazaba Helen el día que Alma llegó durante la discusión? Le resulta difícil creer que Helen haya podido ocultar un secreto tan perturbador. Tal vez sabía que Mickey y Hannah estaban fantaseando. Además, de todas formas, Mickey es su hijo, el niño del refrigerador con su premio de las cuatro C: cabeza, cuello, corazón y confianza.

Pobre Helen. Con la cabeza perdida cada vez más en la bruma de la agonía, el cuello pálido dejando entrever unas venas por las que apenas circula sangre, el corazón resistiéndose a seguir latiendo y la confianza perdida de la faz de la tierra. Para colmo de males, hasta su hijo está en la cárcel. ¿Se habrá dado cuenta de la reyerta en su dormitorio, de cómo Mickey golpeó por error al jefe de la policía? A Alma, los acontecimientos de ayer le parecen ahora muy lejanos.

Alma les pregunta a los ocupantes del vehículo si saben dónde puede hacer una llamada telefónica. Como los ha visto usando sus celulares, espera que alguno se digne a prestárselo. Pero al parecer ninguno funciona en este momento. El de la periodista, más promisorio, tiene señal, pero no está suscrito a un plan internacional.

—Tal vez sus amigos americanos —le sugiere el general que seguramente no lo es. Tal vez piense que sus vecinos del norte son como dioses: pueden curar la leucemia y tener teléfonos celulares con capacidades interplanetarias.

El viaje se hace interminable. La caravana se detiene de vez en cuando para que los hombres salgan a orinar, en plena cuneta, de espaldas a la carretera. ¿Qué necesidad hay de tanta modestia? A esta hora de la tarde la vía está desierta. Todo el que haya tenido que subir o bajar de la montaña ya lo hizo. Starr, Alma y la periodista se adentran un poco más en la vegetación para hacer lo suyo, entonando la habitual lamentación femenina acerca de la facilidad que tienen los hombres para orinar en público.

—El único instante en que envidio a los que tienen pene es a la hora de orinar. Tome nota, Señor Freud —dice Starr, riendo. Su lenta pronunciación da un toque más divertido aún a lo que acaba de decir.

En lo que respecta a la llamada que desea hacer Alma, el celular de Starr no tendrá señal hasta que estén en la cima de la montaña. Por supuesto, su celular funciona, añade, cuando Alma expresa su sorpresa. Bienvenido no sabe de lo que está hablando, si le dijo a Richard que los celulares no funcionan en el Centro. Y el general tiene razón. El plan de Starr le permite hacer llamadas a los Estados Unidos. Su papá moriría si no tiene noticias de ella todos los días. «Tome nota, Señor Freud», piensa Alma.

Al cabo de treinta o más minutos de ascenso por la lenta y serpenteante carretera montañosa, la caravana se detiene. Alma estira el cuello para enterarse del porqué. La carretera está bloqueada. A ambos lados del vehículo circulan soldados con ropa de camuflaje. Uno de ellos se asoma por la ventanilla y saluda al ver dentro a los hombres uniformados. Alma sospecha que en cualquier momento va a preguntar: «¿Alguno de ustedes trae consigo un televisor por cable?».

Al llegar al pueblo en lo alto de la montaña, anochece. Las chozas proyectan sombras ominosas. La electricidad no ha llegado a este sitio remoto. La caravana circula por la calle estrecha y sucia, con las ventanillas bajas y saludando a los curiosos que salen a las puertas de las casas. Hay soldados por todos lados. Probablemente es el acontecimiento más notable que verán esta pobre gente en lo que le queda de vida. Con la excepción de los huracanes, le recuerda la periodista, que azotan sin piedad la isla, dejando una secuela de destrucción, asolando a su paso bosques, casas, cultivos, pobladores; pero si puedes volar sobre la isla verás como reverdece. «Avenidas de esperanza», los llama ella. Y como el pensamiento inspira la clase de religiosidad que tan fácil les llega a los que nadan fuera del agua, le dice a Alma, tocándole una mano:

—Su esposo va a salir bien. Dios lo tiene a su cuidado, a él y a los demás. No se preocupe.

Alma siente una oleada de esperanza insustancial. Siempre la invaden esos sentimientos retrógrados cada vez que regresa a la isla. Aunque, en realidad, ya la acosaron desde antes, cuando, en Vermont, intentó hacer un trato con el Dios de Helen.

De pronto, Alma recuerda su promesa: *su hombre por el de Hannah, ambos libres, sanos y salvos.* Si llama al jefe de la policía para advertirle de la locura de Mickey, ¿no estará cumpliendo con su parte del trato? Es tarde. El jefe de la policía ya estará en su casa, con el patrullero estacionado de frente a la carretera para asustar a otro conductor que maneje a exceso de velocidad. Y el policía podrá ser joven, pero no dará tregua con su mandíbula adolorida. No va a liberar a Mickey así como así. Cualquier daño que se pudiera haber infligido se coartó cuando Alma le lanzó el teléfono. En cuanto al «virus letal», se trata probablemente de otra cadena imaginaria del sida de conciencia de Hannah. Mañana habrá tiempo aún para llamar al jefe de la policía, si Alma decide hacerlo.

Y quizás, por favor, Dios mío, tal vez mañana habrán liberado a Richard. Enviar a Mickey a un buen programa de terapia podría ser la única forma en que Hannah lo recupere a cabalidad. «Estaba tratando de hacer lo correcto», le había dicho Hannah. «Y aquí estamos todos, recordando la revolución popular de Emerson y la rima de esperanza e Historia», piensa Alma. Pero ¿por qué las cosas han tomado ese curso tan adverso? ¿A quién recurrir?

Recuerda el artículo que leyó en cierta ocasión, acerca de cómo en momentos de terror, dolor o gran tribulación muchas personas, sin importar su edad, llaman a sus madres. No a sus mujeres o amantes, hijos o hijas, ¡sino a sus madres! Tal vez eso le haya ocurrido a Alma en su niñez, pero desde inicios de su adolescencia dejó de considerar a Mamacita como una presencia tranquilizadora. Meses atrás, habría gritado *Richard* o *Helen,* pero en este momento ninguno de esos nombres sería una invocación útil. ¿A quién acudir entonces?

¡Isabel! El nombre llega de manera espontánea. Es la única persona que podría comprender la enmarañada red de cabezas, cuellos, corazones y confianzas en la que está atrapada Alma.

¿Por qué no puede ser Isabel? ¿A quién le importa que su historia pertenezca a otros tiempos, que esté a medio transcurrir, que la historia quiera controlar los hechos? La historia puede contar con los hechos, pero Alma no debe perder la fe. La historia de Isabel sugiere que hay algo vivo en Alma: la creencia en una gracia salvadora.

El auto se detiene y estaciona detrás de los vehículos y vans que le precedieron. Todos salen y caminan por la calle principal hacia lo que parece ser la única casa iluminada. Hacia los confines del pueblecito, la calle se corta ante un conglomerado de casas de concreto rodeadas por una cerca de aluminio. Frente a la cerca han colocado sacos de arena, tras de los cuales hay gente agachada. Alma ve un letrero dentro de la instalación, pero está tan lejos que no puede leer su contenido. ¡Tiene que ser ése! El Centro con su clínica, envuelta en la oscuridad. ¿Desactivaron las tropas los generadores? Tal vez los muchachos que lo tomaron por asalto —debe dejar de llamarlos «terroristas»— estén ahorrando combustible, en caso de que la espera sea prolongada.

¡Una espera *prolongada*! ¿Hasta cuándo? ¿Otra semana? ¿Un mes? Antes de que los generales al mando pierdan la paciencia y comiencen a bombardear el lugar. Alma vuelve a sentir pánico. Está a punto de gritar *¡Richard! ¿Estás ahí?*

—Oye —la llama Starr, esperándola al frente de la casa de concreto—. Nos han dando las últimas noticias. Liberaron a las mujeres del pueblo que se encargan de la limpieza y la cocina y a sus niños, hace como una hora. Las mujeres dieron los nombres de todos. ¡Son los que pensaba! —Starr está extremadamente complacida, como si hubiera dicho la respuesta correcta en un concurso por televisión.

Alma se alegra por las mujeres y los niños. Pero le sorprende la levedad de su regocijo, con excepción de lo que podría conectarla con su principal preocupación.

—¿Y qué se sabe de Richard?

—Entra, para que puedas hablar con ellos —le dice Starr, y comienza a caminar apresuradamente delante de ella. Alma la sigue y siente cómo su cuerpo se cubre de un sudor frío. ¿Por qué Starr no puede darle una respuesta simple? «Sí, Richard está bien.» ¿Le habrá ocurrido algo horrible? ¿O tal vez está allá adentro, y Starr no quiere arruinarle la felicidad de la sorpresa?

Dentro, la habitación está llena de gente que no son Richard: soldados, policías de paisano, hombres descalzos y harapientos —los habitantes del pueblo, por supuesto— de pie entre las sombras. El espacio es reducido, pero lo parece aún más con tantas personas de pie. Una bombilla en el techo proyecta una luz vaga y lechosa, proveniente quizá de la electricidad almacenada por paneles solares cuyas baterías están a punto de descargarse. Los hombres se vuelven para saludar a las tres damas: la periodista también las ha seguido. Todos, por supuesto, conocen a Starr. Y resulta que la periodista es una celebridad menor que escribe una columna semanal en la cual entrevista a personas que hacen noticia. A Alma la presentan como la mujer del *americano.*

—¿Está bien mi esposo? —balbucea Alma.

—Su esposo está bien —le asegura el soldado con uniforme de camuflaje que había estado hablando cuando las mujeres entraron—. Camacho —añade, a modo de presentación. Es un hombre alto, hermoso a más no poder, con la piel de un intenso color caoba y manos de largos dedos que se ven cautivadoramente rosados cuando los alza para contener las preguntas que no puede responder. Su blanca dentadura resplandece. Si no estuviera tan aterrada, Alma podría contemplar a este hombre un buen rato.

—Ya sé que liberaron a las mujeres del pueblo y a sus hijos. ¿Dijeron algo acerca de cuándo podrían liberar...? —se detiene a tiempo. Por supuesto, el resto de los rehenes también le preocupa. Pero primero que todo lo demás está Richard.

—Señora.

—Llámeme Alma, por favor.

Alma no sabe por qué no se lo ha dicho antes a todos los oficiales que la han estado llamando «señora», esa forma de tratamiento tan usual en su país natal. Nada de títulos, por favor. Posiblemente el pánico que experimenta sea superior a su astucia. Pero ahora siente que al fin ha encontrado a alguien que, aunque no esté al mando, al menos tiene una de esas grandes y hermosas manos tomándole el pulso a los acontecimientos. Y quiere tenerlo de su lado.

—Esperamos que la situación se resuelva muy pronto. Las mujeres nos dieron los nombres de todos los individuos involucrados —dice. Tiene una hoja de papel con lo que parece una relación de nombres. Alma le pide ver la lista, como si conociera a alguno de sus integrantes. Y, efectivamente, allí están ciertos nombres mencionados por Starr: Moncho. Rubio. Salvador. Tomás. Hay tres Josés y un par de Franciscos. Y al final, números sin nombres, correspondientes a jóvenes a quienes no reconocieron las mujeres, por ser de fuera.

El grupo que estaba en la parte trasera de la habitación se separa y se aproximan dos jóvenes, vestidos con cazadoras. Son Walter y Frank, de la Embajada de los Estados Unidos en la capital. Efusivos apretones de mano para Jim y Emerson, y abrazos para Starr. Parecen confiados, pero algo cansados. Han estado allí por espacio de dos días, hablando con los residentes del pueblo, con los secuestradores y acaban de dialogar con las mujeres liberadas. Podrían resolver este desastre en cuestión de minutos. Pero no es su país. Esta gente tiene que aprender a hacer las cosas por sí misma. Su actitud le recuerda a

Alma la de unos padres que tratan de estar al margen de las discusiones entre sus hijos.

—Pero allá adentro hay un ciudadano estadounidense —puntualiza Alma—. Mi esposo está allá. Y esta gente ha hablado de bombardear el lugar.

De repente se siente como la chismosa del aula, delatando a los compañeros de clase que se han portado mal.

Walter —o tal vez Frank— la mira con incredulidad.

—Nadie va a bombardear nada —le asegura, de plano. Ellos están allí precisamente para proteger la vida y la propiedad estadounidenses. El Centro, la clínica y los terrenos circundantes pertenecen a Swan. En circunstancias normales, Alma no habría estado de acuerdo en que Estados Unidos se entrometiera en los asuntos de otro país. Pero esta vez no puede dejar de sentir satisfacción. Las mentes más serenas y racionales serán las que resolverán el problema.

—¿Qué hay de nuevo? —les pregunta Jim en inglés a los hombres de la Embajada, quienes le hacen una seña a Camacho para que se integre al grupo. El militar se abre paso hacia ellos, con una amplia sonrisa, una de las palmas rosadas de sus manos apretando el revólver y otra palpando el cinturón con las municiones. Todos le hacen sitio en el ahora segregado corrillo de americanos. Súbitamente Alma se da cuenta de dónde procede ese fuerte olor a colonia.

Jim repite la pregunta, esta vez en un español impecable. Quiere enterarse de las últimas noticias, lo que informaron las mujeres del pueblo, dónde está la tubería de abastecimiento de agua y todas las entradas al complejo. Alma presta atención a sus preguntas y le parece estar ante un campeón que analiza las piezas del tablero en un juego que ella no alcanza a entender.

Camacho hace el resumen de noticias. Habla español con tal lentitud y tan bien pronunciado que da la impresión de que es otro idioma, incluso para Alma. Liberaron a las mujeres del pueblo a cambio de algunas concesiones.

—Pidieron que les llevaran comida. Y quieren que un periodista los entreviste. Y también quieren cigarrillos.

—Eso sí se los podemos dar —asiente Jim. ¿Y qué más?

Resulta que Starr estaba en lo cierto. Los secuestradores quieren una amnistía. Pero la forma en que la plantean es inadmisible: quieren que les proporcionen pasajes a los Estados Unidos y les garanticen quedarse en el país y conseguir empleo.

—Ni hablar —murmura uno de los hombres de la Embajada. Alma lo mira, a Frank, o a Walter, quien le otorga una mirada cómplice, como si lo que ella acaba de oír fuera un secreto total.

—Entonces ¿qué van a hacer para que liberen a los rehenes si no van a negociar? —pregunta ingenuamente Alma. Como si los tipos de la Embajada fueran a revelarle su plan de batalla—. Sé que no van a bombardear ni cosa que se le parezca, pero a alguien se le podría ocurrir un locura y... —no se atreve ni a pensar, ni a decir la palabra terrible.

Los hombres de la Embajada dejan que Jim sea el que responda. Alma recuerda lo que le dijera Starr: nadie va a hacer nada, a menos que Jim lo ordene.

—Vamos a buscar una solución —le asegura, pero

su mirada está en otra parte—. Usted y su esposo van a regresar a casa a tiempo para comer el pavo que quedó del Día de Acción de Gracias —se supone que esto debe tranquilizarla. Pero no sabe que ella es vegetariana. Jim sonríe (al menos la idea le dio cierta alegría) para luego añadir, con una mirada envolvente a Emerson, a los hombres de la Embajada y a Camacho—: ¿Por qué no buscamos un sitio donde podamos hablar?

El alcalde, a quien pertenece la casa donde están todos, se integra al grupo. Quiere invitarlos a sentarse en las sillas rústicas que han traído varios chicos. Es un hombre pequeño y venial, con algunos dientes de menos, alborotado sin dudas ante la presencia de tan selecta compañía. ¡Una periodista! ¡Americanos! Desde que la gente de Swan pasó por aquí a negociar la instalación de la clínica y el Centro no había recibido a personas tan distinguidas en su humilde casa, que está a sus órdenes. Alma siente pena por el pobre tipo, rebajándose ante los demás para servirles de alfombra de bienvenida. Y pensar que éste es el gran momento de su vida.

—Esos muchachos son unos sinvergüenzas —comienza a declamar en voz alta. Ha pedido que le permitan entrar al complejo para hablar con ellos. No se les va a ocurrir dispararle. A uno de ellos le limpiaba los mocos cuando pequeño. A otro lo bautizó. Y su mujer fue como una madre para un tercero, huérfano desde niño. Y así prosigue la larga lista de favores que le ha hecho a cada uno. «¿Pero cuántos secuestradores son entonces?», vuelve a preguntarse Alma.

—Gracias, don Jacobo —dice Camacho, para callar de forma cortés y definitiva al anciano—. Podemos hablar ahí dentro —añade, invitándose a él mismo y a los estadounidenses a la habitación contigua. Luego, volviéndose a Alma y al grupo de compatriotas que quedan detrás, agrega—: Tal vez podría darles un refresco a nuestros visitantes, que deben venir muy cansados.

—Será un honor —asegura el alcalde Jacobo, a toda voz, pensando tal vez que ésa es la forma de dirigirse a gente tan importante, con aires de declamador. El anciano retrocede y sale por la puerta de atrás de su casa. Poco después, Alma lo oye trajinar en la cocina, afuera, dando órdenes a su mujer e hijas para que traigan algunos refrescos. Habrá que recoger todos los vasos del pueblo para poder servirles a tantos visitantes.

Mientras el anciano retrocede con una reverencia para salir, Alma le mira los pies y se le encoge el corazón. El alcalde lleva unos zapatos enormes y reblandecidos, demasiado grandes para su talla, como si fueran de payaso. «Dios nos ampare y nos favorezca», piensa.

¿Podrá pegar un ojo esa noche? Ella, Starr y la periodista, de cuyo nombre se entera Alma finalmente: Mariana, de *El Noticiero,* se acuestan en el dormitorio de las hijas del alcalde. Aparentemente hay otros dos cuartos: la casa es demasiado grande para esa zona. Los americanos, Emerson y Jim, y los hombres de la Embajada en la capital van a parar a la habitación más amplia, donde duerme el alcalde con su mujer cuando no está *mujeriando* por el pueblo. Hay otra habitación, que Alma supone sea la de los niños, donde asume está durmiendo el resto de los guardias de paisano y los generales. Pero la mayoría se acomoda en los carros y vans estacionados en la única calle del pueblito. Quién sabe adónde han ido a dormir el alcalde, su respetuosa mujer, sus hijas, tímidas y risueñas, los cuatro hijos que parecen mudos y un nieto que otra hija ha dejado atrás con sus padres. Pero al amanecer, cuando Alma sale a la cocina al aire libre esperando tomar una taza de café, se encuentra a toda la familia, despierta y a su servicio.

—¿Cómo durmió? —quiere saber el alcalde.

—Gracias —le responde, para no entrar en detalles.

Algo pudo dormir. En su bolso, conjuntamente con media docena de cosas en las que reparó desconcertada anoche —¿para qué trajo tantos libros? ¿Y joyas? ¿Y zapatos de tacón?—, trajo también las pastillas para dormir que Richard trataba de impedir que tomara en las noches que no lograba conciliar el sueño, preocupada por alguna presentación importante al día siguiente que requería sus mejores habilidades; o por Mamacita y Papote, y lo que sería de uno de ellos cuando muriera el otro; o por el glaucoma y la diabetes de Helen, ignorante de que había un peligro mayor reproduciéndose sin control en el cuerpo de la anciana; o por la saga que no estaba escribiendo. Pensaba que todas aquellas preocupaciones se desvanecerían ante la preocupación mayor de este momento, pero anoche, en constante frenesí, volvieron a su mente, como para acabar con las migajas de paz mental que la gran preocupación devoraba sin misericordia.

Como último recurso, al cabo de horas de revolverse en la cama, Alma trató de invocar nuevamente a Isabel, a los veintidós niños, que en ocasiones se transformaban en los secuestradores, y luego en los tímidos hijos del alcalde Jacobo, trayendo las rústicas sillas. ¿Qué habrá sido de los chicos de Isabel después de cumplir su misión como portadores? Alma trató de inventarles un futuro: uno sería abogado, otro maestro, un tercero general desdentado y de grandes botas que no podía quitarse. Hasta que se queda dormida, gracias a una pildorita de dormir y a Isabel, que le recuerda con la voz de Helen que Dios está cuidándolos a todos.

—¿Y usted? ¿Durmió bien? —le pregunta Alma al alcalde, que le ofrece una taza de lo que resulta ser un café maravillosamente fuerte pero demasiado dulce, que apenas puede tragar.

Durmió muy bien, gracias.

No va a preguntarle dónde durmió, porque quiere beber su café con tranquilidad, mirando en derredor, despojándose del amodorramiento y el dolor de cabeza insistente y del sentimiento de temor ante la perspectiva de un mundo sin Richard. Se aleja de la cocina, con su dulce olor a humo de leña y el techo de zinc para protegerse de la lluvia, y observa el entorno. A no más de cincuenta pies de distancia ve la cerca, y el letrero que no pudo leer la noche anterior: CENTRO VERDE DEL CARIBE, y abajo, en letras más pequeñas: CLÍNICA DE INVESTIGACIONES SWAN. El sol comienza a ascender por el este. Se pregunta si Richard lo estará viendo. Si tiene miedo, hambre. Si pudo dormir. Si ha tomado café. Alma siente la tentación de gritar: *¿Richard, estás ahí?* Pero ¿y si su voz basta para dispararle los nervios destrozados a alguno de los terroristas y le hace apretar el gatillo y segar para siempre la vida que ama más que nada en la tierra? *¡Oh, Jesús, no! ¡Isabel!*

Como sospechaba la noche anterior, el complejo está rodeado de sacos de arena y soldados agazapados en uniforme de camuflaje, recostados contra aquéllos, algunos dormitando antes de que Camacho venga a pasar revista y a maltratarlos. Varios de los soldados despiertos la miran. Son muchachos —no más de diecisiete o dieciocho años—, muchachos que no durmieron en toda la noche, muchachos hambrientos que miran la taza de café que tiene en la mano.

Los saluda sin pensar y sin esperar respuesta, pues delatarían su posición al enemigo que no es el enemigo, sino —según el alcalde— un grupo de muchachos a quienes conoció desde que no levantaban una cuarta del suelo.

Tras la cerca ve una mesa de picnic con su sombrilla. Desearía caminar por la pequeña entrada peatonal, bebiendo su café. Su diario está en el bolsillo de la chaqueta, con una pluma. Quiere escribirle una nota amorosa a Richard y dársela a uno de los niños para que se la entregue cuando lleven las grandes pailas de víveres hervidos que están cocinando la mujer y las hijas del alcalde. ¿O acaso ése es el desayuno de los jóvenes soldados acurrucados tras los sacos de arena? ¿O el de los pacientes encerrados en sus dormitorios, que de cuando en cuando dan gritos al exterior? Tienen hambre. Y calor. Son gente enferma e inocente. ¡Tengan conciencia, por amor de Dios!

—Se nos dio una buena oportunidad, señora —dice el alcalde, quien se le ha aproximado para observar lo que esperaba fuera el brillante futuro de su pequeño pueblo. A la luz de la mañana, Alma se da cuenta de que don Jacobo no es tan viejo, sino que debe tener menos de cuarenta años, pero está desgastado por una vida de duro trabajo, cien libras magras, más o menos. Tiene puesta una gorra de béisbol con el logotipo de una firma estadounidense, uno de los tantos artículos que recogiera Richard para reciclar y traerlos acá en su maletín—. Señora, me parte el corazón ver cómo van a matar la gallina porque no pudimos comernos sus huevos de oro.

Así no es el dicho, pero no importa. Su pesar es verdadero. Hay mucha esperanza perdida, los maletines llenos de ropa para regalar, la camioneta llena de cositas buenas. Pero tal vez esa esperanza se ubicó en el sitio incorrecto. ¿Una clínica que prueba una vacuna experimental contra el sida poniendo el huevo de oro de un centro verde? ¿Niños infectados con un virus para salvar al mundo de la viruela? El camino del infierno empedrado, no de buenas intenciones, sino de actos dudosos cuando más. La rima de esperanza e Historia, pero sólo por violencia o puro accidente.

Y ahora, ni gallina ni huevos.

Alma no va a poder deshacerse de don Jacobo. De hecho, acompañarla es un acto de cortesía.

—El problema es esos jóvenes. No tienen trabajo, pero pueden enfermarse, y eso es lo que les preocupa. La señorita Starr les explicó que no pueden coger sida sólo porque la clínica esté ahí. Eso no es así. Yo, que soy un bruto que nunca aprendí de letras, creo lo que ella dice. Y ellos le creen también. Ella les dijo que van a tener trabajo con el programa que su esposo está empezando, pero nada más desaparece la señorita Starr, y el dinero que les da para que ayuden a su familia hasta que comience el trabajo, pues se lo gastan, y beben, y cogen drogas, y se juntan con el elemento malo. Claro, usted podrá imaginar que una cosa trae la otra.

«Lo mismo que con la teoría de la televisión por cable», piensa Alma.

—¿Sabe si están armados, don Jacobo?

—Desgraciadamente, hay elementos malos en el grupo. No son del pueblo —se apresta a aclarar el alcalde Jacobo.

—Pero ¿están armados? —¿por qué la gente no le da respuestas directas? ¿Están tratando de protegerla de una verdad que va a tener que enfrentar de todas formas?

El alcalde se quita la gorra, como gesto de deferencia a la verdad que está a punto de pronunciar.

—Desgraciadamente, sólo sé que ese otro elemento tiene armas.

Alma siente que la invaden nuevamente los sudores fríos. La cosa no va a terminar como la periodista le hizo creer. La noche anterior, después que ella y Starr y Mariana se dieron las buenas noches, pudo escuchar a Emerson, a Jim y a los hombres de la embajada hablando en su cuarto con Camacho. ¿Qué estaban tramando? Trató de escuchar, pero no pudo entender sus palabras, sólo el murmullo de los hombres decidiendo cómo conducir el mundo. Siente desesperación. Tiene que salvar a Richard antes de que estos tipos monten alguna operación estúpida.

—Por favor, don Jacobo —le ruega—, dígame lo que piensa. ¿Cree que le harán daño a mi esposo?

—Absolutamente, no —dice don Jacobo, negando con la cabeza y el cuerpo—. Los muchachos del pueblo no. Son malcriados, pero no criminales. Pero, desgraciadamente, el otro elemento, los que no son del pueblo, no es de fiar.

Alma suspira. Qué pesadilla hablar con este hombre.

—La señorita Starr habló con ellos. Su esposo habló con ellos. Ese elemento es el que nos está dando problemas a todos.

Alma mira cómo el sol se refleja en los techos y los paneles solares del complejo Swan, mientras el alcalde habla a su lado. En breve, los demás comenzarán a aparecer y las puertas de los coches y las vans a golpear, y él tendrá que dejarla sola para atenderlos. Pero ahora, sin embargo, necesita abrirle su corazón a alguien que le escuche, diciéndole cómo la clínica les dio empleo a todos, cómo todas las casas —señala y ella observa el paisaje del pueblito tras ella—, todas y cada una de aquellas casas iban a tener un panel solar, una buena letrina y agua corriente. La suya fue la primera. Y luego, cuando llegaron los pacientes, las mujeres del pueblo consiguieron empleo cocinando y limpiando, y después la señorita Starr llegó y explicó y los ayudó a todos con una regalía, y más tarde llegó don Ricardo, y los hombres del pueblo comenzaron a conseguir empleo trabajando para el Centro Verde.

Alma puede ver el edificio principal, donde está ubicada la clínica, flanqueada por pequeñas casas de adobe. Y las colinas recién sembradas detrás. Ése ha sido el mundo de Richard durante el último mes y medio. Alma siente una nostalgia que la aterra, como si hubiese regresado años después al sitio que le costó la vida. Se estremece. Isabel y Balmis y la mayoría de los chicos sobrevivieron, se recuerda a sí misma. *¡Isabel!*

—En esa casita es donde viven su esposo y Bienvenido. Y todo el terreno alrededor está sembrado con muchas, muchas hectáreas de café. Eso traerá mucho dinero. Eso es lo que les digo a los muchachos. Pero ahora, ¿quién sabe?

Tiene razón. El sueño de la tubería de dinero verde se ha desvanecido, al menos por ahora. ¿Podrán Swan y HI propiciar que la gente del pueblo coseche y venda el café? ¿Se podrá salvar algo?

—Quiero escribirle una nota a mi esposo —explica Alma. Quiere que Richard se entere de que está aquí. Que lo ama. Que todo va a salir bien. Que tenga valor. ¿Que tenga valor para qué? La visión le quita el aliento—. ¿Los muchachos les van a llevar comida?

El alcalde Jacobo dirige la mirada al interior vacío de su gorra, como si allí estuviese descrito el futuro.

—No puedo confirmarle eso. La clínica tiene cocina, pero anoche las mujeres dijeron que se les estaban acabando los víveres.

Se oye el timbre de un teléfono, un sonido raro en un sitio tan remoto. Suena, una y otra vez. Podría ser cualquiera de los tantos teléfonos celulares de los visitantes, que habrá recuperado la señal. Serán las mujeres, las hijas, las amantes y las madres llamando, preocupadas porque sus hombres no volvieron a casa la noche anterior. Finalmente, alguien responde. Pero, como si el timbre fuera una llamada de alerta, todo el pueblo despierta de repente. Comienza a escucharse el estrépito de puertas cerrándose, voces llamando, el canto de un gallo, el rebuzno de un burro, el llanto de un niño.

Y en la medida que el mundo despierta en toda su belleza y desconcierto, Alma no puede dejar de pensar en otras mañanas con Richard. Los sonidos y los olores que emanan de la cocina, la gaveta de la vajilla abriéndose, el café colándose, Richard sacando los gatos, el horno encendiendo. Necesita estar con él. Si algo va a ocurrirle a Richard, ella no quiere sobrevivirle.

El alcalde Jacobo pide permiso para retirarse, y mientras se aleja en dirección a su casa, Alma camina hacia donde los jóvenes se agazapan detrás de sus sacos de arena. *¡Al suelo!,* le indica uno de ellos con desesperación. Alma lo obedece, avanza corriendo y mientras se oculta tras los soldados éstos se vuelven hacia el complejo, como recordando súbitamente su misión, ahora que la mujer está junto a ellos.

—Debe regresar, señora —le dice el muchacho más tosco y de más edad que los otros.

—No hay problema. Tengo permiso —le miente, evitando sus ojos porque, con toda seguridad, el muchacho se daría cuenta. Recuerda los consejos de Tera acerca de la desobediencia civil. Mantener la calma. Actuar como si supiera lo que está haciendo. Tenemos derecho. El mundo es nuestro. Necesitamos recuperarlo. Hay cuarenta y tantos pacientes encerrados en esos dormitorios; Richard y el resto del personal están en la clínica, vigilados por decenas de muchachos del pueblo y sus amigos, el elemento forastero. Demasiadas vidas prescindibles. Alma es otra vida americana, otra razón para no bombardear ni invadir el sitio y provocar una tragedia. Esperanza e Historia podrían rimar, sobre todo si Alma no deja que su temor ni su indecisión le impidan hacer lo que podría funcionar esta única vez.

—Tengo permiso —repite Alma. Y, súbitamente, se incorpora, salta con rapidez por encima de los sacos de arena, mientras varios soldados intentan agarrarla por la espalda. Pero ella es demasiado ágil para ellos, está demasiado aterrada, demasiado afortunada-desgraciada, y el caminito peatonal está tan cerca, abierto, para permitirle escabullirse hacia el interior del complejo y correr por el sendero empedrado con las manos en alto, antes de que los soldados comiencen a gritarle que se detenga.

En breve, otras voces se unen al alboroto: Emerson y Starr diciéndole que regrese, Camacho gritando órdenes para que no disparen. La conmoción, por supuesto, no ha pasado inadvertida al otro lado de la cerca. Justo adelante de Alma, emergen dos personas del portal: la que está al frente, como escudo, ¡es Richard! Tras de él, un joven con un pañuelo que le cubre la mitad del rostro, apuntando a la cabeza de Richard con lo que parece una pistola de verdad.

—¡Vete! —le grita Richard, pero el hombre que lo sujeta por el cuello le da un empellón para que se calle.

—Vengo en son de paz —exclama Alma—. ¡Estoy desarmada! —le dice al hombre del pañuelo.

Esos veinte pasos hacia el hombre que sostiene una pistola sobre la cabeza del hombre que ama, le parecen la caminata más larga de su vida. Y siente como si otra mujer en su interior la guiara hacia delante, la mujer que vio una vez con el rabillo del ojo, que ha llamado Isabel, porque, en ocasiones, una historia puede apoderarse de la propia vida. Si estás bastante desesperada para dejar que suceda, como está Alma en este mismo instante. Por esa misma razón le dice nuevamente a Richard:

—Estoy bien. Aquí es donde quiero estar —y cuando el hombre le ordena «¡Párese!», con voz asordinada por el pañuelo, le repite—: Estoy desarmada.

A su espalda, Alma siente el silencio súbito y ensordecedor de la tropa y las miradas de Starr y Emerson y Jim y los hombres de la embajada. Pensarán que está loca, lo cual probablemente es cierto, al salir de esa manera hacia donde se dirigían todos y podrían dirigirse aún si Alma fallase en su intento.

VI
Marzo-diciembre de 1804

Luego vinieron las escalas en los puertos, las bienvenidas efusivas o la indiferencia, los miles de personas vacunadas, los brazos desnudos, las vesículas maduras, los funcionarios proclamándonos como salvadores y los que obstaculizaban nuestra salvación contra las viruelas. Todo fundiéndose en el gran tapiz de la expedición.

Cualquiera podría pensar que ya había colgado ese gran tapiz en mi memoria. ¡En qué formas tan sorprendentes funciona nuestra mente! Pero, en realidad, lo que más recordaba era una escena en particular, un incidente en apariencia insignificante, un rostro específico, como podría haberlo dibujado una artista.

Durante la travesía, en las largas noches a bordo de la *Pita,* el Dr. Salvany solía contemplar un libro de grabados de Francisco de Goya que había comprado en Madrid. En una ocasión, cuando le pregunté si podía verlo, el rostro del Dr. Salvany se ruborizó. «No es un libro adecuado para los ojos de una dama», me aseguró.

No fue hasta nuestra partida de Puerto Rico, mientras nos apresurábamos a empacar nuestros baúles, que el libro cayó en mis manos. Una sirvienta lo encontró en el suelo, detrás de la mesa de noche del dormitorio del Dr. Salvany, y me lo entregó.

Debo confesar que antes de devolverlo no pude contener mi curiosidad. Me había imaginado algo más indecoroso de lo que realmente vi. Se trataba de grabados de momentos de nuestras vidas humanas, algunos sombríos, otros más alegres. Cada uno de ellos llevaba una nota breve, como explicando el significado del grabado. En uno de ellos, un hombre dormido es acosado por horribles búhos y una especie de murciélagos. *El sueño de la razón produce monstruos,* reza el título. En otro, dos pobres labradores llevan sendos asnos sobre sus espaldas. El título era *Tú que no puedes,* y su comentario ya lo conocía: «Las clases útiles de la sociedad llevan todo el peso de ella, o los verdaderos burros a cuestas». Y quienes obran así, aludía supuestamente el artista, son verdaderos asnos. En honor a la verdad, el libro me pareció bastante impactante.

Sólo pude ver unos pocos grabados antes de comenzar una u otra faena habitual. Pero incluso aquellas rápidas ojeadas me produjeron una gran impresión. En la medida que avanzaba la expedición, comencé a hacer dibujos mentales de tal o cual momento, dotándolos incluso de su respectivo mensaje para guardarlos en la memoria. Posteriormente, al recordar esos momentos, cada sitio revivía en los ojos de mi mente, con su propio pie de grabado: Caracas, La Habana, Veracruz, Ciudad de Méjico, Puebla de los Ángeles...

GOLFO TRISTE—EN VIAJE DE PUERTO RICO A VENEZUELA: *Un pequeño barco navega sobre aguas grises. Al fondo, velados por la niebla, los funcionarios se congregan en un puerto.*

Pero tal perspectiva les ha sido negada a quienes están a bordo. Vemos rostros deformados por la ira y la sospecha. El capitán, con los ojos como negros pozos de desesperación, sostiene a un niño muerto en los brazos, y su boca se abre en un grito que no alcanzamos a escuchar.

Estuvimos días y días perdidos en el mar. La fiebre amarilla hizo su agosto a bordo. Hasta nuestro director estaba aquejado por las fiebres y la preocupación, porque aparentemente no tocaríamos tierra antes de que la vesícula de nuestro último portador llegara a su décimo día. Esa mañana, cuando escuché el llanto de un hombre, pensé que mi propio corazón había hallado su voz. Era nuestro capitán, llorando sobre el cuerpo de su paje. En los días siguientes se encerró en su camarote, negado a que sepultáramos al niño en el mar, olvidando sus deberes. El contramaestre Pozo y el piloto hacían lo que podían, pero una nave sin capitán es como un cuerpo sin alma.

Puerto Rico fue un sonoro desastre, sacando a relucir lo peor de nuestro director y de todos los hombres, indispuestos unos con otros. Se hablaba de regresar a España, se hablaba de que la tripulación nos iba a cortar el cuello, se hablaba de que la expedición estaba armándose hasta los dientes para hacer frente a tal intento.

Y, por supuesto, a todo eso se añadía la mirada asesina del ujier cada vez que veía a alguno de nuestros niños, y sus amenazas de que, como trataron de matarlo con un arco y una flecha, deberían de colgarlos de la verga del trinquete a estribor y tirarlos al mar después. O sea, que no podía perder de vista a mis niños. Y adiós a las excursiones a la parte delantera del barco para sentarme en la cocina con la tripulación. Además, la mayoría de los niños estaban aquejados por la fiebre, y el cocinero no miraría con buenos ojos a alguien a punto de vomitar cerca de sus marmitas, ¡como si fueran suculentos manjares sus cocidos repulsivos!

Pero tampoco reinaba la paz en la popa.

El Dr. Salvany había dejado de confiar en nuestro director, al igual que el Dr. Grajales, don Basilio Bolaños y don Rafael Lozano. El resto de los miembros de la expedición estaban a favor de don Francisco, quien, a su vez, ya no confiaba en nadie. Sólo una persona parecía agradar a todos los que iban en el barco. De repente, me convertí en lo que había esperado que fuese don Francisco: alguien que nos recordara cuán grandes podrían ser nuestros sueños.

Estábamos perdidos de veras en el mar. Y, de manera extraña, a nuestra maltrecha expedición parecía estar ocurriéndole lo mismo.

VENEZUELA—ÚLTIMA NOCHE EN CARACAS: Un escenario mucho más ligero. El gran salón está abarrotado de invitados, damas y caballeros alineados para bailar una contradanza. Muchas caras brillantes y felices. Y en un rincón de la fiesta, una dama lleva el rostro cubierto... ¿de cicatrices o letras? Qué pena estar tan desfigurada. Queremos que el pintor nos dé una explicación.

Pero... esperen... Presten atención a los otros rostros, que están marcados también. Aquí está el invitado de honor con las letras de la vergüenza en su faz. Un joven lleva un libro desde el cual brotan palabras que ascienden por sus brazos hasta llegar a su rostro orgulloso. ¡Ah, el carnaval de los deseos humanos!

Al fondo, más rostros, cientos de ellos. Han sido salvados por los que disfrutan ahora de esta gran celebración en su honor.

En Caracas volvimos a ser quienes éramos antes.

Después de vagar perdidos en el mar, avistamos tierra finalmente, justo a tiempo. La vesícula de nuestro último portador estaba madura. Don Francisco estaba extremadamente perturbado por la pérdida inminente del líquido y la debacle de su expedición. Y me obligué a mí misma a hacer lo último que hubiera deseado.

Bajamos al agua en un pequeño bote, acompañados por don Ángel, ¡pintadle alas a este hombre angélico y entrañable! El contramaestre Pozo indicó a dos miembros de la tripulación que remaran hacia una forma vaga y lejana que bien podría ser una nube de tormenta, una nave pirata, el Leviatán o las costas de Venezuela. Mientras navegábamos por la densa niebla, llevaba el corazón en la garganta.

Al desembarcar pensábamos que se había operado un milagro. El comandante local nos esperaba, con las principales familias de la ciudad, ¡y traían consigo a veintiocho portadores!

Miré cada rostro fresco y joven y me dije: «No, no son portadores, sino niños, seres humanos queridos y valiosos».

Desde el puerto viajamos al interior, y llegamos a Caracas en Semana Santa. La ciudad en pleno se volcó para recibirnos con fuegos de artificio y tributos. Precisamente la bienvenida que don Francisco había deseado en Puerto Rico. Nuestro director, convertido en regidor honorario, y objeto de conciertos y misas, se había transformado en el hombre noble que me había inspirado a ser la mujer que trataba desesperadamente de ser.

El primero de mayo ya habíamos vacunado a veinte mil y creado la Junta Central de la Vacuna, para garantizar que la misma estuviera disponible para futuras generaciones. La última noche antes de partir, el capitán general Guevara nos honró con un generoso banquete en su palacio. Las mesas estaban repletas de frutas y pastelería fina. Los niños me dijeron que habían contado cuarenta y cuatro platos en cada uno de los tres servicios existentes. Tuve que mantenerlos bajo supervisión para evitar que comieran demasiado o se metieran alimentos en los bolsillos. Mis pobres niños. Cuando se ha conocido la necesidad en carne propia, en cada derroche de lujo se vislumbra su fantasma.

El entretenimiento comenzó cuando se despejaron las mesas. Presentaron a un poeta, un joven con los ojos conocedores de un anciano, quien leyó una oda bastante extensa, ¡de doscientos versos! Los críos comenzaron a inquietarse.

Y me disponía a llevarlos a dormir cuando don Francisco me detuvo. Había demasiados sirvientes para hacerse cargo de los niños por esta noche. Me emocionó que quisiera que yo disfrutara de la velada con el resto de la expedición.

—Gracias a usted nos hemos mantenido unidos —reconoció don Francisco mientras me llevaba al salón de baile. Cuando protesté y le dije que no sabía bailar, sonrió y dijo—: Yo tampoco, así que hacemos buena pareja.

Pero, increíblemente, mis pies no habían olvidado los pasos de baile que aprendí de niña.

—En este aspecto, como en otros, usted se subestima, doña Isabel —me elogió don Francisco. ¿No sería hora ya de que me llamase Isabel a secas?

Don Francisco había recuperado el color, aunque no el peso perdido. Aún así, la hospitalidad de nuestros anfitriones, la buena comida y el descanso le habían hecho recuperar la salud. Pensé que debíamos quedarnos allí para siempre, o todo el tiempo que pudiéramos. La pieza terminó y comenzaban a tocar un animado fandango. El Dr. Salvany me pidió el próximo baile y, a pesar de decirle que estaba cansada, insistió y cedí finalmente.

—Me hace feliz ver que las cosas entre usted y don Francisco se han arreglado —le dije durante una de nuestras vueltas por el salón.

El Dr. Salvany levantó las cejas como cuestionando la exactitud de mi observación, pero estaba de buen humor. La poesía hacía surgir lo mejor de su alma.

—¿No fue maravilloso? —me dijo y, como pensaba que se refería a nuestro director, y debí haberlo mirado con sorpresa, añadió—: El poeta, Andrés Bello.

Me había encantado especialmente un poema de tema romántico al cual se le puso música..., pero aquella extensa oda a la vacuna era otro cantar...

—¿Cree usted que sería demasiado atrevido si le mostrara mis poesías? —me preguntó el Dr. Salvany, enrojecido por el ejercicio del baile. El también se había recuperado, pero conservaba cierto aire de fragilidad.

—Creo que nos honraría —le respondí.

Justo entonces concluyó el baile y casualmente quedamos cerca del poeta, a quien el Dr. Salvany le hizo una profunda reverencia.

El poeta le devolvió la muestra de deferencia, y dijo:

—Andrés Bello, a *sus órdenes*.

La invitación que el Dr. Salvany necesitaba.

—Mis elogios por una verdadera obra maestra de la pluma y el espíritu.

El rostro del joven se ruborizó. Tenía esa refulgencia del éxito, tocada quizá por el bochorno de ese mismo triunfo. Tal y como nos sentimos cuando somos objeto de demasiados elogios y nos preguntamos si en tal brillante aclamación, hay espacio para la naturaleza más oscura de nuestro ser.

—Me han dicho que también escribió una obra teatral acerca de nosotros —afirmó el Dr. Salvany con gran entusiasmo—. *Venezuela salvada.*

—Consolada —le rectificó el poeta—. *Venezuela consolada.*

No pude imaginarme que pudiéramos haber servido de inspiración a una obra con tal título. Tal vez, de ahora en adelante, seríamos el consuelo del prójimo. Quizás haya sido bueno que este poeta escribiera una obra así, pues nos obligará a ser dignos de las pasiones grandes y nobles a las que sus palabras nos atan.

Mientras don Andrés Bello le narraba la acción de su pieza teatral al Dr. Salvany, se me ocurrió mirar a nuestro director, sentado ahora en su sitio ante la mesa, flanqueado por el obispo y el capitán general, con el rostro radiante. No pude dejar de pensar cómo lo había visto en todas sus fases, nobles e innobles, humildes y vanas, como la luna que se apaga y desaparece, para regresar luego con su suave e insistente luz.

Al reparar en mi mirada, don Francisco cambió de expresión, como si le avergonzara que lo hubiera sorprendido tal y como era.

No había sido yo la única en ocultar mi verdadero rostro al mundo.

El poeta me presentaba a varios miembros prominentes del consejo de la ciudad. El Dr. Salvany había salido en busca de su libro de poemas para mostrarlo a su más reciente amigo.

—Éste es el ángel guardián de los pequeños portadores de la vacuna —decía don Andrés Bello con una reverencia—, doña Isabel López Gandarillas.

¡Otro apellido que no es el mío! Cuando termine la expedición, habré sido no una, sino varias Isabel.

Don Francisco se me acercó, para acompañarme de vuelta a mi asiento.

—Parecía perdida en ese mar de criollos y pensé que mejor venía a rescatarla —me susurró.

Lo tomé del brazo y dejé que disfrutara de su papel de salvador.

Rumbo a Cuba: Un enorme lienzo con varias escenas. La primera, un puerto agitado, dos destinos que se bifurcan: un grupo rema en dirección a la nave, el otro queda en tierra.

Otra escena se desarrolla sobre la cubierta del barco, donde una pasajera solitaria interroga a un grupo de niños colocados en fila. Su rostro es un estudio de preocupación, temor, tristeza.

La tercera consiste en una dama que conversa con el capitán del barco. El hombre llora y la mujer lo contempla, abatida en lo más profundo de su ser. Las estrellas brillan en su plateada hermosura, pero la escena aparenta formar parte de este tríptico de pesar.

Al salir de Venezuela, nuestra expedición se dividió en dos.

Nuestro director había intentado originalmente que las vacunaciones en los virreinatos de Nueva Granada, del Perú y Río de la Plata estuvieran a cargo de su colega español, el Dr. Verges, quien se había adelantado a Bogotá varios meses atrás, antes de que nuestra expedición iniciara su travesía. Uno de nuestros miembros usaría la vacuna fresca que habíamos traído de allende el océano y la llevaría al Dr. Verges en cuanto desembarcáramos en Venezuela.

Pero al llegar a Caracas nos enteramos de que el Dr. Verges había muerto a causa de una misteriosa fiebre. Una nota luctuosa en medio de nuestra celebración. ¿Cuántos pereceríamos en la expedición? La pregunta no cesaba de revolotear en mi miente mientras subíamos a los pequeños botes que nos llevarían de vuelta a la *María Pita,* que esperaba por nosotros en aguas más profundas. La nave nos llevaría a Cuba y Veracruz antes de regresar a España.

En tierra quedaban el Dr. Salvany y otros tres de los nuestros: el Dr. Grajales, don Rafael Lozano y don Basilio Bolaños. De repente se me ocurrió la idea de que don Francisco se había separado de esos miembros que siempre mostraron parcialidad por su colega más joven (¡cómo me alegró que don Ángel, ese ángel pacificador de nuestra expedición, se quedara con nosotros!).

El Dr. Salvany se veía pálido y casi temeroso ante el nuevo encargo.

—¿Cree que tendrá éxito? —se me ocurrió preguntarle a nuestro director, mientras los hombres que quedaban en la costa empequeñecían más y más hasta transformarse en juguetes, en invenciones de la imaginación.

Don Francisco suspiró.

—Todo lo que debe hacer es seguir hacia el sur por todas las Américas —respondió nuestro director, levantando una mano y dividiendo fácilmente el aire en dos.

Pero en la medida que nos alejábamos, pude ver con los ojos de la mente las cumbres de Los Andes y los senderos penetrando las selvas oscuras, los rápidos, los ríos y las cascadas rocosas. Y pensé en lo difícil que le resultaría tal misión a nuestro joven colega, tan enamorado de la poesía.

Tal vez sentí que no volvería a verlo vivo.

En lo tocante a nuestro grupo, el Dr. Balmis no quiso arriesgarse, por lo que pidió y recibió seis niños para llevar la vacuna de Venezuela a Cuba.

Como eran niños de más edad, su manejo se me hacía más fácil y difícil a la vez. El mayor tenía trece, y el menor siete. No se separaban en ningún momento, evitando al principio a nuestros niños, pues su acento gallego les resultaba extraño. Pero pronto se dieron cuenta de que tenían mucha malicia en común.

Una de sus travesuras era atormentar a Tomás Melitón, el morito. Con más insistencia que nuestros niños, estos pequeños criollos lo mortificaban constantemente, llamándolo *negrito* y amenazándolo con meterlo en una barrica con lejía para diluirle el color y ver si era tan español como decía.

En la tercera mañana de travesía no pude hallar al niño, a pesar de que lo busqué por todo el barco. Como si se hubiera desvanecido. Coloqué a los muchachos en fila, amenazando con castigarlos a todos, sin cena, ni salidas a cubierta, ni cuentos. Hubo miradas culpables, pero lo más que pude sacarles fue que habían estado persiguiendo a Tomás, amenazándolo con meterlo en la susodicha barrica.

—Pero sólo tenía agua salada, lo juramos.

—¡No hay juramento que valga! —les grité. Era una batalla que estaba perdiendo, tratando inútilmente de que los niños no dijeran maledicencias en un barco lleno de marineros bocas sucias.

—¡Tomás! —comenzamos a gritar, a veces individualmente, otras a coro. Mi propia voz vibraba con creciente pánico y desesperación.

A los siete días lo encontramos por el hedor que despedía. En sus intentos por escapar de la persecución, debió haber caído por la escalera a la sentina, ahogándose en el agua pútrida de la misma. Al infeliz se lo habían estado comiendo las ratas. Lloré por el pobre infortunado, quien pasó por la vida sin nadie que lo quisiera lo suficiente. Hasta mi propio amor estaba marcado grandemente por la obligación.

Esa noche me encontré en el alcázar con el capitán, a quien su propia pena lo había transformado en un ser apacible y aislado. Se paró a mi lado, sin decir palabra. Ambos contemplamos aquel mundo líquido e infinito en el que ahora reposaban dos de nuestros niños.

—Usted parece ser el alma de esta expedición, doña Isabel. Dígame —murmuró el capitán mirándome de frente. Aunque anochecía, deseé tener puesto un velo para ocultar la incertidumbre que me embargaba al ser interrogada por un superior—. ¿Valió la pena?

Quise decirle que aquél era un cálculo que jamás deberíamos hacer: Orlando y Tomás habían perdido las únicas vidas que tenían. Nada podía compensarlas. Nada de banalidad, ni poesía.

—Debemos creer que estamos haciendo más bien que mal —atiné a responderle. O sea, que siempre debería haber una lucha para creerlo. De otra forma seguiríamos adelante con la certeza de nuestro director o sumidos en la duda como el Dr. Salvany. Pero hasta a mí me sonaron vacías aquellas palabras.

Cuba—Llegada a La Habana: En la lejana bahía un barco echa anclas, mientras que en primer plano un grupo de bienvenida se congrega en el muelle. Otra escena portuaria más.

Un hombre pequeño y nervioso, con la camisa mal abotonada y el sombrero entre las manos. Junto a él, una mujer voluminosa y unos niños saliendo por entre sus faldas generosas, señalando a un coche en espera.

Tras ellos se extiende la ciudad de La Habana y sus casas irregulares, con fachadas pintadas de rojo y azul pálido. El desfile de coches conduce a una espaciosa residencia que se llena con decenas de niños. Un monito chilla. Las aves canoras gorjean en sus jaulas. Un perrillo retozón ladra y ladra, con total exuberancia. La alegría de los rostros nos dice que existen fragmentos de paraíso en este valle de lágrimas.

Nuestro destino volvió a eludirnos a causa del mar tormentoso. La travesía de ocho días demoró dieciocho. Pero, a pesar de que no nos esperaban, recibimos en el puerto de La Habana la cálida acogida del marqués de Someruelos, en unión de un grupo de funcionarios reunidos a toda prisa.

Sin andarse por las ramas ni recurrir a subterfugios, el marqués nos informó que la vacuna nos había precedido en la isla. Resulta que una dama cubana que visitaba a sus parientes en Puerto Rico tuvo la oportunidad de que el Dr. Oller vacunara a su hijo y a dos chicas de la servidumbre.

Oller. La sola mención de aquel nombre me estremeció el corazón. Ni me atrevía mirar a nuestro director.

Traté de acopiar fuerzas para la repetición de nuestro primer fracaso.

Como si no tuviera razón para interrumpir su charla, el marqués prosiguió con sus explicaciones. A su regreso a La Habana, las vesículas de los tres niños estaban totalmente maduras. Y el Dr. Tomás Romay, el médico de su familia, aprovechó la oportunidad de cosechar el líquido y vacunar a toda la ciudad, combatiendo así la temible epidemia que se propagaba por la isla.

Un hombre pequeño se acercó, con la corbata torcida, la camisa mal abotonada y una mancha en la manga. Parecía como si se hubiese vestido con lo que primero tuvo a la mano.

—Dr. Romay —se presentó, y siguió diciendo—: Nuestro estimado gobernador me otorga demasiado crédito. Sólo hice lo más que pude con mi escaso entrenamiento y supervisión en este campo. Por eso, estoy muy agradecido que su ilustre persona y colegas hayan llegado a nuestras costas para inspeccionar mi trabajo y corregir mis errores —luego, con una sonrisa que beatificaría al mismísimo demonio, insistió en que nuestro director y la expedición le hicieran el honor de hospedarse en su residencia.

Los cinco hijos, desde el más pequeño hasta un jovencito, se adelantaron a secundar la invitación de su padre, ofreciéndose para tomar de la mano a los niños más pequeños y aliviándome del bolso que yo llevaba. Una mujer gruesa y de cara ancha los dirigía. Era la esposa del buen doctor, la señora Romay. Su enorme humanidad se hacía más amplia aún por las voluminosas faldas que llevaba, desde las que podrían emerger cinco niños más si la ilustre dama estornudara o se riera con demasiada intensidad.

La expresión de nuestro director se fue suavizando, conmovida —y quién no— por tal generosidad.

—Somos demasiados para causar molestias en cualquier residencia.

La señora Romay aseguró que ni el doble de nuestra expedición sería demasiado.

—¡Me entristecería muchísimo si no me hacen el honor, don Francisco!

No pudimos negarnos al ofrecimiento de la amable familia. Ya los hermanos Romay habían comenzado a ubicar a los niños más pequeños en los coches. La señora Romay me tomó del brazo.

—¡Pobrecilla de usted, yo también he vivido mi vida rodeada de hombres! —me dijo emocionada y, orgullosa de su prole, me dedicó una amplia sonrisa que dejó entrever su despoblada dentadura.

«Sí, pero al menos usted tiene dominio sobre los suyos», pensé.

Al día siguiente comenzamos a inspeccionar las vacunaciones y creamos una junta, como habíamos hecho en Caracas. Gracias al cielo, los pueblos de extramuros nos proporcionaron nuevos portadores para llevar la vacuna a otras partes de la isla.

A Benito le encantó La Habana, donde encontró a cinco hermanos en los niños de los Romay. Debo decir que mi hijo dejó de ser aquel niño temeroso y llorón pegado a mis faldas de otros tiempos. En el pequeño mundo de nuestra expedición, se había transformado en el chico especial con madre a bordo, una posición que yo siempre trataba de minimizar.

—Todos ustedes son mis hijos —les decía.

Pero cualquiera podía ver claramente —y los niños tienen una capacidad especial para ello— la debilidad por mi pequeño Benito.

—Quedémonos aquí, mamá —me pedía.

—Tenemos una misión que cumplir —le explicaba, recordando un momento similar en Caracas, donde habíamos deseado quedarnos para siempre—. Pero quizás podamos regresar después, cuando todo termine.

Pero, para un niño, la palabra «después» puede ser sinónimo de «nunca», así que me rogó, lloró y finalmente repitió las palabras de nuestra anfitriona:

—Me entristecería muchísimo, mamá.

—Pero luego te pondrás contento nuevamente —le respondí, tratando de no sonreír y tomar en serio sus pequeñas tristezas.

Así, a pesar de que en Cuba, como ocurrió en Puerto Rico, la vacuna también nos precedió, la cálida bienvenida de nuestros anfitriones, su honestidad desde que pusimos pie en tierra y su deferencia por la dirección de don Francisco dieron un rumbo muy diferente a las cosas. El marqués estaba a nuestro servicio, para cualquier cosa que se nos ofreciera. Y el Dr. Romay y su familia continuaron su derroche de generosidad hacia nosotros.

Sólo en una cosa no habían podido complacernos nuestros anfitriones. Se nos habían prometido cuatro niños para llevar la vacuna de La Habana a Veracruz. Pero pasaban los días y nadie ofrecía un chico. Lamentablemente, los huérfanos del hospicio local habían sido vacunados. Aparentemente, los deseos de mi Benito iban a hacerse realidad, y podríamos quedarnos.

Finalmente don Francisco, frustrado como sólo él podía llegar a estar, recurrió al único medio que se le ocurrió.

—Las he comprado —me dijo cuando le pregunté de dónde había sacado a las tres niñas africanas, la mayor de las cuales no tenía más de doce años, cuando una mañana las trajeron en una carreta por la puerta trasera de la casa del Dr. Romay—. Ellas serán nuestras portadoras de la vacuna hasta Veracruz. Allí las venderé y recuperaré el dinero que gasté en ellas.

—¿Las compró? —¿por qué me sorprendía tanto? Ya había visto el mercado de esclavos en Tenerife. Y en la mayoría de las casas de nuestros anfitriones en San Juan, en Caracas y aquí en La Habana, gran parte de la servidumbre era esclava.

Pero soplaban vientos diferentes en las Américas. Podía sentirlo claramente. En camino a Cuba pasamos junto a Saint Domingue, evitando la costa debido a una revuelta ocurrida en el país, donde los esclavos se habían emancipado. Sentí una oleada de terror —sin dudas, si nos agarraban, ¡nos cortarían la cabeza!—, pero también una secreta sensación de esperanza, pues todos debíamos nacer en plena libertad.

En el patio las niñas lloraban, pidiendo volver junto a sus familiares.

—Vinimos aquí respondiendo al llamado de salvar a nuestros hermanos y hermanas necesitados —le aseguré, repitiendo las mismas palabras que nuestro director me dijera meses atrás en el orfanato.

—Ésta es una necesidad, doña Isabel. No tengo otro recurso —respondió don Francisco, eludiendo mi mirada, rehuyéndome, cerrando las puertas de su corazón para resistirse a mi influencia.

Y las tres negritas pasaron a formar parte de nuestra expedición, al igual que, en el último minuto, el tamborilero de un regimiento local, convencido en gran medida por el marqués. Tal vez cometí el error de cuestionar la decisión de nuestro director. Y él había revelado lo que mi delicadeza moral había intentado ocultar. ¿Qué libertad tenían mis propios niños de elegir sus destinos? Independientemente de que fueran niñas *esclavas* o niños *huérfanos,* el éxito de nuestra misión dependía de los que habían llevado sobre sí la carga del sacrificio: los pobres, los desvalidos, entre ellos los niños que yo misma había comprometido para unirme a la expedición.

Hasta bien tarde en la noche se escucharon los gemidos de las niñas, diciendo *¡Piedá! ¡Piedá!* En varias ocasiones traté de consolarlas con golosinas, una canción o un cuento. Pero rechazaban los dulces que les ofrecía y lloraban cuando les cantaba, o gemían cuando les hablaba. De mí no querían nada, porque no había podido garantizarles la libertad suficiente como para permanecer con sus familias esclavizadas.

NUEVA ESPAÑA—SEPARACIÓN EN VERACRUZ: Un hombre y una mujer en entrevista privada. El hombre es alto, bien formado, algo entrado en años. Sólo su cabeza parece diferir en escala: demasiado pequeña y delicada para una figura tan fornida. Está avergonzado ante la mujer, que lo mira con una gentil sonrisa en los labios.

Y ella, una dama madura —no se trata de dos jóvenes amantes, atormentados por la desesperación—, también goza de una figura esbelta. Su rostro es pecoso... ¿o tal vez picado de viruelas? Quizás el pintor no se ha decidido en definir si será esbelta o poco agraciada, vieja o joven.

En la miniatura que vemos sobre su hombro, la mujer cabalga en un arria de mular hacia las montañas, con un grupo de niños detrás, dos en cada animal. En cuanto al hombre, lo vemos a bordo de una nave diminuta movida por el aire que sopla un Eolo de mejillas hinchadas, cruzando el océano en dirección a España, asolada por las llamas.

Nos recibieron en el puerto de Veracruz con lo que ya debía haber sido para nosotros una noticia acostumbrada. La vacuna también nos había precedido en Nueva España.

Pero en esta ocasión hubo un giro siniestro. Ninguna epidemia había amenazado a la región ni había llegado visitante alguno con vesícula madura. El virrey Iturrigaray, envidioso del honor que iba cobrando nuestra expedición, se tomó la atribución de introducir la vacuna en sus dominios, mandándola a pedir a Puerto Rico, mientras nosotros nos desviábamos en dirección a Venezuela y Cuba. La vacuna había llegado en brazos de cinco músicos, y el Virrey montó un gran espectáculo, llevando a su hijo pequeño, con atuendo real, al hospital para recibir la vacuna. Esa había sido precisamente la estrategia de nuestro director: la creación de un espectáculo para convencer a las masas de los beneficios de la vacuna.

—¡Pero él sabía que estábamos en camino hacia acá! —dijo don Francisco, hecho una furia.

—Todavía nos queda mucho por hacer —respondió don Ángel, tratando de tranquilizar a nuestro director. La vacuna sólo se había distribuido en la capital y en las florecientes ciudades portuarias. Muchas zonas remotas esperaban desesperadamente nuestra llegada.

Pero don Francisco no estaba satisfecho, y entendí perfectamente el porqué. Había vivido en Nueva España, donde fue director del mismo hospital donde el Virrey había llevado a su hijo a vacunar. Don Francisco había querido reservar para él ese gran momento. Regresar a un sitio que amaba, donde había conocido el amor —recordé que la familia de doña Josefa era de Nueva España—, triunfador, con la salvación de las viruelas.

En un acceso de ira, don Francisco salió en busca de los músicos de marras, látigo en mano. A la noche, era presa nuevamente de disentería. Se corrió la voz de que nuestro director estaba en las últimas, lo cual no distaba mucho de ser una posibilidad. El Dr. Verges había muerto, y Orlando, y Tomás; y hasta nuestro enfermizo Juan Antonio había caído en estupor, para morir de fiebres por la mañana. ¡Tres niños sacrificados por nuestra misión! Tal vez todos debíamos regresar a España con la *María Pita*.

Me sentí muy confundida, sin saber qué hacer. Sabía que nuestra obra —la de los niños y la mía— había llegado a su fin. Realmente, no había pensado en qué vendría después de haber concluido nuestra misión. Y si lo hice, fue para imaginar que la seguiría con don Francisco y Benito a mi lado. Pero algo había ocurrido desde nuestra estancia en Cuba y la compra de aquellas niñas esclavas. Estaba desesperanzada, cansada de la envidia de los funcionarios que obstaculizaban nuestra labor; hastiada de la importancia que se daba a sí mismo nuestro director, quien confundía la vacuna con su propia estima; hastiada de vigilar los actos de nuestra expedición; hasta de los niños, con sus palabrotas, su dependencia, su mal comportamiento. Y anhelé ocultar otra vez mi rostro delgado y marcado tras mi velo negro.

¿Había venido de tan lejos a un nuevo mundo para encontrar a mi viejo y triste ser?

Posiblemente también yo había enfermado de disentería. Me sentí febril, y mi estómago no aguantaba alimento. Pensé en qué sería de mis niños —especialmente de mi pequeño Benito— si algo me ocurriese.

—¿Cuáles son sus planes, doña Isabel? —el contramaestre Pozo estaba ante mí, alto y tartamudo, sombrero en mano. Era como si mi propia mente estuviera interrogándome.

—¿Planes?

Me pareció una palabra demasiado grandiosa para el torbellino de posibilidades y preguntas que me pasaban por la mente. Suspiré y le sonreí. No tenía la menor idea de lo que me deparaba el futuro. Y no sabía si aquella sonrisa podría interpretarse como estímulo. Pero, al menos, no me negaba a la posibilidad de una conexión. Tantos años cuidando de niños huérfanos, sin razón tangible para amar a muchos de éstos, me enseñaron que el corazón es una criatura a la cual se puede entrenar. La pasión puede surgir inesperadamente, pero el amor es una disciplina.

—¿Y cuáles son los suyos? —le pregunté, como si él estuviera considerando aún lo que había mencionado con anterioridad acerca de la adopción de uno o más niños.

—¿Mis planes? —me miró tan sorprendido como había estado yo minutos antes. Pero él, en realidad, tenía un plan mejor fraguado que el mío. Su contrato con el barco, que como hombre de honor tenía que cumplir, le exigía el regreso a La Coruña con su capitán. Una vez allá, podría solicitar que lo desenrolaran. Eso fue lo que pude sacar en claro de sus tartamudeos y murmullos. Había estado casado por breve tiempo, pero perdió a su mujer y a su hijo, víctimas de la peste, otra epidemia más. Nada lo ataba a España, a menos que yo quisiera regresar—. Si usted viera la forma... —me dijo, dándole vueltas sin cesar al sombrero, como si éste fuera el mecanismo para infundirle valor, por lo que no se atrevió a dejar de hacerlo girar.

Quise rescatarlo de su propia y mortal turbación, también quería que él fuera galante y elocuente, como el amante de un romance. Pero dejé que triunfara su bochorno. A estas alturas, apreciaba la gentileza por encima de lo demás.

—Me encantaría hacerle compañía.

—¿Dónde estará usted? —preguntó casi al unísono el oficial, porque, si se retrasaba, podría volver a ser víctima de la timidez y la incapacidad.

No sé por qué razón, me vino repentinamente a la cabeza lo que haría. Me había enamorado de América. El aire parecía más aire, y el cielo más cielo. En cada lugar que visitaba se hablaba de nuevas ideas, de los derechos de los seres humanos. Los pobres, los desvalidos, los esclavos se sublevaban para exigir sus derechos: en los cuartos traseros y en la cocina de nuestra casa en Puerto Rico, en las conversaciones de salón después de los bailes en Caracas, en La Habana y ahora en esta ciudad portuaria. Mis niños también tendrían acá una mejor oportunidad, como peninsulares, con todas las ventajas. España estaba repleta de almas desamparadas pugnando por una nueva vida en estas mismas costas.

—Acompañaremos a don Francisco a Ciudad de Méjico. Según tengo entendido, el Virrey se encargará de los niños.

—Pero ¿y usted, adónde irá? —me preguntó nuevamente el oficial, con voz más segura.

—Adondequiera que usted se entere que hayan ido los niños —con tales detalles, le resultaría fácil hallarme.

En los días que siguieron pensé que, seguramente, aquella propuesta era fruto de mi imaginación. Después de todo, tenía la inclinación a construir escenas para consolar a mis niños y a mí misma. ¿Podía ser posible que me estuviesen cortejando, a mí, una mujer no tan joven, de treinta y seis años, marcada de viruelas y delgada por las exigencias de nuestra travesía? ¡Tantos años perdidos pensando que no era digna de tal amor! Recordé de pronto la plegaria de los huérfanos que leía diariamente en la capilla de La Coruña: *No nos salvamos porque somos dignos; nos salvamos porque nos aman.*

Nos separamos antes de que el barco zarpara, pues nuestro director tenía mucha prisa por llegar a Ciudad de Méjico. El contramaestre —me resulta imposible recordar su nombre en este momento— nos acompañó durante varios días en nuestra salida de la ciudad, antes de regresar a cumplir con su contrato. En nuestros últimos momentos juntos estuvimos rodeados por los niños, los muleros, por don Francisco y mis colegas. Pero, en un momento, aquel hombre modesto alzó la vista, y yo lo miré intensamente. *Pronto estaremos juntos.*

NUEVA ESPAÑA—ENTRADA ¿TRIUNFANTE? A CIUDAD DE MÉJICO: No espere un grandioso encuentro entre el conquistador Cortés de piel clara y el Moctezuma, el emperador azteca, revestido de oro.

Un virrey en bata de dormir tiembla de ira; su esposa desciende por las escaleras con una túnica de rico satén, el pelo desarreglado, el rostro una mezcla de cortesía y sospecha, mientras diecinueve jovencitos le reclaman a su esposo. Una mujer los tranquiliza. La guardia de palacio contempla preocupada la escena.

Entramos de noche en la ciudad después de haber esperado todo el día en las afueras por el recibimiento del Virrey. Cuando creyó que la comisión de bienvenida no vendría, el propio don Francisco nos guió por las amplias avenidas. Éramos cuarenta en total, incluyendo diez soldados del regimiento, portadores de la vacuna desde Veracruz.

No pude sino admirar las suntuosas residencias ante las que pasábamos, con sus ventanas iluminadas, mostrando el envidiable calor hogareño que comunican las casas vistas desde fuera en la noche. Era una ciudad tan extensa como La Coruña, pero más grande y más rica. A las puertas de palacio fuimos detenidos por los guardias, a quienes se les ordenó que informaran al Virrey de la llegada de la expedición de Su Real Majestad.

Eran las diez de la noche y los guardias parecían inseguros.

Pero nuestro director no era de los que se amilanan. Tenían que anunciarnos inmediatamente. De alguna manera —quizás la presencia de los seis soldados que nos acompañaban le daba a nuestro grupo un aire oficial— nuestro director convenció al jefe de la guardia a que no sólo convocara al Virrey, sino que también nos hiciera esperarlo *dentro* del palacio.

El virrey Iturrigaray descendió las escaleras, informado de que los hijos del Rey estaban a su puerta y que no se marcharían.

—¿Qué ocurre, señor? —dijo, confrontando a nuestro director. Increíble que alguien lo importunara a estas horas en su residencia privada.

—Es inaudito —dijo nuestro director, con igual indignación— que una expedición *real* no se reciba con la ceremonia debida. Le envié un mensaje esta mañana. Hemos traído la preciosa vacuna a Nueva España —añadió don Francisco.

El Virrey sonrió con sorna.

—Pues bien pudo ahorrarse el trabajo, señor. Yo mismo traje hace meses la vacuna a estos territorios.

Desde lo alto se oyó una suave voz. ¡Qué raro sonó en mis oídos una voz femenina!

—Amor, ¿quién es?

—Nadie importante —respondió el Virrey, hiriendo aún más el orgullo de nuestro director.

Los niños comenzaron a gemir de hambre y cansancio.

—Éstos son sus protegidos, señor. Aquí debemos dejarlos, a su cargo. Entretanto nosotros, miembros de la expedición de Su Majestad, dormiremos en la calle.

¡No estaría hablando en serio, por supuesto! Mi rostro debe haberme traicionado, reflejando temor e incredulidad. Los niños comenzaron a sollozar, como si hubieran adivinado lo que yo estaba pensando.

No transcurrió mucho tiempo hasta que la señora de la casa descendió las escaleras. Y cuál no fue su sorpresa al encontrarse a diecinueve niños en su salón, y todos clamando por la responsabilidad de su esposo.

—¿Qué es esto? —preguntó al Virrey, ¡visiblemente sorprendida por la conmoción que había traído a su puerta ese doctor tan arrogante!

Finalmente, enviaron a un sirviente a buscar a uno de los consejeros de la ciudad para que nos acompañara a la residencia, donde seríamos alojados durante nuestra estancia.

—Debo advertirle que, como no teníamos conocimiento de su llegada inminente, las reparaciones del edificio no han concluido —alertó el Virrey, con lo que, arreglándose la bata de dormir, tomó a su esposa del brazo y abandonó el salón.

Esperamos a la llegada del consejero, quien se deshizo en disculpas y corroboró lo dicho por el Virrey. No tenían noticia alguna de nuestro arribo. Sin dudas, el correo a quien don Francisco había encargado entregar nuestra misiva la dejó en la oficina inapropiada. Probablemente, la carta de nuestro director estaría aún transitando penosamente por los vericuetos jerárquicos.

Devolvimos a los niños a sus carruajes respectivos y emprendimos el camino de regreso por donde habíamos venido, recorriendo un largo trecho. Los ruidos de nuestra caravana despertaban la curiosidad de los habitantes de la ciudad, muchos de los cuales se asomaban a las puertas a enterarse de lo que ocurría. En breve, y a juzgar por las calles estrechas y deterioradas y los olores desagradables en el aire, estábamos en los barrios más pobres de la ciudad. A la mañana siguiente nos encontramos en medio de pequeñas chozas y barracas, además de varias tenerías, cuyos desechos llenaban el aire de un olor sórdido y repelente.

Tuvimos que forzar la puerta de la casa —el consejero jamás pudo hallar la llave— sólo para descubrir, como había advertido el Virrey, que el sitio estaba en reparaciones, lleno de polvo y herramientas abandonadas, y sin un mueble. Los niños y yo dormimos en el duro suelo, pues estábamos demasiado agotados y no nos importó. Pero don Francisco se pasó la noche recorriendo los pasillos en espera de la mañana, para volver a comparecer ante el Virrey y presentarle una queja formal en nombre del soberano.

Pensé levantarme y pedirle que descansara, pero me convencí de que era imposible salvar a nuestro director de su más encarnizado enemigo: él mismo.

Nueva España—Partida de la Ciudad de Méjico: ¿Quién puede soportar la visión de esos niños sin estallar en llanto por su terror ni sentir su lamentable tristeza? ¿Qué es lo que quieren estos pequeños temerosos, aferrados a esa mujer triste que esconde el rostro para que no vean sus lágrimas? Están a las puertas de una edificación húmeda y oscura a la cual llaman el Real Hospicio. Vean, al otro lado de la puerta, a los jóvenes que lo habitan, sentados ante largas mesas, comiendo cuencos de sopa grasienta espesada con harina de maíz. Vean sus travesuras, los jalones de pelo y los puñetazos furtivos, pequeñas crueldades de los abusados que se convierten en abusadores. Vean cómo los recién llegados le ruegan a la mujer que no los deje abandonados allí.

Permanecimos un poco más de un mes en la capital, tiempo en el que me vi obligada a cambiar la opinión que tenía de nuestro director, pues tenía un enemigo más encarnizado que él mismo: el Virrey. En todo momento, el Virrey Iturrigaray obstaculizó el progreso de nuestra expedición. Se había robado para sí la gloria de introducir la vacuna en su virreinato, pero la presencia de nuestro director puso en duda tal logro e hizo afluir muchas preguntas.

¿Era potente realmente la vacuna que sus médicos habían propagado?

¿Era la vacunación al por mayor la mejor manera de proceder?

¿Se había instituido un sistema de juntas que pudiera salvaguardar al territorio de epidemias futuras de viruelas?

Estoy segura de que el Virrey se sentía como si hubiera ganado una batalla, para después ver cómo el enemigo que creía destruido se levantaba y le pedía cuentas.

Don Francisco pagó con fondos propios la impresión de una circular anunciando las sesiones de vacunación. Pero no se ofreció portador alguno, sólo los huérfanos del Real Hospicio y dos docenas de niños indígenas arrancados a sus madres en una horrible escena que jamás olvidaré. Cuando varios huérfanos murieron después de haber sido vacunados, el Virrey creó una comisión para investigar los métodos de nuestro director.

Finalmente, don Francisco admitió su derrota y decidió emprender el camino a Puebla y otras villas remotas. Antes de partir, le pidió al Virrey que pagara nuestros salarios e hiciera los arreglos pertinentes para el transporte de la expedición a las Filipinas.

—Debemos zarpar lo antes posible para Manila —le insistió nuestro director—. Ya le he escrito varias misivas al respecto, señor. Permítame recordarle que no sólo está ignorando a mi humilde persona, ¡sino también a su Rey!

—El único barco que sale para Manila es el galeón que zarpará en enero —le contestó el Virrey, y como tenía que enviar tropas y frailes allá, no estaba seguro de que en el galeón habría sitio suficiente para transportar a cuarenta o más hombres y niños.

—Está bien, señor —dijo don Francisco—. Permaneceremos en Nueva España vacunando hasta que nos haya proporcionado el transporte hacia nuestro próximo destino, como le ordena que haga la proclamación. Déjeme recordarle también que nuestra estancia será a vuestras expensas.

La proclamación explicaba muy claramente esa cuestión. El Virrey no tenía más remedio que cumplir las órdenes. Pienso que eso le obligó a decidir cómo deshacerse de esta molesta expedición y su irritante director, cuanto antes mejor. En breve, hubo espacio en el siguiente galeón a Manila. ¡Lamentablemente, faltaban cinco meses para enero!

En esos meses, nuestro director me pidió que continuara con la expedición en sus viajes por las provincias. Mis pequeños debían ponerse entonces bajo la tutela del Real Hospicio. A pesar de todo eso, no quise salir de los predios de la Ciudad de Méjico hasta asegurarme de que los niños recibieran los cuidados apropiados. También había que pagarme el salario que me debían. El virrey Iturrigaray tenía a su cargo los fondos del tesoro en Nueva España. De más está decir, por tanto, que no tenía ningunas ganas de hacerlo.

Pero no fue sólo la necesidad lo que me obligó a continuar con nuestra expedición. El grupo estaba reducido a la mitad de los que habíamos zarpado de La Coruña. Y Nueva España, como luego descubrí, era muy extensa. No podía abandonar a nuestro director cuando más necesitaba de mi ayuda.

Antes de partir de la capital, fui a despedirme de mis niños al Real Hospicio, un sitio deprimente, sobre todo la planta baja, destinada a los niños. Los dormitorios de las niñas estaban en la planta alta, más iluminada y ventilada. Pero, según me aseguró el Virrey, era un acomodo temporal. En breve, los niños serían destinados a varias familias. Eran peninsulares, protegidos del Rey, por lo que no habría problemas.

—¡Regresaré muy pronto, muy pronto! Ya estoy terminando el trabajo acá con don Francisco —les prometí.

—¡No! —dijeron. Ya habían permanecido varias semanas en el Real Hospicio. Hasta el sollado de la *María Pita* en una noche tormentosa era mejor que estar en aquel horrible lugar, entre gente extraña. Mis niños se aferraron a mí, negándose a soltarme.

—Escuchen —les dije, reuniéndolos en torno a mí y con el corazón en la garganta—. ¿Recuerdan los cuentos que les hacía?

Todos asintieron, sollozando y con los labios temblorosos.

—Pues se van a convertir en realidad. Yo los ayudaré. Pero deben poner de su parte. Deben portarse bien, dejar de decir malas palabras y obedecer a sus maestros.

Los miré intensamente, y aparentemente se tranquilizaron. Pero sabía que aquella fe duraría sólo el tiempo que estuviese yo junto a ellos.

Me escurrí mientras cenaban, ocupados con sus tazones, para evitar que se los quitaran los niños mayores. Pero, una vez que traspuse aquella puerta, lloré tanto que don Ángel comenzó a preocuparse. Llamaron a don Francisco, pero me negué a probar el sedante que me preparó. Quería sentir a plenitud mi culpabilidad y desesperación. Tiempo después, en las provincias, conocería la historia de «La Llorona», una madre enloquecida que ahogó a sus hijos en el río para vengarse del abandono de su padre. En cuanto se dio cuenta de lo que hizo, se arrepintió y fue condenada a llorar por ellos toda la eternidad.

—Es una de sus supersticiones —me decían las damas de alcurnia de aquellos pueblos, avergonzadas de las creencias primitivas de sus criadas indígenas.

Pero yo sabía muy bien que aquello no era una invención de ellas. Incluso cuando ya no me quedaron más lágrimas, seguí escuchando el llanto de la mítica mujer en mis oídos. Nada detendría su tristeza. Sólo la certeza de que sus hijos —no importa si ellos son o no de su sangre— estaban vivos.

Nueva España—Puebla de los Ángeles, Querétaro, Celaya, Guanajuato, León, Zacatecas, Durango, Fresnillo, Sombrerete: Éstos deben ser bocetos de una obra mayor, estudios de miseria desechados por ser demasiado miserables o usados luego para los murales de una iglesia, con Nuestro Señor curando a los enfermos; Nuestro Señor convirtiendo el agua de las lágrimas en el vino de la risa; Nuestro Señor dándoles el pan a los pobres hambrientos e innumerables.

Pero no se trata de Nuestro Señor, con su rostro largo y triste y su cabeza refulgente. Este hombre es más viejo, de cabellera gris atada con una cinta sucia y la camisa arremangada. Está atendiendo largas filas de indios y criollos que han acudido a su clínica de la villa para recibir la salvación de las viruelas que su rey les ha enviado.

Junto a él, débil y delgada, una Magdalena no muy atractiva, una mujer, lo ayuda, y sus manos forman un verdadero remolino, como para indicar las numerosas labores que desempeña. Parece muy dedicada a su ministerio, ¿cómo puede no estarlo? ¡Contemplen a tanta gente que será salvada de sufrimientos futuros! Sin embargo, hay lágrimas en sus ojos, que han formado una charca a sus pies.

Emprendimos la partida a lo que sería un agotador recorrido por las provincias. En la noche dormí a rachas, pensando en mi contramaestre, luego en mis niños, a quienes había abandonado en un sitio que aparentaba ser peor que una celda. Esta última era la espina más grande en la corona de preocupaciones que parecía hundirse en mis sienes en cuanto anochecía.

Supongo que la miseria que comencé a ver en cuanto nos alejamos de las prosperas villas y ciudades mitigó en cierta forma los déficits del Real Hospicio. Hasta entonces no había sido testigo de tanta necesidad. En nuestras primeras escalas, en Tenerife, San Juan, Caracas, La Habana e incluso la Ciudad de Méjico, estuve protegida, hospedada en compañía de mis veintitantos niños en un convento o en una residencia confortable y bien avituallada. Pero ahora estaba palpando el pulso verdadero de la miseria humana. Don Francisco había acertado en la lúgubre descripción que me hiciera durante nuestra primera entrevista en La Coruña. Aquí la desolación quemaba el alma, cientos y miles de seres humanos miserables, indígenas y mestizos en su mayoría, viviendo sin ninguna esperanza. ¿Cómo podía el mundo estar organizado en esa forma?

Si se desatara un brote de viruelas, estas mismas multitudes serían las más afectadas. Dudo que estas pobres almas comprendieran cómo actúa la vacuna, pero tal vez sintieron en ella alguna influencia tierna. Una breve mirada amorosa de don Ángel mientras les limpiaba los brazos, o de don Francisco durante su explicación pausada acerca del procedimiento, mientras yo les decía con la mirada: *Estamos aquí con ustedes, hermanos y hermanas, no están solos.*

Recorrimos las provincias remotas en cincuenta y tres días, creando juntas que vacunarían cada diez días a quince nuevos portadores, en una rotación que garantizaría la continuidad de la vacuna para cada nueva generación. Y entre sesiones, nuestro director visitaba los ranchos locales para inspeccionar las vacas enfermas. ¡Qué maravilloso sería si se encontrara la viruela de las vacas en estas tierras, garantizando así un suministro del propio país de ahora en adelante!

En cada punto que nos deteníamos, las autoridades locales nos proporcionaban portadores hasta la próxima villa. Mi tarea era cuidarlos, aunque a estas alturas hacía un poco de todo lo que hacía falta. También tenía a mi cargo la creciente reserva de futuros portadores a las Filipinas: veintiséis en total, según estimados de don Francisco. La mayoría de los niños procedía de familias quienes se los entregaron a don Francisco, a ruegos de un dignatario local o un funcionario religioso. Por alguna razón no pude hallar suficientes portadores huérfanos en estas villas más pobres. Tal vez, como me había dicho Juana en Puerto Rico, lo único que tenía esa gente tan humilde eran sus hijos, a quienes no tenían intención de abandonar.

Pero yo sí había abandonado a los míos. Un pensamiento que me hacía llorar.

PUEBLA DE LOS ÁNGELES: *Ésta podría ser la escena de un lecho de muerte: una señora delgada, de aspecto enfermizo, yace apoyada en varias almohadas. Un hombre, médico sin duda (ya lo hemos visto antes), le toma el pulso. Alrededor de la mujer, colgadas como tapices de las paredes de su recámara, se ven las escenas de su vida como estaciones de la Cruz: su infancia que terminó en una terrible enfermedad; su juventud en lo que parece un hospital, y luego en un orfanato. Camafeos que se suceden una y otra vez, tan diminutos que apenas pueden verse.*

No hay ventanas abiertas ni lámparas encendidas, pero ¿de dónde procede esa luz? Arriba, como introduciéndose por la escotilla de un barco o un agujero en el cielo, vemos a otra mujer, aparentemente nonata, que contempla la escena, interesada en el destino de la mujer yaciente, que ignora la presencia de una hermana futura. O tal vez este alma asomante sólo necesita una gota de carmesí, un toque dorado, una mirada de esperanza que llevarse a su propio lienzo, que tal vez veamos algún día no muy lejano.

A finales de diciembre regresamos a Puebla, concluido nuestro fatigoso recorrido por las provincias. El obispo nos alojó generosamente en su propio palacio episcopal. Esa noche caí en cama con fiebre alta. Tal vez mi cuerpo, sabiendo que mi obra había terminado, se permitía el descanso que tanto necesitaba, luego de semanas de viaje y trabajo. En realidad todos necesitábamos un respiro. Nuestro director decidió que pasaríamos las Navidades en Puebla, antes de seguir a la Ciudad de Méjico.

Mientras yacía en cama, tuve tiempo de pensar en el futuro. El contramaestre Pozo me había dicho que regresaría durante el nuevo año. Pero mientras estábamos en Puebla nos enteramos de que había estallado la guerra con Gran Bretaña, y que estaban alistando a los barcos españoles en la Armada. ¿Podría regresar el contramaestre, como había prometido? ¿Dónde me quedaría yo en ese ínterin? Desde Méjico, nos llegó otra noticia: varios de los niños habían sido adoptados por familias criollas. Quizá los que quedaban en el Real Hospicio podrían ser transferidos a Puebla, donde podríamos esperar juntos el regreso del contramaestre.

No albergaba duda alguna de que los niños serían bien recibidos en esta hospitalaria ciudad. Mientras viajaba con don Francisco, dejé a Benito al cuidado del obispo. A mi regreso, pude apreciar lo bien que había obrado aquel intervalo en mi hijo. Había crecido una pulgada, estaba segura de ello, y se veía fuerte y robusto. Pero, además de su buena salud, parecía estar feliz en este sitio cálido y acogedor. El obispo González del

Campillo, atraído por la inteligencia del chico, habló de un posible futuro de éste en la iglesia, o en otra digna profesión.

—¿Tal vez te gustaría ser médico como nuestro benevolente don Francisco? —le preguntó el obispo.

Pero el niño negó rotundamente con la cabeza. Quería ser un obispo grande y gordo como monseñor González.

—¡Shhh! —le dije para que se callara, pero el obispo González se rió con estruendosas carcajadas.

—Los niños no mienten —me recordó—. Deberíamos tener siempre uno alrededor para obligarnos a ser honestos —añadió.

Realmente, no estaba segura de que la presencia de un niño fuese garantía de honestidad y conocimiento. Después de todo, había sido agraciada con la de cientos de huérfanos, y aún tenía dificultades en ver la viga en mi propio ojo, a pesar de que muchos niños me habían insistido en su existencia.

—Por eso, doña Isabel, debería considerar establecerse acá —persistió el obispo González, como si adivinara el plan que yo había fraguado mientras yacía en cama, demasiado débil para estar con Benito en las festividades de la temporada. A pesar de la guerra, el santo niño volvía a nacer en la Belén de nuestras almas, y teníamos que celebrar su llegada.

El día de Nochebuena nuestro director anunció que saldríamos a la mañana siguiente. Para él no sería sorpresa saber que no estaba lo suficientemente recuperada para viajar, pues me había ausentado de las reuniones de los últimos días. Pero no pienso que nuestro director entienda la enfermedad como razón que impida cumplir con la misión que nos hemos trazado. Él mismo estaba aquejado de disentería durante los últimos seis meses, y aun así había vacunado a seis mil almas en América, había hallado la viruela de las vacas en los valles cercanos a Durango y Valladolid, y creado una red de juntas de vacunación. Ya estaba listo para el próximo desafío.

Pero no sabía la clase de desafío que le esperaba en lo tocante a mi persona.

Cuando entró en mi habitación de enferma, pude advertir en la conmoción de su rostro que le sorprendía verme en tales condiciones. Habíamos estado tan absortos en nuestro trabajo que él, particularmente, había desatendido su propia salud y la de los que le rodeaban.

—Sus esfuerzos le han minado las fuerzas, doña Isabel. Me siento culpable. Le exigí demasiado.

Él mismo se veía delgado y demacrado. Tal vez debería permanecer varias semanas en la ciudad de los ángeles para descansar. Pero nuestro director estaba listo para partir a la Ciudad de Méjico y seguir su misión.

—Ese individuo no es confiable, doña Isabel —me explicó don Francisco—. Cuanto antes termine mis deberes en estas tierras, mejor.

Al oír sus palabras, sentí temor de lo que pudiera ocurrirles a los niños en caso de que yo les faltara.

—Por favor, prométame, don Francisco, que se ocupará de que los niños reciban la recompensa prometida.

—Tiene mi palabra, doña Isabel. Y para estar seguros, todos encontrarán pronto nuevos hogares.

—En cuanto a Benito —le dije, preocupada—, el contramaestre Pozo ha hecho arreglos para regresar —la mirada de don Francisco no pudo ocultar la confirmación de una sospecha—. Él se llevará al niño, estoy segura.

—Ya veo —dijo don Francisco, estudiándome por largo rato. Debería parecerle increíble que este esqueleto lleno de cicatrices pudiera dominar el corazón de un amante—. Pero no veo razón para que usted esté haciendo planes por si le sucede algo. De hecho, ¡se lo prohíbo terminantemente! Medio mundo nos espera. Nos queda mucho por hacer.

—¿Nos? —pregunté. Hacía un año, la promesa de nuestra misión conjunta me sacó de aquella vida vieja para entrar en esta nueva. Pero mi obra había concluido. Muy pronto, el Virrey me entregaría los quinientos pesos que me debía como salario del año que había participado en la expedición. Con tal suma, podría establecerme en esta ciudad de ángeles con Benito y los niños que aún necesitaran un hogar, y esperaría el regreso del amable contramaestre. De repente, me acordé de la profecía de Juana en Puerto Rico. Tendría una vida feliz. Y estaba lista para reclamarla.

—¡No podemos irnos sin usted! —la voz de don Francisco adoptó un tono de ruego, y su rostro, una mirada de preocupación—. Discutamos esto en el camino a la Ciudad de Méjico. Retrasaremos nuestro regreso unos días más hasta que usted se recupere totalmente. Usted es el ángel de nuestra expedición —añadió don Francisco, al marcharse. En la puerta, levantó una mano a manera de despedida—. ¡No nos abandones, Isabel!

Aunque nada le prometí, sentí que, hundiéndome en sueños febriles, accedía una vez más a sus ruegos, como de costumbre.

7.

Los primeros momentos pasan con tal rapidez que Alma se siente como atrapada por una corriente que la lleva adondequiera que va. En realidad, la arrastran por el portal dos, tres o tal vez cuatro hombres con apariencia de matones que han tomado por asalto la clínica.

—¡Por favor! ¡No! —grita Alma, como si pudiera detenerlos, como si tuviera poder alguno, ahora que se ha rendido a estas fuerzas.

Una vez dentro, la empujan con tal violencia que va a parar al suelo de lo que parece ser la sala de espera de la clínica: sillas plásticas de color azul aqua atornilladas al piso, varias plantas en macetas, un cartel anunciando que cualquier persona puede contraer el sida.

Podría ser una clínica de atención gratuita en Vermont. Pero no lo es. Hay cuatro o cinco hombres apostados junto a las paredes, con los rostros cubiertos por pasamontañas o pañoletas. Los pasamontañas son precisamente los que trajo Richard consigo. La bolsa de ropa de la tienda de segunda mano estaba llena de ese tipo de artículos, y de gorras de béisbol. Alma le preguntó que quién iba a necesitar un pasamontañas en los trópicos.

—Les pueden enrollar la parte de abajo y utilizarlas como gorras —le dijo Richard, demostrándole cómo se hacía—. En las montañas hace frío —*Mad River Glen, Killington, Stowe...* qué extraños se ven tales nombres de *resorts* de invierno en las cabezas de aquellos hombres armados.

Alma no sabe nada de armamento, pues lo único que ha visto al respecto es la escopeta de Richard y la minúscula pistola del jefe de policía, que parecía un juguete saliendo de la cartuchera. Pero estos hombres portan armas respetables. De pronto, Alma piensa en que éstos pueden ser los «malos elementos» a los que se refirió don Jacobo.

Está a punto de repetir una vez más que no está armada, pero el que lleva una pañoleta de rojo festivo cubriéndole la mitad inferior del rostro grita: «¡Regístrenla!».

Extrañamente, no es el arma con la que le apunta, sino el sonoro grito, lo que asusta a Alma, quien por un momento se desanima. ¿Qué diablos pensaba lograr lanzándose en manos de estos delincuentes?

Entretanto, el hombre que custodia a Richard lo ha conducido adentro y grita que se calle la cabrona boca. Y Richard, ¿qué está diciéndole Richard? No puede escuchar bien con tanto griterío, pero al menos sabe que se trata de un reproche por haber hecho algo tan estúpido y haber estado a punto de que la maten.

Uno de los captores con pasamontañas sale del grupo, pone a Alma de pie y comienza a cachearla rudamente. Quizá piensen que es una bomba humana, con explosivos en todo su cuerpo para hacerlos volar a todos. Tal vez el general que no es general estaba en lo cierto y estos jóvenes han estado viendo demasiada televisión por cable.

Pero no tiene nada encima. Hace mucho que dejó caer la taza de café que llevara consigo al complejo, sin pensar en dejarla atrás. Todo ocurrió con demasiada rapidez. Hasta el último momento, no tenía ni idea que iba a saltar por encima de los sacos de arena. De repente, se le ocurrió que podría hacer algo para resolver la situación: escuchar su parte de la historia, ofrecerse a escribirla, enviarla a una editorial y atraer un cordón protector de lectores a su causa. Cualquiera pensaría que era ella la que había estado viendo demasiada televisión por cable o leyendo su equivalente impreso, las memorias y manuales inspiradores de la lista de *best-sellers*.

Alma desearía haberlo planificado todo con antelación, para llenarse los bolsillos de su delgada chaqueta con sus joyas —aunque no piensa que llegaría muy lejos con un brazalete de amuletos o el anillo de graduación del Bachillerato—, traer un cepillo de dientes, píldoras para dormir y la bolsita de cereal granulado. El captor que está cacheándola encuentra la barrita PowerBar que se llevó para el viaje en caso de tener apetito en el avión, su diario y lo que se le había olvidado en el bolsillo: el teléfono celular de Starr que había tomado de encima de un cajón esta mañana en el dormitorio, en caso de decidir si haría la llamada al jefe de la policía.

—Es un teléfono celular —explica, porque el secuestrador comienza a observar el aparato, con el ceño fruncido, como si sospechara que fuese una granada. En cualquier momento lo lanzaría por la ventana trasera para volar en pedazos uno de los dormitorios donde los pacientes prisioneros han comenzado a gritar que tienen hambre.

—¿Y los cigarrillos? —le pregunta el de la pañoleta roja—. ¿Dónde están nuestros cigarrillos?

Alma quiere responderle, especialmente a la vista de esa pistola que el secuestrador no cesa de mover en el aire. Pero no tiene idea de lo que está hablando.

—¿Qué cigarrillos? —le pregunta, recordando de repente el acuerdo del que había hablado Camacho la noche anterior: los captores querían cigarrillos, comida y visas a cambio de liberar a las mujeres. Entonces, ¿no les habían entregado los cigarrillos? No podían ser tan tontos de liberar a las mujeres antes de tener en mano parte de lo acordado.

Al pensar en ello, se le ocurrió una idea.

—Yo soy la periodista —les explica, y siente cómo una oleada de calma se cierne sobre el grupo, con una sola excepción: Richard, cuyos ojos la penetran intensamente, tratando de adivinar qué se trae entre manos. Alma no se atreve a mirarlo, por miedo a traicionarse a sí misma.

—¿Periodista? —dice el de la pañoleta roja, sin mostrarse muy convencido—. ¿De qué periódico?

—*El Noticiero,* pero también escribo para periódicos americanos.

Aunque están enmascarados, Alma detecta que les hace felices saber que han llamado la amplia atención que esperaban.

—¿Cómo se llama usted? —le pregunta el de la pañoleta roja, transformado aparentemente en el Santo Tomás de «ver para creer».

Alma está a punto de decir: «Mariana», pero se detiene. Mariana es atractiva, lo cual quizá aprovecha inteligentemente el periódico, publicando la foto de la periodista en su columna. Ni por asomo Alma puede hacerse pasar por la celebridad treintiañera de piel dorada y negros cabellos.

—Isabel —le dice, esperando que no sea tan sagaz como para preguntarle por un apellido que no se corresponda con el de cualquier Isabel..., si es que hay alguna Isabel que escriba para *El Noticiero*.

—Isabel —el hombre repite el nombre, mirándola con ojos desconfiados, como evaluando la probabilidad de que Alma sea una Isabel que es periodista de *El Noti-*

ciero y de un periódico estadounidense al mismo tiempo. Pero hay una prueba convincente: el diario, cuyas anotaciones, por suerte, son en inglés, lo cual impide que el secuestrador las lea y se dé cuenta de que se trata del diario privado donde Alma vuelca sus sentimientos, su consternación con respecto a Helen, la conversación telefónica con Lavinia, la saga que no ha escrito, los antidepresivos enterrados bajo la roca. Pero lo que disipa finalmente la desconfianza es la presencia del teléfono celular, el cual, se supone, usa ella para llamar y dictar sus columnas a los periódicos. Si le pide otra prueba más, Alma telefoneará a Tera y le dictará un manifiesto.

—Me gustaría entrevistarlo —le dice al hombre de la pañoleta roja que, aparentemente, es el que se encarga de buena parte de la gritería y de tener la voz cantante—. Los lectores quieren saber lo que están pidiendo.

—¡Ya dijimos lo que queremos! —riposta el hombre.

—Recuerde —le dice Alma, con el corazón latiéndole tan alto que cree le ahogará su voz— que yo tengo la versión de los funcionarios. Quiero escuchar la historia directamente de usted.

—*Okey* —responde el hombre, diciendo la palabra en inglés—. *Okey* —repite, bajando el brazo que empuña el arma—. Vuélvanse a llevar a ése para allá atrás —le ordena al joven que está a cargo de Richard.

—Un momento —dice Richard, y se queda en su sitio, inamovible. Alma le lanza una mirada implorante como para que no descubra su verdadera identidad. Y su esposo le riposta con los ojos: *¡Cuando todo esto se acabe, te mato!* Pero trata de seguir su juego, pensando sin duda que Alma forma parte de algún elaborado complot del ejército, con la ayuda de los asesores estadounidenses—. Quiero preguntarle por mi esposa —dice, en español—. Pero para mí es más fácil hablar inglés.

No se le ha dado exactamente permiso para hablar inglés pero, por otra parte, no se lo llevan como habían ordenado. Alma habla con una voz que no refleja sus emociones, como si la información que le comunica no significara nada para ella.

—*Your wife is well. She wanted to be by your side. She was told that she would be eating leftover turkey with you in a few days. She did not call your sons so as not to alarm them. She says she loves you and to just go along.*

—¡Está bueno ya! —replica el de la pañoleta roja, obviamente nervioso por tanto parloteo que no comprende.

Se llevan a Richard por un pasillo que conduce a un patio donde está retenido el resto del personal, desde el cual Alma puede escuchar voces y movimiento, y hasta el sonido de un radio pequeño con la voz engolada de un locutor anunciando la próxima bachata y, luego, por supuesto, las voces de los pacientes que gritan desde sus dormitorios.

—Lo primero que quiero decirle al mundo —afirma el de la pañoleta roja, después que sus jóvenes camaradas han vuelto a sus puestos ante las ventanas, y él y Alma se sientan en dos sillas plásticas separadas por otra sobre la cual han puesto el teléfono celular. Aparentemente, han confiscado la barrita PowerBar—. Lo primero que quiero decirles es que estamos hartos de que nos utilicen. Vienen con sus falsas promesas y construyen esta cabrona y jodida clínica, y la llenan de pájaros y putas para que nos enfermemos, millones de dólares para probar sus drogas, ¡y nuestros niños se mueren porque no tienen la medicina para una fiebrecita que nos costaría una fortuna!

Alma escribe apresuradamente, tratando de anotar todo lo que el hombre le dice, para representar a una periodista creíble. El secuestrador no es muy elocuente: *jodida* y *pájaros* y *putas*. Si éste es el mejor portavoz del grupo, no van a obtener lo que necesitan. Pero, en sus oraciones entredichas y sus malas palabras, Alma advierte una pequeña chispa de aspiración humana. Recuerda lo que le dijo a Richard en su primera cita, cuando él le explicó su trabajo como consultor de proyectos de desarrollo en las naciones más miserables: que si hubiera nacido pobre en su propia tierra, hubiera tenido ya las manos manchadas de sangre.

Richard pareció sorprenderse al escuchar palabras tan agresivas.

—Pero ¿qué lograrías con eso?

—Nada —le dijo Alma, coincidiendo con él—. Pero hubiera matado si de ello dependiera la comida de mis hijos.

Richard arqueó las cejas y no dijo nada. «Primera y última cita, seguro», pensó Alma. Pero no podía evitarlo. Esta ira periódica y extranjera que emergía de la nada, a pesar de que ya llevaba casi cuarenta años en los Estados Unidos, ese sentimiento de que su propia buena fortuna salía de las espaldas de otra gente, no porque procediera de una familia de explotadores, sino porque el grupo de afortunados era tan pequeño en aquel pobre país abandonado por Dios. En los Estados Unidos el conglomerado de afortunados era mayor, y tal exceso se materializaba en forma de papel higiénico adicional en los baños, comedores públicos para desamparados, escalas deslizantes, asistencia jurídica, clínicas gratuitas, puestos de profesores adjuntos y subvenciones para el progreso de las artes de forma que gente como Tera, como Helen, o como la misma Alma antes de tener suerte con sus novelas y la fortuna de casarse con Richard, pudieran sobrevivir.

El joven parece haberse quedado sin más argumentos que decir. La mira nuevamente, como reconsiderando la idea de esa entrevista, sin estar muy seguro de que no se trata de una táctica dilatoria. Quiere su visa. Al carajo aquel pueblo traidor y su alcalde lameculos. Hace un gesto y dice, señalando al pueblo que se vislumbra por la ventana:

—Están felices como puercos porque les dieron un panelito solar y un agujero donde cagar con un techo de zinc encima —algunos de los jóvenes de guardia se viran hacia Alma, para mostrar su aprobación ante lo dicho por su comandante. A fuerza de repetición, debe haberse transformado en una broma—. Felices como puerquitos—repite el hombre, dirigiéndose a sus subordinados, riendo—: Como los puerquitos de Jacobo.

—¿Entonces no están representando a la comunidad, sino a ustedes mismos? —dice Alma en voz alta. Espera que no lo tomen como una crítica de su autoridad. Le parece una pregunta que debería dirigirles a todos, no sólo a este tipo irritable, quien parece ser el músculo, y no el cerebro, de la operación.

—No es sólo por nosotros —responde uno de los jóvenes. Su pasamontañas es de Killington, un nombre tétrico, dada la situación. Hay vehemencia en su voz. Tal vez no piensa que la broma sea tan divertida—. Si vamos a los Estados Unidos con nuestras visas, es para ayudar a nuestras familias.

Alma no se atreve a destacar que el grupo de Jacobo

vende su alma por paneles solares y letrinas con techos de zinc, pero el del comandante lo hace por visas, cigarrillos y una entrevista con una periodista. En realidad le complace que tengan un precio. Si no fuera así, ¿qué serían? ¿Bombas humanas y secuestradores de aviones? ¿Videos de desesperación? ¿Un baño de sangre?

—¿Qué nombre tiene su grupo?

—¡No necesitamos ningún nombre! —el temperamento del hombre de la pañoleta roja es la yesca, y la palabra errónea el fósforo—. ¡A la mierda los nombres! Con eso nos pueden agarrar. Somos los nadies, los jodidos, los olvidados. Escriba eso —dice, señalando el diario.

Alma escribe, obediente, «los nadies, los jodidos, los olvidados» y levanta el diario para demostrar que ha hecho su parte. El hombre lo lee, y asiente.

—Pero ¿no necesitan dar sus nombres para los documentos y las visas? —pregunta Alma, tratando de fingir deseos de ayudar. Tal vez se darán cuenta de lo imposible de sus demandas, y de que el mejor acuerdo que podrán lograr es una sentencia benévola a cambio de entregarse y liberar a todos los rehenes sanos y salvos.

—¡Ellos pueden hacer los documentos que quieran! —responde el hombre con irritación. Alma piensa en cómo el general que venía con ella en el coche creía que los americanos eran genios, que podían curar la leucemia y crear teléfonos celulares que funcionan adondequiera que uno vaya.

—Pedimos esas visas porque no tenemos otra oportunidad —explica el hombre con el pasamontañas de Killington.

—¡Pero regresaremos! —el joven con la pañoleta negra que custodiaba a Richard entra en el salón. Tiene una o dos cosas que decirle a la periodista—. Con tu permiso —le dice con respeto al comandante, quien, después de todo, es el entrevistado.

—No hay necesidad de pedirme por favor —accede el de la pañoleta roja, en un tono que le hace recordar a Alma una línea de *Hamlet* que dice: «No hay que pedirme por favor, señora baronesa...»—. Estamos entre hermanos —añade, para que Alma tome nota, indicando con un gesto en dirección al diario. Alma debe escribir todo eso.

—Regresaremos —asegura el de la pañoleta negra. Resulta difícil adivinar su edad con esa tela que le cubre la mitad del rostro, pero ella se atreve a asegurar que este joven pálido, ojos oscuros y tristes y cabello negro rizado, debe estar en sus veinte—. ¡Y los infectaremos con nuestras preguntas!

El corazón de Alma comienza a latir aceleradamente. Ha sentido pena por este grupo de jóvenes descarriados, como si estuviera viendo a su candidato favorito diciendo estupideces en un debate televisado. Había esperado solidarizarse con ellos, pero su vocero malhablado los ha hecho parecer delincuentes, fanáticos de arrabal, obrando en beneficio propio. Pero ha llegado el poeta, quien la hace sentir una pena diferente: pena por sí misma porque no es, ni sería jamás, uno de ellos —sabe demasiado, y no renunciaría por nada del mundo a su vida afortunada con Richard en Vermont—, lo cual la deja en el lado sin poesía, sin historia de redención.

—¿Qué tipo de preguntas serían ésas? —le pregunta al de la pañoleta negra—. Esas con las que regresaría para infectarlos —extraña palabra, *infectar,* pero fue él, no ella, quien la eligió.

—¿Qué tipo de preguntas? —repite el hombre de la pañoleta negra, recorriendo con la vista el salón, como si invitara a los demás a responder. Pero todos lo miran, esperando, incluso el de la pañoleta roja, cuyo pie izquierdo, colocado sobre la rodilla derecha, se mueve con impaciencia. ¿Cómo logró ser el líder de toda esta gente?—. Las preguntas son muy sencillas. ¿Por qué tenemos hambre? ¿Por qué nuestra gente muere de enfermedades incurables? ¿Por qué nos han excluido? ¿Por qué nos han aislado?

Su voz es apasionada, gutural, como si estuviera al borde del llanto. Si no estuvieran en ese sitio, donde lo solapado empaña cualquier sentimiento genuino, Alma se convertiría en una Patty Hearst, tirando su diario y el celular para decirles: «¡Estoy con ustedes, compañeros!». Pero tiene cincuenta años, tiene miedo y está ansiosa por sacar a su esposo de allí y regresar a Vermont, donde cree que puede vivir al menos con sencillez, provocando el mínimo de daños.

—¿Puedo tomar nota de su... declaración? —declaración no suena bien. Pero a Alma no le viene a la mente la palabra en español, o en inglés, para dar nombre a esa débil luz de esperanza que ve en el fondo de todo lo que ha dicho el joven.

—¿Es ésta nuestra declaración? —pregunta el poeta de la pañoleta negra, mirando nuevamente a sus compañeros, para luego dirigirse específicamente al líder sentado con la pierna cruzada y el pie inquieto. Por el tono, Alma está casi segura de que la plantea como una pregunta retórica.

Pero el de la pañoleta roja se adueña de la situación.

—Nuestra declaración es que queremos una oportunidad de que se nos considere como seres humanos —su compañero de la pañoleta negra asiente profundamente, como si el líder hubiera dicho algo brillante—. Anote eso en su libro —dice el de la pañoleta roja, con un toque de orgullo.

Mientras Alma escribe, el poeta de la pañoleta negra la mira con atención tan reverencial y primitiva que le hace asegurar totalmente que el joven no sabe ni leer ni escribir su nombre. Por algo el otro es el líder.

—¿Algo más? —pregunta, tratando de incluir al de la pañoleta roja con una rápida mirada, pero obviamente, es al poeta a quien se dirige, para que continúe su discurso.

—Todo lo que el poeta quería decir, ya lo dijo. Podemos decir muchas cosas. ¡Hablar, hablar, hablar es barato! No tenemos plataforma como los políticos que vienen aquí cada vez que hay elecciones. No apoyamos algo que pueda ser discutido o aprendido en un libro o en la escuela. Lo que apoyamos no es una opinión, es una intuición.

¿Por qué? Alma quiere preguntarle. ¿Por qué, con un mensaje tan entrañable y hermoso que podría movilizar a todo el que tenga corazón en este mundo, hicieron algo tan estúpido como tomar por asalto una clínica sin un plan real, mezclándose con este líder que ha vendido su descontento por una solicitud de visas? Si se hubiera aliado a Richard, en vez de a este tipo de la pañoleta roja. Pero entonces HI estaba de luna de miel con Swan, y Richard andaba en compañía de Bienvenido y Starr y los representantes de cualquier cantidad de agencias de ayuda que se disputaran el pastel en este sitio. La esperanza de este hombre no podía penetrar ese montón de agentes de buena voluntad.

El de la pañoleta roja se levanta de la silla con precipitación. Parece impaciente con tanta conversación. ¿Dónde están las visas, los cigarrillos, el desayuno, el café?

Camina incesantemente, observado atentamente por los demás.

—¿No recibieron ellos nuestras demandas? —le pregunta a Alma, como si ella supiera. Después de todo, en la lista estaba el envío de una periodista, y ahí está.

Alma se encoge de hombros.

—Creo que sí. Con las mujeres, ¿cierto?

Otra ronda de paseos, a un lado y a otro, por todo el cuarto. Cuando se da cuenta de que los jóvenes lo miran, les hace un gesto con la barbilla para que vuelvan a sus puestos. Luego señala en dirección al diario de Alma.

—Ahora les volveremos a escribir. Nuestra petición.

En instantes, Alma pasa de periodista a secretaria. A LAS AUTORIDADES: LO QUE PEDIMOS. Visas para los Estados Unidos encabezando la lista. Cigarrillos. Luego alimentos: con cada comida se liberará a un rehén. Y el resto será liberado cuando se tengan las visas en mano y se garantice el salvoconducto. Ni una palabra del pedido de que la clínica de pruebas de medicamentos se marche del pueblo y se sustituya por otra donde se atiendan a los residentes. A la mierda la gente del pueblo, que contraigan el sida esos traidores si quieren.

De cuando en cuando, mientras hablan, se oye gritar a los pacientes desde los dormitorios. De repente, se oye el más desgarrador hasta el momento. Alguien se ha desmayado. Necesitan atención médica inmediata.

—¡Callen a esos malditos! —grita el de la pañoleta roja hacia el pasillo. Poco después, en el patio, alguien hace algunos disparos al aire que deben ser de advertencia, porque, luego de una larga pausa, vuelve a iniciarse el griterío.

—Es que tienen hambre —dice su camarada de la pañoleta negra, quien, en apariencia, es el único dispuesto a correr el riesgo de manifestar lo obvio.

El de la pañoleta roja se vuelve hacia él, con mirada furibunda.

—¿*Esos* tienen hambre? —pregunta, con incredulidad—. Yo tengo hambre. Ellos también tienen hambre —señala a los demás—. ¿Tienen hambre? —pregunta casi en un grito y, al unísono, todos asienten—. ¡Sí, coño, por supuesto que tienen hambre!

Alma mira al enorme reloj encima del escritorio, sobre el cual se ve un teléfono raro y tan antiguo como el que tiene Tera en la pared. Son casi las diez. Las ollas de plátanos que vio hirviendo en casa del alcalde deben haber sido para los soldados. Ya ha pasado la hora del desayuno. ¿Pretenderán Camacho, Jim Larsen y el resto de los militares matar de hambre a los captores? ¿Será ese el plan? ¿Acaso la gente hambrienta y desesperada no asesina a inocentes, especialmente a los americanos cuyo país les ha denegado las visas?

—Anoche las mujeres dijeron que nos enviarían comida —les recuerda el de la pañoleta negra—. ¿Qué hora es? —añade, como si aún hubiese tiempo para que se operaran milagros.

Alma se pregunta por qué no mira el reloj. Entonces recuerda que Richard le dijo que se alegraba de haber traído algunos relojes digitales. Nadie sabía leer la hora en relojes con manecillas.

El de la pañoleta roja tiene un reloj de pulsera. Tal vez, piensa Alma, procede del maletín con regalos que trajo Richard.

—Nueve cero siete —anuncia, complacido aparentemente de poder dar la hora exacta. Gracias a la tecnología pueden saber exactamente la hora y los minutos que llevan con hambre—. Ese reloj está mal —añade, señalando al de manecillas en la pared. Y, sin previo aviso, dispara y lo hace caer, en un acceso de furia por su hora errónea. Le sigue un caos de disparos, y un vuelo de yeso y piezas metálicas. Alma se lanza al suelo, conmocionada, mientras que los demás se dispersan en busca de protección.

Poco después, al darse cuenta de la procedencia de los disparos, los camaradas reprenden amigablemente con malas palabras a su líder por el susto que les ha hecho pasar. Pero ninguna de las palabrotas parece particularmente ofensiva. Probablemente están impresionados por esta demostración de violencia. Otra razón por la cual es el jefe: puede decir la hora digital y convencional, y dispararle a aquella con la que no esté de acuerdo.

El poeta de la pañoleta negra es el único que no se sorprende por el exabrupto, pues no se acobardó ni se cubrió la cabeza, ni tampoco dijo palabrotas ni reprendió al jefe por malgastar municiones. Por el contrario, se limita a mirar tristemente el agujero en la pared, como si se arrepintiera de haber preguntado la hora.

En el silencio que sigue a la violenta reacción se escuchan nuevamente los gritos de los pacientes desde el dormitorio.

El poeta de la pañoleta le hace un gesto al de la pañoleta roja, invitándolo a apartarse a un rincón para hablar. A pesar de que le vuelven la espalda, Alma sospecha que están discutiendo por causa de los pacientes. Se pregunta si el poeta está a favor de liberarlos, aun antes de que les envíen las provisiones solicitadas. Son hombres y mujeres enfermas, no pájaros ni putas. Seres humanos. La intuición dicta que no deben ser usados como peones. Pero al poco rato el poeta queda en silencio, dominado, aparentemente convencido. Quizás se da cuenta de que la poesía nunca les ha proporcionado nada, pues necesita la fuerza del poder. Por esa razón obedece al de la pañoleta roja. Su líder es el único que sabe leer, decir la hora en un reloj con manecillas, comprobar que Alma está escribiendo sus demandas, sin omitir palabra.

Al mediodía, parece que el músculo poderoso va a tener que ceder. La comida brilla por su ausencia. La lista de demandas que Alma escribiera previamente se envió y no se ha recibido respuesta. El líder dicta un segundo mensaje, asegurando que si no reciben comida antes de las seis de la tarde, «comenzaremos a emprender acciones contra los pacientes». Alma lo mira, para comprobar la veracidad de sus palabras.

—¡Escriba! —le grita el hombre cuando ve que vacila, con la misma intensidad que tanto la atemorizó en principio cuando ordenó que la registraran. Tal vez Alma se equivoca, y el líder no sabe redactar sus propias demandas. Quizá debería escribir un mensaje entre líneas. *Envíen comida. ¡Esta gente no está bromeando!* Le tiembla la mano de tal manera, que duda de que Jim, Emerson y Camacho puedan leer lo que escribe.

Cuando termina, el de la pañoleta roja le arrebata el cuaderno, lee lo escrito, arranca la página, la dobla y grita por la ventana para que envíen a un chico. Un muchachito no mayor de cinco o seis años corre hacia el portal y se lleva la nota. Al rato regresa con la respuesta.

Las autoridades enviarán la comida cuando hayan liberado a todos los pacientes. Se les dará a los captores hasta el mediodía de mañana para liberar al resto de los rehenes.

«¿Por qué comienzan con los pacientes?», se pregunta Alma. ¿Por qué no empezar con Richard y ella, ahora que están juntos? Todas las vidas son valiosas, como dijera el general, pero dada la presencia de Jim Larsen y los hombres de la embajada, ¿no deberían ser las vidas de los estadounidenses más valiosas que las otras?

Tal vez su estrategia es comenzar con los más necesitados, algo que Alma aprobaría de todo corazón si no fuera parte del grupo competitivo de vidas valiosas que debería salir primero. Se ha enterado, por comentarios que hacen los jóvenes cuando el líder va al baño o a visitar el patio trasero, de que los pacientes tienen grifos, y, por tanto, agua en sus dormitorios, pero no han comido desde el asalto del jueves. La noche anterior, los captores y el personal consumieron los últimos alimentos que quedaban en el Centro, preparados por las mujeres antes de haber sido liberadas con la promesa de que regresarían a la mañana siguiente con comida. Y ahora, lo que faltaba: no habrá qué comer hasta que liberen a todos los pacientes.

Y del pedido de visas, ni una palabra. Ni del pedido de amnistía. Y ni una jodida caja de Marlboros.

El de la pañoleta roja está furioso. Como si sus voces no tuvieran resonancia, ni sus palabras significado. Camina hacia el pequeño baño y regresa con un puñado de papel higiénico, con el cual se limpia las botas. Las manchas pardas que quedan en el papel podrían engañar a cualquiera.

—Diles —le ordena al niño que espera en el portal— que esto es lo que yo pienso de su respuesta. ¡Mierda! ¡Mierda! Estamos hablando en serio. No es cuento. Veremos lo que pasa mañana al mediodía.

Como esta mañana, cuando fue arrastrada al interior de la clínica, Alma ha sentido un temor subyacente, como el de una luz que en ocasiones brilla con mayor intensidad que otras. Después de todo, resulta inquietante estar rodeada de enmascarados y armas de fuego. Pero después de haber estado con ellos algunas horas en el recibidor, ha comenzado a coincidir con lo dicho por don Jacobo: no son criminales, sino muchachos, adolescentes en su mayoría; hay que escucharlos y hablarles en el tono de voz adecuado; hay que darles uno de esos huevos dorados de la esperanza. Pero el líder es una bala perdida y, bajo su mando, el secuestro podría terminar violentamente. Alma siente un enorme miedo en el fondo del estómago, que retumba de pánico.

Alma se pregunta si le desconcierta al de la pañoleta roja que el único pedido que le concedieron es la periodista, para que le contara su historia al mundo. Toda la mañana, de forma intermitente, ha hecho comentarios, hablando de libertad y justicia, dignidad y democracia, los clichés que, sin dudas, a oído decir a los políticos en años de elecciones. Y, sobre todo, se vuelve más y más irritable, pateando a uno de los muchachos a quien sorprende dormido en su puesto junto a la ventana, empujando por la espalda a otro que ha ido al baño dos veces en una hora. Otro de los abusadores del mundo con su pequeño ejército de carne de cañón. ¿Pero es que no se dan cuenta?

De hecho, Alma detecta una tensión entre los jóvenes. De cuando en cuando intercambian miradas, visiblemente preocupados. Han llegado a este momento guiados por un líder que no ha pensado bien en los detalles, las comidas, los cigarrillos, las visas. Y están comenzando a pensar en qué será de ellos.

Al menos no han comenzado a maltratar a Alma. Ni le han preguntado cuándo va llamar a los periódicos para transmitirles la entrevista. Hasta ahora creen la historia que les ha contado. Pero la han mantenido en el recibidor, lejos de Richard y el personal clínico retenido en el patio trasero. Como si tuviera que estar lista, al lado de ellos, como un arma más. La escritora encargada de decirle al mundo su historia que no es una historia. Una trama demasiado simple: adolescentes con máscaras de *resorts* para esquiar y pañoletas de vaquero pidiendo la oportunidad de ser considerados humanos.

Al final de la tarde, la sala de espera es un horno. La única brisa llega a través del pasillo que conduce al patio trasero. El calor, el letargo y el hambre están apoderándose de todos. Cuando el líder no está en el salón, Alma pide permiso para ir al baño, no porque tenga necesidad, sino porque espera ver a Richard. Nadie se molesta en escoltarla, sólo le señalan que siga por el pasillo. Camino en dirección al baño, Alma mira a hurtadillas por una puerta abierta, y se sorprende de ver al líder solo, con la pañoleta colocada como un pañuelo de mujer sobre la cabeza. Está sentado sobre una camilla, comiéndose la barrita PowerBar.

Alma se apresura para evitar que la vea. Ni pensar en lo que haría si se da cuenta de que le ha visto el rostro descubierto.

Ya en el baño, mira a su alrededor. En la parte posterior de la puerta cuelga un cartel mostrando a una atractiva pareja fundida en un cálido abrazo, con un texto que exhorta a todos a usar condones, aunque se trate de una pareja de confianza. El lavamanos es mínimo, la barra de jabón, una astilla, y el botiquín está totalmente vacío. Alma se mira en el espejo: se ve pálida y sudorosa. La puerta de la ducha está abierta, y el suelo totalmente mojado. Alguien se ha bañado hace muy poco. Probablemente el líder, quien parece gozar de todos los privilegios. Una toalla húmeda cuelga de una percha.

Quizás le pueda dejar aquí una nota a Richard. Aún tiene el diario y la pluma en el bolsillo. Podría garabatearle algo directamente en el cartel, pero ¿está segura de que Richard lo leerá? ¿Tal vez un balón de diálogo saliendo de la boca de la mujer? ¿O debajo de los jóvenes abrazados, junto a las palabras pareja de confianza? Pero antes de que Alma pueda pensar en los detalles, un joven guardia viene en su busca.

Cuando vuelve a sentarse en lo que se ha convertido en su puesto, la silla donde se sentó en la mañana para entrevistar al líder, está a punto de llorar. ¡Qué día interminable! Y la peor parte ha sido no estar junto a Richard. Necesita mirarlo, tocar sus manos y su rostro, renovar su flaqueante fe de que todo saldrá bien al final. Cuando comienza a dudar como Santo Tomás, su fe es tan débil como el de la pañoleta roja.

Desearía poner al descubierto su verdadera naturaleza a sus acólitos. ¿Cómo pueden confiar en un líder que se reserva el último bocado de alimento para sí?

—¿Ha visto alguien la barrita dulce que tenía en el bolsillo? —pregunta, esperando despertar una chispa de sospecha. Los muchachos se levantan, buscando por todas partes. Pero la barrita ha desaparecido.

Casi les dice: «Tal vez su jefe sabe dónde está». Pero justo entonces, como si adivinara lo que está pensando, hace su entrada, con la pañoleta roja en su lugar, escondiendo sin duda la sonrisa de gato de Cheshire en su rostro.

Cuando suena el teléfono de Starr, Alma da un salto, sorprendida por ese sonido tan cercano. Ahí está, sobre la silla de al lado, donde lo colocara esta mañana, durante la entrevista.

Alma deja que suene, porque, además de ignorar si tiene permiso para contestar, no sabe qué botón apretar, a pesar de que la noche anterior, antes de irse a la cama, Starr le dio instrucciones bien fáciles para manejarlo. Se descubrirá que es una impostora si desconoce cómo responder a las llamadas de su propio teléfono celular, ese aparato profesional que pareció convencer al incrédulo.

—Responda —le ordena el líder—. Dígales todo lo que le he estado diciendo —debe pensar que están llamándola las autoridades, y si están utilizando un novedoso celular en vez del viejo teléfono del alcalde es que están listos para concederles lo que pidieron.

Alma entorna los ojos para tratar de leer los caracteres pequeñísimos de los minúsculos botones. Finalmente aprieta el correcto, porque cuando se lleva el teléfono casi etéreo al oído una voz enorme y estruendosa la saluda al otro lado de la línea. Es *Daddy*, que quiere saber cómo anda su niña. ¿Por qué demonios no la ha llamado hoy?

—*This is... a friend, Mr. Bell. Starr is fine.*

Su captor se siente obviamente intranquilo al oírla hablar en inglés. Le pega el cañón de la pistola. Basta esa presión en el brazo para que Alma comience a temblar. ¿Y si se dispara? ¿Y si la hiere por error?

—¿Qué quiere que le diga? —susurra frenéticamente—. Es una llamada personal.

—¡Pues córtele!

Es fácil decirlo, pero ¿qué botón debe presionar con sus dedos temblorosos? Presa del pánico, Alma devuelve el teléfono a la silla sobre la cual estaba. Aún puede escuchar la lejana voz de *Daddy* pidiendo una explicación.

La atronadora explosión hace que Alma salga volando de su silla, convencida de que le han disparado. Se queda en el suelo, cubriéndose el rostro, sintiendo un dolor en la pierna, como si se hubiera torcido un músculo. Se queda quieta, esperando por un estremecedor acceso de dolor, con miedo a moverse, para no enterarse de que la pierna que está tratando de mover ha dejado de pertenecer a su cuerpo.

Lentamente, Alma va recuperándose. El aire vuelve a circular por sus pulmones. No está herida de bala, pero su pierna izquierda ha sido alcanzada por un pedazo de plástico volante que le produjo una cortadura en el muslo. Y ha comenzado a sangrar. Espera que sea una de esas cortadas que parecen peores de lo que son.

—Estoy herida —gime, sin atreverse a quejarse en alta voz. Ni pensar lo que ese loco sería capaz de hacer. Primero, le dispara al reloj, luego, al teléfono celular. La próxima víctima será Alma, seguramente. A menos de tres pies de distancia está la silla donde había puesto el teléfono, demolida totalmente, y el celular se ha convertido en un reguero de resortes y pequeños pedazos de metal, uno de los cuales, según acaba de advertir Alma, también le ha cortado el antebrazo derecho, que también sangra.

—¿Qué hay? —el joven poeta ha venido corriendo de la parte trasera de la clínica, pistola en mano. Antes de verlo siquiera, se da cuenta de que no tiene el rostro cubierto por la pañoleta. Sin dudas, pensó que las tropas habían penetrado por la puerta principal y salió corriendo sin siquiera cubrirse. Ahora está mirando al de la pañoleta roja, con expresión de máxima irritación. Sólo incidentalmente repara en Alma, que sigue gimiendo de temor por estar sangrando, pues realmente no tiene mucho dolor—. ¿Le disparaste? —pregunta con tono de confrontación al líder, quien parece avergonzado de haber herido a una periodista sin querer.

Pero enseguida recupera su aire de bravucón, pues comienza a darse cuenta de que su error va a terminar mal. Levanta la pistola en dirección a su compañero, furioso de que lo hayan sorprendido cometiendo un desliz.

—No, no le disparé. Aunque debía haberlo hecho. Dispararle a ella, y a ti.

—Baja eso, Bolo —le dice una voz desde el fondo—. Ya tenemos bastantes problemas con toda esa guardia rodeándonos.

Bolo, piensa Alma. No recuerda haber visto ese nombre en la lista de Camacho. Uno de los «elementos malos». Debe recordar ese nombre, ¿para qué? ¿Será capaz de seguir haciendo el papel de periodista? Mira a su alrededor y ve el diario al otro lado del salón. Pero ni rastro de la pluma.

El de la pañoleta roja parece demorarse una eternidad en reconsiderar si baja la pistola.

—*Okey* —dice finalmente, utilizando la palabra como si fuese un término en español. Y no sólo baja la pistola, sino que, como un adolescente cuya dignidad ha sido mancillada al ser descubierto ante gente extraña, sale precipitadamente del cuarto.

Alma ve cómo su defensor se arrodilla a su lado. Le parece aún más joven, con la nariz y la boca al descubierto. Un rostro vivaz y sensible.

—Déjeme ver la pierna —dice y, por encima del hombro, le pide a otro joven que vaya a buscar a la doctora al patio.

Así es como Alma, que para nada es periodista, pero lleva el nombre de Isabel, termina como paciente de la doctora Haydé Castillo, ayudada por el doctor Cheché Pellerano, en el pequeño cuarto de examen al final del pasillo, donde vio al líder de los captores comiéndose su PowerBar. Alma no está segura del diagnóstico, pues le lleva algún tiempo darse cuenta de que los médicos le dicen una cosa a los jóvenes y otra a ella.

—Es una herida seria —dicen, pero luego, en un susurro, le aseguran a ella que la herida sólo necesita limpieza y vendaje—. Es necesario que la llevemos al hospital para suturar la herida —asegura la doctora, secundada por el doctor.

Comprensiblemente, los dos médicos están tratando de hallar una manera de escapar al fuego cruzado que seguramente se producirá entre la guardia armada y estos muchachos estúpidos. ¿Qué hay de malo en que cada cual trate de salvar su vida individual y valiosa? Ya llevan retenidos aquí tres días. Quieren irse a casa con sus familias, por las cuales, sin dudas, están haciendo este sacrificio de trabajar en una clínica remota por lo que probablemente sea un salario bastante bueno.

—No me voy sin Richard —Alma les dice a los médicos—. El americano del centro verde —añade, porque al parecer desconocen a qué Richard se refiere.

Ambos la miran, perplejos, especialmente la doctora Haydé, quien parece tener la misma edad de Alma y es una mujer de rostro largo con ojos hermosos y líquidos que se humedecen con facilidad. Una excelente característica profesional, no puede dejar de pensar Alma. Le han dicho a la doctora que había una periodista herida en la sala de espera. Sin embargo, Alma parece tener cierta conexión con el americano, cuya manera informal de ver las cosas es lo que ha provocado en primera instancia todos estos problemas. Antes de llegar Richard, el Centro estaba patrullado las veinticuatro horas. Pero él y la americanita —deben estar refiriéndose a Starr— lo cambiaron todo. Por esa razón les dejaron las puertas abiertas a esos gángsteres locales, que en su desesperación mataron a la gallina que debía haber puesto suficientes huevos de oro para todos.

La doctora le pide al joven guardia y al doctor Pellerano que salgan un momento y esperen fuera, mientras cura la herida de la señora. El joven guardián vacila un instante, pero se trata de un muchacho que sólo ahora comienza a tener la confianza suficiente para deslizar la mano dentro de la blusa de su novia y tocarle los senos. Su modestia es aún más fuerte que su malicia. Y afuera va, con el Dr. Pellerano, pero dejando la puerta ligeramente entreabierta por si acaso.

En cuanto se quedan solas, la doctora le dice a Alma, a rajatabla:

—Tenemos que sacarla de aquí.

—Pero no quiero irme sin mi esposo —dice Alma, y le confiesa la verdad. El rostro de la doctora se suaviza. Ella también ha estado enamorada y sabe cuánto aprecia una mujer a un buen hombre—. ¿Se siente bien Richard? —Alma sólo lo ha visto unos instantes esta mañana, pero ha escuchado su voz en el pasillo durante todo el día.

—Sí, se siente bien —le responde con rapidez la doctora, concentrada en su trabajo—. Sólo una molestia en el estómago —añade, sin darle mucha importancia. Así están las cosas. Ha estado yendo y viniendo del baño. Y Alma pensaba que habría tratado infructuosamente de convencer a alguien para ir a la sala de espera y darle una mirada de reproche y una sonrisa de tierna preocupación.

—Hay un asunto muy urgente que tratar —le susurra la doctora, mirando por encima del hombro en dirección a la puerta abierta. En cuanto le limpia la pierna a Alma, embadurnándola ligeramente, la doctora le explica que tienen un plan. La noche anterior mandó el aviso con una de las cocineras, una persona de total confianza. Los rehenes están todos en el patio, siete en total, y ahora ocho contando a Alma. Cuando oscurezca, la guardia podrá acercarse fácilmente por detrás, desarmar a los dos o tres secuestradores en esa zona, rescatar a los rehenes y penetrar en la sala de espera donde los captores acostumbran a reunirse por las noches con su líder, oyendo radio y mirando el pequeño televisor por cable.

Como coser y cantar. Y no habría heridos.

—¿Tienen televisión aquí arriba? —Richard nunca le habló de eso.

Paneles solares, y una antena. La doctora ignora la pregunta de Alma. No hay tiempo. En breve, la sospecha del joven guardia superará a su modestia. Mientras le venda la pierna, la doctora le explica el plan de escape. «Qué genio tiene para estas cosas», no deja de pensar Alma. La doctora Haydé Castillo debería trabajar con los militares. ¿Y adónde iría a parar su juramento hipocrático? En honor a la verdad, la doctora está tratando de salvar vidas, con un plan extremadamente limpio y fácil en el cual no habrá heridos, si siguen sus instrucciones precisas.

—Pero hay que sacarla a usted de aquí —le dice rápidamente la doctora. O fuera del complejo (por esa razón han estado tratando de evacuarla con tanta insistencia) o fuera de ese cuarto de examen—. Para que pueda estar con nosotros cuando vengan a rescatarnos.

De repente parece en extremo invitante escapar de este lugar. Descansar en casa del alcalde y esperar la reunión con Richard más tarde en la noche.

—De cualquier manera —le dice a la doctora, demasiado avergonzada para salirle con que le gustaría escapar ahora, pero con Richard, los otros rehenes pueden esperar la operación de rescate que la doctora ha coordinado para esta noche.

—Si pedimos su evacuación... —la voz de la doctora se apaga, como si estuviera barajando mentalmente las opciones.

Alma sabe. Si le vuelven a negar el pedido de evacuación, como al principio, no la dejarían ir al patio, por estar en condiciones tan delicadas.

El plan está listo.

—Hay que llevarla al patio de atrás. Les diré que ya le limpié la herida y que era más superficial de lo que pensaba, por lo que no necesitó sutura, pero usted se desmayó por estar encerrada aquí sin ventilación. ¿*Okey*? —ella también usa la palabrita en inglés. Alma se pregunta si *okey* se ha transformado en un término global, un poco de esperanto proveniente de la brillante tierra promisoria donde todo está *okey*, razón por la cual tanta gente en el mundo quiere visas para ir a los Estados Unidos.

—*Okey* —asiente Alma. Pero cuando la doctora se vuelve para decirle a los dos hombres que ya pueden entrar, Alma quiere estar bien segura, y pregunta—: No habrá heridos ni muertos, ¿verdad?

La doctora mira a Alma con tristeza. Los ojos se le humedecen.

—¿Piensa que voy a arriesgar la vida de alguien?

Ha elaborado un plan que no violará su juramento hipocrático, una maniobra luego de la cual cada uno se va a casa, o tras las rejas, pero sin que le ocurra nada.

Mientras la doctora negocia con el líder para lograr que Alma se reúna con los rehenes del patio, Alma finge su desmayo sobre la camilla, tratando al mismo tiempo de enterarse de lo que discuten en la sala de espera.

Cierra los ojos, y el joven guardia debe pensar que se ha quedado dormida, porque se quita el pasamontañas a causa del intenso calor en la habitación. Pero cuando advierte que Alma abre y cierra los ojos luego de haberlos abierto y darse cuenta de que no debía haberlo hecho, se lo vuelve a poner.

—No te molestes —le dice Alma—. Anoche las mujeres dieron los nombres de todos ustedes.

Aparentemente convencido por las palabras de Alma, vuelve a quitarse el pasamontañas. Un mechón de pelo revuelto se le queda erecto en la parte trasera de la cabeza. No tiene más de dieciséis años. Tal vez ni tiene novia.

—Una de esas mujeres es mi madre —confiesa al rato. Comoquiera que se mire, está metido en problemas—. ¿Nos van a dar las visas? —quiere saber el joven.

—No lo sé —le responde Alma, aunque, por supuesto, lo sabe: no habrá visas que valgan, ni empleo en el Centro Verde, ni siquiera comida enviada por las autoridades. El tímido rayo de esperanza se ha desvanecido para estos jóvenes, si es que brilló alguna vez—. Si te rindes ahora, podrían perdonarte —le sugiere Alma. Especialmente a los más jóvenes, por los cuales podrían interceder Richard y Emerson. Son muchachos, se les debía dar una segunda oportunidad de hacer algo con sus vidas. Pero Alma sabe muy bien cómo acabará la historia. Para comenzar, éste es un sitio sin primeras oportunidades, razón por la cual estos muchachos se sumieron en la desesperación.

Se oye el timbre de un teléfono. Por un segundo, Alma piensa que la destrucción del celular de Starr fue un sueño. Pero no, el sonido proviene de la antigualla telefónica en la sala de espera. Se advierte cierto ir y venir por el pasillo. Alma cree oír a Richard hablando con alguien en inglés.

—¿Qué van a hacernos? —persiste el muchacho. Su joven rostro muestra preocupación. Tal vez ni siquiera tiene dieciséis años. Probablemente, al igual que el muchacho con el pasamontañas de Killington, quiere una visa para irse a los Estados Unidos, ganar buen dinero y recuperar la simpatía de su madre y su familia.

—Si yo fuera tú, me rendiría *ahora mismo* —le aconseja Alma, tratando de ocultar la urgencia en su voz para no descubrir el plan—. Quizás lograrías una sentencia más benigna. Usar tu tiempo de castigo para estudiar, y luego ir a la escuela cuando salgas en libertad.

Ojalá el muchacho supiera leer. Le daría la autobiografía de Malcolm X, le explicaría cómo este afroamericano procedente de los más bajos fondos en los Estados Unidos se aprendió de memoria el diccionario en la cárcel y se convirtió en un gran líder. También trae a colación el caso de Abraham Lincoln, que nació en una casita de troncos, no mayor que aquella en la que probablemente vive este chico en compañía de su madre y media docena de hermanos. Alma hace que Lincoln parezca un pobre campesino del Medio Oeste que fue presidente hasta hace poco. La cuestión es no engañar al muchacho, sino darle cierta narrativa de esperanza, un pedazo de cuerda que lo pueda ayudar a salir de este infernal laberinto.

—¿Tiene dolor, señora? —le pregunta el joven, porque a Alma se le aguan los ojos de repente, como a la doctora, con lágrimas.

Sí, podría responderle, pero no a causa de la cortadura en el muslo, sino por el camino que te lleva a este callejón sin salida. Y aquí estás de nuevo, y no puedo hacer nada por ti. No hay posibilidad alguna de que estos muchachos salgan de esto con la facilidad que ella quisiera.

—Puedes hacerte abogado, médico. Hay muchas organizaciones que dan dinero. Mi esposo y yo te ayudaremos. Cuando aprendas a leer y a escribir, se te abrirán muchas puertas —asegura Alma. No puede dejar de imaginarse una salida para el muchacho, porque es la forma mediante la cual tiene que comenzar la historia que no es una historia, que podría hacerse realidad si ella le hace creer que puede ocurrirle realmente.

Al principio, el líder de la pañoleta roja se niega a que lleven a Alma con los demás rehenes. Después de todo, los dos médicos le hicieron creer originalmente que la pierna de Alma estaba en tan mal estado que hasta podrían amputársela. Y él no quiere que la vida de ella quede sobre su conciencia. A Alma la reconforta escuchar esto. El bravucón furibundo podría, en el fondo, tener un corazón compasivo.

Alma da una prueba convincente de milagrosa recuperación, moviendo la pierna hacia el otro lado de la camilla, y salta de la misma, tratando de no hacer ningún gesto de dolor cuando su pie toca el suelo.

—La pierna está bien, pero tengo fatiga. Necesito

aire —se queja, apretándose el pecho. Si estuviera en un examen de actuación, perdería el papel por exagerar. Pero el joven parece convencido. Achaques femeninos. A él también pueden engañarlo las mujeres.

—*Okey* —le dice el de la pañoleta roja. Ya puede irse a cenar con los demás.

—¿Cenar?

El joven ríe, con un tono algo gutural a causa del pañuelo que le cubre el rostro. Ha logrado un acuerdo con la guardia, y les enviarán comida y cigarrillos. A cambio, ha aceptado liberar a todas las mujeres secuestradas *después* —está despabilándose, parece— de tener en sus manos lo prometido. Alma se sorprende en cierta medida de que haya acordado tal cosa, pero puede asegurar, por la forma arrogante en que lo dice, que lo considera una victoria, el inicio de unas negociaciones que conducirían en última instancia a la amnistía, si no obtienen las visas. Hasta él mismo está comenzando a minimizar su sueño dorado para el futuro.

Mientras Alma se dirige cojeando hacia el patio, le sorprende ver que ya ha oscurecido, y se ha encendido una luz mortecina contra la cual chocan las mariposas nocturnas y otros insectos. Todo ha adoptado un tono lechoso, espectral, pero se respira una esperanza palpable entre los rehenes.

Richard no puede contenerse y se adelanta para ver cómo anda su pierna. La doctora le proporcionó un lacónico informe. Su esposa, que se llama a sí misma Isabel y se hace pasar por periodista, tiene una cortadura superficial en el muslo derecho y un cardenal en el antebrazo. Nada serio.

Nada de qué preocuparse.

—Estoy bien —le dice Alma. De hecho, probablemente mucho mejor que él, quien muestra un rostro ajado y sin afeitar y el cabello despeinado. En general, proyecta una imagen de desamparo y orfandad. Tiene puesta su cazadora, abrochada hasta arriba para protegerse del aire frío de la noche. Fue un obsequio que ella le compró por catálogo, pero cuyo color resultó una especial de marrón rosáceo, a pesar de lo cual Richard la usó estoicamente en Vermont. Pero aquí ¿a quién le importa eso? A Alma se le aguan los ojos. Sus vidas vulnerables y valiosas parecen acá más vulnerables y valiosas aún.

—La doctora me dijo que estabas mal del estómago.

—No tiene importancia —responde Richard, tratando de disipar su preocupación. Por supuesto, con Richard nada tiene importancia. Probablemente no es nada serio estar retenido como rehén durante tres días, en manos de un hatajo de tipos desesperados y armados hasta los dientes. «Todo marcha bien. Sólo un poco de hielo, eso es todo», le dijo en aquella ocasión, mientras resbalaban por la carretera contra la falda de la montaña.

Alma le toma la mano. *El rescate llegará en breve,* le dice con los ojos. *Pronto estaremos fuera de aquí.*

Lo sé, le sonríe Richard. *Nos salvarán.*

Uno de los guardias se les acerca y les hace un gesto con la cabeza a los americanos para que vayan a la zona techada del patio, donde el personal de la clínica está sentado en bancas, en espera de su liberación. La doctora le hace una inclinación cómplice con la cabeza: *Perfecto. Ya está aquí.*

El doctor Cheché sonríe, aliviado con la libertad que se aproxima.

—Señora, ¿cómo se siente?

En cuanto al resto de los rehenes, son dos mujeres y dos hombres, vestidos con batas blancas y sus nombres bordados en la parte izquierda del pecho. Las presentaciones son breves, de telegrama, pues los guardias se ponen nerviosos cuando los rehenes hablan demasiado entre sí. La comunicación se lleva a cabo con un contacto visual entrañable y profundo. Alma está segura de que todos están al tanto del plan. *Estamos juntos en esto,* dicen sus ojos. *Debemos estar preparados, debemos estar fuera de peligro cuando venga la guardia. Mañana a esta misma hora estaremos celebrando nuestra libertad. Nosotros, los afortunados.*

Todos siguen mirándose unos a otros. Alma siente dolor de que todo termine allí, de que no puedan incluir a su guardián cuya madre, si regresara a su casa mañana en la noche, le daría un buen regaño. Ni al del pasamontañas de Killington que quiere ir a los Estados Unidos y enviarle dólares a su familia. Ni al de la pañoleta negra que debía aprender a leer, pues le encantaría la poesía de Neruda. Y hasta podría escribir un libro algún día, una saga como la que Alma y los demás literatos no podrían escribir ni en un millón de años. Una historia que no es una historia, sino una canción capaz de romper los corazones más insensibles y reconstruirlos luego.

Desde la sala de espera llega la noticia de que les han traído bolsas de comida y cigarrillos. El de la pañoleta negra y el del pasamontañas de Stowe salen por la puerta de atrás para abrir el dormitorio de las enfermas y liberarlas. Han encendido las luces exteriores y, de repente, un brillo extraño ilumina la selva. Los grillos enmudecen. Alma escucha en la distancia los ruidos del pueblo: el llanto de un niño, el ladrido de un perro. Y la risa de una mujer. ¡La risa! ¡Aún queda risa en este mundo, oh, sonido celestial!

Finalmente abren violentamente la puerta del dormitorio. Los guardias les gritan a las mujeres que salgan. Pero ninguna abandona el lugar. Alma recuerda de repente, haber leído en un artículo cómo los animales se acostumbran tanto al cautiverio que no escapan cuando se les deja abierta la puerta de la jaula.

Los jóvenes captores vuelven a gritarles a las mujeres que salgan despacio hacia la entrada de la clínica. Un alma valerosa se asoma y su figura oscura emerge, seguida por otra, y otra, y, en breve, se produce una estampida de mujeres, algunas solas, otras tomadas de la mano y otras sobre las espaldas de sus compañeras. Todas corriendo hacia la cerca de entrada, ya abierta, gritando: *¡Estamos enfermas! ¡No nos maten! ¡Tengan piedad!*

Minutos después una pareja de captores se acerca, proveniente del pasillo del frente de la clínica, con bolsas de papel. Los dos chicos de guardia corren en busca de la cena.

—Quédense sentados —les dice uno de los de la guardia a los rehenes—. Le daremos una bolsa a cada uno.

—¿Tienes hambre? —le pregunta Alma a Richard. Ella siente debilidad en las rodillas y dolor de cabeza por la falta de alimentos. Richard mueve la cabeza. No tiene mucho apetito.

—Pero debes comer —insiste Alma, quien ve cómo Richard hace un leve gesto de fastidio. Con qué facilidad pueden caer en una disputa doméstica, aun en este sitio infernal. Pronto estarán discutiendo. «Se te olvidó comprar ajo.» «¿A quién le toca lavar los platos hoy?»

Mientras esperan por la próxima ronda de bolsas,

Richard le dice a Alma que la han llamado al teléfono de la clínica.

—Como hablaban en inglés, los tipos me dijeron que respondiera y tomara el mensaje. ¿Tú le dejaste el número de la clínica a Claudine en la contestadora? Bueno, de cualquier manera, el jefe de la policía ha estado buscándote.

—¿Le dijiste que estaba indispuesta? —dice Alma, sonriendo al pensar lo accesible que nos hace a todos la tecnología. Allí están ellos, tomados como rehenes en una remota zona montañosa, bajo un nublado cielo nocturno, donde brilla un pedazo de luna como la última rebanada de un pastel para el cual nadie tiene espacio en el estómago; y hasta allí llega el mensaje del jefe de policía de un pueblecito de Vermont tratando de localizarla. A lo mejor recibe más tarde una llamada de Hannah, recordándole a Alma que ha hecho un trato con el Dios de Helen: *ambos hombres de vuelta en nuestros brazos, sanos y salvos.* Alma ha cumplido con su parte. Tal vez todo les saldrá bien, al menos en el caso de ella y de Richard, de Mickey y de Hannah.

—Creo que todo el pueblo está en cuarentena. Una historia loca acerca de una Hannah que dice que ella y su esposo han propagado un virus de viruela del mono. No pude entender bien. Pero les dije dónde estabas, les expliqué por qué no vamos al teléfono, que estás secuestrada y herida en la pierna...

¡Resulta que ahora puede ser portadora del virus de la viruela del mono, y va infectando a todo el mundo! ¡Es una locura! Alma comienza a contarle a Richard lo ocurrido el Día de Acción de Gracias, pero el joven guardia que está repartiendo las bolsas de comida se les acerca y les tira a cada uno una bolsa. «¡Silencio! ¡A comer!» Alma desenvuelve su cena: una enorme hamburguesa, probablemente del McDonald's que vio en la carretera, mientras se encaminaban a la montaña. Está muerta de hambre, pues no ha comido en todo el día. Mira a su alrededor, esperando cambiarla por un Egg McMuffin. Pero todos tienen lo mismo: un gran Quarter Pounder, Coca Cola, una barrita de caramelo y una caja de Marlboros. Al principio, trata de evitar la carne, mordisqueando el pan blanco y húmedo, pero termina por devorar la hamburguesa grasienta. Demasiada tentación para sus principios vegetarianos: la encuentra deliciosa.

Poco después se les permite extender sábanas en el suelo del patio y descansar. Los rehenes trabajan en silencio, moviendo los bancos, pensando probablemente en lo mismo: echarlos a un lado para no entorpecer la entrada abrupta de la guardia. Han apagado las luces exteriores y el volumen del radio pequeño es tan bajo que Alma se pregunta cómo podrán oírlo los guardias.

Alma se acuesta junto a Richard, frente a frente, en plena oscuridad. Quiere saber qué dijo el jefe de la policía acerca de la amenaza de la viruela del mono, si era cierto que la mujer tenía alguna enfermedad mortal (pero eso es absurdo, ¡Hannah ha recurrido antes al mismo truco!), si la cuarentena fue una falsa alarma; pero uno de los dos guardias, nervioso por sus susurros, emite un fuerte «¡Shhhh!». Amparados por la oscuridad, se han quitado las máscaras y están sentados a cada extremo de un banco, recostados contra la pared trasera, agotados, soñando tal vez con sus casas. Uno de ellos eructa con frecuencia, sin disculparse ni avergonzarse por ello.

El resto está dentro, fumando sus cigarrillos y planificando con el líder la estrategia de mañana. Periódicamente, Alma levanta ligeramente la cabeza para ver dónde están los guardias y se da cuenta de que los demás hacen lo mismo. Todos esperan y aguardan, en esta noche que no parece tener fin. Tal vez han sellado un acuerdo, ahora que los captores están dispuestos a negociar, y la guardia no vendrá finalmente.

Alma lucha por mantenerse despierta, pero, a pesar de su temor y expectación, se duerme. Y sueña que está con Isabel camino a Manila, dentro de un enorme galeón, unas seis veces mayor que la *María Pita,* con cuatrocientas almas a bordo. Pero en vez del alojamiento prometido, los niños tienen que dormir en el suelo de la santabárbara, lanzados a uno y otro lado por el movimiento del barco. Don Francisco confronta al capitán, pero es tan inútil como negociar con el de la pañoleta roja. No se logra nada. Pasa una semana y la salud del director empeora, a consecuencia de la disentería hemorrágica que amenaza con acabar con su vida en plena travesía. Isabel se desespera por él, por sí misma, por las veintiséis vidas jóvenes que tiene a su cuidado.

En su sueño, Alma observa a la fatigada Isabel, deseando que ella le ofrezca algún consuelo, un susurro de esperanza, una mirada que le diga: *No estás sola. Estamos juntas.*

Poco después se despierta, sintiendo que Richard se levanta. Es su estómago, que se agrava con lo que comió. ¿Lo habrá infectado Alma con la viruela del mono? Por supuesto que no: ya estaba enfermo antes de que ella llegara. Podría ser la versión de la venganza de Moctezuma que le depara la isla: Richard bebe agua indiscriminadamente en cualquier parte y consume comida callejera sin preocupación. Pero ya su organismo debería haberse acostumbrado a la flora y fauna local. Probablemente son los nervios, aunque Richard no lo admitiría jamás. Tres días de secuestro como rehén podrían provocar un caos en cualquier estómago del «Primer Mundo».

Tiene que ir al *sanitario*. Con cuidado, se abre paso entre los rehenes dormidos, quienes probablemente están despiertos, y llama en voz baja a los guardias. Se demora un minuto en despertar a los jóvenes captores, quienes, con gesto soñoliento, le dan permiso a Richard para que vaya solo. Alma lo ve desaparecer por el túnel mal iluminado.

Se resiste al sueño, esperando por el regreso de Richard, para que su cuerpo se pegue dulcemente al suyo, como si estuvieran de regreso en Vermont, como si sus vidas no hubiesen tomado ese giro imprevisto hacia el error y lo fortuito. Se queda escuchando los ruidos de la noche: el ronquido de uno de los guardias, el viento sobre los árboles, un sonido sosegado, apresurado, tal vez el preámbulo de una tormenta. Richard tenía razón en lo de la utilidad de las máscaras de esquiar en noches como ésta, pero quién iba a pensar que iban a darles el uso que se les dio.

Le parece escuchar a Richard que regresa a su sitio junto a ella. Pero no es Richard, sino una figura oscura, que se convierte en dos, en tres, en una docena de figuras indistinguibles, algunas de las cuales han inmovilizado a los dos captores. Una le toma la mano, y otra la de otro rehén. Cada guardia oscuro parece saber la ubicación del rehén que va a rescatar. Entretanto, un grupo de sombras hermanas se precipita hacia el Centro, con rapidez y precisión. Los rehenes son conducidos fuera del patio, a buen recaudo, porque así es como opera la suerte, que le toca a unos y no a otros; esa selección, ¡ay, no tan ciega!, que Alma está tratando de alterar, rogándole a su salvador que regrese, diciéndoles a los demás que su esposo está en el baño, que no deben confundirlo con uno de sus captores. Pero antes de que pueda convencerlos, escucha un trueno, un rayo, un intenso tiroteo, una tormenta de lluvia y de hombres disparando, a quienes no olvidará jamás mientras viva, por mucho que trate de perdonarlos.

VII
Enero-septiembre de 1805

¡Qué precipitada fue nuestra partida de Nueva España!

Llegamos a la Ciudad de Méjico desde provincias la primera semana de enero. Teníamos que empacar los baúles de veintiséis niños, y los nuestros además. Y no sería un viaje breve de aquí para allá. Como son sólo dos barcos los que zarpan a Manila cada año, la lista de espera era bien larga (soldados, frailes, plata que transportar para comprar y traer seda negra, marfil, especias). Podría pasar un año antes de que pudiéramos regresar a Acapulco.

Antes de dejar Puebla, me senté a hablar con mi pequeño Benito, para explicarle que me iba a un largo viaje y que, muy pronto, el contramaestre Pozo, el oficial alto y gentil de la *María Pita* —¿se acordaba de él? Por supuesto que sí. ¿El que tartamudeaba y era tan estricto? Ése mismo—, pues ese contramaestre estaría de regreso mucho antes que yo. Ellos debían esperar por mí en la ciudad de los ángeles.

Esperaba una copia al calco de la angustiosa escena de la partida en Ciudad de Méjico, cuando dejé a mis niños en el hospicio. Pero Benito me escuchó con tranquilidad, su carita atenta y sus ojos serenos.

—Que tengas buen viaje, mamá —me deseó, y cuando me quedé mirándolo intensamente, en espera de algo más, me preguntó—: ¿Puedo irme a jugar con los niños? —el seminario estaba al lado, y allí iría Benito a estudiar en cuanto tuviera la edad suficiente para sentarse en un pupitre y que sus pies le llegaran al suelo.

—Sí, amor mío —le dije, abrazándolo. «Así es la maternidad», pensé, «amor y pérdida tan estrechamente enlazados que es imposible separarlos».

Y sentí cómo trataba de separarse de mí antes de que estuviera lista para dejarlo marchar.

Mientras aguardábamos en la Casa de Aduanas de Acapulco, listos para zarpar, le trajeron una carta a don Francisco, con el inconfundible sello del virreinato. Por un momento, pensé: «El hombre ha cambiado de parecer. Ahora que nos vamos, nos desea buena suerte».

Pero nuestro director movió la cabeza con incredulidad y disgusto.

—Escuche, doña Isabel, la gratitud que nos manifiesta:

«Debería llevar consigo todo el equipo de la Expedición para volver a Europa directamente desde las Islas... No debe volver aquí puesto que ya no es necesario para su misión. Si lo hace, pese a estas reflexiones, deberá hacerlo a sus expensas.»

El corazón se me encogió.

—Pero yo tengo que regresar. Mi hijo... —dije, pero se me quebró la voz. No pude continuar. La presión de los preparativos de las últimas semanas acabó con el control que podía ejercer sobre mí misma. ¿Cómo iba a ser capaz de *no* regresar? Tenía veintiséis niños a mi cargo que debía traer una vez terminada la misión en Manila, y además había dejado a mi hijo en Puebla de los Ángeles y a una docena más en el Real Hospicio por quienes preocuparme hasta que encontraran un hogar.

—No le haga caso, doña Isabel —me dijo don

Francisco, mientras me conducía lentamente por el brazo a la galería exterior. Allí nos resguardamos bajo una toldera, mirando cómo los estibadores y mozos de cuerda transportaban la carga en botes que remaban hacia el *Magallanes,* una nao con demasiado calado para entrar en la bahía. La carga se había prolongado durante toda una semana. Y el barco llevaría a unas quinientas personas. Aunque ese pensamiento me aterraba, los nervios no me daban más—. Le he escrito a Su Majestad conjuntamente con mi informe —aseguró don Francisco, mostrándome su carta—. La conducta de ese hombre no quedará sin castigo. Confíe en mí, doña Isabel.

No me quedaba otro remedio, pues ya lo había apostado todo por don Francisco. Y seguramente el Virrey sabía mis planes. Ya me había pagado parte del salario, que dejé bajo la custodia del gentil obispo González para que a mi Benito no le faltase nada. El resto se me pagaría cuando volviera con los veintiséis niños al término de la misión.

—¿Qué sabe él si regresamos? —le pregunté a don Francisco.

—Seguramente sabe que usted sí lo hará —me respondió nuestro director. Pero no fue hasta mucho después que caí en cuenta de que no me había respondido exactamente mi pregunta.

El *Magallanes* era una pequeña ciudad flotante en un mar infinito. Su gran tamaño lo hacía mucho más estable que la *María Pita,* por lo que el mal de mar que me aquejó fue benigno y pasó rápidamente, porque había buen tiempo y las brisas eran propicias. Gran parte de la travesía la pasamos en cubierta. Cada día me parecía ver caras nuevas. Frailes, soldados, comerciantes y, ¡sí!, mujeres, cerca de cincuenta de nosotras, según me dijeron. La mayoría eran esposas de funcionarios en viaje de regreso, o que iban a reunirse con sus esposos distantes. Muchas traían a sus sirvientas consigo, chicas nativas de Nueva España o, en el caso de las que regresaban, muchachas de las islas. Estas últimas fueron objeto de mi especial atención, porque quería familiarizarme con los nativos que pronto conocería. Chicas hermosas y de pequeña estatura, de piel cobriza y brillantes cabelleras color del ébano.

Las esposas se mostraron realmente curiosas por mi situación. ¿*No estaba* casada con nuestro director? ¿*Ninguno* de los niños era mi hijo? ¿Una expedición para erradicar *las viruelas*? (una pregunta tras la cual se alejaban discretamente). Nuestro director, al escuchar que estaba cundiendo el pánico entre los pasajeros, decidió hablar una noche acerca de nuestra misión. Después de la charla, las mujeres fueron más gentiles conmigo y con los niños. Pero, ¡Dios mío, veintiséis niños! ¿Cómo podía arreglármelas sin la ayuda de una sirvienta?

¿Que cómo me las arreglaba? ¡Apenas lo conseguía! Los niños nuevos tenían entre cuatro y seis años, y uno sólo de catorce, Josef Dolores, quien me resultó de gran utilidad. Eran mucho más exigentes que mis niños de La Coruña, pues, como no los había criado yo, carecía de la profunda comprensión que acarrea ayudarlos a nutrir su espíritu.

Conocedor de que el viaje sería largo y agotador, don Francisco pagó una buena suma para garantizar el mejor acomodo. A los pocos días, se alarmó ante la mala calidad de nuestra comida: sólo les servían lentejas y una carne tan podrida, que, por muy hambrientos que estuvieran, la dejaban a un lado, lo cual hacía al menos felices a las ratas. ¡Sí, ratas! Los niños estaban hacinados en lo que había sido la santabárbara, el almacén de la pólvora. No había dudas de que el capitán no estaba cumpliendo su parte del acuerdo.

—¿Cómo puede ocurrir algo así? —dijo don Francisco, moviendo incrédulo la cabeza—. ¿Cómo puede un hombre engañarnos de esa manera, sabiendo que vamos en una misión de beneficencia?

—Seguramente ha habido un malentendido —le respondió don Ángel, quien no podía albergar un mal pensamiento contra nadie—. Tal vez el capitán sólo necesita un amable recordatorio.

Pero nuestro director no era de los que podía esperar diplomáticamente y presentarle nuestro caso con calma al capitán Ángel Crespo. En una coincidencia irónica, nuestro capitán tenía el mismo nombre que nuestro Ángel Crespo. Pero era como si el Señor hubiera creado dos versiones del mismo ser humano, decidiendo luego que ambos debían vivir, amándolos a ambos por igual, como una lección a todos nosotros, hijos e hijas pródigas. Y podría haber sido una lección provechosa, de no haber estado en medio del mar, con otras ocho semanas de viaje por delante, con nuestra salud y bienestar dependiendo de la menos angelical de las dos versiones de Ángel Crespo.

El capitán le aseguró a don Francisco que se ocuparía del asunto. Pero ya había pasado la segunda semana y los niños seguían durmiendo en la santabárbara, y sus alimentos estaban tan cercanos a lo incomible que ni las ratas daban cuenta de éstos, dedicándose entonces a morder a los niños. Don Francisco comenzó a preocuparse también de la posibilidad de otras infecciones y plagas. Otras siete semanas en tales condiciones y no sólo la vacuna, sino también nuestros portadores, correrían peligro de perderse antes de llegar a las Filipinas.

Ni podía pensar siquiera en la muerte de otro niño en la expedición, inquietándome y lamentándome constantemente por los niños. En las noches no podía dormir pensando en los pequeños Tomás, Orlando, Juan

Antonio, y hasta escuchaba sus voces llamándome, entre el sonido de las olas golpeando el casco y los gruñidos y ronquidos provenientes de los demás camarotes.

Algunas noches, en la angustia de aquellas pesadillas, cuando temía que iba a gritar, despertando a todas las mujeres de mi camarote, sentía una mano invisible en mi frente que disipaba mis temores, y luego una voz que me decía al oído: *Todo saldrá bien, confía en mí.*

Y al fin lograba conciliar el sueño, con mi rostro marcado cubierto por las lágrimas.

Entre las pasajeras estaba una dama, aproximadamente de mi edad, quien había estado viajando gran parte del año. La señorita Margarita Martínez había salido de Cádiz, desembarcado en Veracruz para luego viajar en mula hasta Acapulco, y ahora se dirigía a las Filipinas para reunirse con su hermano, capitán del Ejército destacado en Manila.

—Llámeme Margarita —me insistía, concediéndome una libertad que me complacía. Aquel «señorita Margarita» me sonaba como el nombre del personaje de una chica tonta en una comedia.

Margarita disfrutaba de una adorable «cabinita», con una «literita» y un «burocito», y espacio suficiente para colgar una hamaca donde colocar a la «criadita» que trajera consigo de Méjico, una hermosa chica a quien vigilaba a sol y sombra. Ya había perdido dos sirvientas en América. La primera se negó a embarcar luego de una parada en La Habana, aterrorizada ante el viaje por mar. Y la otra se escapó con un miembro de la tripulación de quien se hizo *amiga* durante la travesía. «¡Una pillita!» Margarita le aplicaba el diminutivo a cuanto existía. Llegué a creer que era una forma de que su mundo adquiriese una dimensión menor y más segura.

Margarita se ofreció para mostrarme su camarote,

el cual era casi tan agradable (y dos veces más extenso) como lo describió. Me recordó el del oficial en la *María Pita*. «¿Estaría ya en viaje de regreso para encontrarse conmigo?», pensé. ¿Interceptarían los británicos su barco? Y si pudo pasar las líneas enemigas, ¿se molestaría porque no lo esperé? En la carta que le dejé con el obispo González le explicaba que necesitaba seguir en la expedición hasta el fin de la misma. Y que luego regresaría. Y que me perdonara.

—¿Y dónde está tu nidito, Isabelita? —Margarita estaba ansiosa por verlo. ¿Qué otro quehacer le quedaba a una noble dama a bordo que no fuera bordar, leer y hacer visitas a otras damas? Y aunque yo estaba muy lejos de ser una noble dama, sí estaba conectada a seis caballeros, uno de los cuales, Francisco Pastor, era soltero y bastante bien parecido. En cuanto a mí, tan ocupada con los veintiséis niños a mi cuidado, carecía de la compañía de otra mujer.

Una tarde, mientras los niños aprendían a hacer nudos en cubierta con la tripulación, la invité al camarote. Sí, dos niveles debajo del suyo, en el entrepuente, en literas con cortinas. Por suerte, la mía estaba en una sección con mamparas, destinada a las sirvientas.

—Pero ¿no formas parte de una expedición *real*? —dijo la señorita con visible decepción.

—Así es. Y además, nuestro director pagó un precio *real* por nuestra transportación. Debería ver dónde el capitán ha puesto a mis niños —dije, dudando que Margarita se aproximara al extremo de proa del barco, adonde una dama no debe aventurarse jamás.

—¿Podría saber...? —dijo Margarita, con tono vacilante. Aunque era una falta de delicadeza indagar, su interrogante era una forma cortés de hacer una pregunta sin preguntar.

—¡Quinientos *pesos*! —Margarita estaba escandalizada. ¡Habíamos pagado el doble de su pasaje y estábamos recibiendo una atención mucho peor!

Sabía que si se lo contaba a nuestro director, sin duda alguna estrangularía al capitán mientras éste dormía. Por eso decidí no hablar del asunto. Pero un barco, como había aprendido desde mis días en la *María Pita,* es un nido de murmuraciones. No tardó mucho nuestro director en enterarse de que le habían cobrado una suma burdamente excesiva y se nos servía injuriosamente mal.

Al término de la segunda semana, don Francisco estaba harto. Se presentó intempestivamente en el camarote del capitán, exigiéndole la inmediata devolución de la suma que se le había cobrado en exceso. Como el capitán Crespo había lidiado con motines y piratas, tenía varias armas de fuego cargadas y al alcance de la mano, por lo que, empuñando un revólver, amenazó a don Francisco con aplicarle la justicia de alta mar si se atrevía a buscar problemas nuevamente. A nuestro director no le quedó otro remedio que soportar en silencio hasta que llegáramos a nuestro destino, y poder denunciarlo ante el gobernador Aguilar en Manila.

Pasó febrero, y luego marzo, y luego abril. ¡Habría pasado la mitad del año antes de que llegáramos! Pero nuestra travesía fue segura y expedita. La vacuna se mantuvo viva por la gracia de Dios y de nuestro ingenio. El capitán les había prohibido a los portadores de la viruela cualquier contacto con los demás pasajeros, y nos obligó a que los dos niños en cuestión durmieran con los demás en la santabárbara. Con los bandazos del barco, los niños, mientras dormían, chocaban entre sí, por lo que siete de ellos fueron vacunados a la vez.

A partir de esa situación, nos llevamos a los dos portadores a popa, a escondidas del capitán. Y pudimos arreglárnoslas para que nadie se enterara, a pesar de que aparentemente no había manera de guardar secretos en un barco. Tal vez nuestro capitán, con su vista de águila posada sobre nuestro problemático director, no notó cómo la gentil rectora corría hacia su camarote, con su esclavina roja demasiado abultada para su delgada figura.

Después de varios meses en el mar, ¡la visión de una isla desierta hubiera sido algo maravilloso! Mucho más nos emocionó ver estas islas encantadoras. En la distancia pudimos distinguir montañas de un verde tan intenso que parecían vibrantes seres vivos. El aire tenía una fragancia de especias y la luz semejaba una lluvia de diamantes sobre las aguas turquesas de la bahía. Docenas de nativos acudieron a saludarnos en sus canoas. Eran hombres pequeños, de piel cobriza y, como advertí en breve, jovencitas con vestidos sueltos de una tela tan transparente que dejaba entrever sus oscuros pezones. ¡Y qué vivaz inteligencia les iluminaba el rostro! Su alegría era notable. ¡Se reían por la más mínima cosa!

—Hemos llegado a las benditas islas —observó Pastor, quien no hacía otra cosa que saludar a las chicas nativas que reían en sus pequeñas embarcaciones.

Como de costumbre, don Francisco le había escrito con anticipación al gobernador Aguilar. Pero también, como solía ocurrir, nadie nos esperaba. Cierto era que habíamos desembarcado en cuanto tuvimos la primera oportunidad. Don Francisco no quería estar un minuto más en el mismo barco con aquel despreciable capitán.

—He llegado al punto en que odio hasta el sonido de mi nombre —murmuró nuestro don Ángel. Era la primera vez que escuchaba a aquella alma tan buena expresarse con tanta amargura en contra de otra persona.

—Tal vez alguien esté dispuesto a darte su nombre —repuso Pastor. Margarita había narrado una curiosa anécdota que le había comentado su hermano en una carta: ciertos nativos intercambiaban sus nombres como muestra de amistad.

Cuando pareció evidente que nadie vendría a recibirnos al muelle, nuestro director contrató varios coches para trasladarnos al palacio del gobernador, dentro de la ciudad amurallada. Allí se nos informó que el gobernador Aguilar acababa de partir en dirección al muelle, para recibir al galeón recién llegado.

En ocasiones tenía que recurrir a toda mi paciencia para lidiar con nuestro impaciente director.

Y treinta y tres viajeros cansados hasta los huesos, bronceados por el sol y extremadamente delgados volvieron a sus coches y se encaminaron al muelle, para ser objeto de la bienvenida que se les tenía preparada.

Aquel recibimiento a destiempo resultó ser el preludio de lo que vendría después. No es que el gobernador Aguilar fuera otro virrey malvado empeñado en el fracaso de nuestra expedición, sino la máxima autoridad de una colonia distante a medio mundo de distancia de su metrópolis. La lealtad era la principal virtud en aquel pequeño grupo de peninsulares, rodeados por una abrumadora población de salvajes. Sin duda alguna, el gobernador Aguilar no quería perjudicar a los prósperos y poderosos comerciantes españoles propietarios del *Magallanes.* Por eso, cuando se le informó del cobro excesivo del capitán, no respondió con el interés que nuestro director esperaba.

—Se trata de un asunto que debe tratar con el comandante de la Marina —le explicó el gobernador Aguilar. El comandante estaba inspeccionando algunos puertos de la isla, pero estaría de regreso dentro de una semana aproximadamente.

—Pero ¿no es usted su superior? —persistió don Francisco, quien había esperado demasiado para que ahora le dijeran que debía seguir aguardando un poco más.

—Debo respetar las leyes y procedimientos establecidos —le respondió el gobernador con firmeza.

Nuestro director se sentía evidentemente disgustado. Su disentería había empeorado a bordo. Curiosamente la mía había desaparecido, como si mi cura hubiera ocurrido como consecuencia de mis tribulaciones.

—Enviaré mi queja a Su Majestad, e incluiré su nombre en ella —dijo.

El rostro serio del gobernador adoptó una expresión más severa aún. Su frente se pobló de sudor. En honor a la verdad, todos estábamos bañados en sudor. Era cerca del mediodía, teníamos el sol prácticamente encima y el calor era opresivo. Sentí como si me estuviera cocinando dentro de mis enaguas, vestido, cofia y capa. Y envidié en cierta medida a las nativas que había visto. Con qué inocencia dejaban sus brazos al descubierto y llevaban las faldas a media pierna, los pies descalzos y el cabello recogido en un moño. ¡Qué vidas más simples en comparación con las dificultades que ya estaba encarando nuestra expedición!

Mientras seguíamos en el muelle, escuchando los efusivos encuentros de los pasajeros con sus familias (Margarita lloraba de alegría en brazos de su hermano), sentí la desolación de nuestra llegada. De repente, comencé a echar de menos Puebla y a mi pequeño Benito.

Nuestro director debía haber esperado un tiempo prudencial para comenzar sus quejas. Estaba totalmente de acuerdo con él acerca del injusto cobro del capitán. Pero los veintiséis niños habían llegado sanos y salvos a estas costas, la vacuna estaba viva y teníamos mucho trabajo por delante. Supongo que la total dedicación de nuestro director a su misión le hacía difícil aceptar una respuesta menos firme por parte de los demás, como si no sólo quisiera liberar al mundo de las viruelas, sino también de toda mezquindad.

Me resultaba extraño que, bajo su tutela, estaba aprendiendo una lección totalmente opuesta: la bondad debía lograrse dando el ejemplo con nuestra existencia, pues los cambios podrían demorar siglos en hacerse realidad. Cuántos plumazos se necesitaban para llenar una página de palabras, y docenas de páginas para narrar un cuento (¡si no lo supiera yo! Con todo lo que había escrito en el libro que me regaló don Francisco, que reposaba ahora varias leguas bajo el mar para proteger a nuestro director).

Luego de un tenso silencio, don Francisco informó al gobernador que mañana comenzarían las vacunaciones.

—Le agradeceré que lo anuncie al pueblo —dijo, señalando a la multitud allí congregada.

Pero el gobernador tenía una idea diferente. En vez de comenzar con la vacunación pública, quería proceder de manera pausada y discreta. Al parecer, el obispo de Manila y otros altos dignatarios eclesiásticos habían oído que la vacuna podía ser peligrosa, e informado al gobernador Aguilar que no le darían su apoyo desde el púlpito.

Aquello era demasiado para nuestro director, quien se volvió y dejó al gobernador con la palabra en la boca. A partir de entonces, como ocurrió en Puerto Rico, se libraría una guerra de voluntades y una conversación a través de cartas e intermediarios.

—¡Isabelita! —Margarita estaba ante mí en compañía de un duplicado de su propia persona, alto y de hermoso cabello, aunque más atractivo como versión masculina—. Éste es mi hermano, el capitán Martínez.

—Gracias por haber cuidado tan bien de mi hermana —dijo el hermano con efusión. Me sentí avergonzada de recibir aquellos halagos que no merecía realmente.

Nuestro director supervisaba nuestra subida a los coches. No, no necesitaría escolta del gobernador para llegar al sitio donde nos alojaríamos. Le hizo una reverencia brusca a la señorita, quien valientemente hizo gala de sus buenas maneras y le presentó a su hermano.

—Si en algo puedo ayudarle, señor —le dijo el capitán, quien estaba destacado allí con el Ejército, y estaba al servicio de la expedición real.

Súbitamente, el director detuvo su apresurado mutis, como si hubiera avistado tierra después de haber estado perdido en el mar. Quizá estaba comenzando a darse cuenta de que no conocía a nadie en esta colonia distante. Y necesitaríamos aliados si queríamos ganar esta batalla contra los salvajes españoles.

Al día siguiente comenzamos a vacunar en Manila. El capitán Martínez y el deán de la catedral vinieron en nuestra ayuda. Nuestro director calificó de «indecente» y «miserable» el sitio que nos había ofrecido el gobernador Aguilar como alojamiento (un viejo edificio ubicado cerca de la puerta del Parian de Alcaceria, una sección de la ciudad de menor cuantía y plagada de enfermedades). El capitán Martínez nos ofreció la casa que había alquilado para él y su hermana, una invitación que secundó de buen agrado Margarita, a quien deleitaba mi compañía, aunque viniera con veintiséis pequeños rufianes al retortero. ¡Hay algo en el confinamiento dentro de un barco en alta mar que saca a relucir la vena salvaje de un niño! Por suerte, la casa tenía un enorme salón en el primer piso, con ventanas corredizas de madera, ideal para un dormitorio. Entretanto, el deán nos ofreció su propia casa parroquial como centro para realizar nuestras vacunaciones.

Nuestras sesiones resultaron enormemente exitosas, a pesar de no contar con el apoyo del gobernador y del obispo. Las viruelas habían provocado la muerte de tantas personas en estas islas, que las multitudes acudirían a nosotros aunque hubieran tenido que inhalar costras de viruelas con cañas largas y delgadas, como se decía habían hecho en la cercana China. De hecho, en las islas Visayan, al sur, ¡los guerreros depusieron las armas en su lucha contra los españoles para que los vacunaran!

Finalmente, el gobernador Aguilar cedió y trajo a sus cinco hijos a la casa parroquial, enviándoles un claro mensaje a los opositores de la vacuna de que confiaba en ésta. Pero ya se había ganado la enemistad de don Francisco, cuyo desencanto por la recepción que nos proporcionó abrió una herida que no se cerraría. Sus luchas por organizar y financiar la expedición en España (las cuales me había contado de forma fragmentaria en nuestros viajes), los fracasos en Puerto Rico y Nueva España, las argucias del virrey Iturrigaray y del capitán del *Magallanes,* la deslucida recepción que le diera el gobernador de aquí... eran realmente demasiados golpes a soportar. Sumémosle a eso su disentería hemorrágica y sus cincuenta y un años, ¡nos habíamos olvidado de que nuestro director no era ningún jovencito! Débil y fatigado, cayó en cama, de la cual no lo pudieron sacar ni el té ni todas las sangrías del mundo. Tenía a su lado al ángel de la muerte, y de repente me pregunté a mí misma si habría que copiar otra carta a doña Josefa.

Pero estaba demasiado débil para ocuparse de sus asuntos. Todo lo que nos quedaba era rezar por él. Entretanto, no podíamos interrumpir nuestra misión, algo que siempre nos dejó muy claro durante nuestros viajes.

Si algo le sucediera, deberíamos llevar el estandarte en alto hasta la victoria. Me había imaginado siempre que nuestro director caería víctima de las lanzas de los nativos, ahogado en una tempestad o ahorcado por malvados piratas, todas las aventuras exageradas que había leído en los ejemplares de *La Gaceta* que desechaba doña Teresa. ¡Pero acá lo estaban venciendo la disentería y el mal genio!

Y ahí estaba, cercano a la muerte, que llegaría en cualquier momento. Traté de no perder la fuerza. El Dr. Gutiérrez, a cargo de nuestra misión, nos recordó que debíamos ser fieles a nuestra promesa. Teníamos innumerables islas que visitar (nos habían dicho que eran varios cientos), e incontables nativos y cientos de colonos que proteger. Pero incluso con todos los defectos de nuestro director, le pedí a Dios que no nos dejara huérfana la misión. Habíamos venido del otro lado del mundo con nuestra caravana salvadora de niños. Don Francisco no podía abandonarnos ahora en esta selva. Los barcos que llegaban a puerto traían noticias de una guerra con Inglaterra. Muchos estaban muriendo en el mar y en España. Parecía como si estuviéramos salvando el mundo para que éste se perdiera después ante la violencia y la adversidad.

Recé más intensamente aún. Pero, en realidad, nunca tuve mucha fe en mis oraciones.

Todos los días lo visitaba en el cuarto de la planta alta de la casa parroquial. Él insistió en quedarse allí, encima de la agitación de nuestra actividad, reconfortado por saber que se estaba cumpliendo a cabalidad nuestra misión. La mayor parte de los días se sentía tan enfermo que no podía ni siquiera darse cuenta de que estábamos abajo. A mediodía yo subía para verlo, deseando que hubiera más ventanas que abrir, echándole fresco con un abanico de hojas de palma. Habíamos llegado en la temporada seca y calurosa, que llegaría a su punto de mayor auge en mayo. ¡Y sólo estábamos a finales de abril!

Comencé a contarle historias, sabiendo que anteriormente las había considerado reconfortantes. Así, le conté cómo erradicaríamos las viruelas del mundo, cómo su nombre se conocería por generaciones, cómo regresaría a casa para ser objeto de una gran bienvenida, cómo doña Josefa estaría esperándolo. Al oírme, la expresión del rostro se le suavizaba y una sonrisa afloraba a sus labios resecos. Y lo abanicaba, a él y a mí, con mayor vigor.

Y se terminó abril y llegó mayo, cuando el calor empeoró. Pero nuestro director resistió, o mejor, tuvo días buenos y malos, sobre todo estos últimos. En los días buenos, insistía en resolver nuestros asuntos, entre los cuales priorizaba su deseo de que yo y los niños regresáramos a Nueva España en el galeón más próximo.

—Lo resolveremos cuando esté bien —le decía, pero me conmovía su preocupación por mi bienestar particular.

No, insistió nuestro director. Debíamos partir, y cuanto antes mejor. Debido a la intensificación de las hostilidades con Inglaterra, podría hacerse difícil garantizar cupo en el barco. Un galeón zarparía en julio con rumbo a Acapulco, y él le pediría al gobernador que nos embarcara a mí y a los niños, y que nos proveyera de fondos para adquirir el vestuario que pudiéramos necesitar. Las pocas ropas que alcanzamos a recoger antes de nuestra salida apresurada de Nueva España, en enero pasado, estaban muy deterioradas por el desgaste de las travesías marítimas.

Como don Francisco no me dictó la carta —el encargado de la tarea fue don Ángel—, no pude suavizar el tono estridente que nuestro director asumía al dirigirse a los hombres que le habían fallado. El gobernador le devolvió la carta con una dura reprimenda, pidiéndole que adoptara los términos decorosos que merecía su posición como primer magistrado de las islas. La misiva reprobatoria estaba dirigida al «director consultor».

—Soy el director de la Real Expedición Filantrópica de la Vacuna, no el director *consultor* —respondió enfurecido don Francisco. Al cabo de varios intercambios epistolares, el gobernador contestó finalmente que nos acomodaría en un galeón donde pudiera encontrar cupo a un precio módico.

—No le lea eso —le advertí a don Ángel, cuando me relató el contenido de la carta más reciente del gobernador.

Don Ángel me miró como si desconfiara de mi consejo.

—Doña Isabel, ¿cómo cree usted que yo conozco el contenido de una carta *dirigida* al director, a menos que él me haya ordenado abrirla y leérsela?

Los hombres están llenos de subterfugios. Los ejércitos se asaltan por sorpresa y se destruyen entre sí. Los ministros traicionan y decapitan a sus reyes. Pero basta con que una mujer les sugiera que guarden un secreto o suavicen una verdad, ¡para que levanten indignados la cabeza y nos hablen de honor e integridad!

—Don Ángel —le dije, mirándolo a los ojos—. Cuando usted va a vacunar a un niño que llora y grita, ¿no trata de calmarlo diciéndole que no le dolerá, aunque sabe perfectamente que la punta de la sangradera le causará dolor en cierta forma al penetrar su piel?

El rostro de don Ángel enrojeció ante la crítica implícita. Los numerosos desencantos de nuestra travesía fueron minando su buena disposición. Se había vuelto irritable, con mayor propensión a ofenderse. Tal vez, con el tiempo, los ángeles se transforman en hombres.

—Pero doña Isabel, ¿no se da cuenta? Un niño no comprende que estoy tratando de salvarle la vida.

—Precisamente —le respondí.

Finalmente, no pudimos partir en julio, pues el galeón iba repleto de soldados, sedas y especias necesarias para pagar la costosa guerra con Inglaterra y nuestro subsidio a Francia. Tendríamos que esperar al próximo galeón, que saldría —eso esperábamos— antes de que terminase el año.

Los niños se entusiasmaron con aquella estancia prolongada y la nostalgia por los suyos desapareció. Margarita les creó una escuelita, pero hacía aún tanto calor —las lluvias tan esperadas brillaban por su ausencia— que casi todos los días suspendía las clases y les dejaba jugar fuera todo el tiempo, de manera que, con la piel bronceada y las ropas hechas jirones, podían pasar por niños nativos de las islas. De hecho, cuando yo los veía de lejos, no podía distinguirlos de los hijos e hijas de la servidumbre.

¡Y había tantos sirvientes! El capitán Martínez los había heredado de su predecesor, el ex capitán de las tropas, además de los que ya vivían en la residencia que había alquilado. Y como cada sirviente tenía en su haber varias relaciones y media docena de hijos, teníamos un pequeño pueblo a nuestra disposición.

Entre ellos había una persona en particular con la que me sentí identificada. Se trataba de una mujer de rostro picado de viruelas, lo cual pudo haber influido en mi cercanía hacia ella. Kalua, que así era su nombre, hablaba algo de español, pero con frecuencia utilizaba su propio idioma, el tagalo, de manera que no estaba muy segura de haber entendido completamente su historia.

Aparentemente, sus padres murieron a consecuencia de las viruelas, al igual que sus hermanos y hermanas. La mujer vagó por la selva en busca de ayuda, enferma y aquejada por la fiebre, pero cada vez que llegaba a una aldea los habitantes de la misma le gritaban que se alejara, o huían aterrorizados. Pero pudo sobrevivir, y un día entró en un pueblo asolado por las viruelas y pudo ayudar a atender a los enfermos. Allí se estableció finalmente, encontró un hombre y tuvo dos hijos... A partir de ese momento, la historia se desenvolvía como si no quisiera decir lo que ocurrió después. Me imagino que el marido era un hombre brutal e indiferente, o tal vez enviudó.

Kalua estaba muy agradecida por las vacunas que les habíamos proporcionado a sus hijos, ya que había experimentado en carne propia el azote de la enfermedad. Sus niños formaban parte del grupo nutrido y ruidoso que corría por el jardín de atrás de la casa. En aquellos días, cuando me faltaba la energía y me pesaba el corazón, se encargaba de los niños.

—Tú eres mi Nati —solía decirle.

—¿Nati? —repetía ella.

—Una amiga muy especial —le expliqué.

Y tuve que dejar cada vez más niños a su cuidado. Pastor y don Pedro Ortega partieron hacia las demás islas: Misami, Zambuanga, Zebú, Mindanao, nombres extraños y sonoros que me encantaba escuchar. Ambos volverían en cuanto hubiesen concluido las vacunas y creado juntas en diferentes puestos de misioneros. Dentro de seis meses o hasta un año. Entretanto, en Manila, el Dr. Gutiérrez quedó con un grupo muy reducido de colaboradores: don Ángel Crespo, don Antonio Pastor y yo, por lo que no podían excluirme del grupo.

Don Francisco estaba convencido de que la única manera de recuperar su salud era el traslado a un clima más benigno. Le habían dicho que la zona cercana al sur de China tenía un clima más agradable. Además, las antiguas artes curativas que se practicaban en esas tierras podrían ser efectivas donde había fallado la ciencia. Una vez que se fortaleciera, emprendería el regreso, dando la vuelta al cabo en un barco portugués y vacunando por el camino. Ésa, pensé, sería la forma mediante la cual podría cumplir la misión que se había propuesto: difundir la vacuna por todo el mundo, no sólo en territorios españoles.

Sentí una gran confusión. Don Francisco nos había traído hasta acá y debía llevarnos finalmente a Nueva España. Pero el virrey Iturrigaray le había prohibido prácticamente el regreso. Recordé las palabras de nuestro director en Acapulco, cuando no se incluyó al asegurarme que yo regresaría a Nueva España. ¿Habría estado fraguando el plan desde aquel momento?

—¿No podemos ir con usted, señor? —en realidad no estaba pidiendo acompañarlo, sino esperando que no nos abandonara.

—Así será mejor —me explicó. Con un grupo reducido, podría moverse a su propio ritmo, con menos preocupaciones e inconveniencias.

Mientras hablaba, las venas del cuello se le salían a causa del esfuerzo. Su rostro había adelgazado de tal forma que los huesos se veían bajo la piel flácida. ¡Qué terrible me resultó ver esputos sangrientos y hasta varios dientes en la bacinica junto a su cama! Si se quedaba no sobreviviría, eso estaba claro. Pero dudé que pudiera sobrevivir, incluso si se iba.

Don Francisco le había solicitado al gobernador —esta vez don Ángel me pidió que tomara el dictado— la concesión de un pasaporte y cuatro niños portadores para zarpar con rumbo a Macao. En ese momento había precisamente un barco en puerto que saldría para esa isla. Nuestro director le hizo saber el delicado estado de salud en que se encontraba, añadiendo que el gobernador también se glorificaría ante la corte del rey Carlos al promover esta extensión de su misión que le proporcionaría nuevos aliados a España. Tal vez lo movió el deseo de limpiar su buen nombre, pero, por primera vez, el gobernador respondió con prontitud y gentileza, accediendo al pedido. Probablemente los pequeños toques de cortesía y elogio que añadí al dictado de don Francisco ayudaron al cambio de actitud del gobernador Aguilar.

La inminente partida de don Francisco me llenó de temor. Me sentí como un grupo de náufragos que ve partir a su capitán a bordo de un pequeño bote con la mitad de los víveres rescatados. Las cosas más insignificantes me provocaban un disgusto enorme, sin saber por qué. La hostilidad de don Francisco ya era leyenda en Manila. Nuestra misión en estas islas estaba destinada al éxito en las hábiles manos del Dr. Gutiérrez. Aun así, con la partida de nuestro director, todo disminuiría su dimensión, como la reducción del mundo practicada por Margarita otorgándole diminutivos a todo lo existente. Era un cambio necesario, pero me invadió la nostalgia por la grandeza que me había impulsado a abandonar mi vieja vida para partir a América.

Ninguno de los miembros de la expedición se dio cuenta de mi estado de ánimo. Todos estábamos demasiado ocupados con tanto trabajo. Margarita lo achacó a la menstruación, empeorada por meses de agotadoras travesías. Pero Kalua sabía que lo que me afectaba era alguna cuestión espiritual, y comenzó a hacerme un té como los de Juana en Puerto Rico, además de colgarme un amuleto en el vestido. En ocasiones me hacía cuentos, de los cuales entendía muy poco. Pero el sonido de su voz pronunciando su lenguaje musical, calmaba mis aprensiones.

Me sentía transportada en su compañía. Un estado mental más que de espacio, una intuición más que certeza, un sentimiento de que se podía mantener viva esa chispa de fe, como nuestra vacuna en el cuerpo de los portadores, para no caer presas de la violencia y la inhumanidad.

Precisamente el hecho de imaginarme ese futuro me llenaba de aprensión. No podía deshacerme de esas ideas, a menos que me sumergiera en el trabajo o escuchara los cuentos de aquella sirvienta nativa.

*

¡3 de septiembre de 1805! Finalmente había llegado aquel día tan temido, un martes nublado. Ojalá la lluvia no comenzara a azotarnos.

Vestí a los niños con lo que quedaba de sus uniformes y le pedí al capitán Martínez si podía reunir a un grupo de músicos. Con anterioridad había copiado una lista de los niños que nos habían acompañado a lo largo de nuestra misión. Al final de la lista escribí mi nombre, como declaración de fe en el sueño por cuya consecución nuestro director había luchado: jamás hubo un verbo más real a la hora de hablar de una misión. No fue hasta después de escribir todos los nombres que caí en cuenta: ¡cuántos habían pasado por nuestras manos! Y aquellos nombres eran sólo una mínima parte de los miles que habían sido portadores de la vacuna a regiones más remotas de las que habíamos visitado. No pude evitar acordarme del Dr. Salvany y el Dr. Grajales, de don Rafael Lozano, del gruñón don Basilio Bolaños, todos en viaje por el sur de América en dirección al Virreinato de Río de la Plata, con niños en préstamo de pueblo en pueblo. ¡La salvación en brazos de tantos niños, y en la imaginación de tan pocas personas!

Nos pusimos en fila en el muelle. Desde el techo de la Casa de Aduanas, nuestro vigía nos gritó que se acercaba el coche donde venía don Francisco. Los músicos estaban listos para comenzar a tocar, y los niños para cantar un himno para propiciar el viaje sin tropiezos de nuestro director. Cuando estábamos a punto de empezar escuchamos un trueno, como si la lluvia que habíamos estado varias semanas esperando llegara por fin. Pero el sonido provenía de las ruedas de los coches que venían descendiendo en largas filas desde la ciudad amurallada, ¡con cientos de ciudadanos que venían a despedir a don Francisco!

El gobernador pronunció gentiles palabras de agradecimiento a nuestra misión. El obispo dio su bendición. Los músicos tocaban, nosotros cantábamos y los cañones disparaban a manera de despedida. Tres niños se encaminaron hacia el *Diligencia* —de repente me pregunté qué le había ocurrido al cuarto portador, pues nuestro director pidió cuatro niños. Aún seguía preocupándome por los detalles acerca de cómo le iría a don Francisco.

Nuestro director tenía una apariencia cadavérica: las ropas le colgaban y la boca parecía hundírsele en el rostro, a consecuencia de la pérdida de buena parte de su dentadura. Ya no era el elegante desconocido que había llegado al orfanato dos años atrás en La Coruña. Me sentí invadida por una ola de emoción cuando nuestro Josef Dolores comenzó a leer la larga lista de nombres y le entregó el documento a don Francisco, quien hizo una inclinación, emocionado por el inesperado homenaje. Llegó el momento de las despedidas. Don Francisco se inclinó y les habló a los niños, recordándoles que debían obedecerme. Cuando concluyó, don Ángel tuvo que ayudarlo a incorporarse nuevamente.

Don Francisco dio algunas instrucciones de última

hora y luego abrazó a sus fieles colegas que le habían acompañado desde que salió de Madrid. Luego levantó una mano frágil para saludar a la multitud. Tuve la vaga esperanza de que me hubiese incluido en esa despedida general. Porque si se dirigía a mí personalmente, no podría garantizar la contención de mis emociones.

—Doña Isabel —de repente estaba ante mí, poniéndome una mano huesuda sobre la mía—. Hemos recorrido un largo camino. No me sentiría tranquilo dejando atrás a estos niños si no fuera porque están a su cuidado. Y los otros —me dijo, agitando su brazo en el aire. ¿Se refería los tres miembros de su expedición que estaban de pie con nuestros niños? Don Pedro Ortega y su sobrino no habían regresado aún de su viaje por las islas. ¿O tal vez se refería a los niños que quedaron en el Real Hospicio de la Ciudad de Méjico?—. ¿Cuidará de todos?

No dije nada, temerosa de que me traicionara mi voz. Me limité a asentir. «Lo mejor que pueda», pensé. Pero no podía disfrutar su esperanza, pues él la necesitaría al máximo para poder regresar sano y salvo a casa.

—Y cuídese mucho —añadió con voz trémula, como la de un anciano. Lo miré a los ojos, y lo que nos dijimos en ese momento, sin mediar palabra, nos ató por siempre en ese lugar que imaginaba cuando Kalua me narraba sus historias. *No estamos solos. Estamos aquí, juntos.*

Observé cómo aquella frágil figura siguió caminando por el muelle hasta embarcar en el *Diligencia*. «No volveré a verlo», pensé, mientras agitábamos los pañuelos, aunque casi todo el tiempo tuve que usar el mío para enjugar las lágrimas.

Esa noche, después de acostar a los niños, volví a sentir temor. Posiblemente me había saciado de lágrimas en el muelle y ahora el miedo se apoderaba de mí. Recorrí la habitación, acordándome de las preocupaciones de don Francisco con respecto al retraso de nuestro retorno. ¿Regresaríamos alguna vez a Nueva España sin tener a nuestro director para que luchara por nosotros? Y el gobernador tenía que garantizar aún nuestro embarque, o proveer con los fondos para que yo pudiera comenzar la preparación de nuestros equipajes.

¿Cuándo volvería a ver a mi Benito? ¿Y si caíamos en manos de otro capitán deshonesto? ¿Y si nos cortaban el cuello en medio del mar y lanzaban nuestros cuerpos a las profundidades?

—¡Fe! —dije, para disipar la flaqueza de espíritu, como en cierta ocasión le había hecho a don Francisco.

Alguien tocó a la puerta. Era la sirvienta, que había visto luz en mi habitación y, creyendo que estaba indispuesta, había venido a ver qué me ocurría.

—Nada, estoy bien —le aseguré, pero ella leyó el abatimiento en mis ojos y se quedó con el pretexto de hacer la cama.

No pudimos conversar gran cosa con el pequeño vocabulario que compartíamos, pero ella me ayudó a desvestir e insistió en que me sentara para peinarme. Nos miramos mutuamente en el espejo, dos rostros marcados, complacidos por la mutua compañía. Afuera comenzó a caer la lluvia que había estado amenazando todo el día. Pensando en don Francisco, esperé que fuera una turbonada local.

—Kaluluwa —la mujer murmuró el nombre extraño que había escuchado en boca de otros sirvientes cuando la llamaban. A los amos y amas españoles les resultaba difícil de recordar, debido a lo cual lo redujeron simplemente a «Kalua»—. Quiere decir... —se tocó el pecho izquierdo, justo en la parte donde debe estar el corazón.

—¿Corazón? —le pregunté, imitando el órgano en su latir.

La mujer movió la cabeza, haciendo un gesto para describir algo más supremo, más grande que el corazón.

—Kaluluwa —repetí, como si la mención del nombre me iluminara para hallar el significado. Detrás de mí, en el espejo, la mujer sonrió. Había expectativa en sus ojos. Y recordé de repente la historia del intercambio de nombres entre los nativos como señal de amistad que nos habían contado—. Isabel —le dije mi nombre.

—¿Isabel? —repitió, perpleja. Pensaba que mi nombre real era Nati.

Sonreí, dándome cuenta del equívoco inicial.

—Soy Isabel —le dije. Aunque ahora también me llamaba Kaluluwa, nombre que, según supe después, quiere decir *alma* en tagalo.

Cuando se marchó, me acosté en plena oscuridad, escuchando la lluvia. Cada vez que afluía el temor a mi mente febril, sentía nuevamente aquel roce tranquilizador en la frente. *¡Fe!* Quizás, a finales de año, estaría con Benito, casada con mi contramaestre, cenando en la ciudad de los ángeles.

8.

Durante días, horas, o tal vez años, Alma penetra en una extraña esfera de tiempo que no puede medir con un reloj. Es el tiempo de la aflicción, que todos quieren que transcurra a toda prisa, para ella, para ellos. Pero ni ellos, ni ella, tienen control alguno de esas manecillas que se mueven a su propio paso lúgubre: *Un camino de madera [...] construido con descuido.*

De repente, le vienen a la memoria esos versos de Emily Dickinson, provenientes de un poema que tuvo que memorizar cuando estaba en séptimo grado. Su profesora de Inglés le asignó a cada alumno una composición que debía aprender de memoria, y así comenzaba la que le tocó en suerte: *Tras un gran dolor, llega un sentimiento formal.*

En esos años, la gran pena equivalía a un dolor de muelas, a las bravatas de los abusadores, a los severos castigos de Mamacita, a los silencios de Papote.

¿Un sentimiento formal? ¿La hora del Plomo?

—¿De qué trata tu poema? —preguntaba la profesora cada vez que un alumno terminaba de recitar.

—*Después de una gran pena* fue escrito por Emily Dickinson, una gran poetisa estadounidense, que nació... —repitió Alma sin parar, esperando que con la biografía no tendría que profundizar en el significado del poema.

—Muy bien, Alma. Pero ¿de qué trata el poema?

Alma movió la cabeza. No tenía ni idea de lo que quería decir aquel poema.

Ahora ya lo sabe.

Los minutos que siguen a la irrupción de los guardias son interminables. El estruendo de las armas hace temblar las delgadas paredes de la casa de don Jacobo, haciendo caer el panel solar que habían instalado en el techo. La oscuridad se cierne sobre todos, aunque, casi inmediatamente, como si hubiera estado esperando tras del telón como una actriz, la esposa de don Jacobo hace su entrada con una lámpara de gas, a cuya luz Alma advierte el rostro preocupado de Emerson, cuando vuelve a entrar a la habitación por enésima vez. Ha estado conversando nuevamente con Jim Larsen, Walter y Frank, quienes tratan de localizar a Camacho por los intercomunicadores. ¿Qué demonios está pasando? ¡Una misión de rescate no es una masacre!

Aparentemente nadie puede responder la pregunta de Alma y sus infinitas variantes: *¿Dónde está Richard? ¿Lo encontraron? ¿Está bien?* Alma busca a Starr con la mirada. Si ella supiera, se lo diría. Pero la americana ha bajado la montaña hasta el remolque de la telefónica Codetel a hacer algunas llamadas. Probablemente esté llamando a Papito, después de descubrir la desaparición de su teléfono. ¡Sí, desaparecido! Hecho trizas. Alma comienza a temblar ante la terrible idea de lo que una bala puede hacerle a un teléfono celular, mucho más a una persona.

¿Dónde está Richard?

No puede sentarse tranquilamente. Camina, cojeando, de uno a otro lado de la habitación. Eso le provoca un mayor dolor en la pierna, precisamente lo que desea, aunque el viejo truco de hacer que otra parte del cuerpo le duela para evitar que se le rompa el corazón no funciona.

¿Dónde está Richard?

—Se le va a infectar esa pierna —le dice Mariana, preocupada. Pero ¿por qué no está en la clínica para reportar lo que ocurre? Aunque les ordenaron a todos que no salieran, ¿acaso no es ella periodista?

—No me importa —dice Alma, casi sin aliento, al borde del pánico. Si se le infecta, se demorará más en curarse. Alma daría su pierna para ayudar y lograr que Richard regrese. *Por favor, Dios, por favor, que no le pase nada,* pide Alma, estrujándose las manos.

Mariana debe pensar que Alma está rezando, porque extrae un rosario de su maletín y se lo coloca en las manos. Más tarde Alma recordará que en aquel horrible momento, cuando le dan noticia, sólo atina a romper el rosario, esparciendo las cuentas por el suelo de la habitación de don Jacobo.

Y el poema, Alma se acuerda del poema. Pero no el tiempo. *Ésta es la hora del Plomo.* Y recordará que se preguntó una y otra vez: *¿Por qué?*

¿Por qué un asalto? ¿Qué necesidad había de que sesenta y tantos miembros de un escuadrón especial de seguridad invadieran una pequeña clínica en un sitio tan apartado? Swan no dio esa orden. La embajada envió a dos de sus mejores negociadores para lograr la liberación pacífica de los rehenes. Dios sabe que HI no desea en lo más mínimo una publicidad negativa. Y los residentes del poblado jamás se imaginaron que ocurriera algo semejante. Al principio estaban del lado de los muchachos, con la excepción de don Jacobo y unos cuantos secuaces.

Ellos también querían una clínica para sus enfermos, agua potable, empleos con un salario decente. No una clínica llena de prostitutas y proxenetas propagando los gérmenes del sida por todo el pueblo.

Pero vieron que la forma de obtener todo aquello, según el americano y la señorita Starr, era con paciencia, aceptando el nuevo Centro, aprendiendo a cuidar las gallinas que ponen huevos de oro. Se les dio una explicación científica del sida. La clínica no les perjudicaría en nada. De hecho, los programas de la misma beneficiarían a los residentes y la zona circundante.

Sin embargo no pudieron convencer a los jóvenes, quienes comenzaron a reunirse con elementos radicales de otros pueblos, quienes les trajeron armas, drogas, dinero, amargura. Los jóvenes tomaron por asalto la clínica y el Centro para acelerar el proceso de los huevos de oro, para que Swan y los americanos cumplieran sus promesas.

Pero jamás esperaron aquel enfrentamiento. Si hubieran adivinado que se produciría este baño de sangre, habrían salido de la clínica con las manos en alto.

Pero alguien, en alguna parte, tal vez Camacho, o el general que no es general, está a punto de obtener una promoción, al borde de anunciar su candidatura para la presidencia. Una carrera se hace con movimientos adecuados en momentos tan críticos, dando un ejemplo de lo que debe hacerse con los terroristas, enviándole una señal al mundo. No importa que se tratase de unos muchachos envalentonados, incitados por la desesperación y la desinformación, liderados por un bravucón que, irónicamente, es el único cautivo que sale ileso del ataque. El resto queda herido, muerto o huye bajo la lluvia que cae constantemente desde el amanecer.

Horas más tarde, o tal vez minutos que parecen horas, Emerson le pasa el brazo por la cintura a Alma.

—Vamos a salir ahora —le dice, pausadamente, con rostro sombrío y voz asordinada—. La van nos espera —añade, probablemente porque Alma lo mira como si hubiese dicho algo sin sentido.

Alma se deja conducir hasta la entrada, como quisiera ver a qué se refiere Emerson para buscarle el sentido a lo que está diciendo. La van está frente a la puerta, con los limpiaparabrisas andando. Ahora Alma viajará con el alto mando, con Jim Larsen y compañía, la noble viuda tan querida por su esposo, que saltó por encima de una barricada para estar con él en sus últimas horas. Su loca acción transformada ahora en una historia romántica y trágica.

Alma vacila al ver la van. No está lista para partir, tan pronto.

—Quiero verlo.

—A Richard van a trasladarlo, Alma —la voz de Emerson adopta una modalidad espeluznante y entonada, como la de un sepulturero—. Serás la primera en verlo en la capital. La funeraria...

—¡No! —grita Alma—. ¡Lo quiero ver ahora mismo! —se siente como una niña de dos años con una perrita en medio de la casa del alcalde—. Y no me voy hasta que lo vea —dice, sollozando, pero no con el llanto femenino que implica el desmoronamiento, la necesidad de ayuda en el próximo momento de su vida sin Richard. Está hablando en serio. Que organicen otro ataque si quieren, que entren por la fuerza en casa de don Jacobo, que la maten. Total, sería una baja más en el conteo de las víctimas.

—Alma, por favor, sé que estás alterada.

—¡No estoy alterada! —riposta Alma. Luego, con voz más calmada, para que no la tomen por la esposa afectada que necesita un sedante, dice—: No me voy sin verlo.

Emerson mira a Jim, quien sale afuera. Poco después, regresa, y asiente.

—Por allá atrás.

Alma sale por la puerta trasera, bajo una sombrilla que se abre súbitamente sobre ella, siguiendo al guardia que parece estar a cargo de las operaciones posteriores al ataque. Emerson sigue agarrándola por la cintura, o al menos eso piensa ella, pero, momentos después, cuando retira el brazo para poder pasar en fila india junto a los sacos de arena que han colocado a cada lado de la estrecha entrada, Alma se sorprende al ver que es Jim Larsen quien está a su lado.

—Nunca dimos esas órdenes. Quiero que lo sepa, señora Huebner.

—No me importa —le responde Alma—. Les dije que esa gente iba a bombardear la clínica. Y ustedes no me creyeron —mientras más habla, más se enfurece—. No quiero que nadie me acompañe. Quiero ver a Richard ¡a solas! ¡Por favor! —grita, y su furiosa orden se transforma en ruego.

Larsen la deja ir. En los días, años, horas o minutos que siguen —quién sabe— Alma descubrirá que su terrible pena asusta a los demás, quienes le concederán todo lo que pida. Sobre todo, que la dejen sola, y que no la dejen sola. Para todo ella tendrá un sí y un no. Y no es que no sepa lo que desea. Por el contrario, sabe precisamente lo que quiere, pero nadie en el mundo podrá concedérselo.

Dentro de la clínica, unos hombres con ropas negras de apariencia grasienta —parecen buzos— se dedican a clasificar a los muertos. Es una escena escalofriante, iluminada por la luz gris y lluviosa que se filtra por las ventanas. Alguien ha instalado lámparas adicionales en trípodes, como si estuvieran filmando. Alma escucha el ruido de un motor. Es el generador.

Los cadáveres están colocados como niños de preescolar en sus colchones para dormir la siesta. Cuando Alma entra, el grupo está colocando etiquetas de identificación a los fallecidos para su traslado. La mayoría de los hombres lleva máscaras, lo cual extraña a Alma. Son muertos recientes, por lo que no hieden aún. Tal vez lleven máscaras como muestra de solidaridad. Pero dentro de sus bolsas, los occisos no llevan pasamontañas ni pañoletas, ni pañuelos.

Tal vez estos hombres, como los muertos, temen al sida. Están manipulando cuerpos que pudieran estar contaminados. Hay sangre por todos lados, unas salpicaduras oscuras similares al lodo rojo adherido a sus zapatos, por lo que al principio Alma cree que los integrantes del grupo mortuorio tienen las botas enfangadas. Sin embargo, es sangre, sangre preciosa —la de los muchachos, la de Richard—, y temen que la misma pueda infectarlos.

El guardia que la guía se encarga de dar su orden expresa. La señora quiere ver al americano. Alma se da cuenta de que nadie expresa extrañeza, contrariamente a la forma en que reaccionaron Emerson y Jim, como si ella hubiera hecho una solicitud enloquecida, provocada por la pena. Tiene todo el sentido del mundo. La esposa quiere ver al esposo. Tal vez quiera quedarse con un anillo u otro efecto personal que pudiera «perderse» en el traslado.

Uno de los hombres se quita la máscara y la llama, haciendo un movimiento con la mano para que ella lo siga. Mientras Alma sigue por el pasillo, la invade una terrible nostalgia. Hace unas horas, tal vez minutos, días o años, caminaba por este mismo pasillo en dirección al patio. Hace unas horas vio cómo Richard se perdía por el oscuro túnel en dirección al baño. Si lo hubiera llamado a tiempo, ahora estaría con ella, viajando rumbo a la capital en la van de la embajada.

¡Va a enloquecer si sigue haciendo esto! Tiene que meterse en la cabeza que no se trata de una historia. No puede revisar el pasado, ni puede hacer un pacto ni con el Dios de Helen ni con el de nadie.

Alma entra a un cuarto de examen, quizás el mismo en el que estuvo hace unas horas. Es difícil determinarlo, porque probablemente no se diferencien mucho entre sí. Han colocado los cadáveres en el suelo, con la excepción de uno que yace en la camilla, como en una muestra de jerarquía sin sentido. El hombre del equipo mortuorio baja la cremallera de la bolsa y levanta la solapa. El cuerpo de Alma se estremece de pena, una enorme ola que seguramente la arrastrará. *Como los seres congelados, recuerdan la nieve, /primeramente el frío, después el estupor y luego el abandono de sí mismos.*

Cuando Alma mira el cadáver, está tan segura de que va a ver el rostro de Richard que se pregunta si con la muerte la gente se transforma en otras personas. Pétreo y pálido bajo la mano que ha extendido automáticamente para tocar el rostro de Richard, está el del poeta de la pañoleta negra, de la cual le han despojado. Su gruesa cabellera parece enredada, húmeda, como si la lluvia que golpetea sobre el techo de zinc estuviera filtrándose al interior. Pero no..., es sangre que no se ha coagulado, ¡y sigue fluyendo! Alma retira la mano.

—Éste no es mi esposo —gime—. Este no es Richard.

El guardia a cargo se deshace en disculpas ante Alma y reprende hecho una furia a su subordinado por haber cometido un error que hace sufrir más a la ya entristecida señora.

—No se preocupe —Alma lo detiene—. No importa. Sólo quiero ver a mi esposo.

Los ojos se le llenan de lágrimas. Su esposo. Tenía puesta una cazadora rosácea, quiere decirle. Alma mira a su alrededor, como si pudiera ver el interior de esas bolsas oscuras y siniestras.

Entretanto, el subordinado ha comenzado a abrir y cerrar las bolsas, en busca del esposo de la señora. Y un pensamiento febril y alegre inunda la mente de Alma. ¡Tal vez los reportes se equivocaron! Tal vez Richard está vivo, agachado tras la puerta del baño, bajo el cartel de los amantes, esperando a que pase el tiroteo. Quizá podrán llegar a tiempo a casa, para sentarse y disfrutar de lo que quedó del pavo con sus tres hijos, y Richard les deleitará contándoles su afortunada historia.

Pero se trata de una historia que no es una historia. Poco después, cuando el hombre, aliviado, alza la solapa, es Richard.

Alma le explica al guardia que le ha servido de guía que no va a irse del lado de su esposo. Va a viajar a la capital con Richard y los otros cadáveres, en la parte trasera del camión militar si es necesario. El guardia llama al Sr. Larsen, pero nadie podrá convencer a Alma en la terquedad de su pena. Richard es transportado por dos miembros del equipo mortuorio hacia la van. Jim y Alma entran a la casa del alcalde para despedirse.

Pero Starr acaba de regresar de hacer las llamadas, con malas noticias.

—Vamos a tener que quedarnos aquí en cuarentena hasta que nos den la aprobación —dice, mirando a Alma con ojos sombríos y entornados—. ¿Por qué no nos dijiste que podrías estar infectada con la viruela del mono?

«Esto no puede ser cierto», piensa Alma. ¿Cuándo fue, hace un par de meses, o de años, que recibió aquella llamada de Hannah acerca del sida, el mismo día que vio a aquel intruso en su propiedad que finalmente resultó ser Mickey? Alma pensó que había enloquecido, que había entrado en una extraña zona muerta, habitada por seres lesionados y maltrechos. Pero no es ella quien ha enloquecido. Es el mundo. Está atrapada en la locura de una historia que no es una historia.

Alma trata de explicar lo mejor posible lo ocurrido en Vermont, cómo se había enterado en pleno vuelo hacia Santo Domingo, al leer el periódico que dejara Emerson, de la sospechosa negativa de Mickey. Luego alguien llamó a la clínica ayer por la tarde, ¿sería sólo ayer? Como fue Richard quien respondió a la llamada, Alma no puede decir si fue Claudine, el jefe de la policía o incluso Tera.

—Llamé a la embajada para decirles que podrían comenzar a organizar las cosas —dice Starr, evitando la mirada de Alma. Probablemente se refiere a los trámites correspondientes al certificado de defunción, de los que no quiere hacer mención en presencia de Alma. Pero ahora sí la mira—. ¿Te llevaste mi celular? Daddy me dijo que alguien había respondido, y de repente hubo un murmullo y unos gritos y luego se cortó la comunicación.

Alma explica, pero piensa que mientras más habla, más loca les parece.

—Bueno, el pobre Daddy, te puedes imaginar. Llamó a todo el mundo.

Alma se imagina quién es *todo el mundo.* Gente con dinero y conexiones. Gente extremadamente importante que irán al rescate de su hijita dorada, aerotransportándola si es necesario. Una vida preciosa, protegida por una burbuja de poder, mientras que la de ella, una mera burbuja de amor alrededor de Richard, no fue suficiente.

—De todas formas, vamos a estar aquí en cuarentena hasta que nos den luz verde —le asegura Starr a Alma, como si estuviera diciéndole—: «Por tu culpa».

—¿Por cuánto tiempo? —pregunta Jim, mirando su reloj. ¿Días? ¿Semanas? Él es un hombre muy ocupado.

—Han sellado la casa de la anciana, y determinarán dentro de poco si hay peligro o no. Han enviado a algunos especialistas en control de enfermedades al lugar. Entretanto, la embajada nos enviará celulares, catres y suministros. Y ya está subiendo un médico forense acá —Starr vuelve a evadir la mirada de Alma—. Hay que apretarse el cinturón.

—Hemos estado en muchos sitios —le recuerda Emerson a Starr—. El avión, toda esa gente...

—Dímelo a mí —responde Starr, y su tono, no su mirada, implica a Alma—. Si la mujer del tipo dice la verdad, van a pasar mucho trabajo para rastrear el virus.

—No está diciendo la verdad —dice Alma sin darse cuenta. ¿Cómo puede estar tan segura? Ella vio con sus propios ojos la jeringuilla en la mano de Mickey. ¿Qué contenía?—. Pero no puedo estar ciento por ciento segura —añade, ya que todos la miran ahora con verdadera sospecha—. Sólo que ese tipo y su mujer no son todos los residentes de allí, también hay unos cuantos más a los que les falta un tornillo —asegura, y les narra cómo Hannah, la esposa de Mickey, dijo que tenía sida y llamó a varias mujeres, diciéndoles que se había acostado con sus maridos. Cuando la arrestaron y le hicieron el análisis, no tenía sida, y ni siquiera el VIH—. Hablan en metáforas. Se autodenominan «terroristas éticos».

—¿Terroristas éticos? —pregunta Starr, haciendo un gesto como si acabara de probar las palabras y le supieran a podrido—. ¡Poco éticos, diría yo!

—La mayoría de los terroristas insisten en que son éticos —destaca Walter o Frank. A Alma le parece estar en un club de lectores de Vermont, congregados en torno al libro testimonial de hechos actuales que todos están leyendo para complacer a uno o dos hombres del grupo, cansados de leer novelas—. Pero estoy de acuerdo contigo —Walter o Frank hace un movimiento de asentimiento a Starr—. Es inexcusable.

—La gente se desespera —aclara Alma. ¿Desde cuándo se ha erigido ella en defensora de Mickey y Hannah?—. Y si quieren saber qué es inexcusable, sólo tienen que ver lo que el ejército acaba de hacer aquí —dice, mirándolos a todos, uno por uno, con fiereza en los ojos, a ver si se atreven a contradecirla.

Aun cuando algunos la miran, después de unos instantes todos bajan la vista en dirección a los zapatos llenos de lodo. ¿Se ha dado cuenta alguno de ellos de que las huellas de lodo rojo que conducen a la casa del alcalde parecen sangre?

Sólo Starr le sostiene la mirada.

—Esos tipos estaban armados, lo sabes bien —comienza.

Pero Emerson la detiene con los ojos. Seamos amables con la viuda que ha perdido a su esposo en este desastre. Acepten todo lo que nos diga.

—Traté de hablar con ellos —dice Starr al cabo de un momento—. Pensé que entenderían —y comienza a sollozar—. Alma, lo siento.

—Yo también —le riposta Alma con ira, para romper a llorar después, dejando que la sostengan los brazos de la joven, pensando que nunca serán los de Richard. No encuentra consuelo, pero descansa en ellos, como si tomase aliento para emprender el largo ascenso fuera del infierno que durará días, meses, años.

Poco después siente que Starr se va poniendo rígida y luego, con tacto, pero decidida, se separa de ella. «Está bien», piensa Alma. Podría contagiarla con la viruela del mono. E incluso si Hannah está mintiendo nuevamente, y Alma está totalmente libre de todo virus, se ha infectado con una tristeza que la dejará herida y cambiada. Pero también lleva una historia viviente dentro de sí, un anticuerpo contra la destrucción de que ha sido testigo; una intuición —como dijera el poeta de la pañoleta negra— que debe sobrevivir más allá de su pena.

Hasta que se levante esa loca cuarentena, todos, vivos y muertos, estarán atrapados en este poblado. Como es posible portadora, Alma tiene que usar una máscara, del mismo azul de hospital que las del equipo mortuorio, y hasta tal vez proceda de las que dejó ese grupo. Por supuesto, si ya está infectada, el mal está hecho. Aun así, Alma cumple y aparenta ser lo que no es, usa aquello que la hace cambiar su apariencia, para safisfacer las recomendaciones enviadas por la Oficina de Emergencia del Departamento de Salud.

Alma escucha cómo Starr, Jim Larsen y los hombres de la Embajada intercambian impresiones en la sala de la casa de don Jacobo, acerca del mejor método de afrontar el sensible problema de que Alma tenga que dormir sola en una de las casitas del Centro.

—No debemos dejarla sola —valora Emerson.

—No se preocupen por eso —le dice ella, sorprendiéndolos a todos al entrar por la puerta trasera. Su voz tiene un tono raro, asordinada por la máscara que la devuelve a sus pulmones, como si estuviera hablando consigo misma. ¿Cómo podían usar aquellos muchachos pasamontañas en el calor diurno, durante horas y horas?

Alma prefiere dormir sola en la casita de dos habitaciones que Richard compartiera con Bienvenido. Sus utensilios, su tazón y su taza también deben estar separados de los demás. Cuando se les acerca demasiado, Alma siente la tensión autodefensiva de sus compatriotas. Pero don Jacobo y su familia, o no entienden lo que ocurre, o no les importa que Alma pueda ser portadora de gérmenes. La consideran como una paciente más con sida. Aparte, ¿qué más le puede ocurrir a este devastado rincón del mundo?

Cada hogar está enlutado por la pérdida de un hijo, un sobrino o un novio. El muchacho del mechón irredento, cuya madre fuera la persona de confianza con quien envió la doctora Haydé sus instrucciones para la ejecución del asalto en el que nadie saldría dañado; el muchacho con el pasamontañas de Killington que quería ayudar a su familia; el poeta de la pañoleta negra a cuya novia le encantaba escuchar su furibundo discurso. No habrá espacio suficiente en el cementerio del pueblito para albergar a tantos muertos, ni en el corazón para llevar luto por esta pérdida inhumana.

Durante todo el día Alma escucha los gemidos

que escapan de una u otra casa. Un grupo iracundo se presenta ante la puerta de don Jacobo, con el propósito de quemar la casa. *¿Por qué? ¿Por qué?*, gritan, haciéndose eco y amplificando la pena de Alma, como un corifeo griego. ¿Por qué las autoridades no les dieron una oportunidad? Eran meros muchachos. Muchachos que liberaron a sus madres antes de que les llevaran a cambio cigarrillos y comida, chicos que se habrían sentido satisfechos con una mesa de billar, un programa de entrenamiento que les proporcionara luego un empleo para tener algo de dinero en el bolsillo, las llaves de una *pasola*, una ropita decente que tirarse por encima para ir a una parranda el sábado por la noche. Sólo cuando los presionaron contra la pared, comenzaron a actuar violentamente, haciendo pedidos irracionales, solicitando visas y cosas por el estilo.

—Yo se los advertí —asegura don Jacobo.

Pero los residentes del pueblo no quieren excusas. Su pena es enorme y furibunda. La de Alma, en comparación, parece hasta manejable. Tal vez debía quedarse aquí para concluir el trabajo que debió realizar Richard. Tal vez si lo cambia todo en su vida no se sentirá tan rara sin Richard a su lado. En los próximos meses, Alma estará atrapada en este juego de tratar de evadir su pena, de perderla, de disminuirla. Pero nada funciona, con la excepción de pocos minutos cada vez, cuando se deja a sí misma atrás y se reúne con Isabel en el viaje de vuelta por el enorme Pacífico, de regreso a sus niños en Méjico luego de dos años de ausencia, con la salud decadente y la fe en su mínima expresión. Probablemente sea un truco, pero ¿qué importa? Funciona. La historia se transforma en la tabla de salvación de Alma, el hilo de esperanza al cual se ase en tiempos de oscuridad. Hay algo importante en esa historia que no puede obviarse.

¿Qué significa no perder la fe en lo grandioso?

Pero esos pensamientos los confrontará más tarde. En las primeras horas de la mañana, en la cama vacía. En las noches cuando regresa a la casa oscura. En los momentos que contesta el teléfono y no es Richard.

La multitud se traslada de la casa del alcalde hacia la clínica. Alma se les une. Son en su mayoría mujeres, muchas de ellas madres de los muchachos que perecieron. Al principio se les dijo que sus hijos eran elementos criminales. No tenían derechos, ni siquiera en la muerte. Pero ahora que los muertos comparten la cuarentena con los vivos, tuvieron que limpiar los cuerpos y sepultarlos rápidamente, para que no se convirtieran en otra amenaza a la salud. Después de todo, es el trópico. A Richard también tendrán que enterrarlo temporalmente, para luego exhumar sus restos y trasladarlos a los Estados Unidos.

Restos, exhumados. ¡Alma no puede soportar que hablen así de Richard! Muy pronto lo sepultarán en la tierra de ella, para recibir el último abrazo de un país que amó. Piensa que él lo hubiera querido así, aunque casi inmediatamente rechaza ese pensamiento póstumo. A Richard le hubiera gustado seguir vivo, como también a la docena de muchachos muertos. Un hecho simple que no puede obviarse.

Los guardias dejan que las mujeres entren al Centro, que sigan por el sendero hacia la clínica. Cada cual halla su cadáver amado. A Richard lo trasladaron a la sala de examen, colocándolo sobre la camilla, después de poner al poeta en el suelo, junto al cual está arrodillada una mujer —¿su amante, su hermana?— limpiándole el rostro con un paño. Cuando las mujeres comienzan a rezar el rosario, Alma no puede orar con ellas. No puede salvar a

Richard, ni a nadie. Este conocimiento terrible le origina una oleada de compasión.

Alma se encamina hacia el patio en el cual, hace unas horas... Se aparta lentamente de esas lindes. Tiene que sobrevivir a estos terribles momentos, paso a paso desesperado. No puede dejar que la pérdida tenga la última palabra. ¿Fue Richard quien dijo, en uno de sus raros momentos de grandioso filosofar (o tal vez Alma lo leyó en uno de aquellos artículos fotocopiados que a Tera le encanta enviarle, con subrayados sorprendentes y comentarios al margen): «Nadie puede vivir completamente para su tiempo»? ¿Cómo hay que imaginarse una historia mayor que la propia, que la suma de las partes de cada cual?

La lluvia ha cesado, y comienza a soplar el viento. La noche se torna fría. Más adelante, hay luz en los dormitorios, lo cual no debe causarle sorpresa a Alma. Por supuesto, los pacientes están en cuarentena, como todo el mundo. Dentro del dormitorio de las mujeres, la doctora Haydé toma la presión sanguínea a las internas y les reparte medicamentos.

La doctora detiene su faena cuando ve a Alma frente a la puerta. Le gustaría expresarle sus sentimientos a la esposa del americano muerto. Tiene la mano en el corazón y los ojos llenos de lágrimas. Está dolida por la violencia que no formaba parte del plan original.

—Los soldados dicen que los muchachos dispararon primero, y ellos tuvieron que defenderse.

Alma niega con la cabeza. No quiere escuchar sus excusas, ni las historias de las que se valdrán para explicar las muertes de una docena de muchachos y la de su esposo. No quiere venganza, pero tampoco se quedará callada. Swan, Camacho, quienquiera que haya dado la orden, quienquiera que ayudó a crear esta situación desesperada, tendrá que responder por lo hecho. *Los infectaremos con nuestras preguntas,* como dijera el poeta de la pañoleta negra. Tera, la querida Tera, sabrá por dónde comenzar, a quién llamar.

—Entre, por favor —la doctora ha notado que Alma se aprieta los brazos, temblando.

—No debo hacerlo —dice Alma, señalando la máscara. Lo último que les faltaba es exponerse a la viruela del mono.

La doctora se ha enterado de la amenaza, pero la misma está más allá de su capacidad de comprensión. ¿Por qué razón alguien desearía propagar una enfermedad y causar más sufrimiento en el mundo?

¿Por qué razón transformaron un sencillo plan de rescate en un baño de sangre?, podría preguntarle Alma. Pero la doctora tiene bastante pena con la que lidiar en estos mismos instantes.

—Tengo que seguir trabajando —se excusa. Sus pacientes han estado muchos días sin tratamiento. No puede abandonarlas. En el dormitorio de los hombres, el Dr. Cheché se encarga de los enfermos. Pero en vez de volver adentro, la doctora se queda en la puerta, como si esperara por el permiso de Alma para seguir adelante con su vida afortunada, ayudando a gente desventurada.

Alma puede ver, por encima del hombro de la doctora, los rostros preocupados de mujeres y muchachas, quienes la observan con una mirada desvalida que le recuerda a los rehenes, la forma en que se miraban entre sí, con miedo, con esperanza. Una mirada que ansía otra mirada. *Estoy contigo. Estamos juntos en esto.* Una necesidad perentoria que la hace sentir incómoda. Se vuelve para seguir su camino. Pero esas miradas la seguirán de ahora en adelante, como ojos que la observan en la oscuridad: los de Richard, los del poeta, infectándola con sus preguntas, necesitados de su esperanza.

De regreso en la clínica, Alma ve que las mujeres han acampado afuera para estar cerca de sus muertos. Les pide a dos de las más jóvenes que la ayuden a colocar a Richard en el suelo, donde trata de quitarle la cazadora rosácea. *Ya no tienes que complacerme,* le dice en una de tantas conversaciones mentales que sostendrá con él de ahora en adelante. El recubrimiento interior está manchado de su sangre, ya seca. Alma cierra los ojos para contener las lágrimas. Ésta será su primera noche sin él, y luego vendrá una segunda, una tercera... El comienzo de tantas despedidas.

Al rato, llega el guardia para hacer que todas evacuen el sitio.

Esa noche, en el catre de Richard que aún conserva su olor, Alma no podrá dormir, ni siquiera después de tomarse dos Ambien, ni después de recorrer la casita y ver a Emerson durmiendo en el recibidor. Entrará en el bañito donde se echará a llorar al ver el inodoro iluminado. Bajará la tapa y se sentará en la oscuridad, con dolor en la pierna, en la cabeza, pensando en cómo podrá seguir adelante. Y como no tiene ni idea, tratará de buscar una respuesta que no es una respuesta. ¿Cómo pudo soportar Isabel el desengaño de ver adónde fueron a parar los arduos esfuerzos de la expedición cuando las Américas se transformaron en un hervidero de revoluciones y se desarticularon las juntas de vacunación y se perdió nuevamente la vacuna? ¿Cómo pudo vivir con la carga de saber que las historias de esperanza que les había hecho a los chicos eran sólo eso, historias que sólo eran historias?

—¿Alma? —la llama Emerson tras la puerta—. ¿Estás bien?

—Estoy bien —le responde Alma entre sollozos.

«Esto es lo que harás», piensa Alma. Te paras porque alguien necesita usar el baño. Enciendes la luz y tratas de leer, y te alejas abruptamente del abismo, de los ojos que sigues viendo en la oscuridad. Te cuentas una historia —Isabel regresa a Puebla, a Benito, a esperar por su contramaestre— hasta caer en un sopor profundo.

Y así sigues todo el tiempo que sea posible, años, meses, semanas.

El yerto corazón se pregunta si fue él quien sufrió, / ¿ayer o siglos atrás?

Al día siguiente el forense expide los certificados. Se entregan los cadáveres. La lista de fallecidos llega a casa de don Jacobo, y no se corresponden con la relación anterior donde se anotaron los apodos por los que eran conocidos entre la gente del pueblo. Ninguno de los muertos tiene más de veinticinco años. Resulta que dos pudieron escapar, pero el jefe del grupo, Francisco Villanueva, alias «Bolo», está bajo custodia.

¿Cómo se las arregló para escapar de las balas con las que rociaron indiscriminadamente la sala de espera? ¿Dónde consiguieron él y sus secuaces las armas? ¿Por qué orquestó aquel secuestro suicida? Hasta lo que Alma se ha podido enterar, Bolo no ha dicho ni una palabra. Probablemente lo quebrarán con torturas y luego ejecutarán lo que quede de él. Pobre tipo. Después de todo, habría sido más afortunado de haber muerto en el baño de sangre.

—Lo están convirtiendo en el chivo expiatorio —le dice Alma al grupito de los americanos, como ya se les conoce en el pueblo. Están pasando la cuarentena en la casa del alcalde. Alma entra y sale de la misma, introduciéndose y apartándose de sus conversaciones. La mujer enmascarada—. ¿Por qué echarle toda la culpa a una sola persona?

—Ya estuvo metido antes en problemas —Walter o Frank parece estar enterado del asunto—. No es la primera vez.

Por supuesto que no. A diferencia de los demás, Bolo sabe leer y escribir, y salió y miró a su alrededor, y vio lo suficiente como para darse cuenta de que no llevaba la mejor parte. Una oportunidad para ser considerado un ser humano, uno de los afortunados.

—Nadie va a convertir a nadie en chivo expiatorio —asegura Walter o Frank.

«Claro, como tampoco nadie iba a bombardear a nadie», piensa Alma. Lo bueno de tener puesta una máscara es que nadie puede ver cómo se le tuerce la boca en un rictus de desprecio, ni el insulto mudo que le lanza de momento al grupo en pleno.

—Es el único que queda para ayudar —dice Alma, sin poder evitarlo—. Él y los pacientes. Espero que Swan no los abandone —añade, mirando específicamente a Jim—. Quiero decir, que no pueden dejarlos así como así.

—Swan cumplirá con su parte del acuerdo —responde Jim con rapidez, y para el consumo público—. Estamos comprometidos con los pacientes hasta que se produzca la falla virológica. Y con respecto al Centro, tendremos que decidir lo que vamos a hacer de ahora en adelante... si tiene sentido —Jim suspira. Éste es su primer fracaso, y probablemente el último, pues ya se está tratando el tema de su sustitución en la oficina principal de la compañía.

—Tiene sentido —Emerson ha estado afuera, bajo la lluvia, inspeccionando los cientos de plantas sembradas, los minúsculos retoños del vivero, listos para plantarlos en las terrazas que acababa de terminar el equipo de Richard y Bienvenido. Sería una vergüenza dejar que el proyecto muriera justo ahora.

Alma mira a Emerson, y por primera vez desde el comienzo de esta pesadilla los ojos de ambos se encuentran. Tal vez habrá que recordarle cada paso del camino, pero Emerson no va a evadirse. Un aspecto negativo de llevar máscara es que él no puede ver que Alma sonríe por vez primera desde que se inició la pesadilla, y la última en largo tiempo.

Los entierros comienzan esa misma noche, y como el cementerio está en las afueras del pueblo, los cortejos fúnebres pasan frente a casa de don Jacobo, de manera que todos los ojos pueden verlos, y todos los oídos escucharlos. Starr y Mariana intentan distraer a Alma, como si la mente de ella no fuese ya una maraña de distracción, plena de momentos terribles. Uno de los peores es cuando llegan los teléfonos celulares enviados por la embajada, en un embarque de víveres dejado en el punto de control a la entrada del pueblo. Alma llama a sus hijastros. La conexión es terrible. Ben y David no están, y Alma no puede soportar el hecho de dejarles un mensaje en sus contestadoras, por lo que prefiere colgar.

Como aún es muy temprano en la Costa Oeste, puede contactar con Sam, medio dormido.

—¿Qué hora es? —pregunta con voz de aturdimiento.

Alma agradece esta breve pausa previa al momento horrible que está a punto de llegar. Recuerda cómo el poeta de la pañoleta negra preguntó la hora, y el orgullo de Bolo al decírsela con exactitud de minutos, para luego darle un tiro al reloj. Alma le dice a Sam la hora en sus dos zonas de tiempo, para luego darle la noticia, sin poder suavizar la dura verdad.

—¿Hablas en serio? —le dice Sam, ahora totalmente despierto.

Alma desearía impedir que Sam se convirtiera en otro huérfano más en el mundo.

—Oh, Sam, lo siento mucho.

Pero Sam parece insensible a la noticia. El lunes habló con su padre y ambos hicieron planes para reunirse en la semana entre Navidad y Año Nuevo. Sam volaría a la Florida, para estar con Alma y con su padre. Sam prosigue su monólogo, detalle tras detalle doloroso, como para demostrarle a Alma su equivocación. ¿Cómo puede un padre que hace unos días estaba haciendo planes para los feriados de fin de año desaparecer de esa manera?

Alma tiene que darle la razón. Es inconcebible.

—Pero es verdad, Sam. Richard ha muerto. Lo atraparon en el fuego cruzado durante un ataque —sí, hay que decirlo de la manera más simple posible. Luego habrá tiempo de sobra para infectar a todo el que conoce con sus preguntas.

Le sigue un silencio aterrador. Y luego, como salida de su jaula de negación, vuela media docena de preguntas, rápidamente, una tras otra, de manera tal que Alma no puede responderlas a tiempo.

—¿Qué *ataque*? Papá no me contó nada de eso. ¿Por qué hubo un ataque? Mira, salgo ahora mismo para allá. ¿Cómo llego?... quiero decir, ¿adónde debo volar?

Sam parece que no puede quedarse quieto. Abre una puerta, luego un grifo. Debe estar hablando por el teléfono portátil. Una voz femenina le pregunta algo. ¡Una mujer en la vida de Sam! Y ella que había estado diciéndole a Richard durante años que creía que Sam era homosexual. Su apariencia impecable, sus ropas a la moda, la privacidad en la que transcurría su vida. Pero Sam tiene novia. Una noticia que querría haber compartido con Richard. Y habrá muchos momentos como éste, y ésa será la forma en que el tiempo curará las heridas. En meses que se transformarán en años, la vida de Alma estará plena de tantas historias que Richard ya no podrá escuchar. Y ella estará viviendo una existencia diferente a la que se detuvo para siempre en este lugar, hace unas horas.

—Sam, el problema de tu viaje acá es que no sé si podrás ver a tu padre —dice, explicándole la cuestión de la cuarentena, de cómo tienen que esperar todos, de cómo tienen que sepultar temporalmente a Richard. En un momento en el que Alma se echa a llorar mientras narra su historia, Emerson sale en su auxilio. ¿Quiere que él hable con Sam? Alma mueve la cabeza diciendo que no. A Sam no le hace falta ningún otro extraño entre él y su padre muerto. Alma le explica que Richard siempre quiso que lo incineraran. Tal vez suspendan la cuarentena dentro de poco tiempo y los muchachos podrán venir a ver a su padre, y luego incinerarlo acá y llevar de regreso sus cenizas.

—No quiero sus cabronas cenizas —solloza Sam.

Cuando Alma cuelga, siente lo que deben experimentar los pilotos de bombarderos cuando regresan después de cumplir una misión, después de dejar caer su carga mortífera. No pueden darse el lujo de imaginar el sufrimiento que acaban de sembrar sobre la mujer aún despierta cuidando a su niño enfermo, sobre los amantes en su cama, sobre el padre que se lava las manos, aprestándose para una cena tardía; sobre la gente atrapada en medio de todo. Deben impedir el acceso a ese conocimiento, pues, de lo contrario, ¿cómo van a poder vivir entonces?

El fin de semana llega finalmente el levantamiento de la cuarentena. La gente de los Centros para el Control de Enfermedades no halló evidencia alguna de viruela del mono ni de ningún otro virus letal en la residencia de los Marshall, ni tampoco en la camioneta de Michael y Hannah McMullen. ¿Qué ocurrirá después? Hannah, y probablemente Mickey, serán condenados, pues en estos tiempos las amenazas terroristas constituyen un delito federal muy serio. O tal vez los considerarán demasiado dementes como para comparecer ante un jurado y los encerrarán en el hospital estatal de Waterbury. Mientras tanto, el loco mundo sale libre de polvo y paja, piensa amargamente Alma sin poder evitarlo.

Todos respiran aliviados. Jim Larsen, Emerson, Starr, el padre de Starr, quien ha volado a la isla y espera en la capital para llevarla de regreso a casa. Hasta la propia Alma está contenta de salir de aquellas montañas. Ahora puede volver a una vida que jamás recuperará su claridad. Ya no tendrá consigo su parabrisas limpio. Como Helen, que sobrevive al derrame cerebral, para luego morir de cáncer terminal unas semanas después de que Alma regrese a Vermont.

Emerson, exento de culpa o de sentido de responsabilidad, poco puede hacer por ella. Al menos la acompaña cuando los muchachos llegan al aeropuerto Las Américas. Alma los ve venir por la oficina de inmigración.

Es la primera vez que visitan su país, y probablemente la última. ¿Qué razón tienen para regresar? ¡Y pensar que Richard anhelaba fervientemente que se enamoraran de la isla! Que vinieran a hacer trabajo voluntario una semana mientras él estuviera acá. Pero el gen de las pasiones personales no es transmisible por vía sanguínea. *No es una opción, sino una intuición.* ¿Y cómo transmitir esa intuición?, se pregunta Alma. Sólo a través de la historia, si acaso.

Mientras los observa al otro lado de la pared encristalada, Alma se da cuenta de que está mirando a sus hijastros con una intensidad nueva, tratando de hallar en ellos vestigios identificables de Richard. Tienen la misma complexión de su padre, esbeltos pero no demasiado altos, aunque acá parecen enormes, rodeados por los dominicanos, de menor estatura. Qué desvalidos parecen, mirando a su alrededor, como perdidos en este sitio de colores y ruidosas multitudes y un sol opresivamente brillante.

Mirándolos, Alma se acuerda del día de la boda, hace casi once años. Eran unos muchachos —Sam sólo tenía doce años, ¡por Dios!—, todos tratando de ser felices con la nueva vida de su padre, ahora interrumpida abruptamente.

Resulta interesante que Sam sea el único que vino con su novia. Se llama Soraya Guzmán. Una hispana tal vez, quizá mexicana o ecuatoriana. Es difícil definirla.

—Nací aquí, digo, en los Estados Unidos —le responde la muchacha cuando Alma le pregunta de dónde es. Tú sabes, la piel cobriza, el apellido Guzmán.

«Muy bien», piensa Alma. Una mujer fuerte, con los pies en la tierra, justo lo que necesita Sam en este momento. De los tres, Sam es el que más dolores de cabeza le ha dado a Alma, por su férrea lealtad al pasado: a la familia verdadera y original. El segundo matrimonio de su padre es una aberración, y su muerte violenta es prueba de su equivocación. Sin embargo, con el tiempo, Sam será el hijo con quien tendrá más contacto. David y Ben, amables y tolerantes, desaparecerán de su vida, con la excepción de comunicaciones ocasionales.

Pero los tres cumplirán con su promesa: el próximo verano, en Snake Mountain.

VIII
Tres veranos: 1810, 1811, 1830

Verano de 1810

—Doña Isabel, ¡un visitante de España! —comenzó a gritar Benito.

El corazón me saltó de alegría. Al cabo de seis largos años de sacrificio y espera, había llegado mi recompensa, después de todo. ¡El contramaestre regresaba para cumplir su solemne promesa!

Esa mañana estaba en cama, una de tantas malas mañanas que padecí desde mi regreso de las Filipinas. Había retrasado mi retorno para ir, pueblo por pueblo, devolviendo a los niños a mi cargo: seis de Valladolid, cinco de regreso; cinco de Guadalajara, los cinco sanos y salvos; uno de Querétaro; seis de Zacatecas; cinco de Fresnillo, cuatro de regreso; dos de Sombrerete; y uno de León.

Una vez concluida mi labor, el virrey Iturrigaray me otorgó el permiso para establecerme en la ciudad de los ángeles en compañía de mi hijo y me proporcionó un estipendio hasta que recuperara la salud. Por supuesto, anhelaba encontrar al contramaestre esperando por mí, por lo que el estipendio sería innecesario, aunque útil. Pero durante mi ausencia no tuve noticia del contramaestre Pozo. Luego vino la larga espera, ¡seis años desde que nos separamos en Veracruz! Por eso esta mañana, al oír que mi hijo me llamaba, estaba convencida de que todo terminaría felizmente.

—¡Doña Isabel! —insistió Benito, desde el recibidor. Sabía muy bien que no debía gritar así. Me pareció que estaba de vuelta en La Coruña, incapaz de apaciguar a aquellos niños corriendo en estampida por los pasillos, anunciando la llegada de doña Teresa. A mi regreso de Manila, me esperaba una carta de Nati, escrita un año antes. Nuestra benefactora había caído enferma de un resfriado que le costó la vida. A los hijos de Nati los alistaron a la fuerza en la Marina y uno de ellos había sido herido en Trafalgar. Y le había nacido un nieto.

—Voy enseguida —le respondí desde mi habitación trasera.

Rápidamente, me vestí y me cepillé el cabello, evaluando mi apariencia ante el espejo. ¿Cómo luciría al cabo de seis años de ausencia? Demasiado delgada, y algo canosa. Pero el sol, el mar y los años fueron benévolos conmigo, tal y como había prometido don Francisco. El aire fresco dio vigor a mi piel, por lo que las marcas de viruelas resultaban menos desagradables. O a lo mejor había aprendido finalmente a vivir con mi rostro picado.

Don Francisco y sus promesas... Algunas de éstas se hicieron realidad, pensé mientras me ponía los zapatos. No habíamos salido aún de Manila cuando nos enteramos que ya estaba de regreso en España. ¡El único de nosotros que había logrado regresar! Lo recibió el Rey, cuando todavía teníamos soberano, y recibió los debidos honores en la corte. Pero luego los franceses derrotaron a España y el monarca se vio obligado a marchar al destierro. El mundo al otro lado del océano se vino abajo.

Escuché la voz de Benito, que conversaba en el recibidor. Ya tenía casi once años. Me extrañó su actitud, porque usualmente el chico era más observador que hablador. Con frecuencia, cuando le preguntaba algo, demoraba unos minutos para considerar antes de responder. Aunque en muchas maneras le había ido bien bajo la tutela del obispo, y había avanzado en sus estudios, era evidente que mi larga ausencia lo había afectado. Aparentemente, al principio el niño había preguntado constantemente acerca de mi paradero. Pero luego, de repente, dejó de preguntar. A mi regreso, aunque se lo pedí seriamente, y hasta en ocasiones llegué a castigarlo, jamás volvió a llamarme «mamá». No es que fuera irrespetuoso, pues usaba el *usted,* y anticipaba a mi nombre el tratamiento de *doña*. Había salvado a miles y miles de las viruelas, pero a él le fallé. ¿Acaso era posible actuar en este mundo, me pregunté a mí misma, sin herir a alguien?

—Doña Isabel trabaja con remedios —oí que decía el niño—. Cuida de los enfermos cuando se siente bien. Pero casi siempre está enferma. Su corazón es débil, y algunas veces tiene que guardar cama todo el día.

Apuré el paso. Porque cuando llegara a saludar a mi pretendiente, ya mi hijo lo habría espantado.

—Buen día —dije al entrar al salón. Mi primera mirada al contramaestre, pensé: ya no es tan alto como lo recordaba. ¡Don Francisco!

Me tambaleé de sorpresa y conmoción, y estuve a punto de demostrar lo que había dicho mi hijo, desvaneciéndome en el lugar. El médico local había diagnosticado que tenía el corazón débil, advirtiéndome que me cuidara de las cosas que pudieran agitarme. Pero ¿cómo mantener controlada la existencia para seguir viviendo? Don Francisco se adelantó y me guió hasta una silla.

—No pensé verlo más nunca —le confesé. ¿Cómo pudo salir de España? Por supuesto, pensé, si un anciano pudo atravesar las líneas enemigas, ¿por qué no podrá hacerlo un joven contramaestre?

—Tuve suerte —explicó don Francisco. Logró escapar de Madrid durante la invasión francesa, siguiendo a la Junta Suprema hasta Sevilla, y cuando sucumbió Sevilla a los invasores se marchó a Cádiz. Fue esa misma junta, única autoridad legítima mientras Napoleón tenía encarcelado a nuestro Rey, la que le otorgó la autorización para venir a Nueva España. Estaba de camino a la capital, pero se había detenido en Puebla a saludar a su viejo amigo, el obispo González. ¡Y qué sorpresa saber que doña Isabel y su hijo vivían al otro lado del patio, en la vieja casita del portero!

—Veo que ha transformado la casita en un hogar —dijo don Francisco, haciendo un gesto con la mano más digno de la corte que de esta humilde casa a la entrada del palacio episcopal. No estaba tan enfermo o envejecido como lo vi la última vez en Manila. Tal vez tenía una dentadura nueva. Su rostro estaba más lleno. Y había comenzado a usar peluca, al menos eso parecía. ¿Habría perdido el cabello?

—Se ve muy bien —le aseguré—. Qué valentía, haber cruzado de nuevo el mar para vernos.

Don Francisco hizo una reverencia, reconociendo mi cumplido.

—¿Qué otra cosa podemos perder que no sea la vida, la cual en definitiva no nos pertenece? —comentó. Luego me contó en detalle sus pérdidas: la casa de Madrid, saqueada; el Jardín Botánico, con todos sus especímenes de Cantón y Macao, invadido; la Biblioteca Real, con el diccionario español-chino que había donado y cientos de grabados de plantas medicinales, formaba ahora parte del botín napoleónico. Y para colmo de males, su esposa falleció.

La última noticia se reveló al final de la larga letanía,

casi perdida en el caudal de su historia. ¡Pobre doña Josefa, haber esperado tres años por su esposo sólo para dejar la vida que pudieron haber compartido!

—Mi más sentido pésame —le dije, a manera de consuelo.

—La invasión, la destrucción de nuestro hogar... Nunca quiso salir de Madrid —balbuceó don Francisco, rechazando la silla que le ofrecía.

Su visita sería breve. Estaba deseoso por llegar a la capital, para enterarse de la certeza de los rumores perturbadores que circulaban en España. Las colonias se rebelaban. Las juntas de vacunación estaban disolviéndose. La vacuna estaba en fase de agotamiento. Miró a su alrededor, ansioso de repente por combatir todo aquel desastre. Pude ver reflejada en sus ojos la modestia de nuestra casa: las paredes desnudas con la excepción de un simple crucifijo, los bancos apilados junto a la puerta, para uso de nuestros pacientes. La vieja casita del portero se había convertido en nuestro centro de vacunación aquí en Puebla. A Benito y a mí nos concedieron las habitaciones en la parte trasera de la casa. El obispo González había sido extremadamente amable.

Mientras hablábamos, el niño estudiaba atentamente a nuestro visitante. Sabía que el contramaestre regresaría para convertirse en su padre. ¿Era este hombre? De ser así, ¿por qué yo no lo abrazaba? ¿Por qué no le pedía que se adelantara a saludarlo?

—Benito, ¿te acuerdas de don Francisco?

El niño pensó un momento antes de asentir, sopesando la respuesta amable que quería que él diera. Pero la última vez que Benito vio al director fue hace cinco años y medio. Sólo tenía un vago recuerdo de la expedición, el cruce del Atlántico, el tiempo maravilloso que pasó en La Habana con los hermanos Romay.

—¡Por supuesto que se acuerda de la aventura de

su vida! —dijo don Francisco, riendo—. ¿Y los otros niños?

Le hablé acerca de los niños de La Coruña: cuatro quedaban en la nueva Escuela Patriótica, trasladados del Real Hospicio. Los niños mexicanos ya se habían devuelto. Todos menos dos, que fallecieron en nuestro viaje de regreso. El rostro de don Francisco se oscureció.

—Me pregunto por qué no tuve noticias de Gutiérrez.

¿Qué utilidad tenía enviar reportes a España, cuando había tan pocos barcos capaces de atravesar a causa de los ataques? A nuestro regreso de Filipinas, el virrey Iturrigaray nos ordenó permanecer en Nueva España hasta que volviera a reinar la paz. Un gesto de generosidad que me había sorprendido, al otorgarme una pensión y el permiso para vivir en Puebla, pagándoles a los demás miembros en la capital un estipendio mientras aguardaban a su regreso. O había recibido una amonestación de la corte al regreso de don Francisco y antes de la disolución de la misma a consecuencia de la invasión, o el miserable tratamiento del principio era causa del temperamento de nuestro director.

Traté de explicarle nuestras circunstancias presentes, pero pude advertir que don Francisco pensaba que había regresado al mismo país que dejara hacía cinco años y medio. Sin embargo, abundaban las sublevaciones para liberarnos, antes de que España combatiera a los invasores franceses y nos hicieran volver a la sumisión.

—Estamos en plena revolución —me aventuré a decir—. Se dará cuenta de ello cuando llegue a la capital —añadí—. El Dr. Gutiérrez, sus sobrinos y don Ángel Crespo..., ellos le contarán.

—Veo que usted no incluyó a don Pedro Ortega. ¿No está en la capital?

—Don Pedro murió en Manila —las mismas fiebres que casi matan a don Francisco—. Cayó enfermo cuando vacunaba con su sobrino en las islas.

—Pero ¿Gutiérrez no le hizo volver?

Las evidencias se acumulaban en contra de nuestro director sustituto. ¿Cómo mitigar el fuego antes de que provocara un acceso de ira? Don Francisco necesitaría un gran tacto si quería sobrevivir en el Méjico actual. Me di cuenta de que el paso del tiempo no había suavizado su carácter.

—Se hizo todo lo que se pudo. Murió en mis brazos, en paz —le dije. A pesar del tiempo transcurrido desde aquel día, los ojos se me llenaron de lágrimas. Don Pedro dejó una viuda y dos hijos. Y había salvado tantas vidas. Un mundo mucho mejor gracias a su sacrificio. Pero su mujer perdió a su esposo y los dos niños a su padre. Nadie en el mundo podría resarcirlos de su pérdida, ni aunque lo intentara.

Excepto don Francisco. Se me había olvidado ese detalle de su carácter. Su ferocidad en la búsqueda de justicia lo hacía terco en ocasiones, pero también nuestro ídolo. Los olvidados, los pisoteados, los impotentes... jamás los abandonaría. Él lo intentaría.

—Debemos garantizar que su esposa cobre la pensión —dijo don Francisco, abogando por la causa del caído—. Razón de más por la que Gutiérrez debió haberme notificado.

Don Francisco ya se había puesto en contra de su viejo amigo, a quien había dejado a cargo cuando salió de Manila. El hombre testarudo y petulante estaba de vuelta. Recordé que eso precisamente era lo que me resultaba cansino en su persona, lo que hacía que una lo adorase y detestase a la vez. Con él no había medias tintas.

No se quedó más tiempo, pues tenía que recorrer

muchas leguas antes de que cayera la noche. Pero volvería a pasar por Puebla en su camino de regreso a España cuando terminara de poner en orden sus asuntos. Me prometió ir a ver a los niños en la Escuela Patriótica e informarme de aquellos a quienes habían adoptado. En cuanto al tiempo que le tomaría reconstruir las juntas de vacunación y revivir la vacuna en Nueva España, sólo Dios sabía. Ya me había hablado de que también estaba tratando de ganarse el corazón de los colonos para que mantuvieran su fidelidad a la madre patria.

Don Francisco jamás se planteaba sus retos menores. En eso seguía siendo el mismo.

—Doña Isabel, haberla visto nuevamente le ha hecho un gran bien a mi corazón —me dijo con cordialidad, presionando mi mano a manera de despedida.

Benito y yo vimos desde la puerta cómo nuestro visitante montaba en el coche que lo esperaba en casa del obispo.

—No es él —concluyó el chico.

—No —murmuré. Otro desengaño para el niño. Al menos, eso creía yo.

—Estaremos bien, mamá —me dijo, dándome una palmadita en la espalda, como si la niña fuese yo.

¡Mamá! Traté de no demostrarle mi intenso placer. Los cambios llegarían a su debido tiempo, poco a poco. ¿No le había dicho algo así alguna vez a don Francisco?

Pero a veces los cambios no se producen jamás. Y para mí ya estaba bien claro que el contramaestre no regresaría. Que ésta era la vida que iba a vivir, con Benito junto a mí por algún tiempo.

Durante el año que siguió a la visita de don Francisco, nos vimos atrapados en la revolución que estremecía el campo. Al norte, en Dolores, el cura Hidalgo hizo repicar las campanas de su iglesia, invitando a sus pobres feligreses a defenderse en contra del dominio opresivo de los españoles. Ochenta mil marcharon a la capital, cortando cabezas y quemando cultivos a su paso, dejando una huella de sangre y muerte que aterrorizó hasta a los que simpatizaban con la causa, quienes se abstuvieron de unirse a los rebeldes.

¿Qué se podía esperar de aquellas almas desesperadas? Yo había visitado el norte con don Francisco durante las vacunaciones, y vi las minas y las horrendas condiciones en las que tanta gente vivía. Pero tenía que cuidarme mucho de lo que decía en Puebla a favor de la causa del cura Hidalgo, pues el obispo, así como los funcionarios de la ciudad, eran fieros defensores de la monarquía. En vez de la Virgen de Guadalupe, a quien los rebeldes habían adoptado como protectora, teníamos que rezarle a Nuestra Señora de los Remedios, favorecida por los españoles. A esto habíamos llegado: peleándonos por nuestras virgencitas.

Yo también era española, como mi hijo. Pero admito que estaba complacida de que, por haber llegado a tan tierna edad, y de estar tantos años en Puebla, Benito ya no hablaba como un galleguito. Si los rebeldes invadían la ciudad, era yo la que debía cuidarme. Vinculada como estaba al obispo, quien había aprobado la excomunión de ese monstruo de Hidalgo, podría sufrir los desmanes del populacho furioso.

También me preocupaban mis niños en la capital, los que estaban internados en la Escuela Patriótica. Si el ejército de los rebeldes tomaba la ciudad, seguramente no les harían daño a los niños... Pero, por supuesto, los mayores ya eran adolescentes. Y tal vez los obligarían a ponerse a favor de uno u otro lado. Mis pobres niños habían prestado sus cuerpos para llevar salvación a la humanidad. ¿Habrían salvado el mundo para esto?

Aprovechando las personas que viajaban al norte, le envié varias cartas a don Ángel Crespo, quien residía aún en la Ciudad de Méjico. ¿Cómo les iría a todos? ¿Habrían sitiado la ciudad? De ser así, él y los demás estaban invitados a venir con nosotros y a traer a nuestros niños de la Escuela Patriótica. Las noticias llegaban de forma fragmentaria. Los habitantes de la capital esperaban un horrible sitio... Y al cabo de varias semanas de silencio, otra carta. El cura Hidalgo había retirado las fuerzas. No invadiría a la Ciudad de Méjico. Como el populacho no lo había apoyado en su intento, no les impondría sus leyes.

Respiré aliviada. El cura monstruo no era tal, después de todo. Tal vez miraría con simpatía al valiente médico que había viajado al ojo de la tormenta para preservar la vacuna, en peligro de perderse para siempre. Don Ángel me explicaba que semanas antes del sitio, en contra de las advertencias de todos, nuestro viejo director había viajado al norte, internándose en territorio rebelde. Habían transcurrido ya dos meses sin noticias de don Francisco.

Vivir al lado del obispo era como vivir al lado del hospital en La Coruña. Todas las noticias posibles que se recibían en estos tiempos de inestabilidad llegaban al Obispado. Los rebeldes habían tomado Valladolid y habían hecho plaza fuerte en Guadalajara.

Pasarían varios meses antes de que tuviéramos noticias de don Francisco. Al parecer estaba enfrascado en otro tipo de batalla. En plena guerra, ¡estaba tratando de revivir sus centros de vacunación! Cuando varios funcionarios provinciales se negaron a ayudarle, dedicados como estaban a combatir a los insurgentes, don Francisco los acusó de rebeldía, y los funcionarios, indignados, le pusieron querella judicial por difamación de su buen nombre. Pero el Dr. Balmis no se presentó a la audiencia. Probablemente seguía por las provincias, tratando de salvar la vacuna, repartiendo su traducción del tratado de Moreau, como si no hubiese más guerra que la suya.

Verano de 1811

Don Francisco cumplió con su promesa. Un año después de su sorpresiva visita pasó por la ciudad en camino a Veracruz, donde se embarcaría rumbo a España. Dejaba tras de sí a una colonia en conflicto. Nada más podía hacer. Las luchas revolucionarias habían destruido el sistema de juntas que creara. La vacuna de las viruelas vivía aún, aquí y allá. Pero muy pronto, si no se hacía algo, desaparecería. Y nacería una nueva generación sin protección ante un nuevo brote.

—¡Recuerde mis palabras, doña Isabel, recuerde mis palabras! —me dijo, sin dejar de caminar, incapaz de sentarse, como si sus propios pensamientos lo acosaran. Al observarlo mientras hablaba, noté lo delgado y deteriorado que estaba nuevamente. Había perdido la peluca, el vigor, los gestos galantes. En honor a la verdad, no estaba tan enfermo del cuerpo como cuando partió de Manila. Pero ahora tenía una apariencia fantasmal. Tal vez los rumores eran ciertos: don Francisco había enloquecido a causa de su plan de salvación.

Para evitarle más agitación, no le conté que habíamos perdido la vacuna en Puebla. Los vacunados no regresaron, por lo que no se pudo recolectar el fluido de la próxima ronda. El campo era demasiado peligroso. Y el sistema de perpetuación creado por don Francisco se venía abajo.

—Todo el trabajo perdido —dijo, y parecía él mismo a punto de desplomarse.

Sentí el dolor ya familiar en el costado. Mi corazón no podía resistir su desilusión, ni tampoco la mía.

—Pero podríamos reconstruir lo perdido —respondí, tratando de darle ánimos.

Don Francisco movió la cabeza como negativa.

—No hay más fondos para los centros. Ni organización, ni método. Y no ha habido cambio alguno en la actitud —aseguró, dándose golpes con los dedos en la sien—. Ni en la idea que no se trata de una extravagancia.

—¿Y en la capital? —con una población tan enorme, habría siempre portadores a mano. Aunque sus sobrinos ya estaban en España, aún se podía contar con el Dr. Gutiérrez y con don Ángel Crespo, quienes se habían quedado acá, y por lo menos podrían mantener una junta central que podríamos reparar todos juntos.

La mención del nombre del Dr. Gutiérrez hizo que don Francisco recuperara el vigor, pero en una oleada de resentimiento. Aquel hombre no había demostrado ser digno del cargo que le había asignado el director. ¿No me habían dicho que el muy sinvergüenza se había jugado el salario de don Pedro Ortega, el patrimonio de dos niños huérfanos? Además, se había apropiado de fondos que se les debían a los sobrinos de don Francisco. La noticia me conmovió. Aquél no era el Dr. Gutiérrez que conocí, tan correcto en todos sus actos.

—Pero al menos en ese frente se hará justicia —continuó, luego de algunos paseítos. Aparentemente había presentado una querella judicial en contra de su viejo colega. Y recordé en ese momento que a él también le habían presentado otra. Pero al final la retiraron, pues sus acusadores estaban convencidos de que el doctor estaba realmente loco.

Sin embargo, no estaba convencida de la locura de nuestro director. O quizá la padecía desde el principio, creyendo, a pesar de todas las adversidades, que podía salvar el mundo de las viruelas. ¡Cuán enloquecido me parecía ahora todo aquello! Pero si no hubiera sido por él, ni siquiera la posibilidad de hacer lo que hizo habría quedado en los anales de la historia. Así es como yo deseaba pensar en todo aquello. En lo que habíamos sacrificado en nombre de su misión.

Estábamos casi a mediodía. Don Francisco había llegado en una cabalgadura con un guía, quien esperaba con su arria de mulas para reanudar el viaje. Pero le insistí en que debía comer algo antes de marcharse. Mientras nos sentábamos a la mesa, llegó Benito a todo correr desde el seminario. Le habían dicho que había un vagabundo en nuestra casita. Decidió quedarse, ya fuese por cortesía hacia mi invitado o para proteger a su madre, escuchando con atención las historias que narraba don Francisco acerca de su estancia en territorios rebeldes. Al llegar a Valladolid, se vio atrapado en plena contienda. Mientras trataba de lograr que lo dejaran pasar, supo que el médico de las fuerzas monárquicas se había pasado al bando de los insurgentes. Y en vez de abandonar a sus leales compatriotas, don Francisco se alistó para curar a sus heridos.

—¿Conoció al cura Hidalgo? —le preguntó Benito, cautivado por las historias del sacerdote rebelde. Un día trajo a casa la copia de un folletín insurgente, que quemé inmediatamente en el horno. ¡Hidalgo proclamaba la abolición del tributo, de la esclavitud y la distribución de tierras a los que no las tenían! El hombre era un monstruo, pero, de cuando en cuando, algunos de sus pronunciamientos eran similares a los que hacía Jesús en los evangelios que estudiaba Benito.

Don Francisco movió la cabeza.

—Al principio, pensé que sólo cuidaría a los nuestros —continuó con su historia—. Pero cuando comenzaban a llegar los heridos, no podía distinguir quiénes eran rebeldes y quiénes monárquicos —los ojos de don Francisco parecían estar viendo de nuevo a aquellos niños—. Estaba atendiendo a un joven, cuyo brazo estaba tan destrozado que había que amputárselo. El comandante entró precipitadamente y me dijo que debía atender a los demás heridos. «¿No ve que es un soldado de los criollos?», me dijo. «Señor, es un ser humano, y soy un médico que ha jurado salvar vidas», le respondí.

Sentí que me invadía una oleada de orgullo. En ese momento, le perdoné todas sus mezquindades y arrogancia. Tenía una chispa de bondad que brillaba de tiempo en tiempo. Lo había seguido a este nuevo mundo, que estaba tan plagado de salvajismo como el viejo, tan necesitado de su luz, que ahora veía reflejada en las lágrimas de los ojos de mi hijo.

Después de la partida de don Francisco me puse a pensar en su discusión con el comandante monárquico. Casi se habían ido a las manos, me relató don Francisco. Pero no nos dijo si finalmente había salvado la vida del joven rebelde, o si éste había muerto durante el enfrentamiento entre el militar y el médico.

Verano de 1830

La profecía de don Francisco se cumplió.

Ocurrió años después, cuando se acabaron finalmente nuestras guerras de independencia. Allende los mares, el rey de España había recuperado el trono. Me enteré de la muerte de don Francisco en Madrid, en el invierno de 1819. En sus últimos años recibió más títulos que aquellos que me recitara años atrás en La Coruña. Fue condecorado por su lealtad a Su Majestad y por su extraordinaria misión. Además, le restauraron su casa. El propio Dr. Jenner elogió la expedición como una de las empresas filantrópicas más nobles en los anales de la historia. Don Francisco propuso la creación del puesto de inspector de vacunación, y se ofreció voluntariamente a ser el primero que lo ocupase. Me sentí feliz por él. En cierta medida había recuperado la fe de que su trabajo no había sido en vano.

Don Ángel Crespo, quien se había quedado en la capital, donde finalmente se reunió con su esposa, fue el portador de tales noticias. El Dr. Gutiérrez también decidió permanecer allí, luchando en las cortes, para limpiar de una vez por todas su nombre de las alegaciones de nuestro director. Por cierto, el Dr. Gutiérrez era ahora un hombre importante en nuestra nueva nación, y se desempeñaba como decano y director del Hospital de San Andrés.

Mi propio Benito había crecido enormemente, hasta transformarse en un hombre tranquilo. Un misterio para mí, este hijo que no concebí, pero que había amado con todo mi corazón. El buen obispo lo había guiado al sacerdocio, aunque Benito rechazó un puesto en el obispado de Puebla, prefiriendo las pequeñas parroquias en rincones más remotos. Su primer ministerio fue en Mitla, luego en Carácuaro, y se estableció finalmente en Chilpancingo. Yo lo seguí en todos sus destinos, aunque quería descansar, pues ya era bastante vieja, como le decía con frecuencia.

—Tú has sido vieja durante mucho tiempo, mamá —me hacía notar el padre Benito.

—Sí, *padre* Benito —le respondía yo.

Y tenía razón. A pesar de mi mala salud y de mi débil corazón, era robusta en mi fragilidad.

—El buen Señor te está reservando para algo —bromeaba Benito en aquellos días cuando me veía obligada a guardar cama con aquel cuchillo enterrado en el costado izquierdo. Pero la preocupación patente en sus ojos me recordaba a aquel niño aterrorizado y asido al poste frente a la puerta del orfanato en La Coruña.

De alguna manera, adondequiera que íbamos, se corría el rumor de que yo podía curar enfermos. Los pobres venían a verme. Los ricos tenían sus médicos. Pero no había tantos ricos en Mitla, en Carácuaro o en Chilpancingo.

El día que advertí la fiera erupción en los brazos de un niño se me encogió el corazón, recordando la predicción de don Francisco. Inmediatamente puse en cuarentena a la madre y a sus pequeños hijos, pero muy pronto otros pobladores se enfermaron de viruelas. Cundió el pánico, especialmente cuando llegaron noticias de la capital y de las ciudades norteñas de que aparentemente se habían agotado las reservas de la vacuna.

Entonces me acordé de que don Francisco descubrió viruela de las vacas, hace años, durante nuestro recorrido por las provincias. Don Ángel lo había acompañado en aquellos viajes de búsqueda y tal vez supiera adónde podíamos dirigirnos. Benito trató de disuadirme. Jamás se había demostrado lo que aseguraba don Francisco. Además, gran parte de los viejos ranchos estaban reducidos a cenizas, y habían sacrificado al ganado durante las diversas batallas por la independencia.

Pero ya me lo había propuesto. Iría a visitar a don Ángel y juntos le haríamos la petición al Dr. Gutiérrez, que ocupaba una posición importante y conocía a gente pudiente que podría financiar tal expedición. Confieso que también esperaba ver a mis niños, ahora hombres seguramente. Tal vez sabía que se acercaba mi hora de dejar este mundo.

—Mamá, ya no tienes edad para eso.

—He sido vieja durante mucho tiempo —le respondí, citando de memoria sus palabras.

Y así emprendí aquel largo viaje. *¡Largo!* Tuve que sonreír. Una mera legua, comparada con todos los caminos que había recorrido antes. Nos desplazamos en mulas, acompañada por mi Benito, que se había integrado a la expedición a última hora. Era la primera vez que regresaba a la capital desde que éramos una nación independiente. Ya España no nos regía, aunque resultaba difícil notar la diferencia. Los pobres seguían siendo pobres, tal vez un poco menos desesperados temporalmente, a causa de sus esperanzas en el nuevo orden de cosas.

Encontramos la casita en la calle que sólo conocía por sus cartas. Don Ángel y yo lloramos al vernos nuevamente, al borde de la sepultura. Su esposa nos sirvió un refresco de limón que me recordó a la medicina contra el escorbuto que hiciera don Francisco, y se quedó con nosotros, asintiendo a todas las historias de su esposo, como si las hubiera escuchado tantas veces que estaba convencida de haber sido protagonista de todas sus aventuras.

No pasó mucho tiempo antes de que comenzáramos a hablar de la emergencia provocada por las viruelas. Había brotes en todo Méjico. Y transcurriría por lo menos un mes antes que recibiéramos la vacuna de Caracas, donde nos habíamos enterado de que las juntas seguían funcionando. Pero, incluso entonces, la vacuna podría haber perdido su efectividad al llegar. Mientras tanto, cientos, miles de niños morirían, y otros tantos quedarían afectados.

—Hay una solución más inmediata —le dije a don Ángel, recordándole cómo él y don Francisco habían descubierto viruela de las vacas en los valles cercanos a Durango y Valladolid—. ¿Piensa usted que podríamos encontrar allí la viruela de las vacas?

—¿Podríamos? —me dijo mi antiguo colega, lanzándome una mirada incrédula—. Sus ojos deben estar tan malos como los míos, doña Isabel. ¿No se da cuenta de que soy un anciano?

—Pero quizás podamos lograr que nos ayuden algunos jóvenes —nuestros niños de La Coruña ya eran hombres hechos y derechos. Y en las provincias podríamos alistar a los portadores con quienes viajamos a las Filipinas. Sin duda, no pondrían reparos para garantizar que su sacrificio no fuera en vano.

—Usted sigue viviendo en un mundo de sueños —respondió don Ángel, moviendo la cabeza.

—No, don Ángel, vivo en este mundo real y convulso, y tengo que soñar desesperadamente para seguir viviendo.

—Ésa es la verdad —asintió don Ángel. Y luego su esposa, después de una breve vacilación.

Don Ángel estuvo de acuerdo en que valía la pena intentarlo. Pero tratar de que el Dr. Gutiérrez participara sería un craso error.

—La sola mención de la palabra *expedición* lo haría enrojecer como una cazuela de barro —aseguró, moviendo tristemente la cabeza—. No sé por qué don Francisco denunció a su viejo amigo. Como si ya no tuviésemos bastantes enemigos.

Nos quedamos en silencio unos instantes, pensando en nuestro viejo líder.

Pero, si no era al Dr. Gutiérrez, ¿a quién podríamos pedir ayuda en esta capital? La frente arrugada de don Ángel se pobló de más surcos. ¡Mi querido amigo se había puesto viejo! Se le habían encogido los hombros, las manos le temblaban al revolver el azúcar de su café y su cabellera blanca era tan escasa que se le veía el cráneo. Pero aquellos dulces ojos se parecían a los de antaño: dos órbitas de una luz ahora nebulosa. Pronto, muy pronto, dejaría este mundo, un mundo que habíamos intentado mejorar antes de colocarlo en las manos de los jóvenes que ya nos habían sustituido.

—¡Ya lo tengo! —la exclamación de don Ángel nos hizo saltar a todos.

—¡Ángel! —lo reprendió su esposa, con la mano sobre el corazón—. Has asustado a nuestros huéspedes —añadió, incapaz de quejarse del susto propio.

—¡Tengo un plan, tengo un plan! —anunció don Ángel en ese mismo tono de descubrimiento que adoptaban nuestros marinos al ver tierra—. Señoras, prepárense para salir.

Pero ya estaba bien avanzada la tarde, enfatizó su esposa. Benito y yo estaríamos cansados por el viaje. Ella no estaba vestida adecuadamente para una visita. Por lo menos necesitaba saber si debía llevar cofia o velo, zapatillas o botas para caminar por el paseo de la Alameda.

Mi viejo amigo se negó a revelar adónde nos dirigíamos. Sería una sorpresa. Ya tenía edad suficiente ¡como para saber lo que podían afectar tales sorpresas a un corazón anciano! Hasta el mío comenzó a latir, como si perteneciera a una mujer mucho más joven.

Don Ángel alquiló un coche, consultando pausadamente con el cochero la ruta por donde nos llevaría. Pasamos junto al viejo palacio virreinal, y recordamos aquella llegada nuestra, tarde en una noche hace más de dos décadas, con diecinueve niños agotados. ¡Dios mío, a la mujer del Virrey casi le da una apoplejía al enterarse de que todos aquellos niños estaban al cuidado de su esposo! El Real Hospicio seguía allí, en pie, con su aire sombrío, poblado aún por la algarabía de nuevos huérfanos. Al otro lado, el edificio de la Escuela Patriótica, más reciente, comenzaba a deteriorarse. Don Ángel no me dejó parar para preguntar por mis niños. Mostraba una insistencia en su misión similar a la que en otro tiempo mostrara nuestro director con su expedición. Mañana habría tiempo suficiente para volver y visitarlos.

El recorrido se hizo tan extenso que llegamos a donde había estado nuestra primera casa en la ciudad. Pero el sitio ya no pertenecía a las afueras, sino que era parte del entramado citadino. Habían desaparecido las viejas tenerías, sustituidas por hermosas casas blancas alineadas a ambos lados de la amplia avenida, las cuales daban cierta impresión de inseguridad con rejas de hierro en las ventanas y guardias uniformados a la entrada.

—¡Es aquí! —le dijo don Ángel al cochero.

Estábamos ante una casa tan elegante como las vecinas. Un criado se adelantó hasta la entrada.

—Por favor, dígale a don Francisco que tiene visita. Don Ángel Crespo, él sabe quién soy.

¡Don Francisco! Pero ¿era errónea entonces la noticia de la muerte de don Francisco, y nuestro director vivía entre nosotros, como un próspero anciano?

—Creo que debíamos esperar en el coche, mamá —aconsejó Benito. Demasiadas sorpresas podrían perjudicarme. Pero, por el contrario, mi débil corazón se fortalecía ante lo inesperado.

No había llegado aún a la puerta, del brazo de mi hijo, cuando un caballero se precipitaba escaleras abajo, saltando los escalones de dos en dos.

—¡Doña Isabel! —dijo. Aparentemente, me conocía. Era alto y corpulento, tanto que los botones de su chaleco de satén parecían a punto de saltar. Cuando fui a darle la mano, me abrazó y me retó a que adivinara quién era.

¡Mi bravucón Francisco!

—¡La quemarán como una bruja si se corre la voz de sus predicciones, doña Isabel! —dijo, riendo. El futuro que le había pronosticado se había hecho realidad, aunque con algunas diferencias. No era un próspero comerciante, sino que había estudiado intensamente, llegado a la universidad, se había hecho abogado y luego lo habían designado para el consejo de la ciudad, y rubricaba con su nombre las ordenanzas de las autoridades.

—¿Amor? —una joven agradable, de piel bronceada, venía bajando las escaleras.

—Ven para que conozcas a estos viejos amigos —le dijo Francisco, extendiendo una mano posesiva en dirección a la joven—. Esta adorable dama, mi Estela, se ha dignado a contraer matrimonio con un pobre bastardo gachupín —dijo.

—¡Qué palabras en boca de un hijo del rey Carlos IV! Eso es lo que dice el documento —explicó la joven, sonriendo—. El documento que le mostramos a mi padre antes de que Francisco me pidiera en matrimonio —eso habría sido años atrás, porque ¡las escaleras se llenaron de tantos hijos que podrían competir con la copiosa familia del Dr. Romay! Teníamos que quedarnos a tomar un refresco. Teníamos que quedarnos a cenar. Nos ofrecería su coche para volver a casa. Francisco nos intimidaba para prolongar la visita.

Benito parecía haberse vuelto aún más tímido ante su antiguo compañero de orfanato. Junto al enorme y próspero abogado, se veía ajado, con sus polvorientos hábitos carmelitas y sus sandalias remendadas. Tal vez sentía que no había aprovechado la oportunidad que le brindaba formar parte de la progenie real. Pero pronto recuperó el ánimo. Alguien reclamaba su presencia: los pequeños que le tomaban de la mano para que viera la capilla exterior, que se llenaba de palomas a esta hora del día.

Don Ángel no perdió tiempo en preguntarle a nuestro Francisco si podían hablar en privado. Ambos se encaminaron a la biblioteca. ¡Mi Francisco con biblioteca y todo! Yo sólo tuve dos libros en mi vida, regalos de don Francisco. Aún conservaba uno de ellos, en mi viejo baúl de travesía, en la casa de Chilpancingo; el otro descansaba en el fondo del mar, en algún sitio frente a las costas de Puerto Rico. ¿Qué preocupación me hizo tomar una medida tan drástica? ¿El deseo de proteger la reputación de don Francisco, destruyendo cualquier evidencia en su contra? ¿O el de protegerme a mí misma de los recuerdos dolorosos que los años borrarían, pero que aquel papel recordaría por siempre? ¿Quién sabe? Ahora todo me parecía demasiado lejano.

Mientras don Ángel y Francisco conversaban, y Benito visitaba la capilla de las palomas, las damas conversamos en un salón que me recordó al viejo recibidor de doña Teresa en el orfanato de La Coruña, aunque las sillas de éste, por supuesto, eran mucho más cómodas.

Cuando los dos hombres regresaron, no tuve que esforzarme mucho para saber a qué acuerdo habían llegado. Don Ángel me guiñó un ojo. Nuestro Francisco sonreía, con el pecho tan hinchado como si se preparara a recibir alguna medalla futura.

—Querida, ¡aquí está el nuevo salvador de Méjico! —dijo Francisco, riendo ante la cara de sorpresa que puso su esposa—. ¡Vamos a buscar la viruela de las vacas en las provincias! ¡Y yo acompañaré a la expedición! —la esposa tenía un sinfín de preguntas, que él prometió responder luego—. Lo que usted pida, para recompensar sus bondades —dijo, dirigiéndome una sonrisa cariñosa.

Moví la cabeza ante el elogio inmerecido. Si este

hombre supiera cuánto luché para amar al chico que fue en otro tiempo.

Regresamos muy tarde a casa de don Ángel, luego de luchar por librarnos de la insistente hospitalidad de don Francisco y doña Estela. ¿Por qué no nos quedábamos más tiempo? ¿No podíamos quedarnos a dormir? Había habitaciones suficientes. Las calles estaban llenas de ladrones y pillos a estas horas. Sin embargo, llegamos a la casa pequeña y cómoda sin percances, acompañados por nuestro guardián Francisco, que nos siguió en su propio coche. Esa noche pude conciliar el sueño como nunca antes.

Amanecía, y la luz se filtraba por la ventana de cristales sin pulir. Desperté con el acostumbrado dolor en el pecho, como si me hubiera alcanzado una de las flechas con que los niños habían herido al ujier. ¡El ujier! ¿Qué habría sido de aquel hombre tan desagradable? Sin dudas, alguna lo habría amado, se habría casado con él y le habría dado hijos.

¿Y mi contramaestre? ¿Habría perecido en un barco incendiado, atacado por los británicos? ¿Habría sobrevivido para alistarse y luchar contra los invasores franceses? ¿O tal vez estaba de regreso, saltando las escaleras con un chaleco demasiado estrecho para su vientre bien alimentado?

De repente, pude ver su esbelta figura con tanta claridad que, por un momento, me pareció estar de regreso en la *María Pita*. Y un mar de rostros y recuerdos me vinieron a la mente. Allí estábamos reunidos de nuevo, ataviados con nuestros elegantes uniformes, los niños y yo, aquellos niños que ahora eran hombres hechos y derechos. Pronto, muy pronto, saldríamos de viaje hacia el norte. Me imaginé las reuniones con mis niños mexicanos, el descubrimiento de la viruela de las vacas en los valles, las nuevas juntas que crearíamos. No es que creyera firmemente en esta historia. Estaba tratando de huir lo más rápido posible de las dudas que comenzaban a acosarme. Y mientras corría en alas del pensamiento, me di cuenta de que yo también era una portadora, conjuntamente con mis niños, acarreando esta historia que moriría seguramente, a menos de que echara raíces en una vida futura.

Este verano en Snake Mountain

Tenía que ser el día más caluroso del verano. Y con un ejército de mosquitos. Imposible mantener la actitud luctuosa requerida con esa plaga de bombarderos diminutos por todos lados. Por suerte, a Emerson se le ocurrió traer una lata de repelente *Off!*, que ofrece a cualquiera que desee hacer uso de la misma. Ya ha soportado la monserga de Tera con respecto a los aerosoles. Pero hasta la propia Tera ha tenido que soportar docenas de justas picaduras, como si no le bastara tener el rostro lo suficientemente enrojecido por la subida. Sería demasiado para Alma perder a su mejor amiga antes de que termine el doble oficio de difuntos.

Doble porque no puede obligar a nadie a subir a Snake Mountain dos veces. Y, con la excepción de Mickey y Hannah, todos los que participan en este funeral de Helen vendrían nuevamente con Alma cuando ésta se propusiera dispersar parte de las cenizas de Richard en esta cumbre. Era uno de sus sitios favoritos. En un día despejado, se puede ver el valle del Champlain desde el punto de vista de Dios. *¿Hola?,* solía decir, con la mano haciendo bocina ante la boca. *¿Dios, estás ahí?*

—No está —concluía Richard después de que varios ecos le respondieran—. Está muy ocupado con las zonas de conflicto.

Han tenido que negociar intensamente con las

autoridades para que dejen salir por un día a Mickey y a Hannah. El juez preguntó por qué no podían realizar un servicio religioso en la capilla del hospital estatal, después de que los amigos dispersaran las cenizas de Helen. Pero, finalmente, concedieron el permiso gracias al hospicio y a Emerson, el cual, según Alma va descubriendo, trata a Vermont como a un país tercermundista cuyas leyes se pueden evadir si se sabe cómo negociar. Pero, sobre todo, el juez, residente de hace muchos años en la zona y conocido de Helen, no quiso defraudarla, ni siquiera póstumamente. Así que se ha cumplido con la última voluntad de la anciana: dispersar sus cenizas un día de verano en Snake Mountain.

Mickey y Hannah vienen de Waterbury, y todo el mundo pensaría que se trata de una vieja pareja de hippies excursionistas que transitan por un camino lodoso. Ambos llevan pañoletas enrolladas sobre la frente para contener el sudor, y traen botellas de agua con sus nombres impresos con Magic Marker a los lados, como recordatorio de su pertenencia a un reclusorio.

Cuando Alma los ve salir de la van, le da un vuelco el corazón. *Tu hombre por el mío, ambos en nuestros brazos, sanos y salvos.* Finalmente, la desventurada Hannah es la afortunada.

Los acompañan dos alguaciles jadeantes y pasados de peso, con pequeñas armas de fuego ocultas en sus fundas. Han recogido a los reclusos en el hospital estatal, adonde los devolverán una vez concluida esta ridícula ceremonia.

David, Ben y Sam también están presentes. Esta vez, vienen acompañados de sus «compañeras», como acostumbran a llamar a sus novias. Sam y Soraya irán mañana a Québec en el carro de Alma y se quedarán allí cuatro días, dejándole a ella la camioneta de Richard para que la use mientras tanto. David y Jess, y Ben y Molly, se quedarán en Vermont una semana, viendo a amigos de la infancia, inspeccionando cajas con cosas de su padre que su madrastra ha apilado en el sótano. Alma hace algunos viajecitos escaleras abajo con otra caja de dolor, cada vez que se siente con ánimo para hacerlo. Luego David y Ben desaparecerán de su vida, hasta que tenga noticias nuevamente cuando le anuncien sus bodas respectivas, David con Jess, y Ben con Franny, dos novias después de Molly. Pero ahora están aquí, como una indulgencia hacia Alma, que lo sabe muy bien.

En diciembre, los tres muchachos y Alma llevaron a cabo una ceremonia en la casa, esparciendo parte de las cenizas de Richard en la pradera de atrás, cerca del sitio donde Alma sepultó en otro tiempo sus antidepresivos. Esta mañana volvieron al sitio y colocaron la sencilla lápida de granito que el picapedrero se demoró tanto en terminar: un rectángulo, del tamaño de una caja de zapatos, colocada de plano sobre la tierra. El marcador parece demasiado conciso, pero dado el laconismo de los mensajes de Richard en la contestadora, le viene de perillas: RICHARD HUEBNER, las fechas de nacimiento y muerte, y luego: *QUERIDO*. Cuando Alma venda la casa y alquile un condominio cerca de Tera, se llevará la piedra y la bolsita minúscula con las cenizas restantes de Richard, que serán esparcidas con las de ella cuando le llegue su hora. Colocará la piedra sobre el escritorio, usándola irrespetuosamente como soporte de su taza de café, o para colocar un jarrón de flores. Y recorrerá distraídamente sus letras, como las cuentas de un rosario griego, cuando se siente ante el escritorio a escribir la historia de Isabel, conjuntamente con la cual no perderá la fe.

Alma también ha ordenado una lápida para Helen,

y le ha pedido al equipo del hospicio que le pregunte a Mickey dónde quiere que la coloque. La iglesia local de Helen celebró una misa por su alma en enero. Y el reverendo Don, y Linda, su esposa, también participan en el ascenso a la montaña. Alma supone que habrá al menos un Padrenuestro en algún momento del oficio informal. E inclinará la cabeza y sentirá melancolía. El Dios de Helen está ahora con la anciana. Y ella lo echará de menos.

La mayoría de las noches, cuando se despierta en la madrugada, Alma se pone tensa, tratando de escuchar algún susurro, alguna comunicación tenue proveniente del más allá. *¿Hola? ¿Estás ahí, Richard?* Nada. Sólo los ojos que la miran en la oscuridad y que Alma va aprendiendo a cerrar con promesas y con Ambien. Tiene que dormir, tiene que ser fuerte. Va a regresar al proyecto de la montaña, una vez que concluya la historia de Isabel. *Volveremos; los infectaremos con nuestras preguntas.*

—¿Cómo está Bolo? —le pregunta a Emerson, quien la visita con asiduidad—. ¿Cómo están los pacientes?

—Los pacientes están bien. La doctora Haydé está de maravilla.

Hmm. Alma se pregunta si Emerson está tratando de conquistar a la doctora. Ha ido varias veces al mes a visitar el Centro, que ahora dirige Bienvenido. La clínica fue trasladada a la capital y la prueba de la vacuna continúa. Bolo está en espera de juicio y Emerson está ayudando a pagarle un buen abogado.

—Eres un buen tipo, Emerson —le dice Alma, la noche anterior al ascenso a Snake Mountain. Han viajado a Burlington para recoger a Sam y a Soraya en el aeropuerto, deteniéndose en un café cercano para comer algo. Cuando regresen, probablemente David, Ben y sus novias respectivas estarán en casa, luego de haber conducido desde la ciudad en un carro alquilado.

Emerson mira su plato, una sopa de vegetales que Alma le convenció para que probara. El café se especializa fundamentalmente en sopas, sándwiches y nada de cerveza. Se siente responsable, Alma lo sabe, aunque ella le ha dicho que no tiene culpa alguna, y sólo tiene tanta responsabilidad de la desesperación de mucha gente en el mundo como cualquier otra persona. Le agradece su ayuda en un momento tan crítico. Alma recuerda cómo le tocó la puerta el primer día que estuvo todo el tiempo en casa. Había estado en el sótano, tratando de conectar el suavizador de agua, usando su pequeño cuaderno de espiral lleno de instrucciones previas. Pero sólo consiguió derramar la sal suavizadora de agua por todo el sótano. Se sentó en el saco de sal que guardaban como reserva y se echó a llorar, deseando misericordiosamente encontrar una anotación en el cuaderno que le indicara cómo podría poner fin a su vida. De repente, escuchó pasos arriba, en el portal, y alguien golpeando la puerta. «¡Oh no, Mickey!», pensó, tratando de ver dónde podía ocultarse. Entonces se dio cuenta: aun sin Richard, quiere vivir, quiere volver a escribir libros, enamorarse, aprender a activar el suavizador de agua.

—No tienes que tomártela toda —le dice a Emerson, con respecto a la sopa. Sobre ambos se cierne un palio de silencio. En cualquier momento Alma va a comenzar a llorar, y Emerson, a pesar de que es un especialista en las zonas de conflicto del mundo, no sabrá qué decirle.

Emerson mira el reloj, levanta una mano en dirección a la camarera para que le traiga la cuenta. Siente temor por su pena, como casi todos, con la excepción de

Helen, cuando vivía, y Tera. Sus hijastros han escuchado sus sollozos por teléfono demasiadas veces, entre ellas cuando les comunica los planes del oficio en Snake Mountain. Ellos tosen y se aclaran la garganta. En breve, la mayor parte de sus conversaciones con Alma serán a través del correo electrónico.

Pero ahora están juntos en la cima de la montaña, por última vez. Una ventaja del ascenso a Snake Mountain en este día tropical: tienen el sitio para ellos solos. La pierna de Alma ha sanado, dejando sólo una débil cicatriz púrpura que ella conoce como «su línea de falta». Algunos días siente un aguijonazo de dolor, como ahora, tal vez por el largo ascenso, o por la inminencia de un adiós para el cual no está lista aún.

David y Claudine les agradecen a todos por haber venido y luego explican en qué va a consistir el oficio: el que así lo desee puede decir algo acerca de Helen o Richard, leer un poema o contar una anécdota. La reunión concluirá con una oración a cargo del reverendo Don, y posteriormente con la dispersión de las cenizas. David inicia las historias. Un recuerdo divertido acerca de su padre ascendiendo Snake Mountain, gritando «¡Hola!». Una acción que precedió a Alma en el tiempo, con detalles un poco más pulidos, tal vez porque Richard no quiso parecer demasiado descreído ante sus jóvenes hijos, o quizá a causa de que uno de esos hijos, ahora un hombre hecho y derecho, está conciente de la presencia de un ministro y prefiere hacer que la historia sea pasablemente cristiana.

Abundan las historias. Claudine narra varias escapadas divertidas de Helen. Mickey, por su parte, habla, arrastrando las palabras —Alma se pregunta qué medicamento estará tomando ahora—, de cuando Helen fue a visitarlo durante su misión en Guam. Alma no tenía ni idea de eso. ¡Helen en Guam! Todo marchó bien, con la excepción de que tomó el avión equivocado y aterrizó en Manila. ¿Estará diciendo la verdad? Alma lo mira, y por un momento sus ojos se encuentran. Son los ojos de Helen en su rostro, como los de Richard observándola desde el de Sam.

Resulta desconcertante advertir estos vagos rasgos de la gente que ama en las personas a quienes teme o ante las que se siente insegura. ¿Qué será de Mickey?, se pregunta, recordando cuánto se preocupaba Helen por lo que le ocurriría a su problemático hijo. Las últimas semanas en las que Helen sobrevivió a Richard, Alma iba a visitarla desde casa de Tera porque no pudo seguir viviendo en la suya, anegada por un diluvio de recuerdos. Helen sabía que algo andaba mal, y Alma finalmente se lo dijo. Los ojos de Helen se llenaron de lágrimas.

—Acércate —le dijo, tanteando un sitio junto a ella en su cama de hospital. Alma la obedeció y colocó su cabeza en el hombro de la anciana, para llorar juntas.

Cuando Helen cayó en coma, Alma se sentó junto a ella, esperando como atontada la próxima partida importante de su vida. Ocasionalmente, humedecía una de las pequeñas esponjas rosadas que la enfermera había dejado en un vaso y la colocaba sobre los labios de la anciana. La boca árida y desdentada se abría y succionaba intensamente. Le resultaba raro sentir aquel tirón, aquella vívida voluntad en la anciana comatosa. *Helen*, le susurraba Alma de cuando en cuando. *Te quiero. Estoy aquí.* Y en algunas ocasiones, para gratificar a Helen, para gratificarse a sí misma, le decía a su vieja amiga: *Salúdame a Richard.*

Varias veces, especialmente cuando el flujo de las historias comienza a agotarse, Alma se siente tentada de hablar. Tiene varias anécdotas listas y un poema de amor que una vez le escribiera a Richard. Pero cada vez que lo intenta, el corazón, si no la mente, se queda en blanco. ¿Por qué pensó que ésta era una buena idea? Más allá de la neblina puede ver las pequeñas parcelas unas junto a otras, y el punto donde parecen unirse cielo y tierra, curvo y apuntando al sur, desde donde vino su familia, donde perdió a Richard, donde el mundo es más pobre y enfermo. ¿Qué puede decir acerca de esos dos seres queridos ante esa visión más grandiosa?

Nuevamente la embarga ese sentimiento desde lo profundo de su ser, una intuición, como dijera el poeta de la pañoleta negra, y con ella, esa historia que ha llevado dentro por tanto tiempo se transforma en la agujita vibrante de su brújula moral.

—¿Alguien más quiere decir algo? —dice David, como recordatorio, por supuesto, de que fue la idea de Alma. Seguramente ella tiene algo que decir. Su voz es tentativa, amable, un gen paterno que sí heredó. Pero Alma no tiene nada que decir, o, mejor, tiene una gran historia que narrar: la historia de Isabel, de cómo alguna gente, gente real, mantuvo la fe a pesar de toda contingencia, como desea que les ocurra a todos los presentes. Pero siente que, cuando lo diga, estará clausurando este mundo desconcertante con una homilía anegada en sus lágrimas. Será mejor que hable el reverendo.

—Bien, inclinemos nuestras cabezas en oración —dice el reverendo Don, como si adivinara sus pensamientos.

Después de rezar el Padrenuestro con las manos enlazadas, se pasan entre sí las cenizas. Las dos urnas dan la vuelta. Alma se pregunta cuál será la de Richard y cuál la de Helen. Se llena las manos, un puñado en cada una. Cuando las urnas recorren el círculo completo, el grupo se alinea al borde del farallón.

Alma siente que debiera pedir un deseo, como cuando se soplan las velitas del bizcocho de cumpleaños, como cuando se ve un cometa en el cielo. Pero ha penetrado en un mundo donde los deseos se convierten en pesares. Tiene que dar un salto mayor, hacia una historia que no es sólo una historia, que es propia y ajena. Richard y Helen, Isabel y Balmis, el poeta de la pañoleta negra, Benito, todos alientan ahora dentro de ella, deseosos de su fe, necesitados de su esperanza. Así es, pues, como cobran vida los muertos.

Nadie se atreve a decir «¡Ahora!». Pero, cuando la primera persona esparce un puñado de cenizas, los demás la imitan. No sopla el viento, otra ventaja de ese día caluroso y en calma. Las cenizas vuelan de las manos que las contienen —*flotando sobre la fe, flotando sobre el amor*— para bendecir finalmente la tierra.

Lecturas complementarias y reconocimientos

Esta novela no se hubiera escrito sin la inmensa ayuda y apoyo de tantas personas generosas y especiales.

Ante todo, mi más profundo aprecio a Catherine Mark, editora científica de CNB en Madrid, colaboradora *par excellence,* por enviarme mensajes electrónicos con detalles y fechas necesarias, y montones de estímulo. Esta alma confiada me prestó libros rarísimos de su amplia colección Balmis, los cuales cruzaron dos veces el Atlántico, ida y vuelta. Su propia traducción de *The Spanish Royal Philanthropic Expedition: The Round-the-World Voyage of the Smallpox Vaccine, 1803–1810* (*La vuelta al mundo de la expedición de la vacuna, 1803–1810*), de Gonzalo Díaz de Yraola, facsímil de una edición de 1948 (repr. Madrid, Instituto de Historia, Consejo Superior de Investigaciones Científicas, 2003), conjuntamente con *The «Real Expedición Marítima de la Vacuna» in New Spain and Guatemala,* Transactions of the American Philosophical Society, New Series, vol. 64-1 (Philadelphia, 1974), de Michael Smith, son los dos estudios en inglés más exhaustivos de la expedición de Balmis. También me resultaron muy útiles los artículos de John Z. Bowers, «The Odyssey of Smallpox Vaccination», *Bulletin of the History of Medicine,* 55 (1981), pp. 17–33; Sherbourne F. Cook, «Francisco Xavier Balmis and the Introduction of Vaccination in Latin America», *Bulletin of the History of Medicine,* 11

(1942), pp. 543–60, y 12 (1942), pp. 70–101; así como varios artículos de José Rigau-Pérez, especialista en el fracaso de la expedición en Puerto Rico.

Un agradecimiento especial al profesor Ricardo Guerrero, a quien tuve la fortuna de conocer mientras recorría Galicia, por su obsequio del libro de Gonzalo Díaz de Yraola, que me condujo a la amistad con su traductora, Catherine Mark. A otros aficionados de Balmis en España, como Manuel Prada, José Luis Barona, quien respondió atentamente mis preguntas, y José Tuells, de cuyo libro doy referencia debajo, muchas gracias y *many thanks*. También le agradezco a Tom Colvin por su información acerca de las porciones mexicana y filipina del periplo.

Más cerca de casa, en mis propios predios de Middlebury, Vermont, muchas gracias a Rachel Manning, del Departamento de Préstamos Interbibliotecarios de Middlebury College, quien nos proporciona los tesoros del mundo para que los estudiemos. A ella y a Joy Pile y al maravilloso personal de esta biblioteca les debo mi más profundo aprecio y gratitud. Al incomparable Paul Monod, profesor de Historia, por su buen humor y su paciencia ante mis incansables preguntas. Y a John Quinn, por su ayuda jurídica ante los buscapleitos.

También a las extraordinarias enfermeras del Asilo de Salud y Hospicio del condado Addison, y al Dr. Chris Nunnink, por dedicar su tiempo a ayudarme. A M. H. y su familia, ¡por la bendición de su precioso tiempo y amistad!

Muchas gracias a Brian Simpson, editor de la revista *Johns Hopkins Public Health Magazine,* y a Suzanne Fogt, que entonces trabajaba en el Programa de Empresas Sostenibles del Instituto de Recursos Mundiales, por su ayuda con respecto a las epidemias actuales en el mundo, el terrorismo biológico y la situación cada vez más desesperada de tantos pobres del planeta. Jessica Hagedorn y Luis Francia contribuyeron amablemente a mis conocimientos de historia y sabiduría filipina en la última etapa colonial; Liliana Valenzuela también contribuyó con su pericia en lo que a historia mexicana se refiere.

En cuanto a la fidelidad de la novela a términos de marinería (los errores en la jerga marinera y dirección del viento son míos), quiero agradecer a la intrépida Joan Druett, cuyos libros maravillosos de navegación, muy especialmente *Hen Frigates* (Nueva York, Simon & Schuster, 1998), pusieron en contacto a esta profana en cuestiones marítimas con un mundo acuático que desconocía totalmente. A Brian Andrews y Deirdre O'Regan, quienes me prestaron libros e hicieron posible mi viaje a bordo del *Spirit of Massachusetts* y mi experiencia de primera mano con el «mal de mar», muchas gracias. Y a Herb y Shayna Loeffler, a quienes conocí a bordo del *Spirit,* por responder cualquier cantidad de preguntas tediosas durante la travesía, y luego por teléfono y correo electrónico. Gracias a los dos.

Le debo un agradecimiento especial a la Dra. Ellen Koenig, por informarme acerca de la crisis del sida en la República Dominicana. Su clínica en la capital es en gran medida, y sin duda alguna, el mejor centro de tratamiento del sida en el país. Quiero darle en estas páginas un breve reconocimiento a su trabajo. En un momento en el que muy pocos médicos dominicanos se atrevían a «mancillar» su práctica con el tratamiento de quienes padecían esa enfermedad de «parias», la Dra. Koenig, entonces una acogedora estadounidense en sus cuarenta, casada con un comerciante dominicano, decidió estudiar Medicina para atender a aquellos en espantosa necesidad. Gracias a usted y a su asistente, el Dr. Carlos Adon, por tener tiempo para acompañarme a otras clínicas de necesitados, y por su perseverancia en la operación de una instalación de atención de primera calidad para pacientes de sida en la República Dominicana. ¡Aún existen muchas Isabel en este mundo! Ha sido un honor y un privilegio conocerla.

En conmemoración del reciente bicentenario de Balmis, se han publicado varios libros en los últimos años, la mayoría de ellos en español: dos de Susana Ramírez, quien es probablemente la principal conocedora de la expedición de la viruela y lleva varios años escribiendo acerca del tema: *La salud del imperio: La real expedición filantrópica de la vacuna* (Madrid, Fundación Jorge Juan, Ediciones Doce Calles, 2002) y, en unión del co-autor José Tuells, *Balmis et Variola* (Valencia, Generalitat Valenciana, Conselleria de Sanitat, 2003); *En el nombre de los niños: La Real Expedición Filantrópica de la Vacuna (1803–1806)* (Monografías de la Asociación Española de Pediatría, 2003; libro electrónico disponible en el sitio http://www.aeped.es/balmis/libro-balmis.htm), de Emilio Balaguer Perigüell y Rosa Ballester Añón; *El sueño ilustrado: Biografía de Francisco Javier de Balmis* (Valdemorillo, Ediciones Paracelso, 2004), de Juan Carlos Herrera Hermosilla. Entre otros estudios previos figura el libro mencionado de Díaz de Yraola, así como *Los viajes de don Francisco Xavier de Balmis* (México, Galas de México, 1960) de Francisco Fernández del Castillo. También existe un maravilloso folleto del Alicante Rotary Club/Fundación Dr. Balmis: *Balmis y los héroes de la vacuna: Expedición Filantrópica a América y Filipinas, 1803*. Además, pronto verá la luz *La Real Expedición Filantrópica de la Vacuna: Doscientos años de lucha contra la viruela,* una nueva antología de artículos escritos por expertos en Balmis de todo el mundo, editada por Susana Ramírez y publicada por el Consejo Superior de Investigaciones Científicas en Madrid, España.

Los capítulos de la novela dedicados a Isabel siguen detalladamente la trayectoria y los acontecimientos fundamentales de la real expedición. Pero la creación de la protagonista y las circunstancias basadas en estos personajes históricos son de mi cosecha. Isabel, con varios apellidos, fue en la vida real la rectora del orfanato de La Coruña y la única mujer participante en la expedición. Benito, su hijo adoptivo, fue uno de los veintidós portadores originales. En los documentos oficiales sólo aparecen veintiuno, de ahí la licencia para inventar a Orlando. Isabel viajó realmente a las Filipinas con los veintiséis niños mexicanos, y regresó dos años después a México, estableciéndose finalmente con Benito en Puebla de los Ángeles, la ciudad de los ángeles.

Además de los veintidós portadores originales de Isabel, cientos de niños, esclavos, reclutas y otros adultos donaron sus brazos a la causa. Sin su contribución no hubiera sido posible el mantenimiento de la cadena de vacunación.

También le debo agradecimiento a mi querida editora, Shannon Ravenel, quien, por fortuna, no tiene nada en común con la de Alma, y cuya fe en el viaje de descubrimiento que implica cada novela me sirvió de sostén en los días tormentosos, cuando mi fe era arrastrada por la tempestad y mi oficio de escritora naufragaba en los mares. Y a Susan Bergholz, mi agente plena de energía y fiel amiga, quien —aclaro— no es, afortunadamente, como la Lavinia de estas páginas; toda mi gratitud por haber hecho posible mi trabajo, por no haber perdido jamás la fe.

Virgencita de la Altagracia, *gracias* por tantas bendiciones, sobre todo por la oportunidad de aprender y confraternizar con todas las personas especiales mencionadas y apreciadas en estos reconocimientos.

Los portadores

Niños de La Coruña, España, a Puerto Rico (vía las Islas Canarias)

Pascual Aniceto (3 años)
Cándido (7 años)
Clemente (6 años)
José Jorge Nicolás de los Dolores (3 años)
Vicente Ferrer (9 años)
Francisco Antonio (9 años)
Juan Francisco (9 años)
Francisco Florencio (5 años)
Jacinto (6 años)
José (3 años)
Juan Antonio (5 años)
Gerónimo María (7 años)
José Manuel María (6 años)
Manuel María (3 años)
Martín (3 años)
Tomás Melitón (3 años)
Domingo Naya (6 años)
Andrés Naya (8 años)
Vicente María Sale y Bellido (3 años)
Benito Vélez
Niño desconocido

Niños mexicanos a Manila, Filipinas

Juan Nepomuceno Forrescano (6 años)
Juan José Santa María (5 años)
Josef Antonio Marmolejo (5 años)
Josef Silverio Ortiz (5 años)
Laureano Reyes (6 años)
Josef María Lorechaga (5 años)
Josef Agapito Yllán (5 años)
Josef Feliciano Gómez (6 años)
Josef Lino Velázquez (5 años)
Josef Mauricio Macías (5 años)
Josef Ignacio Nájera (5 años)
Josef María Ursula (5 años)
Teófilo Romero (6 años)
Félix Barraza (5 años)
Josef Mariano Portillo (6 años)
Martín Marqués (4 años)
Josef Antonio Salazar (5 años)
Pedro Nolasco Mesa (5 años)
Josef Dolores Moreno (14 años)
Josef Felipe Osario Moreno (6 años)
Josef Francisco (6 años)
Josef Catalino Rivera (6 años)
Buenaventura Safiro (4 años)
Josef Teodoro Olivas (5 años)
Guillermo Toledo Pino (5 años)

Otros portadores

Manuel Antonio Rodríguez (5 años)
Juan Ortiz (11 años)

Cándido de los Santos (4 años)
José Fragoso
Luis Blanco (2 años)
Ignacio de Jesús Aroche (11 años)
Juan Bautista Madera (13 años)
Bartolomé Díaz (8 años)
Andrés Díaz (10 años)
Josef Toribio Balsa (7 años)
Josef Celestino Nañez (8 años)
El hijo de doña María Bustamante (11 años)
y dos esclavas (6 y 8 años)
Diez soldados del regimiento de Veracruz
a la Ciudad de México
Dos hijas del gobernador Castro
Hijos del doctor Francisco Oller
28 niños que esperaban en Puerto Cabello, Venezuela
Hija de Juan Valiente (18 meses de edad)
Miguel José Romero, tambor de un regimiento cubano
Tres esclavas vendidas por Lorenzo Vidat
María Desideria Castillo (4 años)
Máxima Esparza (4 años)
Apolinario Pardo (5 años)
Toribio Lorenzana (6 años)
Juan Francisco Morales (6 años)
José Antonio Lagunas
José Ricardo Vello
Cinco músicos de Veracruz a Campeche: José Velasco, Mateo Vargas, Matías González, José Carmona e Ignacio de la Torre
José Marcelino Ferroz
Juan Nepomuceno Marnz
José Luis Gonzala
Juan Bautista Cuenca

Apolinario Saranyo
Mateo Mora
Fernando Cheuca (10 años)
Juan Bautista Cheuca (7-8 meses)
Francisco del Patrocinio (10 años)
Tres niños de Manila a Macao
Un niño chino de Macao a Cantón

Índice